从异乡到异乡

CONG YIXIANG DAO YIXIANG

徐一凡博客文

徐一凡◎著

安徽师范大学出版社
·芜湖·

策　　划：汪鹏生　　　　　　　　　　责任编辑：谢晓博　辛新新
责任校对：胡志恒　　　　　　　　　　装帧设计：桑国磊　丁奕奕
责任印制：郭行洲　　　　　　　　　　封面绘画：胡　玥

图书在版编目（CIP）数据

从异乡到异乡：徐一凡博客文集/徐一凡著．—芜湖：安徽师范大学出版社，2015.2
ISBN 978-7-5676-0714-9

Ⅰ.①从…　Ⅱ.①徐…　Ⅲ.①随笔—作品集—中国—当代　Ⅳ.①I 267.1

中国版本图书馆 CIP 数据核字（2013）第 119560 号

从异乡到异乡——徐一凡博客文集
徐一凡　著

出版发行：安徽师范大学出版社
芜湖市九华南路 189 号安徽师范大学花津校区　　邮政编码：241002
网　　址：http://www.ahnupress.com/
发 行 部：0553-3883578 5910327 5910310（传真）E-mail：asdcbsfxb@126.com
印　　刷：安徽芜湖新华印务有限责任公司
版　　次：2015 年 2 月第 1 版
印　　次：2015 年 2 月第 1 次印刷
规　　格：710×1000　1/16
印　　张：26.5
字　　数：477 千
书　　号：ISBN 978-7-5676-0714-9
定　　价：45.00 元

序

复旦大学中文系教授　陈思和

去年夏天，徐一凡从美国来信，要我为她即将出版的第一本博客文集作序。作为一个教师，我一般很少拒绝学生在学术事业上提出的请求，尽管杂事很多，犹豫一下还是答应了下来。很快出版社就寄来了文稿，我读了几遍——先是断断续续地散乱阅读，又从头到尾完整读了一遍，在写这篇序前，为了更清楚地了解作者的生活状况，我又把文稿的编排顺序打乱，按照年月日重新编排一遍，更加全面地看到了一个复旦学生的日常生活。——这才让我有了写这篇序言的兴趣。

在阅读这部文集时我就意识到，我并不是为这部书稿作序的最合适人选。首先因为这是一部博客文集（很新鲜，博客还需要转换为纸质媒体），而我自己则是一个新媒体的消极接受者，十多年来我把网络、手机的使用功能都降低在最低级的通信和写作上面，既不开博客也不用微信，因此，在博客已近于家喻户晓的时候，我对这样的文体和表达方式还是充满了陌生感。其次是，我对徐一凡也说不上很了解，她在2004年秋天进入复旦大学中文系学习，2008年毕业，直研一年后即赴美深造，现在已经在华盛顿当上了一名记者，正在满天飞行到处采访，依然是一派靓丽的青春女郎。而那几年我正担任着中文系的系主任，又兼了《上海文学》杂志的主编，在各种明枪暗箭中奔忙而自顾不暇，而且那时候学校里似乎有个不成文的分工，院系的行政领导主要工作在于教师方面（诸如评职称、排课程、分奖金之类），而学生工作则自成体系，独立于行政以外，系主任也很难插得上手，因此我与学生的关系，也仅止于课堂里的一点交流。我每学期都为本科生开基础课，我与徐一凡的交往都在课堂上下，或者是下课以后的几分钟里。现在回忆起来，学生给我的印象常常是模糊，我必须经过努力思索，“徐一凡”这个符号才与一张充满阳光的笑脸一起在模糊人群背景里渐渐显现出来。

徐一凡在2009年8月22日离开母校赴美深造前给我一信，里面说道：“8

月22日我将飞往华盛顿开始同时在AU（美国大学）和复旦的更加忙碌的生活，不过也是离理想更近的生活。这里深深感谢您当时的推荐，还有这几年来在‘文革’研究方面对我的指导。说起来真正想投身这个领域正是从大一时您的现代文学课和大二时您的潜在写作讲座开始。现在我大概还在入门的路上，真心希望以后能为这一块儿真正作些贡献，这更加离不开您的指导和帮助。”这是一封普通的学生告别信，作为教师留在学生印象里的痕迹，无非是课堂上讲课、讲座的内容和影响；但是学生留给教师的印象是来自何方呢？感谢现代通信技术，把一些重要和不重要的信件都留在了电脑里储存，为了寻找我对一凡的印象，我特意翻阅了几年前她给我的一组短信。时间是从2006年上半年开始，学校里为了鼓励本科生提早接受学术研究的训练，设立了一个叫作“望道计划”的资助项目，好像是从三年级开始，要求学生在指导老师的指导下进行课题研究。一凡选择了“文革”时期的潜在写作的研究。她在信中说这个题目来自我的一次讲座的启发。“潜在写作”是我在研究当代文学史时提出的一个概念，指的是当时被剥夺了写作权利的作家或者文艺青年所进行的写作活动。它与苏联或者东欧国家的“地下写作”还是有所不同，比较符合当代中国文学创作的实际情况。但这是一个很沉重的话题，涉及“文革”和“文革”前一段时期的文化环境。我觉得像徐一凡这样在蜜糖罐似的环境中长大的80后女孩，研究这样的课题有点勉为其难。因此我没有抱太大的期望，好几次论证开题、中期检查等安排，我都因为出差未能按期参加，而是请了张新颖、刘志荣两位老师代我进行辅导和论证，但徐一凡很坚持，论证题目也几经修改，她起先的研究计划范围广得多，后来渐渐缩小，缩小到以研究无名氏（卜乃夫）和顾准为主，后来又改为研究“文革”时期京沪两地青年的诗歌创作比较。研究对象越来越明确，她也就此读了不少的书。当时我主编了一套“潜在写作文丛”，大约她都陆续读了，后来写出来的论文获得了很高的评价。2009年徐一凡又给我写信，告诉我这样一个令人高兴的消息：“今天我在网上偶然看见去年您指导的我的那个项目结题报告得到的专家组评语有‘建议发表’的字样（惊喜啊）。想向您请教一下，这篇关于‘文革’期间青年潜在写作的文章（10 000字左右）可能发表吗？投给什么刊物比较好呢？投之前需要大改吗？”那时我正在台湾开会，已经记不得是否给她回信了。但这篇论文确实写得很好，我甚至觉得作者应该把它附录在本书后面，让读者看到复旦女孩的另外一个侧面。

说到这儿，我想说说博客这类文体了。一凡这本书引起我的兴趣，是因为她如实地记载了在大学四年半（第一个学期除外，但包括了一年研究生生活）

的日常生活状况和心理活动，为母校提供了一份珍贵的学生生活资料。博客所记载的大量的学生社团活动、演剧毕业大戏、辩论比较、学习和思考、旅游和日常生活、同学之间的友谊关系等，都是实实在在地呈现出来，读者由此了解了复旦学生的快乐成长过程。但是博客不是真正意义上的日记，日记是一份私人阅读的文章，它可能更多地坦露心迹，保存隐私，更加真实地展示一个人的内心世界；而博客则是为特定读者而写的，作者与读者之间有一个互动，这就使博客写作更多地偏重于一些既定读者共同感兴趣的现象，80后女孩徐一凡的博客写作，其主题自然是根据她的同代人的共同兴趣设定的："成长"是青春心理的自我梳理，"他们"说明女孩无法脱离的家庭、社会环境的影响，"旅游"是青年人开始对外部世界的关注，"快乐"是小女生对于身边细节的品味，到了"纠结"开始了与生活真实内容的初步碰触和思考，而"观点"，则是朝着理性的方向慢慢上升、开始学习。作者做这样的分类，就是要把这些六年来分散在各时各地写作的抒情小文编织起一部80后女孩的成长史，它在与作者相仿年龄的同伴之间，具有更多的共性。它更像是一部轻松散文的结集。但是我想，如果作者不是分门别类地编制这些小散文，而是像我在阅读时那样，按照年月日期的顺序自然排列，只分上下卷：复旦卷；美国卷；然后顺着时间的发展，该快乐的时候就撒撒娇，该旅游的时候就打起背包外出，该有观点的时候就随感而发，该纠结时就认真思考……这样虽然杂乱繁复无穷，但会更加丰富饱满地描绘了生命成长的洪流的轨迹。

正因为博客文体的亲切自然以及与读者互动的特点，它超越了个人写作的性质，在某种意义上说，它刻下了一个时代风尚的烙印；但是它确实也规避了很多方面，尤其是作者朝着深刻的方向的精神努力和提升的痕迹，我之所以要在这篇序言里介绍作者的通信以及写作论文的内容，是因为我发现这些内容几乎在她的博客里付之阙如，或者仅仅点到辄止，而这些思想的成长，恰恰是复旦这所名校所能够给予它的学生的最重要的人文内涵，也是作者以后的人生道路上能够起飞的最重要的推动力。我不妨引用几段作者在论文里的论述——

潜在写作主要是而且首先是以个体的形式而非以群体的形式出现。"群体"或有"组织"性的潜在写作在极权主义社会制度下前所未闻并且注定覆灭。从某种角度来看，公开写作之外的潜在写作本质上是一种无奈，是不容于主流话语、主流文坛之后的别无选择的行为，它纯属与他人无涉的个人行为。但个人作为"个体"的存在，必然经由精神而波及和影响到更多的人，这样也就有可能形成某种松散性的自由组合。（选自《关于潜在写作的个体性特征》）

和穆旦相比，胡风为代表的七月派诗人的遭遇更为惨烈，受到的打击更为直接，这使得胡风们的抨击和控诉像青年人们一样激烈。对制造冤案的当权者，胡风是痛恨的。痛恨的来源在于，那些当权者使得他对最高领导的坚定信仰显得荒谬，使得他不得不亲手撕碎自己的信仰，使得他无法把自己的思维和社会身份认同统一起来。这样的痛彻心扉和青年诗人，尤其是北京诗歌群落的从理想的顶端被抛落，看到残酷现实的过程相似，但是深刻得多，因为前者信仰的确立经历的是一个基础深厚、长时间的过程，这样的信仰被拔除的时候当然有更严重的痛苦。(选自《关于胡风分子的潜在写作》)

上海青年诗人群落、郭路生和白洋淀三诗人在这里是区别明显的三种状况。上海青年诗人群落对时代是批判的，但对于批判什么不甚明了，进而不自觉地回避了深刻的、具体的针砭时弊的过程；郭路生是被撕裂的痛苦和矛盾，两种力量他都受影响，因为自己的思考和时代的浸润，他都在真诚地相信，使得他的作品几乎可以分为完全对立的两批，虽然几乎是同时创作的；白洋淀三诗人剖析时代也剖析自己，努力寻找并且找到了痛苦和迷惘的根源，在完全清楚了的情况下完全超越了当时的现实，真正标志着新的开端。这也就是为什么在“文革”结束后，白洋淀成为新时代文学流派之一的“朦胧诗”的源头。(选自《关于“文革”时期京沪青年诗人创作的比较》)

只要了解那个时期潜在写作的读者读着这几段论述，都会情不自禁地说：看这个大三的女生写得多么好啊！这就是我建议她把论文作为本书附录的原因，当然，一凡未必要听从我的建议，对她来说人生的道路才刚刚开始，还有许多许多精彩将会陆续出现。

去年9月，徐一凡回国了，说要见一次面，但不是我出差在外，就是她不在上海，约来约去，总算在她离开中国前见到了几分钟，还是一派靓丽的小女生，而且脸上添了几分妩媚喜气。还没有开口问好，她就递上一盒巧克力，笑吟吟地说，“我结婚了”。

小蝌蚪终于变青蛙了。徐一凡啊。

2014年1月12日

目　录

快要长大

十八九岁、二十出头的年纪，拥有着一张充满胶原蛋白的脸和一颗可以上天入地的心。在那个叫做“大学”的地方，听拥有如雷贯耳名字的师长在讲台上天马行空，与一群臭味相投的朋友自以为是地犯傻；也开始规划未来，开始观照社会，开始学会思考，开始出门远行。当骑着自行车穿行在林荫道上，马尾被风吹得飞起来，总想大喊一声：你好，世界！

这样四溢的激情当然没法独自默默消受，于是就写下来。现在看那时的文字，有时会有点不好意思，恨不得不承认认识那个还没长大的傻姑娘，但也为她高兴：她在那样努力地成长。

那时候我总是很忙，回头却觉得悠然。

宣　言

悄悄快乐 2005－09－09　09：46

宣言宣言：终于发现这个地方了！我一直是个后知后觉的人。这个地方我居然现在才知道，悔啊！我已经那么遗憾地错过了十五六七八的水晶岁月，那让我终身铭记而终身受益的一年，还有忙得想哭但依然很快乐的“大一”。20岁时我才来到这里，但是还好，不是21岁。我宣布：今后，我，总是很开心，哪怕挂着眼泪也会笑的兔兔准备在这里扎下去了！

昔人已乘白鹤去，缅怀巴金

悄悄快乐 2005－10－29　01：02

昨天我还在后悔接下了组织同学们折纸鹤的活儿：楼上楼下地跑，牵累好友们和我一起忙到半夜，将纸鹤穿成许多串。但现在不了，原来有些事想再久也不会有身临其境的感悟。

窗户上缀满洁白的纸鹤，烛光映着肃穆的脸，我们在小小的3109A里重温着巴金老人的一生。101岁，中国叫喜丧，所以，没人悲痛欲绝的，但我们心里都很沉重，站在讲台上读《灯》时，我无法让嗓子保持清亮，哑哑的，有点黯然，一如我的心境。

老人在镜框里慈祥微笑，蜡烛的微光使那张脸仿佛还有温度。今天我第一次折纸鹤，那张纸上，我对那位温和的爷爷说：“您的逝去将一半的温暖和爱带到了天堂，但人间的也没有少。”是的，温暖，爱，这就是我对巴金老人和他的作品最深刻的印象。

在小时候的我看来，巴金老人的热情大于他的天赋。我曾经很不耐烦地跟爸爸说：《家》有什么好？从头到尾，所有的人都是“用温和的调子”！原谅一个无知小儿的年少轻狂吧！她不知道这部作品中蕴涵着多么大的勇气，让多少人看到了希望。《寒夜》给了我很大的触动，巴金真有办法啊！他居然能让一个初中生明白什么叫“无奈”。而《随想录》真是让我震撼了，那个黑白颠倒，人人发疯的年代，人们或多或少做了些错事，而大家清醒后几乎都在有意无意地自我辩护。这时候真心忏悔的人，有着怎样的至纯至善的心灵？“我为你们而活”，病魔缠身的巴金老人如是说，他对人民的态度几乎称得上“虔诚”。

真的，他可能早就想走了，去天堂，休息一下因奋斗一生而疲劳的身子，还有，见他挚爱了一生的萧珊，而人间，还有很多事需要他的。

可现在，他真的走了，带走了一个轰轰烈烈的其实早已过去的时代，飘然乘鹤，归于大化……

兔子死了，狐狸哭了

悄悄快乐 2005－10－29　01：00

首先我声明，我爱我们学校，没有什么可以改变这一点。

于是这次，我有点伤心。

我没想过要进哲学系，因为我觉得我不配。我没有足够深刻的思想和足够沉静的心灵，我也读一些哲学的书，以一个业余爱好者的眼光去读，我满足并欣慰于自己对哲学的仰望。

哲学大楼不重要，真的，哲学本身不需要大楼去帮它提升，可是，为什么我亲爱的复旦要帮自己一个生活无比优裕左右逢源的儿子，去对另一个极为出色却暂时落寞的儿子进行巧取豪夺？你不可以势利的，因为你是复旦啊！

梦中的“柏拉图学院”令我心驰神往，真希望某天我能坐在那个学院一个小小的角落，看“哲学王子”一类的人口吐莲花，阳光透过窗户，幻化成古希腊的五光十色。

谢希德的话令我感动良久，“科学殿堂里最美丽的女人”是怎样炼成的？究竟什么时候有些人才会和她一样，明白哲学的缺失是会让一个学校、一个国家、一个民族走向万劫不复的呢？他们仿佛只有当下，只有眼前，踮踮脚尖看远一点吗？很累的呢，他们不肯。

“光华楼”谁都能盖，只要有钱。可纵有万两黄金，谁能将一座哪怕美轮美奂的建筑填成真正的“柏拉图学院”？

今天上哲学原著导读，丁耘老师讲《尼各马可伦理学》，一节精彩绝伦又深入浅出的课。放学时有人冲上讲台义愤填膺地和老师议论这件事，老师清清静静地笑，他平和如水地说“大学的要义，不在大楼”。

内心深处一颤，真是五味杂陈！

人人都有一颗心

悄悄快乐 2005－11－09　02：38

小时候的世界真是简单：正直不屈的是好人，好人反对的，就是坏人了。好人有一颗滚烫鲜红的心，坏人的心一定是黑色的。

长大的过程，就是困惑渐渐堆积的过程。我们渐渐明白好人坏人的界线，也许并不如我们曾以为的那样鲜明。人的眸子就这样由黑白分明逐渐变得浑浊。

我想说的是，《我的 1919》——一部让人震撼的好电影。

“五四运动取得了巨大的功绩，在全国人民的斗争压力下，驻巴黎和会的中国代表团拒绝在凡尔赛和约上签字……”顾维钧为了祖国不顾一切，担起常人难以承担的责任，在和会上据理力争。外交失败了，他是最痛苦的一个，却受到民众的不满和指责。他的朋友，肖克俭因为游行、自焚进行示威而为大家所敬佩。当然烈士是伟大的，但平心而论，谁的贡献更大？谁最心力交瘁？不错，有人以性命来爱国，但以前途爱国需要的勇气丝毫不少。后者的心要承担更大的压力。这里面有人挺不住了，比如那个陆总长，受不了了，逃了。但他并未昧良心签字啊。勇气不够，我们可以鄙视。但指责之前，还是应当从人性的角度好好想想的。

仔细想想，李鸿章也并不坏的。他只是因为以他的懦弱和官位的不当结合留给我们一个卖国贼的背影。

法国大革命给成千上万的人喂了狼奶，就是因为他们忘了别人的心，也就丢了自己的心。

人人都有一颗心的。那是最易受伤的地方。

昨夜，我的梦在西塘

悄悄快乐 2005－11－15　01：02

许是秋水一泓、冰心一片造就了这个小镇。昼时，可入画，灿若鲜花一朵；夜时，可入诗，可让人低回、吟咏。西塘，一道隽永的风景。

掌灯时分的西塘迎来了我们。游人已不多，青色的石板路凹凹凸凸，踩在上面响声清脆。一家一家的店伫立在两旁，小得让人心疼。昏黄的光透出来，一些慈祥的老人家在路边的锅里煮着什么，用好听的吴侬软语招呼着路人，让人心中觉得这就是童年记忆中的外婆家了。黑顶白墙，雕梁飞檐，红灯笼发着暖暖的微光。"××客栈"的字样安静地有几分羞涩地等待着。我们的客栈在一条小巷的尽头。曲曲弯弯地走十来步，就从院门口到了住室。一位五十多岁的阿姨带我们走进去。雕花大床，未漆的椅子，暄暄的棉被，对人有天然的亲和。

放下并不重的行李，出门。走走停停，和端着紫砂茶壶的店主讨价还价，用一句"生意兴隆"使手里并不精致却很可爱的小物件变成半价。那些老银的手镯，翡翠的戒指，红木的梳妆匣，从价钱来看显然不是真的，却让人宁可相信它们背后会有一个家族，一段人生，一个貌美如花幽闺自怜的姑娘或伶俐俊俏娇羞可人的媳妇。现在可以看清了，那一口口当街的锅里煮着荷叶或粽叶包的肉，有米粉肉，还有一种没听说过的"馇肉"，轻轻吸一口气，诱人的酱香就直接钻入人的骨髓。尝过之后，才知道"吃不如闻"的老话也有不对的时候。还有淡淡的清香或甜甜的糯米香顽强地飘来，那是这里特有的熏青豆和麦芽塌饼从暗暗的人家里散发出来的，一样的美味惊人。

不知不觉走到了河边，一个个或一串串红灯笼从乌黑的夜色里浮现出来，又倒映到河水里，霎时在流动中变得流光溢彩起来。木船吱嘎的声音自脚底传来，水花会在有灯笼的地方"突"地晶莹一下。湿润的清风吹来，有柳叶的香也有食物的香。看着醉人的西塘吃着浓香的酱蛤蟆，这时的快乐是仙境的快乐也是人间的快乐。

玩到店铺几乎都上了门板，还没到十一点。天然水乡的梦开始得真早。回到客栈，铺开衾被，开始做一个江南女子的梦。夜里传来木头楼梯的响声，让人舒服地翻身，更沉地睡去。

此身谁身？今夕何夕？

白天来了。西塘清晰了很多，但依然像梦。石板路是湿润的，那么昨夜大概是下雨了。无声的雨，应是只可此地有吧。缕缕炊烟从小镇的各个地方升起，一只只狗或一群群鸡晃晃悠悠地在巷子里寻找早餐。酒幌挑在房檐上，舒缓地展开着。小店铺又开门了，各种石头的、紫砂的、竹子的、木头的笨拙纯朴的物件有些害羞地接受着人们的目光。计划中的最后一站是传说中的"天下第一面"。两张桌子，加厨房也不会到二十平方米。但是去吃吃那里的牛肉熏鱼面吧，他们好像并没吹牛。

走出古镇，恍若隔世。刚从桃花源里出来的渔人，应该也是这样有些眩晕的吧。

仅仅一个多小时后，高楼大厦已经扑面而来。昨夜的梦，永远丢在了西塘。

我在寻觅，它在等待。重逢的一天，终究会来……

我的手鲜血淋漓

悄悄快乐 2005－11－15　01：30

今天上午，我的手鲜血淋漓，鲜血淋漓的原因是打了吊针没有按好药棉，打吊针的原因是我在长最痛苦的智齿。几天没有好好吃饭了，几天都是被牙齿疼醒。似乎也没什么太深的自怜自伤，但看到鲜血淋漓的手，我的飘零之感就毫无诗意地来了。之前得知要吊水，医生又不给开假条时跟妈妈打电话，眼泪流啊流，忍了半天还是开始哭。哭得一位陪老伴打针的老奶奶万分心疼地摸我脑袋，哭得医生告诉我明天可以上完课再来。这些都是毫无防备的，而那手背上刺目的红让我无比辛酸地想到了一系列实在或虚构的人物。包括：苏武、李白、杜甫、王昌龄、林黛玉，以及鲁滨孙甚至某人，都是想家想到心痛的人。

离家在外的孩子们啊，也许大多数时候总是豪情万丈的，但总逃不掉软弱的时候。某人常用凄凉来形容，窃以为本质上来说很准确。再大风雨我可以默默承受，但淅沥的夜雨除外；再多情感我可以埋在心底，但妈妈的温柔嗓音除外。

有一个时刻，我的手鲜血淋漓；有一个时刻，我的心痛到极致。

这两天

悄悄快乐 2005－11－20　20：07

我是头多么讲信用的猪啊！准时来了哦！佩服一下自己先。

妈妈结束半年的复旦进修刚刚走，寒假才能再见。唉……真怀念高中时教室离家两分钟距离，每天一到家就面对美味的午餐或晚餐的日子。住在爸爸妈妈身边多幸福啊！老爸这次没有来，意料之中，这个大忙人！今天他发短信说终于学会开车了。我晕啊！这位老先生，两年前就拿到驾照了啊，那个发照的什么局真是不负责任！可恶的老爸拿新手机和新数码相机馋我又不肯给我，真是气煞我也。不过么，这次给我带的居然是 MP4（编者注：多功能播放器），HOHO！爽之极矣！对了，还有我的漂漂[1]照片，想不自恋都难啊！本来让妈妈

① 网络语言，即漂亮的意思。

带来给我看一下就算了的，现在决定放在桌上多多观赏，寒假再自己带回去。白裙子、背带裤、天使装、旗袍，一寸一寸包裹的都是青春。青春是最美丽动人的东西，明知不可能永远，还是很想把它留住！

昨天上完课回来遇上的事比较好玩，和西行小猪同学在路上被飞利浦强大的宣传攻势吸引跑去玩游戏。热烈祝贺小猪同学中时段大奖！热烈庆祝本小姐第一次与中奖号码相差一号！

未来一个星期内好忙哦！想想都恐怖。周二前要整理出3份要用的谈话记录，周二要参加辩论，还要看牙齿，周一去开转诊单，周五去挨小小一刀。还有一件天晓得的事情，钟啸同学要参加主持人大赛，让本人帮他写剧本！上帝啊，好难哪。可还是硬着头皮答应试试，因为很快某人考研需要点内部资料之类的事情我只能找他啊，来而不往总不太好。我真是具有中国女性伟大的传统美德啊。（形容词序可能有点问题，算了，懒得推敲）

本来觉得Blog（编者注：博客）可以表达自己的一切心情，现在知道不太可能。比如昨天和妈妈在超市的感觉，很震撼又说不清楚。该忘的忘，该记的记，最该记的放在心里吧。其实，也真的写不出来。

记了一篇流水账，同时证明了贪婪与懒惰是人无法改变的劣根性。不过“这两天”的题目起得太贴切了，聊以自慰足够了。

不知怎么结尾，那么就这样吧。

神清气爽

悄悄快乐 2005－11－23　00：28

还有20分钟就是周三了。我还活着。健康并且相当快乐地活着。谁知道这意味着什么呀？哦耶！洒家熬过了这两天黑色的生活，胜利度过非人的日子！而且，每件事情的结果都比较令人满意。这次我没有急，而是一步一步地做好了事情哟！自我口头表扬一下……

周一的转诊单很快就开好，这是一个好兆头。剩下的时间我好好拾掇了一下新车，装上了“奈我何”牌防盗锁。继小兰、破破、嫩嫩之后，我的第4任坐骑靓靓闪亮登场！真好骑啊！和它的前任相比（这样说绝情了点），简直是御风而行啊。这两天洒家一直在体验飞一般的感觉哦。哦哈哈哈！

想剧本，准备辩论，写谈心记录交替进行，洒家创造了没翘一节课做了这些事的完美记录，还没耽误我恐惧的800米。不过代价还是有的。昨夜此时，我正和一个并不算太熟的人在拉面馆写一个莫名其妙的后现代主义剧本，吃一份又多又难吃的牛肉炒饭。凌晨一点有余，我握着冰冷的车把坐着冰冷的车座在冰冷的风中穿过空无一人的校园，思忖着自己是伟大还是疯狂。

今天上午体育课测了800米，还有排球发球，结果都挺好（人不用对自己要求太高）。下午辩论，对手的弱让我们信心大增，排山倒海啊。赢了，下周二还要辩论。不过胜利总让人很有成就感的。洒家荣膺最佳辩手，证明这是个常有奇迹发生的世界。这前后给家隽姐姐发短信，发现她好可爱！本以为是个严肃的干部型人物，没想到是这样的让人亲近。

这两天有点累但不疲惫，又有许多开心，这样的状态我喜欢。

新的一天来了，想想这两天，洒家神清气爽。

又是初冬时节

悄悄快乐 2005-11-23　20:52

军训的汗水仿佛还没干，就已经是11月底了。眼看着大部分花裙子们像伞一样收拢了，同时更加缤纷的长袖T恤取代了素色为主的无袖衫，接着不同的牛仔装装点了整个校园，最后各种各样的柔软的毛衣出现了，温暖着人的身体和眼睛。

叶子刚开始落的时候，我还犯了中文人的毛病凭吊了一番，现在枝头已是肃杀无叶，初冬了。

这个季节到来之时，正是考前一两个月。复习还未开始，但各门课的论文布置下来了。坐在机房，听歌、聊天、查资料，这就是所谓“闲忙图”了。论文比考试可爱，几千字和几个小时的时空，可以让人尽情表达。

初冬让人有点馋，有点慵懒。烤红薯的香味引诱得人将自行车停在破破暖暖的炉子前。晚上回到宿舍时，温暖的灯光立刻把刚才在黑暗中骑车布满一身的寒气驱除干净。穿上满是SNOOPY的橙色绒睡衣，以及毛毛的、带有两个大大笑脸的橙色绒拖鞋，感觉自己像个温暖的大橙子。这时在手中握一杯有点烫的牛奶，那种舒适……

初冬来了。

大雪和鞭炮还在路上。

不过也快了。

又是初冬时节，挺好的。

无 题

悄悄快乐 2005－12－03　00：05

以下引自囡的博客

我不是在叙述什么电视里的情景。

我说的是发生在我身边的真实故事！

癌症在今天虽然依然恐惧，但患上癌症只要发现得早就完全有治愈的可能。

可是如果没有钱呢?!

如果这件事发生在一个连学费都付不起的同学身上，

他带着为妈妈买一套房子的梦想和空空荡荡的口袋走进复旦！

他从小就靠父母拼命捡垃圾来攒学费，从来都自强不息，以优异的成绩从贵州考入复旦大学。

他聪明博学对人极其友善，从来不以自己连学费都付不起而觉得抬不起头，反而用自己的乐观和热情给周围每一个人带来快乐和感动。

鼻癌发生在这样一个人的母亲身上！

这样一个为了孩子即使身体不好还要四处赚钱，

在工厂吸入太多甲醇而患上鼻癌的母亲。

这样一个和丈夫感情不和导致被她丈夫砍过 3 刀，

几乎断气却为了孩子不离婚不寻死的母亲。

这样一个得了病还在担心回去工作会不会失掉，

会不会没有钱给儿子所以宁可不治病的母亲。

是的，我不是好人，可是我都不忍心。

当他对我说，我只想给妈妈买一套我们自己家的房子，可是为什么上天那么残忍！

这样一个坚强的男儿在你面前落泪的时候，

我怎么可以袖手旁观！

张顺，一个星期没见到你了，但我们相信你会坚强。期待你的笑容，期待你永远讲不完的笑话。

你会有自己想要的未来。会和妈妈一起享受幸福。

如果有你需要的我们想不到的帮助，拜托，请开口！没人会觉得麻烦。我们真心诚意。

将心比心，世界上最疼我们的人只有她，妈妈。

帮帮他，为一个优秀的同伴；帮帮他，为普天下的母亲。

如果你肯，请将这个消息传递下去。

复旦大学0411信箱，我们共同的地址。

然后让我们一起祈祷。

怕冷的骆驼

悄悄快乐 2005-12-04 23:32

今天早上，我背着一个硕大的书包，骑着我的破车，车筐里还放了一堆帮别人带的文件之类，丁零当啷地向图书馆进发。

天真冷啊。手裹在手套里，可还是没免了成为一坨无知觉的冰的命运。

在寒风里负重。

我是一头怕冷的骆驼。

一向宣称自己冷热不侵。

上帝不耐烦了，给我一点教训。

“真冷啊！”想这么叫一声。

未遂。

风用它又冷又硬的手堵住我的嘴巴。

听说明天会更冷。

骆驼有点绝望。

李白为什么可以不羁

悄悄快乐 2005-12-07 00:58

今天是极其混乱的一天。乱得我不知怎么概括。总之，从早上起就有很多小小的坏事像苍蝇一样绕来绕去。这些坏事在晚上发展到了顶峰。在“一二·九”歌会时，我的朗诵忘词忘了个一塌糊涂。站在台上，我绝望地微笑着。事实上每一个人都让我好感动。他们的安慰对我来说无比珍贵。别人犯了这种错误我可以原谅，没什么不可以宽容的。可轮到自己，集体努力做了一个精美绝伦的东西，被自己的无能毁掉，我真的很很很很很抱歉。这就是悖论了，我无法从中脱身。

于是我今晚以空前放纵来安慰自己了。

女孩子不该喝酒。女孩子不该12点都不回宿舍。女孩子不该和一个男生单独待到太晚。我今晚都做了，是因为心底深深的自责。

我拽住陶陶去喝酒的时候，仅仅因为他爱喝，肯陪人喝。而我，急需有人陪我喝。单就喝酒这件事，我今晚太开心了。原来世上还有一种很暖的酒叫黄酒。原来我的酒量如此之大。原来酒后吐真言的感觉如此之好。原来偶尔发发疯如此之爽。喝着喝着，我觉得，陶陶这兄弟真不错。哪里好说不出来，只是突然觉得很幸福，又有了个好兄弟。无关风月，真的无关。正是无关才可以无拘无束口不择言放浪形骸。痛快！我有个梦中情人叫李白，今晚我很像他。

可是注定像得不彻底。当我们还在排球场走着醉步时，耗子班长的声音在身后响了。理所当然挨骂了。他一个电话，一分钟不到，4个我最亲爱的315妞妞的身影出现了。我真的想哭，不过出口的是傻笑。我真坏。回宿舍看到我没带出去的手机，9个未接来电和数不清的短信。当然有爸爸妈妈的，赶快回电话让他们安心。明天还要向许多人解释。好多麻烦，但这麻烦正是我生存的理由。归根结底，我是个不一定爱拉芳但非常爱生活的人。俗人。

不要以为我打错了题目。下面我就要说：李白为什么可以不羁？因为不知从何时开始，世上没有真正关心他的人了，所以他可以不羁，我不能不羁。论证阐发完毕。

谢谢你们，你们知道你们是谁。有些话，深夜说也许就不那么矫情了。爱你们，真的。

薄幸与哀怨

悄悄快乐 2005－12－08　01：05

晚上去看了昆剧《长生殿》。艺术上，真的很美。细细想想，有点胸口发闷。

《长恨歌》，我最喜欢的唐诗之一。

汉皇重色思倾国，御宇多年求不得。杨家有女初长成，养在深闺人未识。

……

在天愿作比翼鸟，在地愿为连理枝。天长地久有时尽，此恨绵绵无绝期。

不管是昆剧还是诗，最动人的一点就在于能让我们明白，金碧辉煌的宫殿中，居住的是普通的男女，他们之间的爱情脱去华丽的外衣，快乐和心痛都是人间的。太富和太穷应该都是爱情的大敌吧？“黄金屋”里难有让爱情滋长的土壤，而“贫贱夫妻百事哀”又是怎样的残忍情景？所以，当你与爱人恰好处于有饭吃有衣穿又能偶尔地奢侈一下的境况中，珍惜这福气吧。

不过问题还有许许多多。有一个最令人无奈。那就是：女人多是以家为世界的，而男人，以世界为家。永无调和之日。

“男人没一个好东西”，让无数个女子说了无数年，很多男人表示极端的不满。那些不满的傻子啊，你们难道看不到吗？凡是说这句话的女子，哪个不是说完后又心甘情愿地为心中的“那一个”做出想到或想不到的所有傻事？女人中当然是有异类的，以驾驭男人为乐事，那些人多是不声不响的。但归根到底，异类们心中也有最娇嫩的地方，有最珍惜的他。在别人面前怎么耀武扬威心如蛇蝎，在“他”面前，就又成了乖乖的小鸽子。

同理，男人们中间，多情种子也有一堆，但是，只有“情”，女人可以活，男人却是活不下去的。这绝不是责怪，因为这是上天赐给男人的本性，谁也责怪不得。比如那个李隆基，皇帝中难得的多情。皇上与妃子之间的感情很难称作爱情，但他和杨玉环的应该可以。不管是不是编剧有意为之，《长生殿》中给我们呈现了一个真心实意的钟情人。杨玉环自缢后的一个七夕，李隆基痛切地说出了“纵他来犯又何妨，泉台上也博得个永成双”，意思是当年马嵬坡众军逼迫赐死杨贵妃之时，还不如一力阻挡，大不了与玉环一起死了。我毫不怀疑他的真诚，但我也毫不怀疑这事不会发生的必然性。他是皇帝，大唐的主人，“殉情”实在近于荒谬。虽是“救不得”，“掩面”已经是很大的情分，不能要求他再多做点什么了。但我还是忍不住为玉环难过。得知自己必死无疑，她以一双茫然的泪眼看着虚空。皇帝不忍看，转身走了。她突然又绝望地叫了两声“陛下”，但回头撞上的却是内侍捧着的三尺白绫。不由得人不流泪了。明知结局无可挽回却又不甘心，明明不甘心却又知道结局无法挽回。玉环的心中，一定是不会有恨的，因为那是她爱的男人，因为她知道她爱的男人已经无能为力。她心中所有的，就是对无奈与宿命的怨了。

男子多薄幸，女子多哀怨。

这是没有办法的事情。有男子气，本也是女人自己对男人的要求。一味沉湎于儿女情长的男人，又有谁会爱呢？

薄幸不是绝情，只是男人们那颗装得下整个世界的心和永不安分的豪气；哀怨也不是愤恨，只是女人们面对自己欲恨还爱的人时的悲凉。

薄幸与哀怨交织着，男人和女人爱着。

世界也许正是因此而有意义。

幸福，是可以御寒的

悄悄快乐 2005－12－16　00：45

生活在这样一群人中间，我真幸福。

寒风中，我们在北食堂门口对每一个经过的人呼喊“帮帮我们的同学吧”，看爱心在募捐箱里一点点涨满。

夜色里，两位同学唱起《朋友》和《烛光里的妈妈》，我们轻声和着，挥舞起手中的荧光棒。

没吃晚饭，穿得似乎也少了点，但我真的不冷。

相信吗？幸福，原来是可以御寒的。

好喜欢这种感觉，为一个家呼喊，为一首歌流泪，为一群人感动。有梦，有朋友。

对于那些昂首走过甚至绕道甚至逃跑甚至鄙视地看我们的人，忽略不计。非我族类。事实上，从数量上，的确可以忽略。

不知谁买来了面包，不是谁买来了爆米花，不知谁买来了热热的糖炒栗子，不知什么时候放到了我们桌上。

真幸福，真幸福，真幸福。

“谢谢”似乎太轻飘，也许再加一个真诚的深深的鞠躬？不管怎么说，真心感激这次帮了我们的人。所有人。

顺儿，加油，我们一起！

忙里偷闲

悄悄快乐 2005－12－20　00：49

有人说“妻不如妾，妾不如妓，妓不如偷，偷不如偷不着”。还有人如此形容烤红薯：“这东西跟偷情一样，吃着不如看着好。闻起来香得不得了，真到嘴了，滋味也不过尔尔。”不管这中间有没有什么人的本性社会意义之类的问题，现在我只想说明：偷，的确给人以极大快感。比如，在临近期末之时，忙里偷闲如我。

从周五开始，我打了乒乓球吃了两次火锅看了一部电影。最夸张的当属两天夜里干的事情。周六，K[1]了一夜的歌；周日，打了半夜的电话。

周六很冷，第二天很多人有事，伟大英明的教练同志还把车丢在了轻轨站，但天不时地不利也没关系，谁叫我们“人和”到一定境界了呢？考试前最后一次欢聚，计划了很久终于实现！我的歌唱得自己都不愿听，可是那有什么关系？每个人都笑话我，正说明我们是自己人嘛。自己人面前，当然是可以产生“人定胜天”之类幻想的。早上回来时还有一个惊喜：我们是叫开了食堂大门吃早饭的。显然空前，估计也绝后。（教练同志，你没吃上我们学校食堂最新鲜的菜包子，千万别太遗憾哦。）

昨夜正要睡觉，某人打电话来寻求本知心姐姐的帮助。（反正你不知道这个地方，我充一次姐姐你也不会知道，HOHO。）得出一个结论：如果要和兄弟分开，先抓紧找好另一个兄弟才不会太难过。三点多快冻成僵尸的我与我暖暖的被子热切拥抱，身心俱暖。

对了，突然想起一件事，虽然与本篇无关但值得一写。本人周六下午差点被一条“您于12月16日在上海国际商城刷卡消费1.56万元”的消息吓了一大跳。回电话那边自称建行，让我打“上海市公安局金融犯罪分析科”，再让我打“银联客服中心”。几个号码及人员口音过于相似让我疑窦丛生，但毕竟傻了点，在他们说我转到香港128万后，我真要疯了。一秒钟没停我就打了个电话把一个可怜的人从温暖如春的家中叫出来。等待援军之时，我打了114又打给公安局把什么都弄清楚了。庆幸：没把身份证和银行卡号告诉他们，我还算有点脑子。年关真可怕，金融诈骗都来了。（那个被我抓过来的人，对你说6个字：对不起，谢谢你。）

向人诉说这件事才知道很多地方都有警示的。为什么我没看见？为什么恰好是我？悲愤！精神损失啊！

今天考化学了。3年啦，没考过化学，真奇妙。所以我又允许自己偷了一小时闲。

偷的感觉很爽啊，而忙中偷闲是我唯一贼心贼胆两不缺的事情。所以：忙里偷闲万岁！

① 在KTV唱歌。KTV的源头来自于日本。KTV是Karaok TV的缩写，是个日英文的混合名，Kara是日文“空”的意思，OK是英文“无人伴奏乐队”的缩写。

一个人的圣诞

悄悄快乐 2005－12－24　17：10

我本来没觉着这是个重要节日。

可是有人好几天前就朝我哀叹没人一起过圣诞。昨天起许多人问我怎么过圣诞。步行街上胖胖的圣诞老人笑得好开心。圣诞短信铺天盖地，好笑的，动人的。于是一点点落寞未能免俗地从心底升起：圣诞，真的要一个人过？

这么冷的天，本来就让人觉得有些孤寂。

街上早早地点起了彩灯，人也比往常多。穿行其间，就像简·爱刚到学校时游荡在热热闹闹却又不认识的同学中间，不觉得寂寞，却也算不上不寂寞。手机时不时地会颤动起来，证明此时世界上有许多人至少有那么几秒钟在想着我。挺知足的，即使只是理智上。

心里还是有一点点空，或者说，有点不安。人的本性应该是不安的吧？安心才是异态。只有当在妈妈爸爸身边时，或者是另一个可以依靠的人的身边时。他，今年圣诞依然没有出现。

所以，我的圣诞是图书馆里的，一个人的。

我想要的爱情

悄悄快乐 2005－12－25　23：44

今天上午在图书馆里泡到即将睡着时，一条短信给我无比好心情。老妈发的：

“在这个属于年轻人的节日里，祝我们年轻的宝贝女儿快乐、健康、聪明、漂亮。快到我们中年人重视的新年了，我们已经写好了祝福，挂在我们都喜欢的毛毛狗脖子上了，你回来就可以看到。我们下午要飞去海南了，到了再给你打电话。”

爸爸和妈妈今天去海南旅游，两个人。未来一个星期，他们将在海滩上、椰树下，穿薄薄的衣服，开心地玩。

哦，我是个多么幸福的孩子。远远地想着我的家，想着总被笑声淹没的餐桌，想着总有快乐溢出的窗户，想着我的大大的床和不计其数的娃娃……谢谢爸爸，谢谢妈妈，让我今生是个永远不记“愁”的小孩。

这样一个家，客厅里挂着我们三人属相娃娃的家，上帝给了我。

这样一个老妈，和任何人都能聊起天做饭很好吃的老妈，上帝给了我。

这样一个老爸，工作起来不要命说话经常让我们爆笑的老爸，上帝给了我。

这样的一个家啊……我叫她“妈咪”，叫他“老爸”。他和她互称“哎”（在我听来，那是“爱”）。他们叫我“毛毛”“狗狗”“宝宝”“小孩”“丫头”……许多许多列举不完的称呼。

有这样一个家，遇见什么我会害怕?

这样一个家，基础当然是老妈和老爸之间的爱情。当然。

他们是大学同学，同桌的你。

当我知道世界上有“爱情”这种东西的时候，我给他们设计了一个有细雨、白裙子、小路的表白现场。说给妈妈听，她足足笑了五分钟。老爸在旁边，很尴尬地自语：“这小孩，这小孩……”后来，上中学后，我知道了真实场景：

男（低头看鞋带）：哎，那个什么，我跟你说件事。

女（骤然心跳）：啊，这个，你说吧。

男（抬头）：就是吧，就是就是……（又低头）就是吧……

女（脸开始红）：什、什么?

男（脸更红）：其实就是，（猛地盯住对方眼睛）其实，你知道的吧?

女（瞪大眼睛装傻）：什么呀？我不知道。

男（很着急）：其实，其实就是，哎呀，你知道的吧?!

女（偷笑）：好啦好啦，我知道了。

于是他们就在一起了。

那时的妈妈，有着两条垂至腰际的大辫子，一尺八都不到的腰，酷爱以各种姿势拍照。

那时的爸爸，出众的俊朗帅气，眼神很深邃，头发用洗衣皂洗却仍乌黑发亮，整天做着他的诗人梦。

那时的周末，爸爸骑着单车，带着妈妈去吃美味的面条。

后来他们毕业了。

后来他们结婚了。

后来他们有我了，一个他们开始因为爱对方而深爱，后来又因此更爱对方的——女儿。

他们也吵架，甚至有时也动手，很凶的样子，每一次都把我吓哭，从幼儿园到高中。但记忆中，隔夜没和好的，用一只手的手指头就数得清。

因为当老师太久，他们都是很单纯的人，单纯到因为教育我的方式起了冲突，最后却找我评理。这样的结果是，他们的女儿在十九岁时测出的心理年龄是十二岁。不过我好喜欢和他们一起傻乐傻乐的感觉。

妈妈从没弄清自己的生日是何时，却在爸爸生日时买回蛋糕，让我把爸爸引开，她来偷偷点蜡烛。

爸爸出差时围巾、睡裙、玉佩什么的都是一式两份地买，然后说服我让妈妈先挑。

我做了坏事，他们很严肃地商量处罚方式然后一起宣布；我做了聪明的事，他们互相吹捧与自吹自擂相结合。

幼儿园时看《妈妈再爱我一次》，我在妈妈怀里哭了个天昏地暗。

小学时我偷偷想："妈妈和爸爸要是死了，我就立刻自杀。"

初中时看余光中的《四个假想敌》，心里对"结婚"这回事非常排斥。

高中时惶恐地想："三年，两年，一年，两个月后我就要离开家了么?"

大学里看了《世上最疼我的那个人去了》，每次都忍不住眼泪，发誓要一直一直对他们好。

这个家是我最大的支撑，家里两个相爱又爱我的人是我努力的理由。

不知从何时起，我也开始渴望爱情。甚至有时，悄悄设计一下我未来家的样子。

我想要的家，就是老爸老妈给我的这一种。

我想要的爱情，只要平平淡淡又生机盎然的六十年。

我的2005年

悄悄快乐 2005－12－31　01：12

2005年新年钟声的余音似乎还没有散尽，它已经要走了。

不知从什么时候开始，时间过得那么快，那么快。

2005年，我二十岁。

看着镜子中的自己，看着虽然不是美女但还蛮可爱的自己，想着皱纹会一条一条出现，头发会一点一点变白，眼睛会一天一天浑浊，心中一片茫然。

我真的不是个孩子了。

可我的心呢?总是简单傻气，犹豫不决，大悲大喜。甚至，不知自己该要什么。

回过头来说我的2005年。

元旦那天我去美术馆了，法国印象派画展，2005年在色彩斑斓中开始。看见那个从小就认识的小哥哥与女朋友并肩携手，开始意识到，我们这一批人，无可避免地长大了。

上大学以来第一次回家过年，陶醉于家的舒适，饭菜的香，鞭炮的热闹，家人的关爱。小弟弟已经快有我高了。同学聚会，拜访老师，躺在床上看着《哈利·波特》吃薯片和果冻，开心得不知怎么办好。

情人节那天下雨，记得很清楚。没出家门，想象未来的玫瑰。

2月底回学校。票很紧，只得提前一天。第一次一个人在宿舍过夜，发现自己最怕的就是孤独。

开学不久，妈妈来进修，有人洗难洗的衣服，有人常买来好吃的，我快活得像个小傻子。

难忘3月末的那个晚上，爸爸从昆明到学校，带来两束好美的玫瑰，红色的给妈妈，蓝色的给我。因为好多事情，那晚很晚才见到爸爸，而且只有十分钟。愧疚又委屈，一个人坐在树丛的长椅上流了许许多多的眼泪。冲动让我打了一个电话，对着那头一个字不说足足哭了十分钟，然后倾诉，听他的安慰。不管这辈子我们会怎么样，他是使我的青春更难忘的一个重要因素。

期末过了就是搬宿舍。下雨，被子淋湿了。我已习惯了在忙乱中伤感，多少次泪水差点夺眶而出，幸好我是个善于遗忘难过的人。

暑假去贵州，好多开心也好多震撼。瀑布真美。朋友真好。菲菲姐，陶陶，昊弟弟，哲苑，顺儿，还有牛筋，相信你们和我一样，将这次旅行深深刻在记忆里，相信我们把彼此当成了兄弟姐妹。还有雨晨大哥，我们也许连朋友都算不上的，因为我们这辈子可能就见这一次面。他们的玩笑仅仅是玩笑，但在那一夜站到亮的火车上，那首我不知名字的歌，那句“谢谢你陪我走过这段生命，这辈子我们也许不会再见（大意）”的歌词，令我很感动。

开学伊始就是军训。被教官以“眼睛没杀气”训，把宿舍弄得像没住人，挥汗如雨。但结束那天，我们哭了很久。《军中绿花》成了我爱的歌。

9月份我开通了博客，不过11月才算正式使用。我爱这个让我能释放感情，能与朋友们进行更深交流的地方。离不开它。

快到月末时去南京玩。第一次没告诉父母的旅行，那天夜里的电话，打了四个小时。

百年校庆让我们对学校表达着纯净的敬仰和亲切，忙忙碌碌哭哭笑笑将近一个月。江湾的烟花让我激动得泪流满面（其实我不喜欢这个词，但只有用它合适）。

日子很快的。学了点法语，每天匆匆上课。妈妈中间看过我一次，又发生了一些事情。发现难过时会不由自主拨他的号码。不过我早就知道很渺茫，也许他的故事结束在今年。

“一二·九”歌会的朗诵忘词让我知道关心我的人真是好多好多。

辩论，我又喜欢又怕的东西。不过教练成为我所崇拜的人之一。幽默不油滑，善辩不好辩。后来我们还赢了两次辩论赛。楚楚，小祝，小茜，谢林，陈伊，下学期我们继续努力，还可以去杭州哦。

顺儿妈妈的病让我们携手，奔走。团结的力量，真的是很大的。2006 年钟声敲响的时候，顺儿，我会为你许愿。

今晚是班级年夜饭。本来以为会很轻松，可是酒让大家说出了许多话，也使一些事情不得不浮出水面。一个我渐渐在乎起来的人让我有点难过。那个人喝了太多的酒，酒让他刚才说出“我爱你”，但酒让他根本不记得他说过。另外两个人在今晚也对我说出了本来一辈子也不打算说的感情。我的心乱极了。喜欢被许多人追一定是小女孩的想法。酒真是个坏东西，酒真是个好东西。酒到底是什么东西？其他人都没闲着，表白的，宣布在一起的，号啕大哭的……这个有酒的世界真精彩。我们以祝贺同学生日开场，以祝顺儿妈妈早日康复为结束，顺儿的大哭让我感到很心酸，还是没忍住眼泪。我什么时候这样爱哭？2004 级中文，给我美好到极致的幸福感。

2005 年要过去了，我很怀念它。

别了，我的 2005！

踏　雪

悄悄快乐 2006 - 01 - 21　10 : 48

太阳下山以后，我走出门去。门外是细细密密的雪珠。

天空泛着些橘色的微光。雪天的白昼是阴沉的，夜晚却比平时亮。

雪肃净了一切色彩，吸收了一切声音，只把寂静留了下来。

我走的路，正是高三时爸爸每天陪我散步的路。我在寻找当时我们留在这里的对课上问题的探讨，对未来大学的憧憬，当然还有奇形怪状的打油诗和走了调的歌声。

后来就到了那个小花园，我和朋友们常在那里谈心的。一花一草，几乎知道我所有的心事。有的也许我都忘了，但我相信它们记得，也包括她们和他们。

这里的雪地似乎还没有人走过呢。我很仔细地制造了许多巨大的爪印，不知明天会不会让一个或几个孩子浮想联翩。

分不清哪里是路，那么就随便走吧。滑倒了，就知道松软的雪下是熟悉的彩色的大理石小路。摔倒而不脸红，多少年未享受过了的滋味啊！

雪总是会化的吧。想想有点伤心。不过，太美的东西留得太久，本来就不是正常现象。

如果踏雪的重点照例是寻梅，那踏雪就沦为一种手段了。

所以，我很庆幸，今天，我只为踏雪。

任人宰割记

悄悄快乐 2006－01－22　12：44

知道我现在的感觉吗？半个嘴巴，半个舌头，半边牙龈都是麻麻的，但没能制止住隐隐的疼。更为恐怖的是，血腥味充斥着我的鼻腔和口腔。

起因还是我那颗多事的智齿。我就不明白，获得点智慧怎么就那么难哪！我的智齿平均一个月跟我闹腾一次，闹腾了小三年，居然还没长出来！今天，妈妈毅然决然地强迫我去找医生把牙龈划开，让那个尺寸最大，架子也最大的牙齿长出来。

那医生套上白色的手套，对着躺在椅子上的我笑，狞笑，在我看来。

“屠宰。”我嘀咕了一句。

医生笑得更加春光灿烂：“你说什么啊？”

我没想好怎么回答。不过医生根本没打算听我说什么。他“唰”地亮出一支针管。“打麻药吧。”

打麻药真的是为了不疼？打麻药的疼已经让我头发都要竖起来了。本人很没出息地紧紧抓住妈妈的手，眼泪很没形象地呼呼往外冒。这显然不是哭，我还没那么娇气。人的“七窍”联系是很紧密的嘛！口腔和泪腺之间必然也有神秘的联系。

一针麻药下去，医生拿着一个奇形怪状的镊子跟敲墙似的在我的智齿周围左敲敲右敲敲。“啊哟！疼啊！”我大叫，敢情不是你们家孩子。“疼啊？麻药打了啊！怎么疼呢？”那医生充满好奇地盯着我嘴巴看，跟小孩儿发现了恐龙蛋似的。我都懒得说话，只在心里恶狠狠地想：这正是我最想知道的！

于是又打了一针。这针好。我感觉半边脸没了。要是夜里我肯定不敢照镜子。接下来的事顺理成章了。剪子镊子一起上，喀嚓喀嚓的声音听得很清楚，口腔里弥漫着血的味道，眼看身边的盘子里多了一些红色的药棉。

“医生，血腥味好恐怖啊。”我大着舌头说。

“自己的血有什么好怕的！”语气里鄙夷俯拾皆是。够经典！

我想笑来着，也确实笑了，恰似偏瘫的笑容。估计惨不忍睹。

弄完了。我咬着药棉（止血用的）被迫听医生独白。20分钟内我就知道了他的前半生。

终于找到了一个空儿，我成功地问出了“我能走了吗”。

“啊，走吧”，他说，“半小时后把棉花吐了。”

我从椅子上爬起来，耳边却响起了一句类似晴天霹雳的话：“今天就别吃东西了……”

“好……吧。”我说。本来准备咬牙切齿拿这话当炮弹用的，说出来却是大舌头的效果，一点力量也没。

于是，今天我被剥夺了人生最大的乐趣，饿着肚子以猥琐的形象在这里废了许多话。

理想主义者的死亡

悄悄快乐 2006－01－24 20：07

理想主义者在这个世界上能存活多久？

我曾经觉得，“理想主义者”的称呼即使不是赞誉，也绝不是贬低。说我是“理想主义者”的人很多，我甚至为此自豪过。

现在想来，我忍不住对自己冷笑。

让我发现自己可笑的是一件很小很小的事，不值一提的。那么我就不提了吧。简单地说，我以原则上应该达到的标准去要求社会中的一些现象惨遭失败。这也许很正常，甚至很常见。可是，根据自身利益都该站到我这一边的人们却很明确地表示我的行为完全是书本上那一套，他们毫不掩饰自己的惊讶，对我思维方式的惊讶。

我觉得很挫败。

我不会狂妄到自比鲁迅先生笔下的“孤独者”，做黑屋子里最早醒来的那个人，我显然不够格。最多，我是个叶甫盖尼·奥涅金或者奥勃洛摩夫、普希金、屠格涅夫们笔下那些可怜的多余人。

理想主义者到底能存活多久？我的命运不是头破血流就是麻木不仁，这是必然的。因为我不会把握“中间道路”的“度”。

那么，如果你是我的朋友，请告诉我：

你会喜欢哪个我？现在这个还是成熟并且世俗一些的？

请告诉我！

此刻——永远

悄悄快乐 2006－01－26　23：51

我和隽儿在商贸文化广场一路走一路狂吃。

她买了一个颜色很深的冰糖烤梨，我们一人一口吃掉。

我受很香的味道指引买到烤肠，被她骂“肉食者鄙”。

“啊！土家烧饼！我要吃！”我狂叫，不顾她的拳打脚踢买了一个。“你肯定吃不了的。”她用绝望的语气说。我一言不发开始啃，啃到八分之一觉得很辣，啃到四分之一觉得饱了，她受不了我的“伤感”眼神，帮我吃掉那层有辣椒的皮。这时正好来了个小乞丐向我讨要那烧饼，我们感激不尽地奉送，再拿几枚硬币当感谢费。

我们约好去看老师的。首先，她迟到了四十分钟因为午觉睡过头了。其次，我们吃得忘了时间，最后决定先去淘碟。老师家么，过年后总有时间的。估计老师现在也挺忙。我们不能去添麻烦的。

淘了一堆电影和游戏碟，天已经快黑了。“我决定请你吃饭。”她说。我十分激动，这种事出现的频率相当于在回归线附近遇到企鹅。脑子里不禁出现飞旋的火锅、烤肉、牛排……事实证明永远是这位姐姐比较强悍，最终我们在路边摊吃馄饨、元宵和土豆片。

那时夕阳圆圆的红红的坠在树梢，我坐在矮矮的小凳子上，面前是香香的热热的馄饨和汤圆，隽儿在不远的地方等着土豆片炸熟。

突然觉得幸福得难以言说。

突然觉得希望和隽儿当一辈子好朋友的愿望那么强烈。

认识隽儿时已经是高二了。

其实要是寻找渊源，我们俩还是有那么一点儿的。他老爸从学校调到机关时，我老爸正好调到学校接他的课。这事发生在我们出生前，想来真的很神奇。

高二分文理科，那是个伤心欲绝的下午。坐到新班级的教室时，我的眼睛红得像只兔子。然后我就看到了另一只兔子。那个短头发的女孩，瘦瘦的，长得并不漂亮，但显得极其聪明，古灵精怪的那种，莫名亲切。现在想来，这就是缘分了。

那时我的文章写得不错，自己也引以为傲。但第一次大作文后，语文老师建议我去看看隽儿的。我去看了，紧接着又向她要了以前的作品，由不服到惊讶，由惊讶到佩服。相比之下，我的文章和她不是一个层次。文采与思想齐飞，幽默共深刻一色。现在已经记不清具体内容了，只隐约记得她有一首叫《少年游》的诗，古风吧好像，那种自如与大气，我都不知怎么形容。还有一些词，文章中用的一些典故，莫不才气逼人，灵气逼人。

很快我们成了好朋友。很快妈妈说我作文有了“长足进步”。很快我们的作文总是一起被当成范文。我们因为作文而熟悉，熟悉后我越来越喜欢隽儿。

她很真诚，她很爽快，她很纯粹，像透明的阳光一样。她读过许许多多的书，书香已浸透她的骨髓。这样的女孩永远不矫揉造作，很少生气。记得她十八岁生日，我和另一个好朋友送给隽儿一个娃娃，卡通鼹鼠，因为它的牙齿有点像隽儿。那天下午，我们举着鼹鼠在楼梯口等着。隽儿背着书包哼着小曲儿来了，我们立即冲上去。隽儿不知发生了什么，大叫一声“望桓侯而还走”撒腿就逃，又被我们抓回来。看着那只鼹鼠，隽儿大笑，和那只鼹鼠也更像了。直到现在，我还清清楚楚地记得她珠子一样的笑声和开心的样子。

静下来的时候，想着我有隽儿这个好朋友，总是忍不住微笑。有时我会跟隽儿说：“隽儿，我爱死你了。”隽儿总以逼真的呕吐状作为回应。隽儿的讽刺挖苦通常是她表示感情的方式，花样繁多，还总能让人有些回味。

隽儿只有在说起数学时才会有点伤感，数学也使隽儿的高考不是太理想。隽儿其实挺喜欢当老师的，她想报东北师大，但隽儿有一点和我一样，有时很想叛逆但骨子里是个乖乖女，她遵从父命去了北京，在直属国家部委的一所电子工程大学读行政管理。

分别的时候，我说“小子你走上仕途了啊”。她有点落寞的笑容让我悚然一惊。许多年后，这个可爱纯粹的家伙会是什么样呢？

现在的隽儿留了长发，眼睛清澈，睫毛长长，漂亮了许多，就是有点憔悴。她说很想考研又不知该上哪个专业，考公务员又有点不甘心。我懂。她这样的女孩，内心的浪漫很难褪去。

“我不搞文学许多年了。”隽儿调皮地笑。

“一凡大师！叫你呢，傻子！”熟悉的称呼，只有隽儿这么叫我。

这时的隽儿是以前那个。

朋友少见面感情会变淡的。我和隽儿半年才能见一次面。我多么多么不愿。

坐在小小的但是暖洋洋的路边摊上，我看着不远处的隽儿。

此刻不会是永远。

此刻真像永远。

希望，此刻，是永远。

有一个地方叫老家

悄悄快乐 2006－02－05　21：13

其实，老家已没有我的家了。

爹爹[1]奶奶已经去世。伯伯前几年也已病故。姑姑嫁在外地。

记忆中，回老家的路是艰难漫长的。汽车，火车，轮渡，三轮车……路上还要过一夜。彼一时，此一时。这次爸爸借了一辆车，可以一直走高速公路，长江大桥又已修好，天堑变通途。所以，4 个多小时后，我的双脚已踏上了老家的红色泥土。

老家所在的小村子名叫“东亭”，一个清秀甚至有几分娇嫩的名字。

老屋已经没有了。那老屋，典型的徽派“白墙黛瓦”，爹爹盖起来的时候曾经是村子里最好的房子，建于 1964 年，无疑是爹爹身后的一座丰碑。依稀记得，酒酣后的爹爹，常津津乐道于此，是啊，一个脸朝黄土背朝天的 20 世纪中后期中国农民，还能有比这更自豪的吗？爸爸在里面长大。妈妈第一次到婆家住的就是这里。从 1 岁到 11 岁，每年爸爸妈妈都会带我来这里过年。

现在，一幢白色的陌生小楼矗立在那里，它和我相互瞪视，眼神都是茫然的。小楼前面那条路倒是没变，普通的石头路。石块们呈现出各种颜色，只有暗淡和凹凸不平是一致的。这条路，曾是小村子最热闹的路，当老屋还是爹爹的骄傲的时候。大妈说，我第一次来这里时摇摇晃晃地走在这条路上，随时都会跌倒。我记得，我四五岁的时候，这里还是人来人往的地方；小路尽头有个老爷爷卖橘子，奶奶牵着我的手去买。小路依旧，但是冷寂得人心里发慌。路两旁的房子大都空了。老屋后面的山上平地，一个新的“中心”正在形成。

① 方言，即爷爷的意思。

老屋旁边有个“大湖”（湖很小，乡亲们习惯如此称呼。爸爸告诉我，别看这一小泓清水，县志里有记载：湖中心曾有一亭，名曰“见一亭”，故称“东亭湖”，那是很久很久以前的事了），那里曾是我最爱的地方。碧波荡漾的湖水在我童稚的眼睛里是让人吃惊的美。这湖水曾是几十户人家吃用的水。我还记得十几年前伯伯穿着黑色的大胶鞋，用两个在我看来巨大的木桶担满家里那个更加巨大的水缸，“哗，哗”的声响，仿佛还听得到。湖水现在仿佛还是碧青的颜色，可是姐姐说湖里已养上了蚌，施上了肥料，那水喝不得了。养蚌，再用锋利的刀刃划开它们柔软的身体，取出泪水般的珍珠，我所知道的最野蛮的事情之一。不知如何评价？

大湖埂，当年是泥土修筑的。在上面摔一身泥水的记忆依旧清晰。

山上有爹爹奶奶合葬的坟。坟前的碑上，我的名字也赫然刻在立碑人里。忽然就觉得肩上承载的除了国家，除了自己的未来，还有“家族”。放炮烧纸，端端正正地磕下头去。和爹爹奶奶的见面次数是数得清的，可是有一种神奇的东西叫血缘，内核的亲切感使人无法抗拒。

兄长们、姐姐们、表叔们和表姑们争着请我们吃饭，真正的农村养的土鸡肉真是香啊。

老家的人们，好像都没变，又好像都变了。

姑姑家的哥哥依然不爱说话，但他已是个清秀帅气的小伙子，那个记不清面貌的小男孩长大了。

伯伯家的国子哥哥依旧爱笑，不过他发福了。而且看得出，看向他那蛮横无理的小女儿的目光里盛满慈祥。

四姐姐还是那么漂亮，眉目如画，体态轻盈，但她已开始用只有她和她的孩子懂的语言哄着怀中的小婴儿。

小孩子们跑来跑去，他们该叫我小姑或者小姨。明亮的眼睛和鲜红的嘴唇。声音清脆。

这就是我的老家。

8 年没见。

贪图舒服住在宾馆。

典型的过客。

老家太远。没住过几天。但老家不陌生。

对老家没有太深厚的感情，是的。

不知什么时候再来。

但想到一句话时，会觉得很踏实，
有一个地方，叫老家。

我爱我的烦恼丝

悄悄快乐 2006－02－06　22：47

头发通常叫“烦恼丝”。我深有体会。

我的长发别人看起来没什么特殊，可是我知道它们的珍贵。长得慢啊！从及肩留到长及背心，我花了整整3年青春时光，自己都感动了。慢也就罢了，还是自来卷儿。卷也就罢了，偏偏似卷非卷。于是我常常辫子散乱，状若女鬼。好在去年发现了超级适合我的离子烫，然后我的头发柔顺了一阵子。不过最近它们又故态复萌，也就是说，该再处理一下了。这次本人的雄心比较大，准备挑战传统的清汤挂面形象。但是，懒惰如我，太难打理会死人的。

先征求我爸意见，怎样才既简单又有个性？“光头。”老爸果然干脆！闭上眼睛想象一下，发现自己勇气有限。

到理发店问发型师：“除了离子烫的直发，还有平时可以不管的么？”他认真地想了想，又认真地回答：“还有爆炸头。”

还有什么好说？罢了，命里无时莫强求，还是直发好了。再拉直一次，再简单不过了。

谁知，5个小时就此打了水漂。同时，各种折磨接踵而至，比如涂上药膏半小时不可以动，比如在一个不知是什么的怪机器下被烫得半死，比如双目失神地看理发师重复几百次夹头发的动作。

我恨恨地想：如果可以吃肉，出家真是个好归宿。

很快发现自己的错误，当理发师企图剪掉我一点点发梢时，我忍不住大叫：“最多1厘米！”然后盯着地上的1厘米头发，无比心痛。

这还不是全部。未来3天还要忍受不能洗头且24小时必须披头散发之苦。

不过与其他顾客比较一下，立即释然。每月一个发型或者一个颜色，甚至一会儿剪一会儿接的比比皆是。本小姐恪守“不烫卷，不染色”的原则，实在对得起这把青丝了。

我坚持认为头发是给人带来无穷麻烦的东西，这也许是“烦恼丝”最肤浅版的解释。不过，我更坚持与我的烦恼丝不离不弃。

我爱我的烦恼丝，就像爱我生活中的一系列烦恼。

嘻嘻，人就是这么矛盾。

不想依赖

悄悄快乐 2006－02－11　21：43

我知道完蛋了。因为小弟弟说："靖靖姐姐，我错了。"

每当他这样说时，都必然有件东西不能用了，或再也找不着了。我的眼镜、芭比娃娃、玉石手链等一系列心爱之物都曾遭此厄运。这次轮到谁了呢？我忐忑而又绝望。

手机。

手机？

我的崭新的三星手机！

"你把它怎么了？"我揪住那个小坏蛋。想狠狠瞪他，又狠不起来。只好哀伤地看着那张至少我现在应该痛恨，可是依然让我觉得好可爱的小脸。"打不了电话了。"他说。

如此严重？

"也不能发短信了。"他又说。

什么？？

最后，这个小家伙给我的是一场大大的虚惊。原来仅仅是欠费了，因为他上网玩了很久游戏。长长松一口气，吓死我了。

没想到，接下来的滋味相当不好受。不经意间，我已经如此依赖手机了。每隔十分钟左右，我就要把手机从口袋里掏出来看看，随后才想起，停机了。静静坐在一个地方，老有双手没处放的感觉。怎么回事呢？其实，手机好好的时候，把它锁在图书馆的箱子里甚至扔在宿舍一整天都是很常见的事情啊。唉，失去了才知道珍贵，失去了才知道自己有多依赖。

想想自己，依赖性确实重了点。

比如对博客。平时写写也没觉得太重要，可是系统崩溃那一次真是让我傻掉了。不想看到那一片狼藉的界面，又老是忍不住去看，自虐一样，很久才有恢复的勇气。

比如对自己的房间。房间里无数奇奇怪怪的东西，二十几个不同的布娃娃，各地旅游带回来的竹子、泥巴、木头做成的小玩意，小学到高中的旧习题集，很多年前的日记，小时候收集的石头，现在收集的卡通面巾纸。如果回家发现任何一样不见了，我都会失魂落魄，觉得生命的一部分没有了。偏偏记性奇差的我对这些东西记忆力非凡。实在恋旧到了奇怪的程度。

比如对爸爸妈妈。我几乎没有什么事情瞒着他们，有时惨淡经营瞒了半年，最后还是主动泄露。在外面遇上难题想到脑袋痛的时候，我就会告诉自己："让他们决定好了。"撒点小谎的时候，总觉得自己十恶不赦，最后以极度小儿科的方式承认错误而告终。

比如对朋友。和朋友在一起的强烈踏实感总让我感觉很不踏实：多少人说过友谊是年轻人的游戏，当我们有了各自的事业和家庭以后，我们会很少见面，很少联系，那时，怎么受得了？朋友的一句话常常颠覆我对某事物的整套看法。我什么时候才能有点主见呢？

不想依赖。至少不想这样依赖。

依赖的东西，就是别人可以打击我的地方。也就是软肋了。我的"软肋"，太多了。

不想很容易就被人伤害，所以，不想依赖。

可是，怎样我才能不依赖？

执著地活在过去

悄悄快乐 2006－02－26　02：16

听到一个消息，很难过。张中行老人去世了。

最早知道这位老人，是爸爸告诉我，《青春之歌》里的那个自私落后的"余永泽"的原型就是张中行。先入为主，总觉得张中行是个才有余而德不足的人。不过陆续看的《负暄琐话》（续话、三话）和《顺生论》，让我没法不喜欢他。很矛盾。后来看过一些类似"人物志"的小文章，才知道张老是怎样一位气度非凡、悲天悯人的大师。尤其是最近颇受关注的《我的母亲杨沫》，张中行海一样的心胸让人为之震撼。

鄙视他，因为一部小说；喜欢他，因为他的才气；敬慕他，因为知道了真正的他。

其实，他的驾鹤西去，不妨碍我继续通过他的作品与他进行精神对话。我可以在今后的几十年里一直敬慕他。这件事，真的和我没什么关系。然而，亲人的去世会让人悲痛，而大师的去世会让人思考。

"未名湖畔三雅士"已有三分之二身处天国。那个长衫飘飘的时代，那个儒雅风流的时代，就这样离我们越来越远。历史头也不回地走，坚决得令人绝望。泱泱中国的五千年啊，多少英雄叱咤风云，多少时代流光溢彩，我认识谁？我又经历过什么？生在中国，一件很幸运的事就是：你无比清楚地看到自己的渺小与浅薄。因为你发现的真理，先哲说过了；你想抒发的感情，诗词写过了；你建立的功业，永远不会是最伟大的。时间，空间，人们，淹没你。

我从不认为自己是个无能的人，但是站在长城之上、故宫之前或者西湖之畔时，我清晰地感觉到自己的平庸。历史慈祥地向我微笑，大师们山一样地屹立在岁月中，不倒。作为一个“速朽”的生命，我恐慌而惭愧。

我不奢望缔造，我只想要见证。

见证春秋战国，见证巍巍大汉，见证赫赫盛唐。哪怕，见证一百年前的改朝换代，血雨腥风。曾几何时，人们仗一把长剑，就可以行走天涯；曾几何时，人们对一弯明月，就可以泪流如雨；曾几何时，人们擎一杯浊酒，就可以长啸当歌！那些真纯、动人、火红、大漠黄沙、诗酒风流的时代啊！我可以成为一个走卒或一名小僮吗？为周瑜冲锋或为李白洗笔？

甚至这些都已有人想过，“青藤门下走狗”的印章谐趣而感人。

时间不会为谁停留。匆匆带走一切，只留下追思和怅惘。历史到底是什么？他只留下一点印痕，都可以有人为之疯狂。浩渺星空，谁人曾仰望如我？

又一位大师辞世了，无人可以替代。

一生俯仰。可有传世的诗句三行？

我生在现在，但我执著地活在过去。我很可笑，但我欣慰。因为我懂得，畏惧。

我以为

悄悄快乐 2006-03-05　01:23

我以为我不会流泪，后来才知道那是没有触动心扉。

我以为我会很平静，后来才知道心在痛的时候，不可能平静。

我以为我会很快解脱，后来才知道在时间胜利前，没法解脱。

神思恍惚。不知还要恍惚多久。

结束了一份朦朦胧胧、开始就错了的感情而已。我是怎么了？

原来，我并不坚强，像我一直以为的那样。

今天去外滩了。

风迎面吹来，带了阳春的暖意，少了凛冽的寒气，但还是把我的头发吹得很乱很乱，一如我乱乱的心绪。

浦东的灯光真美，尤其是被泪水幻化成五光十色的光圈的时候。

我不爱他。应该是。但依恋和自责不是那么容易就消失的。

今天还去相辉堂前的草坪上晒太阳了。

暖融融的，很舒服。可身边的人说：你为什么带着点伤感的神情?

该高兴吗？庆幸我终于不再整天乐得傻傻的了。

时间会带走一切。绝对真理。不可以不是真理。

你说你不相信分手会是快乐的，但我还是要说：分手快乐。祝你快乐。

我以为快乐是生活里唯一的东西，青春的悲伤是快乐换了件衣服来吓唬人的。2006年3月2日，我在现实面前低下了头。

写给你的

悄悄快乐 2006-03-12　00:31

当你看到时，我想，你会知道这是写给你的。

本来想毕业时写篇东西给你的，后来还是决定把想到的先写下来。毕业时，再说吧。

我想说，很高兴认识你。

大一，几乎不知道你是谁。

第一个暑假，暑期实践走了几千里（不好意思，一切交通工具都算上），我们是一群人中间不亲不疏的两个。

大二，开始熟悉了。

不过，我没想到你会成为我这样重要的朋友。

“朋友”这个词，你很看重很看重，我也是。

你见过我最最狼狈时的样子。去年冬天的那次。还有一个多星期前的那次。

也许仅仅是巧合吧？可是亲切感再也无法抹去了。

天性快乐的我总在常常忧郁的你面前倾诉烦恼。怪事情。

不过，你总能给我最适量的安慰和忠告。真的真的，谢谢你。

阿康暗暗的灯光下，我们大嚼着羊肉串鸡肉薯条，喝着奶茶啤酒，聊。记不清多少次了。每次都很开心很痛快。

你知道我爱吃什么，细心的孩子啊，将来我弟妹很有福气的。我也知道你爱吃什么。因为你不爱吃的东西不多，嘻嘻。

你知道我在想什么，因为我全告诉你了。我也知道你在想什么，因为你那么像一个人。

不过，我们是朋友，和你像谁，无关。

寒假里每晚在家上网，几乎没见过你下线的时候。习惯了天天闲聊天天斗嘴。习惯了被你噎得说不出话。习惯了大叫“我不理你了”，然后看你发好玩的图片过来道歉。

你有时像个很沉稳的大人。

当你谈起三毛郭敬明的时候。

当你帮我分析我的烦心事的时候。

当我说“太恐惧了”而你说“不要怕”的时候。

你有时又那么像个孩子。

当你叫我“好姐姐”的时候。

当你很着急地一定要我看某个版本的电影的时候。

当你让我必须把你心爱的小说一口气看完的时候。

当你……笑起来的时候。

你说人笑的时候不一定真的开心。我不理解，但我相信。可是我多么多么希望你开心。能帮你做什么呢?

你当然不是我失散多年的弟弟，但希望你是我一生的好弟弟，一生的，好朋友。

你说知心朋友不会有很多。而我觉得，知心朋友可以有好几个。只是，每一个，都不可替代。对我来说，你，尤其如此。

这就是我要写给你的。请你收下。

P. S.① 我又想吃阿康家的东西了。我们什么时候去呢?

我要睡觉

悄悄快乐 2006－03－15　02：42

现在是最该睡觉的时间。快午夜3点了。

我困。我累。我真想睡觉。可我还是来写博客了，因为我很不爽。

---

① P. S. 是 potsoript（备注，附言，后记）的缩写，中文意思就是附笔。

今天（其实是昨天）本来是挺好的一天。早上阳光就是暖暖软软的，而且爸爸出差路过上海还要来看我。虽然中午有团学联例会，下午有国际问题研究会活动，晚上辩论队要训练，但都是我挺爱忙的事情。

中午爸爸来学校，我们一起吃了午饭。冲去开会，领了两个企划要做，有点畏惧，自我鼓励了一下。接着去美研中心参与讨论。因为各式各样的事情，我三天只睡了十来个小时，于是头疼的老毛病于四五点钟的时候又开始了。陪爸爸走走校园，吃了晚饭，把爸爸送上车，骑车冲去辩论队训练。这时头很疼，心情倒是并不坏。可是今天不知怎么回事，不止一个平常爱笑爱说的人要不皱着眉头，要不凶巴巴的。这自然不会让人高兴。不过别人自然是有原因有理由的，平常我也不会怎么样。可是今天实在很累很不舒服，于是有些压不住心里的火。八点多又冲到本部开关于系际辩论赛的会，听了将近一个小时才明白主办方只是想说，很多事还没定下来。我都快被气笑了。开完会再冲去训练现场汇报情况。接着回宿舍帮人上网找考研信息，又做了个“惠风钟文”计划，就到了现在。

全是鸡毛蒜皮，谁都怪不着，所以火也没处发。有时真的有点可怜自己。比如今天，因为困，因为不舒服，还因为我很烂的车技，毫不夸张地说，整整四次差点被撞死了。尤其是在南区门口遭遇的那辆硕大的公共汽车，让我离死亡也就一秒差距。是啊是啊，我不小心，可是我真的想小心想有不那么迟钝的反应来着。可是脑袋完全是一盆糨糊。

受不了了。好累啊。今晚去开会的路上，在寒风里骑着车，很冷很冷。羽绒服和手套都没带到学校来，没料到春天来这么晚，我这个笨蛋。突然觉得很难过很难过，眼前就开始模糊了。最让人郁闷的是，最后我居然哭出了声，这叫什么事啊？别人看了会惊奇而死的。为了不让人看见，我飞快蹬车。边蹬边哭，还是赚足了回头率。唉！

今晚的短信不少，本来有些人是很想聊聊的，可今天跟人一聊，不怎么熟的倒罢了，要是好朋友我肯定会管不住自己把无名火发到人家身上。于是，没回。假装没收到。

我累。我累。我累。明天要起早去上一二节课。神啊，救救我吧。我还不想心力交瘁而死。

算了，先自救吧。我要睡觉！

可爱小孩乔纳森

悄悄快乐 2006－03－19　00：28

乔纳森4岁，新加坡的小家伙，有着一双出奇美丽的大眼睛。

乔纳森住浦东的四季雅苑。上国际幼儿园，说英语。

乔纳森的妈妈希望他会说中文。

于是，我就成了这个可爱小孩的汉语老师。今天，是我第一次去上课。

早在和乔纳森的妈妈蔡小姐第一次通电话时，我就在听筒里着实领教到了这小孩山呼海啸般的尖叫。

完全在西式的自由氛围里长大的孩子，自我意识和独立精神其强无比。

愿意坐就坐，愿意躺就躺，愿意打滚就打滚。

他对我说了很多个“我不要你”，坚决得要命。蔡小姐说，乔纳森总是很难和陌生人适应。

没关系。本小姐的 baby-killer（婴儿杀手）不是白当的。

陪他看《狮子王》，给他讲故事，和他一起画画玩玩具，他一说英语我就装听不懂。

他把我可爱的包包蹂躏得一塌糊涂，我忍。

他拿我的唇膏在自己脸上比划，我忍。

他时不时地会掐我一下，我忍忍忍。

挑战，我喜欢。

转机的到来毫无预兆。

坐在我怀里乖乖地看动画片，在我的唆使下把苹果派浸到牛奶里吃，绕着我跑到头晕然后放声大笑。

小小的身体和淡淡的奶香，可爱啊，无与伦比！

他拿了妈妈的钥匙要送给我，并且很认真地骗妈妈说：“那是姐姐的。”

他要我把小火车递给他，用英文。我说不行，你要说中文。他憋了半天，可怜巴巴地说：“给我，please（请）.”

要不说我是个天才呢。

他对我说的第一句话是：“Go away（走开）.”最后一句是：“Please come here next week（下周请到这里来）.”

我的 baby-killer 果然不是白当的。

我喜欢这份工作。小孩乔纳森确实可爱。

从此，我的周末又多了一份期待。

流泪时，我会转过身去

悄悄快乐 2006－04－03　01：57

昨天，我在一楼的活动室痴坐到深夜。思考朋友，思考人生。很酸吧？可是这是真的。

很偶然的契机。和楚楚、小伊突然有了交心的欲望，关上灯说了很多话。后来有人哭了，后来她们走了，后来我一个人，毫无缘故地，流了很多泪。不是伤心的，仅仅是感慨。后来，随便在本子上涂了点什么。

我的生活是部轻喜剧
开心是主角
含着点儿浅浅的哲理
当然不会少了伤感
不过流泪时我会转过身去

身边许多人来来去去
头也不抬匆匆赶路
有的漠然看我，眼神空荡无趣
有的侧脸细细打量，突然说
我们一起走吧，一起
我望着天，脚下马不停蹄
我偶尔驻足，欣赏香喷喷的好天气
我对自己和所有人微笑
我用恋人的眼光看飘洒的花瓣雨
我流泪了，我转过身去

生活很伟大，生命很神奇
我的热情是一张大网
贪婪地网住整个世界和所有美丽
如果我流泪
是为了这一切注定消失得很轻易
请不要嘲笑我
请允许我转过身去

我演着我心爱的轻喜剧
心里有浓浓欢喜
心里有淡淡忧郁
我和人们相对微笑
窗外的阳光，一首跳跃的波尔卡舞曲

在他们身边我用干净的眼神仰望
无欲无求，碧空如洗
心中温柔地疼痛，眼睛微微酸楚
我转身，我离开
找一间不会有灯的黑屋子
哭泣

辩论，我们赢了

悄悄快乐 2006－04－06　01：08

想来想去，还是写下了这个恶俗的题目。我们赢了，真好。

要感谢的人，很多很多。

谢谢楚楚。中文系辩论队的缔造者。

谢谢教练。每周两次训练，风雨无阻。

谢谢轶凡、小茜、娅菲，帮我们充当对方辩友，陪我们整天练习。

谢谢思思、依蔓、阿林，让我们容光焕发地上场。

谢谢所有帮了我们的人。

谢谢今天去看我们比赛的同学，以及因为课实在不能翘，但一直在心里祝福我们的同学们。看到或想到你们，我们很踏实。

谢谢小祝，谢谢小伊，谢谢凌儿，谢谢你们和傻傻的我一起战斗，赢了比赛。

我不是个适合辩论的人，因为别人说什么，我总觉得挺有道理的。参加辩论队，只是为了好玩。

我们确实挺开心的，每周两次，每次四五个小时，想不成为好朋友都难。和一群朋友为一个目标努力，感觉真好！

仅仅是系际辩论赛，到目前只赢了这一场，听起来太普通，但这是很多年来在系外比赛中赢的唯一一场。

中文系的辩论，怎么想都不该差的。可确实很多年没赢过了。

去年，不知深浅的我们惨败了，这里的“惨”，当时根本没意识到。参加过几次队里的训练之后，才知道我们当时真的是一塌糊涂啊，立论很差，没有技巧，说话不顺，毫无章法，我们是一群因为无知所以无畏的孩子。

有一个人觉醒了，碰巧这是个勤奋有毅力的人。是的，楚楚。

楚楚身边有一群热情上进的朋友。是的，我们。

教练的出现，相当于东风。既博学又随和的东风。

一年在欢欢笑笑吵吵闹闹的训练中过去，辩论队里有人来了又有人走了。我们坚持了下来。

凌儿的出现是划时代的。

这个超级有个性的 2005 级小男生，我迟早要专门写写他的。这里只说一句，自从有了康凌，中文系辩论队的面貌焕然一新了。

每一次训练，都会有很多收获，收获知识，收获思维方法，收获好心情。

当知道了这次比赛的辩题，只有愉快的日子就结束了。首先努力读书，让某种观念深入你的骨髓。知道吗？我现在信仰自由主义，厚厚的一叠卡片，写了许久许久。18 号楼活动室的灯光，见证了很多晚上，很多深夜；见证了我们的笑、我们的焦虑、我们的眼泪。我没有夸张。

这场比赛，我们打得并不好。很多东西，很好很好的东西，没能说出。教练的叮嘱，我们忘了一半左右。每个人都在检讨。

但是此刻，我要很没理性地说，我们好棒啊！不为别的，为我们的努力，虽然是远远不够的努力。

很快抽了签。下一周，下场比赛。我们很遗憾地不去春游了，我们要好好准备。下一场，哪怕输，也希望我们做得比这场好。

辩论，我喜欢；中文系，我爱。

我们赢了，真好，真好。

我不要这个故事

悄悄快乐 2006－04－08　00：20

（我姑妄写之，你姑妄看之评之。猜想少一点。）

不要这个故事

不要这个故事
难道是你，你给我心事
我不要这个故事，不要这个故事
怎会是你，你这坏孩子
我不要这个故事，不要这个故事
偏偏是你，你让我偏执
我不要这个故事，不要这个故事
不该是你，你来得太迟

我的头脑在发烧
我喜欢你的眼神你的微笑
我的表情很苦恼
我知道这太危险这太糟糕
我的心思很微妙
我明白其实很美其实很好
我的理智在狂叫
我应该快点清醒快点跑掉

这个结局已定的故事
我一直知晓
我不要这个故事
可到底是否能逃

这个结局已定的故事
我非常明了
我不要这个故事
那真的不是玩笑

上帝的归上帝，恺撒的归恺撒

悄悄快乐 2006－04－13　02：29

近来的事情几乎件件乱七八糟。今天的辩论，输了。我们做得确实不太好，但应该赢。评委说我们的辩题有优势。天晓得，我们论证之前，没人会这么说。

小伊哭了。抱着她的肩安慰她："至少下个星期三，我们不用翘课了。"突然之间，我也哭了。

不用翘课了……

我不热爱辩论，有一点喜欢而已。为它没有周末、为它翘课、为它熬夜，意义在哪里？

为了中文系，为了我爱的0411。这是一方面。

还有就是，在辩论训练时，我的快乐非常纯粹，就像阳光灿烂的冬日午后一边闲逛一边吃糖葫芦的快乐。多少次啊，我们的笑声真的就要把屋顶掀翻了。

冷冷的雨。我们撑着伞回我们熟悉的活动室。路上买了奶茶。路上无数次眼泪静静地流下来，流下来。

分析，总结。教练说，我们来回顾一下这场比赛。凌儿拿笔。教练说，不用。我立刻朝天花板看。我不要眼泪在日光灯下掉下来，不要。教练说了很多。比赛说完了，说辩论的意义，说我们在一起的种种开心。大家又像往常一样开玩笑了，又开始大笑了，不过心里总好像梗着点什么。教练不顾我们的挽留，先走了。看得出来，是逃了。他不愿面对我们，他的朋友们的难过。本部宿舍快锁门了，凌儿也走了。我们继续聊，聊自己的种种困惑，和辩论越来越没什么关系。

手机震动。凌儿的短信，简单的五个字"对不起大家"。这个今晚表现可圈可点的家伙，这个比赛后脸色很难看的孩子，这个刚还在这里讲笑话的男生，我真的，很愧疚，很心疼。

想起比赛刚结束时大家一脸的肃然。想起轶凡红红的眼圈和哑了的嗓子。

结果很重要，但和我们共同度过的魅力时光相比，什么都算不上。真的。

聊到十二点多。告别时竟有些依依不舍。我们都住一幢楼。这幢楼里谁能有我们相互熟悉？相互亲亲、抱抱。完全的感情自然流露。

累了。休息一阵子后，训练会继续的。下次比赛应该没我们什么事了，除了凌儿。但我相信训练对我们大家的吸引力。

累了，这个周末，该泡泡图书馆了。看看小说，看看课本……

何须想起，不会忘记

悄悄快乐 2006 - 04 - 29　02：15

今天和老刘同志去美术馆，相当开心。许久不见面的两个人，依然有很多话题，依然没有隔阂障碍。

今天一直在想，我的中学时代。

高考结束的那天傍晚，我回到教学楼，走在高一高二的弟弟妹妹刚刚拖过的微微湿润的楼梯上。周围没有一个人，脚步声“啪，啪……”让人心里有些发空。

我的少年时代，无可奈何地停在了这一天。

那是一段多么云淡风轻、明丽新鲜的日子。快乐而简单。

那时的生活多简单，两点一线，上学途中无限遐想。

那时的憧憬多简单，分数再高一点点，离心仪的大学近一点。

那时的朋友多简单，狂聊，傻笑，课间去花园散步，上课偷偷下五子棋。

那时的快乐多简单，体育课上的乒乓球打得很痛快，看完一本金庸的小说没被老爸发现，又考了一次年级第一。都是理由。

有首歌这么唱：“最美的年华，十五六七八……”阳光灿烂的日子。

家乡是个小城市，诱惑并不多，即使对于年轻好奇的孩子们来说。名牌，休闲，甚至早恋，都很少。那般的纯净，今生难再。

我的中学时代，实实在在是一块水晶，七彩的透明，透明的七彩。

一直是老师爱恨交加的学生，成绩好，但总爱出点小岔子。一直是爸爸妈妈最乖的女儿，出格的话不是不说，出格的事却从来不做。一直是个活跃的人物，有成堆的朋友和伙伴。

一直被期望做一个才女，超越一切优秀的男生。一直认为小女人是女人的最低境界，但不由自主总有女生的小心思。一直充满豪气，认为肩上担着民族的未来。

走上教学楼会迎面看到一块很大很大的镜子，每次都是快步掠过它，但想尽办法偷看镜中的自己。那时不明白女人照镜子天经地义。

进老师办公室时总有些惴惴不安，上课睡着了会愧疚两天。那时不明白老师也是普通人，睡眠其实比考试更重要。

特别喜欢跟一个男生聊天，听他说话看他笑就会觉得自己很幸福。那时不明白这种美丽无比、毫无希冀的暗恋一生难有第二次。

那时不明白，这样的日子，过了就不再回来。

不回来，不奇怪，也不要紧。

这些日子，连同日子里的人，是我的血液的一部分。人们很久不联系，仍然没有陌生感；日子很久不回忆，最小的事情也不会忘记。

我的中学时代，我的她们和他们，一直在我心里，永远在我心里。我不该去回忆。

从来不需要记起，因为永远不会忘记。

雨打栀子花

悄悄快乐 2006－06－08　00：46

又是毕业时节了。

恰逢梅子黄时雨。淅淅簌簌，淋得人的心境也湿湿的。人说最开心的是想着即将到来的快乐时光的时候，比如春游前夜。真的到了所谓“好时光”的时候，反而会有现实欢娱的阴影。那么，最悲伤的，就是看着即将到来的伤感时光的时候了。

他们要毕业了，不是我们，但我们也会毕业的。大学生活的一半已经是“以往之不谏”了，而“来者犹可追”又是要打个问号的。所以，时间如“白驹过隙”的伤感也就是加了倍的。

到处可以看到几个或几十个学长、学姐在各种饭馆里或轻声交谈或喧哗玩闹。许多人穿着一模一样的 T 恤，那就是毕业衫了。在偶然放晴的时候，南区游泳池附近总有许多摊点，毕业生们坐在书、工艺品等东西旁边，茫然四顾或神情肃然或没心没肺地傻笑。有时会看到一些穿着学士服的人，在草坪上左顾右盼地摆造型或急急忙忙极不协调地骑着辆破破的自行车向草坪窜去。黑色的宽袍大袖的镶着蓝边的学士服很好看，但在我眼里总透出些凄楚。

想起去年大一住本部的这个时候，看见数十个毕业生手挽手唱着歌从窗下经过的样子。现在的他们，在哪里呢？

几年后的我们，又在哪里呢？

空气中浮动着甜甜的香气，在雨中显得清淡宜人。一朵一朵的栀子花娇憨地绽放着，每一瓣都厚厚实实的极有质感：

栀子花开，so beautiful so white

这个季节我们将离开

难舍的你，害羞的女孩
就像一阵清香萦绕在我的心怀

栀子花开，如此可爱
挥挥手告别欢乐和无奈
光阴好像流水飞快
日日夜夜将我们的青春灌溉

栀子花开啊开栀子花开啊开
像晶莹的浪花盛开在我的心海
栀子花开啊开栀子花开啊开
是淡淡的青春纯纯的爱

是从这首歌开始吗？栀子花，这种甜甜蜜蜜的最适宜小女孩捧在手里的花成了离开校园的象征。告别难得的净土，带着洁白的希望走入现实，接受必然的伤害，都酝酿于栀子花时节。我从来不觉得校园外是黑暗的污秽的，但是，那里的大部分人的确显得更自私。

珍惜余下的两年岁月。好好生活，好好体味，别忘了，必要的时候，好好地谈一场恋爱，大概叫做青春的浪漫吧。

雨中的栀子花就是这样对我悄声细语的。

关乎风月

悄悄快乐 2006－06－18　01：22

考试很紧张，世界杯很火热。现在我却只想谈点风月，确实已经有点无可救药了。

我说过的，我信仰真正的爱情。所以我没法容忍不完美的爱情。

这是不是意味着，世界上所有的爱情在我眼中都不是爱情？

身边有许多朋友，很多有各自的爱情。今天一群人坐在光华楼前的台阶上，说的话题大多与此有关，却说得我更加糊涂。

有人说，女孩子还是找个爱自己的人好，自己爱不爱并不重要。

这样可以过到一辈子不腻吗？

一见钟情，我相信的。但我真的没准备好发生在我身上。

如果很喜欢和一个人在一起，怎样确定喜欢的是这个人还是有个不错的人在身边陪你的感觉？

也许我是庸人自扰了。“一辈子”的观念在大多数人眼中已经过时，可我想的却是最好找准一个人，就可以生生世世。

真的有那么一个无可替代的人吗？还是许多人区别不大，只是有一个人出现的时间地点比较合适？

不知道，我不知道。

爱上爱情，是爱情吗？

不知道，我依然不知道。

不过今天总算确定：我不会嫁不出去了。有人表示，如果我28岁还没嫁出去，即使抛妻弃子也要履行娶我的承诺，听起来是否有点荒唐？估计真到那时善良如我，怎么会忍心呢，可是最起码现在心里有点儿底了。呵呵，我是不是有点幼稚啊？

生活中全是问号。只有一件事我能确定。那就是：我依然不懂爱情。

德国时间

悄悄快乐 2006-06-28 01:08

巴西和加纳打完了，法国和西班牙还没开始，现在闲着。于是想想我的足球生涯。

我是说，我和足球并不太亲密但很漫长的接触。

小时候玩的是彩色的小足球，我爱和小丫头们玩布娃娃，也爱和小男孩儿们踢球。记得楼下的大哥哥还说过“小姑娘踢得不错嘛”之类的话。

小学那个满脸痘痘的体育老师组织过女子足球队，我在里头混过一阵，一直混到我妈决定按淑女模式培养我的时候。后来只能在去姥姥家时和我弟弟一个射门一个守门小小过点瘾。

初中时颇有几个好哥们儿，就偷偷和他们踢。避开老师，避开老爸老妈，每回都为怎么解释自己通红的脸汗透的衣服想得脑袋疼。

后来我急流勇退了。初二时哥儿几个开始长得超出我半个或一个脑袋，我很聪明地见好就收，避免了成为流动障碍的可悲下场。当啦啦队吧，没什么创意，但显得咱本分不是？

再后来，只有陪爸妈同事家里的小朋友们玩儿的时候顺便踢踢了，毫无球技可言。

以上是自个儿踢。

然后说看。

记忆中第一次看球是1994年世界杯的决赛。前一天曾在某报纸上预告比赛的文章里看到一句让我倍儿陶醉的话，全句不记得了，只记得开头是“意大利人裹挟着地中海温润腥咸的微风……”多迷人啊，于是半夜爬起来看。运气好啊，巴西和意大利，在我第一次看球时向我展示了热烈和优雅这两种风格的世界顶尖版本。

1998年世界杯时开始每场不落。求老爸半夜叫我，然后在他的鼾声里（老爸睡眠好得令人匪夷所思）和老妈（被我吵醒睡不着）裹着毛巾被双目呆滞地盯着电视，盯到天色微微发亮。那年我13岁。那年一个17岁的英俊少年披着白色的战袍让我懂得了什么叫倾倒。是的，欧文，忘不了这个阳光少年明亮的笑容和最后的黯然神伤。对阿根廷有点莫名其妙的怨恨。还有最后风光无限的齐达内，那个看上去既温和又坚毅的男人。喜欢球还是喜欢人，估计女球迷们自己也搞不清楚。

初三时的同桌，也是初中时代最铁的哥们儿，是个狂热球迷。一个眉清目秀的男孩子，把球当成命，每篇作文都写足球。不仅天天踢，还天天向我灌输足球知识。那时的我，在公共聊天室的名字不是“托蒂”就是“菲戈”。

2002年必然看的。中国队出线了！再加上时间合适。于是又创造了一场不落的奇迹。老爸不准他的学生看球，我不准他不准我看球。

可惜啊，中国队估计没吃完带去的食物呢，就灰头土脸地回来了。而且，黑哨满天飞，让人心生不满。不过这一届，罗纳尔多的人间难得几回见的球艺让我狠狠激动了一把。

这阵子，考试多得令人郁闷。不过我还是很固执地生活在德国时间。喊得地动山摇，真痛快！

很多人都不一样了。欧文是大人了，齐达内老了，罗纳尔多胖了……一切沧海桑田。但是克劳泽，但是劳尔，但是小罗，但是小贝，但是鲁尼，但是克林斯曼，但是巴斯滕，但是许多其他的人，还是让人着迷。

这段日子，在德国时间里生活，在德国时间里尖叫，在德国时间里悠闲地狂欢。无限美好。

只是当时已惘然

悄悄快乐 2006－07－01　23：43

那晚和罗罗去逛街，南京路还是那么璀璨，中国人还是那么多，情侣们还是那么露骨地表达着他们的情深似海。只有那么一对孩子，在人群中显得那么独特。

一个男孩，一个女孩，初中生模样。

此时已是暑假，又是专留给人休闲的晚上，所以两人的打扮都不是标准的学生样子，而是更活泼些。女孩是米色的棉布短裤和墨绿背心，男孩子是运动短裤和超大的韩版白T恤。两个人都很好看，女孩子的眼睛很水灵，皮肤雪白，因为婴儿肥没消，胳膊腿都圆滚滚的，而又绝不是胖，娇憨可爱。男孩子有着两道英气的眉毛，鼻梁很挺，脸上交替闪烁着稚气和酷酷的表情，看得出三五年后的俊朗。他们明显互相爱慕，一路笑声不断。女孩子有时踮起脚摸摸男孩子的头，男孩子不反抗，还歪歪脑袋，让她摸得更方便些。但两人又绝不可称作情侣，连拉拉小手也没有的，且我可以肯定他们的谈话内容不会涉及真正的“谈情说爱”。

不禁感叹，这种纯美，他们现在不会懂；等懂了，已不在。

早恋这个词的制造者是谁呢？何时的“恋”是“早”呢？欧美的孩子们，十三四岁开始正式的初恋是再正常不过的事情，这并未影响他们深造，也没使他们的国家落后于世界。可是在中国，我们都知道，不可以。其实看见一对金童玉女，老师父母未必不在心中暗暗祝福，祝福他们长大后走到一起，但绝不是现在。他们要软硬兼施，让他们专注于学习。于是，孩子们的青春，少了最值得回忆的那部分。

眼前的女孩子和男孩子在我的眼中，无疑是最美的风景。可是当年，当我是他们的同龄人时，我会撇撇嘴角，心中充满对这些不务正业的坏孩子们的鄙夷。曾经有过暗恋的他，在他表露出对我同样的欣赏与好感时，我的回答是“我们还小”。没人会觉得自己小的，这句话显然是对爸妈老师的鹦鹉学舌。我不知我错过了什么。现在也不知道。毕竟，当时如果真的开始，只能选择偷偷摸摸，势必花很多脑子想主意对付大人们，也许，我的现状和未来会因此变得很没希望。所以，没什么可后悔的，但更没什么可庆幸的。爱情刚刚开始萌芽的年纪，我们居然已经学会扼杀。并且，我们以为自己是出色，而不是残忍。

只是当时已惘然。

两个孩子在前面且聊且笑。我们在后面，一脸慈祥。

西藏日记——写于2006年7月4日至7月18日西藏旅途

写在前面：

很久没写过日记了，久得我已记不起上次写日记是什么时候。开始是因为太年少，不知留住过去，留住回忆的重要与可贵。后来是因为忙，没心绪写，毕竟“慢慢走”才能“欣赏啊”，被大鞭子抽着，写出的文字会有方便面那种浮躁的油烟气。再后来有了Blog，习惯在键盘上敲出有时动人有时乏味的字符，日记本，真的久违了。

不过这次，去西藏，上高原，我可以想象自己将来有多少想记录的东西。而路途迢迢，最袖珍的本本也会随公里数增加重量。于是买本子，买笔，开始写。记下我这个20岁时实现的，很高很高的梦。

7月4日　多云转雨

恍若梦中。

嚷着今年暑假去西藏已经很长时间了，今晚终于启程。

今天一整天心都有点慌。面对长长的旅途，我终究还是有点害怕了。我是个勇敢的女孩，我一直有这个自信，可是害怕是一个正常人面对许多未知最正常的反应吧。不知为什么我的脑子里总是盘旋着几个字，“近乡情更怯”。西藏，一个如许遥远如许陌生带有几分神秘的地方，在我的潜意识里居然是“乡”。难道上辈子我是个高原的孩子？是个能歌善舞的肤色黧黑的颊上两团高原红的藏族姑娘或小伙子？也许只有这样才可以解释今生我对高原，对西藏的强烈向往。

同伴三人，我最好的朋友——楚楚，还有两个男生：不怎么熟的吕赫轩和完全陌生的盛开明。这四个人去西藏真是天晓得。本来包括楚楚和我在内的几个好朋友说要一起去，后来因为很多很多原因，别人一个一个退出了。吕赫轩是一个小学妹介绍给我们认识的，因为他也想在今年暑假去西藏。这是个酷酷的很man的男生，硕大的登山包上竖着一根有些吓人的长长的登山杖，说话时永远一副满不在乎的表情。青藏铁路刚开通，票很紧，吕同学他老爸的朋友帮我们买到了北京到拉萨的票。这些真是令我们很感谢很开心。这位强人还要到阿里“去转山”，我就不如此不自量力地奉陪了，盛开明是学长，去年已毕业了，高高瘦瘦，不太爱说话。不过刚才聊了几句，也是蛮好相处的人。他们是吕赫轩拉进来的，骤然使我们这支赴藏队伍的男女比例平衡了。楚楚么，这家伙生下来就没吃过什么苦，和我逛半天街就累得说是“拉练”，不过她很有决心很有吃苦耐劳的潜质。最重要的是，她不爱冒险却细心、耐心、谨慎，和有闯劲却不大仔细的我相当互补。妈妈本来以为我们和旅协一起去，可是一个协会，20 多人，太闹腾太麻烦。旁逸斜出一堆事情居然要到 10 号才出发。我和楚楚决定弃暗投明，毕竟吕赫轩和盛开明这两个人也是几乎跑遍全国的，经验丰富，跟着他们会好玩很多。本想回来再告诉妈咪真话，告诉她我们计划的改变，可是在妈咪面前我永远没有撒谎的能力，刚才打电话透露了一二。楚楚妈妈知道实情的，没有反对。所以我妈应该也不会，虽然要小郁闷一阵。

说来惭愧，爸妈替我出了一半旅费，还要担惊受怕半个月。姥姥爷爷也会担心。想到这些真是令我想哭，可是愧疚与向往在我心中纠结了很久，我还是出发了。我无法解释。也许因为太年轻，对梦想没有丝毫抵抗能力。

在今天的 Blog 上，我写：如果有什么比痛苦更使人煎熬，那就是梦想了。在这方面，我真的是个软弱的人。在好朋友说“不去”时，当爸妈说“太危险”时，当票可能买不到时，我曾在夜里流泪。想到我也许去西藏时已是个没有激情的中年人甚至这辈子都去不了西藏，我就第一次体会到了心如刀割的滋味。说到这里，我深深地感激楚楚。西藏是我的梦，却不是她的。她同行，一大半是因为我——她的朋友。我无意责备谁，但她做到了那个宣称要爱我一生给我幸福的男生没做到的。我怎能不心生感激？楚楚的眼睛总是有种安详的神情，让爱着急的我一看到就会真正平静下来，体味到佛家所说的“清凉”感觉。这个女孩总看不太清别人的缺点，这点总让我想到《乱世佳人》里的媚兰。不管评论家们怎样说“媚兰”这个形象代表着没落，我还是认为她有世界上最美的性格并且能给人力量。楚楚就是这样。虽然恕我直言，她本人并无太大力量，因为她有点娇气。可是内心深处的一些东西无法改变。她不能算坚强，但她能使我坚强，就是这么奇怪。

本来三个人都在打盹，现在已有人醒来。盛开明开始看一份纯英文的材料了。工作了的人果然不容易。

本来是多云，后来下雨了。窗户上一股股水流说明雨势不小。现在又是一派平静。雨停了。

本来车厢挺满。后来下了许多人，后来又上了很多人。对面有个人在高谈阔论，旁边有一两个沉默寡言的听众。每趟车都有这样的人，有点烦人但也能略解寂寞，每次旅行都有这样的情景，每次一样又不太一样。

本来许多人发短信祝我旅途顺利提醒我注意安全。现在手机沉寂了，是不是夜深了？

以上一切都说明，我已写了很久。那么，我决定停笔，看点小说，然后睡觉。

明儿再写。

7 月 5 日　晴

于北京西—拉萨 T 27 次列车 14 车厢 09 号下铺。

先把不爽的事说了是我一向的习惯，刚才满头高兴打电话给老爸老妈，却被发了好大一通火，埋怨我不讲信用且限制我只准在拉萨市内活动。我只能说，各种因素使我必须来，瞒了一些事实是因为我怕无法成行，而实践过程不可能让我只停留在拉萨。不管如何，我是一个可以为自己行为负责的成年人。不过老爸老妈无论如何都算得开明，所以相信他们最后会理解一切。就算不理解，我也没辙。我对高原的爱专一热烈，没法改变。

今天的大部分时间在北京度过。没到目的地呢，但已经丰富多彩。

早上六点钟左右就醒了，眼见着阳光一缕一缕地照进车窗，温度一点一点地升起来。很久没醒这么早了，旅途中的夜果然是很短的。昨夜只乱七八糟地打了几个盹儿，所以大家都挺累。加上听说上高原的三天不能洗澡，我们四个下车就打车直奔一个盛开明以前住过的宾馆，准备洗澡休整一下。本来想去农大找 SQ，这小子要做课程设计，正好吕赫轩要去人大找他的美女同学，我决定，去找来来。

洗了个舒服的澡，换上我的白裙子，带上我淡雅的米色小包，我终于又成了女人。12 点 30 分刚过，我在中国人民大学西门见到许久没见过的来来。这丫头现在好瘦啊，加之一米七二的个子，真是好看！她套着长袖衬衫，太阳帽拉得几乎盖住了整张脸，假小子开始爱俏了。她带我走到一个东北菜馆。我终于切实看到了卷发盘起，身着蓝色漂亮小背心，化着淡妆的美女来来。不禁感叹：时光点化人啊！不过一点菜一聊天，我就知道：这还是来来。就算成了天仙，在我面前，她还是那个“疯人院跑出来的”神经兮兮的来来。想到前天晚上汪慧惠的短信，那高一时无忧无虑疯疯癫癫的时光好像又回来了。三个分别名叫狒狒、耳朵和回回的女孩儿坐在一张课桌上，传纸条，说话，只有彼此能理解各自的意思，偏偏还能一起取得好成绩。现在三个人在苏州、北京和上海，联系稀少，但内心依然是亲密的。来来说起考研，说起出国，说起东北的男朋友并一脸幸福，让我再次发出老掉牙的感叹，我们果然长大了。来来狂点了很多菜，还一个劲地给我夹，说她的目标是让我今晚和明早都不吃东西。傻吃傻笑，太幸福了！我给了她一个被宰的机会，又给了她下次宰我的理由，她对此深表感激。

两点多钟我们依依惜别，这个可怜的人明天还要考试呢。回到宾馆，得知盛开明的皮夹子被送水的服务员给顺走了，里面20块钱和一张银行卡。这小偷当的，双方都郁闷。

收拾完东西，我又洗了个澡。等到5点左右，吕赫轩联系到他老爸的朋友，那个帮我们买车票的人。这位40多岁的左叔叔请我们大吃了一顿，吃了个肚儿圆暂且不论，这个豪爽通达的东北叔叔给我们说了许多他用40年悟出的人生道理，颇受启发。左叔叔走了后，两个男生毫无顾忌地开始吞云吐雾聊一些上升到人生哲学高度的话题。他们说得有道理，但我仍信奉我的简单即美。也就是：我欣赏而不羡慕别人的生活，我自己的，我只要它平静而快乐。

去拉萨的火车9：30开。我们打车去西站时，可爱的北京的哥喋喋不休地表达了对我们一路平安的祝愿，甚至称我们为“英雄”。满足啊，我的英雄主义虚荣心！

9点不到我们到了车站。填健康体格检查表，检票进站上车，我的激动在暗暗积蓄，在我踏进车厢时一并爆发了。这车太棒了！干净，好看，印着藏族风格图案的地毯、五星级的洗脸池，还有与汉字一起出现在各处的藏文，已经让我感受到高原的气息。并且在车厢，我们居然远远看到一位活佛！啊，西藏啊，西藏啊，一切都那么吸引我！

本来车开了，我该睡了，再没什么好写的。不过刚才有个挺有趣的小插曲，两位阿姨看到我写日记，大赞我是“好孩子”，又问我是不是老师布置的作业。我说我都上大学了哪儿还有老师给布置作业呢？两位阿姨大感惊奇。他们的原话是：“大学生了？长得怎么跟小学生似的！”嘿嘿，我居然面嫩如此！居然有人将我的年龄减去几乎一半！当然，这种眼神儿，也不多。

今夜能睡个好觉。多舒服的车啊！

正好，熄灯了，晚安。

7月6日　多云

于北京—拉萨T 27次列车14号车厢。

窗外的风景不断变换。

昨夜的睡眠很纯粹，所谓“黑甜乡”：无梦，沉酣。快八点时，自然醒。窗外的山水是水墨效果，近处的色彩浓重些，远处的只有一个淡灰色的轮廓。

因为铁路是依山修筑的，所以从车厢两边的窗子看出去是截然不同的样子，一侧是群山，一侧是平原麦子，碧绿中稍泛点黄。这里的风景是纯粹的风景，少有败笔，我是说，几乎没有恶俗的粗笨的小楼等人迹。

车到西安，下去买了点“水晶饼”和烧得很诱人的一串鸡肉。鸡肉味道不错，作为陕西名点的水晶饼，只有硬度类似水晶。楚楚买了番茄、黄瓜还有香蕉。火车上终于有水果吃了。我买了一堆报纸，因为随身带的小说快看完了。

山渐渐地没了。一小段平原很快也没了。又一段时间有许多小山，带着我一直感觉很神奇的窑洞。接着大山又来了，许多长长的隧道，火车要在里面摸索好一阵。山上是黄土，植被稀疏。《平凡的世界》里面的故事应该就发生在这儿吧？那些坚韧的男人，灵秀的女子，就像蓬草一样生长在这种艰苦的环境中，却长得碧绿可人。秦中出作家。因为这儿的山水和人的生命力让人有记录下来的冲动。

快到兰州时，绿色的田野尽头出现了绵亘数百里的黄色大山，使人心中一下涌出苍茫寥廓的感觉。江南的烟雨楼阁让我喜欢，但还是北方的大山大水令我感动。杏花春雨与西风瘦马，永远是后者让我有亲切感。所以，虽然出生在淮河以南，但我骨子里是个北方人。黄色大山起伏着，曲线有柔和的也有参差许多棱角的。陡峭的山崖夹着浆红的河。后来，绿色的田野消失了，只有一片灰黄，各种形状的灰黄。兰州是个工业城市，因为当许多大烟囱出现时，列车员说兰州到了。不知是否错觉，我觉得站台上有白兰瓜的气味，清甜的香气。突然就想到学校门口那家不正宗的“兰州一拉”，想到里面的牛肉炒饭和番茄炒蛋拌面。想起了门口收钱的女服务员有些粗犷的口音。那里总有葱花和肉肠油腻的香味，女服务员们穿梭来去，他们从不懂得什么叫微笑服务，总是带有几分不耐烦地接过开好的小票，用最经济的口型和让对方刚好听到的声音问：“坐哪？”饭和菜来的速度在不同时段相当悬殊，有时你还没有找到位子，她们已端着盖浇饭和赠送的清汤在后面着急地说：“在哪？”有时等一刻钟再催，她们才呆一下，然后说“快了”。不过多半还得再等一会儿。如果不幸过了一会儿还没来，你再去催，她们就要皱眉头了，并且不变地回答“快了”。如果如此三次，他们就会冲到做菜饭窗口怒气冲冲地大叫“牛肉炒饭快一点”之类。她们真的挺气人，因为她们就没明白过尊重客人。不过她们不讨厌，因为她们像乡间清晨路边带着露水的小野花一样清新纯朴，从脸上几乎可以望见内心。有时因为种种缘故没吃晚饭，很晚再去“兰拉”吃夜宵时，常常能看到下班后的她们，虽说 24 小时营业，但夜里客人毕竟很少。这时候大部分服务员会洗了澡换了衣服。她们脱去了黑色工作服，穿上廉价但鲜亮别致的衣服，散开湿漉漉的头发，脸色红扑扑的，眉间透出秀气来。这时你会觉得这群小姑娘，最大的也不会超过 25 岁，是多么美好的一群人啊。她们有权利快乐地工作开心地生活，我多么希望她们给人更积极努力的印象啊。

扯得太远了。过了兰州，有时窗外一片青翠，有时一片荒凉。青翠时很美，荒凉时显得很有力。有时经过小镇，会有几座不高的楼房，几段土墙之类，还有小菜园，人家门上褪色的对联以及檐前屋后高高矮矮的树，给北国刚健的风景中渗入几丝人间风情。经过城市时，楼房错落在山间，一大片一大片的。天晴了。照盛开明的说法，叫“这里天是晴的”。旅途中，连天气都成了时间空间的四维之物，想来十分神奇。这时天是蓝的，云是白的，远山座座，美如图画。

这段路上确实有许多隧道，倏地，车厢里就漆黑一片，短则数秒，多则一两分钟，各种颜色形状才又回来。进隧道时，我会想到我在大山的肚子里，觉得非常开心。出了隧道，山依然很近，好些突兀嶙峋的大石及石缝中丛丛绿草无比清晰地涌到眼前，不漂亮，但很苍劲。

当植被渐渐有了郁郁葱葱的味道时，西宁到了，此时正是夕阳西下，车厢里的一切都像被洒了淡金，温度渐渐下降了。因为接近黄昏，还因为海拔已经 2200 米了，月亮刚出来，色泽清淡，像小片白云似的挂在天上。山又多起来了，也高起来了，高到和淡青的天几乎没有界限。

天快黑了，车里的灯亮起来，车外暗淡下去的光线淹没了群山的棱角，加上苍绿的色彩，它们的形象由刚劲的大汉变成了好脾气的母亲。油菜的金黄在碧绿的麦地间绣成一道一道。

当一切朦胧的时候，我们到了一个叫“海北”的这趟车不停的小地方，格外辽远的田野让人觉得“天南海北”真是名副其实。

车在一直向西开，时差帮我们偷了两个小时。不知不觉已快 10 点了，天却刚刚黑彻底。在远离城市的地方，黑暗显得极为沉重和坚实，把眼睛贴在车窗上还是看不到任何东西，这时候人也就特别容易困。如果这世界没有光亮，人们一定会变懒吧，一定会缓慢地生活，没准儿睡眠时间和醒着的时间会掉个儿。不过那时，人们的心境也会更平和些吧。福焉祸焉？祸焉福焉？不知道，还是我的惯例，相信最美好的世界是现在这个吧。

妈妈下午发短信给老爸时不小心发到我的手机上了，我知道这是她惦记我的缘故。不知说什么好，我确实太看重自己的梦想了。可是不看重梦想，我会不会变成自己鄙视的人？这个矛盾，目前我还不知如何解决。

楚楚说她已经想回家了。说真的，我也想家了。可前方，毕竟有我梦中的风景。

明天将会是精彩的一天，现在我已身处青藏高原，明天将会有雪山，有长江源头，有许多证明这里是青藏高原的景物。当然，还有高原反应。可爱的红景天。保佑我吧。

一觉醒来，该是格尔木了。

P. S. 黑夜真像一个长长的长长的隧道。

7 月 7 日　多云

于北京西—拉萨 T 27 次列车 14 号车厢。

格尔木。

天空显得很大很辽远。

七点钟的时间，五点多的样子，土黄色的大地延伸到很远很远的地方，由灰黑色的绵亘不断的群山结束。一条一条灰色的云幻化出不同的纹路，云缝间透出娇嫩的淡蓝和银色的光。十几度的气温让人清爽，一点盛夏七月的感觉都没了。

半小时前和半小时后，窗外依然是不变的大地与群山。“天似穹庐，笼盖四野”，这里没有草地和牛群。但这里的天空才是“苍穹”，才使人“遥襟甫畅，逸兴遄飞”啊。

或深或浅的沟壑在赭黄的平原上展示着自然雕刻的神奇功力。有的在沟底有一道黄色泥浆，泥浆旁有一小蓬一小蓬的灰色不知名植物。

我们离天越来越近了，看上去并不高的山，顶上环绕着缕缕云雾，天渐渐亮起来了，云层裂开的地方是一抹抹深邃悠远的碧蓝。二十年来，我从未见过。

在有的地方开始有了些植被，草滩或细弱的小树，还有人工固沙网。甚至还看见了一两个人类的居住地。生活在这儿，会是什么样儿的呢？人的生命极限，到底在哪里呢？在这里生活，几乎就是生活在诗里，而生活在这里，还有心思作诗么？

玉珠峰。

这就是雪山啊，文字是如此的无力，我不知该怎么形容那耀眼的白雪，那云雾缭绕的天空，那缓缓飘动的雾气，那在透明的蓝色背景下格外鲜明的山的轮廓……那种辽远与壮阔，让人想喊，让人想哭，让人已记不得城市的样子。

昆仑山口过了，就是可可西里，这神话般的名字神话般地化作了眼前的美景，山峦一望无际的起起伏伏，云团大朵大朵，离人很近。真想骑一匹马，在这里驰骋，在这里用尽全身力气嚎叫。可可西里最美的地方是天边。山峰似的云还是云朵似的山，我也不知道，只知道，那里真像仙境。尤为神奇的是，云多呈条状，每两条之间是不同色调的蓝，像宝石的，像瓷器的，还有一种稚拙的水彩般的蓝色。对于酷爱蓝色的我来说，怎么也看不够。一片片小水洼散布在有着绿草和小白花的大地上，亮闪闪的，似一面面小镜子。不知藏羚羊是不是曾在这里吃草喝水？远处隐约可见的白色的小房子，那是藏羚羊的保护者们住的吗？《可可西里》让多少人为她们流泪，流泪后观众们继续享受都市生活，而他们依然紧握武器，在偷猎者的枪口下拯救草原上原本无忧的生灵。

当我呆呆地看着悬在空中的云时，火车忽然进了一条隧道，车上广播告诉我们这里是风火山隧道。出来时，我们看到了红色的泥土。海拔已到四五千米，车厢里的弥漫式供氧让我们丝毫没有高原反应。而车外的红土，浑圆的石头，地形柔和的高原，都让我心醉。希望一切就此凝固。

我真的看到了藏羚羊！卧在小水洼边，灰黑色的身子，两根犄角，太远了，看不清楚，列车长说它是。于是，我在心里向高原上的生灵问个好。祝它们能平安幸福地世代繁衍下去。还有牦牛，披挂着长长的毛，散在灰绿色的山坡上，安详地吃草喝水，平静得像正在思考的哲学家。它们有福，一辈子生活在这人间仙境。

沱沱河窄窄小小，银丝带一样，可是流下高原，它就是长江了。眼前的小河憨态可掬，连名字都如幼儿乳名一般。但它流到四川盆地，流到华中丘陵，流到东海，它边流边成长，成为哺育中国的母亲，三天前的晚上，我站在外滩璀璨的灯火中，在熙攘的人群中幻想这儿。现在，我在高天流云，人烟稀少的这里回想。曾在长江尾，现在长江头，奇妙的感觉。

列车在唐古拉山口停了很长时间。典型的青藏高原景色，蓝天白云加黄色的山。这里海拔五千多米，头晕晕的。至于是反应还是幸福，我也不甚了了。站在青藏铁路之巅，用豪情万丈形容也不过分。问苍茫大地啊，谁主沉浮呢？

同行的两个男生一路吵吵闹闹，最后决定在唐古拉山口决一死战，两人动了几下拳脚，发现双方都气喘吁吁，于是乖乖言和，坐下打牌。

路上有时会出现一些房屋或架子，一些头戴施工帽的人，零零落落地坐在山坡上，向火车招手。他们身后是星星点点的牦牛和无限的天空。他们真的很寂寞，他们真的很伟大。

一根根电线杆向后退去，透过它们我们能看见那些将它们树立在这雪域高原上的身影，他们早早地来到这儿，成为我们脚下的巨人。

当我们发现照片几乎都是蓝天白云大草原时，也就是有那么点儿“审美疲劳”时，错那湖出现了。这是个童话般的湖。由近及远，湖水分别是碧青、淡蓝和浅绿色，粼粼波光倒映着西藏绝美的天空。后来就有许多水塘，清澈见底的或者深蓝悠远的，水畔有许多牦牛或羚羊。有水的景色果然添了许多灵动。这里就是多年前就让我心往神驰的羌塘草原。

那曲站终于允许我们下车了。虽然天色已不早，我还是终于明白了什么叫“无遮无拦的阳光”。海拔四千多米，我也明白了什么叫心慌气短。只停车六分钟，可比隔车窗拍照诱人。一张一张又一张，当列车员大叫要开车了时，我们飞奔上车。不过跑了几步，一向为自己身体好而自豪的我居然头昏眼花。果然厉害！

太阳渐渐斜了，云朵们被镶上了银亮的边，它们的大块倒影投向草地，投向山坡，光与影的配合和谐而美妙，影子移动了，说明时间流逝了。

再后来，就到了拉萨。

拉萨的夜，黑的地方很黑，有灯的地方出奇地亮，不知是不是因为空气特别好。远远看了眼布达拉宫，在去宾馆的路上，想到明天或后天或近来的某一天可以接近它，觉得好幸福。

拉萨手机信号很好，我很自恋地发出100多条短信告诉朋友们我在拉萨。他们的惊奇或祝福令我开心，再次觉得自己很幸福。

给老爸打了个电话报了个平安，其时妈妈还没回家，老爸发来短信，后来又追加了一条短信叮嘱我注意身体和安全。我们四个大吃了一顿夜宵，极爽。

拉萨海拔不过3 000米，所以高原反应不强烈。可爱的G学长特意打电话让我们上楼梯不可过快，会头痛的。他在我心目中一直是一个很好很好的人，真想有个这样的哥哥。

忽然想起下车前看到的拉萨绝美的日落。不过我现在已经描述不好那美丽的夕阳和火烧云了。好在还有机会，以后还会看到，再写。

7月8日　晴

于布达拉宫旁。

路上吕赫轩一直在唱一首歌“来吧来吧我们一起回拉萨，回到我们阔别已久的家……”以前没听过这首歌，一听之下，莫名喜欢。

现在，我们回拉萨了。

早上见到G，现在我们叫他“小G哥哥”，他自己要求的。在一家叫“玉包子”的地方吃了早饭后，打车去大昭寺。

大昭寺门口，我们又见到了本次的向导，家在拉萨曾出去念书的漂亮娇小的小泽姐姐。四个人走进了大昭寺，这是个很大很大的藏庙。无数藏族男女老少，转着巨大的转经筒，在每一个佛洞一丝不苟地叩头，在长明灯前加酥油。院墙外，无数人磕着等身长头。我问小泽姐姐：“你会这样吗?”外表和所有女孩子一样时尚现代的她一口回答“会啊，每月都有两次来这里转经”，让我感叹：信仰真是一件玄妙的东西。

出了大昭寺，就是八廓街的街口，雪白的哈达，五彩的平安结，发黑的藏银，稚拙的木碗，摆满一条街。我买了一些工艺转经筒和一些挂坠，准备回去分送朋友。八廓街是典型的藏街，两边建筑上有着神奇的纹饰和盛开的鲜花。不管是卖东西的人还是顾客，都是汉藏夹杂的。

后来小G哥哥带我们去吃藏餐，咖喱土豆和羊排，味道都很好，一大水瓶甜的奶茶也很好喝。可是糌粑，那种腥腥的酸酸的味道，我用尽力气，小口品，大口吞都试了，也才吃了半个。

吃完饭，准备去邮局寄明信片，从拉萨寄出的，一定很牛，可惜没找到合适的笔，于是我们就去了布达拉宫。今天是进不去了，因为布达拉宫的票要提前一天买且只售700张，还得凭身份证。布达拉宫白色和深红的宫墙在天幕下很美。在布达拉宫前照了许多照片，并且我的摄影技术遭到无情鄙视之后，我们去布达拉宫排队买票。队伍好长啊，排了几个小时，终于买到票。这期间我坐在一个树荫下时，一只灰色小兔在离我只有30厘米的地方吃桃，煞是可爱。

突然想起了和菲菲姐的约定。于是从口袋里掏出从格尔木带来的石头，求一位大叔把它放在了一棵大树的树杈上。这样20天后菲菲姐来时，就可以看到并且取下来，然后带给我。

我终于买到了一顶把我的大脑袋装进去的藏帽，开心。试帽子时，我发现自己已经成了古铜色。

布达拉宫周围有一群穿戴藏族服饰的人，拿着各种藏饰，抓住每个人问“要吗?”我也就此学会了第一句藏语“闽都（音）”，意思是“不用”。

六七点时，我们去爬药王山。一座小小的山峰，却爬得我头晕目眩，汗已经湿透衣服，两条腿都是软的，不过，这儿有许多远摄布达拉宫的绝佳角度，今天拉萨的天空很蓝。也许每天拉萨的天都是很蓝。可是，真切地看到这样缀满朵朵白云的碧蓝天空，是我今生第一次。昨天看到的，毕竟隔着车窗呢，布达拉宫雪白与朱红的宫墙在下午的阳光下更醒目，让人心生无限向往，明天就能进去参观了。

晚上师兄请我们吃饭。认识了一个叫李小亮的2000级师兄及他的2004级管院的漂亮女朋友。这位小亮哥在自治区宣传部，满口官腔大道理，而且长得跟三四十岁似的，都秃顶了。其实，听他说话，人挺好的，还是我安徽老乡呢。他建议我们去当雄搞调研，明天再和他联系，希望他能帮帮我们。

今天碰到了一对有个性的姐妹，姐姐40来岁，妹妹37岁，姐姐的眼睛不太方便。她们手拉手在拉萨游玩。她们听说青藏铁路通车就买票过来了。她们说还要去林芝去山南去纳木错，甚至想去阿里。她们让我惊奇也让我感动。希望和她们一样成为中年人后，我还有兴致与姐妹朋友出来旅游。

晚上吃完饭出来。G陪我们找ATM①，找便宜些的旅馆，送我们回宾馆。我刚刚才知道，他去年去成都做手术是因为膝盖的半月板破裂，因为种种原因并没做，而是准备今年回家做。他陪了我们一整天，他走了这么远的路，他还有腿伤……

我是把他当作一个好学长，还是当作一个我喜欢的人？我从来没正视过这个问题，也许，我该想一想。第一次见到G，是在迎新晚会上，不知听谁说了他的名字，没留下什么印象。后来在团学联，和他有一点点接触。例会时，他沉默寡言地坐在一边，不时冒出几句话会让全场捧腹。后来他请学弟学妹K歌，听到了他那首比原唱还多几分感情的《冰雨》，也更深地感受到了幽默。后来他毕业了，我和哲苑在毛像、燕园、南区各处挖土，装进送他的祝福瓶。后来收到他一封发给几个学妹的信，深深记得那句“如果有什么对你们有所帮助，那就是我给你们的剩下的就是我自己的，直到有一天有一个人愿和我分享……”本来我的眼泪已在眼眶中打转，这时刷地流了下来。想到和他第一次熟悉的情景：党员学习。他坐在我旁边。“一凡你哪儿的？”“安徽的。”“安徽哪儿的？”“淮南。”“你淮南哪个中学毕业的？”我心里说这个人查户口吗？还是回答了“淮南一中。”“噢。立交桥底下那个学校。”我立刻把眼睛瞪到鸡蛋大：“你怎么知道？”“我奶奶家就是淮南的啊。”于是我们开聊，超级开心。我说过的，他的幽默是无敌的。还记得那是大学第一个寒假，他打电话到我家拜年，那时没想过什么，但是很感动。

---

① ATM是Automatic Teller Machine的缩写，意为自动柜员机。

也许一个学长对学妹，一个很好的学长为一个懵懂无知的学妹的关心很正常，但我可以肯定，那时已有“喜欢”在我心中萌芽。当然，我自己还没有意识到。唯一一次意识到是后知后觉的我听别人说哲苑喜欢他，并且两个人短信往来挺密切的。十八九岁的女孩子，内心的高傲无法计算，于是，在意识到对他的感情的同一秒，我掐死了它。

从此，G 作为我的一个室友的暗恋对象被我们提出大开玩笑。我的玩笑，自己听去极不自然，不知细心的哲苑听出来没有。他去西藏后，我们联系了数日，不知为什么断了。从此他成了使哲苑大笑的短信的发出者抑或 QQ① 上偶尔变彩的“Asia”（QQ 昵称）。他发到群里的照片，我悄悄存进了自己的电脑，但再也没拿出来看过。从别人处我知道并收集着不完整的一点一滴关于他的信息。

后来哲苑对他的感情与日俱增，我是个什么都不是的旁观者，再后来知道他婉拒了她。最后哲苑有了男朋友，不过我知道，她没告诉他。

一年的压抑，我早已不记得我有过喜欢他的一瞬间。我试着接受过一两个追求者，但两个月后我就会觉得他们的性格作为“不像个男人”。我应该有个参照系的，是谁呢?

在拉萨见到他的一刹那，我明白，来西藏的理由，和爸妈“抗争”的理由，义无反顾的理由，除了纳木错，还有，他。

晚饭时我开玩笑问我的老乡师兄小亮哥：“我能来拉萨工作吗?”他一口说：“容易。你先来实习吧，正好文艺处缺个人，两个月。”话音落，我居然心动了。细想，怎么可能呢? 我来拉萨玩半个月，爸妈都恨不得飞来抓我回去。两个月? 工作? 他们岂不疯了? 当然来这儿工作有诸多好处，但说服他们的可能性约为零。回头想想如果 G 不在这儿，我只会把这些话当作荒诞的玩笑。

在布达拉宫前合影，他的手像哥哥一样搭在我的肩膀。我很快乐。

楚楚说，他是完美的暗恋对象，善良，出色，而且……注定没有结果。

是吗?

我没心没肺，但我有时会很敏感，我知道他必定有过复杂的经历。他善良，但我，甚至比我聪明的人，也看不透他。

是的，没有结果。

但我喜欢他，等他有了女朋友，有了妻子，他对于我而言，就会是我敬重

---

① 腾讯 QQ（简称 QQ）是腾讯公司开的一款基于 internet 的即时通讯软件。标志是一只戴着红色围巾的小企鹅。

的学长了吧？但现在，我喜欢他。我的牵挂，将随他一起驻扎，在西藏。

7月9日　多云转晴

G师兄办公室。

早上起来，搬家。

所谓“广海大酒店”，又贵又没特色，所以我们搬到八廓街附近的一家叫“攀多”的小旅店，类似青海的那种。没有独立卫浴，但是很干净很舒服。装饰都是藏式的，我喜欢。

我们和那两位阿姨去吃午饭。他们总能找到最便宜的住处或食物，不过味道实在不敢恭维，只吃了两口，我就觉得饱了。倒是之前在路上喝的酸奶相当不错。一个一个竹子做的小碗，用白纸封着口。在小凳子上坐下，取过小勺子，舀着雪白的浓浓的酸奶吃，那种酸甜沁凉，真是令人从心底舒服熨帖。

布达拉宫的参观票是一点半的，我们慢慢溜达过去。这条路是拉萨最繁华的路——北京中路。从这里有ONLY（时装品牌），有艾格，有杰克·琼斯……有内地有的一切。我不用说“在中国共产党的带领下，西藏发展很快”之类的话，但事实摆在那儿。今天的西藏真的很棒。真正来过这儿的人在谈起拉萨的时候，和凭空想象的人会有很大不同。

下午去参观布达拉宫。先从外墙像爬山一样上到最高处，再从殿内一层层向下参观。向上爬时我的头很疼，高原上运动过猛就是这个结果，爬了十几级台阶，停下来大口喘气并感到肺部隐隐作痛，我深深体会到呼吸的可贵。布达拉宫是一座巨大的宝库，里面有达赖及各种佛的灵塔，许许多多的经书，等等。藏传佛教我不懂，但我看到了观音，看到了弥勒，看到了释迦牟尼的舍利塔。我想说的是，汉藏佛教有着许多共通之处，就像是“一个妈妈的两个女儿”。

从布达拉宫出来，我们去超市买了零食。很累，回旅馆睡觉。

晚上和小亮哥哥及另一位周师兄吃饭。在娘热路的东北饺子馆。小亮哥哥说，之所以来这儿，就是要我们看看，在这样一家东北口味的饭馆，来吃饭的有藏族人，有汉族人，甚至一桌汉藏夹杂。这其实就是发展的真切反映，曾经藏族人根本没有“下馆子”的概念，不懂有钱是为了什么有什么用，现在，居住在城市或出外上过学的藏族人已经变了很多。青藏铁路开通的最大意义就是改变人的观念，进而改变生活面貌。拉萨至昌都汽车票要380元，而拉萨至北京的硬座火车票是389元。必然会有人，甚至很多人走出去。而他们回来时，带来的震荡将是空前巨大的。他们是西藏大发展的催化剂。

吃完饭已快到十点。给爸爸妈妈姥姥爷爷打电话，他们的惊喜和关切让我再一次知道，我真是个幸福的小孩。

然后我和楚楚去找G，确定今后几天怎么玩儿的事，事情没商量定，倒认识了很多让我既喜欢又钦佩的人。一个哲学系师兄，吕世阳，还有杨涛哥哥和小燕姐姐。他们都是G的同事，吕师兄颇有老大哥的风范。杨涛哥哥不爱说话，笑起来很可爱。小燕姐姐是个卡通型女生，非常好玩。他们对我们真好啊！喝功夫茶，吃香肠，天太晚了又把新床让给我们睡。他们身在远离父母的西藏，又忙又累，但遮挡不住他们乐观的天性。

和哥哥姐姐们一起看球。在他们身边，愉悦而踏实。

明天要好好地把实践安排好，再痛快地玩。

P. S. 齐达内被罚下去了……

世界人民都会讨厌被他撞的那个人——G说。

是啊，感情就是那么容易让人不理智。

7月10日　晴

于G师兄办公室。

看球看到五点，可是睡得非常酣沉。不知是渐渐适应了还是在师兄们这里特别开心。

一早说和楚楚去“攀多”搬东西，以后几天，就在哥哥姐姐们这里驻扎下去了。从武警总队出来，正商量怎么走，一位擎着转经筒的藏族老奶奶热心地向我们指点，可以去乘公交车。看着老奶奶，觉得她的笑容和皱纹像我姥姥的一样慈祥。我们也真的想体验一下在拉萨坐公交车的感觉，于是就上车了。车里像其他藏族人集聚的地方一样，酥油味浓重，倒也不难闻。车上除了我们外都是藏族人，面相很明显的，但打扮和气质差异很大。有的穿着最传统的藏袍，摇着转经筒，梳着最传统的发辫，口里默念真言；有一个人在车开着时，突然开口唱一首悠远的藏歌；有的穿着合体的套装，面容端庄，一看就是干部之类；有一个小姑娘，白衬衣牛仔裤，模样清秀，梳着长长的马尾辫，这是新一辈的拉萨人。拉萨，这座城市就是这样，新旧交替，未来、现在、过去在此交织着，内核是“藏文化”，但表现形式已经多样。

太陶醉了，于是我们坐过站了。只好下车，再打车。在“攀多”洗了个澡。到西藏头三天不能洗澡，许多人曾这样叮嘱我。今天第四天了。洗到一小半，水没了，我这个害怕啊，着凉——感冒——肺气肿——心脏病——死翘翘，三秒钟内我在想象中把自己置于生死线上，把自己吓了一跳。赶紧穿好衣服，冲出去质问，总算热水又来了，洗得很舒服。

接下来我们去西藏民院驻拉萨办事处，欧主任挺帮忙的，帮我们开了去当雄的介绍信，过几天，我们要去那儿调研。然后我们拿出系旗，展开、合影。第一次把系旗拿出来，看上面的“复旦大学中国语言文学系”几个字，忍不住激动并思念了一下学校。

十二点我们终于到了武警总队。他们，那些哥哥姐姐，依然这么好，“小师妹”的称呼，每次都让我心里热热的。吃完饭，看到吕师兄的茶几和茶具实在是脏得不像样子，就帮他洗了一下。真的好想帮他们做点事。

聊天。他们也是很八卦的一群人，说起有些话时关门关窗，让人觉得好可爱。

看见 G 书架上有些照片，有一张笑得非常傻，很搞笑，就找他要，他死活不给，说那张不够帅，从墙上揭了一张自认为最帅的给我。那照片里，这位自恋的大哥摆出他的招牌动作：食指放在下巴上，拇指打开，看上去很拽，也确实很帅。我把它夹好，空前细心妥帖，像一切犯傻的小女孩一样。

我们住的房子是一个叫“肖潇”的姐姐的屋子，她大概在探亲吧。这房间有军装、军帽、袖章，但更有布狗熊、流氓兔、史努比和数不清的影碟。墙上还贴了许多帅哥美女的海报。这些女兵，铁血柔情于一身，既是军人又是女孩子，我曾经多么向往啊！想到菲菲姐，很自豪自己是她的好朋友。

下午狠狠睡了一大觉。晚上又是师兄请客，这次是吕师兄。同吃饭的还有他的一个法国朋友及其云南女友，像所有外国人一样，那个法国人夸中国菜好吃，操着所有声调都是错的中文。菜很多也很好吃，希望我今晚没长胖。

打车回武警总队，快下车时突然下雨了。传说中的拉萨晚上很容易下雨，今天终于碰上了。很大很大的雨点，啪啪地很有力地砸下来。这种雨让人莫名兴奋，路过一架秋千时我终于忍不住冒着感冒的危险蹿了上去。在夜里，在雨里，在拉萨有点冷的雨夜里，我像十五年前那个小小的女孩一样飞了起来，高高地悠上去，深深地荡下来……好久好久没享受这种快感了。我从小就喜欢荡秋千，而且喜欢荡最简单的两根链一块板儿的那种。风声在耳边呼啸，头发飞起来，总有开怀大笑的冲动，后来很喜欢去红茶坊吃饭，就是因为那里可爱的秋千座位，那秋千只能轻轻晃悠，荡不起来，但坐在上面，很容易回忆，回忆童年时那只翻飞的秋千。也许因为我喜爱漂泊，也许我把秋千当作漂泊生活的象征。将来的我，也许会有稳定的事业和家庭，但每年至少有一个月成为行走于自然之中的背包客。通过这次西藏之行，我更加确信我是个热爱旅行的人，决不会安于平静的生活。

回到屋里，本来说好 G 师兄来我们屋看恐怖片的，不过那个“暂时的”“大四岁的”把他叫走了。为什么我认识的好男人，比如教练，比如他，都会在并不投入的情况下有一个“暂时的”?

楚楚刚才忽然问我：“像 G 这么好的人，你会爱他吗?”

心慌了一下，我认真的回答“有可能”。

我问：“那么你呢?”

她说：“也可能会吧。”

再一次证明，他是完美的暗恋对象：出色、善良，没有结果。

7 月 11 日　晴

于拉萨—林芝汽车上。

今天去林芝。

一路上的风光极好。

远处是绿色的山，以各种姿态矗立着。云或者一团团，或者丝丝缕缕，累了似地停在山头，让山显得仙风道骨，所谓“山在虚无缥缈间”就是这个样子。而在青藏高原，说有“仙女”似乎太过轻飘，我是相信上面有“女神”的。

都说去林芝的路上特别漂亮。这一路行来，所谓“漂亮”，一在野花儿，一在泉水。这几天没看见过这么多好看的野花儿。金黄的、淡紫的、乳白的、单朵的、成簇的、含苞的、盛开的……在辽阔的蓝天白云、苍茫的无边草地之间，这些娇小的小精灵们轻盈摇曳，灵动可人。不知从何时开始，山们突然离车窗近了。仿佛要挤进来似的，从山顶到山脚，都是苍翠碧绿的，延伸到尽头，便是玉带似的泉水了。这泉水是无名的，可是很美。泉水从出现到消失，车行了两三个小时之久。刚以为泉水尽了，隔不多时，就又出现了。也不知是一道泉水还是许多道不同的泉。不过林黛玉说“天下水流归一源”，如此说来，此泉是否绵延不绝，也不必太较真。关键是，这泉太有味道了。有陡处，有平处，有湍处，有缓处，色泽是浅浅的绿，有时温润如玉，有时剔透如水晶，泛起雪白的浪花儿，在茂密树林和厚实的石头间穿行，隔着车窗，我也仿佛能闻到水的清气。虽说“真水无香”，但新鲜的气息是少不了的，能浸透人的身心。

去林芝的路上要经过米拉山门，海拔 5 013 米。这时正好下起了雨。下车撑起我的小白伞，我觉得在这个高度上，我和风雨中的它一样脆弱。气喘如牛的我在“米拉山口”的标牌旁拍了照，又一眼看到对面的风景绝佳，于是艰难地冲过去拍了一张“遗世独立”的照片。上车后，一位阿姨突然喘不过气，紧接着就开始抽搐。幸亏另一位阿姨懂医术，帮她慢慢缓了过来。自然面前，人真的只是力量有限的小孩子。

汽车飞驰，车里放着藏语歌，粗犷嘹亮得车子盛不下。耳中有熟悉的旋律，细听是《两只蝴蝶》。不过由藏族女子藏语演唱，就有了骏马飞驰的草原的味道，有了摔起鞭子抽打羊群的味道，有点硬，有点野，别有一番滋味。

休息时去路边看小野花，有一种蓝殷殷的颜色特别使我喜欢。在这种恶劣的环境里，这种小花的生气勃勃让我忍不住俯下身去仔细端详，却意外发现那蓝丝绒般的花瓣上有几个小洞，显然是小虫子咬的。看，有生命力顽强的，就有更顽强的，花外有虫啊！青藏高原，缺氧高寒，却有如此多的小生命兴兴头头地生活着。它们是那么不起眼，却使这里的平静背后蕴含了热热闹闹熙熙攘攘的生命力。

下午，我们到了巴松错，西藏的圣湖之一。其实，雪域高原最吸引我的地方就是湖。纳木错，在一本杂志上看到图片后，它就成了我魂牵梦绕的地方，一直吸引着我来西藏。来到这里后我还没敢去看它。梦的实现本身就是像个梦。我期盼真正看到它的那一天，又有一点点心慌。巴松错，就算个引子吧。书上写过巴松错有着极美的湖水，随着天气等因素的不同有时呈淡绿色，有时呈浅蓝色，有时呈深蓝，有时呈墨绿。今天的湖水是温和浅淡的绿色，很静。当岸边有树，树有倒影时，就像一幅油画。远山照例被笼罩在云雾中。阳光挺暖和，可是有雨滴不时坠落，打在胳膊上凉凉的。这种“道是无晴却有晴”的天气很奇妙，美丽而又清爽。

湖水中有一座浮桥和湖心岛相连。热心的藏族大叔指点着我们不要在一段浮桥上太集中，以免发生危险。湖心岛上有座尼姑庵，要套上鞋套才能进去参观。那些神、佛，我记不太清，只记得桌上供奉的一幅女活佛的慈祥的照片，一位年轻的尼姑提着一大筐酥油的窈窕身影和一个提着一大桶水只有六七岁模样的小尼姑回头看到我的注视时，纯真甜美的笑容。真正是哪里都看得到生命与人性的美好。

后来一个帅帅的导游向我们介绍这岛上的几大奇观。确实很奇妙，比如桃抱松，一棵松树整个儿长在桃树里面，据说有个神针宝鱼怪的传说。导游由此引申，一直说到了世界和平，大家都笑。我倒觉得，两棵你中有我我中有你的树有那么点阴阳调和的意思。还有一块石头上有几个老虎的爪印，据说是释迦牟尼的坐骑留下的。老虎爪不假，不过导游说经过考证已有几亿年历史，于是我开始想到剑齿虎，再想到冰河世纪，无限想下去，直到导游说“十二生肖树”到了。这种树的树叶正面常形成酷似生肖动物形状的疤。大家低头专心寻找。最多的是“蛇”，确实惟妙惟肖。

巴松错湖畔的草地上还跑着或卧着一些小黑猪，就是传说中的“藏香猪”，有的只有小猫那么大，憨憨的，可爱极了。

七点左右我们到了林芝县城。挺小巧的小县城，并不荒凉。

今天看到了许多东西，很开心。

7月12日　晴雨阴轮流

于G师兄办公室。

事实上，今天一直在返程中，从林芝到拉萨，不过路上的内容倒是很丰富。

先是去看了柏树王。一棵2 600多年高龄的大柏树，很粗很粗，据说树根处十八个人手拉手可以环抱。树干当然早已不是浑圆的柱体，而是一股股绞在一起，仿佛被漫长的岁月用无敌的大手扭曲了。柏树本身并不出奇，凡是拿年岁长度出来炫耀的，本来都没有什么出奇。但是站在这棵树下，看着山顶飘动的乳白雾气，想着它初生时正是“郁郁乎文哉”的周朝，印度的释迦牟尼还未出生，就觉得脚下有着厚厚的历史。钱钟书说今人是比古人老的，确实，生在一大段辉煌的历史后面是很觉充实的事。我们比古人幸运。

出来花了三块钱买了一小袋野果，杏黄色，像指甲大小的一串。甜甜酸酸，有种难以形容的清鲜之气。有点像茉莉，又有点像菊花，总之味道很妙。不禁想象，这种小果子的生存环境一定也妙若天堂吧。

几个小时后，我们到了一个水流湍急的地方。正好这时下起了大雨，本是玉色的水流被冲起大簇的浪花。水流中一块巨大的石头，石缝中钻出丛丛野草，巨石上四个鲜红大字“中流砥柱”，看得人热血沸腾。淋了一身雨，很清爽。

再次停车时是茶马古道的一个驿站，白色的小房子和五彩的经幡在青山绿水劲风细雨中显得很有人气，很温暖。当年在茶马古道上艰难前行的人们在看到这小小的驿站时，一定也是心中涌起暖流吧，他们终于获得片刻的憩息。前路依旧漫漫，此刻却很安宁。

米拉山口再次停车。在5 000多米的高度上，我向着群山与天空大吼一声，吐尽心中块垒，正好此时一只苍鹰飞过，精神为之一振，心胸为之阔达，仿佛装得下整个天地。

接下来的路上，油菜花由星星点点到一抹抹到一片片，终于汇成了一片金黄的海洋，大家再也忍不住了，纷纷要求停车，一下车，我就冲进了花海，把头深深埋进温暖馥郁的香气里。一只蜜蜂一直绕着我飞，飞了很久，我既喜且怕，不知如何是好。

车途很长，导游带大家玩起了游戏、心理测验之类，都挺好玩的。最绝的是导游让大伙儿接个说件厨房用具，再说这件用具在卫生间派什么用场。我说的是“煤气灶”，只好顺嘴胡诌“当浴霸用”。而一说“菜刀”的北京大叔出口即成经典：“谁敢不冲厕所，我拿刀剁他！”全车捧腹。

快到拉萨时车坏了。不知何处冒出滚滚浓烟，煞是怕人。于是换车前进。

晚上回了武警总队，G 请我们吃鱼。他晚上有点工作，我和楚楚自告奋勇帮他给女朋友送米线。这个叫蔡蓓蓓的女孩子很可爱，可 G 说他接受不了她的历史问题。既然如此，又何必吊着？我真不明白。然后我和楚楚狂荡秋千。在夜色中随风飞舞，感觉很棒。回屋后，又帮吕师兄做了许多课件，累得我脖子肩膀跟断了似的，不过很开心，终于帮师兄们做了点事。

今天最开心的是午饭时结识了一位老伯。我们交谈甚是投机，下午已成莫逆于心的忘年交。他幽默，有风度，酷爱旅游。我要好好攒钱，说好明年到北京找他，我们一起去内蒙古。

在茶马古道那儿，他说起了他的家庭。说老伴去世了，两个儿子一个在日本一个在北京，没闺女。我望着他，鲜红的李宁 T 恤很有活力，但还是有淡淡的黯然与孤单透出来。我真想说“我给您当闺女吧”。但女儿不是随便给人当的。一句大白话是轻松而无用的，一个名称也说明不了什么。有时候朋友是可以胜过亲人的。

7 月 13 日　阴

于拉萨—当雄火车上。

今天做实践。

早上七点多就起床了。打车直奔火车站，清晨的拉萨灰云四合，又困，很不爽。

看到拉萨—北京的车票状况很紧，赶紧又和办事处的欧主任确认了一下。

楚楚昨天说她“度日如年”，今天又在车站大叫“想回家”。我终于受不了了。我的情绪也许太容易被别人影响了吧。在我梦想的地方，旁边老跟着个忧郁的人，不时还哭上一次，究竟让我怎么办？我不是怪她，一点都不，对于她这次来西藏，我真是纯粹感激，可是让我怎么办？我能怎么办？我找谁去哭？G 曾发短信让我照顾她，因为他看出了她的心情不好。对于这个男生的细心我很感动，他是怎样做到对每个人都这么好？我和楚楚一起出来，我又比她多些经验，也许坚强些，当然有责任照顾她。可我也是女孩子，我多么希望也有一个可以肆意表达情绪的地方，但我要忍。两个人，能安全发泄的永远只能有一个。楚楚说她“忍不住”。可我对自己的要求是“只有不去忍，没有忍不住”。我还能怎么样呢？一上车她就睡了。那么，我只能醒着。就这么简单。

还是回头说实践吧。目的地是当雄，小亮哥建议的，说是那里既有农区也有牧区很适合搞调研。他和民院办事处的老师都帮我们联系了。当然我们的准备还是极不充分，得再买些小礼品，给农牧民的。尽管离开武警总队前我问了下，楚楚还是忘记带调研表了，只好去当雄再找地方印。是不是和谁在一起久了就像谁啊？呵呵，我对不起她。

车窗外，依旧是看不尽也看不腻的大草地，起伏的山和流动或停驻的云。几天后就看不到了吧？没分别，我已经开始想念了。吕赫轩他们今天去珠峰，发信去祝他们平安，并很眼馋地问他们珠峰景色。只有两个字的短信“绝美”，让我很是妒忌。真想去啊。这次不可能了，下次，一定要去。

实践很顺利。照晓亮哥哥的吩咐，找到了县文明办的洛桑主任，他派普布扎西和达娃次仁两位大哥带我们到农牧民家里去。第一家是个典型的致富户，房主不在，他的儿子的三口之家接待了我们。儿子相貌堂堂，西服革履，因为只会藏语，在和我们聊天时有些木讷。他主要搞沙石运输。作为模范，他受邀乘坐了从拉萨开出的第一列火车。他自豪地拿出车票给我们看，并很感慨地说青藏铁路确实对老百姓好，他的妻子一直忙着给我们添酥油茶，招呼我们吃风干肉，酥油茶有点腻但吹开浮着的一层油，喝起来倒是咸香可口。风干肉事实上是生肉。用特殊的方法将生牛肉风干成黑色的条状物，一点也没有血腥味，反而很韧，气味也很特殊，别有风味。小女孩有一双睫毛长长的大眼睛，小脸跟苹果一样可爱。穿着小背带裙，吃着我们给她的糖果，在父亲身上、座椅上甚至茶几上爬上爬下，当我们要给她拍照时，她会作出愤怒、调皮、惊奇、媚笑各种表情，漂亮可爱，她指着青藏铁路大叫“火车”。她爸爸说她今年四岁，过两年要上小学了。他要供她一直上下去，从青藏线到外面上大学。这是一户殷实的家庭，传统藏饰浓墨重彩地在家具、佛龛、唐卡上显现出来，门楣上绘着精致的图腾。但冰柜、电视等现代化物品也夹杂其中，图腾上还挂着“县级文明户”的牌子。最让人觉得有趣的是，供桌上两幅画像，一幅是班禅，一幅是毛泽东。男主人说藏人奉毛泽东与邓小平为神明，因为他们真正给藏人带来了幸福。最后他说现在青藏铁路开通了，他可以更方便地到外面的世界中去寻找商机。

第二户人家在造新房子，一家人暂时住在帐篷里。这是一座极宽敞的大帐篷。很多邻居在这里闲聊。男主人专跑至纳木错的运输线，那辆白色桑塔纳给他带来了丰厚的收入。他说青藏铁路开通后，他要带妻儿出去旅游，最想去香港。我们和这一家合影时，他执意戴上时尚样式的墨镜，一脸帅帅酷酷的表情。

我们还去了一家小学。因为种种原因，孩子们的儿童节庆祝会拖到现在，孩子们奔跑跳跃，穿的有夹克牛仔，也有穿传统藏袍。有个漂亮的小姑娘，穿着好看的传统服饰，在我们的相机里留下甜美的笑容。

五点多时我们准备回拉萨，却发现汽车已经没了，只好等八点多的火车。反正八点多这儿的天还大亮着呢。我沿着铁轨走了十五分钟，翻越一座小土堆，跨过一个小石沟，走到了车站对面的大草地上。其时灰色的云朵被快下山的太阳照得通亮，绿色的山坡上，牦牛群缓缓移动，白色的帐篷冒出缕缕炊烟。远处有一小片湛蓝的天空，其下是冰雪覆盖的念青唐古拉峰。我忍不住大声诵出“此中有真意，欲辨已忘言”。头上的美丽天空，眼前的连绵群山，脚下的彩色小花（当然也有牛粪）。我心中的幸福感再也无法抵制。我开始唱《草原上升起不落的太阳》，开始朗诵《致橡树》，朗诵《回答》，开始大喊“我是谁”，大喊“我见青山多妩媚，料青山、见我应如是”。我疯了，因为太快乐。我真想完完全全、永永远远地融入这片仙境。

楚楚在远处给妈妈打电话。她今天心情突然好了。于是我先前的郁闷也一笔勾销。旅行，当它呈现出生机勃勃的面目时是多么可爱！

今天是最开心的一天，今天的我不经意看到了最真切的西藏，今天，我触到了西藏的心。

记住这个并不起眼的小县城，当雄。

7 月 14 日　阴有雨

于 G 师兄办公室。

今天本想去日喀则的，因为各种缘故没去成，在拉萨又停了一天。

如果一天是从夜里开始的，那么这一天开始于很无聊地抓过一本《庭院深深》，看到睡着，其时楚楚尚醒，电视尚开，灯尚亮。

上午十点多 G 的电话把我吵醒，他重申了今日换房程序（因为小燕姐的弟弟要来，我们准备住 G 的房间，他去和吕师兄住）。楚楚依然睡得很香。我就又睡了一会儿。爬起来后接着看小说，直到 G 师兄十二点多再次打电话来。得知我们依然未收拾后很平淡地说“下午再收拾，现在跑步过来吃饭”。他已从食堂帮我们打好了饭菜，我们在吕哥的屋里吃。三个菜，长得很像，回锅肉加蔬菜。他们平时的伙食确实不怎么样。有个菜里有灰色的魔芋粉条，很好吃。G 毫无表情地对我说“你不是爱吃魔芋么？我使劲捞来捞去，把魔芋都捞上来了”。感动得要死不知怎么表达。昨天他核实某连队菜价，对到魔芋时，我随口说了句：“这么好的东西为什么这么便宜？”他居然也可以记住。再次发问，他究竟怎么做到对每个人都这么好？

吃完东西楚楚回房收拾，我在吕哥房间里洗碗。忽然兴致大发，把所有的餐具洗了，把地扫了拖了，把油污的瓷砖都用洗洁精擦了。做完这些的时候从心底感到特别愉悦。女人果然有热爱家务的天性。

下午磨蹭到四点多，搬好东西，去取钱，再以送钱的名义到民院办事处催票。再次感到妈咪的英明，她总关心返程票毕竟是有道理的。那个一催一动的欧主任说票出了问题，本周之内已买不到云云。我们大惊失色又将信将疑，从他办公室出来就直奔火车站。排了一小时队，听了无数可怕传言，所幸最后终于买到两张十八号的票。我真能干！耶！

晚上玩了会大富翁，在我快破产之际有人帮我解围了。我们一堆人，包括杨涛哥哥、小燕姐和她弟弟，吕哥、G 就不用说了，去吃夜宵。好大的一个夜市啊！我们目睹了场斗殴，转了一大圈，吃了很多极辣的烧烤。今天大家都很兴奋，杨涛哥哥和吕哥学马仔走路，猥琐至极，被我们讥为“本色演出”。

回房，在吕哥房里看碟，《罪恶之城》，G 强烈推荐，却把四个人通通看睡着了。醒来已是半夜，赶紧睡觉，明儿还去山南呢。

G 的床很小，但很香。这个家伙为了我们来睡洒了香水。真逗。

7 月 15 日　雨

于拉萨—山南客车上。

今天居然被闹钟叫醒了，奇迹。

G 敲门进来，一脸很酷的表情把一个小盘子扔在桌上，有花卷数个，然后环顾了一番房间，突然呵呵傻乐：“你们在我这儿比我自己住这儿还乱。”我们只好在一堆衣服、书、化妆包里朝他傻笑。

然后他开会去了。我们去山南了。

下楼发现没带伞，回去发现没带钥匙，于是我们头顶蒙蒙细雨出了武警总队，打车直奔西客站。那里“拉客”太恐怖了，还没进大门，就有无数双手伸过来打开我们的车门，大叫“哪里”“日喀则”“山南”，我既觉得好笑又有点怕，下车“落荒而逃”去里面坐公车。出租车司机热情地在后面大叫“老乡，再见”！他是河南人，我从小品里听过些河南话，于是打上车就用河南话与之对话。虽然我没提“河南”二字，他已自动认我作老乡了。我很开心，证明了我的河南口语很棒以及我的语言天赋。希望这天赋在我下学期努力提高英语及学习法语的过程中有所帮助。

车程两小时有余。路边景色与去林芝的路又不同了。去林芝的路上，几乎是一片绿色的海洋，这里山却多是土黄、褐红等颜色。山下不知什么农作物成熟了。绿黄夹杂，显得很明艳，这一路上的水很多，且大多是静静的浅潭。如镜的水面将灰云、云缝间的日光、群山尽纳入胸怀，天地间本已阔达，而现时眼前有两个天地。

路上看到了贡嘎机场。白色的大鸟起起落落，使高原景致更加生动。

到了山南已是中午，吃了点饭便乘上公共汽车直奔昌珠寺。昌珠寺看样子很小，也并不精致，所以70元的票价让我觉得很不值。一个挺清秀的喇嘛说可以收我们半价，看在我们是学生的份上，我们建议再优惠优惠，才知道原来景点门票也是可以讲价的。后来这位喇嘛还义务帮我们讲解，我们看到了文成公主煮饭用的锅，亲手绣的唐卡，还有号称“全西藏最贵的文物”—— 一副精美绝伦的珍珠唐卡。这寺的参观者很少，比起热闹的大昭寺反倒更有几分沧桑和苍凉。

参观完了昌珠寺，接着坐车去雍布拉康。还记得从山南汽车站坐车到昌珠寺时，那个爱笑的司机，浓眉大眼，长得帅还不住地唱着有韵味的藏歌，而从昌珠寺到雍布拉康，司机和售票员动辄消失。仔细一看，原来在路边人家说笑。满车的苍蝇乱飞，满车的人倒一点也不着急，笑得平和安详。良莠不齐，有醉汉丑态百出，也有美丽的姑娘询问我们去哪儿，然后建议我们怎样走更好，年纪大些的女人盘着发辫，布条的色彩一看就是精心搭配的。车内弥漫着浓浓的酥油气味，真是“藏味”十足。

下了车，打听一下路途，又走了一刻钟左右，我们来到了可以仰视雍布拉康的地方。雍布拉康建在一座山崖上，是第一世藏王的住宅，也是全西藏的第一座宫殿。抬起头，看看雍布拉康在辽远的天空背景下显得既小又沧桑好像看着数千年岁月在眼前流过。金碧辉煌归于黯淡苍老，拜历史所赐。时间说是流动不息的，其实，一点一滴都沉淀了下来，为厚重的空气，驻足在古老的建筑周围。

我们骑了牦牛上去。这种庞然大物那样温顺，执著地沿着又陡又窄的山路向上走，我的牦牛叫“央楚”，雪白的毛披挂下来，被梳理得干净整齐，犄角上的装饰花花绿绿。这些都遮掩不了它艰难困苦的生活。牵它的人以黝黑的皮肤、怯怯的表情和破旧的衣衫告诉我们，他的生活也一样不易。我们给他和他的牦牛拍照，他突然做了个很爽利的姿势，我们笑了，他也笑了。生活在何时何处情趣都是少不了的，能让人活得有精神。

雍布拉康外有一大圈巨大的转经筒，远处山坡上经幡如瀑布般垂下来并随风招展，色彩浓烈得惊天动地，雍布拉康里面的东西并不多，释迦牟尼、护法金刚，所有的佛像都无甚特殊。但这里是雍布拉康，这里几乎算得西藏文明的起点。仰头，在一晃一晃的牦牛背上，我又突然觉得这座不大的宫殿在历史的天空下突然摆脱了斑驳，摆脱了疲惫，变得格外熠熠生辉。

回到住地不过八点。在拉萨，这是天大亮的时间。和燕子姐姐杨涛哥哥等一群人看恐怖片《鬼来电》。日本恐怖片就是这样善于让恐怖的气氛渗入人的骨髓。怕的时候就叫，就拿垫子遮住眼睛。和一群可爱的人看可怕的电影，感觉真好。不过，少一个人。

G 喝醉了。吕哥说他经常这样。天啊！

我说过的，我看不透他。不过我可以看出他很阳光的笑容和讲不完的笑话背后有深深的烦恼。

看片中间，有两次到他房间看他，每次他都把胳膊伸出来。高原上，受凉的后果与平原不同。帮他盖好被子，问他难受么，他的点头让我心里很难受。

生活真是不容易的。他走上社会不过一年，可是已能感觉到他的变化。现实社会是一面巨大的蛛网，混乱无逻辑，但你要小心翼翼地找路走。因为你是一只小虫，要防被蜘蛛吃掉。

吕哥说，读书时是天堂，现在是地狱。他们一群人看上去和我们一样快乐，但是他们的开怀大笑已不是纯净的东西，沉淀着无奈与辛酸，也许还有些狡黠。

想起下午在雍布拉康山脚下买的天然未经打磨的水晶，每一块都有点瑕疵。完全的透明无杂质，哪里可能呢？

下面说说今天让我情绪波动最大的事。

陶陶要去新加坡了。也许半年，也许一年。

从昨天到今天，他那一堆含糊其辞的短信让我早猜出了事情的始末，不过被他亲口证实还是让我——不知怎么形容我的心情。

我们可能要分开半年或者一年了。他的短信说。当时我们正从雍布拉康向下走，带着满脑袋遐思和满心欢喜。突然，我的鼻子就酸了，好没出息。

我真的已经想不出来我们成为好朋友之前的生活的样子了。我们互相了解，遇见困难互相安慰。这种互出主意的日子如果中断，我太不习惯了。

不知说什么好，于是没回。

直到突然发现，真正该做的，是祝贺。陶陶，我的好朋友，我的弟弟，证明了他的出色，迈出了他成为强者的第一步。开始主动追逐他想要的生活。我当然应该说“恭喜”。

不过从此，当然多了一份远在异国的牵挂。八月初他就要走了，早点回去，还可以见到他，以后，就写信吧。

我想，得去大昭寺帮他求个平安符。

7 月 16 日　晴

于拉萨—当雄的客车上。

今天是难得的好天气。此时是拉萨的雨季，可是今天是 Windows 桌面般的蓝天白云。

昨夜我们睡在吕哥床上，他自己弄了一堆垫子睡沙发。这些师兄待我们太好了。今天是囡的生日，半夜时发短信祝贺，得知她也要去新加坡了，很替她高兴。同时决定下学期，真的要好好学英语了。也许过去中学时的英语环境不如北京上海的同学，但现在彼此差不多。我要做的，是利用好一切条件补好基础，再努力提高。英语不好将会错过多少机会啊。不管是现在还是将来，我不能再在英语问题上做鸵鸟了。

今天我要去纳木错。我忍不住想象，但我努力抑制自己。对于这个地方，我什么都不想说，只想好好地，好好地去看它。

路上的风光已经很美。在车上打盹每次醒来都有惊喜。第一次，远山由柔和变得陡峭；第二次，灰云变成了大朵银亮的云彩；第三次，马群、牛群、羊群在黄绿的山坡上错落有致。这种地方，相机随便一举就是一幅图画，根本没有必要考虑任何事关“技术”“技巧”的因素。

午饭在当雄县城吃，我一个人几乎吃掉了半斤手抓羊肉，略辣，奇香，配以清脆的黄瓜、很有嚼头的面片和干爽清香的烤饼，吃得我心满意足。

出来去超市采购了一番，租好车，开始踏上纳木错之旅。司机大哥汉语名字叫“康健”，人很好，一路给我们介绍景色，路边泉水很清，据说是全国最棒的矿泉水。

景致渐渐从人间进入天堂。依然是蓝天白云草原，但是颜色特别纯粹，显得特别空旷辽远。红色的山石矗立，仿佛上天操刀的群雕。很想唱歌，但没有足够厚重的歌同眼前景色相配，康大哥放起了藏歌，高亢嘹亮地洒满一路。中间我们到了一个山口，海拔 5190 米。风很大，头发直竖。一个可爱的藏族小男孩怀抱一只同样可爱的小羊羔和我们合影，他们的眼神一样纯净动人。站在海拔标志碑前，突然看见远处山下有一丝蓝光。只是一丝，可是特别醉人。藏人说，那就是纳木错，再三抑制自己，可还是忍不住大叫。

车子继续前行，窗外越来越美，从不在意到不忍眨眼到不敢直视，配上空阔动人的藏歌，我真是激动得想哭一场。使劲忍住，但泪水很汹涌地向外流，于是不再忍，在我最爱的地方，让眼泪随便流。这么美，这么美，这么蓝的天，这么近的云，本身就是一首歌啊。回头看楚楚，眼圈也是红红的。

当雄到纳木错车程一个半小时，途中我们成功让景区守门人免了门票。后来我们到了湖边。一顶一顶的帐篷像蘑菇似地遍布在离湖边 100 米左右的高地上，我们租了一顶，锁好，走向纳木错。

纳木错。

它就这样真实地呈现在我眼前了。带着奇异的蔚蓝，带着闪烁的波光，带着倒映其中的雪白云朵，甚至带着飞翔的海鸥，这个我梦中的湖居然在眼前了。我唯一能做的，将手放在胸口走向它，然后跪下去，叩了一个等身长头。

骑马绕岛，这座岛是纳木错的湖心岛——扎西半岛。岛上是柔软的沙滩和大大小小圆溜溜的砾石。还有巨大的红色石块，或许该叫石山，酷似古城遗址。还有“夫妻石”“合掌石”等名头。游客不多，4700 米的海拔阻住了很多人的脚步。大家都穿得很厚，湖心的风寒气逼人。

不过下午倒并不冷，因为阳光还是十分炽烈。我穿上我的白色连衣裙，赤脚走进凉气沁心的湖水，就像走进我的梦境。极目远眺，一片碧蓝，闪出的光有点银带点紫，好像纳木错在顽皮微笑，湖岸那边是念青唐古拉山，皑皑白雪在阳光下银亮地、银亮地绵亘在天边。传说纳木错和念青唐古拉是一对恋人，他们在这里永恒地对视着，地老天荒。

拍照，恨不得拍下一切。可是，相机里的景色总要淡一成，这里是拍不下来的。诗画再美，美不过自然本身，对照片同样成立。

牵马的藏族人，唱起歌，歌声显得野性、痛快、毫不拘束。他感叹我“漂亮”，赞了一路，并且问我有没有丈夫和小孩，甚至要我的手机号。原来我这样符合藏族人民的审美观啊！

换了厚衣服，去拍夕阳。云被染成金色悬挂在半空，后来有一抹抹呈葡萄灰衬在夕阳后面。湖水有那么一会儿变成普通的颜色，不过当夕阳可以直视时，纳木错的颜色成为透明的灰蓝，晶莹得无话可说。太阳又下去些时，湖水突然分作两半，一半是深深的灰蓝。石山的剪影在昏暗下来的天色中显得格外厚重，仿佛昭示着什么，又仿佛什么也没说，只是神秘地沉默着。

天完全黑下来了。星星出来了。

现在西藏是雨季，这是第一次看到星星。这也许是唯一的一次。令我震惊，感动。

原来“大颗大颗”不仅可以形容水珠，也可以形容星星。那些在平原上小小的亮点在这里是悬在半空的，并且多得不可思议。像什么呢？怎么描述呢？不知道，真的不知道。这种异景，身处平原的人无法想象。

不写了，我要继续看星星。

看了回来，还是忍不住写。在这里，在此刻，我把一辈子的星星看完了。那星空，那绝美的大颗小颗水钻点缀的墨色丝绒啊——每颗水钻都在闪，在动，直疑尚在梦中。

它们一直存在的，可为什么以前看不见？因为我们离它们太远，因为我们被都市尘嚣遮住了眼睛。

G 师兄刚上高原时曾发过一个短信：“在这里，你会发现一些平时忽略掉的细节，令人感动。”

确实，许许多多的细节，令人感动。

比如，星星，那么亮那么与人亲近。

比如，野花，在海拔 5000 米却仍鲜艳。

比如，天空，蓝得让人陶醉其中。

比如，云朵，轻轻悬在山腰。

比如，歌声，这样真切地表达人的心情。今晚我们在夕阳下，星空下，石山旁，转山的藏人身后，一首接一首，唱到声嘶力竭。

比如，水，碧蓝的湖，甘甜的泉，或静如处子，或欢快跳跃，仿佛有生命，仿佛会说话。

比如，比如，比如……

生命是美好的，事实上，生命中美好的东西，比我们所知道的，还是要多得多啊！

星星这么美，这么美。

这里甚至看得见闪亮的星云呢。

还会困吗?

7月17日　晴

于扎西半岛某山顶。

本以为夜里会很冷，其实倒也还好。

六点一刻起床，昨夜星辰已成了“七八个星天外”，倒是一轮皓月在漆黑的天幕中有些耀眼。那时天边有一丝金黄。为了获得很好的视角，我们爬上山去看日出。

这山看上去很小。头几步还有台阶，但几十阶后，就只剩了石头，在近5 000米的海拔上四肢并用，翻过一座山，还有一座，如是再三，终于到了一个视野开阔的山顶，那一丝金黄，已扩展成数抹，并且加进了橘黄和粉红。西方的天空是淡淡的粉紫色。天空有几块白云，有两朵酷似猛虎跃涧和东汉的马踏飞燕。几乎每一分钟光与影都在变幻，越来越亮，天空中的每朵云都被染成了淡淡的橘色，而湖水是葡萄紫，远山是灰色的，在透明的天空中很清晰，东方的天空的颜色越来越淡了，东边的湖水也成了深深的蓝色，向西慢慢变成紫色。

一个光点在东方金色的云缝中出现了，仅仅三分钟，太阳已跳出湖面，这个巨大的光球像是浑身充满了劲道。只一跃起，就将半个天空镀上了淡金。天蓝了，云白了，山绿了，回头看，月亮白白的一小片挂在空中，天边粉紫的云成了粉红。雪山露出了洁白的山顶，山腰以上都悬着云团，丝丝缕缕地缠绕着。湖水又成了一块碧蓝的宝石，风平浪静，如梦如幻，以一条“山带”为界，上面是同样色泽的天空，岸边水浅的地方是澄清的碧绿，像给蓝宝石镶了一圈翡翠。太阳光铺在湖中，金色的一道，粼粼波光给纳木错添了一股富丽之气。

回到帐篷，吃了早饭，在县城小饭馆里买的烤饼冻得铁硬，不过依然很香。这时何江打来电话。他对我的关心和疼爱总是令我很感动，可是，他是能陪我一起旅行的人吗？说实话，越来越不像。

楚楚在帐篷里写日记，我随便抓了本小说走出去，在我心爱的纳木错身边一个人待了一个小时。

终生难忘的一小时。

太阳已升得很高，可月亮还挂在天上。淡淡的白，几乎透明。谁都知道西藏的天是怎样的蓝天，淡淡的月亮衬在上面，显得很宁静，很清凉。雪山更加清晰了，在云朵下柔中带刚地起伏着。坐在满是砾石的沙滩上，身边摊着那本小说，我望着面前的这个湖，湖水由透明到浅绿到深蓝，色泽如梦如幻，一浪一浪的潮水涌向沙滩，好像整个湖都在规律地起伏。那是纳木错在轻轻呼吸。海鸥飞着，“呕呀”地叫着，也有的在滩头停着，小脑袋向四面转动，他们雪白的羽毛在碧蓝的湖与蔚蓝的天之间格外耀眼。

湖边的石头特别好看，很多都圆溜溜的，青色的，花花如鸟蛋，黑中带白线的，甚至有鲜红的，也有花生或葫芦状的。看看这块儿，想捡；看看那块儿，也想捡。当我发现口袋已经沉甸甸时，还有无数更美的在透明的湖水里闪着剔透的光。终于明白，这里的美是无尽的，看看手里的石头，离开了湖水，它们变得了无生气，没了光泽。终于明白，这里的美是带不走的。这里的石头是纳木错的孩子，在妈妈的怀里才能保持灵气不散。最后，我留下三粒，一粒青蓝色白纹；一粒鲜红，腰间一道银亮的线；一粒是灰蓝色，上面有奇异的红色纹路，看上去像某种神秘的文字。我把它们放入湖，让它们接受最后一次纳木错的亲吻。当我想再次寻找它们时，觉得眼花缭乱。正当我感叹逝去的东西再也抓不住时，忽然见它们三个乖乖地挤在一小堆，在两块黑色的大石间向我顽皮微笑。我感动极了。将它们攥在手心，再也不想放开，尤其是那最后一粒，带走它，好像捞走了纳木错对我的絮语。或许，是箴言。纳木错将它想对我说的刻在了石头上，送给了我，让我慢慢品味。

坐在湖边，忽然想有人和我一起分享美丽的浪涛声。指头不用脑袋指引，就拨出父母的号码。以上事实证明我还没有爱上谁，不过即使爱上了谁，父母依然会是最想分享经历与快乐的人。

后来楚楚来了，后来阳光激烈起来了，该离别了吧。想拍一张与纳木错挥手作别的照片，可电池再也支持不住。奇怪的是，后来没换电池又拍了几张。这当然是纳木错舍不得我离开的缘故。后来，纳木错还留下了我最心爱的白裙子，我把它丢在了帐篷里。好在记下了司机康大哥的电话，向他求助，他很热心地帮我找到并答应寄到上海，此是后话。

收拾完东西（如果不算落下的裙子），我们坐车回当雄，回拉萨。绝美的风光，贪婪的注视，挡不住的远去……途中我们在路边灌了一大瓶清甜的山泉。

回到拉萨已是五点半，扔下东西我们去寄明信片。我的祝福就这样从西藏飞到全国各地我的至亲好友身边。

去八廓街买东西。好看的手串，别致的牛角梳，买了许许多多。意外发现我果然符合藏族人民的审美观，多位老板夸我漂亮，向我要手机号，其中一个居然夸张到当街对我说“看你第一眼，你就在我的心上”的程度。呵呵，要不我就找个康巴汉子嫁了算了。

又到超市购物。买了一大堆后发现这样是没法运达北京的，只好让师兄帮我们寄。在帮师兄买烟时我们很犹豫。我们愿意让他们开心，更愿意让他们健康。但最后还是买了，不过，但愿他们少抽点。

明天就要回去了。我们还看得惯不够蓝的天空，不够白的云，不够多不够亮的星星吗?

7 月 18 日　晴

于拉萨—北京 T 28 次列车车厢。

这是本次旅行的最后一篇日记。今天早晨八点我们与拉萨在清冷的空气中作别。

昨晚回总队很晚，哨兵已经不让进了，打个电话给吕哥，他很兴奋地出来帮我们提大包小包，很开心地说我们的电话正好使他有借口从办公室溜出来。

收拾东西和洗澡真是个浩大工程。好在水不够热、东西太多的困难总算克服了。吕哥不知从哪里捣鼓出一大盆虾，说要热来给我们吃。

虾一会儿就飘出了极度诱人的香味儿，谁知几分钟后，演变成吓人的煳味儿。好在并不严重，我们拿来碗筷，撸起袖子开始吃，好辣，可是好美味啊!吃到最后我们连壳都不吐了，吕哥拿出两小包蕨菜，他是云南人，说这是家乡特产。看上去很辣，所以我只在楚楚打开的那包里尝了点儿，的确很鲜很鲜。可我的舌头对辣太敏感。没福气。

吃完了虾，我们又寻出一口大锅，搜出两包方便面，很有气势地煮熟了，开始吃。吕哥和小 G 哥哥在旁边吸烟聊天，我和楚楚埋头苦吃。觉得很幸福，也觉得这幸福实在短暂，吃饱了，收拾。我经常会有很突然的把一切打扫干净的冲动，尤其在别人家里，今晚亦如此。刷锅洗碗，擦灶台抹茶几，把厨房扫好拖好，又把茶道器皿上的茶垢都给洗了，真是很有成就感。陈年的油迹在我手下消失，瓷砖变得洁净雪白，我很有些兴奋地想，将来争取干家务时都如此愉快。

弄干净一切，我们转战小 G 哥哥房间，他们累了一天，我们又要起早，可是大家都不愿去睡，大有“拼今宵，不夫眠”的架势。真舍不得和他们分开。

我在“土匪的浪漫”里给小G哥哥挑的那个布青蛙乖乖地坐在他书桌旁，被吕哥发现了，他一脸慈祥地把它抱在怀里，突然又面露凶光把它倒过来。然后很好奇地问：“这东西有什么用呢？”小G哥哥一脸认真地教导他，“我以前也很觉得这种东西没意思，但现在发现它身上有很亲切的气息。”他夺过青蛙深情地嗅了嗅。又有些怅惘地说：“不过这几天已经没了。”还用说么，连我们的衣服都已经具有了他们办公室所有物品共同的气味——烟味，青蛙哪还能幸免？接下来的事很蹊跷，我和楚楚目瞪口呆地看着这两位穿着军装的汉子来来往往地玩青蛙。那青蛙在他们手中做出种种匪夷所思的姿势，表情显得很无辜。我看了一会儿，忍不住说：“原来男生是这样玩娃娃的。”G立即转头问我：“那么你们怎么玩？”我把可怜的青蛙抱过来，让它坐在我腿上，亲亲它，抱抱它，然后说：“这样玩。”他一脸恍然大悟，可是接过青蛙，继续让它做极限运动。

大家都有点困了，小G哥哥不知从哪儿找出一台DV①，于是唤起了大家的精神。种种怪相被忠实记录，再看时大家笑成了一团。极差的技术加极自然的状态也能弄出出色的效果。

夜毕竟不是没尽头的，今夜毕竟还是要睡的，吕哥拿出三个丝绒盒子送我们，各装了“拉萨卫士”勋章和“优秀党务工作者”勋章。前者两个，后者一个。吕哥又让小G哥哥把他自己的拿出来。我很傻地拿了小G哥哥那个放进书包，坚决不弄混了，唉……我真不知自己怎么了。这种没智商的事情我也干得出来，喜欢一个人真是没有道理的。

仿佛刚睡下，就听到敲门声。小G哥哥冲进来，很惊讶地说：“你们居然还没起来？”于是知道时间不早，冲过去刷牙洗脸，小G哥哥站在旁边。用貌似平静的声音说：“我的意思是不要刷了。”于是我们抢劫一般把还在外面的零散东西塞进包里。看手机快到七点十分了。火车是八点的。好险！

火车立刻启动了。一回头，已不见G的影子，这位大哥就这样在一秒钟的时间内凭空消失了。这就是军人吧，这就是军人的告别吧，他根本不给你伤感的机会。

火车站离武警总队挺远。一路上，看着窗外，脑子一片空白。布达拉宫最后一次映入眼帘时，我低声说：“再见”。

坐上车，发了些短信，睡到下午两点。

打电话给康健大哥，他说收到了地址一定帮我寄。

---

① Digital Video的缩写，译成中文是“数字视频”的意思。

就这样走了。

当雄，那曲，羌塘草原，沱沱河，可可西里，玉珠峰……依然是惊人的美，但我已不激动。这十几天，蓝天白云大草原已成为最常见的景色。不过还是看啊看啊，明天这些于我又将成为天涯。

海拔下得快，氧气过浓会中毒么？

不管怎么说，列车是停不下来的。

写在最后：

提起笔来，却很难落下去。

梦醒了，无话可写吗？

过去的十几天，是变幻莫测的千姿百态，是五光十色的美不胜收。

那么蓝的天，那么白的云，那么清的泉，那么艳的花，那么美的湖……

那么动人的，神秘的，悠远的，厚重的，醇厚馨香的，回味悠长的，西藏。

这个我梦想了十几年的地方，我离它很远。亲密接触过，终究又远离了。

什么时候我会再回来呢？

回热热闹闹的拉萨，回郁郁葱葱的林芝，回古意盎然的山南，回风华绝代的纳木错……还有这次没有回的地方，江孜，阿里，珠峰……

总要再回来的。

我越来越肯定，这里是我前世的故乡。几乎没有高原反应，爱闻许多人闻了就想吐的酥油味儿，喜欢野性自由的藏歌，对一段段绝美的景色莫名亲切，这次还没走已在想着下次什么时候来……谁能否认，我理应是个高原的孩子？

十几年前，一幅纳木错的照片让我认出了故乡，从此对西藏魂牵梦绕；几年前一部叫《流云尼玛》的小说使我感到，回来的愿望是那么强烈。我固执到几乎偏执，终于在这十几天里第一次在我的桑梓之地，做了一次心愿得偿的小鹰，我欣喜若狂，我感激莫名。

西藏，是一片令人感动的土地。

不到这里，不会想到天地人可以如此纯净天真；不到这里，不会想到呼吸也是如此珍贵；不到这里，不会想到人间原来也有仙境。

西藏，让我明白了许许多多。

我来了又走了，思念与牵挂，在心愿得偿之后却没有变得更淡。

一本厚厚的日记本，有一大半被码上了文字，歪歪斜斜，不成体统，那是因为当它们从我笔尖流出时，我可能在晃动的车厢里，可能在路边的树荫下，可能在凌晨的山顶上，随时随地我记下我的感动，欣喜地看着我的梦一点一点，一点一点在海拔五千米的高度上绽放。

这仅仅是我的一个梦。我说过，西藏是我前世的故乡，人的第一梦总是从故乡开始，以后，还有许多瑰丽奇幻在等待。

西藏之行，我发现了自己骨子里的流浪情结，我热爱与自己肩上硕大的背囊一起在路上行走。未来，数不清的目的地在等我，我会驻足，但我不要永远停留。回到都市，我所有的循规蹈矩所做的一切，都只为走得更远，只为飞得更高，只为下一个，下一个，再下一个，梦想之地。

只为，再次出发。

西藏是我的起点，相信也会是我的归宿。“埋骨何须桑梓地”，但我的灵魂，在这儿。

那一月我摇动所有的经筒，不为超度，只为触摸你的指尖；

那一年我磕长头在山路，不为觐见，只为贴近你的温暖；

那一世转山，不为修来世，只为在途中与你相见。

我的西藏，我的高高的梦想。

如果没看过它们本来的样子

悄悄快乐 2006－07－23　23：19

如果没看过它们本来的样子，我会很安然。天是蓝的，云是白的，星星是亮的。本来如此，理所当然。可是，当我真的看到了那么蓝的天，那么白的云和那么多那么亮的星星，面对我周围的世界，有点不甘。蓝和蓝，白和白，亮和亮，原来还是可以不同的啊。在高原上的时候，想家人，想朋友，几乎和所有熟悉的人距离千里，却因为思念和牵挂而并不寂寞。回来却发现，离他们近了，没了远远牵挂的理由，毕竟还是难以见面。一千里，一千米，没有本质区别。后者反而令思念成为矫情，也许还成为埋怨。我是尘世中的普通女孩，就算相信跨越时空，也还是为可触摸的温暖感动。倒是那些人，刚刚熟悉起来的人，驻扎在西藏的师兄们，生在高原长在高原的藏人朋友们，又成为天涯。从此，只能眺望。如果我说，那里是我前世的故乡，我的生活本来是那样，你会对我会心微笑吗？还是嗤之以鼻？抑或最可怕的，对我微笑，而心中悄悄把我归入过于幼稚或飘忽的另册？知音，本来不多；遇见，本来不易。我可以奢望吗？奢望一个完全懂我的眼神。在想象中回望天路，就像回忆童年，就像沐浴纯净。把瘪瘪的行囊放进柜子，转身，我已满眼是泪。

说来，好笑

悄悄快乐 2006－08－02　01：06

七夕，收到巧克力和花。

如此古雅的节日，“德芙”二字，大大的不相称。

于是悲叹连连：毕竟有比我还俗的人。

不过送礼的人已走，当然只好收；收了礼物，当然不可以不知好歹怪罪人家。

就像如果有人表白，绝不可以骂人家“没眼光”。

笨虽笨，这个道理还是懂的。

当时正好要出门，不耐烦返身上楼，就自以为很巧妙地把东西们置于楼后灌木丛中，预备晚上回来再取。

晚上回来。取。

德芙们不见去向。

玫瑰在，夜色里鲜红欲滴。

于是我笑。

好贼啊！拿走我无所谓的，留下我在意的。巧克力没生命的，可是玫瑰有，而且是美丽的，而且是易逝的。

各取所需。皆大欢喜。

我在楼下的灌木丛前，手执玫瑰，大笑。

觉得自己实在有些不正常，更忍不住笑。

现在想想，仍觉好笑。

七夕写的，诗？

悄悄快乐 2006－08－02　00：27

（诗中场景，纯属虚构。如有雷同，也很正常。）

七夕信手，诸位莫哂：

今夕何夕

玫瑰——
从来只有脆弱的美丽
盛夏自然娇艳
严冬已过花期

爱情——
有时只是浅薄的游戏
这一秒方牵手
下一秒已别离

不过——
有时美好属于天堂
同看金风玉露
同数月明星稀

于是——
谁会拒绝真情的靠近
即使粉身碎骨
即使零落成泥

今夕，何夕？
何兮？今夕。

今夕看不到银汉迢迢
今夕听得见夜半私语
今夕有无穷的两情依依
今夕有无尽的风光旖旎
今夕飘过荷塘月色里的歌吹
今夕传来朱墙碧柳下的清笛
今夕是无晴却有晴的天色
今夕是莲子清如水的心绪

回首——
天边有微云丝丝缕缕
缠绕冬雷夏雪的誓言
缠绕千里婵娟的希冀

凝眸——
迎着灼灼的目光如炬
注视今夕永恒的幸福
注视一生一世的，你

好热，相当热

悄悄快乐 2006－08－05　01：55

沪上8月，酷热难当。苦读洋文，离家千里。戏作词一首，消暑解闷。

调寄《青门引》

入伏连日晴，
蝉噪夜深仍劲。
树影映窗如铁铸，
枝叶思摇，
争奈风欲静。
折扇狂舞骨将断，
字乱画不清。
白昼骄阳犹悖，
低首怎敢望群星。

我看问题就这么偏执

悄悄快乐 2006－08－18　01：31

野营。很热却不能洗澡，躺在帐篷里发短信。
内容：
给妈妈：妈咪，我快馊了。

给挚友：我正受着极度煎熬，我快馊了。

给那个有点暧昧的他：睡了没?

回信：

妈妈：宝贝早点睡，妈妈明天下午在家等你回来，回来就洗澡。

朋友：不对啊，不管你是被“煎”还是被“熬”，都应该是熟了而不是馊了啊。

他，没反应。后来，早晨说，昨晚睡着了。

结论：

亲情是可靠的。

友情是可爱的。

所谓感情是缥缈不定难以把握的。

我妈说：你怎么这么偏执啊?

我说：没办法。就这么偏执。

前　尘

悄悄快乐 2006－08－25　00：03

长大，为什么这样快呢?

那个胖胖的婴儿，那个扎两根小辫子的小女孩，那个爱踢球的假小子，那个叽叽喳喳的中学生，一下子，都只存在于回忆中了。看看镜子里，这是现在的我：大部分时间梳着甩来甩去的马尾穿着短裙蹦来跳去，偶尔也可以身着淑女装长发飘飘笑容温婉一下。就是近两年吧，突然少了在人前高谈阔论的欲望，突然喜欢有时一个人走路，突然很自然地开始用柔和的嗓音讲话，突然开始酷爱镜子，有了化妆包，包里开始有了小镜子小梳子有了香水。我知道比起很多人我已经太晚，不过，好歹，越来越像“女人”了。

腕上粉色的玉镯泛着美丽的柔光。十八岁的宣纸版《红楼梦》，十九岁的数码相机，二十岁的一整套《二十五史》外加盛放它们的书柜，今年，爸爸妈妈给了我这样一件女性味十足的饰品。我喜欢玉，和孔夫子没什么关系，我只是喜欢玉的温和感觉，让钻石的刺目光芒一下变得色厉内荏。好女孩儿就该像玉吧，温润，高洁，坚强，美丽从内心散发。

二十一年，不长也不短。站在这道门槛上回望前尘，我看到了我的幸运。幸福的家，亲人们爱叫我“宝贝丫头”，从爷爷姥姥直到弟弟妹妹，都很喜欢我；许多的朋友，可以一起起哄玩闹，也可以遇事求助，最使我感激的是，“知心一个也难求”，我却有两个，唯愿能与这两人知心一生。

关于情感的追求，这个话题或许是“欲说还休”，对于一个有追求、生活态度严谨的人来说，是一道难解的题。我依然不敢说“我已经找到”。也许对于奇怪地将大大咧咧和极度敏感统一起来，视默契为生命的我来说，找到本来就不容易。这世上有多少人可以背着背囊陪着爱人在路上一次又一次旅行？（不是所有人都有菲菲姐那么好的运气）一个姐姐跟我说：“要知道，被许多异性喜欢是一件特别幸福的事情。”她劝我：“谈一次或几次恋爱，你才能了解男生。”听起来很有道理（当然我觉得谁的话都有道理），只是，做不到。男生说“我爱你”时，我相信他们的真诚。可是，说得太容易也就意味着分量不足，易变易逝。几天前，一个只在 BBS① 某版上看到我的报到帖的人，居然说“做我女朋友吧”，是不是轻佻得有些可怕？其实，我多少次对自己说，接受吧，他有什么不好呢？他有足以让我自豪的才干，他说话能逗我开心，他笑起来很可爱，他脾气好得让人不忍心多说什么，最重要的，能体会到他的细心体贴……曾经跟一个女友说，也许我该努力去爱上他。女友笑，她说这只能说明你不爱他。或许，或许。不管怎么说，顺其自然。微微仔写过一句话：“三十岁牵手，能走一辈子也很好啊。”我同意，虽然有点遗憾。

二十一岁，知道了世界不是为我而存在，却依然相信我可以改变世界。年少的轻狂，何必轻易丢弃？有许多的书，我要去读；有许多的事，我要去做；有许多的地方，我要去走；有许多的人，我要去认识。说我天真，那就说吧。一生有梦，我心足矣。

感恩。珍惜。不懈的追求。

好好生活。

我家小弟初长成

悄悄快乐 2006-08-30　10：44

去小姨家玩了几天。蓦然发现，弟弟实实在在是个小伙子了。

弟弟快 15 岁了。他出生时，我是个一年级的小学生。一个浑身散发着奶香的红通通的小婴儿，在我看来，当然比洋娃娃好玩得多。小姨带着弟弟在姥姥

① BBS 是 Bulletin Board System 的缩写，翻译成中文为“电子公告牌系统”。

家住了几个月。那几个月，所有的周末我都会冲到姥姥家，在一屋子彩色气球中间看我的小小的弟弟。他先是睡，一个劲儿地睡，一副憨憨的样子，我就在旁边，不时用手指怯怯地摸摸他嫩豆腐般的小胳膊。后来他醒的时候多了起来，会笑了，眼神清澈极了，没牙的小嘴一咧开，就让人想跟着笑。

看着他吃奶，看着他舞动小手小脚，看着他爬着去摸橡皮鸭子，我的小脑袋里，突然涌上了许多许多的爱意。他是我的弟弟，我是他的姐姐。我要带他玩，我要爱护他。这一辈子，我们都是很亲近的人。大人们都说，他的笑，和婴儿时代的我一模一样。

后来就只有寒暑假在姥姥家见得到他了。

他发明了一个小把戏，让小棍儿在指间灵活地转动，博得全家人的喝彩，那年他 1 岁。

他和我捉迷藏，蹒跚地像只小熊，用被子盖住头就以为我看不到他，那年他 2 岁。

他和我玩得开心了，睡觉时非要跟姐姐睡，怎么哄都哄不走，使出全力想办法脱掉他的小棉袄，以证明他长大了，可以不跟妈妈睡了。那年他 3 岁。

他认真地宣布长大要和我——他的靖靖姐姐结婚，每天我要回家时他都拦在姥姥家的门口不让我走，让小姨抱走后在里屋号啕大哭，听起来伤心欲绝。那年他 4 岁。

他睡在我和表妹中间，我们给他讲故事，帮他打扇子，哄他睡着。半夜却神秘消失，找来找去，发现他在床底，且迷迷糊糊地嘀咕：再讲个故事吧。这事儿到现在还是个谜。那年他 5 岁。

就在 5 岁时，他小小的肩膀背上了大大的书包。

6 岁时，他考了第一次全班第一。

7 岁时，他开始迷上踢足球。

8 岁时，他拿了妈妈一块钱去买东西吃，被训得眼泪汪汪。

9 岁时，他开始拆能拆的一切。

10 岁时，他跟我去超市开始主动要求提那个比较重的袋子。

11 岁时，他梦想着接到霍格沃茨魔法学校的录取通知。

不过事实是，这一年，他上中学了。他的学校出了名的严格紧张。

一个聪明淘气的小男孩。聪明，因此上课爱动。淘气，因此踢足球、打篮球、玩一抽屉的小人儿和卡片。上学比较早，比同年级的大部分孩子小一两岁。于是，他的成绩总不那么叫人满意。学与玩，我的弟弟和他的妈妈之间总在玩着老鼠和猫的游戏。我常被抓去教育他好好学习，我说着些言不由衷的话，其实多希望我的弟弟永远最开心！

如今弟弟开学高二了，成绩进步明显，数学化学尤其好，一口咬定要考清华。14岁的他，身高174cm，嗓子哑哑的，长出了一点点小胡子，前两年竹竿似的身子开始壮了起来。喜欢阿迪达斯或者耐克，但有安踏穿就相当满足了。眉毛浓黑上挑，非常漂亮，可惜眼睛小了点儿。酷爱篮球和电脑游戏，但不过分地玩儿。难得的听话。笑起来傻傻的。板寸脑袋摸起来很舒服。曾担心小男孩长大了对姐姐之类会很疏远，但我们依然亲近。“我的靖靖姐姐”总被他挂在嘴边。我们都喜欢《哈利·波特》，都喜欢《武林外传》，都喜欢讲笑话也喜欢听，甚至我们爱吃一样的菜和零食。帮他买东西，我只要买我喜欢的就差不多了。聊天时，他把电风扇朝我这里移了又移，小小的动作令我很感动。我很喜欢看他，用近似慈祥的眼光。

在西藏，我把那张有珠穆朗玛的明信片寄给了他。“给你全世界最高的祝福，姐姐希望你飞得更高。”我写。我家的小弟初长成，希望他更好。

成为最棒的男子汉。他会的。我相信。

奔　波

悄悄快乐 2006－10－02　20：41

这两个字，很沉重。

我现在才知道有多沉重。

9月30日至10月1日的夜里，我在5008次火车上度过。从车次就可以看出，这是一辆慢车。坐全程也不会超过50元钱的那种。

车上满是人，多到恐怖的程度。大包小包，脸色疲惫，都是为生活奔波的人。

提前11天，我只买到了这么一趟车的站票。坐票都卖给谁了？我真想知道。

这一夜啊！

在车厢连接处将箱子放倒，坐下。周围全是腿。脚上都是不明物体，可能是别人的箱子，也可能是别人的脚。列车员很凶，大呼小叫，疯了一样。当然，可以理解。

一位老伯伯在我身边坐在小凳子上，细心孝顺的女儿照顾得很是周到，但闷热的空气让他脸色很不好；一个小孩子被挤哭了，她年轻的妈妈只会跟着哭；一个小伙子脚被踩了，他大大地发了一通火，但最后只能无奈苦笑。

因为我在车门口，所以当到了某个站时，我就得跳起来，拖过我沉重的箱子。整个人贴在车厢壁上，让滚滚人流从我面前碾来碾去。

慢车的站偏偏特别多。

困，累，浑身酸痛。

9 个小时，时间冻住了似的。天，真的要永远黑下去?

环顾，没人比我好受。

这之于我，是份难得的经历。我可以乐观地说，我多坚强啊，我多能吃苦啊。

只是，21 世纪了，人的生存状态，应该是这样的么?

回学校时，我不会再坐这趟车。可有的人，不得不坐。

我们的人民，这样不成人样地奔波，究竟，还要多久?

寒意初起

悄悄快乐 2006－10－29　22：13

穿着很厚的连裤袜，依然觉得寒意阵阵。

一年一度，与裙子道别。我不想得关节炎。

爱极了生如夏花的生活状态，爱极了热得痛快淋漓，冰淇淋香甜，裙裾飘飘的夏天。所以，我一向以夏天的结束作为一年与另一年的分野。

对于又过去的一年，我说，好吧。

只能说“好吧”。

三四岁的时候，知道了“四季”；六七岁的时候，会写“春夏秋冬”；十二三岁的时候，真切感受一季又一季的走远和循环；十七八岁的时候，开始恐慌。

就像读着“如花美眷，似水流年”这八个字，本来觉得口角噙香，后来觉得深深悲凉。

没有皱纹的祖母是可怕的，没有黄叶的树木是可悲的。

地下出土的古剑不能重新镀镍，马王堆的西汉女尸也绝不可以隆胸染发，重施浓妆。

所以，每个人都会老，“老”是正常的，甚至是美的。

理论上，完美无瑕。可谁会对着皱纹或白发坦然，欣然，大笑，歌唱呢?

就算有人，也不是我。

伸出手去，可以捧住满把的阳光，可是光阴呢，还在自顾自地走。

60 年，80 年，就在钟表的滴答声中，消逝了。

人生不满百，常怀千岁忧。

他们都要消逝。几千年，几万年，几亿年，几百亿年，都是。

小时候，常为一件事睡不着：宇宙毁灭了怎么办?

睡眠奇好：我睡不着，宇宙依然不会不毁灭。

一切都将不存在。

老庄，实在是有大智慧的人。

可此刻，宇宙存在，我也是。

列维纳斯开始寻找他者的脚步，汉娜·阿伦特从混沌中睁开洞穿极权的眼睛，都是在这样的时候。

所以，谁，有什么理由，不振作，不前行?

孔孟，实在是更有大智慧的人。

枝头残存的叶子，萎黄枯涩。它们曾经嫩绿鲜亮。就像来年，依然会有新的嫩绿鲜亮。

这不是无限循环，但确实还有多次。

秋季，寒意，初起。

他们的骄傲

悄悄快乐 2006－11－11　00：32

宝宝，妈妈在电话里说，掩饰不住笑意：姥姥姥爷向我夸你呢。

噢? 我很开心也很诧异：为什么呢?

他们说你很懂事，经常打电话给他们。重阳节还特意问候他们。妈妈说。

这个啊。我觉得很正常啊。

这么多儿女孙辈，都是孝顺孩子，可只有你记得重阳节还去问候。姥姥的睡眠，姥爷的血糖，你都那么关心。妈妈说。

这不是应该的吗?

他们说，他们是得好好活，等着享小婧婧的福呢!

听到这话，当然，高兴之余我又觉得有了一份责任。

一直是他们最心爱的小孩，从小被捧在手心。一去姥姥家，桌上的菜全是我爱吃的。姥爷烧的鸡肉和排骨，姥姥做的各种面饼，都吃得我不肯放手。我丢过一块生肖玉，姥姥姥爷生怕有什么不吉利，当天就去帮我打银锁。姥姥做的棉袄棉裤，姥爷做的丝瓜灯和弹弓，让我的童年记忆有着同龄孩子已享受不到的温暖和快乐。小时候的我敏感而易钻牛角尖，为自己臆想出的姥爷对待表弟和我的不公平大叫大嚷过，现在真想回到那时好好教训那个发浑的小丫头。还有老太。哦，想想老太已经去世十年又六个月了。八十岁的她，牵着两三岁的我在院子里晒太阳，教我背《木兰辞》。晚上睡觉，夜里一次次帮我盖上蹬掉的被子。十一岁时，我失去了她。幸运，我早已记事；不幸，终究没来得及报答。后来再大些才听说，老太的经历，是可以写部小说的。年轻时她的丈夫在外有小公馆，她怎样用柔弱的肩膀担起一儿一女的养育重任……

如今姥姥姥爷也已经快八十了，他们的青春逼人与英气勃勃在照片上那么真实，却在我的面前化作一片慈祥。他们为我做了那么多那么多，却因为我几句问候而感动不已。

靖靖说要帮我找八个保姆伺候我呢。姥姥炫耀地跟老姐妹们说。源自我幼儿园时的一次信口开河。

靖靖这个孩子准有出息的，很少有她做不成的事。姥爷很认真地告诉同事们。源自我一些小小的小小的荣誉。

他们就是这样，把他们的外孙女，一个普普通通的女孩当成最好最好的孩子。

姥姥的手上总戴着一个手串，我小学时去北京参加全国青少年读书活动表彰会时买的，却让她舍弃我的姨妈、舅舅给她买的所有玉镯，一直戴这个价值仅四元人民币的饰品，并且多年过去始终如一。哦，对了，那次还买了几小瓶二锅头，也是被姥爷夸到现在的。

每次说好去姥姥家，去晚点，姥姥会出来等；回去时，他们都出来一直目送。他们说，我们要下楼去走走呢。

“明天来吗?”离开时他们必问，有时很不经意的样子，但还是掩饰不住殷切。

“你们忙，别来了。”他们有时说。很洒脱的样子，但里面的落寞我心领神会。

“别买东西了。”他们总是异口同声。看看我从各地给他们带的小礼物，那真是“小”礼物啊，却让他们埋怨得那么快乐。

是的是的，你们要好好活。那是你们的小靖靖努力的理由，奋斗的理由，也许是可以成功的理由。

我是你们的宝贝。

当然，会是骄傲。真正的骄傲。

天堂印象

悄悄快乐 2006－11－12　00：58

今天去杭州了。六点半起床，七点多出发，夜里十点多回来。很仓促也很开心的一天。酷爱旅游的我，倒还真没去过离上海这么近的杭州呢。总感觉那是自家菜园里的一根丝瓜，想什么时候摘都成。不过今儿总算摘了，不然推来推去还真是可能让丝瓜僵在藤上。我的生活真是越来越随心所欲了。捎带着最近遇上点儿伤心事（至于什么事儿以后再说，有了结局再从头道来不迟），更加不管不顾了些。朋友的朋友邀请朋友去玩儿，偶然得知的我就蹭了去。一辆巨大的巴士，松松地坐了二十来个人，打听下来一多半属于“朋友的朋友”，顿时打消了最后一点点拘谨。一路上车厢里很是热闹。没到十点我们就到了杭州。车子外雷峰塔飞快地掠过，脑子里立刻充满了鲁迅先生的伟大思想以及根根直立的头发。没想完呢，车就停了。在苏堤的一头下来，沿着湖边走。深秋的西湖已不见了桃红，但柳依然很绿。丝丝缕缕间，湖水轻轻地漾着。水的颜色很难描述：有点银色，有点蓝色，显得很干净但又绝不清澈。不清澈是因为太深，也是因为这是西湖的水，照过佳人，醉过才子，含着诗庄词媚，蕴着脂腻粉香，如何能让人一眼望到底呢？湖边的风大，有点冷。但毕竟快到中午，阳光又很暖。冷冷暖暖交替着，“花港观鱼”“曲院风荷”……一个个耳熟能详到如雷贯耳的名字时而题写在匾额上，时而镌刻在大石上，颇有旧地重游之感。这里还是爸爸妈妈的蜜月所在地呢，二十二年前，他们在这里携手同游。这确实是个适合携手同游的地方，一对对的人特别多。从年轻的情侣到蹒跚的老夫老妻，在湖光山色间都显得那么和谐美好。Chairmain 和丈夫 Tom 推着小童车慢慢地走着，里面坐着他们小小的一双儿女。他们是这次集体出游的倡议者和组织者，太太是中美混血，随意而美丽，先生是美籍韩国人，文雅而温和。他们是非常非常可爱的一对，都细心、爱照顾别人，一个小小的对视就能看出他们之间的相亲相爱。四岁的儿子很淘气，两岁的女儿很娇美。幸福以一种活生生的形式存在于眼前，令人感动而神往。

中午去岳王庙。岳飞大气磅礴威风凛凛的大雕像让人油然而生景仰之情。

他手书的“还我河山”四个大字令人热血沸腾。蓦然悟到，对一个男人来说，最终使之名垂青史的伟大之处可能多种多样，但源头应是一样的：大气，有担当。岳飞墓前，秦桧和王氏千年不变地跪着。想起某秦姓人氏的小诗“人从宋后羞名桧，我到坟前愧姓秦”，再看看旁边的对联“青山有幸埋忠骨，白铁无辜铸佞臣”，不禁感叹：做人，就要做好人。秦桧这样的家伙，若是现在复活了，看看周围，了解千年群众舆论，估计又该一头碰死了。散步去孤山岛，路上有个武松墓，坟和碑都很新，虚假得很老实。再走几步，就是我心仪已久的苏小小墓。玲珑的小亭，精致的小坟，“慕才亭”的娟秀匾额，让人不由心生爱怜。还记得她的诗作“妾乘油壁车，郎骑青骢马。何处结同心，西陵松柏下。”古往今来，大家闺秀、小家碧玉、风尘明珠，女儿家的心思何其相似啊！只要那个自己生命中的他，和自己共享小小的暖暖的幸福。最好的他，或许就是能让属于他的女人，放心地将手放在他的掌心，没有一丝疑虑地，跟他走。草很绿，风很暖。走完白堤，我们坐在长椅上，对着西湖，痴痴地望。吃着这儿的一种小点心——断桥残雪，诗意的名字。阳光下，一个舒服而慵懒的午后……中山公园的对面有个大大的惊喜，一座题名“复旦光华”的牌坊高高矗立。和我们学校无甚关联，却极为亲切。中山公园里，品着清醇的龙井，等来了所有人的集合。

继续沿着西湖走，很快到了断桥。西湖周围，散落了这么多经典爱情啊。许多风筝在飞，飘飘荡荡。看着它们，你会不由自主交出你的心，和“鹞子”“蝌蚪”们一起飞。一个“08 奥运”的风筝很独特，“同一个世界，同一个梦想”的飘带在风中舞动，很可爱。

日落了。我看过黄山的日落，壮美的；渤海湾的日落，庄严的；布达拉的日落，奇异的；纳木错的日落，动人的……还有许许多多的日落。它们都很美。西湖的也是。秀丽的，轻柔的。太阳由金黄到深红再到淡红，缓缓地沉到山后。湖水先是铺了道粼粼的残阳，后来变成丝丝银波。山的轮廓格外柔和下来，浓浓淡淡，黛色与青灰错落有致。日落之美，常在回味。还有对明晨的憧憬。

晚餐美味极了。西湖醋鱼、龙井虾仁、万年青、蟹、笋，种种精致的小点心，清爽娇嫩。一如西湖给人的感受。

一天游西湖，只能走马观花并且残缺不全，但其中的江南韵味已经让人深深陶醉。西湖是惊艳的，也是可以慢慢品味的。恰如她的女儿苏小小，有美丽的躯壳和更加美丽的内心。以后，夏天的、冬天的、雨中的、雪中的西湖，我都要来看一看。毕竟，西湖很近，就像自家院子里的丝瓜。它是可以触摸的人间天堂。

命里注定

悄悄快乐 2006－11－24　00：56

我怎么也想不到我还会回头。

曾经的满不在乎。异面直线的认定。深入心底的痛楚。不愿回想的麻木。

那天我在冷风里奔跑，恐惧孤独并且无助。

如果不是那个总会对我好的朋友还穿着睡衣就被我拉下来，陪着我走了许多个奇怪的圈，我想我会崩溃。

我以为一个故事的大限，到了。

并没有。

命里注定。

纯白的百合怒放出一室香气。

其实我喜欢茉莉，温柔而甜美。

可是百合的香气凛冽而不可遏制。

你会后悔的。我很绝望地说。

这样很傻的。我很绝望地说。

没有意义啊。我很绝望地说。

但是当一种执著坚定到撞了南墙也不回头……

好吧，我回头。

命里注定。我信命。我认命。

我达到了自己速度的极限，我达到了自己嗓音的极限，我达到了自己力气的极限。

可我没逃出那把伞。

我宁可被淋死也不想头上遮着那把伞，何况雨并不大。

可我没逃出那把伞。

命里注定了许许多多的东西，有过程，也有结局。

所以，异面直线也是注定了的。

我不知道什么在前面等着我。

命运朝我笑，有点凄苦有点神秘。

平行线相交了，异面直线也不会的。

可是我没办法，我回头了。
可是异面直线的结局无法逆转。
我究竟在胡说些什么?
命里注定……

听一首歌，对自己说

悄悄快乐 2006－12－06　01：42

一首喜欢的歌：

兄　妹

对我好对我好，好到无路可退
可是我也很想有个人陪
才不愿把你得罪，于是那么迂回
一时进一时退，保持安全范围
这个阴谋让我好惭愧
享受被爱滋味却不让你想入非非
眼看你看着我，看得那么暧昧
被爱爱人原来一样可悲
为什么竟然防备别人给我献媚
不能推不能要，要了怕你误会
让我想起曾经爱过谁
我所要的她不给，好像小偷一样卑微
就让我们虚伪
有感情别浪费
不能相爱的一对
亲爱像两兄妹
爱让我们虚伪
我得到于事无补的安慰
你也得到模仿爱上一个人的机会
残忍也不是慈悲
这样的关系你说多完美

听见了吗？这是一个男人唱给他妹妹的，你知道那个女孩有多幸福又有多心碎。

听见了吗？一个男人叫你妹妹，他是想对你好的，他是真的想像对待一只会思想的小猫一样宠你疼爱你的。

知道了吗？爱情是件很复杂的事情，要不别人怎么都说它宝贵。爱情只是爱的一种，而它和其他不能互相替代。

知道了吗？世界上的遗憾那么多，不差你一个。时间的流水把沙冲走，会留下石头般静默的真理，那时学会微笑的你可以捡起一块。

明白了吗？有的人是那么好，但并不简单。当你是小鱼时，深潭并不适合你。受伤的原因常常并不因为谁有错。一出戏的结局无论如何会在落幕前出现，太过盼望只能说明你太幼稚。

明白了吗？伤心不可避免，伤心使人成长。你该坦然，你该从容，你该珍惜，你该感恩，不抱希望往往会有惊喜，其实已拥有的，已经足够美好。

所以，记住：你会得到你配得到的，这是一个必然。

所以，记住：叫他哥哥，就把他当哥哥吧。

我会继续快乐，也许，更快乐。^_ ^

尘埃里的小花儿想唱歌

悄悄快乐 2006－12－30　05：34

夜已经深得就要亮了。

我喜欢这感觉。有点晕，却知道可以睡一段长长的时间。在一床阳光的时候自然醒。

希望可以梦见些什么。

白天，在两个好姐妹面前，泪眼婆娑的我喊出了：“我宁愿七想八想，也不要没东西可想！”话一出口，我就愣住了，被自己吓着了。我知道该来的来了，酝酿已久的，我压根儿没想逃。

两个月。略多。或者前面的忽略，一个月前起，很大的变化，很多的开心。因为一些什么，我更喜欢自己。

那又怎么样呢？我只是一朵小小的花，渺小地卑微地开在尘埃里。

静静看天，默默等待。也许，暗暗伤心，轻轻哭泣。

我一出现，便已迟到。没人说这是我的错，却当然地成为我的原罪。

我对着虚空忏悔。因为没有别人应该忏悔，也因为没有别人配接受我的忏悔。

慈祥温柔的手横亘在灿烂的火前，但对蛾子来说，那是可耻的恶行。

有时，自焚即意义。

能体味这个的不多，甚至包括火。

蛾子微笑。

小花儿，也微笑。她小小的淡淡的，并且开在尘埃里。但她爱唱歌，很古老的歌。

何青云之流澜兮，微霜降之蒙蒙。

我不想离开。于是我说，其实不必离开。

并且我还没学会掩藏什么。

看我泪如雨下吧。

看我自己挣扎吧。

你们的眼神，我都懂。

只是，实在没什么好说。

我只是尘埃里的一朵小花儿，既爱哭，也爱笑。

有时，唱一支歌，对着苍穹。

成年焦虑

法律上的成年是十八岁，但其实每个人拥有各自的“成年”时间点。当你开始意识到对未来的构建不能再一日三变，当你踏踏实实地从背单词开始为自己做“长线投资”，好吧，成年近了。

因为独立，因为责任，因为再也无法用“我还小”原谅自己，所以成年是一件令人焦虑的事情。可是最快最美的蜕变也是在那个时期吧。“朋友”不再是仅仅一起玩耍的小伙伴，“生活”不再是为赋新词的诗里才有的语句，“爱”不再是一座飘在空中的城池，“我”不再是一个连自己也琢磨不透的对象。这些美好，都是从磨合里，从焦虑里，从痛苦的辗转反侧里，从茫然的左顾右盼里，一点一滴地，羽化成蝶。

2007 年，从哪儿开始

悄悄快乐 2007－01－01　23：41

2007 年的第一个晚上，第一次喝普洱茶，褐色的不苦不涩的清香氤氲的茶水。一遍又一遍地听蔡依林的《你快乐吗》。胃痛。如果胃热叫“烧心”，那么，我就大胆地说：我，心痛。也许因为茶，也许因为歌。突然想，写点什么。于是就写了。因为是突然，所以并不想起个题目什么的。

你的心像海洋深深
如岁月悠悠
我没打算很快明白
我不可能马上猜透
已经陷入了这片蔚蓝
就注定难以回头
既然走进了那段深远
才不要什么理由

我是一只小小的珊瑚虫
在你的心底建我的玉宇琼楼
不能怪罪上天只好责备自己
在你跋涉时本该有我温柔的凝眸
如果你一定要背起整个世界
我可不可以也伸出我的双手
如果你咬紧牙关还想流泪
这里有一方手帕在永远守候

我不信轻易许下的天长地久
但也别告诉我放弃才是最完美的存留
时间会悄悄揭开一切答案
何必对未来的结果一力强求
誓言太过奢侈
同行已是足够
一直想用微笑的眼睛告诉你

只要　你要
只要　我有

天塌啦天塌啦

悄悄快乐 2007－02－08　21：22

那个我报上去的学年论文题目是我临时瞎想出来的：《中国及希腊远古神话中的色彩意象呈现》。

编好了以后有八分得意：听起来很牛嘛。

有同学夸这题目听上去很有深度，九分得意。

指导老师说：不错，很有意思的题目。当然了，十分得意。

一飘飘然就听而不闻了重要信息，老师的下一句话是，你读几本书，自己去发现这题目有没有研究必要。

回来开始吭哧吭哧啃书，老师开的书单：《淮南子》《山海经》《伊利亚特》《奥德赛》。

其实没啃多少，每本翻了几页而已，但证明一点足够了：那个很牛很有深度很有意思的题目，确实，是个伪命题。

我这个绝望啊！天塌了啦！

妈咪很轻松地说：换一个不就好了。是啊是啊，可是，我换什么呢？

老爸起哄：多好的老师啊，这才是真正的学术引导啊！没错没错，可是，我换什么呢？

我究竟该换什么呢？

没有过不完的大年

悄悄快乐 2007－02－23　22：28

昨儿夜里有人放烟花，漫天的灿烂很美，噼啪的声音也很清脆悦耳，但我不由自主地脱口而出：怎么今天还有人放炮？

就是这样，此一时也，彼一时也。五六天前带给人欢喜无限的事儿，现在成了莫名其妙：星星还是那个星星，星星不是那个星星。这好像是一首歌两段的开头，极为废话无聊，却有理得要命。

一年一年，都是这么过来的。天下没有不散的筵席，也没有过不完的大年。

今天中午在姥姥家吃饭，挤挤挨挨的一大家人。今天初六了，不当老师的亲戚们很快就要上班，上学的兄弟姐妹们也离开学不远。很巧，正是今天午饭后，大家各奔东西，恢复散落在三四个城市的状态。几天后我也要走了，然后我们散落在四五个城市。我们是一家人，可只有过年才能凑在一起。偏偏，一年只过一次；偏偏，年是很容易过完的。

早几天爷爷就在说："x天后就剩我们俩喽。"跟姥姥说的，天天说，倒计时似的。真怕听啊。"x天后"就是今天了。看着亲戚们坐车走远，又跟爸妈回自己的家，想着这几天……

大年三十儿二姨他们回来，全家去某大酒店吃了3个月前订好的饭。吃完和妹妹去K歌，两个人唱了3个多小时。去姥姥家吃晚饭。然后集体到我们家看春节晚会，将一座零食大山变成小山。节食3天，为的就是这一晚。

初一到初五的日子大同小异。一般上午到姥姥家，和表哥表妹表弟坐在电视机前追踪各个台的《武林外传》，若是恰逢所有都被广告掐断了，就看一个偶然发现的很傻的电视剧，什么小龙女、哪吒的，那哪吒居然是"傻根"演的。有时在小弟的热情推介下瞄两眼《红猫蓝兔七侠传》，据说是由《七剑下天山》改编的动画片。自从我基本告别动画片至今，国产动画片还是蛮有进步的。《武林外传》本来就很搞笑，何况集体看十分有气氛，何况各台进度不一，有时看糊涂了的我们又能增加许多好玩之处。看了3遍依然乐此不疲，能背出许多台词的小弟令我们连连感叹年岁不饶人。大人们（虽然偶[①]早已是大人，却总习惯这么说）看不大懂，他们经常晃进来，看一会儿，再看看喘不过气的我们，嘀咕一声"这有什么好笑的"，又晃出去做饭聊天去了。下午两三点，妈妈们一般逛街去了，我和妹妹也就出去，K歌或去公园儿或也逛街，叫哥哥弟弟去，这俩大小男人就装睡，更甚者，装死。我们就只好走了。带回来的肯德基全家桶、冰淇淋蛋糕、糖炒栗子什么的，他们倒吃得相当起劲儿。我们一般五点多会到姥姥家，继续追踪《武林外传》，然后吃晚饭，然后看《武林外传》，偶尔打打牌：小猫钓鱼。10点多，我回家。小姨和弟弟在我们家住。我们看电影，有时听于丹讲《庄子》。睡觉。值得一提的是，我做一切时手上都会捧着一本书，当然不会有心思看，但我踏实。他们开始景仰我，后来嘲笑我，最后视而不见，懒得说我。

① 偶：网络语言，即我的意思。

多么可爱的日子啊，竟然一去明年才返了，然后是将近一年的孤独。

独生子女，没有亲生兄弟姐妹的我，一直很惴惴，不知十年后，二十年后，以后的以后，会不会有许多人凑在一起过年了。

还有，无论以后有什么样的原因，我坚决不要一个人过年!! 孤独并不可耻，在过年时孤独却实在太可怕。

不管怎么说，大年照例是过完了。等着明年啦。

或者灿烂，或者黑暗

悄悄快乐 2007－03－09　02：06

下午和楚楚交了推荐表。去 YALE（耶鲁大学）的那个暑期班。6 个星期，傻瓜都知道这不是长到一个可以学到很多东西的时间。不过那毕竟是 YALE，从 BBS 上就能看出，盯着的人无数。而最终，全校只有 30 人能成行。

看了下别的院系的申请人，四六级都 600 分以上且 TOFEL（托福）成绩 650 分左右的比比皆是。意料之中。复旦本身就是个牛圈嘛。从偶然看到外事处的网上通知，到熬夜做简历，再到在系里跑来跑去盖章，我只来得及确定两件事：1. 一定选不到我的；2. 我还是要申请的。我的英语有多不怎么样自己清楚，何况 TOFEL 考试压根儿没参加过。我跟妈妈说，我就两个目的，看看比牛人们到底差多少，以及以此为契机做一下早就该做的简历，以后找实习也好用。

说的时候振振有词，表交上去了，倒有些怀疑自己的做法。

一下午，我都在想一个问题：一件事情如果注定失败，还有做的必要吗?

这不是比较的问题，这是个绝对的问题。一件事情，百分之五十的成功率，应该就阻住了绝大多数人的脚步。这时有人去做，大部分人估计还是钦佩的；百分之十，大众们就会认为那个依然选择做的人太过冒险不稳重；成功率降到百分之一如果还有人，估计所有人都会大摇起头，那去做的人已经可以称为“投机者”了。但无论如何，毕竟有可能“成者王侯”，一旦做成，一切流言蜚语会自然消失，人们会佩服你，觉得这人实在是个做大事业的。

可是，如果那数字降到零呢?

唯目的论自然失于功利了，但无目的论似乎更加荒谬可笑。结果与过程无论哪个重要，丢了一个总归是不对的。

那么我怎么解释我的行为呢?

毕竟已不是十几岁的孩子，有无限的时间无限的未来以及别人无条件的宽容。兔兔曾给我的评价是“迷糊却勇敢”，我自己深知我是“勇敢却迷糊”，经常一不小心就丢了自知之明，明明看见某苹果在头顶一人多高处悬着，还是伸长手臂跳一跳。当然摘不到，根本没准备能摘到。只是稀里糊涂，就那么起跳了。如果大家都看见你的起跳，摘不到苹果就并不能太让人坦然了。

如果这样的起跳发生了许多次，手中却无一个苹果，就实在很令人难堪了。上面的话都是我想的，我说的，我觉得挺对。

可是我想来想去觉得自己做得也并不错。

总是在向上跳，会收获许多激情以及弹跳力。

有的人适合慢条斯理地一点一点把事情做完美。那不是我。

我喜欢灿烂的阳光和漆黑的夜晚，但我不喜欢铅灰色的乌云。

我爱喝滚烫的茶，爱吃冰激凌，但我不喜欢温开水。

有的人，偏偏愿意做注定失败的事情。

结果，没有，我就不要了。但是，再让我失去过程，那就活得太不精彩了。

灿烂令我莞尔，黑暗让我思考，光线昏昏的时候，我通常只想睡觉。

我终究把简历做出来了，不是么？

GRE[①] 及其他

悄悄快乐 2007－03－22　23：34

很久没有写是因为某天电脑中毒了，之所以电脑中毒了是因为上周的今晚，我为了给第二天的学术讨论会发言找点素材，在百度搜了一下《于丹〈庄子〉心得》，电脑自彼瘫痪。纵然我不是太迷信，也不由想了一下上帝对那位学术超女的态度问题。

要不说我还是蛮注意自我完善的呢，以前我是一个多么爱着急的孩子，现在又是多么的从容啊。我先是托人找了个人帮我重装系统，（那位大哥跑过来时，我和小伊在品尝坊慢悠悠地喝奶茶，想来还是有些惭愧的）然后自己慢慢下程序，多谢小猪和哲苑，我们家乌黑厚重古老的本本涅槃了。上帝关了几日门，也就开了一会儿窗，让我明白晚上不开电脑其实能活。

那天的发言令我很爽，准备的明褒暗贬的东西很顺利地送了出去。本主一定听出来了，于是避重就轻地评价数句，还不得不承认我是比较深刻的。结束

① 美国的研究生资格考试。

的时候，那个我从小就很崇敬的，全国大名鼎鼎的优秀语文教师于漪奶奶居然过来跟我握手，并把家里的电话留给我，欢迎去她家做客，令我相当高兴了一下。

下面是主题了，从后一天，也就是上周六开始，我进入了一个魔鬼程序：17 天搞定 GRE 单词。前面不是说电脑中毒了，后来我明白可以不必天天上网嘛。也就是意味着我可以一点多睡觉，七点多起床，直接冲向图书馆，两耳不闻窗外事，一心只对红宝书了。根据那个可怕的时间表，真正的挑战从第 8 天开始，从那天起必须每天在单词上投入 7 个小时，第 14 天会成为 8 个小时。今天是第 6 天。我……充满恐惧？不！我踌躇满志！红宝书慢慢变旧，8 000 多个单词一点一点进入脑袋，我在体验前所未有的充实。这和大一时 32 个学分 5 个协会 2 个部门的“充实”是不一样的。这和以后究竟考多少分也是没关系的。觉得浑身向外冒活力，走路充满弹性。总之，我很好^_^!

我很好还有其他原因，记得上学期末那个患得患失总爱莫名伤感的小女生吗？2 个月后，她明白了许多，明白了每个人该有怎样的位置和怎样的故事。她曾绝望地想没有开始的故事无法结束，现在她知道毕竟没开始。也许，该庆幸没开始。给每个人该给的位置，悲剧就成喜剧了。

有时小小的孤独会若隐若现一下，但这似乎也是必需的。

未来的面目在渐渐清晰，我相信那是个和善的笑脸。

爱生活，爱图书馆。嘻嘻……

狂背单词 17 天：小结与展望

悄悄快乐 2007-04-03 02:48

17 天，时光流转，白驹过隙，弹指一挥间。

这 17 天之于我，毕生难忘。

每天七八个小时花在同一件并不见得有趣的事上，居然坚持了下来，不自恋怎么对得起自己！

这 17 天，我的 breakfast（早饭）、lunch（午饭）& supper（晚饭）的前面，都有一个共同的定语：run（奔跑）。

没错，不仅这些天觉得所有的人都长得差不多，而且连吃一顿完整的饭的时间都没有。不仅集中精力背单词，而且瑜伽不能不练，因为不想长胖；牛仔舞不能不跳，不能让我自己网上招的舞伴杀了我；课不能不上，因为我的乖乖好学生形象保持十几年了，我可不想把它毁了。对了，觉也不可以睡得太少，一盆糨糊的脑子如何对付得了最多时一天两千多的单词呢？

可怜的我啊，多么希望一天有 48 个小时！

今天从图书馆出来回宿舍，一路上都在唱歌，回头率百分之三百我也不在乎。只是，正如高三毕业时以为上大学会很悠闲很舒服但梦想很快破灭一样，看看以后几十天内要准备的东西，我没法儿不发抖。

听说 GRE 也改革了，那么我要不要把考试向后挪挪？这事儿还得想想，但还要考托呢，还要准备申请材料呢，还想学点什么呢，还要实习呢，如果工作着是美丽的这句话是真的，那我不愁不貌若天仙了。

回想大约十二三四五天的时候，我以为已经到了极限，多少次郁闷之极仰望苍穹叩问人生，一咬牙一跺脚也算是熬过来了。我啊，优点不多，但真是能吃苦啊！折磨自己，颇爽的一件事情呢。

继续。当然，明天必然要先自然醒了再说其他。

城管来了

悄悄快乐 2007－04－06　00：05

文图前面那条街是越来越繁荣了，卖什么的都有。从蛋卷到菠萝，从糖果到烧烤，从书籍到碟片，从首饰到衣服，甚至，从兔子到金鱼。每天午后和傍晚，简直称得上熙熙攘攘。随便走个来回，就可以目睹十桩以上的生意成交。如果某天从这儿经过却发现路面宽阔安安静静时，就有两个可能：下大雨了，或者，城管来了。

下雨的时候当然找不着那些摊主，想是在家猫着呢，也可能去进货。如果是城管来了，那么你可以去五教前的院子，六教旁边的自行车棚，文图的栏杆里，去看。许多大包裹，和许多紧紧张张但又故作镇静的人。也许 10 分钟后，它们和他们又恢复成路两边五光十色香气扑鼻的小摊和滔滔不绝神气活现的摊主；也许，今儿的生意就做不成了，如果城管总是不走的话。如果没有特殊的检查，第二天，这里又是一片繁华。

以上的情景我再熟悉不过了。说实话，没什么特殊感觉。我一直都挺根正苗红的，所以我知道“违章经营”不是什么好事情，在我摇摇晃晃骑着自行车从比以前窄一半的街道上经过的时候，也是略有不爽的。城管们，好像是天生正义的，他们也并不凶，让人挑不出什么。但这儿的东西确实很丰富且又便宜到丢了也不心疼。比较悠闲的时候，在这里走走逛逛消消食儿，馋了吃点什么，也都挺有趣挺方便。世界上的事儿，本来就不像当年学龄前被教育的那样，黑白分明好坏一目了然。所以，在我难辨是非，或者说，觉得没必要辨个是非的时候，我就大脑一片空白地保持中庸的沉默。

今天，一个普通的中午，不过呢，我第一次目睹了城管们到来的全过程。一辆车缓缓地从街道一头开过来，里面坐了六七个黑灰色制服的城管。他们朝车窗外张望，有些幸灾乐祸似的故意和最那头的摊主打个照面。那人一见就愣了，3 秒钟后以不可思议的速度把他的商品，也即一大堆头饰卷起来，拔腿就逃，小声喊“来了”。他的“同街”们，有的听到了，有的看到了，于是大家噼里啪啦极度利索地收摊，旁边人收得慢了，有的人还帮一把，然后大家迅速钻入各个安全地带。若正有人光顾，就拽住顾客一起跑，顾客们懵懵懂懂地被拽着跑，或者不大客气地打掉摊主们的手。看他们的奔逃挺好笑的，真的是丰富多彩呢。卖首饰的夹着大箱子，卖衣服的扛着大包袱，卖烧烤的推着长条炉，最好玩的是卖宠物的，那个小伙子拼命蹬着自行车，后架上巧妙地固定着几十个笼子，加起来比他的头还高。每个笼子里一只小兔子或小仓鼠，蹦来跳去，叽叽喳喳，仿佛在加油鼓劲儿。行人们都在笑，车里的城管也是，那笑容说明他们只是不想让这条路真的变成大市场。奔跑的摊主们也在笑，他们一边跑一边回头一边笑，他们也知道不会被抓走，也知道待会儿还要来，也知道并没有太大危险。

好像都在做戏，不知给谁看。

旁观的我，笑过了，觉得辛酸得很。

我知道这条路的畅通很重要，我知道有些摊主也会骗骗人，我知道城管们几乎算得上仁至义尽。只是我想，生活太不容易了，如果你是一个小人物，如果你不想饿肚子。摊主们跑的时候在笑，他们甚至把这些当成刺激的游戏来玩。看着他们的我，却越来越想哭。

我是个渺小的人，我无力改变什么；我还有点糊涂，我甚至分不清谁是谁非；我是个情绪化的人，在乱七八糟毫无头绪充满脑袋的想法里，感受无限的无奈与悲凉。

我知道违章经营不对，我喜欢宽敞的路，但如果有一次我比所有摊主都早地看到那辆城管的车，我会站在这条街中央，不顾形象地大喊：

城管来了，快跑啊！

错过（写给这段日子）

悄悄快乐 2007－04－08

我不知道我错过了什么
这是我第一次做的选择
我能做我的上帝或天使
他们有他们的悲欢离合

我不敢想我错过了什么
既然没有可能重新来过
谁偷走了我的电话号码
谁给我相见不识的羞涩

我错过了风筝，错过了花朵
我错过了停留，错过了思索
错过了笑声，错过了泪流
错过了你也错过了我
时间经过的时候
我错过了许许多多

每晚的月亮都印下我薄薄的影子
其实并没有太多失落
偶尔忍不住也会怀念一下
图书馆的书籍里
从夹缝塞进的
我从未发现的
被全世界遗忘的
写满了字的
千纸鹤

似曾相识

悄悄快乐 2007－04－13　00：39

今天下午 6：28，我站在 3106 的门口愣神儿：进去，还是去三楼上课？

这是我今天第二次停下脚步，专心发呆。第一次是在本部十号楼旁边。昨天一卡通神秘消失，今天又鬼使神差地在图书馆的意见箱里出现。当然喽，我满心喜悦地去把临时卡退掉。就在十号楼旁边，我被一种似曾相识的香气施了定身法。很好闻的味道：清新，又有点清凉，比茉莉浓，没有栀子甜。这么熟悉，在哪儿闻过呢？左顾右盼，发现不远处有一棵高高大大的树，黑色的干，斜斜的温和的姿态，满树喇叭形的淡紫的花。泡桐。记忆刹那间复活，那个被抱在怀里的宝宝跟着妈妈奶声奶气地念"泡……桐"，那个扎着小辫子的小丫头跟在邻居二子哥哥的后面疯跑，他递来一朵泡桐花，说："快吸，很甜的。"小时候的家，阳台前正有一棵泡桐，差不多从家到小学校的中间，又有一棵。泡桐介于柳树和水杉之间，不高也不矮，不很直也不太斜，颇能给一个小孩子没来由的亲切感。它们的花下部雪白，加一个淡紫的喇叭形的口，香气很好闻，最奇妙的是，半透明的花蕊中满是花蜜，轻轻一吸就满口甜香，有的花蜜特别多，晶莹的一滴，挂在蕊头上，好看，并且给我带来满心的欢喜。于我，泡桐的香气代表着许多个幸福的夜晚和开心的白天，在那些夜晚爸爸妈妈和我在阳台上乘凉，我们讲故事，唱歌，对对子，有时会撞来一只麻雀或知了，爸爸不停吹口哨，说是能招来凉风，而面前的泡桐树枝动了，正说明凉风来了；在那些白天我和小伙伴玩儿得像疯子一样，踩在落下的泡桐花上，软软的好舒服，我像当初二子哥哥教我一样，教他们吮吸花蜜。眼前的泡桐，熟悉的样子、熟悉的香味带给我熟悉的快乐感觉，但它不是它们，它们在千里之外呢。真想飞回去看看它们，闻闻它们，但那至少是 3 个月后，而那时花事已了。回家，越来越奢侈了。站在似曾相识的泡桐树下，我捡起一朵花，想象它从千里之外飘来。这就是今天的第一次发呆了。

6：29，结束第二次发呆，我走向楼梯。我决定乖乖地上我的课去，我决定避免被回忆淹没的命运。其实 3106 并没什么大不了的事情发生，系际辩论赛而已，今晚，有中文队。不过中文队已经并不纯粹，现在叫"中文新闻联队"，一个怪怪的拗口的名字。我知道我当队长的时候也没尽到职责，我知道联队只是暂时的，但我仍然不喜欢，虽然我知道我不喜欢并不能改变什么。中文系辩论队，熟到骨子里的词组啊：挥洒了大二上学期几乎全部周末的地方，结交到了大学里一批珍贵的知心朋友的地方，认识了什么叫深刻，知道了世界真的是很大的地方，笑得奇多有时心情也很复杂的地方。系会议室，或是18号楼的活动室，记录了我们毫无功利目的常延续到深夜的奋斗。我们这一批人，曾经总把“我们辩论队”挂在嘴边，时过境迁虽然不常提了，我却知道这仍是我们心中的共同的圣地。其实从上学期开始，辩论队成了我心中的隐痛，教练因为工作的关系离开，升了大三的大部分队员离队，招新的困难重重，我又一向忙得要死，使得训练渐渐松懈，直至不知何时停了下来。事实上，当他们，教练和大三的队员们走了以后，我感到中文系辩论队只剩了一个空空的名字。我没什么野心，发展壮大中文系辩论队什么的，我只是想回味那种难以复制的充实、契合与快乐。结果告诉我，那确实难以复制。本学期初，我忙不迭地卸下那个重重的已经沦为负担的空壳。祝福以后的人做得更好，我没这个心情和勇气了。前几天我看见了海报，发现中文与新闻联队了，我本想翘了课去看，后来才知道今天上场的人，我都不认识。从此，中文系辩论队，正式在我这儿成为一个“似曾相识”，成为纯粹的回忆。

今天本想翘了的课，正好讲怀旧情绪。那个照本宣科的老师我不喜欢，当他讲到人们不满现实才会产生怀旧情绪时，我就更不喜欢他。我很热爱我的现实，我喜欢现在的我，但那不代表我不可以怀旧。那些日子，那些似曾相识又随风而逝的一切，带给我仙草蜜般的苦苦的甜，泡桐花般的苦苦的香，和心底很淡很淡的和着欢喜的怅惘。

学年论文第一次提纲覆灭

悄悄快乐 2007－04－26　01：47

在见到导师前半小时，我终于凑出提纲一个。（已经写出了初稿的人们啊，我崇拜你们！）

打印。诚惶诚恐地献上。

杨导瞄了一眼，大叫：“太……太太太大了吧?”我站在一旁惭愧无地：居然将平日里口若悬河的老师给郁闷得口齿不清了。

定了定神，他说：“照这个提纲，你可以写一部一百万字的书。”（哦，老师，难道我就此定下了一辈子的研究目标?）

最令人印象深刻的事情发生了，杨导指着其中一个小标题下面的一个小点说：“你专门写这个也就可以了啊。”

看一眼，我就差点晕死，那是：兄妹合婚。

远古神话里这是个挺普遍的母题，可那不妨碍现在听起来显得那么变态。真要写这个？

身边的同学笑说：“要不你干脆变态到底，写母子合婚得了。”

“好主意啊！”我说，“最起码没什么人写过！我就变态到底得了！”

可怜那同学惊惧地看我一眼，落荒而逃。不过走之前为她的“金”点子预订了饭局一顿。什么世道！

晚上吃了3份冰淇淋之后，在宿舍里狂翻书，找出可写的、互相之间毫无关联的、目前头绪不多的题目若干个。我毕竟还不大想写母子合婚。（不过万一真的写，俄狄浦斯啊，请赐予我力量！）

明儿去文图继续查资料，答应五一前献上真正能写的提纲的。还不能放松已经放松了数日的数不清的单词和阅读们。

什么世道！

痕迹宛然

悄悄快乐 2007－05－05　00：36

这两天校园很热闹，且年龄层和职业范围（这个不能肯定）分布极为平均。宿舍区就比较萧瑟了。也就是说，观光客取代了学生们。

第一个不回家的五一。继续我的GRE奋斗，逛了不少次街，每天起得很晚，就这样。还有一小半假期没过，希望发生点精彩的事情，我一向这样唯恐天下不乱。

发现一件奇妙的事情，我的口味（此处用原义）发生了怪怪的变化。在喝完第三碗杂粮粥和吃完第二份咸肉菜饭之后，我蓦然发现这种变化还是有规律可循的：那些都是爸爸妈妈爱吃的。天天在电话里向他们诉说思念之情的时候都苦于找不到实例，对于妈妈“人家小孩都回来了，你为什么不回来？”的诘问无辞可答，现在可算找着证明了：我以前是多么痛恨各类豆子和鄙视咸肉啊！豆子咸肉味道自然没变，我因为思念爸妈而口味骤变，真是感人啊！今晚电话没说，怕太煽情。

只是我想，我们轻易对一件东西或一个明星说出“喜欢”或“讨厌”，有多少决定于与生俱来的爱好，有多少受了别人影响，又有多少影响，我们还想得起出处？那“出处”，常常是一个很在乎的人，朋友也好，爱人也罢，或者家人，或者老师，他或者她，使我们最终处于现在的状态，具有现在的心境。

他们也许还在我们左右，也许靠先进的通讯方式经常交流，也许已经成为无法回溯的过往，但如果在我们的回忆里删去那些名字，再删去与那个名字有关的记忆，我们的生命会断裂，会成为无法连缀的碎片。

如果具有一颗敏感的心，也许生命的天空会有更多更多的翅膀痕迹吧。那是痕迹，不是伤痕。它们通常一点也不丑陋。抚摸它们，也大多不会痛，只会稍稍愣一下，有一点点怅惘。

他们飞过，痕迹宛然。

我们飞过，痕迹宛然。

曾几何时，我很不喜欢张曼玉，现在却深深迷醉于她那男女通吃的优雅高贵。

这是一个小小的有出处的例子。很遥远的事了。

上帝是公平的

悄悄快乐 2007－05－09　01：41

近两天有些事情让我很高兴。

学年论文即将开工（无比纯洁的主题：神话与童话的比较），鼓掌！

昨天去西塘玩得很开心，买回美丽的簪子3根，可爱的小鞋一对，撒花！

陶陶终于从新加坡回来了，并且半年时间没有使我们的友谊发生丝毫隔阂，放炮！

我的小龟菠萝乖乖小朋友终于开始大口吃虾，不好意思，我没词儿了。

但是，新托福没有报上名。上帝啊，您老选的这个代价有点严重啊。

不过呢，据说有位仁兄从去年8月开始报新托福，至今未见成果，我这个报名日期过了好几天才经老韩同学提醒意识到“死定了”的人沉没资本很少哦。以后我的生活将增添重要内容：刷屏，希望增加考位。（谁听说增加了，第一时间告诉我哦，你挑地方我请客。）当然喽，如果上帝不愿让我背井离乡，非让我考不成，我就只好乖乖待着啦。网上看见新东方校长评论：新托福的最大难点在于报名。我狂笑数十秒，逢人就讲，觉得实在黑色幽默。好吧，我是个泰山崩于前依然不慌不忙的人，就是说，悲伤神经短了点儿，俗称脑子里缺根弦儿。我也没办法，虽然对自己也有点抱歉。

上帝如此公平，令我非常安心。

我是说，我挺善良一人，他老人家不会给我一个特坏的人生，是吧？

徽章以及其他

悄悄快乐 2007－05－23　01：27

桌上，灯下，手边，那个红十字的徽章闪着美丽的殷红的柔光。

很开心，真的。中午去机房上 BBS，看到中华骨髓库来复旦采血样的通知，居然就是今天。再看看时间，离结束还有半小时。于是飚到南娱。咨询，签协议，采血。整个过程一刻钟都不到，但我永远记住了工作人员那么温柔的语调那么好看的笑容。

今天余下的时间里，我的眼前一直晃动着一个人的影子。说是影子，是因为我根本不记得他的样子了。

那年，我八岁。因为他，我第一次真切地感到对死亡的恐惧。

一个漂亮的小男孩。

两岁前，我们家是邻居，我们在各自妈妈的怀里见面。幼儿园时，有那么两三次，爸爸去他家有事，我和他一起玩玩具。小学时，我们在同一个校园里，见面就笑笑。中学，他没有中学。他离开这个世界的时候，是小学三年级，九岁。

我们不是很熟，其实。更谈不上要好了。可是，这辈子我都不会忘了他。八岁的我，想破脑袋也不相信他居然“死”了，我第一次发现，原来有时候离开就是永不回来。那个九岁的小哥哥，就那么轻轻易易地消失了。因为几个古怪的字眼：再生障碍性贫血。爸爸说帮忙送他去医院时，是双手平平地托着他的，因为稍微一动就会流鼻血，止不住。他的妈妈是个文静漂亮的阿姨，他的爸爸是个沉默寡言的叔叔，但是妈妈说他们哭的声音简直是哀嚎。很长一段时间，我们家一说到那个漂亮的男孩，爸爸就会叹气，妈妈就会擦眼泪。在他生病后，我就再也没见过他了。但那段时间于我毫无疑问是一段悲伤恐怖的记忆。

悲惨的故事似乎并没结束。

后来我们家又搬家了，恰巧在他家楼上，当然，那时他已经离开很久了，大概两年多了。叔叔和阿姨的性格都变得很古怪。叔叔基本不理人，有时又突然热情得吓人；阿姨出门时倒也正常，在家里却常摔东西骂人，骂遍所有的邻居，说大家都欺负她。其实怎么会呢？邻居们都是谦和有礼的老师，因为同情他家儿子的不幸，更是不会丧尽天良地去“欺负”了。不久阿姨又生了个小儿子。那个可爱的小弟弟又聪明又懂事，那夫妇二人似乎好转了一段时间，后来却更加严重。吴叔叔更加喜怒无常，阿姨干脆不出门，只在家里骂人。邻居们能忍着夜里三点还在持续的骂声，但忍不住见到小弟弟时的辛酸。那个小男孩曾经见人就打招呼，后来再也不说话了；曾经整天笑着，后来只会低着头；曾经虎头虎脑，后来却变得瘦弱，皮肤是不健康的白色，因为没人带他出来玩：爸妈不带，别人偶尔带着玩一次，要莫名其妙地被骂两天。

我问妈妈：他们怎么可以这样？妈妈说，失去子女的痛只会随着年数增加而加剧，不会稍减，他们也可怜啊。

又过了些年，我上大学后，每次假期回家都没见过小弟弟。我真是惦记着那个曾经那么活泼的叫我姐姐的小男孩啊。遇见过叔叔两次，倒没注意他的态度，只是我总觉得他见到我一定会想到他死去的儿子要活着也该上大学了，从而觉得我出现在他面前本身就是罪过，用“无地自容”形容我的感觉都不过分。

真的，真的，我担心的是，生活在那种阴影里，小弟弟的健康成长是不可能的，他怎么办呢？我都不敢想。

彻头彻尾的悲剧。

八岁那年我知道叔叔儿子的病需要合适的骨髓却很难找到，后来我知道了中华骨髓库，今天我终于成为他们中的一员。

没有血缘关系的人，骨髓可以移植的概率是十万分之几。也就是说，这个世界上，有那么一两万人，接受我的骨髓时出现的排异反应不会太大。我衷心希望他们一生都不需要我的捐献，但我希望他们需要的时候可以找到我。

当然可以找到。我的个人信息填得是很详细的。

我的杀 G 之路

悄悄快乐 2007－06－11　00：34

我要考 GRE 的想法源于拿到雅思分数条的那一刻。不错，那是个不怎么样的分数，但至少不像我之前以为的那样糟糕透顶。于是，我自虐地想再考点与英语有关的什么 GRE，传说中的 God Read English（上帝读的英文）。我选择，我喜欢。

期末考试，寒假，加上一些旁逸斜出的事情，3 月初的时候，我为 GRE 只做了两件事情：练了一点英文打字，速度达到了考试要求的 4/5 左右；粗略地过了一遍红宝书，八九千个单词，认得出来的也就 80% 左右。

三月十六七日的某天，我忽然觉得该认真做点什么了。四级裸考，六级裸考，得到的分数我都不愿再看一眼，GRE 难道也裸考？第二天开始，我依照

《17天搞定GRE单词》，这本我杀G过程中唯一的一本正版新书，开始啃我的红宝书。后者购于两年前的某小摊儿，一直在我床上垫枕头用。经过17天魔鬼记忆，我的灵魂简直经历了一次洗礼。那段日子真是彻底的心无旁骛，我不知有汉无论魏晋地在文图昏天黑地地把红宝书迅速变得很旧。4月20日是机考写作，之前大概也就准备了十一二天，每天2篇，在规定时间偶然能写完。写作考得我完全没有想法。第一篇草草收尾，没用上任何人名和谚语；第二篇更是打上最后一个句号时还剩整整1秒。

晃悠了一天，开始准备笔考。五一没回家却老想跟人逛街，后悔至今。差不多静下心来，五月中旬了。做真题，却老也找不着突破口，而且我最讨厌的事就是回顾分析做过的题。在我第十来次起床直接吃午饭之后，我在版上征了个研究生姐姐一起复习，接受督促。在她的建议下，开始做单项。

不得不承认，一边做单项一边背逆序①，进步是惊人的，记得牢的单词越来越多。只是这进步没什么用：以前是猜测，但女人的直觉通常比较准；后来会做的题多了，却不会猜了。总之，正确率节节下降。

用9天时间背了蓝宝书，模考了三四次，又稀里哗啦地花了五六天忽悠了一遍红宝书，期间每天在文图“上班”，很坚定地去遥远的北食遍尝美味，却莫名其妙地瘦了，我也不知为什么。然后么，就正式考试了。不得不提及，我没有准考证，那玩意儿不知被寄到哪儿去了，只好写信给ETS②要确认函。考前两天把装了身份证的钱包丢了，好在被某好人送到保卫处了。

笔考时很作孽地选了交大的考场，和小猪同学提前一天去闵行那儿住宾馆。没注意这天中午手机停了，遗憾地想一定漏收了许多祝福，事实证明果然如此。谢谢菲菲姐第一时间帮我充值哦。帮我们订房的是楚楚的高中同学（我居然没有交大的同学?!），这位未来的律师果然心思缜密，不仅订的房很好，还额外帮助我们查询、寻找考场，感激莫名。

考了一场完全没感觉的试，最终还是没舍得把成绩cancel（取消）掉，但要真想申请出国吧，我还得继续。

和小猪去交大大门拍照，那的确太像拖鞋了；想好了蹭东东的饭来着，后来不小心忘掉了。

我的杀G之路并不太艰苦，因为我始终没下出国的决心，也就不会过于悬梁刺股。可是，一个事实是：文图的看门阿姨们已经统统认识我了。

---

① 一本按尾字母排列的红宝书伴侣。

② Educational Testing Service的缩写，意为美国教育考试服务中心。

还有，杀过 G 的我终于有点特别之处了。

第一，我说着说着话就会停下来想想刚才的话用英语怎么说。

第二，我的阅读词汇量超了 10 000，但其中只有 1/20 会用。

第三，我知道一些奇怪的单词，比如抗组胺药剂啦，怪兽状的出水口啦，13 个女巫的聚会啦，等等。

第四，在一次跟几个加拿大人吃饭时，我管玉米叫“maize”（编者注：玉米，源自西班牙语）完全不记得世界上还有“corn”（编者注：玉米）。如果想让一大批来自西班牙语、法语的“高贵”单词没白背，我得想法打入英国王室。

总之，毫不夸张地说，杀 G 改变了我。我的韧性在强大的挑战面前上了一个新台阶。直率点说，经过对比，让我怎能不更热爱生活。

说不定吧，我的杀 G 之路还得继续。

继续就继续，who 怕 who！

回家，需要理由吗？

悄悄快乐 2007－06－13　16：16

我说：我车票买好了。于是许多人问：为什么现在回家呀？

回家，也需要理由的吗？

学年论文说是要大改，因为导师说写得像童话；和爸爸妈妈商量这个暑假究竟该怎么过；从开学到现在都没回家，都是理由，也都不充分。就是想回家了，而已。

某只小猪说，你坐夜车啊，好浪漫哦。我无语。好吧，除了很困而不敢睡觉，夜车确实不算太坏：凉快，相对安静。

哥哥第二天早上还要考试，居然 11 点非送我去车站不可。很想说谢谢，终究还是没说。

老爸接我，回家又见到了妈咪，他们的欢迎词高度一致：你怎么神出鬼没的？

哈！我是巫婆嘛！

中午接到风的短信。多久没直接联系了？偏偏就是这么巧。一下子，我的高中又扑面而来，挡都挡不住。

我是带着菠萝乖乖回来的，小家伙看起来和我一样高兴。

熟悉的大脚丫床罩，可爱的光pp小猪娃娃，不知为何让我心里有点酸。

这个家，我还有机会长住么？

一瞬间，真想扔了所有的奋斗，不管是实习还是外语。

当然了，也只能是一瞬间。

人长大了，离家的理由那么多那么多；回家，却显得奢侈。

有个事实，亲切到骨子里又辛酸到骨子里。回家时，我们总是满身伤痕，却只对他们说：爸爸，妈妈，我想家了。

曾 经

悄悄快乐 2007－06－15　23：13

我不敢把下面凌乱且粗糙的文字称作诗，我也并不苛求莫名有点烦乱的我能写出什么精美的东西。只是信手涂下，给尘封的，大概已经结了蛛丝儿的，已经不梦想重见天日了的，曾经。

曾经
一阵风爱上了另一阵风
遇见就是他们的爱情
奔跑了数不清的岁月
他们相互遇见
一阵风散开了　另一阵方向微倾
这一阵消失了　那一阵在大地上踽踽长征
他还会遇见别的风　经历另一场爱情

曾经
一朵云爱上了另一朵云
重叠就是他们的爱情
越过了数不清的距离
他们相互重叠
一朵云融化了　另一朵稍改原形
这一朵消失了　那一朵在天空里茕茕飘零
他还会重叠别的云　经历另一场爱情

曾经
一颗星爱上了另一颗星
碰撞就是他们的爱情
遥望了数不清的光年
他们相互碰撞
一颗星破碎了　另一颗有了陨坑
这一颗消失了　那一颗在宇宙中彳亍独行
他还会碰撞别的星　经历另一场爱情

爱
是与双方有关的事情
只不过留下的伤害浅浅深深
有的心甘情愿输得很惨
有的莫名其妙并没有赢

有时
一个人会爱上另一个人
可 TA 总是不知如何表达爱情
人通常不懂遇见、重叠、碰撞的涵义
TA 只好永远追随另一个 TA 的身影
有时用记忆
有时用眼睛
TA 无法即刻消失不会瞬间毁灭
却常常在深夜
透过润湿的眼回眸曾经
一个人听自己
心碎的声音

抽丝剥茧

悄悄快乐 2007 – 06 – 30　01：49

这十几日的荒芜，于我是难得的。要说忙呢，也一如既往地很忙，但两三天写篇东西也不是不行。之所以这么久一个字不写，简单说来就是：跟自己赌气。

十数天前的某一刻我突然特别茫然：我整天忙，为什么一切都做不好？托福连名都报不上，学年论文不像样子，一堆考试都没复习，实习老是因为时间问题被迫跟老师讨价还价。这就是传说中的失败吧？

好在一点一点地解决了。细心地，努力地。

6 月 18 日接到兔兔电话，说小道消息第二天中午 12 点托福网上报名放位。管他小道大道，第二天我从 11 点开始刷网页，掉线次数多到恐怖的程度，3 点钟从机房奔回宿舍，在一层楼“征用”了 3 台电脑，一通狂刷，它们的主人这个喊“登录上了，下一步干吗？”那个叫“快来啊，输密码！”我在走廊上来来回回那个奔走啊，觉得新托福这东西实在累腿。不管怎么说，11 月的时间确实晚了，奔回家去考也烦了点儿，但是，报上就是胜利啊，尽管我挥霍了近 6 个小时。

考试大部分是开卷，我知道这样更难，但还是因为准备时间可以缩短而暗自欣喜。我用一个下午加晚上弄完了一篇七千来字的课程论文，用一个上午看完《老舍评传》加回忆文章数篇，更加自信于自己的潜力。

三天前，我惴惴不安地想了一下：两边的实习老师怎么都不叫我干活儿了呢？终于没法儿忍我了？好吧，第二天俩人各布置一篇稿子给我，还都是十万火急的。于是，我在炎热的深夜十指翻飞，心里还很没品地觉得美滋滋。

到现在还没提学年论文，是因为我要重点说。

去年寒假前，我是踌躇满志的，立志写出点像样的东西来。

整整一个寒假，茶余饭后想过那么两三次，什么都没想出来，不急。

回学校，睡前醒后又想过那么两三次，还是什么都没想出来，还是不急。

因为没想出来具体主题，只好沾点边儿的书，凡是经典，都抓来看。

可怜当时的我啊，在单词和“逻格斯”的夹缝中艰难生存着。

跑到办公室和导师瞎聊一次，没进展。

4 月中旬，在某位牛人那里看到了已经写好的初稿，啊呀呀！有一点点慌了。慌了很久，5 月快下旬时，我，开笔了。

因为我的题目范围是“我选择，我喜欢”的，所以书还是看了一些。只是，我不会组织啊！

甭管怎么样，断断续续写着，最后也有洋洋洒洒一万字。看着写出来的东西，就忘了过程中的种种不顺，自我感觉颇有点良好。陪某闺蜜去见她导师，听见说她写得像小说，狂笑。报应来了：6 月 10 号交过去，偶老板说偶写得像童话。“你写童话，不能写得像童话吧。”原话照录。“你考 GRE，写得太匆忙，语言结构都有问题。还有，你到底想证明什么？”我是傻子也听明白了：重写。

捎带着英语考得颇为郁闷，我就不管不顾地投奔老爸和妈咪疗伤去了。也曾盯着我爸的电脑看论文，最终却下不去手：我的敝帚自珍情结，怎么就这么严重呢。

回学校已是十七八号，不破釜沉舟不行了。于是我，眼一闭心一横牙一咬脚一跺：重写了！

重写的过程是很艰辛的，因为建构之前还要拆除。材料收集得确实辛苦，没法直接用我就揉碎了用。换了个视角：从神话本位换成童话立场，倒是容易驾驭了一些。

第二稿于 24 号送审。老师先说“单薄”，“语言还要提升下学术气质”，乐观如我，得到的信息是：观点没问题了。

这就好，这就好啊！！不过还没到激动得热泪盈眶的时候。继续吭哧吭哧地改，每天去文图上班。

今天老师看了，说了几个格式和标点的问题，然后，“嗯，写得不错。”

天籁！

为了 1 个学分，花 20 个学分的力当然不值，但我的灵魂不是自由而无用么？对比一下初稿和最终稿，还是很想热泪盈眶的。

第一次知道创见可以幼稚但好过没有。

第一次体会深刻很是艰难但绝对珍贵。

第一次明白严谨这样恐怖但如此必要。

这几句话都要加上状语：真正地。

是啊，我甚至庆幸自己的第一稿写得很糟，鸣谢导师的负责！！

“不错”，也不会是太好的分数吧，但很真诚地说，我不在乎了。

真的懂了，为什么很多人都说过程比结果重要。

丝一根根地抽着，茧还有很大一坨。那就继续抽吧。

By the way（编者注：顺便说一句），我们学校的人真热心呢。昨儿我的电脑又崩了，半夜两点在 BBS 上征人重装，居然 5 分钟内 7 个人投条。今儿重装好了。真开心。

现在是一个人的生日啦，祝福一下。

三楼的窗口

悄悄快乐 2007－07－17　00：44

我们的宿舍楼有6层，我住在3楼。

回宿舍总是不太早。图书馆阅览室关门就已经是10点了。如果有什么紧急的考试，就在自习室呆到11点；如果自己或者好朋友遇到了心情低谷，或者实在太饿，就会吃吃夜宵，那样到宿舍楼下可能已经是12点左右了。停单车的时候，会不由自主地望向3楼的窗口，灯光白白的，却还是有一些温馨的。偶尔会有人在窗口打电话，于是楼上楼下就招招手，谈不上多愉快，但很舒服。

一般想来，在窗口打电话的，以恋人间的絮语为主，但其实并不是。都不是小孩子了，和电话那头的人甜言蜜语也都很大方地就在寝室里讲。只有介于是与不是之间的感情才会跑到窗口去谈；还有吵架，和恋人或者和父母，其实大部分是小别扭，也会举着手机冲出寝室站在窗口声音低沉或是大喊大叫。还有一个不身临其境很难想到的原因，那就是：窗口信号比较好。

没有一个原因是浪漫的，但是每当上完楼转弯时看到一个背影站在窗口，越过她的肩膀再看到黑色的夜和别的宿舍楼的一片片灯光，就莫名有些感动。莫名地。

刚才我去窗口了，没打电话。握着手机，看着窗外。许多人放假回家了，星星点点的灯光有点悲凉。一对情侣在拥抱，男生的手里拿着一束香水百合。

楼下有过许多百合或者玫瑰，导出一个个美好的或者错误的故事。曾经给我的那些就是错误的。花儿没错，但人都不对，所以，只能遗憾。

曾经偶然进入一个学妹的空间，这个美丽、有才华、又任性又可爱的小姑娘公然写着“I need a man，man，man”（编者注：我需要一个男人，男人，男人）。看得我哑然失笑。不过相差一两岁的年纪，竟有这样大的代沟么？可爱的小姑娘，不知她是否明白，她需要的，每个女人需要的，都是“The man”。虽然有人变成“The man”或者突然出现一个可能毫无征兆。

今天特别累。在报社干了许多事情，明天还有许多事情。GRE考得很不好（程度倒是在意料之中），于是得早做打算：再搏一次还是就此歇歇。其实两条路都可走，睡一觉疲劳也会消失，只是我在今天的公交车上突然意识到，奋斗到了一个目标，然后，我会是怎样的？出色不等于快乐，我早就知道。我还知道我一直都是有一点点出色的人（不敢和大牛们比，当然），我还知道我迄今为止都很快乐，我还知道我再努力会更出色一些，只是我不知道，到那时我是否依旧快乐。

教练说过的，辩论的最彻底方法是抽掉对方的前提。抽掉快乐，我为什么而生活？

于是，我的愿景世界就此崩塌。重建吗？我得好好想想。

和小猪一起看了一集肥皂剧，笑，在笑的间隙又挣扎着伤感的情绪。然后收到一条短信，我知道那是一句玩笑，但是我疯狂爆发。送上门的出气筒，把惭愧留给以后吧！

我希望有人跟我吵起来！

偏偏等来的是劝慰。室友睡着了，我是那么想哭。于是我只好走向窗口。

灯光星星点点。静静的天，静静的楼，静静的树，静静的单车，还有静静的我。原来心底我还是觉得淡定些好，我就那么保持着眼眶湿湿，鼻子酸酸，心里闷闷的状态，保持了很久。夏日晚上的风很凉快很清爽，让我逐渐有勇气回到寝室的桌前。

我叫嚣坚强，因为我怕自己不坚强；我说我不可战胜，是因为我恐惧失败。

谢谢毕竟有人能想到我有被遗忘的软弱和难过。是的，有的，很多很多。

“每一根钉都是我自己买的，然而我并不高兴。”谁说的？苏青还是张爱玲来着？轻轻一句话，却何等沉重。

每一个难题都是我自己解决的，然而我并不高兴。

也许，我永远不明白，解决一个又一个困难，我究竟为了什么，前方有什么在等我。

其实，站在窗口，打电话并不是唯一的状态。有时也会有人只是伫立在那里。别的楼层，别的时间，我不知道。深夜的3楼的窗口，通常是我。

我通常有点茫然。

和爸爸妈妈一起玩

悄悄快乐 2007－07－26　10：20

彩云之南，向往了很久的地方，没去那儿是我2005年最最遗憾的事情。

这个暑假本来想在学校好好读书好好实习的，老爸和妈咪的电话一来，我就乱了方寸，进而毅然决然地开了小差。

老爸的原话是：我们单位和你妈单位都要去云南，你跟谁？

觉得这话很耳熟，电视里夫妻离婚都要问孩子这么个类似的问题。对自己丰富的想象力十分无言。

记得看过一个营销技巧的小故事：早餐店服务员问顾客“要一个蛋还是两个蛋”比“您的粥加蛋还是不加蛋”要好。我老爸有意无意成功运用了这一技巧：他根本没问我要不要去。好吧，正合我意。

我选了老爸，他们的路线我比较喜欢。妈咪很不平衡，决定弃暗投明，抛弃同事加入我们。

哦耶！完美的家庭旅行！

北京、四川、江浙、山东……四五岁开始，爸爸妈妈带我走过许多地方，使我见识过许多美好的异地风光，并且成为现在这个视旅行为人生要义的家伙。几年前，我开始了独自的行走，不过在让我心动的美景旁边，我总会拨通家里的号码。

不知这会不会是爸爸妈妈最后一次带我旅游，我的意思是，以后的家庭旅游，就该我带他们了。

“跟着你们，我就没有机会艳遇了。”我假假地跟妈咪抱怨。

“你艳遇你的，我旁边看着，保证没意见。”我妈眉毛都不动一下。

……

跟这种了解你到骨子里的人斗嘴，你是脱口秀主持人也别想赢。

老得好看点儿

悄悄快乐 2007－08－08　01：18

上海这几天“发烧”。

后悔没在家呆着，同时心里明白这后悔没什么意义。

起得太晚了点，随便塞了几口点心当早餐，去图书馆看书。中午太热，懒得吃饭。下午去报社。晚上回寝室打了个5分钟不到的电话，转身又马不停蹄地冲到东方明珠采访奥运一周年倒计时晚会，车上匆匆吞掉了一个什么卷。

回学校已经11点多。从车站向寝室走的路上走路直打晃，这才发现一天都没好好吃东西，进而想到还得把稿子赶出来。想着想着脖子上的小痱子格外难受起来。冷笑：我心里无比明白我不过是个酷爱美食和漂亮衣服，爱笑爱哭爱看小说的普通女生，干吗老把自己的负荷弄得跟女强人似的呢？鬼使神差想到今天下午在报社看到的两篇专访，刘嘉玲和梁咏琪，两人说了句一模一样的话：女人最终还是得靠自己。当时我悲哀地发现她们，尤其是前者，实在是挺显老了。

我得承认我的爱情梦还没完全破裂，我得说我对我妈说的大部分夫妻都在凑合的说法还是相当抵触。说起来这么一大把年纪还梦想着王子之类的劳什子的确是有些寒碜，但想法相对单纯确实令我活得相对轻松，常觉得前途渺茫但极少觉得黑暗。所以，女人靠不靠自己我不置可否，大家互相依靠并没有什么错。不过啊，我深深深深地认识到，女人，真的要好好爱自己。

上个月去七宝玩，好端端地看见面前两位大妈突然悲从中来：女人老了怎么这么难看啊？快一个月后的今天总算想通了一点，过多过细的纠结也不可能不长皱纹，说不定还让俩眼袋长得更深点。自己能控制的，只能是让皱纹里多点笑意，老得慢一点儿，老得好看点儿，最后老成个优雅的大妈乃至奶奶。

上海在“发烧”，导致我也有点中暑，最近说话老有点词不达意，漫无中心。不过我正想着转型，这倒是真的。

我伤痕累累的膝盖

悄悄快乐 2007－08－22　03：24

自作孽，不可活。爱信不信，今天我摔那一跤的时候，心里就是这个想法。

韩MM① 组织了滑冰，即使她放了我们一堆人鸽子，我还是去了。这孩子实在有比我还厉害的三寸不烂之舌。下午还有采访，所以我没穿运动服，带着。结果同行的姐姐裙子比我短，我就很心软地无私了一下下。冰刀比旱冰好滑，也更有情趣，我跌跌撞撞滑得兴起，终于忘了穿的是裙子，开始加快速度。好在摔下去的一刹那我又想了起来，于是采取了最危险的膝盖着地。裙子铺在冰上颇为鲜艳好看，膝盖上的剧痛引我低头一瞧，好吧，那个红艳艳啊！我一边看着血流下来一边想：我真是个当代烈女啊。脑子里浮现出的高大形象却是《上下五千年》里的孙膑画像。

我倒吸着冷气骑车去车站，采访，忙了一通。晚上回学校，伤口还是鲜艳得要命。担忧着至少半个月穿短裙难看死了，又觉得自己好像老了。从会走路到十三四岁懂得爱美，平衡能力很差又喜欢奔跑的我，一到夏天就会摔破膝盖。于是每到夏天，我的膝盖要么是红的（红汞），要么是紫的（紫药水），有时还是白的（纱布）。后来终于由于累加伤口比周围的皮肤颜色深很多。后悔是后悔的，但也挺怀念那段只管玩得痛快不痛快，管他好看不好看的年月。今天，

---

① 网络语言，即美女的意思。

我的膝盖终于重温了久违的剧痛的感觉，我却老想着裙子啊好看什么的，失却了赤子之心啊！

不过刚才，跪在床上擦席子的时候，我终于明白，疼痛比难看可怕，比胡思乱想满脑壳跑火车更是重要很多。

如果我还可以哭

悄悄快乐 2007－09－05　20：05

昨天下决心好好努力，用离考试仅剩的一个星期尽可能地创造奇迹。既然是奇迹，其实并不指望它发生。下这个决心，不过是为懒散了几个月的我注入点自己喜欢的精神。

近来特别迷茫，与以往的迷茫不同，眼前弥漫的是灰色而非白色的雾气。后者虽然让人看不清未来，也仅仅是看不清而已；前者却让人觉得雾散尽的时候，面前很可能蹲着头可怕的怪兽。大四一开始，人人都在忙于抉择。他们似乎还有些章法，我却毫无头绪并且眼睁睁地看着自己走向不想至少不是很想的方向。

闷闷的有许多天了。我曾经酷爱并且善于倾诉，如今竟然无法开口。在朋友面前，我试着说点什么，却不知从何说起。我发现甚至眼泪也背叛了我，它们在洗涤一下我的心绪前总让我拿出一个理由，这是个正当的要求。我，最近，拿不出来。

几个月没音讯的教练突然跳出来要请我们几个吃饭。天知道那段辩论的日子是我大学期间最珍视的一段回忆，而这几个人是我会一直珍惜下去的人。但是我没空。课题指导老师太忙，今晚几乎是唯一可以找到他的机会。而我昨天刚下了决心，今天又怎么能不看看书，如果我想坚持的话？她们不停地说，跟我们一起去吧，去吧去吧，你不去我们都不开心，去吧去吧，我们改天陪你一起找老师，人生要及时行乐，你休息休息吧，去吧去吧。

犹犹豫豫了许久，我还是说，我不去了。毕竟，这样的机会，还是会有的吧。但我知道我这样不好。但我去了也是个不好。我哪里知道怎样才是个“好”呢？有人恼了，说了一些什么话我记不清了，我只知道，我终于，心里很不爽。

甚至差一点我的眼泪华丽回归。我当然不会怪她，小手枪。有这样的一个朋友我一直很感激，同时我深刻了解这人有时会口不择言的。后来她发短信说是因为自己的事情很狼狈。狼狈，对的，最近我也很狼狈。毕竟是好朋友，算是帮我找了个无比准确的形容我现在状态的词。

看到短信的时候。鼻子和心一起很酸很酸，莫可名状。从小我一直爱笑。爱笑的人一般都爱哭。哭哭笑笑过了20多年，我逐渐明白很多人可以令你笑，但能让我哭的人，我就要好好珍惜。而如果我还可以哭，就说明我还在踽踽前行，而稍稍踉跄一下是不太要紧的。

亲情不在身边。爱情还未降临。友情，是我在初秋的凉意中想紧紧抓住的温暖，是切近可感的温暖。哪怕，在人生的路上，其实每个人都只能独自行走。

赐我一身月光

悄悄快乐 2007－09－26　13：14

惜花春起早，我一般做不到。

爱月夜眠迟，却是常有的事情。

昨夜的月色，太美，3点多的时候，我还在窗口向外看。

出奇的是，月明还伴着繁星。一轮冰盘，数点散银。不知几辈子修来。

一些事物，“爱”不足以形容对它们的感情，看到了，总有全身心融入的渴望。比如清亮的水，比如晶莹的月光。

想着许多许多不同的人在看这同一轮月亮，他们中的一些让我思念，有一些会相遇于未来，也有一些一辈子都不会遇见，却可能有相似的人生与感悟。神奇的世界。

把脑袋枕在胳膊上。看啊，看啊，真是舍不得睡。

月光披在身上，一片淡白。

危险的大四

悄悄快乐 2007－10－03　00：38

大四，就算谈恋爱都只能算“黄昏”恋了。

意气风发的小愤青们堕落为秋后的老蚂蚱。

我还穿着洒满樱桃的小花裙儿呢，就莫名其妙老成了番茄。

一切心境与行为表现出十足的“黄昏”特征。

前几天学校修车铺的人打了学生，几乎引发了游行。对各方的失语和 BBS 的关闭，我颇冷笑了几声，但没有一点说什么的欲望，当然说了也没人听。

我依然纠结于“出路”问题，为什么简简单单三条路能搅成乱麻状？没什么思考的兴致，等该做最后决定时胡乱选一个，就这么着吧。

在“文图”时，我跟自己说：我可是在看名著啊。其实，我堕落到了差不多只看大仲马。以前我最迷茫的时候看海岩，现在，大四的我，狡猾多了。

不能承受之亲

悄悄快乐 2007－10－04　01：35

有些话，我羞于启齿，而事实上说了也完全没有作用。但是，那“羞”本不该是我们的，而为说出来而说出来，并非就没有意义，哪怕这意义很缥缈。

调查显示，70%的女性遭遇过性骚扰。我不明白那些雄性动物（它们没资格被称为男人，只好委屈动物一下）怎么可以无聊并且无耻到如此的程度。我还没去过酒吧，虽然我完全有权利去休闲；我还没在公共场合穿过吊带衫，虽然我完全同意龙应台教授关于露背装和超短裙的宣言。相信这两件事情都没做过的姐妹有很大一部分是出于“安全”的考虑，可是，公交车、地铁、轻轨，我们不能不坐吧？

14 岁的某天我在公交车上跟同学聊天，某小流氓在旁边搭腔，后来居然跟我们一起下车在我们身后不干不净乱说话。这是作为女生最讨厌的梦魇的开始。后来在女生们的偶尔交流中发现，就在差不多这个年龄，或者更早，或者略晚，我们必须时时刻刻提防那些恶心下流的手和令人作呕的挤挤挨挨。每个女生都知道那些挤挤挨挨怎样不同于“拥挤”之“挤”，虽然我们背负着不该由我们背负的耻辱心境，虽然我们有口难言。

我们当然不想逆来顺受。如果戴了尖利的发夹，可以猛扎；如果恰好穿了高跟鞋，可以狠踩；如果正好坐在某流氓内侧，可以站起来直接从他脚上走过去，最好练就对付色狼的“一招制敌”。一般的猥琐男们是不敢说什么的。只是，即使这样，莫名的羞辱感依然挥之不去。何况很多时候，我们唯一能做的就是费尽力气挤到别处去，远离流氓们，说不定还会受到几声喝斥，喝斥的人是有道理的，他们不知道真相。我们通常没有机会让流氓得到应有的报复，他们中的一些，很大一部分，西装革履，眼神无辜。

我一直不喜欢这样的自己：说得很痛快，但做不了什么。

当然如果说都不说，我或许更鄙视自己。

这个十一，报了个口语班，要坐公交，要坐轻轨。天天待在学校，不坐公交很多年，流氓率没下降。

在百度搜索“公交车性骚扰”，万分之一秒，36 000 条。

曾有一片海

悄悄快乐 2007－10－17　00：22

十几岁的时候，莽撞而纯真；长大了，要努力保持清澈，但似乎更要学会冷静。

没有故事的少年时代过于苍白，但那仅仅是故事。完美的青春故事很少有结尾，狗尾续貂必然走向悲剧之途。

年年月月日日时时，我记得许许多多，不过我答应你了，我会将它们置于心底，在以后无尽的岁月里封存成回味悠长的美酒。请放心。

那时只是孩子，却在心里拥有一片海。孩子的心，有时也可以很深。

如果海的命运注定不会长久，我选择让咸涩的液体变得清淡透明而不是让它一点一点干涸。感激，为你给出的选项。

流泪不总是伤感，而是为了祭奠：祭奠逝去的青春，祭奠遗失的美好。

不知这是否是个漫长的过程，请帮我得到那个应得的结果。

如果你懂了，并且相信，请你在屏幕那边对我微笑。

斗转星移

悄悄快乐 2007－10－18　02：04

斗转星移的下一句通常是物是人非。

愿好花常开，愿好景常在，多么傻的事情。

每到节日或者生日总有人祝我永远快乐，这样的祝福我也很喜欢送给别人；可是，永远有多远？

本以为会睡到中午，可是醒得并不晚。收到短短的短信，不太想回。瞪着天花板发了会儿呆。坐起来，学着郝思嘉，倔强地甩甩头发，想着今天是新的一天了。要不要剪成短发呢？算了，我已经过了那个矫情的年纪。3 年了，几乎没在头发上动过一剪子，我舍不得。

抱着一大堆书，去文图。车胎又坏了，叮叮咣咣地骑到修车摊去换。我的单车跟了我快两年了，新买的时候也就一百四五，修车的银子照样买两辆没问题；可是我不想买新车。买来时就给它起了名字，小名狗剩（因为贱名不会丢），大名尼采（因为一位好朋友的车叫黑格尔）。名正则言顺，我的有名字的单车是我的坐骑兼朋友，连被我虐待时都会忠心耿耿。修车时觉得早晨的空气很冷，望望多云的天空，突然有点不快起来。昨天偶尔看到了天气预报：晴转多云，15 到 22 度，偏北风 4 到 5 级。今天和昨天完全一样，一模一样。

单词和听力都荒疏了几日，捡起来倒还不陌生。莫名其妙的是，我总是忍不住翻一本 80 后小女生写的小说集，都是些很幼稚的“兜兜转转，原来还是你”的爱情故事。但书名我很喜欢：《年华，恍然》。如梦初醒，恍若隔世。

下午去上专业英语。去教室早了些，于是和大左聊天。聊着聊着我们开始动情开始红了眼圈，我们怎么会有那么多的相似。思思冲上来插科打诨。我们笑，眼泪在眼眶里打转，因为我知道这些笑料的背后有她多少伤心。我们都是痛苦的。不要说什么世界上还有人没有饭吃，我们吃得好穿得好，可我们有许多痛苦。痛苦没有比较级，我们是一群骄傲而脆弱的女生。

菲菲姐和大左陪我去数码广场，拿了一大叠笔记本电脑的资料。然后我们去肯德基，吃不好吃的套餐，为了粗糙但可爱的加菲猫玩偶。

然后我把那些资料落在了桌上。

果然没出息，我。懂得一切，但我还需要时间。

笔袋丢了。买了个一模一样的，甚至连同里面的笔。手机或者手套，我都买过一模一样的。我总是尽可能地保存旧物。每 3 个月，扔掉一支旧牙刷时，我都会觉得有点不舍。恋旧若斯，我知道我已经有点偏执。

回学校的路上闻到了桂花香。甜腻的气味，我本不喜欢。但这是我的大学时代最后一次闻到它了。

秋风很冷了，冬天不远了；当春夏飞快地走过，我将永远告别我的大学时代。

听说我直研面试通过了，那么，真的还要在这里再过 3 年吗？

斗转星移，人生快若一瞬。

短短一瞬，却为何还有如此多的疼痛、挣扎和失魂落魄呢？

来生，我要做蜉蝣。朝生暮死，不给自己厌倦的机会，一辈子不懂斗转星移，多好！

陪着自己

悄悄快乐 2007－10－23　23：48

这次的所谓“人生低谷”我算是走不出来了。我有的是我不想要的，但我不知道我想要什么，一切，一切。

我本来想说：我对自己很失望。可突然很同情自己。虽然会偷懒，虽然很迷惘，但自己总是在争取做最好的自己，努力协调好难调的众口。许多的痛，许多的委屈，每每轻轻掩藏掉，对着世界微笑。有的人伤好得快，但不等于不留痕迹；我的自愈能力很强，但伤心事也会留下浅浅的阴影。开心了20多年，这数月以来，或许还要持续数月的伤感，也是难逃的一劫吧。

寂寞是一条蛇，但也可以是朋友。

永远陪着自己的，正是寂寞的自己啊。

“笑时，全世界和你一起笑；哭时，你便独自哭。”说这话的人不管多么通达透彻，也因为愤愤之气有点狭隘。其实，哭还是笑，没人会百分之百地懂得别人心底的悲伤与快乐，不管多少人陪着你笑，陪着你哭。

刚才，一位朋友问我：“如果有一天我没有任何消息，几个人会打听我的下落？”我认真地想了想，父母会的，总有一两个亲戚也会的；这是一位我很在乎很在乎的朋友，所以我也会的；想着再有一两个死党，那么……五到十个吧。

“我没这么乐观。”这是回复。

倏然感到寒冷。如果，没有任何消息的是我呢？

一个郁闷的和尚

悄悄快乐 2007－10－25　12：12

几天前的事情，还是要记一下。

图书馆门前走熟了的路上，遇见了一个和尚。

长得很像弥勒，要不心很宽，要不偷吃肉了。

和尚走到我面前，递过来金色护身符一个。如果是骗局，那就太常见了，虽然我最近有点悲观，依然不相信生活如此无聊。于是半信半疑地接过。和尚说了吉利话数句，我回了数句。我不懂佛，但还是心向往之的，几年前也有缘遇到过真正的高僧，又帅又有道的那种，所以沾沾自喜，觉得对得很有水准。

和尚掏出小本儿，说要留下祝语。我写了。然后此和尚“不经意”移开大拇指，赫然写着几行“××捐功德××元”。

……

好吧我还悲观得不够。

我准备一天都在食堂吃饭来着，所以买完早饭并且吞下肚，还剩人民币两毛整。

虚荣如我，怎好实说。于是我眼一闭心一横，大声说：不好意思我没带钱。

和尚的脸色忽然绿了：没关系啊，少点没关系的。

我继续眼一闭心一横：我真没钱。

和尚不笑了。我就走了。回头看看，他还绿着脸站着。

事后有人提醒，应该还掉护身符啊。我真忘了，不是为了小便宜。

无聊的人写无聊的事情，纪念这个郁闷的和尚。

无话可说还是开不了口

悄悄快乐 2007－10－29　00：55

多事之秋，谁都躲不过。

我算是命运早早定下的一批吧。不管怎么说，很稳很轻松。当然不好也就在这儿。

事情少，就容易想得多；想得多，就容易质疑；质疑到最后，总会发现在世界上成为“我”并且做“我”，是一件很不易的事情。“赵家的狗看了我两眼”，真乃传神之笔。

开口便错，开口便错。

一两年前，我真正发现成长是妥协；现在我发现，成长可能是沉沦。

假设可以不沉沦，那么……算了，不可能成立的假设，为什么要去想。

初中的时候也听歌的，那时觉得矫情或者无端感动的歌词，很久以后才懂。

小学开始读鲁迅的，那时觉得拗口的词句，现在也终于开始有点懂了。

什么叫绝望之于虚妄，正与希望相同；什么叫当我沉默着的时候，我感到充实，我将开口，同时感到空虚；什么叫我将用无所为和沉默求乞。

庄子：当我们无路可走的时候；鲁迅：当我们无话可说的时候。

人可不可以分裂着生活？可不可以让精神完全独立于肉体？这也就是在问，人可不可以活几辈子？贪至如此，还有什么好说？就算可以，也没什么意义。几周前认真想过这个问题。彷徨失措的时候想干脆不活了的，我们觉得是悲观；

想着能多活几次就不须纠结至此了的，我们觉得是乐观。其实一样。我属于后者。不能说酒神文化是乐观的，虽然那是狂欢的；所以我也不是乐观的。无“观”可言。

无力感很强烈。小孩子总是自然地觉得自己是世界的中心，可以抓在手里玩的；后来知道世界抓不住，于是开始温文尔雅，让自己讨世界的喜欢；现在似乎连自己也抓不住了，于是微笑僵在脸上，又硬又薄。怎么办？谁知道？

我们做了很傻的试验，不是么？用肉填满胃，让脑子供血不足，无法思考。正如身体和头脑无法统一，它们也无法打通。

胃饱了，你以为就不会心痛？

也不是，有痛苦至少好过闷闷的状态。

闷到最后不知推自己走到这个状态的究竟是什么，就好像小时候无端在爸爸妈妈前大哭一会儿，尔后突然发现自己已经忘了为什么而哭。

悖论：

无话可说或者开不了口的时候，说出的话更多。

开口便错，还在徒劳地想说对点什么。

精神和身体的生活目的就像一对欠打的恋人，整天分了合合了分，没有了局。

一个可能无关的问题：如果人和人天然是隔膜的，向一棵树倾诉，效果会如何？

没试过，所以还没答案。

淡淡阳光

悄悄快乐 2007－11－10　00：22

今天直研拍照确认。走出研究生楼时，不过八点多。

在光华楼前缓缓骑着单车，去上旁听的课。

草地看上去很软，天空淡蓝，阳光温煦，风很轻柔，几丝微云一动不动。

我已经辜负了整整一个夏天和初秋。为什么一个人可以由阳光明媚的状态突然堕入毫无因由的悲观与难过呢？这样的悲观与难过，空前，我希望以后不再有。

即使有，希望我也依然可以走过吧。

当然，有些东西无法挽回地失去了。比如，我曾很幼稚地自信：如果，这世界上剩下最后一个笑容，那一定绽放在我的脸上。我曾经多么容易保持好心情啊。现在我知道，它有时也会倏然而去，留下不知所措的我。

无论如何，这是一种成长。永远活在童稚里的人，是另一种形式的侏儒。

依然简单清澈，但我想我懂得了忧伤。

四十五度的仰望，可以是一种矫情；四十五度地仰望，也可以成功地让泪倒流。

四十五度，的确是个忧伤的角度。以前，我不知道。

我结束了一段状态，很喜欢这个淡然而非狂喜的收梢。

如果来无因，就该去亦无因。

叮嘱自己，莫负接下来的日子，也许我该勇于尝试别样的生活。我当然不是为了背单词来到这个世上的。

今天是个难得的好天气。今天我穿了粉红色的毛衣和粉红格子的裙子。

淡淡的阳光让它们越发温暖。

今生最爱是红楼

悄悄快乐 2007－11－11　02：15

晚上机缘巧合地去看了舞台剧《红楼梦》。暑假在实习的路上天天听“东方移动电视”报道这部剧的排练状况，前一阵子又看到开始售票的消息。我一介穷学生，本没实力凑这个热闹，虽然我很爱《红楼梦》。结果有人有许多票，七拐八弯不知隔了多少个人，这块馅饼居然端端正正地落在了我的脑袋上。鸣谢寝室里的小猪！

张广天的荒诞版小剧场《红楼梦》铺垫在前，对舞台剧我也没抱太大希望。虹口足球场演《红楼梦》，想想就很新鲜。

场面很大，灯光很美。贾宝玉是个瘦瘦的“好男儿”，脸如“残月”，且有装天真嫌疑。斯琴高娃中气十足，兼演贾母和刘姥姥两个角色，不定时地“穿行”。“金玉良缘”成为王夫人薛姨妈的多年阴谋；台词常常有一些后现代内容；史湘云因为是侯湘婷演的，颇有些港台腔；焦大是个线索人物，话奇多；薛蟠成为舞台剧中必备的“小丑”，甚至对黛玉有点想法；印象最深的两个好玩儿的地方：宝玉赠给黛玉的旧帕子有长围巾那么大，而扮演宝钗的居然是佟掌柜，也即《武林外传》里风情万种的佟湘玉。

很多好笑的地方，还有一些更大的不足：潜意识中的微妙意识被满场子喊出来，音乐显得有些粗糙，而整体来看，情节实在有些支离破碎颠来倒去。但我不烦这剧。《论语》是伟大的，不是也要于丹讲了很多人才去看甚至才知道?不管怎么说，吸引成千上万的人大冷天以《红楼梦》的名义出门看舞台剧，已经很不容易。“效果”本位的思考，对舞台剧来说，完全可以理解。散场的时候，一大群人，有男有女，声嘶力竭地对那“好男儿”宝玉大喊“张殿飞（音）”。我觉得很好玩，想了想，对着场地也大叫两嗓子“曹雪芹”。这样真的没错儿，因为我就是曹雪芹的狂热粉丝。

书是会融入血液里的，但不是每本书都可以：必须是好书，还必须在童年时与人相遇。幸运如我，遇到的是《红楼梦》。8 岁时第一次捧起它，那种惊喜和一目十行我现在都还记得。世界上怎么会有这么好看这么丰富的书呢？四五十遍以后，依旧口角噙香。我把爸爸书柜里珍藏的那套《红楼梦》读得几乎算得粉碎，这是件挺让我愧疚的事儿，一直到大二时才在某旧书店搜罗到了完全相同的一套，激动得我没还价就买了，赔我老爸。而我满 18 周岁时，爸爸妈妈的礼物正是我盼了多年的宣纸版《红楼梦》。说来神奇，我总时不时地能在各种场合或者看其他书时想到《红楼梦》或者在心里小小引用一下。童子功是奇妙的，直至今日，我都能背下《红楼梦》里的所有诗词；各种形式的改编与原著的丝毫差异，人物台词稍稍换个字我都会觉察出来。当然，所谓“改编”我一向默认为和《红楼梦》本身关系不大。经典的一大特征就是无法复制。1987 版电视剧很不错，但还差得远，且是完全无法缩小的差距。也许，从这个角度说，今晚的舞台剧不足越多，我越窃喜。对我来说，《红楼梦》还让我看到了许多细微的情感和难以言说的美。所以，它是一种神圣。

前几日在专业英语老师推荐下看了《夏洛的网》，非常喜欢。我想，我为什么没有在还是一个孩子时阅读它呢？蜘蛛夏洛与小猪威伯的动人情感，会使幼小的我多么沉醉啊，这种沉醉，最“天然”的成年人也不可能体味的吧。但这遗憾永远是遗憾了，晚了 15 年。我真愿时光倒流。

好在十余年前，我遇见了《红楼梦》，这会是我一生的挚爱。我还会反反复复地读，常读，常新。《红楼梦》是世界上最伟大的文学作品。是的，没有那个中庸的“之一”。“最”，本来就该是唯一的。

今晚，看了《色·戒》

悄悄快乐 2007－11－12　01：28

小说中隐隐约约的故事在电影里惊心动魄，并且感人至深。

她来到他身边，是为了一场正义的谋杀；她背熟了所有资料，成功俘获他的心，创造了杀掉他的最佳时机。可是，最后，她说：走吧。那个机警的经验丰富的男人飞快逃离，她痴痴地望着手指上璀璨而典雅的钻戒。一个以革命开头却走向情感的故事，接近尾声。

他亲手签下了处死她的命令。比狐狸更狡猾，不相信任何人的话，他可谓百毒不侵。意料之中，他选了江山弃了美人。可是，他终究红了眼圈。没什么好责怪他的。江山与美人的难题，本没有正确答案。选前者，旁观者大半会觉得残忍；选后者，美人往往转身离去。美人可以不在乎江山，但不太能忍受自己的英雄也不在乎。而只要想象那个残忍的英雄会为自己红一次眼圈，她就可以将自己不管不顾地投出去。

她死于这个悖论，成为诸多死于这悖论的美丽生命之一。

“正义”在这样的美丽面前，显得又硬又干。

在革命年代愈来愈远的今日，我们终于开始回头看看那些夹缝里的情感，那些石缝中柔弱鲜嫩的小草。苦难总是容易使人残忍。如果人真的是一切事物中最宝贵的，那么这些柔弱与鲜嫩才是历史的芯子。

邝裕民的瞳仁年轻乌亮，令人心动；但他让王佳芝接近了易先生，让她见识了那深不见底的眼神，她怎么可能回头再爱。邝裕民与王佳芝，曾经互生情愫，行动目标一致，死于同一刑场，心的距离却远隔千山万水，这样的悲剧，也让人痛断肝肠。

王佳芝为易先生唱的那曲《天涯歌女》，是他们之间的极致，乱世里的知音却属两个阵营，他们身不由己。

她殒命，从此他都将是寂寞的。然而这故事总算告一段落。

走出电影院时有些恍惚。耀眼的霓虹在寒冷的风中有光亮却无温度，一辆辆汽车飞快掠过。这个城市正是那故事发生的地方呢。许多一样又不一样的故事，是否仍在上演？

无可救药的硬币

悄悄快乐 2007－11－15　21：14

硬币的“字儿”明明白白地朝着天花板。我忽然感到了点绝望。

星期一在食堂门口被人发了张传单，这周末登山协会组织爬花果山、海边露营。尽管我天天叫嚣热爱户外运动，其实户外经历也就那么一点点，而计划中明年的西藏之行毕竟还远，这样初级的活动当然让我心动。虽然花果山及那周边的海应该不会太美。兴冲冲地打电话给妈妈说这件事，妈妈很开心地说：去玩啊！父母的态度，我猜都猜得到，只要是去玩儿并且保证安全，他们永远站在赞成一方。他们的理论是：小姑娘家，就是要活得轻轻松松快快活活，享受生活尤其是自然的美好。小时候，我是个很幼稚的男女平等论者，为这个“小姑娘家”朝他们大叫过几回。长大后却深深庆幸他们要教给我的生活态度和对我的无为而治。

只是……本周六是我的第一节日语课啊。其实我喜欢法语，也学过那么一学期，可是大二的我太喜欢瞎忙，课又多，最终没坚持下去。这次学日语么，原因很多：《一公升的眼泪》赚足了我的眼泪，让我对日语都有了好感；还想看更多的日剧并听得懂原版对白；基于日本文化和中国文化千丝万缕的联系，学中文的人学学日语颇有好处；现在有些闲下来了，周围很多人开始学日语，我想“从众”。至于法语，我一定会学，将来有机会比较长期的出国时，在印欧语系的环境中学，也许更好点。这些原因哪个是主要的，哪个是后来找的已经不可考，总之我报了个不长的日语班，准备瞧瞧自己有没有学下去的兴趣。难道，第一节课就翘掉？当然这不大好，但咬咬牙，我找人代了。

与此同时我成了祥林嫂，见人就说这事儿，然后问：这样是不是不好啊？有人说：还是上课吧；有人说：去玩儿吧，认识一堆新朋友多好！得，我还是没法踏实。我怎么就这么犹犹豫豫没主见呢？也不知从什么时候变成这样的。

接着，某晚我在 BBS 上看到了几个同学合伙请外教的帖子，如此拯救我很烂的口语的机会，怎么可以放过？于是我投条了，于是他们打电话给我了，于是我周日下午必须去试听了。

我又开始了新一轮的纠结。这回爸妈及绝大多数好友都异口同声：你累不累啊，课还没上够啊，去爬山啊！其实此时我查了点花果山的资料，已经对那个地方兴趣不大，但毕竟“海边露营”之类听上去很好玩。而此时这个问题意义开始重大起来：学会享受生活，学会放松，从此时开始！一不做，二不休，我干脆直接发短信报名了。

没想到很快又看到了乡版版聚的消息。曾经觉得“老乡”是个有点无聊有点土的概念，却在独自生活在异乡之后深深喜欢上了这个词。和老乡们在一起，那种温暖与放松，还有同一地方生长起来的人才有的共同感受，没有什么可以替代。而对于这次来说，关键在于，参加版聚的话，玩的是一晚上。两次课都不耽误且没准还能找个闺蜜逛逛街。当然我就得放弃对我有里程碑意义的花果山了。

好吧，我是个贪婪的人，是个反反复复的人，是个老把简单问题弄复杂的人。

我问过的人数估计已经够做社会调查了。什么时候我才能有点主见啊？

最后我决定扔硬币。老办法。

也许潜意识里我还是想去花果山？因为我把比较好看的“花儿”那一面定为“去花果山”。不过硬币的意思是，留在这儿吧。常规娱乐常规读书。硬币跟了我，和它主人一样无可救药。

我知道这事取决于我，不过我还是不知道什么时候我才能学会心无挂碍不管不顾地出去玩。

至迟至迟今年暑假，我的西藏！

后悔是一种很玄的东西

悄悄快乐 2007 - 11 - 20　18：58

这几天忙忙碌碌，在文图做日语五十音图的卡片。

本来只是为了加强记忆，后来开始投入，当成工艺品来做，开始有点小小的完美主义了。

毕竟近乎简单劳动，脑子里一如既往开始胡思乱想。

如果我大一就开始学日语了呢？现在也许二级了。当然我实际上更喜欢法语，日语对我们学中文的人用处更广泛而已。那么我大一如果学法语了呢？现在四级应该已经过了，正可以开始学第三门外语。

一直自以为比较有语言天赋，却因为学英语晚，高中的懵懂，大一的稀里糊涂，大二的灰心丧气，一直拖到去年才开始投入到火热的英语学习当中去。清晰地看到自己的进步的同时，就更加后悔曾经莫名其妙蹉跎掉的岁月。

性格决定命运，这话的确有理。

粗枝大叶让我经常看不清自己真正适合的事情，而患得患失让我在意识到了以后还常常难以破釜沉舟。想做一个出色的人，真是很难的事情。

别说我小题大作，学语言只是一个小例子，因为粗枝大叶与患得患失，我已经错过了许多。许多许多。错过了，也就无法挽回。

大四了，常常回忆。我的大学生活，毕竟还是染着淡淡的暖色调，布满着小小的开心与满足。如果我心细如发或是斩钉截铁，这样的生活似乎也不会属于我。而我爱这样的生活，即使可能我爱它的原因仅仅因为它是我的。

总对自己说：如果……但又会说：其实……

后悔，本来就是很玄的东西。也许我的感觉，只应该称为怅惘。

糖炒栗子

悄悄快乐 2007－11－26　23：13

一颗一颗一颗一颗……

吃到胃痛，还是忍不住。

冬天，对温暖真是有执念。

它们长得那么可爱，吃之前，总忍不住亲亲那圆圆的光滑的一颗。

从今年开始，有点喜欢暗色的衣服了，比如，栗色。

我希望这是优雅的开始，而不是苍老。当然前者很难，后者却谁也逃不掉。

今天不是读书天

悄悄快乐 2007－12－01　22：47

冬季第一日，却一点不冷。

蓝天，暖阳，抬起头会微微有点刺眼，产生些许困倦的错觉。我最喜欢这样的天气。

跟着小花姐姐及一大堆学长学姐自驾（当然我是不会开车的）天平山，扔掉单词，扔掉日语，扔掉下周要做的望道中期报告。

十辆汽车浩浩荡荡一路驶去，每辆车都有人拿着对讲机咋咋呼呼，大多数是为了好玩儿。

中午到了苏州，聊天吃饭，又开到天平山开始登山。我一直以为江南的景物精致有余而趣味不足，美则美矣，却只是温吞水而已，这座以前没听说过的山倒是给了我惊喜。大块的石头，看上去倒也圆润，没想到如此难走，可怜穿着裙子的我，也不得不四肢并用，连滚带爬。

最美的是叶子。红的枫叶，黄的银杏，绿的草，浓浓淡淡的色彩就像油画。落叶铺满草地，又像雍容厚实的大毯子。复旦打扫卫生的叔叔阿姨总是很勤劳。我往往今天看到落叶缤纷满路，第二天巴巴地带好相机，结果发现路上已经干干净净了。今天总算把落叶看了个饱。不知从哪儿看过一句话，落叶是不能再飞翔的翅膀。从那以后，一直觉得它们很可怜。

4 点多的时候回程。挺累的，于是上车就睡着了。醒来的时候已经 5 点多，窗外正介于黄昏与夜晚之间，路灯星星点点，不知哪一处居然在放烟花，有一下没一下的。我窝在后座上，大衣穿着热，脱了又凉，于是脱下来盖着，毛毛蹭着鼻尖。这一刻，突然觉得幸福有时也可以是白色的，并不一定有色彩有内容。当然一定要有柔软温暖的触感。

今年冬天第一个夜幕静静降临。

我有什么用

悄悄快乐 2007 - 12 - 07　18：23

做完望道学者的中期报告，一转头，指导老师已经不见了。发短信谢他，收到短短的“没有关系”。

于是我跟评委们打个招呼，出门，下楼，找车，慢慢骑回宿舍。

空气很冷，清冷。没月亮，星星也只几颗。抬头深呼吸，想着这个晚上。我有点落寞地笑了。

虽然结果没出来，我想我的报告还算成功。评委们提出了“情绪可否量化”之类我完全无法解决的问题，文理之间的确有鸿沟。不过他们幸好都经历过“文革”的，他们能理解我执念于那段历史的必要性。

大三上学期开始进行该课题的研究，一年多潜心于“文革”期间潜在写作作为与主流文坛相对峙的地下力量，具有文学和精神两方面的价值的研究，在阅读与学习中，逐渐认识到 20 世纪 60 年代中期，一场政治飓风将中国席卷进入了一场长达十年的浩劫。在这十年里，文学与人民一样遭受着折磨。文学的公共空间几乎完全被取消，处于政治权威的控制和规范之下，与此同时，文学的私人领域也被迫政治化和组织化，出现了“不容许有隐藏的东西，不容许有自由意志，也不允许人保留他不愿意公开的私人领域的‘精神裸体’”，公共空间和私人领域的双重萎缩使得需要自由心灵的文学受到窒息。在这种情况下，文学通过特殊的方式表现出顽强的生命力：一些人将自己的思考、感受灌注于日记、信件以及有意识的文学创作当中，不求发表，只求保存，将评判的任务留给未来。

在导师陈思和教授悉心关怀和指导下，一年多的走访潜在写作者、请教专家教授、查阅了大量资料，写下了结题报告《苦难中的青春吟唱和思想启蒙——“文革”时期京沪两地青年的潜在诗歌写作》，通过了学校专家委员会的成果鉴定。导师在评语中说，曾经我有些犹豫、担心，“她过于年轻的生命体验怎能承载这么一个沉重的历史话题”，结果说明：既认真地回放了那个时代真实而令人痛苦的一面；也对京沪两个潜在的写作团体的作品做了细致、到位的分析；对作为潜在写作的文学史现象，认识相当深入，有了较为全面的把握，显示了一定的研究能力。研究的过程，对于我来说，就是一个提高和升华的过程。我为自己的努力感到欣慰，至于课题研究本身的意义及其价值何在，我没有认真想过。

那些理科教授们直觉上知道这很必要，不过他们还是问了“意义”“现实性”之类。我知道他们在问：有什么用？

习惯了。3 年多前成为中文系的学生，我就知道我有这宿命，回答这样的质疑：你有什么用？当然不是每个人都问得这么直白。

我没打算学中文，因为我确实没想过把自己骨髓里的东西作为专业，那实在有点奇怪。我曾经酷爱数学物理生物，学文后也痴迷于经济或者法律。后来我还是学中文了，命运就是命运。我很快安于这个专业，它毕竟深深沁入我的骨髓。

我有什么用？学文学的我有什么用？文学有什么用？

3 年多了，我可以回答了吗？

我不知道。我曾经整天开心不知为何，而不知为何的开心也就是无法把握的，是文学教会我在何种痛苦下也可以给心灵一个憩园；我曾经很有几分狂傲，是文学让我越来越把自己看轻，可是要知道，太看重自己是无法飞翔的。人生中有什么事情是真实的？吃饭或是睡觉？我们应该热爱并且使我们的存在有意义的正是生活本身，而文学是生活的镜子与灯。

冬日温暖的午后，你有勇气踏着路边的落叶唱歌吗？我和我的朋友们会的。我们边走边唱。我们不是作秀。我们很快乐。

时间坏了

悄悄快乐 2007－12－16　22：03

地球是圆的，所以时间是分时区的
不同时区的时间是不同的
有人正做美梦，有人睁开睡眼，有人忙碌工作，有人已经下班
这是常识，神奇的常识

宾馆的大堂里
都有很多很多的钟
那根细长的针指向差不多，胖胖的那根却各个不同
一眼望上去，有常识的我仍然觉得好像时间坏了

时区这么多
共用时间的人是不是很幸运
不共戴天的人会不会不愿意用一个时间
想用一个时间的人会不会没法用一个时间
怎样，才能一直用一个时间
时间坏了吗？时间会不会坏呢？

平安夜，纯净如水

悄悄快乐 2007－12－26　00：20

我本来以为去教堂是个很新颖的主意。结果人多得居然没挤进去。
好吧，我依然是个俗人。
于是去和平影都看了电影，成员是有点奇怪然而是我很喜欢的三人组合。
《蓝莓之夜》，纯得像一滴水一样的电影。
我喜欢这个平安夜。似乎已经对图书馆的平安夜习以为常，但当这个有着动人名字的日子呈现出另一种更为有趣和美好的样貌时，还是很令人开心。
回到《蓝莓之夜》。
再次感叹一下这部电影的纯洁。除了开头隐隐约约和结尾明明白白的吻，几乎没有任何男欢女爱。自从我得知曾经很喜欢的《天使爱美丽》是删了相当

多“那种”情节的电影，我以为世界上没什么纯洁电影了。《蓝莓之夜》有点像个奇迹。

感兴趣的人自己去看，值得一看。

不久前刚被姐妹们嘲笑，她们说你居然没看过《感官世界》、没看过《本能》、没看过《色即是空》、没看过《苹果》、没看过《美国派》甚至没看过 *sex and city*（编者注：《欲望都市》），这简直太不正常了，我承认是有点，看过最“严重”的可能是《断背山》吧，可惜下载的版本不好，在某些情节直接黑屏。接下来该算《绝望主妇》了，那个有着南美血统的妖娆可爱的小女人，第一次让我认同了性确实是爱里很美好的一部分（鄙视我吧，我实在像个生于二十世纪四五十年代的老古董）。《色·戒》是在电影院里看的，当时很感动，回来跟轶凡说我觉得情节很完整了呀，删了的那些也许本来就不必要；“因为删了会让观众产生错觉，王佳芝为了颗钻石放了个叛徒。”细细一想，果然如此。话说我很有些崇拜此人不是没有缘由的。未删节版很快挂到了校园网上，等期末结束了也许会有兴趣看看，不知观后感会不会有什么改变。

其实这么半天，我只是想说，性的元素在电影电视中正常至极，只是没必要充斥也没必要过分强调。除了动画片以外所有的影视作品都来这么一段几段的，甚至超出情节，又有什么好处。

再回到《蓝莓之夜》吧，如果两个人没法一起走天涯，那么独自出发的时候知道另一个人一定在固定的地方等待，并且知道自己一定会回到他的身边，也就足够安心了。纽约似乎不适合等待，不过他们还是迎来了完美的结局。

平安夜看到了一部特别安宁、纯净的片子，觉得这真是顶级的奢华。

最后一顿班级年夜饭

悄悄快乐 2007－12－30　00：56

半年后，我们中的大部分人就要各奔天涯。现在感伤，太早还是太晚？

许多的果汁加一点点的啤酒，当然不会醉，却有点晕晕乎乎，分不清这是何年。

到外面，隔着玻璃门看她们（他们），听不见声音，只看见一张张脸笑的样子，不由得开心起来，又不由得难过起来。很冷很冷，可是舍不得进去。

校园里有许多栀子花，真喜欢它们的甜香。

这次，却希望下一次的甜香四溢永不来临。

我们不是孩子了

悄悄快乐 2008－01－10　00：50

我多希望我们还是孩子。

如果我们还是不用为自己的明天负责的孩子

避风塘或是步行街上的长椅或是楼下的石凳

蛋挞、电影、金橘、麻辣烫

我们一起喂过的小狗

我们抛出的硬币

我们打的没有胜负的赌

开心或者不快或者谎言或者叮嘱或者我不擅长的游戏或者手机里传来的歌声

你说，你要给我讲个故事

于是，我笑得像个孩子

可是你知道，我们毕竟已经不是孩子

世界，为什么这么大呢……

去年南征，今年北战

悄悄快乐 2008－01－13　23：08

天涯海角温暖的风，随风飘起的花裙子以及宝石蓝色的大海在记忆里依然鲜活，居然又是一年深冬了。突然决定去东北，今年要去体味冰天雪地一片洁白。爸爸妈妈习惯了我的心血来潮，连个锛儿都没打直接给我寄长羽绒服和棉裤。听着他们的叮嘱心里狠狠地愧疚了一下，因为回家的日子又少了几天。只是我，太爱旅行，血液里有风啊。每次旅行前，都会心里甜甜的，想象将遇到的风景和人，心里很期待。

一样不一样

悄悄快乐 2008－01－20　00：23

上海已经很久没有下这么大的雨了。今天我不想打伞，因为骑车，因为常打的伞丢了，还因为这是你的恶劣习惯。

湿湿的羽绒服让我处于感冒边缘。犯傻开始。

原来你那里也在下雨，这样的巧合早已不止一次。我们是不是都习惯了？

穿梭于寝室与文图之间；准备着一次旅行；和朋友吃夜宵。一如既往，一如既往。

车子不再吱嘎作响；想着明信片应该寄给谁；决定听话以后不吃夜宵了。早已不同，早已不同。

这样温暖的物是人非，值得我们一起感谢上苍。

虽然其实我们并不知道，他老人家想将我们的路指向哪里。

打起背包去看雪

悄悄快乐 2008－01－21　14：30

红色长羽绒服、红色鞋子、红色大背包。（850 大洋啊，我的心好痛！）

我就这样把自己打扮成了一只刚煮熟的螃蟹。

出发啦。这次的旅行日记本特别漂亮。长长的墙蓝色的自行车，布满回忆的味道。

上海这几天总在下雨，今天上午难得给出了一小时太阳，而后又陷入阴沉沉的状态。听说最近东北天晴。上帝安拉佛祖保佑不要一场大雪都不给我。不过即使总是晴的，北方的干冷也让人觉得痛快：天会很蓝，显得很高。

发现喜欢一个地方，通常由于它的天空。同一片天空的说法，实在不够仔细观察生活。我想我会喜欢东北的，因为还没见过那里的天空，似乎就有一点想念。

打起背包，说一声暂别！

这个平安夜，只用来回忆

悄悄快乐 2008－12－24　23：45

人的一生会发生许许多多的事情，记住的不过就那么几件。

也许因为巧合，也许因为意外，也许因为特别开心，也许因为渐渐改变。

也许，是这一切的总和与交织。

纽约有家小蛋糕店；丢失的钥匙找不到主人；长长的旅行和突然的回归。

这是开始。

一只被偷走的小狗；雪人柔嫩的绿叶眼睛；自行车靠着长长的矮墙。这是经过。

大大的车在飞驰；莫名失灵的 GPS[①]；味道和分量迥异的麦当劳。这也是经过。

清寂的凌晨一篇新的文字。这是结果。

谁敢说一定分得清电影和生活？

如果去年的平安夜一如既往，如果今年的平安夜和去年一样，但其实一切都没有如果。

所以，不去图书馆也不去教堂。

闭上眼睛，只是想想。

我从东北来

悄悄快乐 2008-01-30　23:54

我从东北来到了上海，从一个阳光灿烂的地方到了一个雨雪交加的地方。

真奇怪，我到雪的故乡去追寻雪，它却神奇地在我离开的地方逛荡。等我回来，它又没了。虽然遗迹尚存，毕竟是残雪了。好像过两天又要下，于是，空前的小年时依然漂泊在外的我很有大年依然回不了家的可能。这样令人发指的惨剧……

此外，此次东北行馈赠我的几许不快：很痛的肚子，扭了的脚踝，冻肿了的耳朵，丢在雪乡炕上的牛仔老鼠娃娃，数字急剧下降了的银行卡。

抛开这一切的话，这是一次很美好很新鲜的旅行。

东北人相当有个性，直爽而且彪悍。女孩子高挑漂亮而且多化浓妆，爆炸式发型的比例远远高于其他地方；“爷们儿”说话嗓门特大，热心肠，特别鄙视“磨叽”。东北大妈喜欢称我等为“孩儿”，很喜欢。

东北天气相当冷。那里的人们在冬天说“x 度”的时候指的是“零下 x 度”，比如“长白山今天贼冷，三十多度”。在室外时，我戴着围巾帽子手套耳套，穿了棉裤毛衣羽绒服还得贴暖宝宝，穿了两双袜子再套上雪地鞋，还是冷。就算爬山爬得满头汗，稍微站站就有汗水变冰珠的可能。许多地方冰棍儿和速

① GPS 是 Global Positioning System 的缩写，意为全球定位系统。

冻饺子都是露天卖的。

这次，第一回滑雪，摔得我没脾气，最后沉痛地认识到并不是每项运动我都可以玩的。

这次，第一回吃冻柿子，甜而微涩，果汁都是小冰碴，吃得牙根儿发凉。

这次，第一回穿越，翻越“雪山”，整整走了七个小时。永远不会忘记递给我登山杖的手（虽然我不会使）；永远不会忘记最终我们选择了少有人足迹的小路和远路；永远不会忘记有人从我的背包里拿下很重的东西背到自己肩上；永远不会忘记从坡上滑下山去的惊险瞬间，雪雾扬进眼睛，于是我虽然在笑也像哭了。

东北的饺子特别鲜美；东北的糖葫芦又冰又甜天下第一；东北的狗肉很香，吃了暖和。

松花江的冰一两米厚，人车都在上面走；长白山的风景美如油画，让人想做回头客；还有露天的温泉，泡在里面，烫得忍不住大叫，而旁边就是雪，头发上更是早已结了冰，神奇极了。

哈尔滨中央大街上，华梅西餐厅里的鱼子酱、奶汁鲑鱼和雪乡农家的野菜炒蛋、粉条兔肉，都很美味；吉林东市皮草行中上万元的貂皮大衣和俄罗斯民贸市场里几十元一顶的狗皮帽子，都很好看。

以上是我记忆里这十天来的东北。昨天还在刘老根大舞台为二人转笑得喘不上气，今天又在宿舍里对着电脑敲字了。这样急剧的转变，当然让我有点想念东北了。

又一次旅行到此结束。

见　证

悄悄快乐 2008－02－01　22：12

今天，好姐妹结婚，我是说，领证。

从此，菲菲姐和丁丁姐夫坚如磐石的爱情又加多了一层保护：我们强大祖国的强大法律。狠狠为他们激动了一把。

还记得两年多前，2005 年的 11 月初的某天，马克思主义经济课前，菲菲姐含羞带笑地像只大兔子一样蹦了过来，吞吞吐吐然而无比清晰地说：你要有姐夫了……这真是有个性的宣布方式。至此，在丁丁姐夫表白两小时后，我成为得知这一消息的第一人。

两人开头的一段走得似乎并不平坦，我时常被抓去充当菲菲姐的倾诉对象。其实也并没有什么原则性问题，但还是时常让我产生“相爱总是简单相处太难”之类的感慨。

情况不知从什么时候开始变好，并且越来越好终至一片大好。他们一起走路一起吃饭一起旅游一起跑马拉松，两人总是面带相似的微笑紧紧牵着手，甚至相当长一段时间穿一模一样的衣服看得人眼晕。丁丁姐夫的肩上总是背着菲菲姐硕大的书包。

菲菲姐是我的偶像兼知心姐姐，曾经的军旅生涯给我的感觉很牛，遑论其直爽，美丽，温柔；丁丁姐夫是个好青年，朋友一大坨，口碑好得吓人。这样的两个人，走啊走啊走，就这样众望所归地走到了婚姻。

第一次看朋友结婚。我是说，领证。端着照相机跟在后面一路狂拍，拍下那束怒放的玫瑰百合，拍下止也止不住的默契笑容，拍下填表签字宣誓的全过程，拍下这么年轻可爱容光焕发的两个人。突然发现结婚是多么美好的一件事情啊！

然后下午他们去香港了。很憧憬他们十月的婚礼。我平生第一次要当伴娘了。

菲菲姐说了结婚要高调，所以把这篇东西写在这里，高调见证。

牛仔老鼠今日还乡

悄悄快乐 2008－02－10　22：28

在不经意的时候常常能发现挚爱，这就是人生的有趣之处。

比如，快一个月前，我手持一只冰淇淋在腐败街上逛荡，一眼就瞥到了那只老鼠娃娃。灰色的，大脚掌，小眼睛，戴着帅帅的棕色高帽，鲜红的牛仔领巾，两只爪儿还拿着根长长的绳子。立刻拐弯儿，进店，欢天喜地地买下了它。

要说前世就认识一只公仔，实在有些别扭，不过这只老鼠真的好像梦里见过呢。我本来叫它“鼠鼠”，觉得很有让别人误会我们的辈分的嫌疑。后来叫它“我们家杰伦”，又总被人嘲笑没品位，最后只好甜得发腻的叫它“宝贝儿”了。

后来我带着宝贝儿去东北了，我很俗气然而很自得地捧着它到处照相，并且发愿从今后走哪儿都要带着它，走遍祖国走向世界，和我一起见证鬼斧神工大好河山，结果十来天后我把它丢在雪乡的炕上了。事后我狠狠批评自己：这么大的人了，睡觉还抱娃娃！抱出事儿了吧？天可怜我，居然偶然留下了那家家庭旅馆的电话，于是我很有耐心地每半天一个电话去跟那家的阿姨巧舌如簧甜言蜜语。终于，那阿姨顶风冒雪帮我寄了包裹。

宝贝儿老鼠于今日抵家。摸摸这个别来无恙的小家伙，我那个兴奋那个幸福啊！

突然想起前年夏天帮我把丢在纳木错湖边的白裙子寄回来的藏族大哥。

你说，我为什么一个劲儿地向外跑？因为外边儿有好看的风景，外边有有趣的事情，外边还有这么多善良可爱的人。

穿越时空的包裹

悄悄快乐 2008－02－16　22：37

午睡中。接到电话一个：准确无误地报出了我的名字和前住址（多么诡异）。我说我们搬家好几年了，那声音说这有一张你的包裹单啊。好在我们家现址和原址很近。于是我下楼拿到了那张单子。

居然，居然，是什么“三星智力快车”的奖品！就是中央台那个以前严肃得像知识竞赛，现在奇怪得像太空探测的中学生节目。我去参加过一次，当时很觉得光荣了一阵子。表现差强人意，还记得我回答对了所有的数学题和物理题，但是最后一不小心没抢到一道关于雨果的题目（多么多么诡异）。

还记得那次是爸爸带我去的北京。

还记得那次恰逢空前的大沙尘暴。

还记得那次认识了今生第一个外国朋友。

还记得那次老师通知全班同学节目播出时间。

天知道为什么这“奖品”迟到了这么些年。

还记得这么多细枝末节，仿佛还不很遥远似的。

其实呢，那年刚刚17岁。那时还是个懵懵懂懂的高二小女生。

那时觉得自己很大了，现在才觉得那么小。

17岁到现在，发生的事情那么多。有的倏忽而逝，有的一直贯穿。

一个馒头可以引发血案[1]；同理，一个包裹可以引发感慨。

---

① 《一个馒头引发的血案》是自由职业者胡戈创作的一部网络短片，其内容重新剪贺了电影《无极》和中央电视台社会与法频道栏目《中国法治频道》。它颠覆了原电影《无极》的故事情节和主旨，而用一种称为“亚搞”的方式—— 戏谑、夸张的方式重新演绎。

流沙素年

悄悄快乐 2008－02－21 12：37

闲来无事在读《素年锦时》。安妮宝贝细腻若斯，让人感激并且怜爱。做个细腻敏感的人是一件欢喜而又辛酸的事情，因为这个世界是美丽而又粗糙的。那个女子，既然能让文字那样丝丝入扣，其代价必然是心上细密的伤口。于她，我自叹不如却不自愧不如。已经是个敏感的人，自然回不去了，然而我也不要更敏感了。平凡的人，想要温暖的小幸福，愚钝是最好的保护膜。

又一个假期走到尽头，又一个冬天接近尾声。阳光越来越暖，偶尔能在不同植物的枝条上看见些新芽，我家的菠萝乖乖有时会醒来，在冬眠的沙床间懒懒地拨弄一下小爪子。春天每年都是这样来的。

时间的脚步细细碎碎的，可是很坚定。

假期见到了很多同学：十年前我们谈老师或者动画片；八年前我们谈理想或者未来；五年前我们谈大学或者专业；三年前我们谈爱情或者时尚；现在，我们谈股票或者婚姻。也没什么悲哀的，我们看见了生活的全貌并且越来越懂生活了而已。其实许多人的心里还有一切，闪光的，动人的，只是我们开始明白那并不需要谈论。

流年如沙，从中闪出光芒来的，常常会是钻石；那么准备好，珍惜。

感谢时间，让我懂得了该懂得的，忘记了该忘记的，释然了该释然的。为一些事情感动，为一些事情努力，在另一些事情面前平静地微笑。

请待我如常。

Yesterday Once More（编者注：昨日重现）

悄悄快乐 2008－03－05 23：16

上午上课，四节。虽然全是旁听的。

下午和 language partner（编者注：学语言的搭档）费劲闲扯，两小时。

骑自行车在各处穿行，因为夏天不远了。

在文图看书，去北食吃饭。

在 BBS 上寻觅关于瑜伽和国标舞的消息。

莫名关注美国大选与台海问题，于是去听讲座。

属于春天的花一树接一树的开，和我来到这儿的第一个春天似乎没什么不同。可我知道不同了，当然不同了；虽然我依然提着可爱包包，穿着牛仔裤和大大的白球鞋，还是回不了大一，找不回 18 岁。

总是疯狂恋旧。虽然只是一个外壳，毕竟也是 yesterday 的外壳。就蹲在里面等毕业吧。

我的笔袋

悄悄快乐 2008 - 03 - 07　00：49

事实一次又一次地证明，我是个无聊的人。

比如，今天的比较文学课上，我突然异想天开想通过我的漂亮笔袋自我分析一下。

首先，它是黑色的，而图案是鲜红，这说明我的生活一向平稳，但性格里有不安分的因子；一朵大花的轮廓，花心是一只猫，说明我热爱自然，喜欢可爱的东西；整体看上去很有中国的味道，说明我常常像个活在过去的人……

没错，我够无聊，并且我最近越来越发现我的专业，传说中的比较文学，就是这么无聊。

无聊的人读无聊的专业，正好合适？不，痛苦万分。

无限的想象与类比，不断的自我否定和愿景幻想。

老师说我陷入了影响焦虑，我觉得他说得好准。

如果总是听人说，某个地方，有一个超好的宝贝，威力无穷囊括天地；这个宝贝不是我们以为的那样，比我们以为的要好得多。用你的生命去寻找它吧，活力快乐爱情，都别要了，跟那个宝贝比起来，一切都是垃圾。

动心吗？开始总会有点动吧，可是仔细想想，我要它做什么呢？即使它真的存在？

我的笔袋上有一颗朴素但好看的黑扣子，它掉下来一次，我在图书馆钉它（天知道那天我为什么随身带了针线），回头率就没这么高过。

这个笔袋是 animob[①] 的，这个牌子的任何东西上都会绣一只猫，以背部示人。

那只蹲在花心里的小猫，红彤彤的，白色的尾巴摆成俏皮的弧度，尖尖的耳朵。等等，好像过于尖了，“猫”从没回过头，所以，谁敢说，那一定不是

① 一种包的品牌，这种品牌的标志是一只背着身子的猫。

一只小魔鬼？

乍暖还寒时候

悄悄快乐 2008－03－20　01：02

今天上海又晴又冷。
我在操场上跑步，努力调整成腹式呼吸。
月亮挂在天上，两颗小星就近相伴，据说几十年一遇的。
那么当然要许愿，万一实现了就赚大了。
这么功利的想法，上帝爷爷不让实现是不是也很正常。
我发现我好像又走进了一个恶性循环，上了艘型号不小的贼船。
再观察观察，观察观察。
怎么不长记性呢？
心情其实还行，没什么该哭的事儿。
除了，想知道后悔药到底什么时候发明出来。
也许满大街卖的时候我又不想买了……
谁知道？谁知道？
我都不知道，别人更不知道。
能量守恒，人品守恒。
守恒，就对了。
各有克星，都很正常。
我的 language partner 开始丢东西了。
他说：I lost my key.（编者注：我丢了钥匙。）
我笑。大笑。忍不住。
他无奈：Oh，you look so happy.（编者注：哦，你看起来好高兴啊。）
跟我熟了的人都会经历这么一灰色时期。
国际友人也没饶了。另类咒怨吧。
好吧。
好吧。
“你相信奇迹么？”
我想发这短信的人真是幼稚。
手指没听我话，它代表我说的是：一直信的。

这就是传说中的潜意识么？其实，对于奇迹这种东东①，我早已有点犯嘀咕。

见 鬼

悄悄快乐 2008-03-21 21:11

黄昏的时候，第九节课上课前，突发奇想去买面包。走到电梯跟前，犹豫了一下，转身走进了楼梯。三楼不算很高，何必挤电梯呢，减肥吧。

后悔死了，这个决定。

楼梯间就我一个人，走着走着，底下走上来一个男生，开始没注意，几乎擦肩而过时无意中瞥了一眼，然后，我好像被速冻了……

男生的右耳处（这都是事后想起来的，当时哪里分得清左右）贴着一张半个巴掌大的白纸，渗出一小滩血，殷红的颜色在半明半暗的楼梯间分外诡异，而尤为诡异的是，那张纸，是平的，也就是说，他没有右耳。

男生的手搭在扶手上，其实这很正常，但已经被吓惨了的我在昏暗的灯光下觉得那颜色蜡黄蜡黄，那男生大概觉得我表情不对，想说什么，但又没说，于是我真的知道了什么叫头皮发麻，额头上有尖锐细小的疼痛感。

几乎没意识了，就那么机械地走啊走，回过神来的时候，发现内层的衣服全都被冷汗打湿了，眼睛里居然有泪花，手凉得像个死了许久的人。

想到鬼应该不戴眼镜的，于是确定我没真的见鬼，可能是个受了伤的人吧。

但是，我再也不一个人走楼梯间了，绝不！哪怕晚上跑步的时候多一圈呢。

我的托斯卡尼

悄悄快乐 2008-03-29 00:07

生活不断地赐予你许许多多机会，而你唯一需要做的只是把握其中一个。

科尔托纳的面包师傅用的是木制烤箱，而他们烤出来的，是十全十美的硬皮面包。我起得很早。我会把咖啡和面包端到梯田上，消磨一个小时，看看书，看看一排排反衬在天空下面的墨绿色丝柏树，看看远方山坡上一畦畦的橄榄梯

---

① 网络语言，即东西的意思。

田。这些景象打从中世纪以来就一直是如此……

那里的暴风雨很恐怖，屋子叫“思慕阳光”。

那里的男人不可靠但帅得像王子。

圣母一样的女孩和阳光一样的少年；手持鲜花看起来很酷但其实有点羞涩的老人；巫婆一样神秘、仙女一样动人的女人；大块的黑色悬崖垂直入海；曙光里的云朵轻柔又晶莹……

《托斯卡尼艳阳下》，我想我爱上了这部电影，今天会梦见那个地方。

它说，这个世上有极致的美还有奇迹。

它说，人生可能会有灰暗的时候，但是也会有成串的惊喜。

用回忆拯救

悄悄快乐 2008－04－01　12：45

难过的时候，伤心的时候，患得患失的时候，心急火燎的时候，拼命念着“我要从容淡定”却总是做不到的时候，狼狈不堪，无所适从。

也许，可以试试回忆吧。刚发现，很好的药呢。

回忆一下数年来的开心和温暖，回忆一下有着可爱笑容的她们（他们），回忆一下燕园里艳丽欲滴的花朵，回忆一下无条件爱你宽容你的那些人。

重要的事情很多，但都不是最重要；应该的事情很多，但不可能都合情合理。

如果世界是纯理性的，更受不了吧。这山望着那山高，身在福中不知福，如此而已。

生命是一个过程，我要好好体会。

That in the course of justice none of us should see salvation. ①

每次困惑无解的时候，总有一个先贤以某个神奇的契机出来告诉我应该怎么去想。

是你。所以谢谢啦，莎士比亚老爷爷～

① 要是真的按照公道执行起赏罚来，谁也没有死后得救的希望。——出自《威尼斯商人》

等不到三十五岁

悄悄快乐 2008 - 04 - 04　01：13

看到南康自杀的消息，令我震动却不震惊。这似乎是个必然的结局。情痴情种，一听起来都是古典的词。人尽可夫实在是夸张了，爱情至上却也要付出代价。愿意付出这代价的人常常结局凄美，凄而且美，注定要两个一起拿。那么这时看的就不是想要哪个了，而是，实在放不下哪个。

南康的《浮生六记》太温馨太可爱了，读到快一半的时候才发现这是两个男人之间的感情。对于同性之间的爱情，我一向决不反感但也不大声鼓吹，也就是说我是个认为同性爱情很正常的非同女人，并一向以自己的态度为自豪。南康的文字自然轻快又真情流露，当然令我眼不释屏。后来就看了《我等你到三十五岁》，遇到这样的事情，哭天喊地也就罢了，这人却是如此隐忍。文字内敛，却掩藏不住似海深情。

我向来是怯懦的人，没有做斗士的决心和勇气，所以隐藏在角落里，尽量不引人注意地活着。

最终还是决定不去了，他就要和别人结婚，他不能期望我笑着说“恭喜，百年好合”，太残忍的要求。

我可以长大，可以像很多人一样，找个合适的人过下去，或许不是很喜欢，可是日子久了，彼此间总能培养出一点真情，或者很轻易地说分手，重新再找。

要不就干脆做个最实际的人，在夜晚拥抱接吻，天亮就成陌路。

我当然可以，我只是怕，所有的，抵不过这一个，因为不是他，醒来后只剩下加倍的空虚寂寞。

所以很多时候，不是愿意等下去，而是不得不等下去——知道能让自己这样喜欢着的人，这辈子都不会轻易遇到。

你看街上来来往往的人群，每个都行色匆匆，遇见了，淡漠地看上一眼，谁也看不穿别人身后的故事，谁也不知道别人的心里，是不是住着这么一个人。

南康，南康，本不该生于如今的世上。

终于，他没等到 35 岁。算来还有七八年吧，七八年的痛累加起来，会很多。

也许，永远不到 35 岁，就是永远的等待。

世界很大很大，可就是容不下两个相爱的普通的男人。

又或许这与性别无关。看看刘若英和陈升就清楚了。

爱和责任，都是挺好的词汇，可有时就是无法融合。

生于这世上，没有一样感情不是千疮百孔的。我不记得谁说的了。问人，也说不记得。可是这话却很熟，可见许多人发出过这样的感慨。

有些人好傻。

可不能不让人感动，长久地感动。

有些东西，一旦打碎就不在

悄悄快乐 2008－04－20　17：08

Do not cry over spilled milk. ①

今生学的第一句英文谚语。

那为了打碎的牛奶杯哭泣，可不可以？

我的漂亮的牛奶杯子，轻轻地倒在水房的水池里，居然就这样全身都是银亮的一丝一丝的裂纹。因为无声无息，几乎给我强烈的不真实感。

晚上喝一杯热牛奶，胃里心里眼睛里，都会有熨帖温馨的感觉，所以那天我决定专门准备一只牛奶杯。它摆在超市货架上的样子又清纯又可爱，上大下小，柔和的弧度，洁白的雏菊图案，天生就是用来喝牛奶的。

天天要用的玻璃器皿，在我这儿快两年，几乎是一个奇迹。

奇迹，向来不会永远存在，所以要趁奇迹还在的时候好好珍惜。

那天心血来潮向一杯牛奶里扔了几只鲜红的草莓，又把它拍了下来。是预兆吧，那杯子就这样留下了一点点不成型的痕迹。

别以为杯子没有生命，也别以为只有人的生命值得珍惜。

我飞快地把满身裂纹的杯子扔到远远的垃圾桶里。看清自己，不愿面对，只懂缅怀，对于非同类矫情虚伪，像所有其他人。

整个事情是一句谶语，我想。

---

① 不要为打翻的牛奶哭泣。

美国不是 New York（编者注：纽约）

悄悄快乐 2008－05－05　06：05

第一次来美国，很喜欢。是为总起～～

St. Louis（编者注：圣路易斯）是个不大的城市（对有车的人来说），也是个古老的城市（对于美国来说）。城堡一样的建筑、碧绿的草坪和大树，不知怎么都透出悠闲的气息。行人很少，车也不多，相当于地铁的小火车更是几乎空空荡荡。两美元随便坐到哪里，于是我们就去看了那个著名的巨大的 Arch（编者注：拱门），雪白地横过碧蓝的天空，让人有说不出的感动；还有静静流淌的密西西比河，河畔十几架白色的马车走来走去。后来我们还故意坐反一站过了大桥，就到了 Illinois（编者注：伊利诺斯州），回过头再拍 Missouri（编者注：密苏里州），灯光和河水相映得很是晶莹。

很喜欢这里的人，人人都是自来熟。一起开会的美国同学不用说了，事事都帮我们想得很周到，就连电梯里马路上的人，也是招呼不断，一句简单的“hope you a good day”[1] 就让人心情很好。

昨天去 Mark Twain（编者注：马克·吐温）的故居和纪念馆，一路上和 Kay 聊了很多。发现世界真和谐：我们看起来有那么多的不同，眼睛、头发、语言，但又可以分享那么多共同的经历和话题。“universal（编者注：通用的，全世界的）”是我们用得最多的一个词。

很多有着美国梦的朋友出来看看就决定留在国内，而本来对美国不甚有感觉的我却有点一见钟情。绿草，牛群，因为小而显得精致的小房子，这才是美国的心。曾以为美国就是自由女神或者世贸大厦，其实是多么可笑的一个错觉。

现　在

悄悄快乐 2008－05－07　03：47

现在我们在讨论 nuclear weapon（编者注：核武器）的问题。

现在一个 California（编者注：加利福尼亚州）的帅哥在热烈谈论着国际组织。

现在我心不在焉地惦记着几天前的公共汽车、此时正在继续航程的一架飞

[1] 希望你今天愉快。

机以及今晚的购物。

现在窗外阳光灿烂一片鲜绿。

现在亲爱的你们绝大部分都在梦乡，也许咂咂嘴翻个身说句梦话。

这就是为什么世界如此有趣，我如此热爱旅行。

好吧，也许我也在说梦话，中国人，过中国时间。

后青春期

大学毕业，大概就是我后青春期的开始。有点希望稳定，又害怕没有改变；觉得不能总是冲动，又不愿失去激情。一些梦想被岁月滤去，沉淀下来的是心底最诚挚的愿望，需要更多的呵护与坚持。有时候会遗憾少了许多把酒言欢，许多心事从此只愿说给自己听。

我们这一代人的青春似乎特别地短，可我是“不想认命”那群人中的一员。于是养成了想到就做，边做边想的习惯。总记得一位学长说过的话：累吗？那至少说明你在上坡。

“后青春期”，诸多纠结，但也意味着许多可能。如果它是“青春”的尾巴，我希望这是一条很长很长的——尾巴。

毕业情绪

悄悄快乐 2008－05－11　23：16

毕业情绪于5月到来，不早不迟。

从机场到毕业游的大巴，只间隔了12个小时，我想我真是有点狂热，好在有一群人都这么狂热。

海滩，篝火，歌声，泉水。

拍照片，兔子舞，聊八卦。

油嘴滑舌的导游，一生难忘的旅行。

昨晚，面对着黑沉沉的大海，情绪突然从顶峰滑落，4年，流光溢彩，而又永不回来；身边的这些人，从此成为那些花儿。

毕业情绪，和毕业走向是无关的吧。

从明天起，好好写论文，给自己留下足够的宣泄时间。

三分钟。灰色的太阳

悄悄快乐 2008－05－19　17：03

从光华楼出来去十号楼，经过“绝情谷”的时候，鸣笛响起来了。

有那么一刹那有点茫然，因为我一直以为还不到两点，突然看到面前三位老师模样的人垂手肃立，才突然反应过来。将手里的伞垂下，停步，低头。

时间就那么停了。耳边的声音如泣如诉，就像亿万人的悲伤合为了一体。头顶的阳光似乎也黯然了，眼泪流出来，生生地砸到了地上。为你们默哀，遇难的同胞们，如果你们在地震当天就已经离世，今天，正好是头七。

这些天来，感慨很多很多，但又郁积着开不了口。从来没有经历过这样的震撼，每一幅照片，每一则报道都让心脏紧缩；从来没有像这样热爱生命：它是那么脆弱、坚强、美好。

实习时的带教老师，也就是吴飞师兄还在震区，虽然已经被证明安全。但是每一条短信都是发送失败，每一个电话都是不在服务区。

希望每一个遇难的人安息，希望每一个幸存的人振作。

伤口是永远不会平复的，我知道，我们都知道。只是准备好，当需要我们做点什么的时候，只要我们能做点什么的时候。

灾难刚刚过去七天，救援是一秒也不能耽搁的，但是反省和重建之前，让我们先尽情悲伤。

国难日。牢记吧，希望再也不会有这样的日子。

其实我不好，其实我还好

悄悄快乐 2008－05－29　02：08

日子似乎好过了点。

心也似乎定了点。

毕业论文总归写完了初稿吧。

一切一切，总归还算有条不紊吧。

其实很容易找到快乐啊，从一杯茶里，从杨梅樱桃枇杷里，从商场的随机试衣游戏里。

唉，什么时候，快乐需要“找”了呢?

快乐，回归吧!

其实我还好啦，也没遭遇什么不幸。

一个人深夜在孤独的寝室里说的话，不该太当真，是不是?

不过呢，亲爱的小手枪，我还是要纠正你的说法：

不好的结果，不会因为，还行的过程，而更有意义。

别跟我说日志看不懂，我自己也不是很懂。我要懂我就不这么又纠结又欠打地写了。

纠结的文字配纠结的生活，正正好好。

找寻点意义，不容易啊不容易。

真的真的，其实还好，仅仅是纠结。

我要回家，要回家，要回家!

我买了11天后的票我要回家! 我知道什么都解决不了，不过也许什么也不需要解决了。

眼前的毕业月

悄悄快乐 2008－06－11　19：19

回家去过了个端午，回来的火车上惊觉我的大学还剩最后的20天。其时火车停在苏州，天色昏黄，窗外雾蒙蒙的，橘色的路灯显出模糊的光晕，让人的眼睛里也轻易地就有了水汽。

倒计时，无论怎样不情愿，也还是要开始了。

栀子花已经开了，香气清爽又浓郁，花瓣雪白厚重，光泽丝丝闪亮。不管怎样，明年我还可以看见它们闻到它们，似乎还是一点安慰，只是物是人非的想象更容易让人得忧郁症。

小学的时候，我觉得大学校园里的人们是叔叔阿姨。

初中的时候，我以为16岁以后的生命都是无法想象的。

高中的时候，我的生活以大学为目的，其实我从未有具体的预期。

跌跌撞撞地走过了4年，多少弯路多少挫折，而我并不后悔。

我不后悔的原因并不是我的大学生活总的说来充满了快乐和新鲜，而是我做了我该做的，得到了该得到的。比如，铭刻于心的那些朋友和回忆；比如，那一点点努力后的成绩和荣誉，尽管微不足道。

小姨家的小弟弟今年参加高考。8号下午打电话给他，小姨说去同学家通宵玩电脑游戏了。9号上午终于逮住了这小子。问：解放后最大的感觉是什么？答曰：空虚。

失笑。不知为什么觉得他那么年轻那么小。90后都要上大学了，也的确是我们该走的时候了。亲爱的弟弟，我会写一些东西给你，让你的4年更精彩更有趣。不是亲身的经历总没有亲身的感觉，可是总忍不住要说些什么。

跑题了。我的大学，毕竟还剩20天。毕业照，散伙饭，还有不知是否此生唯一的毕业大戏。20天后，我一定会说，怎么这么快呢。可不是，连4年都这么快，何况20个日夜。

这次回家，我还玩儿惊喜，哦耶！

昨天大戏，明天答辩

悄悄快乐 2008-06-19　00:31

无论如何，该怕的还是要怕，比如明天的论文答辩；

无论如何，该写的还是要写，比如昨天的大戏感想。

“那他可就倒霉了。”

“你能给他好日子过？”

为什么这么多人记住了这两句话？我真的不是本色演出！（捶胸顿足）

好吧，我的“小寒”生涯似乎大大降低了我嫁得出去的概率，不过，当今天几乎所有的短信都称呼我为“小寒”时，还是相当开心的；我有时觉得小寒这个女孩子还是很可怕的，但当我努力和她融为一体达一个月之久，产生感同身受的深厚感情也是必然的事情。

对小说《心经》的喜欢是我想演小寒的最主要的原因，天知道为什么当年我对这部小说产生了无比深刻的印象和无比特殊的好感，草蛇灰线，至于今日。

大戏排了一个多月，这一个多月，真是难忘难舍。一群可爱的人啊！认真而油菜①的大左能够给所有人作示范，威严和宽容结合得无比完美。

18 号楼活动室和 303 寝室的灯光连续亮到那么晚，漂亮的海报和传单，逼真的壁炉和柜子真是让人叹为观止。

妖小心童鞋②的忙前忙后统筹兼顾和有时候的左右为难让人好生钦佩好生心疼。

还有许多许多，比如我们排戏中争相尝试段嫂或是让小寒与绫卿、海立和峰仪分别相爱；比如最后几天反串成风；比如道具组的同学为那个花瓶伤透脑筋、跑老远去借学生装；比如有一天推开 406 房门看见两个乖乖女牺牲自我苦练吸烟；比如自称包工头的某同学及其手下一干精兵强将的辛辛苦苦；比如化妆师和摄影师的兢兢业业；比如音响师的小心翼翼（最后还贡献出最喜欢的一本书让我“掉到地上”）；比如一直“萦绕”在我们身边竭尽所能的 sisi。还记得快 30 个小时以前，大幕即将拉开的那一刹那，我们互相说着：“我们一定行的。”

是的，我们一定行的，我们出现了四五次 bug（编者注：缺陷）但我们都弥补得近乎完美；我们的花瓶很不给面子但最终没产生负面效果；相辉堂的位子居然不够坐了并且一直满到最后。

我们一次都没有彩排过，可是关键时刻我们做了最好的一次，这是恋斯依依③的传统特色。

离毕业又近了一步了，恋斯依依越来越让人依恋。

最后我得道歉：我还是忘了不该驼背。可恶的坏习惯，真是影响视觉效果。

最最后补充一个小 joke（编者注：笑话），今天陪来看戏的爸爸妈妈逛街，因为老爸的某笑话亲了他一下，他恍然大悟道：哦，戏剧果然源于生活啊。我

---

① 网络语言，即有才的意思。
② 网络语言，即同学的意思。
③ 即 0411 的谐音，作者为 04 级中文系学生，11 是复旦大学中文系的代号。

又囧又雷地看向妈咪，她的脸上是一模一样，可以称之为“夫妻相”的恍然大悟的表情。

混乱的季节

悄悄快乐 2008－06－22　01：45

春末夏初，黄梅时节。雨随机率性而下，冲不走空气里浮着的闷热。

栀子花就快落尽，香气一天一天地淡下去。毕业近在咫尺，日子一天一天地少下去。

有的人忧郁，有的人狂躁，有的人酩酊大醉，有的人半夜嚎歌。

我故作镇静地冷眼旁观，心里的不安一点点逼上来，不知该向谁求救。

黛玉说得是，花既是要谢的，不如不开的好；人既是要散的，不如不聚的好。

这不大像我一贯的心境，我相信十天半月后我会渐渐正常。说到底，没有什么心绪是时间冲淡不了的。

只是在想到有的人今生再也见不着时，情绪很低落，甚至非常非常想哭。

恰巧这些天宿舍只有我一个人，好不容易有时间早早睡觉了，却空前地恐惧睡眠，害怕明天又是新的一天。

毕业，回家

悄悄快乐 2008－07－04　19：08

7月4日，我的毕业季，缓慢而忧伤地走到了尽头。

晚上就回家了，去做差不多两个月的校友，再回来努力做乖乖的好学生，行李散寄于南北区各处，等它们有恋旧情结的主人8月末回来把庞大的它们领回。

从散伙饭到现在，不过十天呢，却长得让人心悸。

其实早在6月一开始，毕业季就已经默默走来。6月初的时候我最后修改了一下毕业论文，交给了老师，后来要了回来，加了个目录，又交上去。自娱自乐的毕业大戏自从定下来在17日上演之后，排练就进入了倒计时。我丝毫没管诸如宣传音乐道具之类的事情，我也知道那不是我的特长。除了被化上浓妆换上华服被拍进海报外，我唯一的事情就是排练、排练，在每一次排练里让灵魂穿梭成又可爱又可恨又可怜的许小寒。我知道这是不多的甚至或许是唯一的机会：深入地体验别人的生命，别样地重温自己喜欢的小说，以及和一群我欣赏和佩服的人去完成一件不完美却足够特别的作品。

闷头排戏的时候，我常常忘了大戏前有两个字叫做“毕业”。

17 日晚上大戏落幕。走廊上都站了人的相辉堂让我讶异并且自豪，我原本以为只有新东方的讲座会有这种效果。而台下有我的爸爸妈妈，有我的朋友们，甚至有我忙得要命却专程赶来的忘年交。我看不清他们，却又幸福又兴奋。没承想没等走下舞台，兴奋的心情随着大左的一声“我们毕业了”突地一沉：我们，毕业了？

我似乎还在默认 2002 级的学长学姐是大三，我闭上眼睛还能清晰地回忆起本部宿舍雨天幽暗潮湿、布满花伞的走廊，我还把南区 18 号楼 305 看成我的新宿舍……毕业了？真的？

2005 年 6 月的一个夜晚，我们六个人趴在本部 2 号楼 315 的窗台上看一群穿着一模一样 T 恤的人手挽着手大声唱歌。我们大一，我们连军训都没有经历过，我们上课几乎从不迟到，我们嘻嘻哈哈地憧憬粉色的邂逅……那时我们多小啊，可是我们的眼前突兀地出现了一群毕业生，他们中的一些人显然醉了，没醉的也有点疯疯癫癫，他们唱，他们喊，他们的眼中一片晶莹。“一路顺风啊！”我们这么朝他们叫。他们停了一小下，抬头说“谢谢”，然后又边唱边走了。

就是这么一件事情，从大一我就直观地知道了：要醉，要唱，要对小朋友们说点什么。也许还要哭，如果想哭的话。

暂时我还不想哭，我是说大戏刚落幕的时候。我一直有点恍惚，分不清自己是谁，也不大清楚什么事情即将发生。另外，毕业论文要答辩了。答辩出乎意料地顺利和轻松，许是本科生的学术水平不足以让老师有兴致为难，总之就那么平平淡淡地结束了。

天开始有点热起来，毕业味道随着校园里走来走去的穿着学士服拍照的人一点点变浓。

6 月 22 日是个大雨天，我想我们班许多人都记得。“毕业杯”我们赢了那么多场比赛，大家记得最清楚的却是这场输了的决赛。辅导员耀耀站在场边带着我们击掌，喊着每一个队员的名字。跌宕起伏的比赛最后输了，啦啦队丝毫没有在乎，一个历史最高成绩，一群好样的队员，我们还要什么呢？但是当身着蓝色球衣的他们拉起手，大喊着“谢谢!”面向我们奔跑，最后扑倒在湿湿的草地上时，多少人突然就红了眼圈甚至失声痛哭。

雨点，似乎突然密集了起来。

那天几十个人在阿康，哭了一堆，醉了无数。

我没有。只有在耀耀跳“肚皮舞”的时候，突然难过起来，为了这一大群性情中人。不过我还是没有哭也没有醉，我安慰哭了的人，送醉了的人回寝室。

24日，散伙饭。白天我们领了学士服，拍了毕业照，然后在校园各处摆pose（编者注：姿势）。晚上我们去了大佬馆。好久没看到这个班的人这么齐整地聚在一起了，学文科的人时间长了总是飘来荡去像云似的。那天耀耀认认真真写了稿子，认认真真地主持聚餐，并且认认真真地煽了情。忍啊，忍啊，终于在随着全班同学大喊三声“谢谢老师”的时候，我的泪水再也忍不住了，忍不住了就一直忍不住了，那晚后来的时间完全浸泡在泪水里。我的伤心事大概不算多，记住的就更少。但是这些小小的辛酸、委屈和大大的不舍、追忆，让我的眼睛在半小时之内就成了桃子。不知谁第一个跑来敬酒，而散伙饭的敬酒我绝不会拒绝。饶是我不爱喝酒但算得能喝，还是很快就飘了起来。这就是传说中的“微醺”吗？也许比“微”更“醺”一点。忍不住找每一个人去关心去叮嘱，很晕，感觉到自己脚步踉跄，想笑可是泪水还是在源源不断，然而记忆却格外清晰。

真的，我记得你们对我说的每一个字，也记得你们给我的每一个拥抱。我庆幸我成为你们大学美好记忆的一部分，我会努力，我会小心。

25日的早上，天一下子阴了，温度突然低了下来。苍天有知，我一直相信的。

我依然在恍惚，有时走到一个地方会站住，发一会儿楞，心里空空的。

忙碌让人清醒，也顾不上伤感，比如整理东西。书，衣服，旅行的车票门票……原来在一个地方住三四年会有这么多东西，仅仅毛绒玩具就装了整整一个编织袋。至于书，十个不算很小的纸箱还是没有装下所有的书，最后还得把它们在南娱捆起来算作“一件”行李。我为我的恍惚付出了代价：25日晚上，我发现行李寄存的截止日期是第二天下午，而当时我已经即将出发去和前辩论队的人们吃饭K歌了，但是不能不去。我从来不觉得自己是个好辩手，但我那么珍惜大二的辩论队生活。不是所有的精英都加入了，但他们（她们）的确都是精英，和这群精英们一起度过的日子可爱又有趣，我永远记得黄浦江上的灯火以及《我的马克思主义观》。吃饭时教练说“整整一茬人了”！他毕业的时候，我们正是高三的暑假。刚K歌的时候有点冷场，一首当年烂俗的《当》突然引起了高潮，接着就是琼瑶歌曲大联唱。两点半的时候一群人去开房看球，偏是那晚，信号数次中断，“我们错过了太多……”泡面倒是吃得很开心。

不论如何，26日的凌晨会载入我个人的史册。两千只鸭子的历史性聊天，亲爱的人们，我太喜欢你们了，遇见你们多好啊。

紧接着来的上午和下午我收拾得濒临崩溃，捎带着时不时一通电话催我去参加望道学者的结业典礼。上帝你把我劈开吧，万一失败我死了算了！最终龌龊的东西们被送到了南娱，而我终于赶上了和一群大部分不是很认识的人举着证书拍集体照。五点钟开始换上学士服和小伊在学校里边逛边拍，拍那些人人都去拍的东西。今年的学士服是新的，很好看。天黑的时候，我们正好拍完了乱乱的2号楼。

26日晚上妈妈来了，代表太忙的老爸。那晚离开宿舍住到宾馆，以为会有点不习惯，谁知很快就睡着了。早上起得很早，去参加了那个盛大的毕业典礼。因为盛大而有一点点遥远，但还是有些东西直抵人心。就这样成了校友。那天的雨好大啊。不过我还是去看了那棵树，穿着飘飘荡荡的学士服。2005年的春天，那个植树节好像也在下雨，或许没有。我忽略了一切细节，包括故意忘掉那棵树是很多人一起种的。我只知道那是“我的”树，是我偶然不想见人的时候会坐在它身边，或者抱抱它的好朋友。

27日晚上又一群人，冲到耀耀家做饭吃饭。拼成的长长的桌子还有数量巨大的菜。很抱歉我把自己的拿手菜做砸了，我知道因为酱油过多有点咸。希望下次还有机会，这些人，能尝到它应该的味道。

那晚我们又去K歌了，许多人。不过我没有坚持到最后。我回了寝室，明天继续收拾东西，今晚是最后一晚睡在我的床上。

无可救药了，我依然一宿无梦。

接下来的几天，收拾，收拾，永远的主旋律。收拾的时候，我有时候还是会愣神儿。不是因为恍惚，而是因为回忆。这么多的回忆，附着在似曾相识的小东西身上，就像魔法。比如那些写在面巾纸上的词句，记载着几个人渐渐成为知己的过程；比如那个草编的巫婆，她目睹了那次莫名的唯一无人知晓的南京之行；还比如……那根细细的红绳，我突然又想起了那段没有来得及成形就已经消散的疑似“爱情”。收起面巾纸和巫婆，扔了红绳。这就是收拾的好处：帮人把该记的记得更清楚，把另一些彻底忘记。虽然，扔掉之前，我还是让它在手上多停了会儿，仔仔细细地，再看一遍。

东西化作三四个整理箱分散在各处。寝室空了。

妈妈回家了，我还是没有走。

原因是有的，听起来更像理由。我只是想，再待几天，几天而已。

几乎全空的18号楼，寂寞的瘦了的楼猫小荡，难得见到熟悉面孔的校园。

寂寞。虽然我的临时钉子寝室，还有人陪我。然而想到我只是个“校友”，一切都显得正常了许多。

昨天去火车站送小茜，早上看着开始收拾东西的她，突然冒出一句“我怎么觉得你今天走不了……”无数偶然因素同时发生，她真的错过了火车。她错过火车的时候差不多下午三点，我正在南广场无缘故溜达，阳光有点刺眼。然后收到了一条短信，意外又普通的一条，却突然让我海阔天空了许多。一秒钟后小茜带着哭腔的电话打来了，我就这样忍不住不厚道地狂笑。然后我们真的又拖着箱子回来了。好吧，我是巫婆。

这篇又流水又凌乱的账从凌晨断断续续地写到现在。中间我去楼下喝阿姨做的鸡汤，我企图去美术馆看展览，我被同学抓住跑外事处代办成绩单，我送了今天真的走了的小茜。那些花儿，从此散落在天涯。接下来我要去小花姐姐那里取昨天在她那儿洗澡落下的毕业戒指，要把我的自行车送到安全且不会淋雨的地方，要ID留念，要收拾东西，要回家。

我的漫长而忧伤的毕业季应该会有一个平淡的收梢。有只漂亮的小猪说待会儿要来看我。

一天一天。一天一天。这么长的十天。

我曾经害怕闻见栀子花香，有一天她们盛开，有一天她们消失。

有一天，我看到毕业生名单正在被悬挂起来。

有一天，我拿到了传说中的“文凭”。

有一天，我交掉了钥匙。

有一天，我的一卡通不能再进门，我没有拿它去试文图。

有一天，我在我空空的宿舍里转悠了很久，举起相机又放下，最后摸了摸门上的猪和小黄花。

有一天，我拖着行李离开这儿，和每一次都不太一样。

……

有一天，我会回来，那又是一段新的生活。

突然，第一次，对研究生生活有了一点新鲜的期待。

物不会全是，人亦没有全非。何必纠结，记住就好。

终于还是走到这一天，

要奔向各自的世界，

没人能取代记忆中的你，

和那段青春岁月。

这一刻，我确信，我毕业了。

那些随机而逝的

悄悄快乐 2008－07－08　21：59

所随之“机”，是我那用了两年半的蓝色三星 X648……

我在火车上睡得天昏地暗，它没有丢，却在出站时不知所踪。

纯粹是为了让我更心疼。

或许，殉了我的大学生涯，画上一个出乎意料的句点？

电话簿没了。有些号码也就永远消失了。比如，那年在高原上萍水相逢的藏族朋友：东嘎、央措、卓玛。

短信没了。留了许久舍不得删的那些也无法更幸运。比如，爸爸妈妈在我生日那天比赛着发的风格迥异的祝福。

本来我有准备一份纸质电话簿的习惯，不知从什么时候懒惰了起来。

本来我会抄下每一条短信，渐渐地只抄“值得”抄的，渐渐地，不抄了。

时间倒退，我也不会坚持抄的吧，时间，懒惰，都是原因。不过回忆大一时，在台灯下在漂亮小本子上奋笔疾书的情景，又傻，又美好。

有些事情，的确只适合回忆；有些事情，仅仅属于过去。

没有什么是想不通的。但明白不等于做得到。

何况如此突然的消逝，还是让人忍不住怅然。

棉花糖乖乖

悄悄快乐 2008－07－15　23：15

“棉花糖”是一只小小的白白的狗。棉花糖只有一个月。棉花糖是我从邻居阿姨家借来玩儿一天的。棉花糖很喜欢和我亲近。棉花糖看我的眼神又信任又温柔。棉花糖跑步的时候有时还会不小心滑倒。棉花糖睡觉的时候老是直奔我的拖鞋。

混血小土狗棉花糖同学彻底征服了我。其实我本来是有一点点怕狗的。

棉花糖是我给棉花糖起的临时名字棉花糖乖乖的简称（断句难点儿，见谅）。和我们家小龟菠萝乖乖听起来多么像姐儿俩啊～～～～

棉花糖已经回家了，我很想念它。

据说棉花糖现在不吃饭，因为昨天排骨吃多了……

（想看它倩影的移步相册，谢谢。）

我别无选择

悄悄快乐 2008－07－29　15：44

小学一年级的某一天，前桌的小美女没等到父母来接，她忧心忡忡地跟我说："怎么办呢？我不敢过马路。"我想都没想就说："我送你吧。"

于是我送她回家，在她家门口遇见了她一路小跑的爸爸，然后拒绝了叔叔送我，然后自己过马路，然后回自己家。我记得很清楚，回到家的时候天快黑了，妈妈在做饭，爸爸在修纱门，他们一点都没着急，只是有点奇怪地问："怎么回来晚了呀？"我就说了。这下他们都有点惊慌了，他们的表情又惊讶又好笑。他们几乎异口同声："可是宝贝，你也是个只有6岁的小女孩啊……"

其实我记得，那天在过马路的时候，对呼啸来去的巨大汽车同样充满了深深的恐惧，我至今记得这件事情很大程度上依赖于这种恐惧，程度也许根本不亚于那个小美女。可是鬼使神差，居然做出了那样的"壮举"。后来相当长的一段时间，这种"鬼使神差"还在延续，比如害怕死了依然故作镇静等周围没人了再哭，累死了也不让男生帮着提东西，伤心死了依然尽量对着别人笑。一些年后的今天，我深深知道，不肯示弱对于女生来说是个多么可怕的坏习惯，尤其当你实际上并不强的时候。做成一件事情，成就感是当然的，但轻轻地问自己一句"so what?"① 之后美好的感觉常常荡然无存，什么是优秀呢？别人说佩服你，欣赏你，然后他们对你非常放心。没人想得到，叮嘱的声音有时有多么好听，哪怕多余，哪怕回答是"知道了知道了，求你别说了"。

我遇见过许许多多的"同道中人"。长大的路上，所有的人都在说：要努

---

① 即那又如何？

力让自己更强，心无旁骛地努力后，我们发现这些话错了。“强”是有个天花板的，有些事情，没有什么比没有实质空有姿态更可怕了。我们学着表达内心的柔软和难过，有时居然会力不从心。

多可悲！

这些年的假期总在外面游荡，大好河山跑了许多，其实出发的时候除了开心向往，并非没有担忧和恐惧。可是出发前，人们会说“你没问题”，回来后则是“真羡慕你啊”！例外的，不停嘱咐的，只有爸爸妈妈。

逞强还是顺其自然，选择哪个似乎不言而喻。在先入为主了之后，做到，其实太不容易。

I am leaving～（编者注：我出发啦～）

悄悄快乐 2008－08－01　18：09

终究还是想去玩儿。

于是我羞愧地结束了读书、日语以及健身的有规律暑假生活，奔广袤的西部大地而去。

这就是说，我又去旅行啦～

别来无恙

悄悄快乐 2008－08－28　11：03

如果我现在已经离开了复旦，我一定希望她一点变化都不要有，以最有利于回忆的模样等着我回来缅怀。

可我现在还在这儿。于是我毫无希望地寻寻觅觅，希望新鲜感们从一切可能的角落冲出来，最好像子弹一样击中我。

幻想罢了。倒是有一些变化，可实在没有什么冲击力，平常或者莫名其妙。

比如，相辉堂前在修路，骑车上去相当颠；比如五教被罩上了巨大的绿网子和脚手架；比如腐败街上开了些新店；比如文图的厕所被重修了，男女厕位置互换，所以说，除了因为长达四年的“眼熟”衬托出来的一点点的不习惯和偶尔走错卫生间的趋势……所以说，没有怅惘是不可能的，既然我酷爱新鲜感。

一直不知自己的选择是否正确，虽然选择已是既成事实，并且将持续相当长的时间。

刚认识的大一小妹妹拼命发短信给我，字里行间全是兴奋，读起来就像在读曾经的自己。

亲切感是一种吃力不讨好的东西，我大概还是过于浅薄。

近来应该不会有什么兴奋的事情，但是调整出小小的欣然还是有希望的吧。

回见。^_^

什么样子的寂寞算是恰好

悄悄快乐 2008－08－31　17：37

幸福的人都是相似的，不幸的人各有各的不幸。

这句太悲观了。

那么换成：幸福的时候都是相似的，不幸的时候各有各的不幸。

于是又不符合常理了。

要不就是：幸福的感觉都是相似的，不幸的感觉各有各的不幸。

还是不符合常理。

其实是：幸福和不幸都有很多种原因，想笑或想哭的感觉却有几分相似。

毕业两个月了。明天开学了。希望在怯怯地游移地滋生。

时间有时太多，有时又太少。

许多事情我不明白。如果以后也不，那么我就去坚信明不明白不重要。

My bad day（编者注：我糟糕的一天）

悄悄快乐 2007－09－05　00：29

早上6点多起床，7点出门（容易么？刚开学啊……），去遥远的静安区采访一个火中救人的老太太。

966路公交前所未有的堵（当然以前没坐过），可怜的我偏偏站在司机旁边，眼睁睁地看着一个个纠结成一团的路口，干着急没办法。

8：40到了火车站，转车。车站难找得要死，还被某貌似忠厚的老大爷骗走了带路钱两元（也只有我这种路痴才在离车站20米时依然视而不见并最终崩溃）。

事实上，集体采访9点开始，我上了113路公交车后跟人打电话狂道歉，结果得知所有人都迟到了（哈哈，普降大雨）。

采访。老太太住的地方很窄很窄，进门要低头，雨水会倒灌，连厨房厕所在内一共 18 平方米。挤挤挨挨几十户人家，住宿条件差不多都是这样的。老太太笑得依然很自然，只是说“这么多人进不下”，我感到了很严肃的悲哀。

回校路上有人发短信请我吃饭。好吧，单挑我中午赶不回去的日子。没福没福。

穿了一双走起路来很难受的鞋子，疼得我呀，很神圣地想着“刀尖上舞蹈”什么的。

晚上在机房，看了巨难看电影一部，出来发现我的小蓝伞没了，郁闷。（晚上忘了向老爸和妈咪诉苦了。）

回学校老师打电话问我明天有没有空去交大采访，我瞄了一眼课表，用欢欣鼓舞的语气说：“老师，明天我有课！”

意识到这样不大好，已经来不及了。

白色小礼服，还有在苏州的半日

悄悄快乐 2008－09－08　18：14

昨天去苏州的婚纱街买伴娘服。菲菲姐正式出嫁的日子原来已经近在眼前。出发的时候，小小的不情不愿一直在萦绕。最近有点懒有点忙还有点迷茫，总之就是不想出门。不过该出门不出，最后的结果不堪设想。楚楚是个好孩子，谢谢你陪我啊！

去过两次苏州的，8 岁的时候和 16 岁的时候，哈！没想到写出来发现近乎等差数列呢，很喜欢那个灵秀的地方，江南的气息即使在闹市区也说不清道不明地丝丝缕缕渗出。只可惜园林们的门票年年攀高，再加上离上海太近，总是去不了。近年来渐渐听说一个叫“婚纱街”的地方，貌似吸引了方圆数十公里的新人们纷纷前去“采纱”，这种短时间内与我无关的事情自然没什么好关心的，不过既然有机会，见识见识也不错。

到苏州的时候是下午 1 点，火车站的长廊和软糯的苏白再次诠释了一下“江南”。打车直奔“虎丘街”——“婚纱街”，名字好听的婚纱店密布马路两旁。“天衣无缝”“红鼓”“南洋新娘”等等等等，听着就觉得很幸福。试衣的过程是繁琐的。女人心里都有一件婚纱？女人心里都有许多礼服！可爱型、优雅型、希腊式、英国宫廷式、粉红香槟淡蓝我试了一个遍，那些缎子和纱还真是让人的小心脏可以激动得跳出扑通扑通的声音呢。最后选中了一件米白的，露肩，齐膝，大摆，腰间的蝴蝶结和闪亮的带子，喜欢啊喜欢，越看越喜欢，回到宿舍果然在女人们中间引起了轰动和试穿，当然这是后话了。

此时不过下午 4 点不到，而火车票是下午 6：45 的。我们打了车，跟司机说要去一个“美丽的、有特色的、有好吃的东西”的地方，于是我们幸运地邂逅了“山塘”。小桥流水，灯笼回廊，不过是寻常的水乡。可是这里有多少奇异的东西啊：山塘狸猫是一种古老简单的玩具，泥做的猫头和一根长长的线在手中能发出许多种奇妙的声音；奇奇怪怪的九连环闪着狡黠的光，制作它们的老人得意洋洋地看着围观的人群；许多辆大大小小精致入微的自行车模型，正出自那位秀气的女子之手；还有“罗汉神豆”，可以努力用数月时间把这种大大硬硬的豆子磨成“漆器”，进而磨成“宝石”。而点心自然甜糯为主，吃起来简直有点不忍心。薄阴的天气，清爽的小风，舒服得都困了。

下午 6 点钟的时候，我吃着烤鱿鱼低头去观察一只小小猫的防蚤项圈，它忽然回头，淡绿的眼睛和我对视。我吃了一惊，愉快和感动突然涌起，也不知是为了什么。

非主流中秋

悄悄快乐 2008 - 09 - 14　23：05

这是一个没有月亮的中秋夜。

月亮是个好看的小物件，浅浅的金色，挂在天上。像小钩子的时候显得有点颤颤巍巍，我见犹怜；圆圆的时候文采精华，见之忘俗。这么精致可爱，却被人类虐待了：他们发明了灯，跟她抢亮度。月亮不在乎这个，但月亮挑了个中秋躲在云后面，让大家看着浅红的天空干着急没办法。月亮看着无缘欣赏自己只好低头啃月饼的人们，抿着嘴笑。

地球有一颗卫星，我们有一颗月亮。如果没有或者有许多，所有的文学史都要改写，想想真神奇啊。

所以《围城》里我最讨厌也最惊叹曹元朗，他居然能想出月亮是“孕妇的肚子”这种比喻，难怪最后伙同老婆走私玩儿。

这些天和一群来自美国的家伙朝夕相处。吵吵嚷嚷，一刻不闲，用玩闹和玩笑填满每一分钟，让人觉得生命真花哨也真有意思。一整天，他们只安静了数秒钟。在 hotel（编者注：旅馆）门前，Micheal 仰着头很怅然地说：Oh，I can't see the moon. ①

接着他看看手里，突然开心大叫：But I have two mooncakes！②

桃源时间

悄悄快乐 2008－09－28 16：31

有些日子，不经意地走了进去，又不在意地走了出来，回头看的时候才知道那有多么开心、特别，无关风月然而云淡风轻。

以后还会这样吗？一群人，坐在上岛里用闲聊杀掉时间，在KTV里把温柔的歌唱得很吓人，在大街上用不规则的步子随便乱走……还有，用平生最大的勇气踩在环球金融中心的透明玻璃板上，俯视无边无际的璀璨。

大概不会了，至少现在很难想象。

面前的路，越来越难走。一切的根源，也许就在于没有扔掉所有的理想。扔掉了以后就可以笑了？空洞无物的笑并不是我想要的，我很清楚。

桃源时间是个神奇的休憩处，最大的优点和缺点都是：某天，会结束。

谁是谁一首唱不完的歌

悄悄快乐 2008－10－04 01：58

“看着你抱着我，目光似月色寂寞，
就让你在别人怀里快乐。”

有多少人因为爱一个人而放手。

有多少人远远地看着所爱成为别人的新娘或新郎而默默祝福。

有多少人将最想说的话藏在心底一辈子只为另一个人心安。

有这么多人在爱，有多少人全身心地投入爱？

这样的问句是苛刻的，是可笑的，大家都是凡人，谁能要求更多？

门当户对，婚姻是两个家族的事情，爱情中两个人的付出要平衡。

面不改色说出这些话的人叫做成熟叫做懂得爱情，谁能否认这些经过无数

---

① 哦，我看不到月亮。

② 但我有两块月饼。

次重复的真理？真理与情感的夹缝中，少数幸运儿如鱼得水，其他人在深夜一声声自问而没有结果，于是开始回忆。回忆凤凰花开的路口前，那条洒满单车铃声和清脆笑声的小径，然后轻叹一声，睡着，明天还要赶地铁上班。

有时生活真的会让人失望。那么让我们看电影。

纵有千年道行，小唯在爱情面前的眼神还是茫然得如一个孩子。为什么会面对这样的境况：爱上一个他，使他爱上自己，却无论如何也改不了有另一个她在先的事实。千年美狐靠吃人心保持娇美的容颜，却管不住自己的心，她残忍，逼着那个女子喝下妖毒，为的是不仅在世上除掉她，还在爱人的心里除掉她，狐精以为自己赢了，她得到了万千宠爱包括苦苦追寻的那一份。

“我爱你，但是我已经有佩蓉了。”

这句话让无数热泪明洒或者暗抛，也碎了一颗修行千年的心。

既然无法毁灭，那就成全。

妖的逻辑，简单至极。

生活中的真理，是对的而且要遵守，因为我们是凡人，改变不了的凡人。只是有时，透过《画皮》这样的电影，偷偷沉醉并且幻想，或许能体味到更加打动人心的美好。即使当电影完了以后，我们清晰地想：人，的确是不能爱上妖的。

“你是我一首唱不完的歌。”这话，在《画皮》里吟唱着。“但愿我和你，是一首唱不完的歌。”这话，王小波曾经写在给李银河的情书里。

这样清新的语句，不由得会燃起希望：也许，谁，会是，谁，唱不完的歌。

补什么缺什么

悄悄快乐 2008－10－13　01：31

暑假在西安，住在一个超豪爽超可爱的阿姨家，阿姨让我们喝可乐，我和妹妹推辞道：热量太高会长胖的……

阿姨的回答我经常想起常常温习：

怕什么！你想吃什么喝什么就说明你身体缺什么！来提醒你了！

……提醒你了！！

……你了！

……了！

人之初，性本馋。馋了又不好意思，找理由就成了本分。不过这么理直气壮逻辑严密的我从没见过。缺什么不仅仅是补什么充分条件，而且是必要条件！

近来很迷恋彩虹糖。缤纷得简直不像食物。每种颜色都很甜，又是有微妙差别的甜。

这就是说，我的生活缺乏色彩和甜味。

一个伤感的推理结果。

世界上有没有完美的杯子

悄悄快乐 2008－10－21　22：23

我很想要一个，对我来说，完美的杯子。

人生不如意事十之八九，这个道理我是懂的，并且深深接受，以我 20 多年的人生和其中无数的倒霉事的名义，“常想一二”的自我宽慰，通常是奏效的。当个乐观者不容易，努力一下还是可以做到的。

只是在杯子的问题上，我想我有点神经质。

挑茶叶是件乐事：望闻问捻都可以让人不亦乐乎。

找可以泡到水里喝的植物的花叶皮核是件乐事。调配它们的时候要在颜色味道形状各个方面寻找最佳或者最有创意契合点。

看着茶叶或者花瓣在水中浮沉是件乐事：就像舞蹈，就像飞翔！

我还不算太矫情，因为我依然认为最大的乐事是喝茶。美妙的清香余味大于前面任何一项。

总结一下就是，喝茶是我最大的乐趣之一。（没办法，世界很大很精彩。）所以，我怎么能忍受没有一个完美的杯子？

它应该是透明的。

它应该大小适中。

它应该轻重得当。

它应该有点优雅有点稚拙。

它的颜色应该百搭。

它应该可以暖手但不会太烫。

迄今为止，还没找到。

继续寻找，我坚信它的存在，虽然不坚信我一定会找到。除了寻找还有什么更好的办法吗？

其实我的杯子们都还不错，具有或一或多的优点。只是它们对我来说都不完美。它们总是在证明世界上有很多不完美的杯子。

这几天没太阳

悄悄快乐 2008－11－01　13：34

我喜欢无遮无拦的阳光，干净清爽，有着正直的意味，几天没见了，很有些想念，想想将来会不会仅仅为了阳光移民地中海，没银子的时候，想想也挺好。3天前从光华楼出来时，雨很大，拿起电话翻了翻通讯录，有的人没到可以随便揪出来送伞的份上，有的人之前不久刚被揪过（我真是不长记性），更多的人根本就居住在可送伞范围之外，一咬牙一跺脚，脱了风衣包住电脑包，找到自行车，我就那么冲了回去，楼道拐弯处的镜子映出头发贴在额头上兀自滴水的我，抱着电脑包一付舍命不舍财的剖腹藏珠的模样，不知怎么居然笑了一笑，小感冒今天正式结束，所以发日志庆祝下，周末来了，城管放假了，文图前的小摊们又该热闹了，千万别忘了买把折叠伞！图“感觉”总是买长柄的伞，偏偏车技差到没法带着长柄伞骑，叹息下，这或许是另一种形式的“心比天高，命比纸薄”。

翅膀的痕迹

悄悄快乐 2008－11－16　22：38

当知道了那个惨痛的故事再看到那四个女孩子鲜嫩的笑容和可爱的文字之后，我觉得很冷。伤感无论如何也挥之不去。就像几个月前刚刚地震时那样，总是在网上流连着，自虐地看着那些悲伤的报道。

不过既然生命的脆弱是个公理，自虐比回避还是要好一些。

活着就已经是幸福。明白的。可是怎么总是忘呢？

天空留不下翅膀的痕迹，但是我已经来过。

博客，电子相册……泰戈尔想不到若干年后网络可以帮助早夭的小鸟们留下许多翅膀的痕迹，那些痕迹因其美丽让活着的人心痛难忍。

前不久，也是校内（网）。也是活泼漂亮的小姑娘，也是早夭，不过是因为一种发展迅速的病。相册里，她在发病前一天和同学郊游的照片上还是神采飞扬。

多少可怕可能在生命前行的道路上蛰伏着啊……而那些照片与文字，并没有因为主人的突然逝去而褪色，它们的鲜亮就像是一个辛酸的故事。你知道那结局，所以过程越精彩越让人感到恐惧。

望着那些翅膀的痕迹，总是不禁在想自己应当怎么飞翔。不急功近利，因为美好的生命需要欣赏；不浪费光阴，因为宝贵的生命需要珍惜。

懂得后退，懂得感恩，懂得努力，也懂得满足。

多少人努力活下去而不得，我们其实也是为他们活着的。

绒　绒

悄悄快乐 2008－11－23　21：42

遇见果子的时候，绒绒待在一家很美的小店里，小店的名字叫“一水间”，绒绒很喜欢。可绒绒不喜欢许许多多不同的人，大部分又疲惫又着急，拖着大箱子扛着大包，不由分说地匆匆赶路，对于很美的小店和可爱的绒绒，总是视而不见。

果子也曾经是这一大堆人中的一个，而且不止一次了。可是这一次，果子其实应该不需要到这里来的，可是她来了，并且终于有时间有兴致，并且还记得（这件事情是最难得的）在“一水间”驻足。果子驻足了。果子四处打量。果子很喜欢小店里星星点点的绿色。果子多留了一会儿不很想走了。

果子的眼光绕过富贵竹，绕过虎皮兰，绕过万年青……啊呀呀呀呀，绒绒在那儿！嫩生生的，胖嘟嘟的，叶子很小，茎很细，啊呀呀呀呀，怎么会这么可爱啊！

果子心里立刻就叫它“绒绒”了，绒绒的小叶子们身上有细细的小毛，让绒绒更像一枚漂亮的小婴儿了。

店主是个可爱的小姑娘，她告诉果子绒绒其实叫“碰碰香”，碰碰它的毛茸茸的小叶子就会发出好闻的香味。这么神奇？果子好奇地小心翼翼地伸出食指碰碰它，再好奇地小心翼翼地低下头闻了闻……啊呀呀呀呀，真的呢，有点像苹果，又比苹果更像薄荷……汗，这什么形容啊？果子惊喜得语无伦次了。

眼缘对于宠物（动物或者植物或者电子）的选择是关键性的，比如果子从数十只乌龟里挑出了菠萝乖乖，比如果子从好几种狗里相中了耳朵，再比如果子从满屋子的小植物中一眼就相中了绒绒。菠萝乖乖现在在遥远的家里冬眠（家里比宿舍更适合散步，所以菠萝还乡了），耳朵每天在网上被好朋友们喂。

（每次果子去喂它都不出现，是因为网速么?）那么，现在，果子要带绒绒回宿舍去并且照顾它！

绒绒就这样被捧回了宿舍。拥挤的3号线上，果子把绒绒举过肩膀一脸视死如归状，果子与绒绒的生活未完待续啦。

P. S. 公元2008年11月23日17时30分许，本人在火车站地下商场“一水间”小店购得“碰碰香”一盆，高约10厘米，不完全统计叶子33片。激动之情无处表达，发日志以资庆祝及纪念。

告诉你个山寨版的勒索事件

悄悄快乐 2009-01-01 18:36

跨年的时候在龙华寺。钟声并不多么动听，烟花也不是绝顶美丽。可是很开心，很幸福。为了什么呢?也许是清冷的空气里暖暖的爆竹和灯火，也许是刚刚挂上许愿树的3个很小很小可是很重要很重要的愿望，也许是身边笑着闹着的可爱的一群人。

离零点还有数分钟时发现手套没了，戏言就当那可爱的卡通狮子是给龙华寺的新年祭祀了，结果零点过了数分钟的时候发现：包，没了。里面钱不多，但身份证银行卡信用卡一应俱全。当时的感觉是，内脏被掏空了。

我的近于零的警惕性啊！挽在手臂上的包被人一拽居然就默认是熟人拿过去了，就那么脑残地松了手。一通挂失。亲爱的筒子们帮我寻找一圈，未果。

报案，做笔录，警察叔叔用一个小时打了两行字的案发经过。终于在快走出派出所时没忍住眼泪。谢谢一直陪着我逗我开心还不许我说谢谢的人。

早上，一个陌生的号码打来电话，准确报出我的大名，问我是不是丢包了。睡意全无。紧紧抓住手机默认那是救命稻草，电话那头说，她是龙华寺门口讨钱的。

讨钱的?！我真傻，真的。我单知道小说里或者报纸上有讨钱买手机发家致富的故事，没想到现实生活里也会有。

商量好了时间地点，听明白了其中关于“做做好事”的暗示，再想了想电话里的女声背后隐隐约约的男声。怎么办呢?拉壮丁！

不得不说，我又狠狠地狠狠地感动了一次。

一行4人根据电话指示一点点找到了偏僻的小停车场，迎面走来了年约四五十的手有点残疾的男子和三十多岁坐着轮椅的女人。讨价还价一番，价钱从每人 100 元被我们单方面降为两人 100 元。不给似乎也能跑掉，但这是新年。何况他们也挺可怜。

看看我的包，真像做梦。做梦也想不到还能再见到它。

这个新年不寻常，不知是不是预示着 2009 年不会寻常。

我的新鲜经历：第一次被当成“太妹”

悄悄快乐 2009 - 01 - 07　23：23

图书馆里很暖和，所以出来到箱子里拿东西时袖子依然撸得很高。

几个管理员阿姨从身后经过，几句话飘进耳朵：

“现在的小姑娘噢……也太……”

“噢哟……纹身啊……”

我好奇地回过头，想看看有纹身的酷女孩，结果四下里除了阿姨们就是我了……迷惑。

突然醒悟，看看自己胳膊上因为没找到本子情急之下记上去的五六个长长的索书号，苦笑。

继而大笑。

小猪同学和我共同总结的《赤壁（下）》

悄悄快乐 2009 - 01 - 15　18：09

小猪和我分别看了《赤壁（下）》，观感却惊人一致。以下为总结：

唐伯虎版诸葛亮，

杜甫版周瑜，

洪秀全版刘备，

黄蓉版孙尚香，

郭靖版孙权，

貂蝉版小乔。

P. S. 我们都觉得小乔很美很美然而很假很假，很假很假却很美很美；而说到全身都是笑料眼睛很桃花的诸葛亮同学时，我们的周围布满了泡泡，粉色的，心形的……

原来马尔克斯还活着

悄悄快乐 2009－01－31　23：25

我很喜欢做一件事，就是把我佩服的人的名字放到百度或者 Google（搜索引擎）里，点开，看着满屏的偶像名字，傻乐。这毛病什么时候养成的，我已经不记得了。

今天我懒得上床睡午觉，就从书架上抽出一本挺厚的当枕头趴桌上睡。醒了以后蓦然发现我的枕头是《百年孤独》。后来我就充满感情地回忆了一下以前看这本书时的着迷。当年还真是不懂什么魔幻现实主义。当然现在也不大懂，但当年连这个词儿也不知道，只是特别喜欢看这一厚本长长的故事，就像小时候听妈妈或者磁带讲故事似的。

“多年以后，奥雷连诺上校站在行刑队面前，准会想起父亲带他去参观冰块的那个遥远的下午。”翻开首页看到的当然还是这句话。第一次看的时候就很喜欢，不知为何喜欢而仍然喜欢。后来我看过老多老多的关于大家为什么要喜欢这句话的分析。这些分析并没增加我的喜欢，不过使我曾经单纯的喜欢似乎多了些所谓的文化内涵。

多年以后与这句很喜欢的话重逢，我表达喜悦的方式就是开了电脑把马尔克斯的名字输到谷歌的搜索栏里。

于是我发现：马尔克斯出生于 1927 年；马尔克斯原来算不得古人；马尔克斯，还活着。

这一发现令我有点恍惚，搞不清楚时代似的。虽然我在外国文学史的考试上拿的是 A，其实纯属漏网之鱼。

今天剩下的时间里，我一直在惦记着这个无比白痴的发现。我翻来覆去地想，啊呀，马尔克斯还活着；啊呀，马尔克斯在他家里吃饭睡觉也不知在想点什么；啊呀，我和马尔克斯生活在一个世界上呢。我真不知道为什么很有点激动，很有点感慨，却依然不知道自己激动和感慨到底来自何处。

圆

悄悄快乐 2009－02－11　21：42

歪歪扭扭的轨迹，终于还是画成了一个圆。

那些小心翼翼的开心或者揪心揪肺的疼痛，构成的回忆永远被抛在了身后。

有些，你知道；有些，只有我知道。

有一天我也会忘记的。就让它们飘散在风里，以我们都不知道的方式纪念，什么呢？这个，我也不知道。

爸爸说那个奇特的构造是用来泡功夫茶的。我试了一下，舌尖的滋味淡而醇香。

你信不信，境由心生？

还有很长很长的未来。

那不是很久很久以前我想象的未来。

那会是很好很好的未来。

终于又是好朋友了。我刚刚发现。心底和目光一样纯净，而且，平静。

感谢老天，感谢你。

Friends，I can't stop loving you①

悄悄快乐 2009-02-15 21:26

终于看完了十季 *Friends*。二十多集一季，十季。看到第二、三季的时候，我一边对着屏幕乐不可支，一边决定看完以后一定要写篇总结啊感想什么的，但现在我有点后悔了。对于最爱总是难以评价难以说出理由，不管是人还是地方或者食物抑或美剧。但是还是要试一试，承诺了就要做到，哪怕是对自己的承诺。

刚刚我看了1分钟第1集，蓦然发现那时的他们那么年轻。一集一集看的时候并没有很明显的感觉，对比之下才发现 Pheebe 的皱纹，Joey 的眼袋是那么明显；Ross、Monica 和 Rachel 的外形改变不是很大，但再也不是10年前紧致光润的脸了；至于 Chandler，10年后他的神情完全是一个成熟的男人，不复是那个害怕责任感的孩子。

此时的心情很复杂：忧伤？感慨？不得不承认，Central Perk 这个小小的世外桃源是我过去半年精神力量的源泉，以后，也会是重要的源泉之一吧。我总想着他们6个是真的存在的，他们生活在纽约，他们过着吵吵闹闹的生活，他们还将继续生活下去，一起面对各种各样的困难，一起享受各种各样的快乐。

---

① 《老友记》，我会一直爱你。

你最喜欢 6 个人当中的谁？这个问题我问过别人也被别人问过。最后我想我的答案是：都喜欢。是的，I Love all of them and I will love them forever.[1] 我甚至有些庆幸我半年前才开始看这部剧，而不是像许多美国观众那样整整追了 10 年。我的伤感和他们比起来该是微不足道的吧，但是几乎已经是不可承受之重了。曲终人散是一件太令人悲伤而又无奈的事情，而一边看新的，一边回忆这 6 个人的一举一动也将成为习惯了。

我最先喜欢上的是 Ross，这个迂腐的男人怎么看怎么可爱。真喜欢他不分场合地大谈恐龙，被其他五个人鄙视或者抢白后那张无奈又郁闷的脸啊！Monica，这个小时候不被重视，整个少女时代因为肥胖被鄙视的秩序狂，要强到变态，却常常让人心疼。Joey 其实就是真人版的加菲猫。他怎么这么笨这么没文化啊？可是没文化得可爱。喜欢他慢半拍的反应，喜欢他不懂装懂，喜欢他从不分享食物哪怕一根薯条，不停地换女朋友却因为担心单身妈妈的艰难生活，先后向 Pheebe 和 Rachel 两个人求婚。喜欢 Rachel 的原因或许简单得多，单单她的脸蛋和身材就是很充足的理由了。而且，这个美国甜心还善解人意，还善于劝和。从爸爸的女孩儿到爱情事业都完美的时尚达人，好像我看着她长大。Pheebe，苦难的童年，怪怪的打扮和歌，但其实关键时刻常常是她最冷静。当她在冰天雪地里穿着露肩的婚纱和 Mike 相对微笑时，这只 Smelly Cat 的幸运结局令人放心地长出一口气。Chandler 是个靠呼吸自己创作的冷笑话过活的男人，他曾经那么害怕责任害怕家庭，却成了那么值得依靠的丈夫和父亲；他曾经以冷笑话作为武器把自己和世界隔绝开来，却终于拥有了成功的人生和美好的家庭。是的，他们每一个人都很可爱，他们两两放在一起时都有无数的故事，他们六个聚齐时更是让人有时开怀大笑有时感动落泪。我不想也不可能列举那一个个动人的小细节，它们是虚拟的，可是那么真实。它们令我珍惜一些朋友，思念另一些朋友，它们教会我该怎样用心经营爱。

前些时颇为风靡的一个点名游戏里有这么一个问题：“你认为真正的友情会变质吗？”那个答案我是抄袭的：“变质不会，但变淡也许会的。”这个回答交织着快乐和感伤。是的，变质不会的，我们早已融入彼此的生命，那些回忆就是生命的重要意义和支撑；是的，变淡也许会的，时间，距离，这些冰冷的东西无法战胜。

那就让我们一起努力一下，常常和朋友互相找找麻烦吧。平时多惦记一点，

① 我喜欢他们中的任一个，并且将一直喜欢。

有事就挺身而出。相识遍天下，知心能几人啊！相逢是首歌，也是大大的运气和福气。

I will be there for you when the rain starts to pour. ①

I will be there for you like I have been there before. ②

I will be there for you because you are there for me too. ③

献给我的 friends（编者注：朋友们）.

所谓闺蜜

悄悄快乐 2009－03－02　22：02

周六晚上，周日晚上，都是和闺蜜一起度过的。不同的闺蜜，不同的开心。

我的朋友一向不多，但是知心率很高。真的很喜欢那种默契和牵挂的感觉，使我再孤单再难过的时候也会对未来抱一份希望，永远做个理想主义者并且相信所谓理想就是远处的现实。

知心朋友里，那些可以提供不同视角，教我更加全面、理智地看待生活的，叫做蓝颜；而可以陪我笑陪我哭陪我逛街陪我无厘头的，就是闺蜜了。前者不能超过两个，省得出乱子，功利地说一句超过两个也没什么意义。后者呢，运气好的话是可以有一堆的。当然了，骨灰级④的，最多也就两三个吧。分享感情也许并不很难，还要分享经历，那就需要机缘了。

闺蜜的感情，核心是个“陪”字，猥琐点说，小学时课间“××，陪我上厕所吧”的声音过后，两个小女孩手牵手说说笑笑直奔可能只有十米外的卫生间而去，大概就是闺蜜的起源了。未来的日子里，她们很可能会互相陪着交作业、回家、去公园玩、见传纸条过来的小男生、考试、4 人约会、工作面试、看病、喝咖啡、搬家、做美容、送孩子上舞蹈班，足够幸运的话，她们可以分享分担许许多多。一个会先有心爱的他，另一个就会愤愤地嘀咕重色轻友，但心里想的是那小子可千万别辜负了她啊。如果真的辜负了，她会陪着她一起哭；如果的确修成了正果，她大概就是身着白纱的她身旁穿着小礼服的那个。

---

① 我会为你在那里，当雨开始落下。

② 我会为你在那里，就像我以前一样。

③ 我会为你在那里，因为你也为我在那里。

④ 网络语言，来源于“发烧友”，发烧到极致，就烧成骨灰。主要泛指资历较老并且在该领域具有比较强的能力及影响力的爱好者。

有人说友谊是年轻人的游戏。30 岁朝上能随便喊出来玩玩逛逛或者倾诉些什么的人就太少了，这就是为什么没特殊情况的话，人是一定要结婚的，因为当你身边的朋友都结婚了以后，你大概也就失去了许多朋友，闺蜜或许更是如此。孩子、老公、工作、父母，顺序的排列可以改变，但这 4 个项目哪一个是可以不让你操心的？一个人一共能有多少时间和精力呢！但我不信友谊只是游戏，更不信闺蜜是年轻女孩的游戏。少年时代的友谊好在一起玩闹，成熟的友谊贵在挺身而出。闺蜜也是。也许有一天，现在天天陪在我身边的闺蜜只能半年见一次了，也许我们在不同的国度整整 10 年没有见面。但是不要紧，见面后的感觉依然会像昨天刚刚分别一样，我们分享过的小心事小秘密会活泼泼地一起涌进脑海。

而在长长的没见面的日子里，我们会煲电话粥，会寄明信片，会在对方有事情的时候想方设法可以帮上点忙。当我看到妈妈给她的闺蜜打电话时不自觉的少女般的语调和神态，我就相信，我和我的闺蜜将来也一定会是彼此心中很重要很重要的人。

因为我们如此知心而默契。

因为我们闹了不愉快又和好。

因为我们曾经一起成长。

315 同居岁月记忆大考验——本人的答案

悄悄快乐 2009－03－15　23：22

这是最亲爱的室友小猪在毕业后的“315”节日的创意问卷。我爱你们！

听说做得好奖励香吻一个，做得不好罚挠脚心 50 下，谁付账？还是我可以总共得到香吻 5 个？

一、单选题

1. 315 成员共同拥有并相互适用的昵称是__A__。

A. 春春　　B. 夏夏　　C. 秋秋　　D. 冬冬

2. 贴在 315 门上的门神是__D__。

A. 关公　　B. 秦琼　　C. 岳飞　　D. 周杰伦

3. 2004 年中秋，6 位淑女以“迅雷不及掩耳盗铃之势”瓜分了一只无辜的__C__。

A. 烧鹅　　B. 白斩鸡　　C. 盐水鸭　　D. 烤乳猪

4. 6 人共用的大桌子有时候会吱吱呀呀的响是因为 D 。

A. 风在吹　B. 马在啸　C. 黄河在咆哮　D. 有人在晃脚

5. 本寝室谢绝 A ，热烈欢迎 D 。

A. 推销　B. 外卖　C. 联谊　D. 帅哥

6. 相辉堂前举行的新生大会上，315 成员们 D 。（那是我第一次公开表示自己很控帅哥，发现人人都控。）

A. 享受阳光并感叹生命的美好

B. 洗耳恭听台上演讲并热烈鼓掌

C. 无所事事并闲聊八卦

D. 在隔壁物理系队伍中寻觅帅哥并最终失望

二、填空题

1. 315 寝室长是一凡（本人）。（不好意思啊，一个最不靠谱的人莫名其妙当了室长）

2. 315 门上的门神一年来始终哭丧着脸是因为被关得很重？

3. 大一时全寝室留长发者与留短发者的比例为5∶1，大二时该比例改变为6∶0。

4. 315 成员一度将寝室命名为春春社？以增加桃花运指数。（很有创意的名字，可是我想不起来了 ~）

5. “第三只眼看世界”是泠（窃笑）的绝活儿。

6. “我的钱包呢，我的钥匙呢，我的手套哪儿去了”是一凡（本人）的口头禅。（多年后，你们依然可以这样认出我）

7. 起床最晚，屡叫不醒者是小猪。

8. 每年的中秋节是薇薇的生日。

9. 囡（哈哈哈）在大一第一学期拒绝了一打追求者并发表宣言“男人没一个好东西！”（还有经典梦话“爱我的人不爱我”，被我有幸听到……）

10. “女人，女人！”的感叹法是哲苑发明并加以推广的。

11. 细心装饰寝室大门，为 315 形象工程做出杰出贡献者是薇薇（心灵手巧）。

12. 一凡（本人）的妈妈会做超级美味的酱牛肉。（好怀念我们用手撕扯牛肉的日子……）

13. 曾在门外走廊上苦练木兰扇的是薇薇、哲苑和囡。

14. 不用选修体育课也不用晨跑的幸运儿是泠。

15. 315 第一次通宵 k 歌是在大一第一个学期结束的时候，我的第一次通宵……

16. 315 成员都相信如果两人不约而同说出同一句话就可以多活 3 秒钟的时间。（这个有点难度，这好像是小猪、哲苑和一凡先提倡的）

三、简答题

1. 315 的舍歌是什么？请写出歌名及关键句。

（《姐姐妹妹站起来》，“十个男人七个傻八个呆九个坏，还有一个人人爱……”）

2. 请简要叙述“夏夜邂逅”一词的含义及来源。

某春女人惊鸿一瞥某惊天动地之帅哥。

与之相关的雨夜邂逅：“同学，有没有觉得不下雨了？” *_ *

四、读图题

请根据方位、物品及混乱程度，判断出如下床位的主人。

（懒得贴图了，自己想象吧 ~）

依然记得我们对着夜空大喊“我是春女人！”

依然记得每天熄灯后一阵阵忙乱。

大一时 2 号楼前昏暗的路灯变得雪亮时我们还在抱怨好没情调，转眼离开那里已经四年。

“千万别告诉我未来的男朋友”，“我们一定会幸福的”。

那天海滩上我们说我们是永远的 315，那天毕业聚餐时我们牵着手痛哭，我记得，都记得：小猪、哲苑、泠、薇薇、囡，而且我会永远记得。

离开了才知道你们多好，才知道什么叫思念是一种痛。

谢谢小猪给我一个抒情的机会。我今天虽然最终也没构思出一条像样的短信，但我一直在默念着这个日子，并且，默念着你们——陪我成长，互相见证青春的一群人。

记忆里的那根草

悄悄快乐 2009－03－22 21：16

当我惊觉我已经三年没用 MSN①，原因仅仅是原来的版本过期而我没有去下载新的时，我对自己的懒惰很是痛心。于是我把旧的卸载了，下了个新的。这是一周前的事了。

这一周里，我有时会登录上去，被人发现了就随便聊两句。然后我看到了一个熟悉得很却怎么都想不起来是谁的昵称，于是去他的 space（空间）看了看。大惊：这是六七岁就认识的挚友啊，居然也能忘得如此干净么？算算大概两年多没见面了。不是很短的时间，可是和认识的时间比，又哪里能算长呢？泛泛之交也就罢了，却曾是很好的朋友，说知己都不为过。于是我很是有点茫然和悲哀。

大一时住在本部二号楼三楼的姑娘们回忆起我时总是说“就是那个老是站在门口打电话，从站着打到蹲着打，不时发出还算清脆但极不淑女的笑声，把一头长发揪得乱七八糟的女生”。是的，那是我。而电话那头的人，常常是他。其时他已大三，正是处在介于男孩和男人之间，特别喜欢教育“小朋友”的时候，而刚进大学的我数不清的问题正好满足了他的“答疑欲”。当时他还处于另一个特殊时期：追一才貌双全之女将成未成之时，不敢宣称自己在追人家，又特想和人谈论那个“她”。于是其时毫无恋爱经历的我就成了他的优秀听众：不会嘲笑他，但常常问七问八让他越讲越兴奋。孰料当时的我虽然还小，但已经初具女性特有的敏感和直觉。我很善解人意地一边问七问八一边心里暗笑。直到有一天他傻笑数声说终于是有“家属”的人啦，面对我虚伪的质问再次傻笑数声说“当时我怎么好意思讲”，我真的从心底很开心。

这位仁兄的故事，在我的中学流传甚广。有他和他狐朋狗友的：怎样在讨厌的老师课堂上轮流唱歌，再在第二天全校运动会时在办公室罚站不用去晒太阳；有他和他的诗的：据说写了 7 本诗集，都是为一个女孩写的；有他和那个女孩的：他常常站在那个女孩的楼下，看着女孩家温暖的灯光和女孩学习的身影，然后转身默默离去。他成绩不错，但在老师眼里是个实实在在的捣乱分子。我们年级的老师就这么骂过我：你上课再说话，就像高二的××一样了！那个××就是他。

---

① MSN 是 Microsoft Service Network，即微软网络服务的意思，是微软公司推出的即时消息软件，可以与亲人、朋友、工作伙伴进行文字聊天、语音对话、视频会议等即时交流。

中学的我尤其是初中的我的确也不是个让人省心的乖孩子。我在学校喷水池打水漂被抓过，上课看小说被抓过，打雪仗把雪球扔到人脖子里也被抓过。但我的调皮实在算不得叛逆，比如我从来不敢不按时完成作业也从来没逃过一节课，这就使我对真正叛逆的人很有几分崇拜。但是说实在的，我不觉得他就是大家争相传颂或者老师痛心疾首的人。在我眼里，他是那个拿出一本历史书眉飞色舞地向我介绍巴黎人民是多么凶恶的人；是那个在绿化带上努力跳过一株带刺植物的人；是那个自己画连环画画出一本小书，喝凉白开时直接对着壶嘴儿的人。是的，我们从小认识且臭味相投。有时我很嫉妒他是一个男生可以名正言顺地不拘小节浑身冒傻气，而我必须努力装得像一个淑女。越长大，我越嫉妒。

跟有“家属”的男人最好不要老打电话聊天，我懂得这个道理。于是，联系就少了。

我见过他的“家属”，名不虚传的姐姐一枚①。他的 space（编者注：空间）上的文章越发文笔纵横才气逼人，于是我知道那个姐姐确实名不虚传：她让她的恋人在拥有了她之后的世界变得更加广阔且熠熠生辉，这于两人都是莫大的幸运。几次与这对伉俪一起吃饭及出游让我在一群电灯泡里很不厚道地想，幸好他的“初恋”一直没有低下她高傲的头！

后来他们结婚了，出国了，而我又懒到 MSN 都不上，于是渐渐地就完完全全失去了联系。

我看了那个空间的一些文章，好看。很有些怅惘。好好的朋友，就这么成了陌路，不知明天还能不能重逢也不知重逢后还是不是朋友。因为出国还是因为结婚还是人长大了友情就淡了？我不知道。当我想起这根草时，我就有些害怕，我怕我的朋友们以后都成了这样的草或者这样的花，那时，我该怎么办呢？

而也许，等不了众叛亲离，我就已经离亲叛众了。那又是怎样的悲哀呢？

对于长大这件事情，我从抗拒到承认，但一直不怎么喜欢。

你以为你是谁

悄悄快乐 2009－03－27　21：12

最近很穷，就找了个小兼职赚米②：去历史系资料室找出 1933 年到 1935 年

---

① 网络语言，即一个的意思。

② 网络语言，即赚钱的意思。

的《申报》，把上面的“自由谈”栏目拍下来，交给某老师（应该是吧）编书用。体力劳动，但又仿佛有点文化含量似的，很适合我这种没什么学问的伪知识分子。伪知识分子除了虚荣以外还有一个特点，就是不专心。比如，明明把“自由谈”们拍下来就好了，我却总是走神去看其他的栏目。本来一刻钟就可以拍好一个月的，我却常常耗了一两个小时浏览“旧闻”，居然还津津有味。

看这些70年前的旧闻实在是一件非常有趣的事情。那些遥远的名字，蒋委员长啊，宋夫人啊，孔先生啊，在发黄的字里行间今天讲话，明天访问，神采奕奕，谈笑风生。鲁迅啊，茅盾啊，和一群完全不知名的小作家一起发表文章，豆腐块的面积都差不多。时间的确是神秘与高贵之源。

最有趣的是广告。都说现在是个广告时代，和那时比真是小小巫见大大巫啊，那叫一个见缝插针铺天盖地。雅霜啊，面友啊，玉齿灵啊，真是应有尽有，而且人家的广告手法还很生动繁多。比如，四格漫画，裸体美女，列举实例（王小姐张先生之类）……还有一次我看见一则很长的征婚广告，还是个德国的洋妞，等饶有兴致地看完了全文，发现结尾是“希望应征的先生喜欢看《电影画报》，这样才有艺术品位，跟得上时代”。天哪，软文！广告又不仅仅是广告，广告里是看得出日常生活和时尚潮流的。那些大光明戏院的话剧电影预告，洋行周年庆跳楼价打折3天的整版，甚至日语训练班的招生启事，最神奇的是光明正大登出来的治疗花柳病的大幅广告，那是怎样一个热热闹闹的时代啊。

其他的报道，诸如章先生从美利坚学成归国，中学生演讲比赛决出名次，第X届全国游泳比赛落下帷幕……泳装美女的照片随便登，胡蝶和秀兰·邓波儿的笑靥几乎期期都有，某妇人要求与其包养女秘书的丈夫离婚的案子也出现了不止一次……看着看着，本该越看越有趣的，我却几乎有些不爽了。我想，我的自尊心被伤害了。

我本以为自己有幸生活在一个光怪陆离、新鲜事物频频涌现的时代，长辈们没见识过的许多东西我们却幸运地赶上了。谁知在我出生以前很久远的年代里，已经有过如此一番大热闹。有也就罢了，为什么我从来就没意识到呢？这么一推理，大热闹前又不知有过几番大热闹，我居然坐井观天地认为他们还没怎么进化好！人大概都会想当然地自负，自负于自己的时代，仿佛以前人的日子都不叫日子。在比自己年长得多的人面前的那些优越感，就好像一个幼儿背会了一首“鹅鹅鹅”，在学富五车的爷爷面前炫耀似的：前辈们心里是有怎样厚实的经历和见闻打底，才对这些优越感和炫耀报以衷心的微笑啊！

我就在历史系的资料室里满脸发烧，很是羞愧。

Hey，**安徒生爷爷**

悄悄快乐 2009-04-02　16:14

1809年4月2日，听起来是个很遥远的日子。遥远总是显得陌生和难以亲近，可是那个日子，不，那是你诞生的日子。

在妈妈给我读你写的故事的时候，我还是个肉乎乎的小宝宝。我的梦总是那么绮丽和美好，我眼中的世界也是。我相信你写的每一个字。我路过花园时会小心翼翼地观察每一朵花心，希望里面站着一个玫瑰色脸颊的小姑娘；我在被子下放了一粒花生，可是我照样睡得很香甜，醒来的时候我失望地想我果然不是个公主；我很想半夜醒来看看我的玩具们有没有在举行舞会，可是我定的闹钟吵醒了爸爸妈妈，他们嘟嘟囔囔地关了闹钟，而我还是没有醒。

后来我可以自己看你的故事了，可是我不再相信那些都是真的了。我只是想“那要是真的该多好啊”。我被笨蛋汉斯逗得哈哈大笑，我为小美人鱼哭得很伤心，我恨不得一头扎进你的书里去帮小锡兵一把。我渐渐知道善良和诚实还有朋友是多么地重要。那时我把你想象成一位头发花白的老爷爷，穿着厚厚的睡衣，戴着睡帽，帽尖是个茸茸的球球。你捧着一本书坐在壁炉边的摇椅上，温和的蓝眼睛从眼镜上方看着我，说：你要听个什么样的故事？

再后来我知道了你贫苦又辛苦的童年。我想，其实你是卖火柴的小女孩的小哥哥啊。你看了这么多的不幸，于是你要用你的故事给孩子们一个温软的馨香的世界吗？

再再后来我被勒令告别你的故事，爸爸说长大的孩子不能老看童话。我乖乖地似懂非懂地看着鲁迅、李泽厚，心里惦记的却都是你写的故事。其实那时我没有长大，如果我长大了可以对爸爸说：童话是写给童心的啊，为什么我不能看呢？

后来我变得很忙很忙，忙得忘了世界也忘了自己。我累，我郁闷，我不知如何是好。直到有一天，我在图书馆又看到了你的全集。我翻开它们，看着那一个个熟悉的名字，突然我觉得开心了，轻松了，我觉得有个老爷爷一直在慈祥地看着我呢。我真的是个大人了，可我在你面前还是个孩子，可以爬到你的膝头，在你怀里听你讲那些让我心里又愉悦又平静的故事。

两百多年，真的是很长很长的时间呢。今天过200岁生日的你，是在天堂和天空的女儿们在一起吗？你们在一起看着孩子们还有曾经是孩子们的我们，想办法再给我们一些五光十色的梦吗？安徒生爷爷，生日快乐啊！

和拇指姑娘一起，和小意达还有花儿一起，和海的女儿一起，和丑小鸭一起，和玫瑰花精一起，和坚定的锡兵一起，和跛脚的孩子一起，和卖火柴的小女孩一起，和贝儿一起……和所有的他们一起，祝你生日快乐呀！

有戏演的日子

悄悄快乐 2009－04－25　22：34

这次演的是个“烟火人间”的“俗世女子”（注意：不是“烟花女子”），很挑战，不过说不定可以纠正我过度的理想主义。

我还记得去年某天大左在南区18号楼的楼梯上跟我说：“我是个演员。”上下文印象全无，只记得这句话还有大左的表情：虽然在笑，可是特别严肃和真诚。当时感动得我呀，差点涕泪交流。后来我就常常东施效颦地跟人说：“我是个演员。”演员嘛，就是要“效”的，所以我从没为知识产权的问题感到不安。

喜欢演戏，很喜欢。以前演的是老太太，近来的角色却年轻貌美起来，不由我不暗爽到内伤。我很业余，但我相当真诚。投入的时候，常常要想一下才记得起自己究竟姓甚名谁。这样的生活多么适合贪心不足的我呀：穿越于不同的时代和不同的人生之间，就好像莫名其妙多活了许多年似的。

现在我处于有戏演的日子，累而快乐。同时我期待着大约两年后我们大家可能的夏河迷仓（音）。遇到一群爱戏的人，可真是难得。

人生不如意事十之八九

悄悄快乐 2009－05－09　01：10

是看开还是无奈?

美丽人生不易，完美人生更是根本不存在，而被毁掉的人生倒是俯拾皆是。原因多了：毁于钱，毁于名，毁于爱……

我还记得在敦煌漫天的风沙中，我的右手紧握着一枚印章，胡杨木的，上面刻着“常想一二”。这是去年8月的事情。告诉我这句话的是我妹妹。

我真的很心疼。看着我们一点一点地把梦想降低，为伤害自己的人找理由，或者，为明天的太不确定或者太确定而伤神。

我记得小学时写过一句“把梦交给未来”，没想到未来吃梦不吐骨头。

我向山走去

悄悄快乐 2009－05－11　22：39

走出平常生活的环境，在山野之中惊喜地与自己的灵魂重逢。

——题记

今天我依旧穿着傻傻的粉色花边睡裙待在寝室里从开心农场上偷人家的桃子；今天我去超市买了防晒乳和睡眠美白面膜对我的皮肤防治结合；今天我把夏天的衣服从箱子挪到衣橱里，把其他季节的挪出来放回箱子里。就是这样家常的生活。如果不是腿和胳膊一阵阵的酸痛，还有那东一道口子西一道血印和那七八个青紫斑块，我和两天前没有任何不同。可是，真的，一切都不一样了。

刚过去的那个双休日去了浙江的纪龙山。根据我们领队，也就是复旦登山协会会长同学的说法，这在他们看来只能算作“户外休闲游”。可这两天一夜经历给我的震撼前所未有。

出发前，我就知道这次的出行最重要的两项活动是“探洞”和“速降”。我想当然地认为前者是一个山洞，到处是钟乳石并装满了霓虹灯，而后者是速度比较快的缆车。可谁知前者是一个黑暗不见底，垂直于地面的、满是光滑的没什么地方踩的大石和冰凉的有大水坑的山洞，后者是在腰上系了绳子把自己从四十多米高的山崖上放下去，且在后半程基本是自由落体。

探洞前我们一行十六人十男六女加上向导，刚刚爬了两个小时没有任何台阶的山，被晒得快化了时走入山洞，沁人心脾的凉风是一件相当惬意的事情。没想到走不到十步就已经需要手脚并用了，紧接着面前就出现了一架七八米高的看上去相当简陋的竹梯。有一点点恐高的我颤颤巍巍爬下去，结果发现又是一架。再爬下去，居然又是高达十几米通往看不见的黑暗中的竹梯。不能回头，只有爬，一边爬一边郁闷。谁知一切才刚刚开始。梯子没了后就只有石头了，石壁最和缓的地方也有七八十度，陡的地方直接就是垂直的，很偶然地会出现窄窄的“平台”。山泉潺潺，石壁很是光滑，所有的工具就是头灯和一根通往洞底的绳子。头灯能将大约30米远的地方照得隐约可见，再向下就是无边的黑暗。不知什么时候会到底，只有继续向下，抓紧绳子一点一点地探。有经验的男生在下面指出那些基本看不出来的浅浅的凹槽和哪一块石头是比较稳的“磨砂”面，在我因为身高原因实在无法够到该踩的地方时，他们用脚甚至用手抵住我的脚。下到洞底，解放鞋已经成了储水器，手心红肿，数不清的地方隐隐作痛。接着从另一条路爬回去，很陡的地方只能成为“附属”紧紧抓住别人的腰。路过一片小潭，大家用竹筏两个两个过去，我终于还是在靠岸的一刹那掉了进去，好在不深。下洞时下午两点刚过，出去时已经是傍晚七点。那些竹梯和洞口嶙峋的大石变得那么可亲。本来进洞时还在想着别把衣服弄脏，出来时却对那没有湿透的百分之二三十的地儿极感庆幸。

洞口离营地的那些崎岖的山路，回去时我已经能在上头奔跑。回到营地，那些粥啊，竹筒饭啊，煮红薯啊，真是香甜。饭后的烧烤、围着篝火的国王游戏还有在山风里玩到深夜的三国杀让人再回头想起那个山洞时有点恍惚。

第二天上午在帐篷里被闷醒，拉开门爬出去发现是个很清新同时会相当热的一天。走去速降的地方，一直是那种一面峭壁一边山谷窄得要命的土路。战战兢兢地横着走或者扶住前面人的肩膀。有三个女生不愿速降。我看看被植物们遮住的山谷，犹豫再三还是把保护带系在了腰间。老乡把我挂在了绳子上，我就几乎平躺着向下放着绳子，脚一点一点地蹬着。从恐惧万分到刚刚有点如鱼得水时发现石壁空了，自己悬在了半空。真是快哭出来了，好在膝盖碰在崖壁上的剧痛和下面“先行者”们大喊大叫的指导让我心一横，尖叫着滑了下去。从山谷回到山路又要爬一架又窄又高又滑的竹梯，此时已经完全没有感觉了。

速降完毕，吃个午饭，差不多也就回程了。下山时对陡陡的山路早已不害怕，轻松闲聊大声哼歌之际却突然被面前的景象吓呆了：几十米宽几十米高的灰色光滑大石壁，以五十度左右的坡度通向看不见的下面，又是只有一根绳子垂在上面，看上去只有蜘蛛才能走。向导老乡居然说这是给我们的“惊喜”。我第一个反应就是大叫“我不走了！”可是也只是说说而已，不走又能如何？一个男生帮助一个女生，抓紧绳子，倒着走。在我身后的男生不停地说话，又保证就算我滚下去都能挡住。慢慢挪下去，两个女生直接就哭了。我仰望着那个大石壁，想着这两天的种种惊险，突然觉得活下来本身就是一件最重要也最珍贵的事情。

有了这个感悟，当又一块更难走的、会有碎石向下滚的石壁出现时，已经不那么害怕了。我只知道，我必须走下去。我还知道，有人会帮助我。于是我知道，我能走下去。

去的路上几乎昏睡一路，回来时很累，却亢奋许多。回忆一点一滴的细节，想永远记在心里。比如山路上我们互相提醒哪块石头是活动的哪株植物是有刺的；比如我们随手摘下小野果，丢在嘴里发现是无上的美味；比如小野花开在路边，红红白白美不胜收；比如在石壁上，身后的小学弟大声说：“别向下看就不怕了，我就在这儿，你看见我的影子了吗?”

回忆这两天心里满溢的都是感动，却不是让人流泪的感动，而是让人豪情满怀的感动。前一段时间状态很不好，在众多的杂事和选择中无所适从。当经历过这些危险再克服了这些危险，就知道了最美的和最宝贵的都在自然之中，就知道只要能好好体味这其中的乐趣和美好，那些纠结和郁闷根本不那么重要，就知道人和人的心灵可以在某些时候毫无杂念地贴得那么近，就知道自己的存在感可以如此强烈。人生最重要的是什么? 想是没有答案的，好好体会就可以了。

就这样爱上了户外。天人合一，人人合一，人己合一。这样的境界令我迷恋。终于知道什么样的人生是我想要的，什么样的生活是我真正想追求的。

山不会走向我，那么我就走向山。问题不会自我解决，那么就用澄明的心境去思考。而生命，如此美好。

回来后，遥遥说我的眼神变清澈了。我背着我的大包拥抱了她，满心自豪和欢喜。

你有过这样的感觉吗

悄悄快乐 2009 -06 -08　20：20

身处一大堆热热闹闹的人中间，却觉得有点寂寞。
听了很多的笑话，笑完了，突然有点难过。
一些画面，想回忆，又怕回忆。
一些人，想接近，又想远离。
想明白却怎么都不明白的事情，太多了……

我老爸

悄悄快乐 2009 -06 -21　11：50

这个日子里写老爸实在太像应景，可是我是真诚的，这就够了。

据说这个男人是我前世的情人，那我很为我前世的眼光自豪：一枚很 man 的帅哥，最理想的是很多时候还傻乎乎的。这是多么完美的“情人”啊。据说前世我没有得到他的爱，所以今生才会投身他的怀抱做他的女儿，受他宠爱，并且是无条件的宠爱，那我很享受今生的幸运：我老爸给我的爱，我总觉得是最美最好的父爱，不婆婆妈妈，不琐碎无聊，但是很深沉很博大，充斥着我生活的每一个角落。

写老爸和妈咪这类人，也就是最亲近最亲近的人的时候，具体事例通常不起作用，因为太多了，多得让记忆出现了交通阻塞，结果是好像想起来很多事，但又什么事都想不起来了，所以，我只好大而化之地写写老爸给我的印象。

上小学前，老爸是个标准的慈父，我到现在还记得他抱着我在院子里走来走去认识他种的花。每天睡觉前妈咪都会给我讲故事，老爸看了眼红，也靠过来讲；他不看故事书，自己编，编得天花乱坠，很受我欢迎。妈妈出差，老爸把我的小辫子梳得乱七八糟，我一照镜子就不肯去幼儿园，于是他骗我这是美国最流行的“海燕式”，于是崇洋媚外的我就兴高采烈地去了。他送我学钢琴，教我下象棋，带我打乒乓球，还告诉我书籍是最值得热爱的东西。

后来我上学了，老爸的要求越来越严格。老爸是老师，他知道分数并不重要，但是学习习惯特别重要。有一次我考得不太好，老爸轻描淡写说了两句，但我加了一句“其实我考得还不错，比我差的多着呢”，于是我挨打了，因为我不求上进。但如果老师布置的作业过多过于无聊，老爸就又成了个慈父：他帮我做，努力把字写得很丑很丑。有一次老爸听说某小孩和我一样二年级已经开始看《三国演义》，就从书架上找出来要我看，我很不喜欢。老爸无奈，试着给了我《红楼梦》，我就一发不可收拾地断断续续看了50多遍一直到高三，一套书翻得散架，他就一直叫我赔，后来大二的时候我才在旧书店淘到一套相同的赔他。五年级的时候我最恨老爸，因为他再也不准我看童话了，五年级的孩子看鲁迅李泽厚，能觉得有什么乐趣？关键是，这还使我和小伙伴的共同话题少了好多。直到现在我也不知道老爸做得对还是不对，也许与众不同的事情总归是双刃剑吧。

我的初中时代，老爸曾经偷看过我的日记，截获过小男生给我写的纸条，骂过我“你将来肯定没什么出息”，总之负面的事情干全了。当然他依然是个负责任的、爱我的老爸，我都知道；只是最后的结果是没有妈咪在家的时候，我基本不和他说话。对他的感情，很复杂。上高中后，情况大大改善。只是高考当前，做慈父难啊。

上大学之后，慈父果然就回来了。老爸宠我宠得我自己都觉得不安了。我需要的书，他两天内准能找着；我需要的材料，他印好了寄过来；打电话的时候，他最爱和我妈抢话筒；我回家，他恨不得把他觉得好吃的东西一顿让我全吃了；我吃饱了，他就撺掇我妈“带她买衣服去啊”。

二十几年了，老爸从帅哥变成了资深帅哥。

这个把我揪起来陪他看世界杯自己在旁边打呼噜的老爸。

这个每次出差都会给我带好多好多东西的老爸。

这个只有下雨撑伞才好意思让我挽着他胳膊的老爸。

他教会我正直，教会我上进。

他平时傻傻的，但关键时候给我最好的建议。

他做菜特别有创意，开的车只有我敢坐。

他是我亲爱的老爸，给我世界首富、美国总统都不换。

奥特[1]的我

悄悄快乐 2009－07－15　21：43

湖南台照例播《还珠格格》，播得昏天黑地。播到第二部了，所以偶尔打开电视的时候看到的场景还挺熟悉，没怎么看过第一部。我知道有这么一部“很好看”的电视剧的时候它早就默默地过了时了。

说到“过时”或者听到人说“过时”的时候我都会有点脸红，事例如下：

初中《灌篮高手》风靡的时候，可怜觉得肌肉可怕的我经常因为说“没看过”被人追打。

高中被人问起喜欢 F4 里的谁的时候我都面不改色地说“道明寺”，其实我只知道有个道明寺。后来大二军训的时候我很闲就把《流星花园》给看了，可是已经找不到人谈论了。

大学迎新晚会上一帅学长被室友们热议不止，我很无辜地反问“帅吗”，后来某天我冲进寝室说“那个谁谁好帅哦”，被翻了白眼数个，说是她们早就不觉得他帅了。

我还没用过搜狗打字法，没有支付宝买书只去书店。

以上为九牛一毛。痛心且羞愧，然而我又很懒惰。

人是越来越老的，我还有希望跟上时代吗？

① 即英文 out 的音译，意为落伍。

回不去了然而深深爱着

悄悄快乐 2009－07－19　20：34

我是说，老家。

小时候过年，反穿着奶奶的大胶鞋跟着哥哥姐姐们去拜年，在大湖埂上一摔一身泥水。这些，其实我记不太清了，可是老街上杂货店的大妈还记得。

许多田已经抛荒，杂草小竹林长满了一山。湖好像变小了，湖埂也早由水泥取代了红泥巴。好像以后要开发成旅游区了。我的老家，真的回不去了。

听爸爸讲小时候放羊砍柴偷西瓜的故事。

看表哥们长大了的一张比一张帅的脸。

吃姐姐们做的香香的土菜。

看叔叔们钓上来手臂那么长的大鱼。

牵着小侄女无限依恋的温暖的小手。

心里是一种酸酸的开心，我的老家似乎还在，又好像已经没了，就像我依旧生活着，可是那个在石头路上摇摇晃晃的一岁多的婴儿早已模糊不清。

谁都害怕复杂

悄悄快乐 2009－08－03　16：21

我一直觉得我妈有点小孩子脾气，一般小孩子脾气都得在宠爱的泥土里生长。所以我跟她说：别看我老爸有点儿懒有时候还有点儿傻，其实绝对是个特好的老公。我妈默认。

地球真复杂，可我早都忘了回火星的路了，

于是只好在这里飘着。

不敢向前看，有时候也不敢向后瞧，

于是就浑浑噩噩地飘着。

其实我还是挺乐观的，但不妨碍我常常很敏锐地发现不好的东西。

我乐观就乐观在我总是相信有好的东西在某处，而且必然比不好的多，哪怕暂时看不见。

可当我发现自己不怎么样时，

我就真的乐观不起来了，也笑不出来了。

我挺想成为一个很好很好的人的，可是总是犯错误，

犯得自己很惨也就罢了，有时还得拖累别人，
然后我就道歉，可是这世上还有警察充分说明道歉是没有用的。
最要命的是道歉过后我又忘了自己犯了错误，于是更厉害地拖累别人。
迟早你们都得烦我的，我算是看明白了，
我自作自受，所以自己的错误尽量自己扛着吧，
还能指望什么呢，
试试看，能不能以后完善点儿自己。
这方面我又挺悲观的，
他们说这叫性情中人。
啊呸！
我现在讨厌这个词！讨厌！
迄今为止我比我妈小孩子脾气多了，也是被宠出来的。我知道，宠得我有时候张牙舞爪的，我把很多事情弄得很复杂，己所不欲勿施于人啊。我尽量再也不了。

深夜，写给你

悄悄快乐 2009－08－18 05：01

其实不算什么深夜，应该算早晨。我知道看到这篇日志的时间的人要狠狠地骂我了；可是我不想睡，满心的话怎么睡？当然，两三个小时后就要起床……不该这么任性，明儿改。

首先，我想告诉你，你可以难过，但不要绝望。即使一生都得不到，也不要绝望。爱情这东西，有时候意义在于相信。因为相信，所以有希望，有奔头，所以能得到与其他任何东西迥异的快乐。“放手其实才是拥有”是一句特别不讲道理的话，但也许只是为了配上曲调而漏了点字，其实应该是：放手其实才是曾经拥有。当断要断，适可而止，这么冰冷的词不适合爱情，可是适合前爱情。拥有了，失去了，更加难过；可是，有些人连失去的资格都没有。

还有，下次投入的时候，不要有这次的阴影。咱们是真的长大了，不用说，也不太会把生命投到爱情里去了。没错，爱情是为了生命更好更有意义而存在的，它不需要什么殉葬品。那么，现在最怕的其实是不够投入，怕的是太现实。曾经，我们觉得可以为一个人放弃整个世界；后来，我们开始用各种指标衡量“合适”与否；再后来还是明白了，什么都是假的，只有感情是真的。什么都

没个尽头，只有感情让人满足；什么的快乐都是有限的，只有爱上一个人才会每天都是新鲜。

还有，一定要对自己好。爱情里老是有自我折磨的成分在，这似乎不可避免；你这个孩子，更容易这样。可是，常常提醒自己，自己好好的，才能让你最在乎的那个人看到轻松愉快的你，才能让在乎你的人自己也轻松愉快。而轻松愉快的氛围对爱情的存活与成长是多么重要啊。我曾经跟人说，当然也是抄袭来的话：喜欢就是在一起很开心，爱就是不开心也还是想在一起。被斥为“胡说”。其实我不觉得完全是胡说，还是有那么一点道理的，只是，如果总是不开心，爱情就要消磨掉了，最起码，也有划痕了。哦，我为什么像在说树脂眼镜……

最后，别自责伤心的时候才和我联系。有人唱过“如果你感到幸福，请你忘记我”，于你，我就是雪中送炭的那种类型，所以不强求兼任锦上添花。其实，我想到你的时候，很多不也是低落、伤心，甚至绝望的时候吗？相远以迹，相契于心。五年前，我们是一起听到这句话的，我们都很震撼，于是三四年后我们履行了。这是一件美好的事情，你不觉得吗？

有首歌，调子一般，词特好，我们可以共勉：

谢谢你总是跟我分享，
不能跟情人说的话；
我胡思乱想你一直握着我手，
让我释放然后慢慢宽广。
……
别人都说我很坚强，
只有你劝我别逞强，
爱是漂亮却不完美的天堂，
旧了总有需要修补的地方。

我知道，现在你的天堂不是修补的问题。可是，别害怕，即使崩塌了，你重建的路上，我也会一直陪着。不管条件怎样艰难，我也会陪着。

不过，你别太感动；我其实也是为了自己，毕竟一路走来，我们彼此看着成长。

异国时间

离开熟悉的地方和熟悉的人们，世界就呈现出空前残酷的模样。时间因为需要计算而变得格外有存在感。

一直爱东奔西跑，叫嚣“用双脚丈量世界”，却在被连根拔起的时候变得胆怯而无措。最难过的事情是突然发现本来最合拍的人变得陌生，不知道是谁变了，不知道是谁没变，更不知道谁变了多少。

于是还是把目光投向眼前的新世界吧，对于“他者”的探索让人兴趣浓浓。世界真大，世界真小，都是最常见的感慨。渐渐习惯飞机在万米高空飞行十多个小时，渐渐习惯他们的黑夜是我的白天，渐渐对更广阔的天地蠢蠢欲动。

我是过客，也是归人。

从没有哪天像今天这样发生这么多事儿

悄悄快乐 2009－08－23　12：11

首先谢谢来送我的你们，其实对你们说谢谢已是多余，不过大半夜的打车跑来还是令我感到幸福。你们是我生命里的宝贵礼物，不可复制，不可或缺。

然后谢谢给我电话和短信的你们，惺忪的声音和牵挂关切的词句让我感激莫名，有我打电话找你们哭的时候呢。我相信你们会一直在那儿，for me（编者注：为了我）。

请你们原谅，那些我没来得及一一通知的你们：时间紧，事情多，而且多少有些莫名。不过我会想你们的，也不会忘了和你们联系。

我上飞机后遇见了“小正太”两枚。其中一枚热情搭讪，得知我并非去读高中后兴味索然，沉默良久说了一句：“你为什么看起来像我们班同学……”

醒了吃，吃了看小说，看了睡，被小正太们誉为“睡神”。

底特律机场只有一个terminal（编者注：航站楼），不过很大。转机极快，其间得到两个中国人三个外国人共五名帅哥帮助，心情大好，后来在登机口闲坐良久。

华盛顿下雨，教会的James叔叔派人来接，俩生手差点把我折腾死，不过人实在很nice（编者注：不错）。

昨天凑巧找到了房子，打车花了我60刀（编者注：美元），吐血啊。还听了一路印度英语……

房子很老，以掉下一大块天花板的方式欢迎了我。房东是个古古怪怪的老教授，小气而莫名，居然几次试图把天花板的事归咎于我，不过房间还不错。室友一共五个mm①，三个美国的美女（真的很美啊）和两个中国的姐姐。说话开门见山滴水不漏，我一直在成长，怎么一比还是如此稚嫩。

苦日子开始了，慢慢学吧。

明儿应该可以办手机，你们等待我的消息吧。

生命中最充实的一周

悄悄快乐 2009－08－30　12：05

就是本周。

---

① 网络语言，即女孩的意思。

下午发生了这么几件事：我经过周密的排列组合，终于合理安排了中国的插线板、美国的插线板以及各种转换器，于是我的中国本本、美国台灯，各个电子产品的充电器终于有了合理而足够的位子。浴室的锁突然坏了，我甜言蜜语找到房东老爷爷来修，终于也解决了。

这些事情，本来我从来没有用心做过。

我还要和室友一起做饭。晚上做好中午的便当，因为学校的饭很贵很贵。别骂北食了，真的。当然我最不擅长的刀功开始有起色了。

一共三门课，阅读材料却有二百多页。一个班，我是唯一的亚洲面孔。我必须努力集中精力两个小时零四十分钟（这在科学上怎么可能）去努力跟上语速奇快的教授，而事实上不过能听懂百分之六十。讨论很难插进嘴，因为不可避免地有两道翻译工序。我去求助 Academic Centre（学术中心），终于争取到了每周两次的免费写作指导。

我办了交通卡，办了信用卡，办了手机。我第一次参加了美国人的派对，无比地无聊啊！不过也算亲眼见到了。还巧遇了同班同学，Joanna 和 Sara，两个可爱的姑娘答应借给我课堂笔记。

我开始懂得节省，知道货比三家，知道以前习以为常的生活是多么值得感恩。

我把玩的时间省下大半，一半学习，一半好好打理生活。

我看到房东老爷爷桌上他子女小时候和现在的照片，突然为这位古怪而小气的老人感到心酸，于是笑脸相迎，帮他做些该做的，于是也得到了许多笑脸。其实有多少人是坏人呢。

今晚中国学生聚会，太幸运了。

明天去教会，也是感受和体验。

我还是没有流过泪，有两三次差一点点，不过还是忍住了。

除了爸妈，最想谢谢三个人，让我在这里还是觉得有依靠，很安心，不点名了，我想你们知道的。

还有点名谢谢 zc 同学，这里唯一的校友，这里的第一个朋友。

这里有许多童话般的小房子，这里车老远就会停下来让人通过，这里有很多博物馆等着我去好好看。所以，生活还是有盼头的。

我知道还要辛苦很久很久，不过暂时，不会放弃。

一些奇怪又好玩的事

悄悄快乐 2009－09－04　11：44

任何时候出去都有人在马路上跑步。

地下室里住了个人，还住了10年。

为求食物多样化我开始自制汉堡，什么酱都不放偏偏特别好吃，比麦当劳好吃，最起码比这边的麦当劳好吃。

最让我兴趣盎然的事就是做饭，我不一定学得到什么但应该会成为不错的业余厨子。

这里的同学都愿意借给我笔记，让他们定时发都愿意（鉴于我清楚自己的魅力指数，大概是我太弱了）。

这里有许多许多胖子，这里的胖子很胖很胖，可是他们又开心又自信，还在上课的时候大口大口吃奶油。

生活开始了

悄悄快乐 2009－09－16　11：28

最早，有人帮我准备早餐；后来我可以用很便宜的价钱买到早餐；现在，如果要吃早餐，就要自己做。

最早，做家务是为了表扬；后来做家务是为了偶尔的好玩；现在，做饭洗衣打扫房间，一样也少不了，天天如此。

我没有心情跑步，因为安全问题，天黑以后就再也不出门，三四个月都不会逛一次街，半年甚至一年以内大概不会去我很想去的地方旅行。

再没有热热闹闹一大群人吃饭K歌。

再没有打个电话回家让爸爸寄本书来。

想打电话的时候要想想，接电话的人是不是在睡觉。以前也要想，只是现在大部分我醒着的时候，电话那头的人都在睡觉。

原来之前活的二十多年，根本都不在生活，只是享受，享受而已。

开始操心书本和那些小情调以外的东西，是的，我是说，生计。

没有一个问题是可以催催别人或者自己努把力就能用一小时，一天，一个月解决的。

我等待，不知能不能等来，破茧成蝶。

生长痛

悄悄快乐 2009－09－22　11：38

那时我多大已经不太记得了。四岁？五岁？反正就是幼儿园小班或者中班的时候。

那时我是个快乐的孩子，虽然有时候会莫名地蹲在一个小小的角落盯着一片树叶一只西瓜虫看半个小时，或者一个人坐在那个被各种鲜亮、好看的后继者们比下去了的油漆剥落的秋千上，轻轻地荡，狠狠地荡，并且采取身子几乎平躺的危险姿势。这些疑似自闭的行为只是因为脑子里的古怪想法太多，需要偶尔停下来和自己待会儿，想个够，自言自语一番。大部分时间里，我会和一群孩子，甚至带着一群孩子，山呼海啸地在教室里或者场院里奔来跑去，所过之处，玩具倒伏，花草打蔫。

只有一种时刻，我的心里会充满严肃的悲伤。那就是，腿疼。

腿疼从三四岁开始，断断续续一直持续到初中。从一年级开始，类似于考试、入队的更“高级”的烦恼就开始充斥我的生活，从现在的情形看，烦恼还会越来越多越来越“高级”，当然也越来越无聊，大概要持续到退休？或者临死？这个不知道，也懒得想。所以，“腿疼”牢牢占据我生活中最大烦恼的位置也就是四五岁的时候。

去医院看过，医生说小孩子长个子太快了，缺钙。我妈就逼着我喝牛奶，吃钙片，不听话不准去幼儿园。钙片色彩缤纷的甜甜的我还能接受，可是很长一段时间我对牛奶的惨白颜色和略腥的味道恨之入骨。等我开始爱上牛奶的时候，已经没什么可能再长高了，人生是由莫名其妙和遗憾构成的。

喝了，吃了，好像并没有什么用。

黄昏是一些人视力最差的时候，是我腿最疼的时候。

我坐在蓝色的小木头椅子上，腿上盖着自己的白色小外套。似乎暖一点能减轻一点点疼痛，又好像抱着个布的、柔软的织物会有一点依靠和安全感。我看着小朋友们一个一个被接走。爸爸妈妈很少来得早，在这方面我也没什么竞争意识。可是这样的时候就孤独得有点悲壮了：眼前好像蒙着一层泪膜，可能是疼出来的也可能是天晚了有点犯困，让眼前的世界清楚得有点过分。因为全心全意地感受那份疼，所以叽叽喳喳的喧闹听得不是很清楚。一部清晰绝伦的沉默片，非常反常，非常诡异，让小孩子特别敏感的心觉得不安，觉得害怕。有时，特别疼，也哭过。但和抢玩具或者被人欺负时的哭不同，那时的哭是生怕老师看不见，这时却是生怕被发现。不知为什么，总觉得那是很大很大的耻辱。

总是感觉很久很久，对一个腿很疼的小孩子来说久得有点残忍。突然，爸爸，或者妈妈，或者更令我惊喜的姥姥，就出现了。然后我就很悲壮地稳稳地走上去，牵住大人的手。腿不疼的日子里，我是会蹦着跳着扑到他们怀里的。

到家的时候，黄昏就变成了夜晚。腿也就不怎么疼了。大人照例会在楼下给我买一块三角形的小蛋糕。我就吮着上面的奶油，去看动画片。临睡前，也还会被逼着喝牛奶。

后来这一切就都过去了，我就长大了。记忆很清晰，然而只是记忆了。

生长痛。献给我现在的日子。

原来我早就想家了

悄悄快乐 2009 - 09 - 27　12：26

一进中国超市，铺天盖地的中国人让人眼眶和心里一起发热。

汇源、蜂花、两面针、避风塘、李锦记……我简直想深情地抚摸那些商标。

音乐全是中文的，以听《梁祝》的虔诚心情听《两只蝴蝶》，觉得耳朵真是说不出的舒服。

腐竹、油豆腐、水饺、红枣，当然还有大米，疯狂了简直！买啊买啊买。

虽然明明是同胞，冲口而出的却是“Excuse me”（编者注：打扰了），虽然满地乱跑的小孩子和父母说话全用英语，但真的，真的真的，好久没看到这么多不那么立体的脸了。我真喜欢这些脸啊！

付钱的时候看见身畔堆着一盒盒的月饼，当真有点鼻酸了。

我们买了螃蟹。这个季节，美国的蓝蟹真是便宜，经过实践发现煮和红烧都很美味。下周还要买。就算在这里，中秋也是要过的，虽然持的不是一种“螯”，赏的也不是同一时刻的月亮。

生吞活剥过中秋（附俺爹给俺的、引用过多的却让俺更想家的 e-mail）

悄悄快乐 2009 - 10 - 04　12：29

这个中秋口福不浅，从韩国教会吃到美式烧烤再吃到台湾人家，由于时差的缘故，华丽丽地过了个长达一天半的中秋。各种美味的菜色点心根本数不过来，月饼更是广式苏式都吃到了。怪不得今晚一个小 ABC[①] 大叫“今天是月饼节”。节日的本质，实在是离不开一个“吃”字。

可是啊可是，只能隔着电脑屏幕看看家里人，只能通过电话听听光华楼前赏月盛况的描述，这个中秋真是不像个中秋。我没像往年一样附庸风雅地赏月，因为没心情。看着月亮，容易七想八想，而人在异乡比较脆弱，想多了容易掉泪。

翻翻日志，原来去年的中秋因为阴天也没看成月亮，甚至是跟一群去复旦开会的美国人一起过的。没回家，没团圆，却是心境轻松，快快乐乐。这个中秋倒是围绕着中国人，最起码吧，亚洲人，可总觉得不那么熨帖。客场，真是比不得主场啊。

我说过“爱食物，爱生活”，这和羞于承认酷爱美食相比进步很大；而现在，我对吃的认识又上升了一个层次，那就是，吃这件事情，要有大环境打底的。只有好吃的，嚼再多次也是生吞活剥。

于是我的环球旅行吃遍世界的梦又升华了：我要细细品味美味的食物，在美丽的景里，而且，绝对不可以孤独。

附：

刚收到的老爸发给我的邮件：

“中秋”在月饼和月光的掺和中渐行渐远，回首中秋所到之处，最缺的不是物质上的繁华，而是经典的无可奈何的缺位，后工业时代、信息时代带给人的福祉是必然的，但是，“经典”的缺位却又是“欲说还休”！

“明月几时有，把酒问青天”“月到中秋分外明”“每逢佳节倍思亲”，诗人笔下最有人情味、最富诗情画意的传统节日已变得索然无味！

“花间一壶酒，独酌无相亲。举杯邀明月，对影成三人。”（《月下独酌》）诗人的诚挚情感的表达细致入微，令人难忘！“明月出天山，苍茫云海间。长风几万里，吹度玉门关。”（《关山月》）“床前明月光，低头思故乡。”（《静夜思》）李白阔大的胸襟、细腻的思乡之情，水乳交融。时代不同了，多情古人伤别离？

“海上生明月，天涯共此时。情人怨遥夜，竟夕起相思。”（《望月怀远》）张九龄的政治家的大度中包含着儿女情长，丝毫也不低俗。“露从今夜白，月是故乡明。”（《月夜忆舍弟》）杜少陵对李白的兄弟之谊，能看出一丝的“文人相

---

① ABC 是 American-Born Chinese 的缩写，通常指在美国出生的华裔后代。

轻”吗？

“昔年八月十五夜，曲江池畔杏园边。今年八月十五夜，湓浦沙头水馆前。西北望乡何处是，东南见月几回圆。昨风一吹无人会，今夜清光似往年。”（《八月十五日夜湓亭望月》）白居易的怀旧，发诸真情！“中庭地白树栖鸦，冷露无声湿桂花。今夜月明人尽望，不知秋思落谁家？”（王建《十五夜望月》）秋思的抒发，还有比这更老到、动人的吗？

“秋空明月悬，光彩露粘湿。惊鹊栖未定，飞萤卷帘入。”（孟浩然《秋宵月下有怀》）企盼明年中秋月圆的时候！

中午姥姥他们吃过饭走后，节日家宴的微醺后，打了几个电话向远方的亲朋好友问候；翻了几首唐宋诗词；晚上吃罢饭和妈妈在一中的校园里散步，月光下，惊鹊不时飞去，孟夫子“流萤”却不见踪迹。

哦，人们生活的21世纪自然是诗人未曾预料到的。其实，爸爸小时候的村边、湖埂上的“流萤”还不时飞入今天的梦中。

人们啊！“流萤”归去来兮？！

国会后面有个图书馆

悄悄快乐 2009-10-07　12：01

国会图书馆。三幢大楼，灰白的，朴素的，庄严的，矮矮的。我站在正面仰望：原来，世界上最大的图书馆是这样的。

我刚刚办好了它的卡，激动劲儿还没过去。因为我终于有了一张这里的卡，令人惊喜的是居然照片和签名都不很丑。

走进去，看那些高高的穹顶，粗壮的柱子，穹顶里的壁画，觉得自己真是很小很小的一只生物。织得极为细致的地毯，踩上去寂然无声。所有的人讲话都是轻轻的，然而又是清晰的。我去了亚洲部，向管理员，一位“韩国老爷爷”咨询了半天，最终以他蹦出一句纯正的中文作为前一段的结束，后一段的开始。他教了我怎么用database（编者注：数据库），怎么用catalog books（编者注：图书目录），于是我满心感激地找到了想要的书的call number（编者注：书号），又走到main reading room（编者注：主阅览室）找那本书。

我冲进去的时候被叫住登记名字。数字化登峰造极的地方却还是用本子写名字，感觉很舒服。这件极大极大的圆形房间有着许多许多的书和许多许多环形的桌子。桌子上方的台灯又明亮又柔和。背后的书架很厚重，厚重到如果跑出几只家养小精灵我也不会惊讶。人不多。有满头白发的花裙子老奶奶也有侧面像希腊雕像的帅哥。这里的管理员个子不高，面目和善，语音温柔，一口纯正的伦敦腔，耐心地教我不懂的一切。他把我想要的书给我，我就开始看。累的时候小跑出去喝水，被门外的印度伯伯叫住：刚才我就看见你了，走路太快了，不要这么急，慢慢的，慢慢的比较好。我笑了，放慢了脚步，于是他也笑了。

星期二这里是5点关门。我走出去的时候阳光还很明亮。经过台阶上的木桌长椅，想起中午在这里吃便当的奇遇：我觉得有人在推我的胳膊，抬头一看是只松鼠。亮晶晶的小眼睛热切地看着我。我问：昨天是你拿橡子砸我吗？它不动。我问：你要吃点我的饭吗？它就动了一下。于是我给它一点点米饭，它捧着吃掉，跳下桌子跑了。这动作很大，吓到了桌上的另一个小客人：一只小麻雀忙不迭地蹦走了。

心情挺好。弱化已久的求知欲有回归的趋势。这算不算我个人的文艺复兴呢。

流水账地记下这个怪怪的故事

悄悄快乐 2009－10－13　12：22

十几个同学在一起闲聊，Hope同学不知哪里来的兴致，突然说我给大家讲个故事吧。

我记下了这个怪怪的故事。故事很短，可是人很多，名字又很复杂，所以拿字母代替。虽然看别人这么写故事我会深恶痛绝。

A女和B男是未婚夫妇，可是他们中间隔着一条又深又长的河，河里还有许多饿得发慌的鳄鱼。A女想去见B男，可是没有办法过去，于是想到C男是有船的。她去借船，C男说好啊，不过你得陪我过一夜。A女不知如何是好，去问D男怎么办。D男说：我真同情你啊，可这是你自个儿的事，和我无关。A女想了又想，没辙，于是还是和C男过了一夜，借了船，到了未婚夫身边。两人结婚的那一夜，A女想来想去，还是把这事告诉了B男。B男立刻翻脸，说世上女人死绝了我都不和你结婚了。于是A女很伤心，向E男倾诉这件事。E男听完她的叙述，说：这样吧，虽然我不爱你，可是，我和你结婚好了。

故事完了。居然这样就完了。

Hope说：如果让你们将故事里的所有角色按从坏到好排序，你们怎么排？

我们就都来了兴致，排啊排啊排。

当然了，排出了很多不同的结果。只有 C 男是比较公认的最坏的家伙，其他的就五花八门了。排完了不算，我们的兴致绵延不绝，于是又开始讨论，讨论很多无厘头的问题：比如那一夜 A 女和 C 男到底发生了什么没有；比如 C 男为什么不娶了 A 女，难道是个已婚男人？比如 E 男究竟是善良还是太假；比如 A 女为什么这么急着结婚，难道怀孕了？……反正，一个无厘头的故事，一群无厘头的人。一个商科的男同学说：其实 B 男很傻，他的恋人用和别人的一夜换和他在一起的一辈子，他居然还不感动。于是大家莫名地突然开始讨论不同文化对处女的看法，结论都是：很重要。

……

我是把 E 男排在最好的位置上的，虽然跟人说“我不爱你”还跟人结婚实在够傻，但是傻到把自己一辈子贴进去弥补别人的“错”，还真是感人至深啊。

后来我突然灵光一闪，跟 Hope 说：其实 A 女何必呢，对付大河和鳄鱼哪里是女人的活儿，不如乖乖在对岸等着，看未婚夫怎样英雄救美就是了。说完了我突然想到这里是美国，“women leader”（编者注：女性领导者）的传单满天飞，不知我会不会被集体反驳，结果出人意料，所有的人都恍然道：对啊，这事让男人去考虑好了，她干嘛非要去借船啊。

……

我总是觉得这个故事有点什么深意或者象征意义，想了很久想挖掘出什么来，迄今未果。

不过，有一点我能确定，这是个很伤感很伤感的故事。

血洗土豆

悄悄快乐 2009－10－14　11：13

就是说，我又切到手了。

还真是马太效应，啊！上回在手上划了个浅浅的口子原来只是小演习来着，这回可真是切到肉了。

我瞪着眼看着新切的口子泛白，发红，鲜红，滴到土豆上。第一个念头居然是：哎呀，这块儿土豆得扔了。

痛加上一些复杂的情绪，忍着没让眼泪流出来。哭就太奢侈了点儿，叫我都没叫一声。没人疼的孩子，最起码吧，身边没人疼的孩子，当然是百分之二百的勇敢坚强。我瞄了一眼旁边的客厅里看杂志的某姐姐，想着要不要说一声呢？想想还是算了。

于是我倍儿镇静地把刀放到一边，上楼梯，回房间，抹碘酒，哎呀，这时候鼻子酸了点儿，再勇敢坚强的孩子也能感觉到疼不是。然后裹上创可贴。上回启用了我还很没心没肺地窃喜来着。我说上帝啊，意思一下就行了，总不能这一大包都让我用了吧。

然后我下楼，扔了那块儿被血洗的土豆，然后继续切其他的土豆。不一会儿，创可贴被浸透了。

怎么回事儿啊，这不是防水创可贴吗？怎么不防血啊？

上楼，重新操作一遍包扎程序。

还没切完呢，下楼，继续切。切不完的土豆啊。不过晚饭吃到了蜜汁红烧鸡块儿，心情大好。

其实不怎么严重哈。这不，也没影响我打字。

就记录一下，没什么别的意思。很久很久以后跟孙子还可以吹吹：你奶奶当年如何如何，你看看你们现在这么娇气。

那些认识我爸妈的人，不许聊天儿的时候往国内顺嘴透露啊。人际传播这事儿忒有效率。尤其是你，大嘴猴，别跟你妈说，听见没？

几时休

悄悄快乐 2009－10－18　12：53

异乡的雨，总是显得特别冷。

已经开始穿大衣系围巾了，偏偏又是好些天没看见太阳。已觉秋窗秋不尽，哪堪风雨助凄凉啊。

撑着伞走在街道上，看着车灯一盏盏掠过，射出惨白凌厉的光柱。这里的街道上向来没有什么行人，常常一走就走到一片片无边无际的草地，让人觉得很无助。伞柄很凉，伞布在风里轻轻地抖着。水红底衬着银色小花，花上缀满了眼泪。

秋天的华盛顿，实在是很美的。一树一树的叶子，不管是红，黄，还是绿，都娇艳到极致，挂在树上的时候像一幅幅小画，落到地上组成一幅大画。我捡过一些，但第二天总能发现更美的，而小心翼翼地夹到书里的那些却渐渐黯淡了颜色，没有水分，只留怅惘。

夏天的时候，我以为我的房间太热了。现在我才知道，它夏天才热，冬天是个冰窖。我有一个会随温度变色的杯子，现在是彻底的冰蓝色，我都忘了它雪白的模样了。下午买了床被子，不幸尺寸合适的只有白色，会不会有盖着雪睡觉的感觉？好在睡觉是闭上眼睛的，我要想象盖着我的橘色被子。

橘色的被子，现在还在复旦宿舍的床上呢。突然很想它，阳光下晒一天，梦里都能闻到阳光的味道。这里的烘干机多么没有意思呢。还有大老鼠、毛毛虫、小丑娃娃、流氓兔……它们都围坐在橘色被子的旁边呢。突然很不伦不类地想到“遥怜小儿女，未解忆长安”，而我，每天睡觉前都会想到那占了我半床的一群布偶动物们。

我把那只陪我走过山山水水的牛仔老鼠带来了。它现在坐在窗台上，黑溜溜的小眼睛看着我，竟然也有一丝寂寞。窗外，依然是无边无际的冷雨，而“被”实实在在是“未温”的。

回家的日子，虽然有期，却还遥遥。现在，我只想要一片蓝天，几片云，还有云间的暖阳。

只有美丽的邂逅，没有快乐的分手

悄悄快乐 2009－10－21　13：03

不经意间总能发现时光如刀，一直那么锋利，磨来磨去，坚如磐石的东西就被磨得不堪一击了。

林志颖已经当爸爸了，而且当了1年了。当年多么喜欢那张娃娃脸和清泉一样的大眼睛啊。特喜欢看《旋风小子》，那个镜头：失意的四毛走在广阔的草地上，一架飞机从头顶高高地掠过，背景音乐是《心云》，忧伤的，又是悠扬的，一个伤感又执著的男孩子的诉说：

天上的云是我的心，
风吹过飘流不定，
谁能用真情，
谁能用真心，
让我的心不再像浮萍。
……

当时把我以及一众小姑娘迷得，那叫一个七颠八倒七荤八素啊！我们还很认真地讨论过，这么帅这么可爱的男孩子，居然会没有什么女孩子喜欢，她们都什么眼光啊？虽然我们只是小学生，但我们多么想跳到电视里面去“让他的心不再像浮萍”啊！

《旋风小子》是1994年拍的，《校园敢死队》也是。那年，确实有一个女孩子让林志颖的心不像浮萍。是啊，他唯一承认的前女友，林心如。

很多人不喜欢林心如，说她有心计，太强硬。很多理由。可不知怎么的，我总觉得对这个大眼睛女孩子有点心疼。从小家庭不幸福甚至不完整的孩子，总是有一点点先天不足。再快乐，再阳光，也会在一些时刻感到深深的刺痛和无力吧。他们怕疼，才会强硬。

她是新人，他是明星。他们都很年轻。

聚少离多了，谣言来了，绯闻出现了，分手了。太多的明星都是这样，都这样解释他们的分手原因。

林心如和苏有朋绯闻满天飞的时候，林志颖终于沉不住气了。他发“我们分手吧”的传真到《还珠格格》剧组，于是尽人皆知。这是个孩子气十足的举动，本来很可爱；可林心如不满的，正是这种孩子气。就这样，分了。

很多年后，《康熙来了》她当代班女主持采访他时，她还是很强硬的样子，总在一些地方刺他一下，他却老是宽容地笑。可是，谁都能看出来，他们都在乎；而她，更遗憾。

看了这个故事以后，我把《可惜不是你》翻出来听。我发现忧伤的歌总是更好听，而且让人浮想联翩。比如，刘烨结婚了，新娘不是谢娜；比如，布拉德·皮特终究弃了安妮斯顿；比如，格里高利·派克一辈子也没和赫本走到一起却说她是他最爱的女人……明星们的事，再小也是大事。许多许多的人为他们唏嘘，为他们遗憾，给他们贴上“人生若只如初见”的标签。

前一段时间我很迷另一首歌——《我们说好的》。也许因为那个MV[①]太感人，也许因为那个故事，那个因为生活压力让校园爱情窒息的故事更接近普通人的生活。那句“我们说好绝不放开相互牵的手，可现实说光有爱还不够”真是有着直击人心的力量。爱情明明没死，却不得不分手，原因居然是没放在眼里过的“现实”。“我们说好下个轮回里面再碰头”吗？下个轮回里，自然有下个轮回的迫不得已。

---

① MV是Music Video的缩写，即音乐视频的意思。

一边是明星，一边是普通人。一边是扑朔迷离的分手原因，一边是简简单单的无可奈何。一边是聚少离多终成恨，一边是贫贱夫妻百事哀。一边显得矫情，一边显得可怜。其实……

其实，都一样。只要是有过真感情的，分手就没什么快乐的。忘得快也好，忘得慢也好，多年后想起来，不管此时幸福还是不幸，也还是痛的。那个人的面目，早已经模糊不清，可是你忘不掉他爱吃的东西，他爱听的歌，他说话的语气，而更可能的是，那已经成了你爱吃的，你爱听的，和你的语气。而初识的那个地方，也许你刻意绕开再也不去，也许你会常常去凭吊一番，总之那再也不是平常的小路、海边、饭店或者图书馆。一定是这样的，我以为。

因为，分手不快乐。

所以，别轻易说什么如果下辈子如果我还记得你，而是，这辈子就和世界战斗一下吧。

战斗不全是对的，不战斗的后悔却更难让人原谅自己。

其实，悲伤的歌词里，最让我伤感的一句是“我只是难过不能和你一起老，再也没有机会看到你的笑”。看，有的人清楚地知道分手后最深的痛是什么，却不得已地认了。这，也就是彻底地无药可救了吧？

所以我们是彼此最爱的女人

悄悄快乐 2009-10-24　23：24

——十二月乖乖地等着我，哪儿都别去。

——肯定见得到的呀。

——你只满足于见得到啊？我要的是朝夕相处！

——那我跟你回家见家长吧。

——我走了以后你都跟谁在一起玩儿呢？

——我一个人呀。

酸酸的甜甜的，营养多味道好……

我的李雷，你的韩梅梅：遥远的前初恋时代

悄悄快乐 2009-11-06 23:39

一切从那本英语书开始的
那书中的男孩 Li Lei
身边的女孩名叫 Han Meimei
还有 Jim、Lily 和 Lucy
Kate、Lin Tao 和 Uncle Wang
一只会说话的鹦鹉叫 Polly 它到处飞
好多年没有再一次翻开它
但哪一段说的谁和谁
偶尔还能细细回味
书中他们的喜与悲
书外身后的是与非
还有隐隐约约和我一起长大的小暧昧
后来听说 Li Lei 和 Han Meimei 谁也未能牵着谁的手
Lucy 回国 Lily 去了上海
身边还有了那么多男朋友
Jim 做了汽车公司经理
娶了中国太太衣食无忧
Lin Tao 当了警察
Uncle Wang 他去年退了休
有点遗憾 Li Lei 和 Han Meimei 谁也未能牵着谁的手
一样的是我们都有了个当初不曾遥想的以后
还好 Polly 它还活着就
像我们当年的小美好
它永远都不会老
在心底不会飞走了

《李雷和韩梅梅》，这其实不算一首伤感的歌，可是很催泪。

你一定有过韩梅梅，就像我曾有过李雷。很可能最早的时候因为橡皮尺子“三八”线的事情吵过一架，然后有一天突然发现，对视的时候会脸红，说话的时候会心跳。当然也可能三年，六年，没有过一点点交集，只在每天早晨盼着

他或她走进教室或者放学时擦肩而过的那一瞬间。又或者每天讨论题目、下五子棋、没心没肺地打打闹闹，直到快毕业的时候才发现相处已经成为一种习惯……

有一种感情纯洁得连手都不会牵，并肩走都会不好意思，甚至只会用凶巴巴的语气或者不理不睬来表达。懂得的题目，去问；不懂的题目，问完了才发现什么也没听进去。上课时莫名就会踢踢他的凳子，下课后回到座位上发现最喜欢的笔没有了，第二天才又出现……

老师说：你们俩别说了，怎么这么多话说！

老师说：我得把你们俩调开，不能坐这么近。

老师说：你们还太小，将来还会遇到很多很多的人！

其实，李雷们和韩梅梅们被叫到办公室之前什么都没意识到。听了老师的话才忽然心里一怔。于是有了一点点不自然，有了一点点小暧昧。

后来大概还是什么都没有发生。毕业照的时候，站得很远。然而，一眼就能找到。

后来，许多年过去了。

你记不记得打雪仗时被你砸哭的韩梅梅？

你记不记得把上课睡觉的你推醒的韩梅梅？

你记不记得考试时把卷子朝你倾斜了一点的韩梅梅？

你记不记得找你借了两次相同的书的韩梅梅？

我记得背书忘词了时提醒我的李雷。

我记得和我上课合看一本书的李雷。

我记得在我的课本上画了一堆小人儿的李雷。

我记得送我人生第一朵花却忘了留下名字的李雷。

教学楼都重建了，新宿舍都盖好了，我们悄悄互相留言的那台机房电脑，更不知道更新换代多少次了吧。

同学聚会上，我们都比以前好看了，都懂得矜持和优雅了，为互相所不知道的学习工作恋爱的事开心着也烦心着。然而，因为共同的儿时回忆而大笑的那一刹那，我们看到了李雷和韩梅梅稚气的脸庞一闪而过。

他们在十年前朝我们淘气地笑，笑容纯净。一点点怅惘，一丝丝清甜，越过长长的岁月弥漫开来。是的，你曾是谁的李雷，我曾是谁的韩梅梅。

—Hi，my name is Li Lei. Nice to meet you. ①

① 你好，我的名字是李雷。很高兴认识你。

—Hi，I am Han Meimei. ①

当身边的姐姐成了妈妈

悄悄快乐 2009－11－20　12：36

想起菲菲姐会有无数幅画面在脑子里此起彼伏，最清晰的是两幅：2004 年冬天的教室里见到她留着很大妈的短发穿着黑色羽绒服，那是初见；还有就是 2008 年金秋那个美丽的新娘，那个幸福满脸啊。这是第一场我以个人名义并以伴娘身份参加的婚礼。我的两个第一次：小礼服和高跟鞋，全献给这次盛典了。

时间匆匆溜走，冷漠地连头也不回。丁小宝同学居然已经是个有独立思想自由意志的生命个体了：那深深的双眼皮儿、娇嫩的小手儿，哎呀呀，虽然只看了照片，也真是越看越爱啊！我一直就很喜欢婴儿，婴儿们也都愿意和我亲近。不过，负责任地说，丁亦遥小盆友②是第一枚（个）让我感慨万千的婴儿：我们这批人终于正式做长辈了，可以再装装嫩可是真不能再把自己当小孩儿了。必须好好地上进啊，是对自己负责，也是对下一代负责了。

菲菲姐的开心农场（包括姐夫的），开始抛荒起来。养小朋友的确辛苦啊辛苦。

菲菲姐（包括姐夫）在照片上的笑容也不一样了，不知哪儿就透出那么一股慈祥的劲儿。

人人网居然还惊现了丁小宝同学的主页，姐姐姐夫果然是幽默的人。我不禁浮想联翩：不知哪一天开始，丁小宝小盆友会自己打理自己的主页，而会不会有一天，我会在人人网上看见自己的儿子或者闺女。不知孩子们对他们妈妈年轻时的纠结、烦恼、开心和乱七八糟的小情结会作何评价？

我知道我想多了。可是一个新生命的诞生，这是多么爆炸性的事情啊！

盼着一个月后能去亲手抱抱丁小宝。等不及啦！

---

① 你好，我是韩梅梅。
② 网络语言，即朋友的意思。

失落已久

悄悄快乐 2009-11-22　12：04

步行整整一个小时实在不很愉快。虽然头上有蓝天，身边有碧草，可我是在以竞走的速度寻找一个商店。

我问了五颜六色的人，他们给我乱七八糟的答案。事实证明：顺着一条直得要死的路走到崩溃，就到了。

在 REI[①]，我先是看中了计步器两个，小剪刀一对，最后还是放弃了。

买了户外两用的勺子叉子。我为我上次基本一样的那个默哀。好好的户外餐具，也算系出名门，居然被腰斩于我的伪乐扣饭盒之中，真让人潸然泪下唏嘘不已。上次买的是粉红色，这次买的是灰蓝色。从昨天开始心情很不好，这是个明证。

我向营业员问路，真是又帅又负责。

在帅哥的指点下我又看中 REI 的快干裤 1 条快干衣 1 件，走运的是还都属于清仓范畴。我狐疑地把自己向 XS 的衣裤之中塞去，居然松松的。浅咖的裤子浅军绿的衬衫，看上去颇为不错的小树一棵，这是怎样的狂喜者和幸福者，事实证明心情低落至死的时候上帝会给点补偿。

然后我发现是中国制造。

好在和国内比毕竟能省些银子。买！

在付款的地方我被忽悠成了会员。这简直是必然的。我怎么这么容易被忽悠。提着纸袋子上地铁。时不时瞟瞟我的盼了很久的终于到手的 REI。心情很复杂，很复杂。首先，我很思念我万里之遥的红背包；其次，我很茫然下次什么时候可以户外运动。

很自然地我又开始回忆西藏了。哪次低落的时候都会使劲想想西藏，狠狠回忆，再狠狠憧憬何时再去。

这次没挡住失落之情潮水一般涌上来，把开心的沙滩淹没得一干二净。

堪比做好了佛跳墙，发现自己得了厌食症，或者收拾好了行李，发现已经误点了。

又或者穿好了婚纱，发现新郎跑了。

可能的悲惨的事怎么这么多？我的失落几乎要转成悲伤了。

---

① REI 是 Recreational Equipment Inc. 的缩写，是美国也是全球最大的户外用品连锁零售组织。

滴答，滴答，滴答

悄悄快乐 2009-12-01　12：52

眼见着青青葱葱的叶子变得鲜红嫩黄，现在是彻底零落成泥了。回家前的日子，屈指可数。下周的今晚，已经可以去五角场喝快乐柠檬了。

从夏天盼到秋天，再到现如今的北风如刀，真是一天一天数着过来的。视频时爸爸妈妈老表扬我表现不错，没有打电话回家撒娇。其实呢，不过是因为已经觉得自己甚为不孝，打定了主意报喜不报忧罢了。好容易盼到飞回去的日子就在眼前，忽然有些心慌慌。怕什么呢？怕变化吗？怕陌生吗？不清楚。“近乡情更怯”，真是传神！

《飘》里说，女孩子们对于“结婚”的想象，都是到教堂为止；我现在对于回家的想象，也不过是到机场为止。至于后面可能有的琐碎、烦恼、忙碌乃至混乱，暂时无暇顾及。至于渐渐迫近再次离开的被凌迟之感，更是不敢细想。不过即使这些一样不缺，也还是会串联在许多盼了很久的事情当中吧。估计回去以后，会舍不得睡觉的。

一到想说的话很多的时候，我就说得乱七八糟甚至一句像样的话也说不出来。就像感恩节那些天，很想很想写篇东西感激那些“贵人”，单单这几个月吧，就给了我无穷的力量和支撑，可是最终还是觉得怎么写都很轻飘。现在，相似的感觉又来了。

还记得那天白宫的升旗仪式上让五星红旗映红了眼眶，那天中文学校的party（聚会）上一句“流浪的人在外想念你，亲爱的妈妈”让全场唏嘘。还有前两天我和一位临时决定回国过圣诞的朋友的对话。

——你不是说寒假不回家吗？

——……后来还是想回。

——什么时候决定的？

——有天晚上，下雨。

好生活，要保持（1）

悄悄快乐 2009-12-13　22：45

这几天待在家，冷极，还是阴冷。好在俺爹俺娘可爱一如既往。

现代化的生活

爸爸从火车站接我回家，然后“哧溜”不知道钻到哪里去了。我在厨房和妈妈罗里啰嗦。“丁零……”电话响。

果果：喂，你好。

爹：丫头，让你妈接电话。

果果疑惑地大喊“妈咪，我爸电话”，然后飞速思考刚进门的老爸怎么会瞬间出门了呢。

娘接过电话：喂，怎么啦?

爹（声音从电话听筒和卫生间里一起传出来）：待会儿热牛奶的时候别弄得太烫。

驼　背

晚上从饭馆吃完饭回家，一老太太走上来找我爸乞讨，我爸找啊找啊找出1枚5角硬币。结果又冲上来一女子继续乞讨。老爸翻找衣袋未果。

娘：别找了。你没发现后来这人很年轻吗?

爹：好像是。这么年轻也来讨饭，真是不学好。

娘：就是，还驼着背装老太太……

猛回头，盯上微笑看热闹的我：你看看，知道了吧，驼背就会显得很老没精神。挺直一点，听到没?

我：……

倒　戈

下午和爸妈逛街，买了双美丽的新靴子。回到家我妈试穿。

娘：啊，这双靴子我穿也很好看啊。

少顷。

娘：啊，看，配裤子裙子都很好看啊。

爹：丫头，你妈想把靴子据为己有。

我：没错，妈，你是不是想把我的靴子据为己有?

娘（直视我爹）：你说，难道不好看吗?

爹：好看，好看。我坚决支持你留下这靴子自己穿。

我，默默走开。

可是他，相信爱

悄悄快乐 2009－12－24　00：32

Eason. ①Eason. Eason.

我爱这个男人。

他坏坏的，胖胖的，有点耍赖有点猥琐。他不是那种见他前要化好妆挑件美衣怯怯问好立刻满脸通红的男人，他是那种可以乱着头发歪在沙发里嚼着零食与其侃大山的男人。

在冬夜听到这场温暖的演唱会，我觉得很幸福。

本来是因为静茹姐姐结婚前再也不开演唱会，所以退而求其次的选择，没想到这样美好。

接受现实，他说“不如这样我们拥抱到天亮”；

他懂得自嘲，他说“好男人不好做是不是整个社会的错”；

他曾单纯，他说“怀念单车的我们唯一有过的拥抱”；

他很智慧，他说“荡气回肠是为了最美的平凡”；

他很残忍，他说“没有承诺哪有未来”。

我知道那些不是他写的词，可是在我看来，那就是他说的，而且直抵人心。

最后他说：可是我，相信爱。

我没出息地俗套到死地泪流满面。

未来的日子不是云上的，是泥里的。我不是在某一个瞬间知道这个事实的，所以并没有雷轰电掣。我是慢慢地、渐渐地领悟的，于是心里一直在钝钝地痛，无法向人诉说，最亲近的人也并非没有一点点表达障碍。

那天有人跟我说：我觉得你对未来的不安降低了你现在的幸福感。

是的。可是我该怎么消除恐惧？

烂烂的、头发卷卷的 Eason 说他相信爱。爱有时很假有时很苦有时太现实，可是他相信爱。

未来我们会长皱纹肚腩，会在菜市场讨价还价，会被孩子折腾得没脾气，会成为最普通最普通的人吧。

可是我，相信未来。

对了，也相信爱。

---

① Eason，即陈奕迅，香港著名男歌手及演员。

错过就不再回来

悄悄快乐 2009－12－27　19：29

我睡了个天昏地暗日月无光。睡前很难过，起来的时候却挺开心。由此推断大概做了些好梦吧，可是我不记得了。

中间醒了一次，看见一条短信：下雪啦！

我还没来得及想什么，就又睡着了。

再醒来，又是一条短信：下雪了。

可是雪已经没了。化光了。没来得及收的衣服上残存着一些小冰晶。

我睡了一觉，就错过了整整一场雪。

再有雪，也不会是这场。

就像我喝了点酒，就错过了好几十首歌。

再唱，也将是别的夜里或者白天。

为什么会有那么多的无奈那么多的遗憾，为什么所有的错误都是无法弥补的所有的日子都是无法复制的，为什么眼泪流出来就收不回，为什么想说的总是说不出口，说出口的都显得那么喧嚷浅薄和无理取闹。

不过还是感到了幸福，当别人看到下雪会告诉你的时候。

你们不是因此而特别。可仅仅是为此，你们也是特别的。

好生活，要保持（2）

悄悄快乐 2010－01－03　22：13

不得不说，跟俺爹俺娘在一起，会笑得很开心。

怪味水儿

吃火锅中，服务员送上几杯水。

俺爹：这水的味道好怪呀。

俺娘：还好呀，哪里怪了？

俺爹（恍然状）：哦，这里是鲁西肥牛吧？怪不得一股牛肉味……

服务员、俺、俺娘（集体黑线）：这是柠檬水……

能源问题

继续吃火锅中……

俺娘（突然想起）：咦，这火锅是电磁炉的吧，可是从哪儿通电呢？

俺爹、俺、姥姥、爷爷，不理，低头狂吃。

俺娘（兴致盎然，左瞧右看）：从哪儿通电呢？（欣喜）哦，我知道了，这电磁炉用的是气。

俺爹、俺：你也知道这是电——磁炉啊！

菜名儿

某日不知为何聊起名菜。

俺爹（洋洋自得）：你知道吗，我给烤乳猪起了一个特别好的名字。

我：什么？

俺爹（陶醉状）：就叫“这个世界不见也罢”！

俺（低头）：很好，以后我再也不忍心吃烤乳猪了。

陈年旧案

俺娘（忆苦思甜中）：你们这些年轻人啊，现在再苦，也比我们当年好点儿。我和你爸结婚的时候，那穷的。就一样家用电器……

俺：手电筒么？

俺娘（依旧忆苦思甜中）：不是，半导体收音机。后来还在吵架的时候被摔坏了。

俺（兴致立即盎然）：我要听细节！谁摔坏的？

俺娘立即沉默。

俺爹（兴高采烈）：小徐你应该有这种眼力。

有一个坏男人

悄悄快乐 2010－01－04　22：03

元旦那天从上海回家。孤身一人在站台上数车厢时，看见一男子正与一女子热吻。虽然那男子比较丑陋且头发金黄，也不由我不对其生出几分非恶感。

坐定。一会儿，那男子走过来了，原来就是我对床。他很熟悉似地说：“小妹你好啊。”我汗了一下，一想这种天生自来熟的人也是有的，于是笑笑。

男子坐定，掏出手机打电话：

“老婆，我坐下了。对对，挺好的，快开车了。老婆你回家路上小心啊！老婆，回去再睡一觉啊，起这么早。不过吃过早饭再睡啊，不然老公多心疼啊！老婆你好好的啊，老公到了就给你打电话。”

我听得既很汗又有一丝感动。“老婆”这称呼频率也太高了，何况以“老公”代替“我”，甜得太腻了点儿。不过齁着了，也是甜啊。那“老婆”心里该是很受用的。

男子甜言蜜语10分钟左右，挂机。世界清静了。

3分钟后，又掏出手机：“老婆。”

我疯了！不至于吧？今天遇上一情种？这也太难分难舍了。

“老婆，刚起床？昨天干吗去啦？就知道，和同学玩儿也不能累着呀！”

我愣了3分钟，然后醒悟了：这不是那个“老婆”！

“老婆，不是我不愿意留在那儿，他们太欺负人了！你愿意你老公总是受人欺负么？老婆，我告诉过你，自从遇见你，我已经不是以前的我了。我再也不会惹事了，我要老老实实存钱娶你。咱俩结婚的那天，我一定会给你一个满意的答案。”

我四顾：没摄像机啊。

于是我很想吐。

一刻钟后，男子挂机。

凑上来：“小妹，哪个学校的？”

我纯洁地眨眨眼睛：“我毕业了，在公安局扫黄打非办当文秘……”

好生活，要保持（3）

悄悄快乐 2010－01－05　21：36

仁者见仁

俺娘向俺展示新买的漂漂[1]玻璃碗。

俺：我怎么觉得这花边不太好看……

俺娘：怎么不好看？一圈小苹果。

俺：可是我觉得像——算了，我不好意思说。

俺娘：为什么会不好意思？

俺爹（在旁边已经等了很久）：其实我一直想说，为什么要买花边像屁股的碗呢。

刘海的悲剧

俺娘总嫌我头发不好看，某晚带我去修刘海儿，修了以后俺娘看了几分钟

① 网络语言，即漂亮的意思。

之后未作评论于是我很惴惴不安。到家。

俺（迫不及待）：老爸你看我的新刘海?

俺爹（哭不哭笑不笑的表情）：哦。

俺：请用两个字形容一下~

俺爹：（暗忖）“丑”是一个字，“不好看”是三个字，而“美丽”“好看”“漂亮”“可爱”全是两个字。

俺爹（欲言又止终于选好词儿了）：不懂。

为人作嫁

某凌晨俺娘和俺兴致勃勃看周立波。

俺：妈咪我想吃小核桃。

俺娘：不行，这么晚了。

俺（可怜状）：可是我想吃。

俺娘：不行，油太大。

俺（打滚）：就吃几颗。

俺娘：好吧。

俺兴高采烈直奔客厅，后面远远传来俺娘的呼唤：给我带点花生过来。

事实证明：我拿到了花生，可是没有找到小核桃。

瞬 间

悄悄快乐 2010－01－10　13：21

一个好朋友跟我说：我突然觉得自己还年轻，这是不是说明我真的老了?

其实即使是现在，我也没明白这里面的逻辑关系，可是莫名地觉得很有点道理。无须解释，开口便错，这是一个有力的反证。

回头看，“瞬间”真是一件很有力量的东西，许多许多的它们来了又去了，所有的未知就都纷纷成了无法挽回。而有那么一些瞬间，短短的，小小的，充满了偶然，却可以奠定整个生命的基调，这本身就是个奇迹吧。

我有一些后悔的事情，悔青了肠子悔伤了心，可是回到那些瞬间，多半还是会做一样的选择。有的人最爱和自己闹别扭，我是其中的典型代表。

上海又下雨了。上海冬天的下雨天是个魔法师，每次遇到它我都不正常。

今天我要吃八分熟的鸡蛋。而我居然吃到了。这又是一个奇迹。

我知道我在一步一步地走向那个陌生的答案，却希望揭晓的瞬间永不到来。

当我不是归人，只是过客

悄悄快乐 2010-01-14 21:35

我在应该到机场的时间发现时间不对，整整晚了2小时。要不是碰上陈恒、大左、郑思、瑶瑶众人抬箱速度快，我就真挂了。根据惯例，是我不小心；根据惯例，我能赶得上。

不过，下次还是别了。真是会得心脏病呢。倒有一个新发现：从复旦到浦东机场，最快是半小时。而且神奇的事情出现了：我打着车接了要送我的而此时还分散在不同方位的两位同志，然后该有的午饭话别什么的，全都给我省了。我知道他们原计划共进我缺席的午餐去了。我很嫉妒很抓狂，我嫉妒他们两个。

时间紧倒有一件好处，就是来不及难过，以为必然会出现的泪洒机场没有出现，于是我泪洒蓝天了。我是对着舷窗外哭的，谁都没有看见。

我知道1个月多一点儿的时间是很快的，我奢望它能慢一点点，可是没有，就是没有。

我计划了好多事都没有做，我常常连睡觉都舍不得，可还是留下了许多许多的遗憾。我对他们（她们）说夏天见，可是看看裹得像个粽子似的自己只好失笑：夏天，好遥远啊。

3小时后，日本成田机场。薄暮时分，火烧云璀璨得有点凄楚。

住在机场附近的一家宾馆里，小小的，精致的。狠狠泡了个澡，吹干头发，走出门去，却只看到了缠在灌木上的冰蓝的霓虹灯和门前一条车来车往的高速路。

两小时前，服务台漂亮小姑娘的语气很坚决：Nothing. Nothing funny near here①.

是啊，也只是碰碰运气。于是我怏怏地退回房间。

我在想24小时前48小时前1个星期前我在干什么。所有的快乐都那么甜，所有的不爽似乎都含有一点快乐。

可是这是24小时以后48小时以后1周以后，在这个手机只有3G才有信号，电话28元人民币1分钟的地方，我是不是该老老实实看两集*Friends*（编者注：《老友记》），然后睡觉去？

也是这个机场，那天我饶有兴味地狂逛免税店，看看这个摸摸那个。对着普通不过的背景玩儿90后式自拍。太傻了，可是多么开心啊。

因为那是5个星期前。那天我是个归人，可如今只是个过客。

---

① 附近没有好玩的。

一碗扁豆胡萝卜蘑菇蛋炒饭的曲折诞生史

悄悄快乐 2010－01－22　11：34

我本来想炒个扁豆炒蘑菇，后来想想把饭一起放进去炒算了，那么当然加个鸡蛋比较有营养。可是颜色不够好看，那么再加点胡萝卜吧，然后，经过曲折的过程，这碗扁豆胡萝卜蘑菇蛋炒饭就诞生了。

曲折的过程是这样的：我先用电饭锅把饭做上，然后把扁豆切成丝儿，胡萝卜切成丁儿，蘑菇切成块儿，再搅拌一个鸡蛋。等了一会儿，饭熟了，和以前一样，不干不稀，不软不硬。然后，放油，油热；放菜，炒；放蛋，炒；放饭，炒；放盐，炒。到这里都是完美的，错就错在我一时脑抽筋想放点辣椒粉。由于我做菜的时候基本不放辣椒粉，所以对辣椒粉瓶子的状态很不熟悉，于是我默认这个广口的瓶子是那种有小洞洞的佐料专用瓶。

哗……

我看着小半锅辣椒粉呆若木鸡。

醒悟，关火。拿小勺儿小心翼翼地把没沾上饭啊油啊的辣椒粉往瓶子里舀。舀啊舀啊舀……请叫我愚公。

舀得差不多了，还是红红的一片。当然，要把最上面一层辣椒粉饭给去掉。等去掉了，发现炒饭只剩一小半了。

我当然不想明天中午饿着。好好的腊八没粥吃也就罢了，饿着绝对不行。那么，再炒点？扁豆胡萝卜蘑菇可以再切，那么，饭呢？电饭锅此时正做着锅巴。于是，我决定创造性地使用微波炉！

我想当然地拿了个碗，放了点米，加了点水。想了想，蒙了层保鲜膜。再想了想，万一爆炸了呢。于是想当然地把保鲜膜移了移，露出条缝。放进微波炉，想当然地定了8分钟。转到第3分钟的时候，水开始沸腾，从那条缝里涌出。眼见水势无法控制，我立刻打开炉门，果断地在碗上放了个锅盖。治水成功，不过用的是“堵”的办法，请叫我鲧（并且请忽略读音）。

8分钟到，戴着老外拿很烫的烤盘的那种大塑胶手套把饭端出来。平平一碗饭，看上去很有乡间老厨的效果。可是一吃，徒有其表，没熟。

好在不是还要炒么？又切了点儿扁豆丝儿、胡萝卜丁儿、蘑菇块儿，炒，炒，加水；炒，加水；炒，加水，不要怕我在机械重复中感到生命无聊，由于我老是忘掉那个刚从微波炉里拿出的碗很烫而又老想用它接水，所以每当我觉得无聊时都会被狠狠烫到。我，居然，把夹生的饭，炒熟了！请叫我奇迹。

我把两次炒的饭混在一起，尝了尝，不错，个别米粒居然还很有QQ糖的口感。

一碗扁豆胡萝卜番茄蛋炒饭就此诞生。

我就是这样开心起来的

悄悄快乐 2010 - 02 - 01　12：56

漫天大雪。

艰难无比地走路，搭地铁，再走路去中文学校上课，结果封校。他们没来得及通知我。

我就在漫山遍野的白茫茫中想象了一下，如果此时我不在这个鬼地方而是在家里吃着果冻看《哈利·波特》，或者在上海和狐朋狗友们进行期末疯狂会是怎样的胜景？当然当然，这个时候不悲从中来就不太正常了。

结果。

雪地里走来一个老帅哥和一个小帅哥。老帅哥 40 岁左右，小帅哥五六岁。老帅哥大步走来，小帅哥跌跌撞撞后边跟着。

显然，这也是没来得及被通知的家长与学生。

家长看到我：哦？你也进不去？是不是不上课了？

语速极慢，原因不明。

我：大概吧。没通知我，不过看这样子是上不成了。

家长很惊喜：啊，你中文说得这么好。

一脸释然。

我，无言以对。

家长继续：你是这里的学生吧，学得真好。

我、我、我……我突然就开心了起来，要知道这里最高年级也不过是 high school（编者注：高中）。

哈哈哈，我更喜欢我妈咪给我买的这顶连着围巾的帽子啦。

然后我开心地往回走，路过超市买牛奶，看到了某杂志上珍妮弗和布拉德的经典笑容，很大很大的字写着："YES，THEY ARE TOGOTHER AGAIN！"[1]

于是我更开心了。我喜欢这样原来还是你陪我到最后的故事，于是我不顾再也不乱花钱了的誓言买下了那本杂志，继续开心地往回走。

---

① 是的，他们又在一起了！

这下你们知道为什么我昨天拍了许多雪景和无意义自拍了吧。

风雪宅人

悄悄快乐 2010－02－06　12：57

这不是 DQ① 冰淇淋，这是真的暴风雪哦。

雪花从上午 10 点多开始飘，然后变大，然后抱团，然后终于在晚上 10 点多被大风吹得漫天狂舞，打着旋儿飞来飞去。

天空微红，迷迷蒙蒙地看不清楚。屋子里很温暖，让人有心情透过窗户看东倒西歪地挣扎着的树并且怜悯之心油然而生。

我第一次看暴风雪，居然还是立春之后的暴风雪。那种狂妄的劲头儿好像要用雪把天地都盖住。路上当然是没有一个人的。谁家屋檐下有个风铃，风雨的日子里常常能听到水洗过似的声音，现在也哑了，被呼呼的巨响盖住了吧。

早上去买菜，储备未来数天的粮食。那时天空一片肃穆的铅灰，一看就是在酝酿大动作。每个人面前的购物车都是满满的，导购员慌慌张张地维持着秩序。提着大包小包回到家，美国室友正打着手机订披萨。我笑，觉得这一切真是夸张，直到暴风雪真的到来。

学校都封了，所有的活动一律取消。于是，宅着吧。

国内今天过小年呢。每年都是过年前的某一天突然听到噼里啪啦的鞭炮声，于是和爸爸妈妈一起恍然大悟：哦，过小年了。今年却这么清晰地看着小年到来，大年走近，尽量让自己高兴点儿，循着各种热闹而去。可是暴风雪来了，于是热闹暂时中止。

我还真不习惯寂寞地宅着。照例读文献、写论文，不时看看 *Friends*（《老友记》）。突然不知哪根筋动了，从网上找来梁静茹的小巨蛋演唱会一首一首听。做了椰汁鸡腿，出乎意料地好吃。

所以你看，宅着的时候，还是要努力弄得一切都很热闹。只是在望向窗外的一派肆虐的时候，听到恶狠狠的风声的时候，感到一点点冷。无关乎温度。

我喜欢旅行，喜欢认识陌生人，和他们成为朋友。只是，还不习惯每一天都是旅程，每个人都是路人。

暴风雪将持续到明晚。旅人，请你继续宅。

---

① DQ 是 Dairy Queen 的缩写，意为冰雪皇后。

到底会是谁，陪谁到最后

悄悄快乐 2010－02－10　23：16

布拉德·皮特又和安吉丽娜·朱莉带着儿子看球了，又在球场激吻了；珍妮弗·安妮斯顿奇怪地沉默着。于是那场总是吸引很多眼球的三角恋故事，又开始扑朔迷离了。

当然可能是有预谋的炒作。事实证明，很多大家以为是真情流露的明星的那些事儿，最后都以被证明是炒作而告终。开始，跟着主人公们哭哭笑笑一通，最后发现居然是造假的时候，都像吞了只苍蝇一样恶心。不过呢，苍蝇吞多了，也就习惯了。看明星八卦，要学会忽略真伪，去芜存菁，看清本质，为我所用，让无聊的事情对自己有点意义。

如果，他们仨的一切都和炒作无关，就是纯粹关于感情的故事呢？就是一个男人娶到了近乎完美的好女人，却被野性的个性女人吸引的故事呢？就是这个男人徘徊在安定与激情之间，最后还是选择维持现状的故事呢？就是好女人苦苦痴情等待，不顾一切地说出“愿意照顾他生活起居”，最后还是等来一场空的故事呢？

这个故事太俗了，太扯了，不过还是比灰姑娘的故事现实，比王子和公主幸福地生活在一起的结局更加能教人学点乖。

我不由自主地喜欢安妮斯顿，希望好女人有个好结局。其实破镜重圆对她来说未必好，破过的镜子要想不再破，得花费多少心血精力去呵护。但既然这就是这个好女人苦苦盼望的，真心追寻的，那么就希望他们破镜重圆好了。其实我并不讨厌朱莉，那种敢想敢做也是有着别样的魅力的。这样的女人通常被视为坚强不需要照顾，可是说到底没有一个女人坚强到不需要照顾，于是对这个已经修成正果坚持笑骂由人的小三，佩服之情油然而生。那么，讨厌皮特么？花心？不负责任？可是我相信他除了那张已经变老的帅哥面孔之外，一定有着很吸引人的地方，不然也不会让两个出色的女人爱得死去活来。何况两个完全不同的女人，一个甜美温柔，一个性感诱惑，让我们以人性的名义给他一点原谅吧。

于是结论就这样出来了：感情的事没有对错；感情的事会有偏好；感情的事没有定准；感情的事说不清楚。

这毕竟是个遥远的故事，可是带来的感想很切近。在这个人们总是因为选择太多而颠沛流离的时代，心灵也难以避免居无定所的命运。于是，排列组合居然成了感情世界里的常用词汇。今天好了，明天恼了；今天爱了，明天恨了；

今天说“与子偕老”，明天就换人了。可你猜怎么着？明天还远远不是结局呢，因为你不知道后天会怎么样。更要命的是，当你听着那一个一个的故事或者故事里一步一步的过程，你常常觉得那些决定的作出其实不无道理，那些事情的走向确实很难扭转。而当远远地看那些哭了又笑笑了又哭，最后完全忘了自己想要什么，因为厌倦和疲惫走上结婚生子之路的男男女女时，会感到深切的悲哀和奇怪的不安。

一定会是你，陪我到最后。这往往是愿望。

可惜不是你，陪我到最后。这往往是结局。

到底会是谁，陪谁到最后。这往往是全部。

静茹本来要在 2 月 19 日结婚。我很开心地想，爱，要久。结果后来改到了 2 月 1 日。那么爱，唯一。特别希望她幸福，希望她唱的关于幸福的傻傻的歌都是真的。希望给过人那么多温暖的她再多多地给人些信心和信仰。

希望这个问题，有答案。

慢慢被挤到小角落最后终于失去立锥之地的，2009 年

悄悄快乐 2010－02－14　13：04

我不知道写年终总结是不是个好习惯，反正从 2005 年开始没有一年例外。每年总结前都觉得这一年过得很失败，绞尽脑汁想啊想，开心的事情就慢慢浮现了出来，于是觉得自己还不是那么不可救药，于是所有的年终总结都有一个有点忧郁的开头和一个有点励志的结尾。我的记忆力太差了，所以格外地爱写。这是上帝给我的补偿吧。

很小就开始恋旧。8 岁生日那天开始写日记，所以我基本上能查出二年级那年频率高达一两天一次的测验成绩、我爸爸妈妈一年打了我几次以及我是多么地痛恨钢琴。第一个日记本里还夹了许多花瓣，花瓣上还有淡淡的铅笔字迹，可是已经看不清那究竟是什么。8 岁小女孩会在花瓣上写什么呢？我十分好奇，想想就很有趣。

于是，养成写年终总结的习惯实在是一件顺理成章的事情。

这些年，从不知愁、闷头奋斗的傻孩子到举步维艰的寻路人，到迷茫得绝望的悲观者，再到依旧充满恐惧但已经懂得调整的赶路人，一篇篇年终总结一直在见证，见证我长大，见证我渐渐走出爸妈的保护，见证我与这个世界有一些妥协并且对剩下的东西更加坚持。

它们越来越短了，从时间顺序到片段组合。

它们越来越模糊了，从具体事件到感受描摹。

它们越来越属于我了。

言归正传，2009年。

1月充满了平实的快乐，饺子或者鞭炮，那时并不知道它们也是奢侈。大年夜妹妹在英国给我们打电话，今年我在美国给他们打，长大的孩子们依旧恋家可还是离开了家。

2月的时候我们寝室的桌上有多种多样的玫瑰，盒装的、成捧的，可是最珍贵的记忆是我们聚在一起感叹为什么该出现的人不出现，出现的人不合适，以为合适的人最后还是做哥们儿合适。

3月的义乌不仅有便宜奇妙的小商品，还有惊人美丽的油菜花，这个春游很有个性也很有意义。

4月的北京特别美，我们没有遇到一次沙尘暴。清华的巨幅海报，激动人心的纵贯线，还有牛街清真寺的蓝花布长裙。还有，蓝颜庆儿以及他看似单反其实就是一般产品的数码相机。

5月中旬，纪龙山。5月底，楠溪江。我再次确认了什么才是我心灵的归宿，我属于什么样的人群，以及那些我可以真正和它们融为一体的山路、山风、山泉、山月。我的平衡能力依旧不好，可是，不好，也未必是坏事。

6月，《庄周梦蝶》，终于有了一次脱离本色的演出。我实在不希望这是我话剧舞台的终结。我还是想演，虽然我现在看不到特别明显的可能。对于一个贪婪地想体验不同人生的家伙，除了演戏，还有没有别的选择？

7月1日，签证通过。于是我真的要走了。紧随而来的大嵛山岛送给我美丽的芦苇、美丽的夕阳、美丽的暴风雨还有知心的朋友。我词汇贫乏。我还在惦记着那个漏看的日出。

7月，8月，忙乱的日子，慌张的日子，飞逝的日子，梦一样的日子。我拿起这件丢了那件，我分不清轻重缓急，我为一点小事儿就能痛哭流涕。

8月22日，我有种被连根拔起的感觉。

华盛顿很美，很平实，很亲切。我发了这么多微笑甚至大笑的照片儿，我写了这么多和玩儿有关的事情，可是你们别被骗了，最常见的心情还是迷茫与郁闷，最常做的事情还是用奇烂无比的英文写论文。可是天真的特别特别蓝。

我盼着回家，就盼了三个月。

二个半月后，我回家了。忙碌，快乐，郁闷，伤感，急切，浮躁，纠结着纠缠着。我的生活真是热闹无比跌宕起伏。

谢谢你们和我一起跨年。开往2010年的出租车载着随着倒计时尖叫的我们，最后停在一个上海的不知什么地方的角落。可是，新的一年到来了，这是最重要的事情。

再次回到这里似乎已经有点习惯。暴风雪来了，这么大的雪，真正地带走了中国意义上的2009年。

于是一个新的时代，开始了。除了希望，我依然什么都没有。

我本来想国内除夕的那个时候我一定孤孤单单地挂在人人网上。没想到人们挂着人人以至飞信、QQ、MSN都在直播春晚评论。其实我们都孤单，孤单和身在何处无关。

2009年又走了，迎来它的日子似乎就在昨天。时间在加速，这是个不争的事实。

2010年是个什么样的年份还很难说。不同的星座分析报告给了我不同描述，结果紫微命盘又给了个迥然不同的结果。所以，我唯一能选择的是，拭目以待。只是，大年初一和情人节甜甜蜜蜜地碰到了一起，给人们带来了许多事实上的不便和理想上的美好。我还是坚持理想比较重要。

特别谢谢两个人：一个一路陪我旅行，一个告诉我做减法和预则立的道理；一个给我温暖，一个教我思考。一回头，你们总在那儿。拥有你们，真好。

我的总结写完了。我的2009年结束了。

2010年，蹭啊蹭啊地正式启动。

茫然的小马悲伤的河

悄悄快乐 2010－03－07　12：07

你们说上海这些天阴雨绵绵，弄得人或者心浮气躁或者心烦意乱。爸爸妈妈说家里也是好久不见太阳阴冷阴冷的。那么早上醒来看见满屋透明的阳光，走在大街上看见路旁的树洞里有松鼠探头探脑，晚上归来时看见五光十色的晚霞其实应该是很幸福的。我一直告诉自己挺幸福的，真的是挺幸福的，那些郁闷苦恼都会是暂时的，年轻的时候不吃苦什么时候吃苦，心态好什么都会好，等等等等。

可是，思念这一件事情，就能抹去所有的乐观，生生把人压垮。

就那么漂在大海里，四面看看一片浩浩渺渺，幻想着前方有个美丽的小岛，不是仙岛，就是个小小的普通的岛。可是思念这种东西就像大浪，突然就那么来了，把人狠狠压到海底。每一次都用全身的力气让自己浮起来，可是大浪还是会来的。而且不知道什么时候会来。

想家，也想上海；想爸妈，也想你们。

今天给孩子们上课，告诉他们英国在欧洲，中国在亚洲，然后问他们我们在哪个洲?

“北美洲!”清亮的童音，整整齐齐的。

我愣了一下，突然有点恍惚。是啊，我在北美洲。这么遥远的，北美洲。我为什么要来，北美洲?

很希望时间倒退。虽然知道退回去也还是一样的选择。

那时真是迟钝。都说最怕机场安检的通道，我却是两次都没掉一滴眼泪。飞机上会有些难过，有点哽咽，很快又会去看舷窗外美不胜收的天空和云。可是有那么一天，不记得是哪一天，也不记得什么事引发的，突然那个叫“思念”的东西就来了，从心底来的，一条小小的剧毒的蛇，一点点地咬啮，痛得人快死了，却不知道该怎么把它捉出来，甚至想抚摸一下伤口都不可能。因为伤口在里面，摸不到的地方。

走在一个人的路上时，才知道孤独是有重量的；回到一个人的房间时，才知道孤独是有质感的。

很希望时间倒退。虽然知道退回去也还是一样的选择。

今天晚上的一封邮件让我感慨万千。谁都不容易谁都在挣扎。生活本来就是起起落落，无忧无虑的日子有那么几年已经很好。我多想告诉那些小孩子，你们将来会遇到什么，你们应当怎么样，你们应当是什么样的心态，什么才是真正重要的，那条该走的路就在那里走吧。他们够聪明，我知道他们都会懂，可是只是听得懂不是心里懂，而且他们不会照做，我凭什么叫他们照做?该走的弯路一条也少不了，该掉的眼泪一滴也少不了，该对不起的人一个也少不了。如果，如果，心里有很多的如果，却仅仅只是如果。

就很希望时间倒退。虽然知道退回去也还是一样的选择。

生活是小马过河，只有自己走。就算不知向哪走，怎么走，总是要走。茫然的小马在悲伤的河里，走。也许走着走着会明白起来，开心起来。会有那么一天吧。会有吗?

我总是想起来2006年的暑假。阳光无遮无拦地把不愿意搽防晒霜的我晒成褐色。一堆堆的云把天地连起来，好像只要愿意我就可以爬到天上去似的。

我对着纳木错号啕大哭，原因只是因为它太美。

今年夏天，我想重温这个真实的梦。你不知道我多想。其实我多么希望在那个梦里永不醒来。当然这不可能。那么，重温也好。

还记得年幼时的梦吗

悄悄快乐 2010－03－12　13：44

曾经，我们家的阳台外面有一个巨大的网络。不知是什么材料制成的轨道悬在半空，四通八达。我通常在夜里来到阳台上，脚在栏杆上轻轻一点，就滑了出去。轨道在月光下闪着银色的光，中间还有一条细细的红线，像条小蛇一样鲜艳灵动。我就在上面滑着，飞快地，有时还淘气地突然改一下方向。速度太快了，于是夜晚的微风就变成了大风，吹乱了小辫儿，发丝蹭在腮上痒痒的。

我不知道是不是自己的记忆出了问题。因为想来想去，以上的情景真的就是我的“记忆”，真切得仿佛伸手就可以触摸。可是，可是，这又怎么可能呢？

来到美国以后，认认真真在银幕上看的一共就两部电影，都集中在过去几天：《囧男孩》和《爱丽丝漫游奇境》。看了以后，我无比思念童年。

童年的时候有很多烦恼：大人的想法总是和自己不一样，老师那儿总有用之不竭的惩罚，最喜欢的那个玩具大概永远都不会属于自己……而《囧男孩》里的两个小男生，还总是苦恼着被遗弃；没有任何关心，只有被称为“骗子一号”“骗子二号”时才能幻想一下自己是个万众瞩目的英雄；只有那个傻子爸爸，才不是一个坏的大人。10 个电风扇吹起羽毛，他们和朋友一起翩翩起舞，幻想着飞离这个很“烦”的世界。1 个小时的无忧无虑终究换不来永远活在幻想中，一个大人的食言与不讲道理引发的是孩子的反目、冲动和不顾一切地将手里的石头砸向锁了的店门。

于是，一个孩子走进少年监狱，另一个孩子无能为力。

有一个光明的尾巴。他们都长大了，他告诉自己的孩子那个重复了一千遍的幻想：那个巨大的滑梯，滑一百遍就会进入异次元空间。那个孩子兴奋地试验着，让偶然相逢的父亲的朋友陷入了长久的回忆。成长的痛，就这样在回首时变得云淡风轻。

其实一切都不会过去。就像爱丽丝，6 岁掉进了兔子洞的爱丽丝，在 13 年后长大了。长大了，就没有生长痛了？不，只是生长痛和眼前的烦恼比起来微不足道了。因为成长的烦恼回头看时至少能数出一二三四，长大之后最常见的却是被阴郁的心绪笼罩理不清个头绪。从那个没什么缺点就是很俗的男人的求婚现场逃脱，爱丽丝再次跟着会看表的兔子回到了那个奇境。她已经没有了小时候的记忆，可是那扇小小的门，写着“喝我”的小瓶子，写着“吃我”的小蛋糕，深沉的毛毛虫先生，露齿微笑的柴郡猫，依然如故，仿佛 13 年的岁月根本就没有过去。王后还是那么跋扈，坏得简直称得上单纯。帽匠还是又善良又可爱，在残酷的统治下卑微地生存。一个简简单单的故事，爱丽丝是注定帮助白王后打败坏王后，最后让所有的生物都得到解脱的姑娘。不过她也注定要回到现实。帽匠可怜地问：你就不能留下来吗？爱丽丝说：我能啊。可是不行，上面还有许多事等着我去做。帽匠微笑，那一点朦朦胧胧的情愫好像清晰了起来，可是她确实必须回到地面上去。爱丽丝不再是 6 岁了。

有一颗童心，总有一颗童心，在别人看来，更幸福还是更不幸？爱丽丝自己认为会更幸福。这仿佛就够了吧。她还是选择面对现实，就像每一个“合格”的成年人那样。只是，我断定，周围没人的时候她会和小鸟交谈，会和那只猎狗一起在花园里奔跑，会对着镜子里的自己眨眨眼睛说：别担心，一切我都记着呢。

我常常想起小时候住的地方。2 岁到 10 岁的红砖房。阳台外有棵很大的泡桐树，白天有小鸟，晚上有知了。初夏的时候，满树都是淡紫的喇叭形状的花。邻居大哥哥曾经教我从花里面吸出花蜜。邻居阿姨骂他：好的不教，那多脏啊。可是大人看不见的时候，我还是会偷偷地捡起花儿，吸里面的蜜，很清爽，很甜。

我家阳台的外面，有一个神奇的四通八达的网络。现在的我想不通它的存在。可每当我对自己否认它的存在时，也是我最讨厌自己的时候。

春天是个让人鼻血狂流的季节

悄悄快乐 2010－03－20　12：34

这是经过学校的草地有感。

这么多拴在树上的吊床，躺上面可能会被太阳晒上火。会流鼻血的吧。

这么多野餐篮，吃多了会内热。会流鼻血的吧。

这么多飞盘和橄榄球飞来飞去很可能被砸到。会流鼻血的吧。

最最重要的是：

这么多热裤＋吊带，多少大白妞的大白腿啊。简直一定流鼻血的啊。我是女的都看得热血沸腾。Guys（编者注：小伙子们）是怎么承受的？

春天来啦，好像都来过头了。

我妈说菠萝乖乖还没醒，不过快了吧。虽然相隔很远，但它永远是我最思念的乌龟。

猬猬醒了没有呢。虽然我把它放了，但它永远是我最牵挂的刺猬。

宅宅和呆呆现在有没有天天在树上跳。虽然它们逃了，但它们永远是我最惦记的松鼠。

在这个让人鼻血狂流的季节，大家，people and animals（编者注：人们和动物们），都要好好的哈。

东边日出西边雨

悄悄快乐 2010－03－24　13：19

夏令时的缘故，晚上8点多下课出来时，天还没有完全黑。这两天大概会有暴雨，乌云浓重地堆在天的一边（我是分不清东南西北的）。云层微亮，因为天的那一边是一轮很剔透的月亮。于是很久没有酸过的人准备维持抬头的姿势观赏一番，结果……

一阵寒风，直接把我吹了个对穿。自我感觉已经成了两维的人物，寒风一阵一阵接踵而至，原来不知不觉降温了，早上穿出来的毛衣刹那间薄如纸。

过几天樱花节，期待了很久想去赶那一番热闹。好多花都开了。学校的梨花、路边的樱花、家门口的迎春花，常常在清晨或者薄暮猛击人的眼睛。

乌云重重间的皎洁的月亮，暗夜里的鲜艳的花，明明本身都很好的，配在一起却有点说不出的诡异。就像有时，得到不错的境遇，面对不错的消息，却出奇地怅惘。

这一两天一打开校内都会有一大堆番茄、袜子、拖鞋、蛋糕、内裤丢过来。多谢你们一见“整蛊”二字就会想到我，这一大堆杂物还真能让人把怅惘迅速转换成脑中空白呢。

把“东边日出西边雨”当标题不是想形容什么，也不是想接一句“道是无晴却有晴”，我只是想表达一下感慨：想知道老天到底想干什么，真的很难。

你为什么说不要我捐款

悄悄快乐 2010－04－11　15：49

最近网上流传一篇文章，题目是《不要再给西南人民捐款捐水了》，好像绝大部分前面还冠以“韩寒”两字。这当然不是韩寒写的，笔调语气完全不像。当然也可能是因为我有幸先在原作者的博客里看到了这篇文章，所以说个现成话假装一下内行。这篇文章，文笔是犀利的，逻辑是顺畅的，甚至数字也是翔实的。读完之后我先是觉得很有道理，应该让大家都看到然后学习一下，不过那个“分享”键，最终还是没有点下去。因为想来想去，这篇文章的客观、冷静，让我觉得很不舒服，甚至隐隐的恐惧。

我们天天说换位思考，提倡多站在他人的立场上想问题，以避免人性中固有的自私与偏颇，但实际上时时刻刻做到基本不可能。就像当我不必要冒着生命危险去找水时，我就很难理解喉咙灼烧的干渴感与生命逝去的恐惧感掺和到一起的滋味。这也就是为什么我可以舒舒服服地看完这篇文章，分析一下它的道理与逻辑，然后觉得确实完善制度才是正确的选择。可是，当我稍微设身处地地为正在受灾的人民想一下时，我就深刻理解了什么叫做“远水解不了近渴”。监督政府，制造舆论，确实很有公民意识，也确实是从根本上解决问题应该采取的出发点，可是这就像问题与主义之争，主义固然是要正确的，可当问题已经迫在眉睫，你真的忍心看着那些大人孩子干渴的眼神，却大声说“不能帮你们，帮你们就是害你们?”

人人网上有个祈水的活动，参加的人名字旁边都会有个下雨的小乌云。很傻，且没什么实际意义。一人参加它捐一分钱，算了算总数也相当地不惊人。可我还是参加了，因为有句宣传语很打动我：天灾也好，人祸也好，你的关注就很可能让他们不再喝有泥巴的水。是啊，教训是要总结的，我们国家出现了多少匪夷所思的事情，需要总结的教训还少么。可是，此时此刻，受难的人并不是造难的人。你说捐款的人滥施同情心，好初衷导致坏结果，其实同情心泛滥，我总觉得，还是比冷眼旁观更能起点作用，对现在的灾区人民来说。

当然理智的人们会说，即使短期来看，同情心泛滥能稍微帮到灾区人民，可这就惯坏了真正导致人祸的人或者真正该对灾难有所作为的人，正是这种善良才会让事情变得更坏。我同意。不过，如果从更长远来看呢?说一句大道理：难道人类这种对同类的同情心不是最宝贵的吗?

我从来都不善于议论重大问题，一向都只喜欢谈谈校园中的风花雪月。因为我深知我很不善于理智深入地考虑问题，可是我真的不愿意看到美好的人类情感被冰冷的制度追求所取代。我是依法治国的拥蛋者，法律面前我们应该提倡大义灭亲，但我同时坚定地认为一定是大部分民众都认同父为子隐，子为父隐的社会才是正常的、有人情味的社会。合理完善的制度应该让这种“隐”无处容身，可是人们心底并不理智，然而可贵的感情绝对不能泯灭。回到旱灾，你可以不捐款，你可以质问制度，可以寻找出路，但你不能号召大家都望着公民社会的远景，袖着手眼睁睁地看着同胞喝泥巴水。

一逃了之

悄悄快乐 2010－04－25　13：37

我的房东是一位85岁高龄的老爷爷，美籍法国人，比较文学教授。所以我本来以为会有个慈祥的房东而且能偶尔接受学术熏陶。

我太贪心了。

结果我的房东是个很极品的人，房子里的各国姑娘小伙子都这么认为。乱收钱瞎找茬的事例不胜枚举，此处不是重点。只说那么一条：他总是企图告诉我们如果不是他“提供”住处，我们将孤苦伶仃无家可归，于是我们应当对他感激涕零。时时讲，天天讲。

3月中旬我的室友回国了。当时房东老人家在加拿大的女儿家过冬，于是受老人家委托临时管理这房子的一位老房客退了我室友的押金，她就那么潇洒地飞走了。当时我隐隐不安来着，怕那位爱财如命的老人家飞回来之后找我要双份房租，后来一想，这和我有什么关系？谁走谁找续租者总是没错的。

上周四，4月15日，这天我是忘不了了，一团乱麻的开始。正准备出门的我接到一封信，房东写的，上面林林总总列了一堆条目，包括我要交前几个月的水电煤气（因为房东好几个月不在，因此账单没有出来），双份的房租，还要给他雇个女仆，粗粗一算，1500多刀①。这也不是个吓死人的数目，可我是个穷人；而最最关键的是：凭，什，么?！凭什么室友走了我付钱，凭什么我要请女仆？

我深知对于妄想症发作的老爷子来说，我首先得有理有据地批驳一下。于是给极其有限的人脉资源打了一通电话确定老人家的要求确实极为不合理之后，

① 刀，即美元，美元的英文是dolla，首音字母发音近似中文的“刀”，所以很多人爱用刀来代替美元。

我认真写了封 e-mail（电子邮件），告诉他我没有义务付双份房租因为合同说谁走谁负责；我没有义务请女仆因为厨房卫生间我一次没有少打扫；我的押金数目和水电费数目相等，所以如果他坚持不合理收费我将立刻搬走。怕老人家过于高龄有理解障碍，我还抄送了一份给比较通情达理的老房客。老房客也的确比较通情达理，他主动找房东谈了这个事儿。然而，一天后，房东回信，坚持各种无理要求，此外，他不承认收了我押金。没错，当时没有美国银行账户，我没有开支票，是把现金给了室友，室友交给了房东。于是，这就不承认？

那么好，当你有些不讲理的时候，我要试图和你讲清道理；既然你完全不讲理，我就，一走了之！

准备逃的时候我并不知道向哪里逃。记忆里隐隐约约曾有位学姐说她那里多了张床，可我不记得她的名字。当然我的手机里有些名字我确实想不起来是谁。好吧，此事暂缓。现在要考虑的是，怎样把东西静悄悄地运出去，而且不蒙受意外损失？我捧着脑袋想了整整一刻钟。于是，下面几天我是这样度过的：

4 月 16 日，周五。趁老爷子午休，我收拾好一个巨大的箱子，拖到路口，打电话让一位牧师朋友运走保管；一个一个打手机里的陌生号码，找到学姐，学姐表示要写信找此时在外地的室友商量一下；把现金、支票、护照等重要的东西带到学校锁到文件柜里；把电饭锅、笋干、梅干菜等物品运到下学期的室友处；到学校国际学生办公室咨询“逃跑”的法律后果，工作人员们说既然当时种种原因没有在合同上签名应该没有法律后果，但不能肯定，因为法律顾问周二才来。

4 月 17 日，周六。一早把之前不久买的陈醋、孜然粉、鸡心、排骨、大虾之类，还有少量蔬菜水果，甚至半袋饺子统统提到学姐的冰箱里去。50 分钟的路，塑料袋儿勒得手都起了泡，但是这值得，我就是要坚壁清野，一点便宜不给敌人留。下午雷打不动给中文学校上课，出门前把笔记本电脑托同学保管防止意外。路上接到学姐电话，其室友回信同意我暂住。哦耶。打电话给两位法律系学长学姐，得知有可能合同没签也算默示合同对我不利，于是找牧师朋友联系律师。

不管怎样，搬家是决定了。先打电话给好男人 zp 同学（麦姑娘也忒有福啦），其仗义无比地答应第二天早上 6 点钟来帮我搬家。再打电话给 ph 大哥，其仗义无比地同意第二天 9 点开车帮我拉东西。夜。收拾。收拾好一个巨型箱子，一个大箱子，数个大袋子。两点多到四点象征性地睡了一个来小时，被国内后盾负责的 midnight call（编者注：午夜电话）叫醒，开始偷偷向楼下运东西。本来想都麻烦 zp 同学的，可是一来东西太多，容易夜长梦多；二来陌生地形搬重物，太容易发出响声惊醒房东，于是我决定自己慢慢往下运。

蚂蚁能搬动比自己重的东西？我大概也可以！搬东西要经过长长的楼梯，然后开门锁，然后拖出去，拖到房子后的一个基本无人经过的小巷子。我就那么一趟一趟，在寂静的夜里，提心吊胆地搬运着。月光都显得阴森恐怖。那个巨型的箱子真重啊！提都提不起来。于是我一点一点尽量轻地拖到楼梯中间，结果一阵不明响声吓得我连拽带拖地又重新把它弄回房间。胳膊都软了，可是有什么办法呢？休息一会儿，再来。虽然经历了几次险情，但终于，是我把箱子拖下去的，不是箱子把我砸下去的。

收拾完毕，我给纤尘不染的房间拍了照，省得房东以后找茬；犹豫了一下，没把钥匙丢下。我需要目击证人，以防房东耍赖。

东西都拖到小巷子里了，我披头散发抱着枕头被子站在一堆行李边，心里充满阶段性胜利的喜悦。看看手机，6 点。怎么这么准时。打电话给 zp 同学，然后去带路。

要不说有些事情男生就是牛，这么一大堆东西，zp 同学一安排，我们两个难民居然跌跌撞撞地带着所有东西向校车站进发。当然临行前没忘了让其给我拍张狼狈照。话说路上还被朝霞吸引停下来拍照。大家不要鄙视我，我只是容易被美感动。

校车站附近有家星巴克，此时唯一开着的可以吃早饭的地方。我们把行李堆到窗口，进去，靠三明治和咖啡混到了 9 点多。

ph 大哥及其未婚妻嘉琪姐开车而来，像诺亚驾驶着方舟，我终于，可以放松一点点了。

当时已是 4 月 18 日，星期天。虽然不过三天三夜，我已经接近崩溃。于是我先去教会和人聊天寻求了一下心理依靠，又去莎士比亚剧院看了场惊艳的芭蕾拯救心灵。然后回到临时住处安放东西同时给律师阿姨打电话咨询我到底会不会被告上法庭？结果是，不一定。我积极跟前室友联系，弄到关于押金的系列证词。周一照旧去实习，意外收获是在车站遇到一位黑人哥们儿，看我一脸困倦就问我怎么了，我就叙述了一番。黑人哥们儿一拍胸脯：他这么欺负人？别害怕！我陪你还钥匙！

信任，往往产生得毫无缘由。我激动万分，大大称赞他“好兄弟讲义气”！然后花了半个小时向他解释这句话的意思。

当然，那个留学生办公室的法律顾问不是说周二回来么？那么官方援助我当然还是要去接收一下。于是周二我去问了顾问老师，她基本肯定地跟我说，没关系，还他钥匙就是了，他要告你没什么优势；就算他赢了，也不会影响你任何记录。

我是哼着小曲儿从办公室出来的。

周三去还钥匙。本来想不和房东直接接触，把钥匙还给老房客，可是无奈老房客不在家。于是我抖擞精神，仗着身后站着铁塔般的黑哥们儿 Eric 同学，走进房东房间，义正词严地宣布我搬走了，还你钥匙，从此我不回来。他大大惊讶，回过神来说，法庭上见。我冷笑一声，然后转身，大踏步走出。以下为我和 Eric 对话：

"That's it?"（编者注："就这样?"）

"That's it."（编者注："就这样。"）

"He said he would sue me..."（编者注："他说他会起诉我……"）

"He just scared you."（编者注："他只是吓唬你。"）

"Then why didn't he chase me?"（编者注："那他为什么不追赶我?"）

"Ha! He is old, and he knows what we black people may do..."（编者注："哈！他老了，而且他知道我们黑人会做什么……"）

哦耶。

后来听说，房东要写信到大使馆告我。我自然又打电话给法律系学长，又咨询国际学生法律顾问。他们都笑，说大使馆忙着呢。

这事儿或许就这么结束了？不一定，不过大概吧。感谢的名单很长，我真不知该如何表达。谢谢帮我忙听我吐槽的诸位。各种支持，我都收下了。

着急了很久，甚至也流了数次眼泪，老是觉得很无奈。不过我哥说了，是挺苦的，但这不就是你想要的么？嗯，真是犀利哥。

于是，我患上了老头儿恐惧症，在大街上见到老头儿就躲得很远，生怕那是我房东，上来揪住我领子不放，管我要那些子虚乌有的钱。

除此以外，生活又恢复了往昔的美好。

越美越悲伤

悄悄快乐 2010－05－08　18∶01

这里的人喜欢在房前屋后栽一种花，我喜欢看那种花。其实我不知道它们叫什么名字，可是它们开得熙熙攘攘，雪白鲜红粉嫩，实在让人移不开眼睛。

校车总会经过一个人家，那里的花特别出色。两株雪白的，夹一颗鲜红的，组成了鲜艳无比的宽达两米的花瀑布，美丽得都有点震撼了。于是每次去学校我都以猥琐男看大美女的姿势，从远远眺望到侧头欣赏再到频频回顾，心里祈祷着好花常开好景常在。

这种花的确很适合种在庭院，除了美，花期还特别长。一个月了吧，我天天看着那个花瀑布，开心得要命。可是花期再长也有完结的时候。随着蒲公英从黄色的小伞一朵朵变成白色小绒球，杨絮开始纷飞了起来，美丽的花瀑布，褪色了，黯淡了，然后，变成了星星点点的残花。

实在很悲伤。我想：还不如以前没这么好看呢！

烈士暮年，美人迟暮，他们成为快乐的小老头儿小老太太，比你我凡人实在是难得太多太多。

林黛玉说花开了会谢还不如不开的好，人聚了会散还不如不聚的好。我不是效“颦”，可我觉得这个矫情的小姑娘这句话说得还是很有道理的。

过犹不及，还是这句精当。花不能太美，谢了伤心；人不能太聪明，懂了难受；道德标准不能过高，大家会集体变得虚伪。

不如这样。

去也终须去，住也如何住

悄悄快乐 2010－06－06　21：47

朋友发短信：你看看你多久不更新 Blog 了？

于是打开 Blog，发现另一个朋友的留言：你为什么不更新了？

原来还有人等着看我写字。原来我失语的这段日子里你们还在关注我。

你们问我好不好。我挺好的，如果你们的“好不好”就是在 say hi（说你好）。

可我知道你们是在真的问我好不好，虽然没有见面，我也知道你们是在看着我的眼睛，轻声问出一句“好不好”。

那么我告诉你们：不好，很不好。

那点破事儿，再啰嗦就成祥林嫂了。我在分析别人的事情时很干脆，我在想象处理自己的问题时很洒脱。而事实是，我为什么这样的迷茫无助黏黏糊糊无可救药？

这几天的太阳特别好，天在一点点地变热。你看，我最喜欢的初夏来到了，一年就这么一次的初夏，为什么不快快乐乐？这么短的夏天，究竟还要有多少溺死在难过里？

快乐柠檬还在。蜂软糖也是。虽然我还没有吃到。

我今天还实现了“坐在光华楼大草坪吃肯德基全家桶”的梦想。

草坪上还有这么多可爱宝宝，蹦蹦跳跳的小麻雀还有天空中在夕阳里飞行的风筝。

可是，我就是不好，很不好。

昨天我被一扇很重很重的门砸到了手，痛得我蹲在地上哭了好长时间，而且今天我有了一根很粗的紫色大拇指。

有话不许说的失语、有话不能说的失语和有话说不出的失语，你选哪一种？

我哪种都不想选，可是它们同时选中了我。

前两天去参加论坛，穿着正装高跟鞋在本北高速上来来去去。

我喜欢正装。缩在白衬衫黑西装里，突然觉得安全。

安全和快乐如果不能两全，你选哪一种？

我哪种都想选，可是它们同时放弃了我。

别跟我说一切都会过去的，因为我知道一切都会过去的。历史的尘埃，对吧？

我有一个蚍蜉的灵魂。我知道我错了，就是不想改。

有关还是无关我已经分不清，凌乱的足球记忆

悄悄快乐 2010－06－11　20：47

我没法看开幕式！卡得我直想咬电脑一口。悲摧，只好上来写写字。

我不是球迷，所以关于足球的记忆注定不完整也不系统甚至不独立。

我记得小时候和表弟踢球，开始就那么踢，然后他让我，然后他教我，然后我打死也不踢了。好多年没有看见他了，臭小子消失了。我知道他在这世界上的某个角落，可我不知怎么才能找到他，难道等我 50 岁了去上个《真情》不成。

我记得初中时候看他们踢球。开始踢足球，然后老师不让，然后踢网球、踢易拉罐、踢瓶盖儿，踢瓶盖儿还有观众。乌鸦啊你们就偷着乐吧。那些他们（她们），前些年的同学聚会还能见到，虽然他越来越有范儿，她越来越精致，可是还是能给人时光倒流的恍然。然后绝大部分他们（她们）已经不知在哪儿。我的同桌，那个连周记都以足球为唯一主题的小男生，他有一件球衣，上面写着 2002，那时觉得 2002 年遥远得就像下辈子。我多么怀念那个小小的操场，那一阵清脆的呐喊，那一抹金黄色的夕阳。

我记得从 1998 年开始的世界杯情缘。我不是球迷，我就是凑凑热闹看看球星，可还真是看了许多许多场比赛。我记得 1998 年裹着毛巾被和妈妈呆滞地盯着电视，爸爸睡着了，虽然是他把我们拽起来看球的。我记得 2002 年不用偷偷半夜爬起来，只能趁着爸爸妈妈晚上散步偷偷开电视看一会儿，用电扇吹着电视后背。我记得 2006 年和一群人在兰拉，在蜀意阁，在优族，在多厅看球，那些一起看球的人是谁我一个都不记得了。

我记得 2008 年毕业的时候欧洲杯，辩论队开房看球。大左、小伊还有楚楚，你们谁记得那天凌晨的聊天儿？我都不太记得内容了，就记得我们开心得要疯了，把要毕业的凄凉冲淡了那么一点点。教练你惨了，提前离场的结果就是比我们少一份记忆哦，哈哈哈哈！我还记得我们自己的毕业杯。我记得那场雨，那些手拉手成一条线向我们奔过来最后扑倒在草地上的蓝色球衣们。两年了两年了，你们都不一样了，可你们依然是你们。

我记得去年在欧冠和楠溪江中间挣扎，终究还是背起大包走了出去，我那时候居然不知道手机还能看，我天生就是个 out（落伍的）的人物。我爱楠溪江，无论如何那是个好地方。

足球就是足球是吧，可对我来说不是。我说了我不是球迷，我的足球记忆总是很悲摧的样子，即使美好也只是当时的美好是不是？怪不得我看不成开幕式。

你曾经跟谁约好去看他踢球终究没有去？

你曾经跟谁约好一起看世界杯终究没看成？

这两个问题是给女生的，只给女生。看看就好，不用回答。

一座城，许多人——独自背包纽约三日

悄悄快乐 2010－06－13　11：46

有一些地方，你早就听说它们的大名，多到让你（尤其是如果你自认为是个旅行发烧友的话）感到去那儿是件挺俗的事情，可是不断地有人去，并且总是带回不一样的却同样强烈的感受：那么，不要放过它。Just go there if you've got a chance. ①

---

① 只要有机会就去那。

纽约就是其中之一。

我心目中的纽约无疑是美国的代表，尽管百分之九十在美国的朋友提起自己住的地方都说“我们村儿”。从去年十月我就想，什么时候去纽约呢，和某小妞约都约了好几次，最后都以“呀！那几天我好像有事”而告终。所以我想我到纽约旅行大概会是猴年马月的事情了。

结果……

我不是从极品房东那儿逃出来了么？我不是在学姐这儿寄人篱下么？结果新室友今年毕业，室友妈妈不远万里来探望。我虽然可以打几天地铺，但是将心比心一下，如果我妈来了，通宵聊天一定是最想做的事之一。

于是我就去流浪了。于是我的第一次独自旅行就献给纽约了。

那天实习完已经8点，吃完饭已经10点，收拾完东西已经12点，写完论文已经凌晨3点。我用5分钟谷歌了一下纽约名胜，用5分钟订了个华人小旅馆，用5分钟查了一下大巴时间表，然后睡了。

7点，我背着大包出发了，大巴是8点半。天气很好，清晨的阳光特别清澈。

第一天主题：暴走

下车地点是在中国城，时间是下午1点多点儿。本来想去吃饭来着，结果发现中国城真正是中国规矩，绝大部分不收信用卡。我很杯具[1]地基本没带现金，只好啃了点面包喝了瓶酸奶了事。订的华人小旅馆在皇后区，离所有的名胜都很远，便宜嘛。我掂量了一下自个儿的大包，还是决定先玩再说，同时很庆幸自己明智地没有打包本本。

问了些路，出发。先找地铁站要了张地铁图，复杂的线路看得本路痴欲哭无泪。可是没有人可以依靠请教，智商会增长的，障碍会减轻的。研究了一下，决定先去三十四街看看那些典型的纽约高楼，然后顺路走去时代广场。

纽约就是纽约。我基本没在美国看见过人山人海的状况，而一出三十四街地铁站我就惊喜地发现找回了上海人民广场的感觉。过马路不用看车，不用看灯，被裹挟在人群里就好。我就在一群高楼里东张西望。天已经阴了，摩天大楼+灰色天空，这简直是我想象的纽约。经人指点找到帝国大厦，拍下到此一游照（事实证明，这仅仅是开始）。第二个惊喜是发现几天后出发去费城的火车站就在眼皮底下，于是很欢乐地买了票。问到了时代广场的方向，于是继续

① 网络语言，即悲剧的意思。

在高楼丛里穿行，在拉丁美洲人经营的数不清的“I love New York”（编者注：我爱纽约）小店里瞎逛。当我觉得有点走累了的时候正好有面善的大妈经过，我就问您知道时代广场还有多远吗？她说这就是啊。我一看才下午 4 点多，离夜景远得很呢。于是继续请教大妈附近有什么好玩的，答案是：联合国总部、洛克菲勒中心、圣帕特里克大教堂。

去联合国的路上经过了第五大道。不太符合我想象，好像有点灰暗。可是这个名字还是让我有点小激动。

联合国大楼长得很有喜感，就是个薄薄的蓝色长方体。可是已经过了参观时间，只好远眺了一下那把打了结的枪。话说我真的很享受这种课本上的东西出现在眼前的感觉，让我觉得我的生活有点虚幻的成分在。

洛克菲勒中心很辉煌，我很容易犯了疯狂自拍的毛病。可是纽约居民和纽约游客们都很热情，于是我被问了无数次“你需要我帮你拍吗”，这样的好意怎么能拒绝，于是每次都说“好啊，谢谢！”最后我真的发现了一个拍全身的好角度，就抓住一位犹太老爷爷帮我。

犹太老爷爷拍完以后没有走，他说你很会拍照啊，我说你也很会啊，此时心中刷地闪过我哥说过的那句经典的“当爱照相的遇上爱照相的”。犹太老爷爷乐了，我们俩就聊了会儿，结果发现惊人地投机。犹太爷爷当下决定和我一起去玩大教堂和时代广场。

我对宗教的了解很浅薄，所以教堂的内部和以前看过的那些区别不大，当然，很高大，很雄伟。让我有点感触的是，这座神圣的建筑在拥挤的纽约街头和五光十色的时尚商店当中却依然能散发出脱俗的气息。

后来，天渐渐黑了，我们也正好走到了时代广场。繁华的场景不是没见过，而这儿真是繁华中的繁华。“世界的十字路口”果然不是浪得虚名。玩具店和 M&M 主题店让我乐不可支。

犹太爷爷坚持请我吃了披萨。然后 say bye（说再见）。

旅馆真不是一般的远和偏僻，而且，也只收现金，无奈去取钱。太黑了，有点胆怯，于是和老板的儿子同去。路上我问他来美国多久了，他说十多年喽。我被这沧桑的语气逗笑了，说你一小孩儿来这十多年了中文怎么会还这么好。他也笑了，说这里人被问这个问题都会说十多年喽。我汗[①]了一下，莫名觉得有点辛酸。

---

① 网络语言，即对他人说的话无以言对的意思。

旅馆条件很一般，不过性价比不错了。居然看了一集《8090》。然后睡觉。不完全统计，今天背包行走十小时，实在是困死我了。

第二天主题：经典

第二天起来发现下雨。瞧我这运气，活生生把晴天玩成了下雨。纠结了一下穿什么，本来打算穿短裤的，下雨也许会冷。结果我过于死板，找老板娘借了把伞后，还是穿着T恤短裤出门了，后来发现街上有人穿羽绒服，而傍晚的时候呼吸的时候能看到白气，这是后话了。

在一家天津饭铺吃早餐。听有趣的天津话，吃正宗的小馄饨和烧饼油条，简直幸福死了，可是烧饼油条都太实在了，于是我揣走了油条，中午在自由女神像底下啃掉了，这也是后话了。

吃饭的时候我犹豫了下去不去自由女神像。总觉得应该挑个蓝天白云的日子去，结果向邻座一打听，明天还是下雨。那么决定还是去。结果后面一天是个令人发指的大晴天，这更是后话了。

总之，我按着地铁图来到了纽约最南端。远眺了下自由女神，模模糊糊的。买了船票，顺便在小摊上买了件“I love NY”（我爱纽约）的套头衫，因为实在是冻死我了。坐船，到达小岛。我找了五颜六色的人给我拍照，只要是手里有单反的，都被我视为“差不多是个内行”而未能逃脱我的魔爪。自由女神嘛，还不就是拍照。继续坐船去了爱丽丝岛，参观了数百年来的移民美国史。感慨：他们真的没历史，可他们真的太善于保存和展现历史了。

华尔街离自由女神像不远。膜拜了一下那条小街和那头经典的牛，无其他。

天色尚早，决定去中央公园。路上听到布鲁克林大桥的报站，于是临时决定冲了下来。我在大桥木质的桥面上走啊，走啊，看着那些斜拉索从远处到眼前再到头顶，就像在走过时间。湿漉漉的桥面有些发黑，旁边是好看不好看的一群大楼。风很大，吹乱了头发。有点冷。

来回走了一趟，就又去坐地铁，到了中央公园。

很大很大的一片绿地，没什么修改建设，就那么原生态地坦白地绿意盎然地朝着灰灰的天空。我特意选了个离有水的地方近的站下地铁。水不美也不清，可是被水边嫩嫩的花儿叶儿映衬着，还是很有几分味道。一个男人，戴着帽子扎着辫子，拿着巨大的相机耐心地拍。我问他是不是摄影师，他一脸严肃地说不是。我再问他为什么不是，他蓝色的眼睛里突然有了笑意，说：因为我拍照只给自己看。于是我就走开了，心里好像装进了什么，沉甸甸的。

散步一小时，回小旅馆。

地铁上和一位福建阿姨聊天。她刚过来一个星期，投奔在这里做工的老公，现在在小店帮人做指甲。她说她不会英语，普通话也不好，只会“本地话”，她说她的儿子女儿都在上学，一定要上下去的，她说她每天坐地铁都紧紧盯着站名，过了站就再也不认识。她问我“请让一下”怎么说。我教了她，她说了好几遍，都不太对。终于差不多了，她也到站了。

我一直等到她的背影消失才让眼泪流出来。

人生是这样不易，我们是这样用力地生活。

第三天主题：艺术

一早起来就被太阳耀花了眼睛，姑娘今天是要去博物馆的呀，天气预报讲不讲道理呀。

昨天买了很多葡萄，没吃完，就送给老板娘。出发。

继续在天津小店吃早饭，玉米饼、煎饼果子和豆浆。心满意足啊。

先去了大都会博物馆。在入口很犹豫了一下要不要进去，因为计划中只有三个小时留给它，似乎只能看一个角。后来还是决定，一个角就一个角吧，这可是大都会啊，学生票十刀，很能接受。

我就在大都会里走马观花了若干小时。从埃及起，经过希腊、罗马，瞄了一眼中国、日本，比较仔细地看了毕加索的特展。毕加索画过很猥琐的画儿，哦，请同志们早日前去围观。据说后来他不承认那是他画的了，可是经过鉴定毕竟还是。现代科技真有喜感。我喜欢那个满是希腊雕像的大厅，阳光洒下来，照在雪白的大理石上，让人觉得世界很精致。

出了大都会，我坐在台阶上啃玉米饼。一个街头乐队在演奏以及演唱。和弦配得美妙无比。快歌，蓝调，每曲结束，就有掌声从台阶各处纷纷响起，观众们纷纷相视而笑。

天气好，所以去现代艺术馆的路上，我是从中央公园里穿行的。满眼的绿，满眼的阳光。小朋友们跌跌撞撞的到处跑，大树阴凉下的小童车构成了最温馨的画面。每走几十米，就会有各种街头乐队出现，人来人往，他们是不变的旋律。

现代艺术馆果然很现代。比如两位老人面对面坐着的行为艺术，比如那些我看不懂的挂在墙上的瓶瓶罐罐。我只能理解那些比较浅显的，比如一面镜子，一个真人高的男人被斜斜地绘在上面，意为女性对自身的认知受男性阻隔。回想一下，被男性朋友称赞漂亮时，确实心里会沾沾自喜。当然这种阻隔未必是坏事，只是要清醒。有一个展厅被一堵墙分为两半，分隔墙和里面的墙之间大概有不到一米的距离。走过去一看，两个裸男面对面站着，我吓了好大一跳，想这是蜡像么？可一看两人在眨眼，于是很自然地绕出去进入展厅的另一半，结果发现很多人都是从两个裸男中间挤过来的，再一次意识到“文化差异”的确存在，我怎么就没想到挤过来呢，本想克服一下“差异”，可是下了五分钟决心，终究还是不好意思。这也是个好事儿，说明我的文化定位已经很坚定了。

5点多的时候，我在街上看到了美国总统奥巴马。围观的人群哦，其实美国人民也喜欢围观领导人。

6点多的时候，我坐上了小火车。窗外的夕阳草地那么美。下一站：费城。

后记：

这是篇个人体验，所以顺序杂乱，想获得直感的人请看相册。

想一想，纽约之行已经是快一个月之前的事情了，这篇游记却刚刚写完。我记得提笔的那天是5月23日，却被许多事情打断了。现在我在上海，无论发生了什么已经没有那么孤独和无助，谢谢我的朋友们。

我曾经有许多夏日计划，却遭遇了全盘崩溃的危险。再回忆起一个人在纽约慢慢走四处看的日子，已经恍若隔世。有些事情，一点点改变，就改变了全部。等平静下来以后，我需要好好地，好好地想想。只是平静那一天的到来，为什么还遥遥无期。

我还是会旅行，只有这点是一定的。

好生活，要保持（4）

悄悄快乐 2010－06－20　21：47

到底要喝什么

老爸下班，他和妈咪之间的对话。

老爸：我渴了。

妈咪：那你喝水啊。

老爸：我喝酸奶吧。

妈咪：酸奶不解渴。

老爸：我还是想喝酸奶。

妈咪：那你刚才干嘛说你渴了。

老爸：因为我要喝水。

妈咪：你明明说你不想喝水。

老爸：我是不想喝水，我要喝酸奶。

……

不管是什么，您先喝了成么。

隐藏的历史

妈咪：哎呀，你回上海的车票没座位啊。

我：那我就站着。

妈咪：站着很累的，你可以带个小板凳。

我：什么，我们家还有小板凳？

妈咪（对老爸）：你可以把你钓鱼的板凳借给小孩。

我：什么我爸还会钓鱼？

老爸：我当然会钓鱼，你看那边不是鱼竿吗？

我：那是个坏了的鱼竿。

老爸：是的，我上次钓了条鱼有20斤，就把鱼竿弄坏了。

我：什么？我们家鱼缸里还有20斤的鱼？

想多了的列车

看电视剧中。

老爸：你看，这部电视剧里老是有列车飞驰而去的镜头。你知道这是为什么吗？

我：不知道。

老爸：这是有象征意义的，想想看？

我：象征人一生都在漂泊？

老爸：你想多了，这是象征时代的列车在飞驰。

妈咪（冷冷地）：我觉得就是因为主人公住在铁轨边上……

执著的关于分手的提问

继续看电视剧中，小姑娘向小伙子提出分手。

我：老爸，你一般都怎么向小姑娘提出分手？

老爸：我从来没有向小姑娘提出分手。

我：老爸，你一般都怎么向小姑娘提出分手？

老爸：我就跟一个小姑娘谈过恋爱，也就是你妈，怎么提分手？

我：老爸，假设，你一般都怎么向小姑娘提出分手？

老爸：我都50多岁了，你问我怎么向小姑娘提出分手？

我：老爸，你想象一下，你会怎么向小姑娘提出分手？

老爸（崩溃而语无伦次）：我很久没有练习过了。

楠溪江，恍然一年

悄悄快乐 2010 - 06 - 21　21 : 39

跟阿发、大将军他们比起来，我和楠溪江还远远算不得亲密的朋友，可是，我爱这个地方。

我去年来过，
我今年又来，
明年，我还想来，
（小曦曦，你来不来？）
楠溪江，一年了，你还好，是吗？
阿发说老樟树的旁边原本是青石板路，
其实我不记得了，
甚至我不记得那棵老樟树，
我本来以为是叔他们说的老槐树，
那个树脖子上的牌子狠狠地嘲笑了我，
我们自然狠狠地嘲笑了叔。
老樟树旁边是大祠堂，
去年我和楚楚在廊下搭了个帐篷，
话说明明没风没雨有房顶我们干嘛搭个帐篷，
俩没见过世面的姑娘啊！
今年一堆裹着睡袋的姑娘就毛毛虫状躺戏台子上了。
迷糊的司机把旅程延成十小时，就算把车上的椅背放倒，屁股也还是很痛。
车在飞驰的时候，我看着黑乎乎的窗外东想西想，
我想了很多很多事情，可是想了什么呢，什么也想不起来了。
小曦曦说你干嘛这么低落，
哦，原来我这么低落，低落得都有人看出来了，
突然悲从中来不可断绝。
还是回到老祠堂，毛毛虫们躺着看房顶，
这时候天亮了，鸟叫了，阿发他们探了一下脑袋就继续出发了，
聊了几句我们就睡着了，醒来就中午了。
下雨，不过雨停了，
那谁家的红灯笼还是很红，米粉还是很油，厕所还是很猥琐，
我们吃饱了，玩儿了半局三国杀，就出门了，

当时我们并不知道，我们将走一条那么艰难的路，
其实哪条艰难的路开始的时候，行路者会知道呢，
当然就算知道也只好走，难道你还有别的选择。
路上的风景时而熟悉时而陌生，
身边的人们的面孔有的熟悉有的陌生，
于是我很自然地有时清醒有时恍惚。
时空的交叠并不是只有高科技才能完成，
那段田埂旁有一大汪水，
那些大石头很滑，还是活动的，
那片草地到处是数不清的牛粪，
都督调戏小羊的地方还在，可是小羊呢？小羊呢？
我们走啊走啊，我们爬啊爬啊，
然后又下雨，然后雨停，然后再下，
路就成了一塌糊涂，上山很黏，下山很滑。
去年那个很多草的平台，我们停都没有停，
下雨啊，草很湿，坐都没地儿坐，
不能停的时候，就走吧，左顾右盼频频回头，可是脚步不能放慢。
下山的时候向导说天井潭要发大水，
我们纠结啊纠结啊纠结啊纠结啊纠结，
就去了周坑口。
我们纠结啊纠结啊纠结啊纠结啊纠结，
决定绕去天井潭。
周坑口到天井潭，
水路两小段和三座山，
下雨，雨变大了，
天，黑，了，
都督是伟大的都督，叔是伟大的叔，
其实我知道这二位已经开始发毛了。
我的要了命的平衡能力啊，
好在这次没有心理障碍，
我走，我走，我走，我手脚并用地走，
只有一次差点掉下去，救命恩人啊谢谢，我已经很满意了。

我就不细细描述这三座山了，
走了的人都心有余悸记忆犹新，没走的人绝对无法想象。
七八点的时候天井潭出现，
拥抱那十点半就到了的另一支队伍。
我们睡觉的时候，他们在走，
他们到达的时候，我们起床，
他们睡觉的时候，我们在走，
他们钓鱼的时候，我们在走，
他们打牌的时候，我们在走，
他们游泳的时候，我们在走，
他们照相的时候，我们在走，
他们做饭的时候，我们在走，
他们吃饭的时候，我们在走，
他们喝酒的时候，我们在走，
他们吃饱喝足了，我们，终于，走到了。
扎帐篷，换衣服，做饭，
传统的煮面，传统的煎培根，
非传统的奶茶，
坐在防潮垫上看星星，耳朵边“纵贯线”在唱歌，
楠溪江，果然还是美好的啊！
第二天我们回去了，非原路，
下雨啊，队伍很疲劳啊，我们走不动啦，
回去前我在楠溪江里洗了头发，
于是错过了大将军的其实是二狗哥的气垫船，
去不成大草甸子了，其实，也好。
三国杀没有玩爽，水路没有走够，
歌没唱几首，基本没有喝酒，
每一年的楠溪江，本来就该不同，
可是大石头说，杨梅说，江水说，楠溪江还是楠溪江。
楚楚，你说你担心不陪我来楠溪江会让我难过，
其实你看我还是走下来了是不，低落又不等于难过。
最后一晚我和小曦曦在雨中的水泥大道上不打伞狂聊天，

这时候想，如果是青石板路就好了，

不过还是聊得很尽兴，

我深深地明白了一个道理：你凭什么认为人生开心是常态。

今年的楠溪江又结束了，没走完，可是结束了。

去年最爽的，今年最虐的，明年什么样的?

我还是有点低落，可是低落得不同了。

注：小曦曦即“爷们儿”。她让我这么叫她，叔可以证明。不过我也心甘情愿。

好生活，要保持（5）

悄悄快乐 2010－06－24　15：28

（本辑为短信特辑）

老公的价值

某天深夜。

妈咪：我终于知道我嫁给你爸最大的好处了！

我：妈咪你不觉得你现在发现晚了点么，好吧，是什么?

妈咪：他睡眠这么好，我可以随便看12点以后的电视剧不用调音量。

我：……

寂寞啊寂寞

老爸：啊啊啊！

我：?

老爸：啦啦啦……

我：老爸你怎么了?

老爸：你妈咪跟闺蜜逛街去了，我下班早了，一个人在家，没人陪我聊天。

想要你就直说

前情提要：妈妈送我上火车站。我跟她炫耀我又大又好用而且泡茶不怕烫的乐扣茶杯，问她要不要从上海专卖店带一个给她，她说不用，家里杯子太多。

我上车后。

妈咪：宝宝啊不得了啦，你杯子还在我手里。路上你只能喝椰奶了。

我：啊? 杯具啊，我的杯具啊！

妈咪：反正你本来打算送我一个，那就这个给我好了。你自己再买。其实我刚才很想要，就是不好意思。

我：……

到什么山头唱什么歌

依然火车上。

我：妈咪今天下午太阳真好，晒得好舒服哦～

妈咪：把窗帘拉上。

我：为什么?

妈咪：你会被晒黑，没脑子。

我：晒黑怕什么?你不也喜欢晒太阳。

妈咪：我都嫁给你爸20多年了，你拿什么跟我比?

我：……

萋　萋

悄悄快乐 2010－06－28　16：56

有一天去玩汤姆熊，看到了《海洋天堂》的海报。

有一天想去看《海洋天堂》，结果种种原因还是看了《玩具总动员3》。

一直笑一直笑，笑到最后却哭了。那些玩具，唤起了多少童年的记忆；那些离别，又提醒了多少现在的无奈。

生活多么热闹啊，可是那些热闹多么不堪一击啊。人们总是对关于离别关于放弃关于回忆的主题表现出十足的感动，究竟是认命还是不甘?

其实想看《海洋天堂》就是因为看到了它的主题歌是《说了再见》。其实喜欢《说了再见》，就是因为那一句歌词"说了再见却发现再也见不到"。

再见，听起来伤感中是有一些希望在的，其实说再见的时候，你怎么知道那不是永别呢?而真的能再见的时候，你怎么知道是否不如不见呢?

最近老是下雨，老是下老是下老是下。让我想着两年前，是怎样痛切地与我的大学依依惜别；又让我想到一年后，我该如何对我亲爱的复旦说再见。七年的成长与陪伴，撕裂来，必将一片血肉模糊吧。

记得当时年纪小，我们不知道自己必然的命运是孤独；后来知道了，又时时不甘着挣脱着。你还记不记得那第一个会眨眼睛的布娃娃?还有那个会真的有火药味的左轮手枪?

回头看，有那么多的东西不知所踪。相见的时候，你想过分别吗?拥有的时候，你想过丢弃吗？偏偏相见只是一瞬，拥有也必然短暂，离别却时时有，消失却是永恒。

前天陪一群师兄师姐在光华楼的台阶上看星星。星星没出现，只有灰色的云。我早已过了相信时光可以留住的年龄，却仍然禁不住偷偷地幻想。

昨天在多厅看球，中场休息的时候听见光华楼的台阶上有某个系的学弟学妹在喊“以后我们每年都要见面，风雨无阻”。两年前，我们也这样说过。现在的种种境况，却只能听说。

你没有喝醉的时候没有做梦的时候没有幻想的时候，依然觉得有永远吗？

说了再见，真的就可能再也见不到了。发现又相信的过程，很是残忍。

我跟加菲哥哥说，我多想一直是个小女孩啊。

人在说“多想”的时候，都是不甘而认命的。

我用偷来的时间看了《时间旅行者的妻子》

悄悄快乐 2010－07－08　14：50

厚厚一大本，一个令我动容的故事。

这不仅仅是爱情故事，这也是关于文学、音乐、药物和信仰的探讨。

有些事情发生了，你无法改变。

你希望和大多数人一样，但是那不可能。

你不改变，你去适应，却发现最大的痛苦是你知道得太多。

错误就在那儿，在你的过往也在你的眼前，可是你眼睁睁看着它们发生。

你们说你们是对的，我在游离。即使我依然觉得我是对的，我也会渴望回到你们中间。

哪里有什么对错。你们只是凑巧保持了一致。

36岁的亨利小心翼翼地向6岁的克莱尔微笑，不知怎样把他们一生的故事开头才不吓着这个小女孩。

20岁的克莱尔一眼认出28岁的亨利，她走上前，迎着惊喜而疑惑的目光说：我很小就认识你了。

43岁的亨利走过长长的走廊，把疲惫的老妇人缓缓拥入怀中，她依然很美，她是他82岁的克莱尔。

这一次等待很长。近乎半个世纪。

他快来了，而我就在这儿。

最后的解决还是爱，总是爱，一直是爱。久了会怀疑，可是还是会相信回来。

Nor Time，nor Place，nor Chance，nor Death can bow. My least desires unto the least remove. ①

—Francis Quaries

流离的时候，你就去旅行

悄悄快乐 2010－07－12　00：37

鼓浪屿并不是我想的样子
人很多，店很多
海蛎煎还是很好吃的，就是有点油
最关键的是，这里的海其实难得一见
见了吧，也并不蓝
海水脏脏的，沙子粗粗的
不过毕竟是海啊对不对
她也不想这样粗糙的
向远处望的时候，毕竟也是一片苍茫
还是可以想很多事儿的
想太多是脑残的重要分支
可是脑残并不是很容易痊愈的

我想到了纳木错，希望欠我钱的哥们儿赶紧还钱让我能尽快再去看看
我想到了蜈支洲岛，那时我们还是一群小姑娘，有吃有玩夫复何求
我想到了青岛大连，北方的海有点凉，于是更显得蓝了
我想到了大嵛山岛，不过我决定还是不再想了

深夜了，新的一天了
这里是鹭飞，一个小小的青旅
当班的白羊座小帅哥正苦恼着事业与爱情的平衡问题

① 时间，场所，际遇，死亡都无法让我屈服。我最卑微的欲望就是最少的移动。

后面一群弟弟妹妹在下五子棋
吵吵嚷嚷的，还带真心话大冒险的
我刚把很自信的某大哥下输了
哦耶，前浪的命运是注定的，唉……

这两天就是这样
白天穿着为海边买的裙子在大街小巷走
晚上吃海鲜吃荔枝吃西瓜
中午很热的时候回去睡午觉
话说我已经很久没有睡过上铺了
也很久没有玩儿得这么休闲了

我不想当文艺青年了
就是见到很好玩的店就忘了目的地
张三疯
火柴天堂
赵小姐的店
或者在某个时刻突然飙泪
站在山顶
看到日落
听见虫叫
这是多么无聊的人生啊

我们又卧谈了
谈了好多好多事情
原来许多人想得这么多，这么像
一样的关注一样的绝望
又一样地不愿认命不敢服输
得之我幸失之我命是多么淡然的话
说出来了，就请做到吧

世界杯决赛就快开始

章鱼哥和未来帝对峙着
我是一个真的伪球迷
就是认为看世界杯比世界杯重要的那种人
所以我对看世界杯有很多想象
却没想到会在这个小岛上，在鹭飞的沙发上看
本来嘛，又有谁想过会是荷兰和西班牙对决
我早该知道某些事的不可改变不可逆转
只是还没有完全回过神来

某妞今天给我一个小本子说，礼物
我一看，这是她半年全方位多角度的生活
有图有文字有各种实物
我又要泪奔了，什么再不当文青，要不我再当一次吧
我问：你这样就把记忆都给我了呀
她说记忆还是我的呀，但是复制版给你保存
天哪，如果这是一部电视剧，现在一定会起音乐了
这就是一有主的姑娘啊
如果哪个男人这样用心地与我分享他的生活
姑娘就誓死追随了
刀山火海捡破烂儿要饭，都认了

跑题了好像，我本想说旅行的
如果你在一个地方待着，心却总是流离
不如出去走，一直在路上
大部分时候，还是可以把难过雪藏的
闷着闷着，或许，就好了吧，但愿——

在寂寞里如鱼得水

悄悄快乐 2010－07－16　21：47

你们大概都知道，过去的一个多月，我很郁闷，非常郁闷。继一年的比较郁闷之后，我的郁闷达到了历史最高点。

我其实并不知道情商低到我这个水准怎么还会有这么多朋友，而更令人惊讶的是，颇有几个知心朋友对我的好，和亲的兄弟姐妹大概不相上下。所以我就很厚脸皮地在郁闷得不行的时候就发短信或者打电话，有时连长途和漫游都不管。然后我在想如果某天我再回到那个给绝大多数朋友打电话叫做“国际漫游”的地方，我该怎么办呢？我惶恐地想淹死在寂寞里，一定会死得很难看吧。

直到有一天，我很郁闷地发表了一篇日志之后，有人将一篇文章分成数个悄悄话发给了我。那篇文章叫做《一个人要像一支队伍》。

我仔仔细细地看了数遍，又想了数天。

于是，我打算把自己好好地筹建成一支好队伍。

曾经看过一个纪录片，据说小孩子在某个年龄段，周岁还是两三岁的时候好像，有一段时间是分不清自己的想法和真实的生活的。他们想做某件事情，买某个玩具或者小心翼翼地保存自己的积木房子，那么他们实际上就认为这个玩具已经到手，这件积木作品会永远存在。所以当他们发现妈妈并不愿意买玩具或者积木房子被推倒了的时候，他们无法接受这个现实，根本想不通事情的发展怎么会和自己想象的不一样。他们哭闹，歇斯底里，可是还是不能解决这个困惑。直到他们忘了这些悲剧，又关注到下一件事情为止。

后来，他们长大了一点，很快就明白了愿望和生活有时候是不同的。

其实，他们真正长大后才会明白，愿望和生活绝大部分都是不同的。

我总是假装明白，其实之前一直没有明白。

过去一年的关键词显然是寂寞。偌大一个美国，却不认识几个人。去玩儿？人、钱和时间都是问题。足够成熟的话，应该沉下心，好好修炼完善自我，可我花了太多的时间在抱怨上，抱怨为什么这么寂寞，抱怨为什么放着开心的生活不过跑到那个鬼地方。于是，为什么不仔细想想，这样的抱怨究竟有什么积极的作用呢？更不开心而已。我总是在想为什么那个一向快乐的我不见了，却不想想快乐并不是为哪一个人而存在的啊。

那篇文章里说，快乐是可遇不可求的，充实才是可求不可遇的。最无力的事情总是那些努力并不起作用的事情，那么就先把努力可以达成的事做好。

两种女人最幸福吧：智商为零而美貌为正无穷的，以及心态平淡而生活上进的。前面那个得靠机遇，而后面那个对我是最合适的挑战了吧。

这些天，我终于不用每一两天就去看看电影或者出去玩玩了，也不用开着灯才敢睡觉了，也不用吃很多糖了。这是由于对国内生活的过高期许而产生的新毛病，我终于把它们扼杀在摇篮中了。

还有许多事我继续郁闷着，不过我要学会和郁闷共生。总有想通或者处理好的一天的。

个人意义上说，谁都寂寞。而我，终有一天会在寂寞里如鱼得水的。那时，我就是一支好队伍啦！

小　趣

悄悄快乐 2010－07－21　22：58

有一天我站在中学门口等人，百无聊赖就拐进了一家小店，漫不经心地看着可爱的笔记本、精致的笔和各种别致的小物，以及满店十四五岁的孩子们。我突然意识到很久很久没有仔仔细细地挑选一支笔了。

小学三年级到高中吧，我特别喜欢买笔。从小就没有零花钱，所以需要买笔时是要专门申请爸妈拨款的，而买笔的乐趣远远大于买笔的实用意义。我到现在还记得小学门前那家最喜欢的店，正中就是满满一柜台的各种笔，以圆珠笔为主。为了吸引小孩子，老板娘按照颜色形状把整个柜台弄得五光十色。而那些笔呢，一模一样的笔芯们外边包的壳儿那叫一个五花八门。有时候会迷素净的，有时候又喜欢满是卡通的，有一阵子对带各种吊坠的笔特别着迷，上课写字，那些小猪小兔子一晃一晃的，心里就高兴得好像要飞起来。

我还记得曾经只买蓝色外壳的笔，浅蓝的，蓝色透明的，或者那种粉粉的蓝。一打开笔盒，浓浓淡淡的，一盒子清凉。后来听别的小姑娘都说喜欢粉色，于是也弄过一盒子粉嘟嘟的甜甜蜜蜜。后来发现只要是淡淡的颜色都挺好看的，就会刻意地淡蓝粉红嫩绿浅黄都来一支，配出一盒子缤纷来。闲着没作业或者有作业不想做的时候，就会把笔一支一支拿出来，分配各个角色，演出一场场小话剧，校园的也有，家族的也有。很莫名地，我比较喜欢民国时期大家族的题材，一群妻妾争风吃醋什么的。再后来又回到了只买蓝色笔的状态。那时细细地剪了一张好看的信纸，贴在笔盒里当背景。衬着深深浅浅的蓝，很好看。信纸上貌似还写了暗恋的人的姓名缩写。同学问那是什么，我就装作自己也想不起来了的样子。

再再后来，不知从哪一天开始，我就不在乎笔的外表了，能用就行。甚至我不用铅笔盒了，笔袋这种东西一夜之间突然出现在每张课桌上。也有很可爱的，但是总是显得阴暗逼仄，也没有了打开合上的脆响。

我还是学生，可是悲剧地成长为小小的自己曾大大鄙视的无聊的大人。标志就是，我开始不认认真真地挑选唯美的笔了。

多少你以为无聊的事情，回想起来就是一寸一寸的感动啊！

那天我又挑了支笔，比较了好久，揣摩10年前的我会怎么想。蓝色的，嫩嫩的，笔帽子是个小熊的脑袋，有点优雅有点稚拙，其实我现在也很喜欢。花掉了两元钱，好像比当年还便宜。

好生活，要保持（6）

悄悄快乐 2010－07－24　17：13

西瓜与笑容

妈咪在厨房忙，派老爸买西瓜。结果这位先生十分钟后雄赳赳地带领4个共八九十斤西瓜进门。自此徐家人陷在西瓜中万劫不复，每天全家总动员也不过能吃掉四分之一个巨瓜。从此每个人各添口头禅一条。老爸为“谁要吃西瓜”，妈咪为“就让你买一次西瓜你就买了这么大的”，我为“我真的吃不下了”。某日：

老爸：谁要吃西瓜？

我：真是吃不下了啊……

妈咪：你看看，买一次西瓜就买这么大的，总是吃不完。

老爸（若有所思）：我买瓜的时候，其他顾客都面带微笑，我本来以为那是随和的、友善的笑。

不听话的学生

教我妈做课件，老爸在旁边晃来晃去，一副很懂的样子。

我：老爸，你很擅长ppt（课件）啊。

老爸：一般一般，会做而已。

我：那你不教教我妈，她上课用ppt多方便。

老爸（愤愤不平状）：谁说我没教？她不好好学！仗着和老师关系好不注意听讲。

乌龟鉴定师

（背景：本人很善于啃骨头。）

我的宠物菠萝乖乖和我住宿舍1年有余，回家3年。在我手里的时候只吃虾，还得是活的，一副贵族派头。现在被爸妈二人训练成了好说话的杂食，连玉米都吃。鸡块儿更不在话下。一日人们吃完饭，准备喂龟。

妈咪：你啃过的鸡块儿和别人啃过的一定不会混。

我（洋洋自得）：节约型社会嘛。

妈咪：乌龟看两眼，转头就走的，就是你啃过的。

我：>_<

如果我去百家讲坛

电视上，钱文忠老师讲《弟子规》，我听得很开心。

我：老爸啊，你说，我要是走学术道路，30 年后能不能上个百家讲坛啥的？

老爸：你现在也能上啊。

我（叮……）：我可以讲什么呢？

老爸：《哈利·波特》。

回忆一矫情就成了徒劳

悄悄快乐 2010 - 07 - 29　23：06

今天终于看了《80 后》。盼了一两个月。

说实在的，我就是去怀旧的。只要有什么小袋儿的酸梅粉啦，花脸雪糕啦，会眨眼睛的布娃娃啦，子弹是梅花形的那种左轮手枪啦，宽宽大大的难看校服啦，小虎队啦，《花仙子》啦，《圣斗士星矢》啦，《渴望》啦，等等。哪怕没有唯美的画面，哪怕没有情节，好吧，哪怕是个纪录片，男中音在旁边娓娓道来的那种，我也不会失望成这样。

女主角沈星辰，妈妈私奔，爸爸被撞死（后来撞死爸爸的司机正好在她想轻生时打消了她的念头），舅舅和舅妈离婚，舅妈乳腺癌，新舅妈飘飘荡荡就像个冤魂，表弟先闯祸入狱，再在狱中为救准姐夫被砸死，表妹被挑断手筋，男朋友的爸爸走私，妈妈背叛爸爸，男朋友因为私藏枪支被抓被关……

苍天啊，我的生活多么地苍白平庸无聊啊啊啊！你们大部分都是 80 后吧？你们的生活这样跌宕起伏吗？

申奥，非典……也是大家共有的大背景，可是这些大背景和 80 后的联系在影片里表现得是多么地无力啊！至于哀悼张国荣，我猜导演同学非常喜欢张国荣。当然我也喜欢张国荣，可是生硬的表现方式还是让我忍不住痛苦地把头扭向了一边。

一个纯粹的狗血故事加点全民民族记忆，这就是《80 后》。这么严重的不切题真是令人没法忍，如果还叫《地久天长》，我会稍微喜欢它那么一点点。

沈星辰同学和明远同学，尽管我前面已经列举了他们的悲惨命运，我还是得说，这俩是绝对的上帝的小宝贝儿。小时候就认识了，高中一进校就钟情了，集体舞的时候眼神儿里都能牵出丝来。课堂上那个你侬我侬啊！我怎么记得当年的班主任连男女生传个小纸条都是没法忍的。17 年的爱情守望，感人吗？感人的。可是他们俩苦孩子都不懂甚至不相信爱偏偏就能相爱，异地的时候种种问题都解决不了偏偏就不会分手，男主角设计个浪漫而怪异的房子模型，女主角听都懒得听却能在 10 年后给真的建起来。我的天哪！更不用说那个奇怪的没逻辑的男主角在“非典”出院后不给女主角打电话，在女主角面前搂着痴情的女二号就走又说心里只有女主角，当然这样特意跑到仇人门口扔枪，然后被抓起来就不是很奇怪了（你不能夜里偷偷扔西湖里么）。他们的爱情，我总觉得不靠谱。没基础没逻辑没道理。我知道爱情不讲道理，可不是这么个不讲道理法，真的不靠谱还是我老了，我不知道，你们说呢？

沈星辰说，我们什么都试过了，我们分开过了，我们都无比难过；那我们再也不分开了，好不好？

我很感动，我感受到了面对梁祝、罗密欧与朱丽叶、牛郎织女之时的感动与羞愧，可是，你知道，他们要不死了要不成仙了，才能把类似的感情保持下去啊！我决定以后我妈一说我对爱情的理解过于美好浪漫，我就给她看《80 后》。

我真的很想念小时候的平房，房前的泡桐树，和他们抓知了，收集“干脆面”里的画片。我以为我会看到这些。

五颗星评分，我给《80 后》一颗，因为男主角长得好帅。女主角除了有点老也还不错。女二号除了脖子短也算挺好。

我本来想好好回忆的，却看了一肚子郁闷。我还记得《十七岁不哭》。很多感觉，17 岁的孩子们表达出来，很美好；27 岁了，就请别在天上飘了吧。

这倒也算给我个启示。那么，再加半颗星。没了。

好生活，要保持（7）

悄悄快乐 2010 - 07 - 31　10：12

乌龟与玉米

之一

某天早上，妈咪辛苦地煮了玉米，可是我和我老爸都忽略了。

妈咪（气愤地大口啃玉米）：你们就不懂得吃杂粮的好处，我们家就我和乌龟吃玉米，就我们俩知道合理饮食。

之二

妈咪：你还吃不吃玉米了？

我：不吃了。

妈咪：那我喂乌龟了哦。

妈咪（想了想）：你听清楚了吧？我是先问你吃不吃，你不吃才给乌龟的哦，别说我不公平哦。

我（默默无语两眼泪）：妈啊，如果你不解释，我倒是不会怀疑你更喜欢小乌龟。

多种解释

我跟姥姥聊天，姥姥突然盯着我看。

姥姥：你的脸是不是有点肿啊？

我：没有啊。

姥姥：我觉得哪儿不对劲。是不是有点肿啊？

妈咪（冷冷地）：妈，她很久没回来，你已经忘了她的脸有多大了……

我：T_T

让我们一起酸不拉叽

乌云翻滚，狂风大作，我和老爸在屋里，妈咪在遥远的厨房。

老爸：啊，暴风雨即将来临。

我：老爸你怎么这么酸，你就不能说快下大雨了么，幸亏我妈不在，不然她肯定说你太酸，就忘不了自个儿是中文系的。

妈咪（走进屋）：啊，你们发现没有，暴风雨即将来临！

咒语实验

深夜，老爸照例在电视机的噪声中呼呼大睡。我和妈妈看着电视有点无聊。

我：妈咪啊，我在人人网上看了个视频，说日本的主妇们早上叫自己的丈夫起床，怎么都叫不起来，可是只要在他耳边说“我看过你手机了”，所有丈夫立刻惊醒无一例外。

妈咪（很兴奋）：你的意思是……

我：唯一的实验对象正好睡着了。

妈咪（凑近老爸耳边轻声）：我看过你手机了！

老爸：zzzzzzzz

妈咪（声音提高）：我看过你手机了！

老爸：zzzzzzzz

妈咪（大叫）：我看过你手机了！！

老爸（惊醒，发愣，从床头柜上拿手机递过来）：怎么这么懒，要用自己拿不行么？

梦醒时分

悄悄快乐 2010－08－11　00：27

西藏有毒，来过的人都知道。你会一次又一次地来，只要你的高原反应不会整死你。

我在拉萨。

明天就走。

我在八廓街上买了假的绿松石。

我去住在羊湖边上的人家喝了最浓的酥油茶。

我又去了纳木错。念青唐古拉和纳木错，他们永不分离。

我去哲蚌寺看晒佛。今天是雪顿节，从来没见过这么多人。

我习惯于点菜后等半个小时被告知你的菜开始做了；我习惯了慢慢地走，轻轻地说话，小声地笑；我习惯了接受陌生人的微笑，回以同样的善意的笑；我习惯了住在 26 人一间的巨大的房间里，听各种来自川藏线骑行、阿里徒步、墨脱穿越的故事。

东措青旅，满壁的画和故事。有多少开心的人，就有多少失意的人。都来了这里，是大家明智的选择。旅行都是有目的的，这里可以让你发现目的以外更多的意义。

手臂和腿都伤了，因为我穿着裙子和凉鞋爬山来着。疼痛一向使茫然的人产生一些亟须的存在感，所以，这也是一件好事。

我再也不想说“我想永远待在这里”这种话，虽然我的确很想。我只希望，当我对这里的思念膨胀到无法忍受时，我还可以来，希望纳木错的星星，一直这么美。

时晴时雨

如果要给我的生活贴一个标签，那就是“轻喜剧”。天生的乐观，天生的自信，天生的敏感，还有天生的记性差，让我的生活常常戏剧性十足，充满了小小的快乐与无奈。

我并不知道现在的生活算不算小时候勾勒的“未来”，是不是前些年总在担忧的“未来”。其实，未来不是金碧辉煌的殿堂，也不是吃梦不吐骨头的怪兽。未来就是现在：认真努力，忙里偷闲；不为难自己，也不丢弃美梦。

日子流水一般地过，忙完这一阵，再忙下一阵吧。

熙熙攘攘的生命，热热闹闹的世界，来来去去的人们。有时晴有时雨，才是人生。

祝我忘却所有，祝你一路平安

悄悄快乐 2010－08－15　20：05

明天你就要飞向万里之外的地方，明天我要去返签。九天以后，我们会在同一个国家。

这样的结局，曾经被我们计划，努力，翘首期待了许久许久。还记得4月下旬的一天，一个没什么预兆的晚上，我打开邮箱，看见了你转给我的邮件，那封你的录取邮件让我多么狂喜啊。我立刻打电话给你，却开心得一句话也说不出来；你也只说了一句：没想到可以离你这么近了。这句话，让我在图书馆里不顾所有人惊讶的目光，热泪盈眶。

“这么近”，其实一点也不近。两千里的距离，对我们俩，是个遥远的数字。可是我们是谁啊？我们在一起两个多月后就天各一方，随后的日子里总是隔着太平洋。因此，当相隔两千里对于别人来说意味着无尽的相思时，对我们来说同时也是上天的厚礼了。

后来我慌慌张张地搬家，写期末论文，确定下学期的住处；你做着出国前的种种准备，经历毕业前的种种纠结。我们为一些琐事争论，很快又和好，在电话两头说说笑笑，吵吵闹闹，一如往日。

我一个人去纽约，恨不得拍下所有的东西给你看。我有很多困惑，写信询问你，我该怎么处理自己的迷茫。更多的是计划，计划我回上海之后我们要去哪里玩，计划你出国之后我们多久见一次面。

谁想得到呢？5月20号还在兴冲冲地做着两人计划的我们，28号晚上终于相见时却紧接着分手。

我曾不止一次地想过我们为什么会分手，却总是把自己弄得又心痛又糊涂而依然没有结果，于是我只好不去想了，唯一能做的就是努力说服自己接受这个既成事实。

可是这很难。

我总是一不小心就回忆起我们的初见。户外的路上，我对你的第一印象不是很好，你对我大概没什么印象。可是在经典的天使与主人游戏里，你抽中了我的名字。后面的事情那么神奇，越聊话越多，越走越开心。山路难走，你牵着我的手。不那么难走时，你也没有放开。回头想想，那时，应该已经微妙。后来我们各自纠结，对悲观的现实又恨又怕。然而，那个初夏的晚上，你正式向我伸出手时，我不由自主地就把自己的手交到了你的掌心。面前的艰难险阻这么多，可是，山路不也是很险吗？你不是也让我很放心吗？

我总是一不小心就回忆起我们刚在一起时遭受的质疑。除了见证的那一批人，所有的人都是明确表示不看好的；即使作为见证的那一批人，也是多数在心里犯嘀咕。从任何角度看，我们都不是天造地设的一对。我跟我的好朋友这样解释：我们就像两台笔记本电脑，大小不一样，颜色不一样，连牌子也不一样，可是，我们有一样的 CPU①。后来，人们渐渐认可起来，因为我们在一起时那发自内心的快乐有目共睹。在大嵛山岛的时候，刮风，下雨，大太阳，我从来不曾害怕。我以为，这就是 Soul Mate（编者注：灵魂伴侣）。

我总是一不小心就回忆起最开始的快乐时光。每次一听到“还记得昨天，那个夏天，微风吹过的一瞬间”，我都立刻想到去年夏天。那个时候，我们可以什么都不做，只是傻笑着对视很久；我们在校园里随便乱走，累了就坐在石凳上吃荔枝。我回家的时候，把手机扔下半小时就被你半真半假地质问；我们都在学校里实习的时候，大清早，掐好时间从两个宿舍区出发，为的是在邯郸路上相遇三秒钟。现实依然是晴朗天空上的乌云，但我们都清楚我们是会一起努力驱散它的。那个时候，走在路上，我都会不自觉地微笑。

什么时候第一次话不投机就吵起来，我已经不记得了。和自己喜欢的人吵架是最痛苦的事情，因为所有的伤心都是会乘以二的。而当我一个人待在大洋彼岸时，这种伤心自然而然地又和距离相乘。吵得厉害的时候，多少次我想自己是不是在犯错误，是不是找错了自己的那杯茶，是不是根本就是在和一个不在乎我的人在一起。你知道我多么怕你冷战吗？你知道这种摸不着触不到的感情多么令人没有安全感吗？2009 年的感恩节假期，是我记忆里最冰冷的日子。室友旅游去了，暖气暂时还没来，学校放假找不着人，我生病了，你不理我。整整，七天。谁知这并不是结束，12 月回国的时候，你又给了我一个莫名其妙不开心的平安夜和一个根本不见你人影的元旦。我现在已经无意去追究是谁造成了这些本不该出现的痛苦，我想这样的事情发生一定是两个人都有责任。你只要一说点什么，一切就轻易地烟消云散，多少次，都是这么过来的。每次吵架时，我心里是多么害怕啊，可是我还是那么信赖你的善良和你对我的真诚。

我当然知道恋人相处有一个时期叫磨合期，我也知道距离的原因使我们的磨合期可能又长又难。可即使是最不满彼此的时候，小美好依然随处可见。于是，再难过，再伤心，我还是把眼光更多地投向我们的感情。我想当然地以为你也会这样。可是你没有，事实证明你没有。这也不是什么错误。遇到难处的

① CPU 是 Central Processing Unit 的缩写，即中央处理器。

时候，两个人都想到感情，自然会好合；都理性地看到现实，就容易好散。你看到现实，我看到感情，所以你可以干脆利落，让我除了站在原地看着你走，没有别的选择。

我们曾经走在一起，随后冲突多过快乐，当快乐渐渐回归，当最艰难的时候过去，当我们终于不用数时区的时候，最美好的，也远去了。

这两个多月，我所做的，就是忘记。努力忘记真是世界上最辛苦的事情，可我能有别的选择吗？曾经，我看见世博会最适合情侣去的场馆，看见世界杯赛程，看见厦门或者西藏的旅行攻略，都会发给你。你说，就等你回来了；你说，我们一起熬夜；你说，嗯，收到了，我们一起去。结果呢，我终究没有去世博会；世界杯总是跟着一群人狂欢；和朋友走在鼓浪屿上或者布达拉宫前，竭力让自己不要多想。我曾经抱怨我的方向感烂到不能忍，你说以后就交给我好了，可是现在我还是一点一点地死抠地图；我曾经郁闷自己总是丢三落四，你说没关系慢慢改我帮你改，可是我现在倒是不怎么丢东西了你又在哪里呢？

分手就要分得彻底，绝对。我总是从校内网上知道你去海南了，你回家了，你去骑行赣江了。我的手机里再也没有你的信息和电话。分手的第二天早上我的手机就死机了，再打开所有的短信，也就是你所有的短信，都没了。我苦笑：我们的生活再也没有交集了，也没什么回忆了。大概由相交、相知变成陌路的感觉，就叫做痛彻心扉。

走在某条路上，在某家饭馆吃饭的时候，在某个商场闲逛的时候，我总是突然就陷入回忆之中。我哪里想到自己是这么脆弱的人。月月，兔兔，小猪，小伊，楚楚，一个一个被我拉来当做倾诉的听众。我曾经多么鄙视把谈情说爱当做天的小女生，却发现自己原来也是如此。

可是那又怎么样呢？天塌了，该活也得活着。我记得7月8日晚上，我们平平静静地吃了最后一顿晚饭。今后，就再也不会见了吧。我一个人走回校园，却不想回寝室。坐在光华楼的台阶上，呆呆地看了会儿星星和灯。终于忍不住给妈妈打了电话，终于忍不住悲从中来，终于止不住放声大哭。妈妈说："可是，你又能怎么样呢？"

我多想洒脱地说一句"妻子如衣服，姐是你穿不起的牌子"，但我知道即使是第一个说出这句话的人，也一定为了一个人哭了很久很久。

是的，我能怎么样呢？多少交往了七年八载的人都黯然分手，我们才不到一年的时间，我能怎么样呢？我只能把邮箱密码从你的生日改回来，我只能把记熟了的你的手机号重新输入我的号码簿，我只能好好地忘了你。我不能因此忽视自己的其他责任，我不能从此停止上进，我也不能放弃信仰爱情。

有一天，我打了你们宿舍的电话。我知道没有人。一声一声响过，然后是“您所拨打的号码无人接听”，最终安静了。该断的，终是断了。

承诺这件事情，一个人忘了，就等于两个人都忘了。你忘了，我就必须忘。其实我觉得不公平，可是我接受。

在拉萨的第一天我还是不小心梦见了你。不笑，也不说话。我还以为我终究是忘不掉，我还以为我又得重入痛苦万劫不复，但是我还是在纳木错湖畔醒悟了。布达拉宫，羊卓雍措，我都可以拍下来给你，可是纳木错的星星，只有自己看，拍是拍不下来的。是你放弃了一种生活，我何必替你可惜替你背负。我爱纳木错，会到这里拍婚纱的。和我一起来的人，会让我相信永远。

我很喜欢珍妮弗·安妮斯顿和布拉德离婚时说的那段话：

“每段关系都有漩涡和波浪，有时很艰难，有时很宁静，有时充满乐趣。最艰难的时刻往往是你想追求一种完美的境界，但那是可笑而不现实的。婚姻最神奇之处在于，在经过了那么多漩涡和波浪后，站在你身边的还是同一个人，你仍然深切地感受到，自己爱着对方。每次争执，总能让你们重新相遇，重新相知，重新相爱，在婚姻中，你们再展开一段新的婚姻，如此永远延续，没有终点。这就是我喜欢婚姻的原因，也是我希望从婚姻中得到的。但是很不幸，我们生活在一个任性的时代里，一遇到问题，首先想到的就是‘糟糕，过不下去了’，那是最重要、决定性的时刻，因为一旦有了这种想法，人们自然而然就签订了离婚协议，他们不知道，自己已经错过互相迁就、互相认错、重新证明爱情的机会，那才是最美好的。但是很遗憾，这不是他的婚姻观。我们的观点完全不同，若观点根本不一致，就无法勉强继续一段关系。我希望获得的是灵魂深处最忠诚的关系，但是他有权选择另一种形式，于是他选择分手。”

把婚姻换做恋爱，就是我想说的。你是个好人，but you are not that into me[1]。或者，爱在你那里和在我这里，并不是同一分量。说好一起环游的世界，还是那个世界，不过是你没有我，我没有你。都愿赌服输，就是了。

我知道这些天我们都在上海，我知道明天是七夕，我还知道不见是最好的。

去年我签证完以后，你一直很低落，你说：要走了，还是很伤感的。今年初我跟你说暑假我要返签，要排好久的队，你说那有什么，我陪你呗。

明天我要一个人去排队了，明天你要飞走了。

---

[1] 但是你并没有那么喜欢我。

本来嘛，曾经我们因为《阿凡达》是“划时代”的独特影片而去看，现在不是也要拍《阿凡达2》了吗？永垂不朽的坍塌呈现得就是这么直接而又滑稽。

我曾经问你：你去过这么多地方，都不用文字记下来，忘了多可惜！你慢悠悠地说：忘了，又有什么不好呢。

可我偏偏喜欢记得。记性这么不好，却总是用各种办法记得。可现在我觉得你说得有几分道理，关于你我，忘了，不好，可是比不忘要好。

那么，祝我忘却所有，祝你一路平安。

Bob & Amy：2009. 6. 3—2010. 5. 28. 这是为了忘却的墓碑。

你看，我除了文字，一向没有别的什么。

我就喜欢和康康K歌

悄悄快乐 2010－08－20　22：47

是的是的，我就喜欢和康康K歌。

两个人弄一个中包（永远没有小包，为什么啊为什么），就是比上海的特大包还要大，可是比上海的迷你包还要便宜。

然后就唱。

我唱得难听，康康就骂我，我才不管呢。

骂我是骂我，康康还是会拼命给我点歌，我也给我自己点歌。

然后我就半推半就地做个麦霸。

有时候我就把自己唱哭了或者看MV（音乐视频）看哭了，真是白痴一个，唉唉！

我妈说了，现在的歌对你们都是个误导啊，把感情说得太真太纯太美好啦。

我心想，这是歌啊，再不真不纯不美好怎么唱啊？

况且，如果这些歌把大家都误导了，所有的人都被误导了呢？

是不是就莺歌燕舞世界和平了？

我衷心期盼那一天的到来。

我和康康在2004年夏天正式离别后就很少见面啦。

可是康康真是个乖小孩啊，只要我在家，只要我叫她。

她一定笑嘻嘻地出现，并且对我很好很好。

有一天我说我们俩去K歌吧，

康康很惊讶，后来还是去了。

康康经常对我的主意万分惊讶，但最后总是陪我去。
所以即使她从来没去上海看过我，我也不很郁闷。
后来我们俩就老在一间大房间里 K 歌。
她唱得比我好听，然后又总是看着我做麦霸。
让我老是想起我们相识的那个夏天，
那年我们好像都是十八岁哦。
这么长长的岁月过去了，
真长啊真长，
那些在学校小花园里散步的午后，课间，
我们都聊了什么啊。
我总是那个话痨，你就是那个捧哏①，
不过随手抄起点什么敲脑袋的那个，是你。
我挺喜欢被你敲的，还有被你大叫：你！
我就跟得逞了似的。
很想当你的伴娘啊，
我跟谁好就想当谁伴娘，这真是个要命的习惯。
我当了一次了，我被预订了一次了，所以再当会嫁不出去了。
伤，脑，筋！
康康，咋办呢？

这赤裸裸的歧视啊

悄悄快乐 2010－09－05　14：09

我跟一个小盆友②白话③完人生道理后拍其肩膀：好好体会吧小盆友。
小盆友：你比我又大不了多少还要倚老卖老。
我：明明比你大很多，你不承认也不行，这就是人生历练啊，童鞋④。
小盆友：你看起来还没我大。
我：那又怎样，挡不住一颗成熟的心，这就是人生历练啊，童鞋。

---

① 捧哏：曲艺名词，即为滑稽、逗人发笑的话或表情。
② 网络用语，即朋友的意思。
③ 方言，指天马行空地议论。
④ 网络用语，即同学的意思。

小盆友扬手一指：那你还穿 Snoopy[①]。

我：颜面扫地，出门撞墙去也。

星期天的晚上

悄悄快乐 2010-09-20　12：51

总是有点惴惴。

默念着明天要做的事情，下周要做的事情。事情实在多了，就一一写在小本子上。

周五的时候，跟所有的人打招呼或者发邮件都会说一声周末快乐。本来也没什么奢望，说的多了，就真的会滋生点希望。

事实是，快乐的周末并不多。很多时候觉得，睡两觉，周一就又来了。

今天晚上跑了很久的步。可是又吃了一袋棉花糖。

收支相抵，减肥计划继续推迟。

而且，棉花糖统统吃完了才发现网上一篇教人用棉花糖做果冻的文章。好想吃果冻啊，于是有点沮丧。

我记得大一的时候听汪涌豪老师说“现时欢娱的阴影”，惊艳，于我心有戚戚焉。旅行最快乐的时候总是收拾行李或者在交通工具上做白日梦的时候。

我是那类典型的吃葡萄从最坏的一颗吃到最好的一颗的那类人，所以很正常地总是在某些盼望已久的时刻暗忖“不过如此”，心下怏怏。

其实即使在阴影里，有了现时欢娱也很不错了，至少以后再回头不会是很坏的记忆。

而所谓星期天的晚上，就是纯粹的尾香，余音，残羹冷炙；香不甚动人，音不甚悠扬，羹啊炙啊的不甚美味，终究也没甚不好。而另一些急促、沉重、忐忑，却又逼在眼前了。

由于不想醒来是周一，所以现在很不想睡觉。

① Snoopy（史努比）是漫画家查尔斯·舒兹从1950年起连载的漫画作品《花生漫画》中，主人查理布朗养的一只黑白花的小猎兔犬，品种为米格鲁犬。此处指同名少女服装品牌，多印有史努比的形象。

好生活，要保持（8）

悄悄快乐 2010－09－22　00：27

前两条还是在家时候记下来的。

变美的途径

近来我常常看点养生的文章，准备跑到美国后自个儿按摩按摩穴位做做水果面膜啥的，照例，相当踌躇满志。

我：老爸，我要变成美女。

老爸：哦。

我：老爸，我明年要以美女的身份归来。

老爸：哦。

我：老爸，我都要变成美女了哎！

老爸：我觉着，你最好还是不要整容。

原来，我在老爸心目中是整容方可变美女的层次。我泪奔。

疼死你

胳膊伤了，妈咪给我上一种药，我认为它最大的特点就是令我很疼，害得我每次都吱哇叫唤，很不端庄，于是暗下决心忍痛不叫。

某次上药，闭眼咬牙，使劲儿忍着，结果发现妈咪拿着个小棉签抹个没完没了。

妈咪（嘀咕）：奇怪了啊。怎么抹不上呢？

我（咬牙）：怎么了，什么叫抹不上？

妈咪：你没叫啊……！

眼见为实

视频中——

妈咪：你要注意保持身材。

我：我挺注意的，我跑步，我还基本健康饮食。

妈咪：那你瘦了吗？

我：嗯。

妈咪：那你多少斤啦？

我：没称。

妈咪：那让我怎么相信你？

我：>_<

妈咪：这样，你把电脑放在高一点的桌子上，然后你走到房间中间，转两圈。

事实证明，我是个乖孩子。

同一首“歌”

电话中——

老爸：丫头丫头，你有没有收到我给你发的短信？

我：呀，没看手机哎。你发了什么提前说说吧。

老爸：我给你发了苏轼的《水调歌头》，用伟大文学家的词和你共庆中秋。

我：可是老爸，你去年也给我发了。

老爸：那不一样，去年我是从电脑上复制粘贴的，今年我是默写给你的。

老师学生那点事

悄悄快乐 2010－09－26　12：50

从妈妈的妈妈那辈儿算起，我们家 80% 的人口都是老师。这就是为什么我不是很喜欢别人很过分地骂老师，同时这就是为什么我坚决不想当老师。虽然面对可以随便东跑西颠的寒暑假期，我的口水活活流过了脖子。

不想以老师为职业，不代表不喜欢老师这个职业。有机会小尝试一下还是甚合朕心的。比如现在在中文学校当老师。

我现在带六年级。回忆起我自己的六年级仿佛还近在眼前似的。可是看着那一张张稚嫩的笑脸，听他们讲我根本抓不住逻辑的笑话，我深深地发现了自己基本已经年迈。这儿的孩子都有弟弟妹妹，在别的班上课，有时下课了跑来找哥哥姐姐玩儿。那些四五岁的小家伙看了我会用脆脆的声音叫姐姐，我一般都会惶恐地左顾右盼一番，然后怀着感激鬼鬼祟祟地应声。

言归正传。老师的立场对我来说很是新鲜。毕竟学生当了快 20 年，骤然视角转换，新发现一个接着一个，想想真是好玩。不完全无序列举如下：

1. 教室再大，学生再多，你干什么别以为老师不知道。所有的“没发现”都是不爱管你。

2. 上课爱讲话的学生很讨厌，上课一言不发的学生更讨厌；而那些话特多就是没有一句在点上的，让人恨不得在他们嘴巴上安个开关，直接 turn off（关掉）。

3. 人的智商真是千差万别，迥异到了令人发指的程度。

4. 可是智商再高（依然属于常人范围）的六年级小孩，你也没法让他们理解初二的内容。教材编写就是这么科学。

5. 长得漂亮的小孩就是讨人喜欢，没办法呀没办法，看着都舒服。个人最喜欢大眼睛的胖乎乎小姑娘，卷头发的高鼻梁小男孩次之。

6. 可是老师的责任感促使你在课堂上不能以貌取人。可是真的必须认真地提醒自己才会挑两个举手回答问题的孩子里较丑的那一个。

7. 出色的学生弄懂了所有问题，开始干自己的事情。你知道这是挺合理的，可是心里还是有点不爽。

8. 再简单的作业还是有人错。

9. 你以为最难的问题他们常常给你惊喜，你根本不觉得是个问题的，他们绕到里面就出不来。还强辩，拼命强辩。

10. 你讲与课本无关内容时是他们精力最集中的时候，与课本无关内容也是他们记得最清楚的部分。

11. 说没带作业的人分为真没带的和真没做的，谁是哪类，你心里跟明镜儿似的。

13. 你笑得少了，自个儿不忍心；你笑得多了，他们立刻上房揭瓦；你假装严肃最后忍不住笑了，他们就会更厉害地起哄，但眼睛里流露出特别可爱的神色。

14. 你这一秒讲的东西，他们下一秒就会忘。所以更别指望他们记住上节课的东西了，哪怕你强调了800遍。不过也许一年前说的，他们还记得。

15. 有的孩子爱好举手，他们举手并不表明他们知道问题答案。可是绝对不能鄙视他们，鄙视小孩的后果应该会很严重。以弗洛伊德的名义。

16. 有的孩子有意无意会讨好老师，他们的讨好的幼稚之处在于你一眼就看出了他们的目的。别让他们得逞，小毛病会造就很可怕的人。

17. 所有的孩子都对老师的口误之类超级敏感，别自我安慰那些不值一提，它们提醒你一日三省。细节决定成败，这话特别适合我自勉。

18. 你特别希望他们越来越好，好上加好。据说，父母对孩子也是这样的。

我还是不想当职业老师，不过真的很想做个兼职老师啊！

一首歌的时间

悄悄快乐 2010－10－01　12：42

又吃美食又跑步，不吃美食不跑步，你选哪一种？

我一定选第一种的。我娘说了，我是个爱折腾的家伙。

我曾经企图改变自己的折腾，座右铭都往“现世安稳，岁月静好”改，后来发现毫无用处。

还在愿意折腾喜欢折腾的时候，干嘛不折腾折腾。也许明天就突然烦了折腾厌了折腾，那么今天可就是折腾的最后一天了。

青春免不了一场颠沛流离，诚然诚然。

凑巧我还是个爱做饭的人。

我真的很想当个厨子啊！

幼儿园的时候他们问我理想，我说：科学家。想了想：木匠也行。又想了想：厨子也挺好的。

刚上文科那会儿我问还在读博士的小舅舅：我学了文科以后上大学能选修物理和生物么？我舅舅点点头说行，可是不知为什么一脸犹疑的神色。后来我知道为什么了：当然行，退学闯世界去还行呢。关键是你基本不会那么做。我坚持选了两学期的高数，最后还是认命了。再见啊科学家！

木匠就算了。切菜切不到手我就感激涕零了。何况我要做木匠必然的结果是和傻媳妇儿和面殊途同归。傻媳妇儿的面越来越多，人给我的木料肯定被我弄得越来越少，最后消失于无形。虽然我可以跟别人说一大堆，可是客户还是会打我的。

于是，我童年的理想只剩下了厨子。

我认真考虑过上新东方烹饪学校，后来还是上了新东方听说特训班。理想和现实总是有差距的，可是兴趣和理想是近亲。我将来做什么事儿虽然有些小计划但实在是不一定，可是做一辈子饭是定下来了。谁也别和我抢。

（所以，理想老公一定是个爱吃饭并且爱刷碗的。自私了点哈，每天可以做不一样的饭而必须刷差不离的碗，后者多没劲啊！）

看看看看，一说做饭我就兴奋，说一大堆，其实我本来只想写两三句来着。

第一句：我爱做饭，我爱吃饭，我爱跑步，这样我才一天到晚即使点儿背若斯依然乐颠颠的。

第二句：跑步的时候，我采取变速的方式，这样比较有意思不容易累。我曾经以时间为单位分割不同速度，又以距离为单位分割不同速度，都挺烦人的，原因不明。

第三句：于是我根据歌儿来分：一首歌一个速度，于是越跑越开心，每次跑到 40 分钟左右的时候都会有飞一般的感觉，然后我就见好就收，回家喝酸奶吃猕猴桃。

时间是枯燥的，于是你可以用歌来划分。有了意义就是有了灵魂。

你们不只是为自己谈恋爱

悄悄快乐 2010－10－12 13：18

高中的时候班上有个清秀漂亮不爱说话的女生，男朋友也在我们学校。我和那个女生不熟，跟那个男生不认识。当然朋友指给我过“那是××的男朋友”，不过走在街上面对面也不一定认得出来。这两个人，至少外貌看起来，并不是那么配。十六七岁的小姑娘们少不了八卦一下，于是我知道了这两个人初中就在一起，风吹不散雨打不断，老师家长什么办法都使了就是没把两个人分开。他们俩似乎都不是爱笑的人，但在一起的时候总是笑。

当时，作为一个自动将早恋划入大逆不道，把身边20岁前的恋爱都划为早恋，连暗恋都觉得很罪孽的“好孩子”，表面上我对他们是八分无所谓两分鄙视，而事实上心里，现在分析，是七分好奇三分羡慕。老师那时教育我们不要早恋有很多理由，最常用的除了“影响学习”就是“你们还小，未来变数太大，分手会很伤害你们的”。

我不记得他们学习怎样，后来懂得自己思考了，才发现老师所说的学习和恋爱的关系基本是个伪命题。学习成绩急剧下降，只能说你找了个错的人，或者你们俩都不善于合理分配时间。然而，他们似乎确实没分手。我说过，我和他们完全不熟，和那女生加起来不知道有没有说过五句话。但是假期同学聚会什么的，也还是能听说他们的消息。大学四年，没分。一起出国读研，也没分。老师当然不管了，家长们当然也点头了。

有时候我还会想起他们，虽然完全不熟。我想的是，多好啊，十三四岁就走进彼此的生命，一起分享生活一起长大，这样的感情多么深厚啊！

今天在校内上瞎逛，在同学的同学的页面上看到了那个男生的名字。于是点进去了，于是再点进他的情侣空间。

结果你们肯定猜到了：不是那个女生了。一切都甜甜蜜蜜的，仿佛16岁的校园重现，只是女主角换人了。

什么时候不在一起了，我不知道；为什么不在一起了，我管不着。

我只是很无聊很没有意义很不给力地感叹一下：为什么啊为什么啊为什么？

身边有很多天作之合分手，以前有，现在也有。这样的话你有没有对你幸福的闺蜜说过，或者闺蜜有没有对幸福的你说过：如果你们分手了，我就再也不相信爱情了。然后呢？她分手了吗？你呢？你们，还相信爱情吗？

如果一个女生不再相信爱情，她一定不快乐，或者快乐得很空洞。不知道男生是不是，应该也是，可是他们至少还有“大丈夫以事业为重”的自我安慰，不一定比“女人只能靠自己”更合理，可是比后者更有效。

有人说爱情像鬼，只听过没见过。其实只要一直听到，就挺好的了。自古的信仰，都是不当吃不当喝也基本没看见过，可是能令你真心觉得这个世界美好并且有所期盼，然后充满活力地生活，努力让自己变得更好。

如果一个人说“只要有爱情，就能在一起”，你有什么感觉？这人20岁以下，那就算了；这人20岁以上，那就完了。可是值得人们为之努力的东西里，爱情是很重要很重要的一个。而人即使到了80岁，也应该觉得爱情是美好的事物。有时很难，可是很美好。

所以天作之合、天生一对们，你们是感情的标杆；那么好的你们，温暖过自己也温暖过周围的人的你们，有问题解决问题，尽量别分手，你们不只是为自己谈恋爱。

紧跟文学潮流，羊羔体二首

悄悄快乐 2010－10－21　11：40

注：“诗歌”内容完全真实，向圆了所有人写诗梦的“作家”致敬。

电　话

我对电话的恐惧是纯傻瓜的恐惧
我一直想顺利接电话，至今未了心愿
其实小时候我对电话很好奇
一屋之隔
电话就在客厅的柜子上
我住在客厅旁边的小屋里
后来我爸及我妈让我打电话给邻居姐姐道歉，夫唱妇随
他们说你不能弄坏了人家的娃娃就偷偷跑了
我喜欢把电话锁在图书馆的柜子里
柜子里的电话绝望地待在灰暗里
柜子外的我假装永远不会有未接来电
听电话在柜子里用蜜蜂的声音一遍遍颤抖

就想，怪毛病大概都是童年阴影塑造的

秋　裤

我知道秋裤很早，那时我们都还小
冷天的早上妈妈给我穿衣服
每次都把秋裤穿在外裤里面
我都会觉得理所当然地看着又粗又暖和的裤腿
厚厚实实，柔软，用企鹅的姿势摇摇摆摆地走路
风吹着人们，穿不透满大街的秋裤
那时我不知道二十年后我会对妈妈说
没有秋裤的国度真可怕

脑残儿童好处多之姐是怎么搞定加密PDF的

悄悄快乐 2010－10－23　11：51

姐要做一个很难很长很摸不着头脑的presentation（编者注：演讲），

不过老天爱笨小孩，

他老人家让姐在网上找到了一个很贴近的报告，

也就是说，姐只要把这份报告提炼一下即可，

姐当然兴冲冲地下载了这份报告，PDF（编者注：一种电子文档格式）格式，

看见一段很有用的话，姐开始复制粘贴，

我复制，我复制，我复制！

复制不下来。

这是，设了密码的PDF，

姐上网查办法，

下了许多软件，

安装了许多软件，

不能用。

姐是电脑小白，姐一筹莫展。

姐突然二了一下，也可以说姐灵光乍现了一下，

姐把PDF，当附件，用姐的QQ邮箱，发给了姐自己……

然后，用纯文本方式查看，

有利条件是，这份报告木有[1]图表，
所以，耶，成啦！
我把这个好消息顺口告诉了 MSN 上某位前计算机专业童鞋，
这位童鞋被颠覆了，他决定自己试一下，
然后，他的电脑死机了……
可是这位童鞋不死心，他提问了姐：
“从信息安全角度来说，如果你这样可以，那微软不是也太失败了吗？”
姐敬畏地想：有道理啊！
于是姐决定今晚就把这个 presentation 做出来，
省得明儿这个法子就不灵了，
你们如果遇到类似问题，可以试一下姐的脑残儿童法，
不过不灵的话，姐不负责任。

你会是我的 360 吗？

悄悄快乐 2010－11－03　22：38

360 和扣扣（即 QQ）的故事太令我感动了。

扣扣作为一个很有群众基础的女孩，只是太过八卦，还任性地不能容忍一个“不”字。360 为她请保镖，她却认为这是对她的诋毁和鄙视，于是她要和 360 分道扬镳。可是 360 不管扣扣如何责骂，也不管扣扣的形象已经成了什么样子，始终默默地跟着她，保护她，坚持和她在一起，不离不弃，等着她回头的那天。

人人（网）这种“表示毫无鸭梨[2]”的看客，在旁边看热闹，真是侮辱了这个凄美的爱情故事。

为此，有人还专门写了感人至深的史诗来歌颂这段纠结又深厚的感情。

360 壮，
扣扣胖，
360 想绑在扣扣上，
扣扣不让 360 绑在扣扣上，

① 网络语言，即没有的意思。
② 鸭梨是网络语言，即压力的意思。

360 偏偏绑在扣扣上。

字字泪，行行血。读完了，你有没有呈 45 度仰望天空，泪流满面？

你敢做她的 360 吗？每个没有 360 保护的扣扣都是上辈子折翼的天使。遇见 360 一样的人，扣扣你就嫁了吧。

生如夏花

悄悄快乐 2010－11－03　13：41

一

没有什么比盛开的花的样子更绚烂的了。

没有什么比盛开的花的日子更短暂的了。

这样一个冷冷的秋日，得知一个学弟的死讯。很难受，很难受。

一个 17 岁的孩子，心情不好，飞速开着一辆没牌照的改装摩托车，让一个 23 岁的生命倏然消失。怎么听，都是一个让人悲愤和伤心的残忍的故事。

我去他的页面看。看他的状态。状态是两天前的，关于火箭队的。看他的日志。这是个多么好多么可爱的孩子，爱学术，爱篮球，爱长途骑行，参加各种志愿者活动帮助别人。暗恋一个女生很久很久，为她做一切事情却不敢表白。后来表白了吧？那个和他一起过马路的女朋友，不知和她是不是一个人。是与不是，其实都是很美好的故事。他最后一篇日志应该是写给女友的，害羞地拿了省略号当题目，又开心地说相遇是美丽的。看他的朋友们给他的留言。他们叫他“超哥”，叫他“超超”，叫他学长或者学弟，他们跟他谈着毕业后各自的生活，约着什么时候出来见面。然后就是“悼念”“一路走好”“天堂里没有车来车往”。

看着头像里那个清秀阳光的男孩子，让人怎么也不能相信他已经不在这个世界上了。

他的页面上，和我“共同好友”有 4 个，还都是挺熟悉的朋友。就是说，这其实就是个在身边的人。也许在图书馆打过照面，也许在同一个教室里上过自习，也许在同一家黑暗料理摊上等过烧烤，也许在同一个系统里申请“望道科研项目”。而现在，这个人，死了。

这个冷冷的秋日，我盯着电脑屏幕，为了一个万里之外的生命的逝去，实在忍不住眼泪。

二

这一阵子听说了太多的死亡。生病，车祸，一件接着一件。但这位学弟的事情，还是深深地触痛了我。

我不敢想他的女友今后的阴影，他的家人今后的伤口。那个最疼爱他的奶奶，他愧疚自己没有很多时间陪她聊天的奶奶，会悲伤到什么程度。那个 17 岁的肇事者，因为追求刺激和不负责任，给许许多多的人带来长久的悲伤，让不止一个人陷入万劫不复的境地。有一点良心，都应该用一生来忏悔，还不够。

越来越觉得生命的可贵。想想真是神奇，一切的理想，一切的快乐，一切的感悟，都被生命承载着。可它那么迅疾，一晃就是许多年；它那么脆弱，随时都有小小的纰漏，让它一去不返。你可以努力去珍惜它，但结果往往并不遂人愿。而最关键的是，它并不只是属于你，它属于一切你爱的和爱你的人，属于这个你爱的世界；它的绚烂可以让他们幸福，它的短暂可以让他们绝望。

我突然理解了那些皇帝为什么那么渴望长生不老。其实我们都渴望，只不过没法惊天动地地去寻找罢了。即使整天叫着“死了算了”的人，还是很少会真的抛弃生命。只要有一点点希望，活着就是一件美好的事情。

三

我 11 岁的时候老太（我妈的姥姥）去世。我记得她牵着我的小手去买橘子，我记得她教我背《木兰辞》，我记得她着急地对我喊：别跑！要摔倒了！可是那时看着穿着簇新寿衣的她，我没有哭。我想不通灵魂怎么会离开身体而去。老太是那个宠我爱我，抱着我给我讲故事，有一点好吃的都留给我的人。那么，那个没有表情的，再也不会叫我小名的人，是谁？

后来我梦见过她许多次。为什么老天不让她看到我长大呢？为什么老天不让她看到我上大学呢？为什么老天不让她等到我能用自己挣的钱给她买些好吃的挑一件新衣呢？每次想到这里，眼泪早就流了一脸。

我想，生命太宝贵了，老天舍不得给太多。

高中的时候班上有个女生的妈妈去世，我真是替她感到彻骨的痛：妈妈没了，可怎么办呀？有一天我看了一篇文章，叫《那种温暖戛然而止》，讲的是作者 1 岁的儿子生病去世的过程。我不知道多少人记得这篇文章，反正和我的朋友们交流下来，都是无论看几遍都会泣不成声。

原来，生命走了就是走了，没了就是没了，不论你有多少牵挂，不论你多么重要或者鲜嫩。

后来我爱上了演话剧，在舞台上贪婪地体验别人的生命。后来我爱上了旅行，在各个不同的地方贪婪地看着不一样的景色。对于脆弱与短暂，这些也是微弱的反抗。

你们不是奇怪大学时代的我为什么用各种学习、学术、社团活动、学生工作把自己弄得忙碌不堪吗？也是为此。

现在我开始学着悠闲，在恰当的时候小小享受一下，把相机天天放书包里，拍树叶拍毛毛虫拍狗尾巴草，还是为此。

我尝试各种办法，希望生命不虚度。用力地生活，热情而投入。有时我知道自己显得挺可笑的，可是这就是我的且行且珍惜。

如果二，请深二。这不是一句笑话。

四

可是有时候，老天并不给你足够的时间，且行且珍惜。

那位学弟，计划着自己的学术生涯，计划着旅行和志愿活动，计划着与心爱的人共度快乐的人生。他很投入，他很珍惜。可是，莫名其妙地，就撒手人间。

生命，还是不可捉摸的；唯一确定的，就是一切都不确定。

他触痛了很多人的心。很多人开始想，想得更深更多。

可是，这也比不上他活下去的意义。可是可是，他不可能活下去。

能活着的时候，争取活得像朵夏花吧。因为我们不知道什么时候会死，因为我们要死很久很久。

高超超同学，请安息！

好生活，要保持（9）

悄悄快乐 2010－11－06　12：17

电话视频也好玩

淋湿的方式。

我：妈咪，今天雨好大。

妈咪：你肯定忘带伞了。

我：我带了，可是伞被淋湿了。

妈咪：那就不怕了嘛，伞当然会被淋湿。

我：不是那样的，我忘了我带了，于是被淋得很湿，包括书包里的伞。

抛弃没商量

本人在360和腾讯的战争中保持着“没一个好东西，扣扣更无耻”的态度，不过和爸妈视频还是得一周用那么一次。今天，视频正在接通。图像未出现，听见我爸妈对话。

老爸：黑的！

妈咪：信号不好？

老爸：有可能，怎么办呢。

妈咪：把360卸了。

下一秒，眼前豁然开朗。

360，其实本来和你没关系的。

告别的方式

我们家电脑没音箱，因此视频时都是跟我爸妈轮流说话。

老爸：知道了吗？明白了吗？

我：知道了。

老爸（朝我妈喊）：来来来，跟小孩说两句。

我：老爸你就这么把耳机揪下来呀，你也不跟我告个别。

老爸（认真想了想）：好，今天我就说到这里，谢谢，再见！

我：……

老革命的觉悟

跟姥姥爷爷打电话中。

我：我申请到了一个实习耶！

姥姥：是什么？

我：在VOA（美国之音）。

姥姥：？这名字难记。

我：就是美国之音，听说过吗？

姥姥：没有。

我（讪讪中）：哦。

爷爷：我听说过，我听说过，我几十年前就听说过。

我：哇，爷爷，你知道得这么早。

爷爷：就是那个搞反动宣传的嘛。

我：T_T

我当走套门——《老男孩》观后感

悄悄快乐 2010－11－13　15：05

下午，坐在图书馆里写论文。打开网页随便看看，就又看到了《老男孩》。

这些天网上到处都是《老男孩》铺天盖地的视频、片尾曲，还有一些观后感。跟着的评价都是“我还以为我不会哭，可是没有忍住”，“片子的最后，我热泪滚滚”。能使这么多人流泪的片子，总归在某一方面触及人的心灵，于是我早就准备看，却一直没有看。这还是小时候吃葡萄养成的习惯：坚定地从最坏的吃到最好的。心里有了个很高定位的片子，总想留一留。

这个下午，天晴得很好。虽然外面有些冷，可是阅览室里很暖和。我坐在三楼靠窗的位子上，外面娇红嫩黄的叶子被风吹得簌簌响。天空蓝得都有点深邃了，衬得叶子闪着亮光。

都是天气惹的祸，我打开了《老男孩》。

简简单单的一个故事，热闹的青春，沉闷的现状。最后竭尽全力去抓梦想的尾巴，却仅仅让青春回光返照了一小下。现实给了梦想一个耳光，梦想却显得更加珍贵动人。

听片尾曲的时候，眼眶有点热，可是终究没有流泪。我想了一下这是为什么：为什么对一些小破片儿都哭天抹泪的我，却没为《老男孩》流泪呢？结论使我有点欣慰：我想，我还没有感到失去梦想的痛。我还在路上呢，不晚。一切都还来得及。

为什么说梦想照进现实？因为梦想像光一样辉煌灿烂却无法把握。梦想很奢侈，总是很难负担。梦想也还是需要全情投入，而全情投入也未必获得它青睐的。因此，普通人如我们，就不要想着贪心地一边实现十几岁时的梦想一边自然而然地过着有房有车、早早安定的生活了。

你选什么？或者说，你倾向于什么？

有一天在网上遇见了17岁时悄悄喜欢过的男生，传说中“第一次爱的人”。当时的痛彻心扉早已化成云淡风轻，我们就那么有一搭没一搭地聊了几句。说到以前的同学结婚，我顺口开了个玩笑“当年我要是知道留在家乡过小日子的好，咱俩也就在一起了，估计也快婚了哈”，得到的回答是“嗯，说不定就是今年呢”。

我愣住了。

从没有停止过对梦想的追逐，却日渐发现路途的艰难和自己的无力。多少次回望的时候会想，如果在某一步停下来，如果在某一年慢下来，哪里还用得着这么漂泊？也不用一天到晚遭遇难心事儿却只能报喜不报忧了啊，也不用只在电脑屏幕上见得到爸妈了啊，也不用想找人倾诉的时候还得算算时差了啊！

我总是在抱怨，可是不想停步。

我知道过小日子的好，可是不想停步。

我并不知道我的梦想会不会就是个空想，可是不想停步。

一位师兄对我说：如果你感到累，那么就说明你在上坡。我挺累的。虽然我做饭的时候饕餮的时候出去玩儿的时候很开心，可是我挺累的。那么，我在上坡？不管是不是，我不想停步。

是的，如果我早知道在家乡过小日子的好，说不定今年就结婚了。可是，我怎么可能真的知道在家乡过小日子的好呢？回望的时候怅然一下，这就是“小日子”的全部意义。

很多同龄人在感叹梦想失去的时候，我毕竟还在等着一个未知的结果。这太虚幻了，可是还算美好。

所以，不要贪心。不要追逐着梦想还要现世安稳，就像不要要求工作既清闲又挣大钱，就像不要要求男人既体贴入微又叱咤风云。总有一些幸运儿能左手熊掌右手鱼的，嫉妒死了也没有用。要得，必须舍；舍，方可得。

其实，我觉得《老男孩》里面的筷子兄弟过得还行。他们的音乐梦想终究还是闪耀了一把，而憋屈的生活中也还是有亮色。那个老婆又胖又丑，可是她多爱他啊。16 岁的梦想是可贵的，有时候也难免幼稚；老男孩得到了体贴能一起吃苦的妻子，该明白班花神马[①]的都是浮云了吧。同理，愿意刷碗的王子比骑着白马的王子，帅多了啊！

所以，我也不准备一条道走到黑，只要记住最重要的是什么。我都记到现在了，应该不会忘了吧。青春除了回光返照，其实还是可以努力延续的。至于梦想，在实现的路上才有生命力，只用来缅怀的梦想，不过是木乃伊而已。梦想不会褪色，当它还有可能实现的时候。而世间事没有什么不可能。

我妈像很多女孩子的妈一样建议我考公务员，我没有反驳，当年也想试试。最后她主动说：我觉得你不适合朝九晚五，每天做差不多的事，你还是别考了吧。这样通达的妈妈，不知该如何感激。

我要走窄门，我还是相信里面会有我的梦想，像我 16 岁时一样相信。

① 网络语言，即什么的意思。

最美好的事就是和你一起长大

悄悄快乐 2010-11-20 16:53

那时候中央电视台有一档叫做《读书时间》的节目，我就是从那里第一次听到了《哈利·波特》的名字。主持人说：这部童话风靡欧美。我一直喜欢童话，但是那天很晚了，我很困，就没往心里去。

但是我爸往心里去了。

一个月后爸爸去北京出差，回来的时候给我带回了三本《哈利·波特》。那是2000年。

我是随手抓过一本看的，看的是《密室》，事实证明那是第二册。《哈利·波特》大概一直到第四本都会在开头一两章自然而然地“前情提要”一下，所以我并没有发现不是在从头看。也可能是因为太好看了，我一动不动地从中午坐到了晚上，看完了这一本。期间有多次想合上书，因为觉得舍不得看了，想留着慢慢看，可是忍不住。于是，一口气看完了。

看完后，我走上阳台，抬头看天，看着黑黑的天空上那几颗星星，有点激动有点想哭：怎么有这么这么这么这么这么这么好看的书啊！

第二天，《魔法石》；第三天，《阿兹卡班的囚徒》。这是自然而然的事情。

看《哈利·波特》常常会有种种奇怪的感觉和举动：头皮发麻，从头凉到脚，惊叫出声，咯咯傻笑，抽泣不止，等等。

我向我爸宣布，《哈利·波特》取代《围城》成为我第二喜欢的书。这一地位保持至今，估计也会永远了。

《火焰杯》出来的时候快到期末考试了。我对着电视里第四册出版的新闻欢呼完毕，转头很懂事地跟我妈说：“妈妈，等我考试完了，就可以买了吧。”我妈忍俊不禁，第二天就给我买了，不过藏了起来，说是考试完了再给我。其实我知道藏在哪儿，书房的小书架的最尽头嘛。有时，他俩不在家，我甚至会走到小书架跟前，打开玻璃门，拿出比前三本厚了很多的《火焰杯》，摸摸有点像皮质的封面，甚至翻开第一页读一点点，但是还是会放回去。男人老是对最爱的女人说等我能给你幸福了我再娶你；女人不小心毁容了总是躲起来再也不要让最爱的男人看见。同理，我要等考完试了没心理负担了，状态最轻松最愉快的时候好好地看《哈利·波特》。

《凤凰社》和高考，一个很长的故事。

《混血王子》和《死亡圣器》出来的时候我都在上大学。生命中最忙碌也最精彩的一段时光里，有太多的东西占据我的注意力。但是《哈利·波特》的地位，那是绝对无法被取代的。每一册出版的时候，我就会打个电话回家，要求购买。爸爸妈妈就会买好了等我放假回家看。其实很想先睹为快，可是这之于我既是一种撒娇的仪式，又能用积攒了几个月时间的渴望增加《哈利·波特》的好看程度，所以还是坚持住了。爸爸妈妈总是抱怨“我怎么就看不出来哪里好看呢”，但总是第一时间买了新书放在我的桌上。后来的每个假期，寒假暑假甚至黄金周，我都会从一到七看一遍。淡绿色的书页，奇形怪状的书签，花纹各异的封面，每次都如初见。

十年，七本。罗琳一点点都没有让我失望。

每一部电影我也都看了，好啊坏的，却并不是那么在意。对于电影，我不过是个爱看却不懂的外行而已，书才是能常读常新承载生命的东西。《哈利·波特》系列再现了很多神奇的场景，让我回忆起很多书里的内容，这已经完全满足了我的心理预期。至于那些漏掉的感人细节和重要线索，书上不是写着么。

《哈利·波特》营造了一个那么神奇的世界。对角巷、魁地奇、火弩箭、夜骐、鼻血牛轧糖……只有你想不到，没有罗琳想不到。而这个世界其实又是如此的熟悉：身边的人，有像哈利一样勇敢坚定的，有像罗恩一样糊涂又忠诚的，有像纳威一样傻乎乎的，有像拉文德一样浅薄但不讨厌的，有像卢娜一样古怪又有魅力的，有像特里劳妮一样自负又可怜的，有像麦格一样严厉有原则的，有像韦斯莱夫人一样温暖琐碎又深明大义的，有像双胞胎一样聪明绝顶可爱至极的，有像乌姆里奇一样甜得发腻心如蛇蝎的，有像马尔福一样怎么看都不顺眼但是在大是大非上让人欣赏的……我可以这样列举整整一夜。

我常常对赫敏心有戚戚。我说的当然不是电影里那个美艳动人的赫敏，而是那个书里头发乱蓬蓬的为论文发狂的、偶尔打扮闪耀一小下的、大部分时候背着沉重的大书包的聪明姑娘。她的喜怒哀乐，她的小心事，她的认死理，让我常常很想把她从书里拽出来，握手：同志，我可找到你了！

一直最爱斯内普，从第一本就喜欢。当然我是“哈利本位”的人，可是莫名就喜欢这个被哈利误会的男人。他很凶，很阴鸷，很斤斤计较，可是他是那么聪明和坚强。我直觉他是个好人，果然是个好人。迷途知返，为爱受苦一生。他一直都是那么酷，却在到另一个世界之前对哈利说“看着我的眼睛”。他看着莉莉的眼睛而死，在幻觉中回到十岁的夏天。心里最柔软的角落，在这时为混血王子流血。他头发油腻眼神冷酷说话阴森，可是为爱这样勇敢的人，才是真正的王子。

还有邓布利多。当他全知全能时，我敬仰他。当他力不从心时，我心疼他。

当他撒手人寰时，我心里一片茫然。他似乎像个上帝似的设计好正义战胜邪恶的一切，其实根子却在自己出色又莽撞的少年时代。那些阴暗的心思，谁又不曾有过。人之初，性本恶，却也有追求善与正义的本性。这本性，就是希望。

我爱《哈利·波特》，所以我无法评论。我只想感谢。

谢谢罗琳给我这么好的十年。谢谢“爱”永远是最大的动力和最强的保护。谢谢她告诉我失去是不可避免，但是还要向前。谢谢原谅和宽容最终拯救了一切。谢谢少年时代《哈利·波特》与我的相逢。谢谢随后的日子里《哈利·波特》陪我一起长大。谢谢正义战胜了邪恶。

谢谢，十九年后的秋天，国王十字车站九又四分之三站台上，他们拖儿带女，一切安好。

感谢这场颠沛流离——写在2010年感恩节

2010－11－25　16：42

要说感谢的话语。

——题记　引自《圣经》

一年前的这时候是我最难熬的日子。一切的一切，没有一点点让我满意。我累，我想家，我怀疑自己完全是个无能的人，我每天做的事都毫无乐趣可言，我每天早上不敢睁眼，害怕面对新的一天。

自从小葫芦告诉我人人网上有个“小游戏中心”的应用以后，我就陷了进去。都是很白痴很机械性的小游戏，连连看啊，打泡泡啊，彩蛋啊，可我一打能打两三个小时，而手边常常有一篇第二天就要交的却刚刚写了个开头的论文。

我很想质问自己是怎么了，可我连质问的勇气都没有；我很想向人倾诉，可是话到嘴边却根本说不出口。我每天随便穿件衣服就出门，衣柜里挂的裙子看也不看，因为还得穿紧身裤靴子啥的太麻烦；妈妈给我准备了各种维生素，可我看着那些小瓶子连打开的欲望都没有；我有眼霜晚霜护手霜，可我洗把脸随便抓点什么涂一下就完事儿，只要皮肤不干得发疼就好。

当一个女生懒得穿衣打扮的时候，那就是百分之一千二的大事不妙了。

有一天我出门上学的时候看到了一树美丽的黄叶。真的特别美啊，就像看到了个梦似的。虽然那时候我基本上没什么闲情逸致生活热情，还是忍不住掏出手机以美丽的黄叶树为背景自拍了一张。

那张憔悴的脸乱七八糟的头发吓了我一跳。最让我不能接受的是，那努力挤出来的笑，苦得怕人。

我想我不能就这样下去了。我难道还能就这样下去？二十多岁的年纪，说年轻，还要为自己以后那么长的人生负责；说成熟，已经没有人替你的选择你的决定承担后果了。

我知道我要改变，可是怎么改变，并没有想好。

意识到自己生活状态不佳，到想出怎么样才能变好，是个又缓慢又痛苦的过程。我想我并不是一个人在战斗，可我的盟友们，都在万里之外。就算他们都在身边又怎么样呢，痛苦是出自内心的，改善也是。所有人的劝慰，到头来都会是一场空，如果你没有自己真正意识到什么的话。

可我并不知道出路在哪里。后来的日子里，我尽量认真地完成该完成的论文作业，把手边的事情尽量做好些。可是我知道，我还是把自己关在一个狭小的蜗牛壳里，不想走出去。从小到大，我的运气不算好。可是凭着亲人朋友的支持和自己的努力，倒也一直没有过得很坏过。而这时候，空前地，我掉入了迷茫的汪洋大海中。我不会游泳。

后来春暖花开了，后来夏天来了。暑假的时候，诸事不顺达到了顶峰，有一段时间当真是随时随地都要倾诉和流泪。印象最深的一夜，我拿着两罐啤酒和一瓶二锅头，坐在光华楼的台阶上，喝完，静静地哭了一个小时，自己走回寝室睡觉。我走得很稳，只不过一边走还是一边不尽的伤感。

我不是酒鬼，只是那天我知道不喝酒我睡不着，而且我还没有关灯，因为我害怕。怕什么？不知道。

反倒，好了。

没有好到哪里去，但是我突然不那么想哭了，也突然从心底意识到改变的时候来了。

后来我又去了西藏。那里的天那里的云那里的湖，对我来说都是灵丹妙药。其实我并不清楚为什么我又去了那儿，但冥冥之中只有在那儿我才能平静下来，用心思考。果然，再一次看到纳木错的一刹那，我清晰地感觉到蓝莹莹的波浪抚平了我皱巴巴的心，还细心地擦去原本藏在皱褶里的血迹。

有些伤口，我没法让它很快结痂，但我可以把它好好包好，视而不见，然后继续向前。

其实，现在的我，还是在未知里飘来荡去，可是一切又都是那么不同。我再一次找回了自己的梦想，希望用五年、十年、二十年的时间去实现。我开始重新欣赏我的生活，也开始有一些新朋友，并和他们互相支持。郁闷来临的时候，我开始努力解决而不是自叹自怜；解决不了，也以平常心对待，绝不怨天尤人。

我开始关心国家大事。我开始好好读自己喜欢的书。我又开始计划旅行。

没错，我又开始不怕麻烦和寒冷心情很爽地穿裙子了，我还打算自己在家拿精油蜡烛花草茶啥的弄个 DIY SPA（编者注：自己动手做水疗）。

不经意间，包起来的伤口，的确好了。

我的痛苦，我的郁闷，说到底还是小儿科。但正是这场没有计划的颠沛流离，暴露出了我性格上的种种弱点，让我知道如何去改变。也是这场颠沛流离，让我迅速成长。

谢谢这场颠沛流离，让我在知道失去自我的痛苦后又找回了自我；谢谢这场颠沛流离，让我没有失掉单纯却懂得了思考。

而这场颠沛流离中一直没有放弃我的你们，我将深深铭记于心。谢谢梁老师关心我的学业关心我的思想关心我的生活，谢谢哥哥在厦门的海蛎煎旁边严肃地指出我的种种幼稚，又在一个个电话里表扬我的进步，谢谢亲爱的月月一路陪着我哭陪着我难过陪着我走上高原，谢谢楚楚在机场的拥抱和眼泪以及你们家的木林森给我的种种思考角度，谢谢康康和妹妹总是温柔地鼓励我相信我，谢谢恒琳琳、小伊和遥遥听我啰唆教我如何释然，谢谢小葫芦每一次在我上线时总会给一个温暖的问候，还总是我的驻上海办事处，谢谢陶陶一直充当我的“有求必应屋”，帮我的忙比我还细心，谢谢教练说会是我的后盾，谢谢蓉蓉犀利地指出我计划的种种漏洞，谢谢免免给我一个美好的冬日愿景，谢谢菲菲姐和邹滢小猪在我最无奈的时候听我说话给我力量告诉我一切都会好。

谢谢你们，一直看着我，陪着我，在颠沛流离里，学会郁闷、伤感完了之后就努力轻身前行。

我还是像以前一样爱笑。

女人的虚荣真是无药可医

悄悄快乐 2010－12－06　12：11

晚上和几个人去吃巴西烤肉，
好多好多好多好多的肉，
吃得爽了，某来自香港的大哥提议点些红酒，

所有人都赞成，

我完全不懂红酒，

但是跟风说：好吧。

然后他们把 Waiter（编者注：服务员）叫过来了，

说：One cup of red wine for each，please.（编得注：请给每一位都来杯红酒。）

Waiter 小心翼翼环顾一周，瞄准了我：

Madam，your ID，please.（编者注：女士，请出示护照。）

好吧。谁出来吃个烤肉还带护照啊?

我只好说：Sorry，I forgot. But I am definitely over 21.（编者注：抱歉，我忘带了。但我确实在 21 岁以上。）

Waiter 面露难色，

旁边人纷纷给我作证，

Waiter 不为所动，

接着他说了一句话：

I am sorry... but... you know... you look like only 18 or so...（编者注：对不起……但是……你知道……你看起来只有 18 岁左右……）

我说不出话来，空气静止了。

我终于说出话来了：Really? Really?? Thank you so much。（编者注：真的?真的?? 太感谢你了。）

香港大哥嫉妒地说：Could I show you my ID? You know，I am only 20...（编者注：需要看我的护照吗? 你知道，我只有 20 岁……）

Waiter 不理他，傻笑；我也不理他，也傻笑，

这个巴西小伙在我眼中突然帅得惊天动地。

然后我乖乖地点了 Diet coke（编者注：无糖可口可乐），

并且一直很乐，

是的，他们都喝了红酒，我没有喝成，

可我还是很乐，且乐了很久。

最是虚荣，女人心啊！

你的名字叫萌——祝贾曚同学生日快乐

悄悄快乐 2010－12－10　14：29

贾曚就是阿蒙，一个很萌的小盆友。今天，他23岁了。

我和贾曚同学相识在上海到拉萨的火车上。那时我们一行五人正纠结在三国杀（编者注：一种桌面游戏）当中。三国杀我很菜的，偏偏特别爱玩儿。他们都不会玩儿，又偏偏带了牌。我就一个人教他们好几个。正当口若悬河之际，旁边座位的阴影里传来银铃般的笑声——别慌，这并不是贾曚同学，这是莎莎，一个皮肤黝黑眉清目秀的来自华师大的漂亮女孩。她同情地看着我说：你好可怜，我只见过一群人教一两个人的，没见过一个人教一群人的。我一听就知道这姑娘有意思，且三国杀不会烂，于是就叫过来一起玩。此时谭韬同学——此行结识的另一位来自四川大学的同学——似乎还在隔了一排的座位中探头探脑。不记得他和莎莎的先后，也不记得我们这群人中谁招呼了他，再加上一个特会玩魔方的，人称“小魔王”的，居然没大没小嘲笑我幼稚的一个小学弟，于是八个人就很爽地杀起来了。

按照火车行程，从南京上车的贾曚同学应该已经在我们附近，不过我们杀兴正浓，谁也没注意到他。一旦三国杀，时间流逝得就快起来了。不记得杀了多少盘，不会的慢慢会了，也都有了各自的风格。薄荷姑娘说话温柔娇嗲，有一次收回出错的牌的理由是“人家是新手嘛”！遭到了我和莎莎的嘲笑。此后，一旦薄荷表现出悔意或者出牌太慢，我和莎莎就步调一致扭来扭去，口中用娃娃音娇嗔“人家是新手嘛！”这句话一个人说倒也罢了，两个人说气势就不凡了起来。也没什么目的，好玩而已——也确实是好玩，虽然每次学得都差不多，但每回这群人都哄然大笑。薄荷脾气好，也不生气，跟着一起笑。这时，我对贾曚同学有印象了：他好像穿着一件橘色的冲锋衣，在邻座上哈哈大笑。笑得很大声，让我不由看了他一眼。

车到兰州，我们吃了白兰瓜。车到西宁，谭韬同学下车了——临下车前还在一手拖着箱子一边孜孜不倦地指导别人出牌，得到了大家“爱岗敬业”的一致好评。少了个人，大家无聊地左顾右盼了一阵，锁定了很是鲜艳的贾曚同学——橘色的冲锋衣嘛，又在笑——那还有什么说的，当然加入，一起玩。去拉萨要在火车上过两夜的，我们没买到卧铺，就打地铺——月月啊，薄荷啊，我们是多么好养活的姑娘啊！后来补到了两张卧铺票，不记得为什么了，曹琪哥哥和大树师兄俩男生先去睡觉了，我们仨就在硬座聊天——月月啊，薄荷啊，我们是多么好的姑娘啊！聊到后来，三个人都快哭了，是真的快哭了，觉得虽然都是蜜罐里泡大的，其实一路走来也都挺不容易，加之我那时心情低谷，要不也不会去西藏散心，这时，我注意到了行李架上贾曚同学竖起的耳朵。

是的，贾曚同学完全没动补卧铺票的主意，仗着能够上蹿下跳的运动细胞，直接跳到了行李架上睡觉。

贾曚同学也是去拉萨的，可是一念之差报了个团——可怜的娃，这一点我后面还会好好嘲笑的。地上都打满了地铺，贾曚就跳上了行李架，在万众仰慕之中似睡非睡，被我们仨压得很低但在夜里还是听得见的聊天声吵得实在没法睡。后来在拉萨的出租车上，贾曚同学郑重地告诉我，他听见了我们仨聊天的全部内容，并且郑重地跟我说没想到你们白天笑得那么开心晚上却会那么难过。那一瞬间，我差点又哭了。

说了这么多，不过说了个相识。我只是想说明，和阿蒙的相遇是多么偶然的一件事。后来就又偶然了：我们第二天居然在布达拉宫前又碰到了。此时的阿蒙有些蔫头耷脑，因为后悔报了团，钱都交了又没法退。我们好好地安慰了他，自己却发现句句听着像嘲笑，就知趣地住了嘴。阿蒙说：我以后还要来的，哼！我们企图套出他交了多少钱，想寻找一下自助穷游的优越感，可是始终没套出来。当然阿蒙也有他的优越感，我们因为时间所限走到日喀则就回来了，但阿蒙就去了老定日看珠峰。我以后还要去的，哼！

快回来的前两天，我和月月象征性地去大昭寺的艳遇墙根下蹲了会儿，就打算回青年旅馆，路上打算买个U盘[①]，因为我借了个相机，得把照片拷出来。没想到没走几步月月一声惊叫"阿蒙！"就是这么偶然，我们又在北京路上看见了扛着三脚架挂着大相机的阿蒙。当时已经天黑，我们就花言巧语地骗了阿蒙和我们一起找卖U盘的地方。阿蒙似乎也刚从艳遇墙那儿过来，还把自个儿拍的艳遇墙的照片命名为"这面艳遇墙很灵，因为两个优雅中又有些傻的美女在这儿蹲了一会儿，就碰见我了"。这是后话了。我估计那天阿蒙对我买U盘时砍价的印象挺深的：

老板：一百五。

我：七十。

老板：怎么可能？

我：七十。

老板：我赔死了！

① U盘，即移动存储设备的一种。

我：七十。

老板：一百二。

我：七十。

老板：一百，不能少了。

我：七十。

老板：那你去别处看看好了。

我：七十。

老板：哪有这个价？

我：七十。

老板：不卖！

我：七十。

老板：你加点。

我：七十。

老板：……

我：七十。

老板：好吧，七十！

月月他们都看傻了。阿蒙评价：你还价的时候真像复读机。

再后来，最后一天，我们一起吃了烧烤，也有阿蒙。我记得阿蒙很郑重地问我：我问你件事儿啊。我说：问！他说：你一直都这么傻吗？我笑啊笑啊笑，心情从不错变成了极好。我说：差不多吧。阿蒙的旅程还有几天，我们第二天就走了。临走时，大家交换了校内号。

于是我看见了阿蒙拍得好看得不行的作品，阿蒙分享的关心时局或者评价汽车的文章，阿蒙小时候很萌很萌的照片。阿蒙经常分享我的文章，被我发现了，时局的，或者搞笑的。最后，他干脆把我这个好友分享了，我看了大惊，第一次知道校内网还可以分享好友，结果他的理由是“省得我一篇一篇分享你的文章了”。他对我的摄影不评价，我把这当成批评和鞭策。我快买相机的时候，总是给我很及时很长的建议的人中间，阿蒙也是一个。后来我发现那些回复阿蒙都是用手机打的，心里又是一阵感动。

阿蒙曾经把李刚当成头像说是要控诉什么，结果在舆论的压力下换上了张正常的：很蓝的湖，一看就是西藏，也还是那件橘色的冲锋衣。

我有时候会想，像阿蒙这样的朋友，在旅途中偶然遇见，擦肩而过，今后可能再也不会见面，或者有机会大概也就见那么有限的一两次。生活几乎是没有交集的，联系也是似有似无，也并不想知道彼此的生活细节，却能感受到很好的朋友都难以感受到的理解，真是一件美好的事情。朋友里，相互扶持是一种；这相远以迹相契于心的一种，也是很宝贵的，却又特别地轻松愉快。

校内网有个生日提醒的东西，我不喜欢。因为这样让人根本分不清谁真正记得谁的生日。阿蒙，向毛主席保证你的生日我可不是看了提醒才想起来的啊！生日快乐！

P. S. 大树师兄我知道今天也是你的生日，可是我暂时不班门弄斧，过于复杂另类的你，我不知道怎么写，但是生日快乐，是要说一声的。受你的启发，我要通过写人来写西藏了。只写西藏，我写不好。

月月，薄荷，大树，我们的火车，我们的西藏，你们都还记得吗？

我到底是要有多丢人啊

悄悄快乐 2010－12－15　11：54

1. 去逛街，我和同行的姐姐互相看不惯，她觉得我看衣服的眼光过于幼稚，我觉得她过于讲究牌子。于是，当看见一个完全没有听说过的，且衣服都有点可爱小装饰的专卖店时，她华丽丽地抛弃了我，让我一个人去逛。我只好默默走进去，默默翻看各件可爱的衣服。营业员走过来，打量我，上下打量哦，要知道这很少见。然后她问：你要买这里的衣服吗？我说：是啊。她说：那你买给谁啊？我有点奇怪，心想管得好宽，不过想想人家又没有什么恶意，就说：买给我自己啊。她又上下打量了我一下，然后迟疑地问：真的？那你，几个月了啊？

没错，这是孕妇专卖店。孕妇…专…卖…店！

那姐姐不承认她知道！

2. 一天老师来晚了，同学们一起闲聊。其中有个 ABC，3 岁就来美国的，大谈特谈他养的狗。我听着觉得很好玩，就在一边说：我将来如果养宠物，就一定养一只羊驼。我不会说“羊驼”，所以我是用中文说的这个词儿。于是 ABC 问：什么是羊驼啊？没听过。鉴于这位 ABC 只会英语和少量粤语，我就开始了漫长而艰难的解释：那是一种动物；基本是新疆特有的；它们的毛看上去特别温暖；它们的表情很可爱很可爱。想了想，我又说：中国网民有时候拿它们开玩笑，说它们是一种神兽。ABC 同学的表情在一秒钟内从茫然变成了恍然大悟，他说：

It is（编者注：它是）草泥马[①]！

神兽万岁！万万岁！！

3. 上周监考，学生还没来的时候就和搭档的美国小伙子聊天，就是以前我提到过的那个京腔纯正的小孩儿。他滔滔不绝地跟我回忆他本科的学校有多么可爱：我们那里有一个考试中心，考试从来不占用上课时间，我们都自己去那边注册考试。考试前要签 Honor Code（编者注：荣誉代码），大家都很认真的。我们的校长说过：如果把我关在一个黑屋子里，我还可能逃走，但如果把我放在用 Honor Code 画成的圈中，只要我承诺过，就是死也不会逃走。

我深表同意道：嗯，是的，这种自我约束力很伟大。大家都一起考试还好，也是个互相监督；像你们以前一个一个考，其实管住自己不作弊很不容易的。就像我们中国一个伟大的思想家说过的，一个人独处特别容易犯错误。结果，这位同学，淡定而自然地说：

对啊，孔子的“慎独”嘛。

慎独，独。他知道慎独。我还用幼儿园口吻跟他扯什么伟大思想家，犯错误神马的。

我到底是要有多丢人啊！

最重要的小事——《初恋这件小事》

悄悄快乐 2010－12－18　16：15

后知后觉的人，终于认真地伴着薯片和酸奶看了《初恋这件小事》。

导演说了，89% 的人会有相似的经历。是的是的，简直像在回头看自己，10 年前的自己。

初中的时候，你会发现高中部有个学长。

你发现他的第一个原因当然是：帅！

他穿着白衬衫的样子，他手扶车把的样子，他踢进一个球后举起手臂奔跑的样子。

他笑容的弧度不可思议的完美，简直可以称得上耀眼。

然后你发现他成绩一流，球技超棒，歌喉动人，他还善良、淘气、有思想。

当然他或许不那么完美，可是他的缺点也都显得蛮可爱的。

---

① 草泥马，网络语言，被中国网友称为网络十大神兽之一。

于是你老想看见他，或者跟他说话。

其实你真的看见他的时候完全不知道自己在说什么。

你找他借书，你向他请教。

他莫名其妙地看着脸红的你，可是还是又温和又耐心。

你感到多么骄傲啊，原来他居然知道你的名字！

他请你喝过一盒果汁，然后你把那个盒子压扁，晒干，小心翼翼地夹到大厚书里去。

你兴奋地跑到镜子前想和自己分享快乐。

可是看着那张普通的脸乱乱的头发，怎么看也不会有奇迹：淡淡的懊丧就弥漫开来。

你偶然知道了他家的电话。

于是打过去，听到一声“喂”就立刻挂断。

心里乐开了花，虽然不知道开心些什么。

你和闺蜜聊天，等着她们提起他的名字。

听到那个名字，又乐开花一次。

有一次你终于忍不住，告诉了你最好的朋友。

然后发现你们都喜欢他，

于是友谊破裂势不两立了？

才不呢！

你们有了更多的话题，你们商量着怎么才能在路上遇见他，

他是什么星座，他喜欢怎样的女孩，

他生日的时候要送什么礼物，

给他的圣诞卡上要写什么话，

后来，好像，学长有女朋友了，

于是伤心欲绝不知所措了？

才不呢！

你觉得他身边的女孩儿那么美，那么聪明，

你暗暗想自己不知道什么时候才能像那个学姐一样光彩夺目，

你欣赏地看着他们的背影，

居然还是能乐开了花，当然花瓣上有一丝落寞，

仅仅一丝，

……

你努力学习考第一，是为了不比他差，

你贪婪地看书，是为了不让他把你看成没头脑的小女孩，

你参加各种活动，是希望和他的生活有一点交集，

你竞争主持文艺晚会，是因为可以和他站在同一个舞台上，

人人都说你很棒，可你一看见他，就觉得自己还是只丑小鸭；这一辈子，大概就只能当个丑小鸭了。

……

后来，你所做的一切小小的事，其实本来都是为了他的，却都有了自己的生命，它们蜿蜒着给你搭建出一个更加广阔的世界。你回头看的时候，觉得这“初恋”真的只是一件小事，可这是多么重要的一件小事啊！

小水是个万里挑一的幸运女孩，她的学长真的为她种出了一支白玫瑰。而我们的学长呢？他也许再也没了音信，也许在很遥远很遥远的地方继续辉煌，也许早早结婚生子，眉宇间已是中年男子的模样。

有时，你还会后悔当年从来不曾递给满头大汗的他一瓶水，但你反正知道，时间倒流十次你也还是没这个勇气。

不过你才不在乎呢，你只记得那个俊朗的少年：衬衫雪白，笑容耀眼，以16岁的模样存在于不褪色的记忆里。

当你回头看的时候，你很想对那个学长说声谢谢：他让你的青春充满酸酸甜甜的滋味，他让你更加上进更加优秀，他让你知道毫无目的地喜欢一个人原来是这么美好的事情，他在你的“初恋”里做了那个连他自己也不知道的男主角。

我们的“初恋”99%无疾而终，而《初恋这件小事》却是大团圆的结局。不可思议吗？

它只能是这个结局，因为它要帮所有的姑娘实现少女时代的梦想。

爱情不是你想信，想信就能信

悄悄快乐 2011－01－29　13：37

又一对金童玉女散了。姚晨和凌潇肃经历过欢喜冤家的学生情侣时代，走到毕业就结婚的完美“结局”，又恩恩爱爱地过了七八年，实在很贴近普通人的理想生活，所以很多人以他们为榜样抑或为寄托，不肯抱着娱乐的心态看这两位娱乐圈人士，纷纷伤感地说“他们的离婚让我再也不相信爱情了”之类。

说得多了说得烦了，又有人站出来大叫“和你们有什么关系啊，知不知道姚的《武林外传》要出电影了，凌的新电视剧也要播了啊”。

爱情这东西，本来就不是什么凡品。再柴米油盐琐琐碎碎的爱情，也还是属于上层建筑的范畴。说是饿着肚子也要谈恋爱的，多半是饿得还不那么狠。宣称要在茫茫人海中寻找灵魂之唯一伴侣的，多半是跟头跌得还不够重。当然我不是说爱情不美好不重要，只是说，把它看得过于超凡脱俗或者独一无二也是没有必要的。

如果宣传一个努力工作的典型，如果你说他每天就睡六小时其他时间都在为人民服务，那么我很佩服；如果你说他妈死了孩子病了老婆跑了，他依旧坚守工作岗位，那么我只能觉得“努力工作”这玩意儿是个洪水猛兽。同理，互相关心互相支持互相欣赏甚至互相牺牲的爱情，都是在正常人理解范围内的，可是如果恩爱过头，天天在众人面前搂搂抱抱相互赞美，还得要求这状态长期持续，这也太不现实了，即使是演员也不行。7 年，够不容易了。再真诚的感情，老是如火如荼不平安转轨，就假了，也就淡了。

如果让我现在讲述爱情故事，我讲出来的很难是同龄人的你侬我侬或者在旅行时某个浪漫的景点看到的卿卿我我。我所深深记得的爱情故事倒也有。一则是我的姥姥爷爷。爷爷对姥姥说话的语气通常完全和温柔扯不上边，但他舍不得让姥姥洗衣服做饭，总是自己抢着做很多家务。他还经常假装愤怒地对我们这些小辈说：就你妈（姥姥）会做人，所有的人都更喜欢她不喜欢我！曾经问过姥姥什么时候感到过爷爷爱她，姥姥说，年轻的时候有一次她病了，爷爷在远方工作，连滚带爬地连夜翻过三四座山来看她，一边走一边想万一有个好歹，孩子们可怎么办啊，想着想着就哭了，而这是他这辈子唯一的一次痛哭。姥姥说这件事的时候表情有点不好意思有点自豪，而我想，如果同样的情境我会怎么想呢，也许我会想难道我死了你就不心疼，只想着我给你养孩子。其实仔细想想，当爱人已经是亲人，哪里分得清究竟是“人”本身重要还是那人对自己的意义重要，一样都是依恋都是离不开，纠结于表述与词句是多么地幼稚与浅薄。还有一则是在这里认识的一对美国老夫妻。第一次去那位老奶奶家里玩儿，看见墙上挂着一幅很别致的拼贴画。细看都是一条条领带被剪开，用各种形状色彩的布拼成图案。那位奶奶告诉我，这是她老伴生前所有的领带，她把它们做成艺术品，挂在墙上，每天都会看看。如今她的老伴已经去世 10 年，她也于去年再婚。新的老伴，那位爷爷，有着和善的眼睛，还很爱参加铁人三项比赛，她说起他的时候满脸小女生般的崇拜。我不止一次见过那位爷爷搂着奶奶的肩膀，说：This woman is amazing，she is my dear baby.（这个女人令我着迷，她是我亲爱的宝贝。）也看见过69岁的她坐在67岁的他膝上，搂着他的脖子撒娇。曾经的爱，她不曾忘记；如今的爱，他们好好珍惜。在这样的老人面前，强调此生唯一这种字眼的确很没有意义。

一直相信爱情，本身就是挺难的一件事。谈恋爱的老是传出劈腿的消息，恩爱夫妻总是说离就离；本来这个支楞八叉的现代社会就没给爱情一个温度适宜空间适度的温床，不给力的名人们在这方面还总是一点好榜样都不给我们做。可是，那些祖母级的爱情，给了我足够的证据和支撑。相信爱情，本就不该是在花好月圆的环境里顺水推舟，而应该是即使在身世精神两飘零的情境下给自己描绘的前景和信仰。这前景和信仰还应该是实事求是的，稳扎稳打的，时间作证的，而不是过于美好飘忽被迫成了水月镜花。

相信爱情，一开始相信的或许是王子和公主幸福地生活在一起，接着就该沉浸于海誓山盟金童玉女的梦中。而真正能为爱情信仰提供坚实的土地，长期的养料的，只能是时间的淬炼与淘洗，是那些皱纹满脸的人们一分一秒携手走过的实实在在。爱情是过程或者结论时很美好，是宣言时看似美好，其实没什么意思。

他们恩恩爱爱的时候，祝福他们能长久；他们一拍两散的时候，继续祝福他们能找到真正的相守。但是，那是他们的爱情他们的追求，而不应该决定我们的信仰与否。信仰，从来都是难的；相信抑或不信，该是最慎重的事情。

这个时代的故事太多，爱情不是你想信，想信就能信。

很多信念和故事无关，爱情不是你不信，不信就不信。

我想当我成了老太太的时候一定会向孙辈们吹嘘现在的生活

悄悄快乐 2011－02－08　16：12

比如之前40来个小时一共睡了3小时。

比如聚会完了论文，论文完了做饭，做饭完了论文，然后去上晚班的实习，到家11点多，继续别的论文到现在，看看时间啊：3点多了又。

比如就算听说太久不睡会死的，我也还是决定现在得喝点酸奶、吃点葡萄、看点小说以及“洗个痛快澡”再睡觉。

对了，明天有课。

有人跟我说人生就是受苦受难的过程，我反驳说不对，人生是个欢乐享受的过程。其实受苦受难和欢乐享受都是一个过程。虽然我又糊涂又纠结还没什么主见，可是有一是处：心态还行。

明天起要恢复我的健康生活习惯与作息，必须地。

在“爱要久”的日子里写写复旦100事，92呢A!

悄悄快乐 2011－02－20　00：45

01. 参与百年校庆晚会。（这是老人特有的，哦哈哈，我骄傲。）

02. 3108通宵。（当年我是多么用功的好孩子。）

03. 做过家教。（嗯，教一个四岁小孩儿。）

04. 恋爱过。（唉，当年姐不懂爱情。）

05. 丢过车。（4辆，有3辆是第一学期一个月内丢的。）

到目前为止分数：5

06. 挂牌。（我收获了好多篇多么感人的原创啊！）

07. 挂科。（这个有难度。）

08. 摘牌。（我记得我企图过一个，最终没好意思。）

09. 占座。（我们用过书，用过本儿，用过手机，用过卷筒纸。）

10. 打过排球。（在院系赛上场的10分钟估计是我排球生涯的巅峰。）

到目前为止分数：9

11. 用Telnet灌水。[①]（被菲菲姐嘲笑后灌了一两次。）

12. 参加BBS版聚[②]。（乡版奥多版神马的，蕾蕾啦宋大哥啦小葫芦啦都是版聚认识的。）

13. 参与光华/燕曦站庆。（木有。我看过他们穿站庆衫老羡慕了。）

14. 光华公司做兼职。（木有收过银是我一生的遗憾。）

15. 加入某个社团、协会。（这个太多太多太多了。大一的时候我加入了六七个。）

到目前为止分数：12

16. 获得奖学金。（全被我投在祖国的山山水水之间了。）

17. 做过学校活动的志愿者。（好多次啊好多次。）

---

① Telnet是Internet远程登陆服务的标准协议和主要方式。灌水，即向论坛中发大量无意义帖子的意思。

② BBS，网络论坛。版聚，网络论坛版友聚会。

18. 献血。（参与过献血活动，献的是别人的血。）

19. 食堂门口派发传单。（老有经验了，我发的他们都接着。）

20. 买上网充值卡/交水电费。（嗯哪，不然没法生存。）

到目前为止分数：16

21. 10.64.130.4 上看视频。（资源啊，我现在还在怀念。）

22. 包子铺下载资源。（文盲求科普）

23. 课余在一教上网。（在一教我看完了《蜡笔小新》和《流星花园》。）

24. 待过本部宿舍。（哦，我们的 315。）

25. 在本部老篮球场打球。（就一次，哦哈哈。）

到目前为止分数：20

26. 在本部超市买东西。（玉米肠加黑米糕，忙的时候的午饭。）

27. 在多厅看电视/电影。（好几场世界杯，还有某年的《女人那话儿》。）

28. 在南娱玩过。（嗯，晚会嘛，姐似乎还是主持人。）

29. 在北馆打球。（偶尔羽毛，经常乒乓。）

30. 在南区操场跑步。（有段时间天天跑，累了躺草坪，无奈地思考悲摧的人生。）

到目前为止分数：25

31. 与留学生打过交道。（日本女孩好温由〈柔〉，英国男孩好帅。）

32. 听过复旦名师精品课程。（多了，哦哈哈。）

33. 光华楼上课。（多了多了，哦哈哈哈哈。）

34. 军理课上睡觉。（这一直是一个谜：这门我老迟到总睡觉的课，还拿了 A。）

35. 国权路邯郸路口闯红灯。（我赶着上课，赶着洗澡，赶着开会，赶着训练。）

到目前为止分数：30

36. 喝醉过。（复旦才能让我有喝醉的冲动，有过一次不省人事。）

37. 搭讪过异性 & 被异性搭讪。（哦哈哈哈，那必须。）

38. 进过异性寝室 & 寝室来过异性。（寝室只来过收废品的，但我们去过男生寝室。）

39. 彻夜未归宿。（大一期末是姐今生第一次通宵。）

40. 骑车带人、被人带。（不会带人，唯一一次和小伊双双狗啃泥。纯情的单车当然坐过。）

到目前为止分数：35

41. 去文图 & 理图自习。（文图天天去，理图有鞋子味儿。）

42. 逸夫科技楼听讲座。（施罗德那次就是。）

43. 学校里听宣讲会。（外交部的，唯一一场。）

44. 去校医院报销。（唉，排队排死我了。）

45. 燕园/曦园晨读。（两三次）

到目前为止分数：40

46. 去过物理楼/化学楼/生物楼。（虽然分不清，但是肯定去过。）

47. 去过国权路复旦出版社。（那是）

48. 去过东区大学城书店。（书一折起啊，傅子一下课，俺们就冲过去了。）

49. 去过东区新闻学院。（太华丽了，话说俺去上过课。）

50. 在因美己、神奇、复旦照相馆拍照。（是呀，技术不错，保佑我找到工作吧。）

到目前为止分数：45

51. 去过张江校区。（木有，这个夏天必须去。）

52. 去过枫林校区。（我去上过中医导论。）

53. 去过江湾校区。（校庆时我是专业导游！）

54. 去过财大/同济。（去财大看辩论，去同济上珠宝鉴赏。）

55. 去过共青森林公园。（一次，关门；又一次，下雨，很大。）

到目前为止分数：49

56. 去过鲁迅公园/虹口足球场。（演唱会、舞台剧）

57. 坐过桥五。（啊，去浦东办护照。）

58. 在赤峰路/大柏树坐过 3 号线。（赤峰路无数次，大柏树一两次，江湾好多次呢。）

59. 带家长或朋友逛过校园。（嗯哪，这个好多次了。）

60. 去兰州一拉吃饭。（它是我大一周二周三中午的食堂。番茄炒蛋刀削面。）

到目前为止分数：54

61. 去步行街阿康吃烧烤。（太多次了。最多是跟陶陶。）

62. 吃过春晖小炒。（很好吃啊很便宜。）

63. 吃过北食二楼。（我曾经一学期天天从文图走到北食二楼吃饭再走回来。）

64. 吃过旦苑。（不多，但是不错。）

65. 吃过六教食堂。（大馄饨和酱爆鸡心~~~）

到目前为止分数：59

66. 吃过南区前门/后门/东区料理。（还用说么，我还要回去吃鸡翅。）

67. 在国年路国顺路间的小巷买过吃的。（千层饼烧卖和萝卜丝饼好好吃。）

68. 去过大佬馆/小天府/得利/利邸。（都去过）

69. 去过夏朵/3：05/西尔/漫吧。（都去过）

70. 在寝室叫外卖。（谁还记得海强面馆的猪肝饭。）

目前为止分数：64

71. 去过黄兴路大润发。（我再也不想去了。）

72. 去过万达广场。（看电影吃饭，等等等等。）

73. 去过大西洋百货。（有时候打2折。）

74. 去过国定路新东方。（唉，也砸了不少钱。）

75. 去过国庠路好乐迪K歌。（第一次K歌就在那儿。）

到目前为止分数：69

76. 在学校附近的避风塘打牌。（三国杀）

77. 会玩杀人、UNO①、三国杀。（UNO不会）

78. 邯郸路球场踢球。（看过他们踢，还地震了。）

79. 步行街小饰品店买东西。（好多好多好多啊，我眼光还行，吼吼。）

80. 买过二手书。（价格便宜书又好~）

到目前为止分数：73

81. 失物招领过。（我名字上了好几次BBS。）

82. 表白过/被表白过。（青春故事啊！）

83. 夜晚一个人在街上哼歌。（基本上天天。）

84. 在雨中的校园漫步。（嗯哪，咱也文青过。）

85. 躺在学校草坪舒服地享受阳光。（还吃了肯德基，这次我还要。）

到目前为止分数：78

86. 留意过南区网球场门口的那座女孩雕塑。（我小舅舅说，他读博士的时候那女孩是不穿衣服的。）

87. 欣赏过春天南区小花园边落英缤纷的朵朵粉红。（嗯，我们还葬过花。）

---

① UNO，乌诺纸牌，是一种起源于欧洲流行于全世界的牌类游戏。UNO是西班牙语和意大利语中“1”的意思，由于游戏规则中，当玩家手上只余下一张牌时，必须喊出“uno”，因而得名。

88. 在南区的游泳池游泳。（木有，今年夏天去实现。）

89. 踩过秋天满地的梧桐叶。（现在还是很喜欢。）

90. 亲历复旦的雪景。（第一年就赶上了。）

到目前为止分数：82

91. 参加过班级组织的户外活动。（扬州啊我们的扬州。）

92. 参加过校/院级别的运动会。（嗯，虽然一般但我有一颗红心。）

93. 参加过校/院级别的歌唱比赛。（一二·九，永生难忘。）

94. 报告过。（还能逃得了。）

95. 在学校看过世界杯、欧锦赛、奥运会。（必然，哈哈！）

到目前为止分数：87

96. 在寝室用过违章电器。（床头灯都违章。）

97. 至今有一件复旦 logo（标志）的纪念衫。（我老穿）

98. 在老校门前留影。（留过，还将留下去。）

99. 在学校有认识同年同月同日生的人。（这个真没有。）

100. 深爱复旦的某个人，有浓烈的复旦情节。（导师算么，我的导师人见人爱，复旦是我一生的心灵之家。）

到目前为止分数：92

多高啊！

你把青春献给谁

悄悄快乐 2011－02－20　13：11

今天下午下了中文课，被老同事叫住了："今晚我们知青协会有晚会，你去不去?"

心情一阵激动。

我兴高采烈地去了华盛顿地区知青协会的春晚。

从 1968 年到 1975 年，那些人分批下乡。下乡的时候，最小的十三四岁，最大的十八九岁，算来现在的他们从将近五十到六十二三不等。最年轻的也是人到中年，而最年长的已经是老年人了。对于他们来说，和前一代与后一代都不同的一点就是：他们把绝大部分青春虔诚地挥洒到了计划外的地方，而回首的时候又发现真心热爱或者痛恨过的土地其实显得浅薄而又荒唐。这又是一个被伤害了信仰的群体，于是他们回头去倚靠逝去的年华。即使浅薄或者荒唐，那终究是豪情万丈容光焕发的美好时光。

一进大厅就看见许多阿姨在“被化妆”。她们穿着精致的演出服，对着镜子细细地检查自己的眼影和口红。有的人极好看，就算是五六十岁的年纪也是眼神晶亮身姿挺拔，一看就是科班出身。大部分人的赘肉或者皱纹都掩饰不住了，不过兴奋与开心更是掩饰不住的。我坐下，搭讪旁边看起来很慈祥的一位阿姨，就聊了起来。她是北京知青，在黑龙江林场度过了青春时光。她告诉我知青小说描写得还算真实，不过真实的生活更艰苦。

吃饭的时候是好几十个盘子装着不同的食物一字排开，大家排队取。这时我看出了当年的姑娘小伙子们在食堂吃饭的生龙活虎之景象。时代不同了，不用争抢了，但是那种见缝插针筷子出手时的稳准狠，我还真没怎么在别处看见过。

后来演出就开始了。节目出乎意料地好，唱歌、跳舞都很专业，改编的歌词也相当有水准。这果然是个有才华的群体，暴风、雪瘴气、饥荒都没能湮没的才华，在几十年后的今天，在不能与之相配的舞台上熠熠生辉。北京和上海的知青分别表演了老北京和老上海的叫卖，惟妙惟肖，韵味十足。抑扬顿挫之间，我知道童年的记忆又倏地闪过他们的心胸。后来居然在大厅里拴起了四五根皮筋儿，叔叔阿姨们在“小皮球，香蕉油”“马兰开花二十一”或者“叛徒叛徒甫志高，你是一个大草包”的儿歌声中娴熟地跳进跳出，虽然不时要歇会儿，可是脸上的笑容单纯可爱。除了感动，我真的没有了别的情绪。

我一直对那一代人抱有一点点同情，因为在他们的青春里，穿着没有样式的衣服，偷偷摸摸地学习，累死累活可能还要受人欺负。在最该幻想的年龄却看不到未来的希望。现在我知道浅薄无知的其实是我。历史、国家、时代，和娇嫩而坚韧的青春比起来，真的都是浮云。他们的青春一样灿烂，那是灰蓝绿的衣服或者几乎一样的长辫子、小平头都掩盖不住的热烈与骄傲。

后来他们年纪大了，隔着长长的岁月，痛苦已经不再尖锐，只有带着乡土味的过去还在。他们和有共同经历的一群人聚在一起，一起欢笑一起回忆。他们的青春，因此没有终点。

青春是一种多么倔强的东西。不论你把它献给谁，放在哪里，它都会从自身散发出耀眼的光芒。它自己不知道自己的好，可是，它多么多么好，尤其是当你回头看的时候。

桑田远，沧海遥，回眸一笑。

于是我强烈要求，成为华盛顿中国知青协会最年轻的会员。

跟这些叔叔阿姨多聊聊，我想我再也不会觉得我的青春无处安放。

给你的萤火，给我的阳光

悄悄快乐 2011－02－28　14：28

习惯于每周五晚上和爸爸妈妈视频，他们那边是周六上午。有人跟我说你视频得好多啊，周末也不出去玩啊。我笑。在上海的时候两三个月不见爸妈倒没有什么要紧，可是现在，在他们的心中，女儿不知在怎样一个残酷的环境里努力生存，当然每周要送给他们看看，亲眼看到了才放心。所以，每周五晚上都会小跑着回家，只是有时迟到一点点，而他们已经在线上了。总体来说我觉得我挺理解他们的，潜意识里也有点点自得。

有一次，约好的时间过了十几分钟了，他们还没有上线。我就打电话去问，原来他们不小心起晚了。我就说：“妈咪，不急啊，你们慢慢洗漱，我等着。”耐心等了一会儿，例行视频。

这周五爸爸出差，就改到周六早上。可是到了时间 QQ 怎么都登录不上。想打个电话说一声吧，巧了，电话卡过期了。想在网上现买吧，上网龟速，怎么都付不了款。想发邮件，邮箱也进不去。想找 MSN 上同学说一声，发现在线上的都不怎么熟。十分钟，二十分钟，半个小时，怕他们急，我就更急了。我想爸爸妈妈怎么就不打个电话来呢？问清楚不就行了吗。好不容易买好了电话卡，立刻拨过去，已经迟了快一个小时。妈妈接的：“你怎么还没上呀？”我把情况描述了一遍。突然有点委屈，就问：“爸爸怎么不打电话来问一声怎么回事呢？”妈妈带点歉疚地说：“怕你在睡觉吵醒你呀。”爸爸立刻远远地喊：“不要紧，我们在看着电视呢，等得又不急。”

我本以为我算个好女儿，我本以为我长大了，懂事了，越来越理解父母了。然而，我爱他们，只是出现在他们殷切的守候里，而他们爱我，却连我睡懒觉都想得到，都绝不打扰，都不许我有一点点愧疚。

今天改到刚才视频。我早登录了五分钟，已经看到了视频请求，接受了，看到了那边空空的椅子。

原来，爸爸妈妈，每次都会提前，不知多久，发出视频请求，然后不时走到电脑前看看我在不在线上。

他们从来没有说过。

他们还没来的时候，我撒娇地打上：不带这样的，让我跟椅子视频吗？

好生活，要保持（10）

悄悄快乐 2011－03－16　12：23

缘，妙不可言

我：老爸老爸，我从网上看到，我们这个姓以前是诸侯哎，战国时还是个小国呢，后来被秦国给灭了。

老爸：哦，我们也系出名门啊。

我：老爸老爸，我刚看见妈咪那个姓也是战国的小国哎，也被秦国给灭了，哇，你们真是门当户对！

老爸（若有所思，深沉地）：嗯，共同的国仇家恨让我们走到了一起。

好身材

发照片给我妈看。

我：妈咪，你瞧我漂不漂亮啊？

妈咪：嗯，不错。

我：妈咪，你瞧我有没有瘦啊？

妈咪：一点点吧。

我：妈咪你要知道，其实现在都不流行很瘦很瘦了，你知道女孩子最好的身材是什么吗？所谓“看起来瘦瘦，摸起来肉肉”，才是最好呢。

妈咪：你觉得你合格了吗？

我（恨不得抽自己一小嘴巴）：那个，摸起来肉肉的，看起来还不够瘦吧。

妈咪（无比欢乐）：那当然啦，看起来不够瘦摸上去当然肉肉啦。

我：……

好长的反射弧啊

老爸：好了，我今天就说到这里，现在换你妈来说。

我：你就说这么一点点，老爸你不喜欢我。

老爸：不是，你妈说话比较高屋建瓴，看问题比较综合全面，考虑事情比较深入实际。（老爸我知道什么是排比了）

妈咪在旁边发出满意又得意的笑声，以及“一般一般”的谦虚声。

我：哦，你什么时候这么崇拜我妈了，以前怎么没听你这么表扬她。

老爸（相当无辜地）：因为经过数年的观察，我最近刚刚发现呀。

心　机

和爸爸妈妈视频，接通后：

老爸：你看我这样把你的图标都排列好是不是很漂亮啊？

妈咪（惨叫）：啊！谁让你给我排的？我都找不到我想要的东西在哪里了！

老爸：唉唉唉，你真是不知好歹！你看我排得多整齐，而且很容易，你看这个自动排列，好了吧？

妈咪：我不要漂亮不要整齐，给我恢复原状！

老爸：哎呀，你真是不懂，这样整齐的看着才舒服嘛。

妈咪：恢复恢复恢复恢复恢复恢复！（唉，学中文的当老师的说话是字正腔圆）

老爸：好啦好啦我恢复，唉唉唉，真是不懂欣赏。

我（默默观看了很久，头上挂着3滴汗）：你俩当我不存在啊！说是和我视频，打情骂俏地不理我，知道你俩恩爱还不行啊！

妈咪：不服气么？这是给你做榜样的！

老爸：榜样的力量是无穷的！

我：我，我，我闭嘴吧。

这些天

悄悄快乐 2011－03－29　03：13

这些天心态大约是好过头了，找工作也好，改论文也好，写论文也好，甚至学PS[1]学做音频做视频，甚至再找一门语言来学学找个证来考考，都被我当成一块美貌又美味的大蛋糕，舍不得下口。

好吧，你们骂我在这个本该两眼一睁忙到熄灯的季节找借口偷懒不干活儿也行，了解我的人都知道，当蛋糕摆在面前时，不下口怎么可能是我的作风。

好吧好吧，我只想说，我挺开心的。没有任何值得开心的事，拖延症还越来越恶化了，还老是遇到各种各样但同样十万火急的deadline（最后期限），可我还是挺开心的。请叫我无药可救帝。

我哥有一次表扬我：你终于言之有物啦，你终于不写那些无病呻吟的东西啦，那么这一篇以后，这位努力上进生活充实的靠谱好青年大概又要批评我了。于是我夜里写，减少被看到的可能性。如果万一不幸还是被读到了，哥，请将您满腔的鄙视化作一个“阅”字，回去我请你喝快乐柠檬，如果你请我吃小龙

① PS是Adobe Photoshop的缩写，为图像扫描、编辑修改、图像制作、广告创意、图像输入与输出于一体的图形图像处理软件。

虾的话。

刚过去的这个周末，蓉蓉来看我，我们一起去看花。玉兰、樱花、迎春花，热热闹闹的，叽叽喳喳的。风还是很冷很硬，可是花说春天来了，春天就是来了。我们暴走，我们聊天，我们寻觅到很多好吃的东西。蓉蓉夸我终于从一直脱线成长为不时脱线，让我很是欣慰；她还说我之所以智商那么给人安全感还一直碰不上坏人，就是因为坏人觉得我太没有挑战性。这是不是夸我呢，我就不知道了。凌晨，机场的车来接蓉蓉的时候，我蓬着头发睡眼惺忪地坐在床边看着她。蓉蓉的月牙眼睛笑起来真好看呀，十年不变品质认证。看上去，整个少年时光就席卷而来铺天盖地了。

这些天我一直有几个电话想打来着。比如给月月，跟她聊聊厦门攻略，长期藏漂，怎样才能被她包养什么的；比如给陶陶，像个监工头一样让他干这干那，顺便说那种五秒钟才能想到笑点的冷笑话给他听；比如给妹妹，听她那声风情万种娇嗔无限的“姐……”，以及她故作成熟其实单纯可爱的小故事；比如给弟弟，严厉地批评他再温柔地摸摸他，告诉他再不乖就死定了；比如给楚楚，跟她随便说点什么。可是我一直没有打。这里我要再一次运用“美貌又美味大蛋糕”理论：我总是吃葡萄从最坏的一颗吃到最好的一颗的那种人；现在我的眼里没什么坏葡萄，我不习惯了。

室友早上跟我说她做了一个关于我的梦，超级搞笑，超级神奇，超级无厘头。具体内容此处不赘述，只是她的这个梦又让我想到了很多很多过去的事情。曾经有那么长的时间，我一点也不快乐却不敢承认；曾经有那么长的时间我承认了自己不快乐却不知如何改变；曾经有那么长的时间，我尽量把真实的自己藏起来，因为我觉得那样的我会让所有亲近的人心情不好；曾经有那么长的时间，很多人的很多话，给我的小地窖送来一小缕一小缕的风。终于有一天，有一扇门轰然而开，阳光一泻如注。

我又是我了，我回来了！最简单才是最快乐，最快乐才能好好活，哦哈哈哈哈哈！

谢谢你，命运。

再见，抑或，再也不见

悄悄快乐 2011－04－01　12：33

我记得2007年的某一天，我注册了校内；那时候觉得2008年都还是遥不可及的未来，转眼四年过去了。24小时后，我将注销。我的校内网，还剩下八万多秒。其实，也是挺长的时间呢，对吧。

我还记得是陶陶给我发的邀请，然后我漫不经心地点进了那个链接，就发现了这个后来占据了我很多时间的世界。陶陶是早已注销了。问他原因，他说太浪费时间。我佩服这样有自制力的人，或者说，没有足够的自制力却能下狠心的人。我也“浪费”了很多时间，之前却从没想过注销。不管多少人在怀念曾经“从人到人”的交流方式，觉得这个平台冰冷无聊，没头苍蝇一般，我却很喜欢它。因为我表面上热热闹闹，其实有那么一点社交恐惧症；我有很多的话想说，却怯怯地不知会不会招人烦。于是我干脆在这个大家都能看到的地方说：愿意倾听我的，感谢；愿意安慰我的，感激；觉得我刷屏了，把我关掉就好，激烈点的拉黑也行。于是我不再担心孤单，也不再担心把自己的生活强行摆在人的面前。

孤单是我过去两三年的关键词。其实有一些朋友，却发现他们常常不能陪你走。有时候有些委屈：如此努力地生活，记录，欢笑，为什么还是茫然到可以一动不动地发愣几小时。曾经有人出现，让我以为可以把孤单全都驱散，却发现还是不过一场空。

是啊，那个人的出现，似乎也是从校内开始的，在疑似“一见钟情”之后。校内上的聊天，没有短信或者电话那么刻意；而“悄悄话”那三个字，又让人心里有点慌乱和惊喜，插科打诨，唇枪舌剑，混合成一点点甜，一点点满足，一点点希望，再累积成一个可以预期的未来。

那时静茹出了新专辑，她轻轻地唱：我坚持的，都值得坚持吗？我所相信的，都是真的吗？

我渐渐地坚持，渐渐地相信，以为即使不是永远，也该是很远。

我错了。也许是我太麻烦，也许是他太怯懦。也许，一切不过是一个玩笑，之所以凝重而悲伤，不过是因为开玩笑的人，叫做命运。我很伤心，却舍不得去恨。毕竟是深爱过的人，我能怪你什么？我只是疑惑，只是不解，只是拼命地想追问。

五月天撕心裂肺：为什么你带我走过最难忘的旅行，却留下最痛的纪念品？

这就是我想问的。为什么呢？没有回答。他早就说过最怕我问为什么。那么只好算了。那么美，那么疯，那么热烈的曾经，埋了它们，然后，怀着老死不相往来的决定各自走开。有一天想通了还没有失去联系，就问候一声；失去联系了，也就罢了。不过如此，不过如此。

那个最初相识的地方，后来我又去过。人自然非，物亦不是了。

而异乡的城市，想过多少次的重逢，却因为根本的改变显得尴尬又滑稽。不过人生还要继续。虽然我听说，也相信，人，这辈子只能爱一次的。

跑题了。我只是想宣布注销校内而已，只是想说校内上还有太多让我心痛的记录让我不想面对，于是我要逃跑了而已，却又说了这么多。我是个倾诉狂人吧，却又总说不出最想说的。

四年，两百多篇日志，三十多个相册，数不清的状态，再见。

杰伦低吟：说了再见却发现再也见不到。大抵如此。

他还说：我不能就这样失去你的微笑，微笑。其实，谁不能失去谁的微笑？

再见。我是说，再也不见。

关于愚人节，我的交代

悄悄快乐 2011－04－02　13：51

首先向昨天关注我的日志，给我留言，以及通过其他各种方式向我问候的人，鞠躬。

事件经过：愚人节么，对吧？就想着怎样恶搞一下呢，原计划是发条状态说我要注销校内了，后来想这样太假，看看我的照片我的分享我的前一篇日志，没人会相信我要注销，我想那么就写一篇日志，这样显着真诚一些，结果一写就没收住，不仅写了很长，还加了首歌，还自曝了一些真正的回忆和感受。如果说这件事本身是在玩笑，请你们相信我对文字无法掩盖的真诚，阿蒙童鞋（同学）警惕性很高地提出疑问，讨厌的黄大哥上蹿下跳，虽然我知道被拆穿是迟早的也是应该的，可是这也太快了吧，不甘心啊！于是追加了一些回复和一条状态，于是黄大哥自觉地删掉了他的留言，于是更多的人信了，还是有人怀疑，不过，愚人节么，就这样吧。

收获：大树师兄问我今后在哪儿混，菲菲姐说只要能找到我就行，亲爱的小韩愉说不担心，因为我一定会有地方写日志发照片，康康说不论我到哪里都会一直守候，让我蓦然意识到，其实我还是对这里依赖太多。本来是为了和大家的情谊来到这里，却有些本末倒置了。是的，在哪里无所谓，注销什么注册什么都是浮云，只要，我们愿意彼此找到。

还有很多人说舍不得我，问我以后会在哪儿写，让我很感动很感动。我是个爱表达内心感受的人，你们的阅读，本身就是对我的帮助，没想到这还会让你们喜欢。以这样的方式参与你们的思想和生命，幸何如之！谢谢遥遥啊昆弟啊棋子师姐啊师父啊洪一同学啊胖叔啊的关心和送别。还有春兰，我们只见过一面，却因为一些事感受到我们相通的内心，有机会，想和你好好聊聊。鹏鹏美女，你也是，另外，拥抱九仙 MM[1]，原因不解释。

故事总是真的，想法总是存在很久却还是难以表达的。

还有，纯真而不失简单的我不是十八岁了，也绝不相信什么人一辈子只能喜欢一个人；但我就算八十岁了，也还是相信真情，不仅相信而且用实际行动慢慢积累而升华。

疑问：楚楚，小葫芦，你们到底知不知道这是愚人节特供？宋大哥，月月，还有哥哥，你们是怎么看出来的？黄大哥，我到底怎么得罪你了怎么得罪你了？哼唧……

谁都经历过不顺，谁都受过伤，有时候还伤得很重，重到在开一个玩笑的时候也会禁不住突然伤感。被夸过“文字驾驭能力强”，其实，很多时候，是被文字驾驭的。

只是想说，现在我很好。不是无忧无虑，可是很好。郁闷的事总是随着年龄增长的，但是只要与它们和平共处的能力增长的速度更快，就没有问题了。

今天我看了樱花，吃了披萨，很开心。太阳在云里钻进钻出，最后以华丽的火烧云谢幕。就像有些地方，从憧憬开始，以伤感中转，最后会以幸福收梢。

我总是相信会有很好的未来。是很久以前没有想过的未来，可是依然是很好很好的未来。

特别鸣谢某位由于种种原因明知是假的还差点被感动哭了的同学！

谢谢，再次鞠躬！

跟着大雁去树林

悄悄快乐 2011－04－16　14：54

今天我和 Nancy 去 outlet[2] 买东西。路上大概要那么一两个小时。

这里人口稀少，因而公交车也很稀少。我们眼看着一辆离开，奔跑追赶未遂，于是无聊坐等一个半小时后的下一班。

---

① 网络语言，广义指所有女性，狭义指年轻漂亮的女性。

② outlet 首创于美国，是欧美发展最为强劲的零售业态，并逐渐风靡盛行欧美、东南亚等诸多国家。

这里人口稀少，所以树林很多，于是我们信步走了进去。

4月天的模样娇憨可人，一朵一朵金黄的蒲公英散在草地上。还有蓝天，还有艳阳，还有一树淡紫的花。

前方小路出现不明禽类一只，Nancy说那是鸭子。接着她问我鸭子会不会飞，我说不会，只会扑腾吧；她十分激动，说“我说不会吧我说不会吧！我男朋友硬要说会！他还说鸭子会飞到南方过冬！”走近一看，发现如果这真是鸭子，那么鸭子就真的会飞了。因为，这是大雁，暗想多么般配的一对儿啊，都分不清鸭子和大雁。

我们走近大雁，大雁就站了起来，摇摇摆摆向树林深处走，我们就跟着。快到中午了，挺困的，也没什么想法，就是跟着。突然我看见该雁不引人注目地朝右侧看了一眼，我几乎肯定他使了个眼色。顺着他的目光看去，另一头雁趴在不远的水塘边。

好奇心陡起，不过我们还是跟着大雁向另一个方向的树林深处走，走着走着又出现水塘一鉴。于是他跳下去，游远了。

于是我们回去，去看另一头雁。发现她一动不动，在孵蛋。她很警觉地看我们，还张开嘴巴露出舌头威胁我们。我从来没发现，大雁有时候很像蛇。我们逗了逗她，她拍拍翅膀，露出了一只巨大的白色蛋。

后来我们就走了。坐车，购物，还吃了好吃的铁板烧。

回来的路上，我还在想中午的事情。跟着大雁去树林，这件事情很童话。如果我会游泳，大概就能看见巫婆的饼干小屋了。

你以为人生中恨不得掐了的片段其实最能照见狭隘的自己

悄悄快乐 2011－04－20　10：13

在网上看见了闺蜜及一交情绝对非同一般之好友（哥，我这么形容你没问题吧）与前男友吃饭的照片。

其实人都没露脸，不过是烤肉啤酒之类常见腐败物品。

我不爽了，很不爽，非常不爽。

我想想我到底有什么可不爽的呢，想不出来；于是我就更不爽了。

我很清楚他们本就是以前共同的朋友圈；只是我以为我和他们更铁一些。

好吧，仅仅是这个毫无意义的“更”已经令我羞愧得无地自容了。

还爱，就罢了；还恨，也能理解。可是明明已经是不爱了也从没有恨过的熟人而已而已而已而已啊！

或许我在这个遥远的地方拨二三十个数字才能跟他们说一次话，烤肉神马的简直是幻想。

可是这都不是理由！我太狭隘了。太狭隘了啊有木有！

要不大概还是素养不够吧。怪不得我模仿日本皇后买了件飘飘洒洒的小外套可是怎么穿都没那种优雅的味道，即使我努力笑不露齿温婉可人来着。

你俩帮我分析分析。此外，我真的想你们了。特想。

那时我叫小巫婆——我们的博客岁月

悄悄快乐 2011－04－24　13：21

文字和岁月纠缠在一起时，你猜，是谁成全了谁？

——题记

那时我刚满二十岁，在那个自以为已经长大但实际上还很青涩的年纪，开始写一个叫做“鱼什么时候来是鱼的事”的博客。

那时有几个朋友都在写。中文系的人们，就算多么真心地认为自己不爱写东西，也都还是有几分话痨。再加上那时小，大家一窝蜂地去做一件事情是很有意思的。

就那样开始写了，自娱自乐式。“博友”的圈子，其实很小。就是在寝室内，走廊上，食堂里见面、结伴，甚至在浴室“赤诚相见”的那些人。

一

似乎从很小就被夸很会写。一个小孩子哪能架得住人人跟你这么说，疑疑惑惑地，也就相信了。后来想想，除了作文高分获奖这些听起来由于过于主流而特别不给力的事件，我还真没自己写过什么东西。所以，是不是真的写得好，只有天知道。而作文这种东西，在比较乖的学生笔下是当不得真的。据说我高中时写的一些作文现在还在小学弟小学妹中流传。我觉得很惶恐，生怕某天有一张生气勃勃的面孔对着我说：哦，你就是写那些很没劲的东西的人啊。这话真没法接受。对我评价的话，好的或者坏的，我都不会接。

我向来很没有新意又很懒惰，因此从来都是在某一样东西流行很久很久，潮流的弄潮儿早已转向的时候，我才会惊喜地发现这个那个，顶着个“老古董”的名头沉迷其中。小到生活细节，比如大一的时候我们寝室集体觉得有两个大四的学长很帅，我却不知道她们在说谁，等我有一天激动地告诉她们我发现大四有两个男生很帅时，她们都用鼻子回答了我；又比如我昨天才看 *He's just not that into you*（编者注：《他其实没那么喜欢你》），并激动了很久觉得真是部好片，而其实豆瓣上关于这部电影的影评都由于太老大概没人愿意看了。

博客就是这样。那时写博客早已不算什么新鲜的事情，周围的人都有了博客好久，我蓦然发现这是个真的可以写点自己的东西的地方。即使是这样，我在注册了博客以后还是战战兢兢，又或者拖拖拉拉地，随便贴点歌词什么的。直到有一天，我记得是囡留言说“你好更新了”[①]。于是就开始更新了，一发而不可收。

二

开始写博客的日子有点疯狂，最多的时候一天写过三篇。有时候是点点滴滴的心情散记，有时候是有头有尾的论说。那时候博客非常流行，好像不通过博客交流就不算交流似的。我记得我跟室友们互相留言，而其实本人就在身边或者背后一米以内的地方。我还记得班上有些同学，本来完全不熟的，链着链着链到了彼此的博客，结果发现如此多面或者有才，最后现实生活里才成了朋友。那时候心里暗暗喜欢一个男生，从高中延续而来的，胆小不敢真的怎么样，心情苦闷无处抒发，经常写点有病呻吟的小情绪。朋友们在底下或者鼓励或者安慰，虽然实质上还是没有任何进展，但有人倾听的心事总算不那么沉重了。有时候“少女怀春”到一定境界，居然会把送了我个小礼物啊这种小事加上 N 多符号，排版排成近乎完美的心形。现在想来，真是傻得可以，也傻得够可爱。

还有很多傻事，傻的也不全是我。那时候博客叫“鱼什么时候来是鱼的事”，意思是要淡定面对生活，努力上进但不奢求结果。谁知就有某男生别有用心地取了个叫“等待栖息港湾的鱼”的网名。天天留言也就罢了，居然发动他的室友纷纷叫做各种“鱼”给他宣传造势，在类似于“择偶的八个条件”之类的点名游戏下留言“据我所知，有一个符合条件的人正在接近你”什么什么的。最后他亲自出马，约我到相辉堂前草坪上谈心一下午。迟钝如我，居然那时候还是不明白他到底是什么意思，只是觉得这个话题老从宇宙开始的一米九的男生实在有几分奇怪。当他某天对我说“我觉得我还是不追你了”的时候，我的回答是“哦，那好吧”，然后转头对自己及闺蜜嘀咕“原来这人追过我啊”。

---

① 方言，指你应该更新了。

后来写的多了，看的人也就多了，留言也就多了。有那么几次突然出现了一百多条留言，还有多篇博客下分多批出现了多首作者不明的情诗。我很好奇是谁，但并没有真的去纠缠于这个问题。迟钝是迟钝，还没到愚蠢的程度。谜底揭开了，美就没了。谁的青春，不得有几个匿名的仰慕者啊，最好到死都不知道是谁疯狂地爱过你，让平凡的人在不平凡的岁月里焕发出一些光彩，以后跟老伴或者孙女吹吹牛什么的。

三

有时很想写一些宏大的主题，却发现没法驾驭；有时想婉约一点，却是自己都读出了做作。渐渐地发现自己的长处就在于平铺直叙娓娓道来，在想写的时候写。有时给好朋友写点东西，不久后能接到声音哽咽的电话，那感觉真是好；有时写写回忆，写写父母，爸爸妈妈看了会说没想到你想得这么多，这感觉也很好。于是偶尔也能宏大或者婉约一下了，时评什么的甚至会引发点小讨论，感觉就更好了。

一些掩藏在心灵深处的小心思，那是当然的主题。谁二十岁的主题不是感情啊！就算不是，也是和感情主题息息相关的。我属于“打死我也不说”那种人，在人面前承认喜欢，还不如杀了我。于是就在博客里自欺欺人，猜猜留言的人里面会不会有那个“主角”。歪酷博客这点特好，随便起个网名就可以留言，也就留下了很多神秘感和不确定。我记得有个叫“宁负如来不负卿”的，还有个叫“山有木兮木有枝”的，当时真觉得这些名字荡气回肠千回百转啊，会不会是“他”呢？当然现在也不知道究竟是谁。我甚至有时写点歪诗，被众人评价为“真像歌词”。现在读来，不由叹气，感慨“傻丫头真纯呐”。矫情的文字透明的内心，青春美就美在这点矛盾感。

写博客本来当然是为自己的，后来却会产生一些表演感。即使一直坚持“真话不一定全写，但写出来的全是真话”的原则，有时候还是会过多考虑各种影响什么的，就会努力矫正一下，保证那是我的后花园，是给自己看的东西。有时会有不知名的牛人路过，留下些很中肯深刻的评论，有关于文字的也有关于人生的。很感动，也很觉得神奇。本来就是为记录而写，这样的结果，应该是喜出望外了。

四

说了半天都没说到“小巫婆”。“等待栖息港湾的鱼”跟我说了“我不打算再追你了”之后，我想想博客名字确实有点歧义，就改了一个。我向来喜欢神秘的东西，就开始了小巫婆的生涯。也就是那时，我的博客开始热闹起来。

想想写博客最热闹的时候，正是大二大三。事情最多，最忙，却偏偏最爱写。那是一段怎样闪亮的日子啊：所有的悲伤都带着勃勃的生气，所有的茫然都含着无限的希望。

那时候我选了很多课，那时候我在辩论队结识了一群深交至今的朋友，那时候我常常研究该报新东方的什么课，那时候我没打算出国却考了雅思考了托福，那时候明知道不够格的实习都开开心心仔仔细细地去申请，那时候通宵K完歌可以直接去图书馆准备期末考试，那时候看着图书馆一大排一大排的书会激动得心怦怦直跳，那时候去了西藏去了海南去了东北，都不是偶然的。二十岁真好。

小巫婆有很多好朋友，就是所谓博客链接。囡啊，哲苑啊，泠啊，菲菲姐啊，小猪啊，楚楚啊，微微啊，瑶瑶啊，陶陶啊，小手枪啊，教练啊，庄主啊，蓉蓉啊，天高云淡啊，东音琴啊，等等。我还默默关注过一个叫做“四眼的蘑菇”的，主人不知道是谁，哈哈。自己的生活，再宽阔也是狭窄。加上别人的才气、别人的力量、别人的眼界、别人的情趣，一切就不同了。这里不得不再感叹一下二十岁真好：二十岁的时候，别人的好，你会很真诚且迅速地转化成自己的。

大四的时候，小巫婆写了三百多篇了；大四的时候，小巫婆突然发现自己陷入了真正的却又说不清道不明的危机。有一篇没一篇地，还在写，却很为自己常常有的低落而难过，也还是有过闪亮的瞬间，可老是一闪而过。这一危机，就是三四年。

当然，大三下的时候还有了校内网，重点也就渐渐转移。这样的平台，毕竟更方便一些吧。个人化的东西，常常显得麻烦。人长大了，又不是很大的时候，最常做的事情就是，不懂得珍惜。或者说，不知道什么该珍惜。

小巫婆忘了自己叫小巫婆，已经很久了。

五

前一段时间有很多的论文要写，在校内网刷屏刷烦了，就去了博客，久违的博客。很多链接，已经是“找不到你要的网页”。找得到的，通常也不再写；在写的，也通常有一搭没一搭；常写的，却老换博客地址。

你看，人是一种多么喜新厌旧的动物。

可是小巫婆却突然想起了自己。

那段日子，糟糕又快乐的日子，小巫婆不妄想能把它们唤回来。就算能唤回来，小巫婆也不会念咒的，因为她刚刚想明白“一个时段有一个时段的好，胖也是身材，苦也是滋味，郁闷也是心情，变老也是人生”这件事情。

小巫婆翻了好朋友们以前写的东西。窸窸窣窣的，清清甜甜的，点点滴滴的，全是熟悉又陌生的，共同拥有的二十岁。

那些日期大部分停留在一年前，两年前，三年前，五年前；可我们都没有失去联系，所以还好。以后会不会再也找不到彼此呢？只希望知道大家都很好，不好的也在变好，就是最好了。

小巫婆还是会写一写，只是，今天已经是新的一天了。

比比国

悄悄快乐 2011－04－30　00：33

“很久很久以前，在很远很远的地方，有一个比比国。”这是我小时候有一次参加“全国故事大王比赛”时的开头。很多很多年过去以后，我能清晰记得的，只剩这个开头了。

说来非常惭愧，我以前一直是个很糊涂的人。这个糊涂不是指丢三落四，而是不太知道自己要什么，也不知道应该走什么发展道路比较好。再加上懒得认真思考，所谓“倾听自己内心的声音”，于是一个很简单的办法就是，看别人，大部分人，要强的人，都要什么；然后赶时髦去，随大流去。

于是我小学的时候参加各种比赛活动，于是我中学的时候努力学习考高分，于是我大学的时候学习社团各种考试什么都干，终于在大四下学期的时候崩溃了。我已经唠叨过很多次那段日子：表面上也没什么不好，还是该干什么干什么，可是事实上，小心肝都碎成一片片的了；而切割无形的那把刀，名字很神秘，叫做茫然。

后来再把心肝脑子等拼凑起来，慢慢想，这到底是肿么[1]了。后来我就想到了比比国。

说来更是惭愧，一直到大三的时候，我对复旦的感情还有着一种非常浅薄的成分。简略点说，就是那种不完全是对妈妈的爱，而是一种对公司的爱。我爱她的名头、身份和带给我的自豪感。这种成分导致了其他一些更为浅薄的想法，比如走在北大或者清华的校园里，会有一种说不清道不明的敬畏羡慕乃至自卑之心，而看到某些排行榜上浙大南大什么的在我复旦之前时，会从鼻子里

---

① 网络语言，即怎么的意思。

哼一声，觉得现在的排行榜好无聊好不讲道理哦。最令人发指的是，面对除此以外的所有学校，我那点优越感都会从头发尖儿上冒出来，化作假想的光环悬在脑后。我当然不会轻视别的学校的某个特定的同学，行动上和内心都不会，这点基本素质还是有的；而是另一种感觉：就是当你走出复旦校园走在大街上走在人群里的时候，会觉得复旦二字化作一股人人可见的轻烟把你从头到脚包围起来，让你看起来总有那么一些不同。我不知道我的描述是否精确，也不知道有多少人有过这种感觉。这种感觉远远称不上傲慢或者邪恶，但也绝不是什么高尚愉悦上得了台面的情感。

是的，我想说的是，我们，或者说大部分的我们，是一群生活在比比国的人，拿着自己身上贴的标签和别人相比，再靠着这些标签寻找归属感和支撑。

当工作了，工作一段时间了，跟业绩一比，大学当然就不那么重要了。可是可以想象得到，未来三五年，单位是否有名，工作是否得到提升，老婆是否美貌，老公是否有钱，将成为重要标签；再往后，房子大小，车子品牌，职位高低，挣钱多少，孩子成绩，无穷无尽。

你能免俗吗？我想我不能。就像我知道将来的戒指是浮云可还是想要 Tiffany（珠宝品牌）的，婚纱只能穿一天可还是想要 Vera Wang（婚纱品牌）的，它们与婚姻的质量都没有关系可是就是想要，虽然最后能不能得到是另外一回事。可是一想到当我被正经地称为“老徐”或者徐大妈以至徐奶奶的时候，关注的应该就是身体好不好，孩子好不好，老伴儿在不在世，年轻时的梦想有没有实现这种问题，我就突然发现那些比较是多么地多余。忍不住比较？那是人性。可是人性是需要适当控制的。早睡早起，保持健康，关爱家人，把真正想要的梦想放在心中，其实比一切标签都让人更有长久的深层动力。

追求幸福应该是个快乐的过程，可是追求比别人幸福就会显得心浮气躁。得到公认的最好的东西，永远该是个“顺便”的过程。

这些天因为于娟的事情，我觉得需要好好想想自己的人生了。可我又不甘心这辈子以养生为主。谁甘心呢？所以，请上进地生活，但请从比比国里走出来，请勇敢追求，但请节约自己。

泡个澡，早早睡觉，醒来的时候，再以独一无二的姿态努力去吧。

第一次买 LV，太高贵的包包你伤不起……

悄悄快乐 2011－05－09　21：53

平民女子我，很傻很天真地认为 LV 虽然是传说中比较殿堂的包包，也总是包包而已。它的店和其他的店一样，都是 10 点钟开门，八九点钟关门，这样子。

于是某晚吃完晚饭后，不到八点吧，我就晃晃悠悠地去了。我在林立的 Gucci、Dior 和 Gap（咦，这货咋在这里？）之间找到了那个著名的“驴”的拼音。小激动地推推门：不开。探头探脑一番，某货架后面一模样高贵的黑人朝我大幅度摇手，意思是不开门。我看看外墙上并没有营业时间，企图把他叫到门口询问未果。我自卑地想，由于我身穿猫和老鼠的运动衫，虽然是在巴黎香榭丽舍大街买的，可是只花了 7 欧，所以火眼金睛的“驴”里的人应该深深以为我只是逛逛而已。

第二天，我 6 点过 5 分就冲了过去，这次里面很多人走来走去。我想，哦耶，结果推推门，又是锁的。由于今天参加某会议穿了比较正式的裙子，虽然只值 30 多块，毕竟比较正式。要么就是巧合，反正确实有人走过来从门缝里向我解释：他们 6 点关门。额额额额，不要这么高贵呀，果然朝九晚五的人们不在考虑范围之内。

可是毕竟要买。第三天我上午 11 点多到达“驴”的门口，心安理得一推门，还是锁的。姐华丽丽地崩溃了。因此不顾自己身穿十几块的衬衫，10 块钱的牛仔裤和二十来块钱的鞋子，以坏脾气名媛希尔顿小姐的气势叫出了营业员询问到底是肿么了。他，他说，他们，12 点开门。这个故事告诉我们，有钱人都睡懒觉。

后来我终于买到了，还好。他们的包包居然都不标价，而且收据还是带水印的淡黄的加棉的纸。总之，别看这是包包，比我都值钱就对了。

为毛[1]我这么执著咧？

因为这是给别人带的。

你们还以为我自己要买？

我没说是给别人带么？

就算没说，你们觉得裙子 30 块，鞋子 20 块，衬衫和牛仔裤都是 10 块的人，买得起“驴”么？

---

① 网络语言，即为什么的意思。

初夏的一些事

悄悄快乐 2011－05－18　18：00

大概一个月前蒲公英就多起来了，金黄的一朵朵，乃至一片片。然后这一朵朵一片片渐渐地变成白色的绒毛小球。我最喜欢吹这种绒毛小球，看着那些毛毛飞走，然后远远近近地落下，就有莫名的满足感。

一朵朵的时候，我见了就吹一朵不放过；一片片的时候，我已经经常在各种活动乃至课堂迟到了。后来还是没有坚持到底，总是痛苦地把头扭向一边。

总是有限度的。快乐是，悲伤是，记忆是。时间不是，可是具体的时间也是。

3 年前的这时候我很伤感过一阵子，可是在各奔东西的人群里，不仅没有离开还和几乎所有好友一起呆在原地的我，似乎没有资格真的难过。

2 年前的这时候，我的狂欢和别人的狂欢格格不入，因为我们的理由和境遇都不同。还记得那些笑起来不自知的日子，可是已经很不真切。我借着一个季节抒发自己的心情，在陪伴和离别中沉迷又茫然。

后来有人在博客里写，因为我的离去，让她的毕业季真正到来了。我为这句话喝了满满一杯异乡的酒，也几乎是唯一一杯酒。

1 年前的这时候，第一次体会到崩溃的真正含义。我常常想起那段日子，可是不愿仔细想那每一天。时常感叹痛苦带来的成长效率惊人，却坚决不愿再有一次。本想借此把自己修炼得随和达观，后来发现，那只对以后有效。鸵鸟说：何苦为难自己。

很多很多的消息，好的坏的出人意料的。校园里认识的人不多了，可是跟一个人都不认识的地方比起来已经好很多了。我们去吃饭吧、看电影吧、暴走吧、唱歌吧、旅行吧、聊天吧，愿所有荒诞青春的结尾平静温暖又美丽。

初夏怎么说都是我最喜欢的季节，虽然有很多很多的离别无法避免。一大堆一大堆的计划，一大堆一大堆的希望，多得像蒲公英小球上的毛毛，不知道方向，也要飞的。未知和胆怯都挺好的，确实挺好的。

——“我真的很喜欢复旦啊，不知道为什么。也许我最美好的日子都留在那里了吧。”

——“最美好的日子才刚刚开始。”

于是我又开心了。肚子饿了，太阳落山了。

没起床的时候已经在等着的早安，是最早的早安。

另一个，另一个水乡

悄悄快乐 2011－06－03　16：18

在我打算第三次去楠溪江的时候，“仁溪白石”这个名字出现得毫无征兆。“仁—溪—白—石”一样的水色十足，一样的清新温柔。

我老喜欢以“3”是我的幸运数字为由，干出种种没有创意的事情。比如去同一家饭馆，吃同一种菜，买同一款手机什么的；超过“3”也没有关系，还有3的倍数嘛。所以本来很想去楠溪江3次啊，结果我妈说，什么幸运数字3，你的幸运数字明明是2，要去就去没去过的。

好吧，那就“仁溪白石”吧。

我忍住没有在网上查太多，特别不喜欢在玩儿之前把计划列个条分缕析。要想一切按部就班地尽在掌握，在家里看看电影睡睡觉好了，出去跑什么呢。

很久前计划一起去的，终究没有成行；不知是否同路的，在准备会上现出熟稔的微笑。我现在是个特能接受种种变故以及失望的姑娘，何况变故与失望后面还有惊喜呢，所以，还是乐颠颠儿地预感这是一段独特的开心的胜利的有趣的旅程吧。

忍不住想会不会是最后一次跟登协出去，不过我唯一能确定的事情就是未来是不确定的。

昨晚和大左看了《功夫熊猫》。白孔雀沈王爷被预言会被白加黑的动物打败，于是他试图灭掉所有的熊猫。我们就开始讨论为嘛斑马这么没有存在感呢？后来我一想，伏地魔选择了哈利放过了纳威，不也是一个道理。白孔雀二呗，忘了斑马呗，于是阿宝这个胖嘟嘟的吃货就不得不去当功夫大师了。

命运选择的，就接受呗。

我为以前的某些选择很后悔，后悔得都懒得说。可是当把责任推给命运时，自己就活蹦乱跳神采奕奕充满希望了起来。

出发前有一件事，叫打包。最烦最有趣的时光。

好生活，要保持（11）

悄悄快乐 2011－06－17　22：42

太性感了

我揽镜自怜中。

妈咪：你在看什么？

我：以前一朋友跟我说过，女孩子肚子上有点肉肉是很性感的，我看看是不是真的。

妈咪：对是对的，但是性感太多了就不好了。

我：……

偏义人名

背景：我的头发天生有点卷，常常显得很乱。

妈咪：明天带你去把头发拉直吧？

我：不去，我喜欢自来卷儿。

妈咪：不能不去，这样太乱。

我：这是我的标志，才不去呢～

妈咪：你看看你一天到晚跟梅超风似的。

我（叮——）：什么？你还知道梅超风？怎么会？你不是从来不看武侠的么？

妈咪：我也不知道那是谁，就是老听人这么说。带个“疯”字么，不是？

我：无语。

奏效的激将法

妈咪带我去逛街，想把老爸拽上陪着。

妈咪（循循善诱）：陪我们逛街吧，吃完饭了嘛走走比较好。

老爸：不去，你们一逛就太久。

妈咪（继续循循善诱）：不会很久，9点就关门了嘛。

老爸：不去，我要写毛笔字。

妈咪（不屑）：停一天怕什么？

老爸：不去，我要坚持有规律的生活。

妈咪（不爽中）：你才不是要写字，你就是要看电视剧，少拿练字当借口。

老爸（“腾”地站起来开始换衣服，忿忿中）：去就去，你这是激将法，别以为我不知道，我就去了，怎样？

老爸，你是多怕别人说你看电视剧，你的逻辑是有多混乱。

吉　利

我：老爸，论文好多，累死了。

老爸：要写多长？

我：50页。

老爸（沉浸在了自己的世界中）：我觉得你应该写 60 页。

我（抓狂）为什么？

老爸（鄙视中）：因为“六六大顺”啊！

我（被带入了神奇的逻辑怪圈）：那么我还是写 66 页吧。

老爸（满意）：嗯，66 页更好。

我：无语。

我该拿你怎么办

悄悄快乐 2011 - 06 - 22 19：21

青春后期渐渐远去的时候，后青春期就来了。人说青春太美好了，美好到怎么过都觉得是浪费。好了，浪费得差不多的时候，残酷的现实扑面而来的时候，感觉就太复杂了。

我不说脏话的，但你说，我该用什么，来形容现实？

3 年前，我明明要留在这儿，结果整天哭着醉着一副世界末日的样儿；3 年后，我要带着这里的气味永远地离开，结果我看着阴云密布的天，和似曾相识的脸，和似是而非的校园，麻木得自己都有点不好意思。

推论：其实我特想离开这儿，接纳了我 7 年青春的地方。

这不靠谱。怎么可能。

所以你看，很多事是道理讲不清的。可是还是要讲，因为不讲就更讲不清了。

今天上午，在即将出门的时候，我在镜子前计划外多逗留了一会儿。我问自己，如果从头开始，我愿不愿意把自己修炼成另一个样子，比如我一直很羡慕的，朋友很多，来自各个领域，左右逢源，特讨人喜欢的那种。后来我想我得瑟个啥呢，什么愿不愿意，关键是“能不能”的问题。我老是特羡慕那种朋友一堆的人，可是自己就是不成。有的人可以在自个儿的心灵 5 厘米的地方摆上一大圈人，圈里圈外的人都少；我呢，可以把人摆到近似零距离，3 厘米也能放两三个，可 5 厘米的地方也就能放那么三四个，于是后果就是零距离的人如果对我 3 厘米，或者 3 厘米的人有七八十来个其他的 3 厘米，我会很生气。我这么说不知几个人能听明白。我的表达能力以前还挺强的。

以前，以前。以前是个多好的时候，老是被拿来念想念想。以前大家吃的都是食堂，干的都是上课，走的都是本北高速，都有一些自以为挺了不起的想法和挺忧伤的秘密。后来就不同了，啥啥都不一样了，哪儿哪儿都别扭了，尤其是对我这样儿特羡慕悠闲，其实根本闲不下来的人说。能说清的问题，还是问题么。我又想开口了，我就又空虚了。

我记得我跟人抱怨过为啥好些人都记仇，让我这样不常带着脑子的人，老是在很久以后被恶心那么一小下；我还跟人抱怨过为啥好些女孩儿一看就是锦上添花的小俏妞，可我老是处于雪中送炭的位置上苦兮兮。现在我还是挺郁闷有些人的记仇，但终于知道记仇的才是正常（女）人，我这种记性其实属于脑残范畴；而我终于欢乐地接受了我的雪中送炭性质，因为我悲伤地发现我根本没法锦上添花，人不让我送炭了，我就老是不小心把炭给放锦上，就算不烂，也脏兮兮的。你说这可怎么好。

怎么好呢？日子就是这么过着，我就无奈地顺其自然着。这两天特喜欢和人聊天，吧啦吧啦说了好多好多，占据了几乎所有应该干正事的时间。我就喜欢愿意和我聊天的人，让我能一边做着针线一边倾吐我复杂的心情。可是以前老和我聊天的人都去哪儿了？哪儿去了？

有人说我犀利。原来我装作很傻的时候你们都看出来了呀。据说这才是真的傻。没什么好说的了。

蓦然发现这是第250篇日志，很好，这样以上的话就都有了个名头。

一到我喝酒了，肯定是故意的，为的是我不够忧伤。

我长大很久了，为毛还不变老。剩下的青春最伤人，我该拿你怎么办？

谁说这个毕业季不忧伤的。不忧伤的时候我会写出这么样的一篇鬼东西来么？

然后，到底还有没有然后

悄悄快乐 2011－08－27　11：09

极度焦虑，极度烦闷，极度恐惧。

是的，我要工作了。我好像一直是个学生。当学生之前，我的属性是幼儿；后来我上幼儿园了，然后我就当了20来年学生。现在冷不丁地不是学生了，我觉得没着没落的。

最开始我在爸妈手下生存，跟他们亲跟他们吵。后来就在老师们的手下生存，听他们上课被他们谈话。那时候没觉得有什么不自在。也碰到过不大喜欢的老师，可是知道他们凶巴巴的时候也没啥恶意。可是现在要在老板手下生存了。这种角色很未知啊，谁知道怎么讨好老板？教教我教教我吧？以前管导师也叫老板，可是我老板是多么好、多么可爱、多么可以随便蹬鼻子上脸的人啊！而且他就算没这么可爱都没关系，至少他不决定我可以吃什么档次的饭还是饭都吃不上神马的。

我还知道我身边一直有一群人叫同学，里面臭味相投的叫朋友，特别臭味相投的叫好朋友，好朋友又分为知己、闺蜜、蓝颜等等。可是，现在多了一种叫同事。同事是神马？和朋友应该有交集吗？和好朋友呢？和知己呢、和闺蜜呢？和蓝颜呢？如果我不喜欢一个同学，我可以轻松避开；如果我不喜欢一个同事，我可以不理他吗？他要是老板的小舅子呢？

最最重要的，我还有一个永不放弃的梦想叫旅行。长白山的冰天雪地热温泉，海南岛的碧海蓝天白沙滩，敦煌的沙漠壁画鲜核桃，西藏的雪山圣湖酥油茶……当年和你们相逢的时候，我哪里想到这些美好是为了在枯燥的来日慢慢回味的啊！还有新疆啊，广西啊，神农架啊，我未曾谋面的梦中情人们啊！在欧洲为了省钱，饿着肚子自个儿马不停蹄看景儿的日子，还没过去一年呢，怎么就如此地覆天翻？旅行和上学是多么天造地设的一对儿啊！什么时候我才有工夫有票子去南美去非洲去北极呢？

有个小组叫“带着相机去旅行”，我的二手单反好久木有宝剑出鞘了。

现在，我要想的是，找房，搬家，朝九晚五，养活自己。然后，让我继续和狐朋狗友们遭人鄙视，继续能背着相机上路吧，然后，到底有没有然后呢？

我曾有暑假，想到就辛酸。

急，急什么急

悄悄快乐 2011-09-21　11：31

秋天是美国东北部最好的季节。温度总是适宜，阳光常常灿烂，明明快落的叶子，颜色却格外光彩夺目。在这个美好的季节里，各种动如爬山远足烧烤，静如诗社讲座文学沙龙，动静结合如文艺晚会话剧演出等等的活动层出不穷。东跑西颠地凑凑热闹，结果认识了不少长辈。早就听人说华盛顿的中国人里藏龙卧虎，这话换个说法就是人未尽其才。当我看到曾经的知名记者负责调度中学校车，曾经的北大生物系才女名门之后当个公司小职员，军事院校的资深教师现在在做导游，或者三十岁时就当了处级干部的现在在这儿开大卡车，我的迷茫就更加雪上加霜了。

妈妈老早就跟我说过前三十年好过后三十年难熬，现在我离后三十年还有那么一段距离，难熬二字却已经初见端倪。在这个希望安定又不愿沉闷的年纪，尤其是看着别人安定又不确定自己是否真的能不沉闷的时候，常常就会有一阵火烧火燎涌上心头。我早就发现自己在美好的季节里常常遇到一些郁闷的事情，总结下来都和不淡定有关。有时候，我觉得自己真的还像个介于婴儿和幼儿之间的孩子，为世界不能按照自己的想法运转而抓狂或者哭泣。关键是，现在，没人会抱起你拍拍后背，细声细气地给你讲道理了。

我上辈子一定不是个滥好人，所以这辈子也没有人来还我的债。

很多事情想通了会轻松很多，因为我始终是个知难行易的信徒。知错就改吧，从善如流吧，说到底，爱笑的人运气应该不会太差。

记者还是在坚持写作；才女的后备箱里有很多很多书；教师运用军事知识储备搞房地产投资收获颇丰；前处长很享受现在轻松自由的生活。

一位二十世纪九十年代初就拿到音乐史博士学位，在底层打过工，又写出关于金融的书的前辈淡定地跟我说：人生有不同的阶段，享受好每一个，好好做点事。

他们都很淡定，我缺的就是这个淡定，我必须找到这个淡定。慢慢找好了。

我妈一直耿耿于怀，为什么我老是漂泊不定，在有房有车生活安逸的同龄人的衬托下显得可怜兮兮。我只好说，房子会有的，车也会有的。房子和车十数年后大家都有；而对于一名懒惰的姑娘如我，现在就有房有车，这辈子也就看到底了。

我仔细想了想这是不是自我安慰，因为这也太像自我安慰了。可是不是。就像上周末几个教会的朋友向我描绘了十分美好的天堂，问我愿不愿意决志祷告。我告诉他们我很愿意信仰上帝，但是死后上天堂吸引不了我，如果主能让我在这个有苦有乐的人间不停轮回，才是我想要的。他们说，主没这样说过，那么，我只好继续思考和追寻。

有时候真的有点累，休息休息，打个电话，也就好了。

月月告诉我静茹的新歌，叫《慢慢来比较快》。不管什么时候，她总是有新歌，就像写给我的。

生得有趣，死得随机

悄悄快乐 2011－10－06　10：20

上帝想要 iPhone 5[1]，于是带走了乔布斯。

人间留下了 iPhone 4S：iPhone for Steve.[2]

They lost jobs. They lost Jobs.[3] 这是美国人民最近遭遇到的最大的两件事了。

他不给 iPad[4] 1 装摄像头以让 iPad 2 更有吸引力的时候，他从来不给所有想买苹果产品的人及时充足货源的时候，他推出 itouch 这种鸡肋产品的时候，人们叫他老狐狸，老狐狸赶在 2012 年之前上了船，种种敬佩悼念洪水一般。

此时，作为一个被老板骂过于单纯且没有找到明确职业规划的初出茅庐小人物，得知乔布斯的死讯时我正在两眼昏花地加班。然后我突然清醒了。我没法为一个和我几乎没有丝毫联系的人的死痛彻心扉，但我感到深深惋惜。从校内微博种种来看，一瞬间可以多出几十条状态，条条都是惋惜。一个改变了世界的人理当得到这些惋惜，这个人告诉我们：首先你要想改变世界，然后你才可以改变世界。

不在战火纷飞的峥嵘年代，没有完美高大的道德形象，一个完全尊重激情凭借才华，生前赢得赞许死后获得惋惜的人，这样的生命是多么带劲儿，而这样带劲儿的生命也还是逝去了。

仰头仰得脖子都酸了，我也看不见乔布斯的尾巴，更不用说我还得低着头干活儿。但是我一边低着头干活儿一边想，怎样才能活得更有趣呢？既然再伟大的人都可能突然死去？

开始工作一个多月了，生活的面目前所未有地沉重。我很想埋怨一番这艰辛的日子何时是个尽头，却发现根本没人可以埋怨：谁不在艰辛着呢？形式各式各样，程度有深有浅，但谁都有自己的烦恼、胆怯和无奈。乔布斯都得癌症了。地球背着七十亿人口转动着。我总得加班。

于是更需要举重若轻吧。吼叫的人是孱弱的，笑容倒是可以解决很多问题。

似乎现在连筚路蓝缕的形式都和以前不同了。iPhone，Facebook[5]，这些让

---

① iPhone，是苹果公司旗下研发的智能手机系列，它搭载苹果公司研发的 ios 手机操作系统。itouch 是一款由苹果公司推出的便携式移动产品，可以看做 iPhone 的精简版。

② 献给史蒂夫的苹果手机。

③ 他们失去了工作。他们失去了乔布斯。

④ iPad 是苹果公司于 2010 年发布的平板电脑。

⑤ Facebook 是创办于美国的一个社交网络服务网站。

人们的生活呈现出截然不同面貌的东西，都是以轻轻巧巧的样子出现的。乔布斯这样的英雄，也不再是顶天立地的伟岸模样。我总是怀旧，总是怀旧，但也认识到，金字塔或者长城，真正只能让人缅怀了。

去年圣诞节的时候，一位朋友送了我整整一盒 Apple 配件：各种充电器连接线外壳之类。我真的很佩服他的创意。事实上我只有一个 iPod[①]，还在夏天搬家的时候莫名其妙弄丢了。那盒配件还在，等着我慢慢赚点儿钱，也有沦为苹果教徒的可能。这也算是一个生活目标。

我不知道自己什么时候会死，我虽有一点小才华，可完全不横溢，于是活得有趣对我来说是一个轻松的决定，但大概需要持续的努力。

跟着心灵和直觉，慢慢地，渐渐地，轻轻地努力。

那怎么不是爱情

悄悄快乐 2011－10－13　11：38

上班儿的时候偷空打开自己的邮箱看看，最醒目的是一个陌生的地址。点开，第一句就是“亲爱的牛，我要结婚了，很想邀请你来啊！”轰地一下，泪水就涌了出来。只有她这么叫我，几乎快失去了联系的她，但是从来也不觉得疏远的她，高中时代最爱的闺蜜要结婚了。

十六岁认识，十八岁分离，相隔越来越远，交际越来越少。即使是牵挂和惦记的时候，也通常想想就算了。我只记得大学的寒暑假，总要见上一面，在家乡总是修路的街道上，吃一盘路边摊的炸土豆片。

她的面孔并不惊艳，但我总是为她清澈的眼神和飞扬的文采无限倾倒。她的文章极漂亮，不带一丝脂粉气。她阳光，宽容，歌声动听，笑容富有感染力。这样的女孩似乎注定要拥有不平庸的爱情。她爱过一个千里之外的警察，因为所有的不匹配而分手一段时间后，又和一个有着漂亮眼睛的同班男生走到了一起。毕业后，工作在两个城市，他们苦苦坚持了很久。我记得她说起和警察哥哥分手时的伤心，也记得她说吃饭的时候盯着后来那个男生发出“怎么那么好看啊”的感慨。她总是用平平静静的语气说出这些，只在嘴角露出一点点落寞或者“花痴”的神色。

后来她又分手了，校园恋情总是以“我们说好绝不放开相互牵的手”开

---

① iPod 是苹果公司推出的播放器系列。

始，以“可现实说光有爱还不够”结束。现在嫁的是个同事。她说：我能容忍他的缺点。她说：他任性的时候我就想想他的好。她说：我感觉自己被拿住了。她以过来人的身份教育我欣赏与耐心不可或缺。我感动于她的幸福，这是多么踏实而亲切的幸福。

见证过多少感天动地的感情，却没看到许多相应的正果。多少鲜花着锦烈火烹油，转眼便是一个销声匿迹。“十分红处便成灰”，从这个意义上来说，“秀恩爱，分得快”并不仅仅是一句玩笑。反是那些“哦，他们俩在一起了？我都不知道。”“什么，你要订婚了？啥时候谈的啊？”能到达真正的彼岸。多么羡慕从十几岁一路走来，将彼此镌刻进成长的感情，可是，在终于建构起了强大的自己之后找到真正让人安心的归属，又有什么不好呢？没有吓死人的烛光表白，没有揪心的分分合合，没有展览于天下的甜蜜，只有踏实又快乐的日子。那一句“对上眼儿了”，又哪里逊色于最诗意的表白。年轻的爱情，大部分只能留在年轻时代。可是最终找到的，也许连婚礼都懒得弄得“美轮美奂”的，怎么就不是爱情？

她说：明年回来，我以女主人的身份招待你。

小时候，我一直以为她是会和我一起去飞的那种姑娘。后来她的许多选择，都让我觉得不解甚至惋惜。而现在我才明白，逐渐拥有这样成熟而强大的内心，无论走上哪条路，都会很稳很开心。

和她聊了一晚上。最后我说：结婚快乐啊姑娘，千言万语我说不出来但你要懂得。她说：我懂得。就是这样。真好。

风中的故事

悄悄快乐 2011－11－09　23：07

上周末，我们半杯清茶社给刘缘子老人过生日。刘缘子是刘大白先生的女儿，今年已经93岁了。作家、翻译家巫宁坤先生也在座，他们是西南联大的学姐和学弟。当年，在西南联大读了两年书的巫先生投笔从戎，去给美国飞虎队当翻译，离开了昆明。今年，他也91岁了。

刘大白先生是浙江大学（当时叫“第三中山大学”）的创始人之一，刘缘子先生是五四文化运动的先驱，巫宁坤先生是英美文学研究专家和翻译家。这些泰山北斗般的名字在我的个人叙事里，却别有一番亲切的意味。刘大白先生是复旦校歌的词作者，在这首赞同“学术独立思想自由政罗教网无羁绊”的校歌与一首儿歌般的校歌竞争时，大一的我曾经为它投过一票，而直至今日，唱起这首歌就好像又回到了“一二·九”的舞台。与刘缘子先生在今年5月的世界校友联合会上有过一面之缘，而后来又凑巧帮她整理回忆录，她的谦和、亲切和翩翩风度令我心向往之。少女时代，《了不起的盖茨比》给予了我情感和奋斗两方面的感动，而封面上正写着“巫宁坤 译”。

刘奶奶亲手给我们炸了面包虾仁，人人赞不绝口。她很得意，一步一步告诉我们怎么做。

吃饭后，吃蛋糕前，巫爷爷和刘奶奶开始给我们讲故事了。不完全杂乱记录如下：

刘缘子当年考西南联大第一年没考上，因为数学太差；后来第二年去考二年级，别人说你一年级考不上如何考二年级？刘缘子说：二年级不用考数学啊！果然考上了西语系。当时的系主任是叶公超。

蒋梦麟先生任国民政府教育部部长时，刘大白先生是助手，后来是代理部长，都是干活儿的职位。刘大白先生后来的肺病、早逝，和过度劳累关系很大。

蒋梦麟先生的长孙现在在马里兰州巴尔迪摩开着一家小面包店。

被钱钟书骂“太笨”的吴宓，是个真正的谦谦君子，对女性非常尊重，甚至自比贾宝玉。西南联大期间，他曾经怒砸一家名为“潇湘馆”的湖南餐馆，因为他认为侮辱了林黛玉。

张伯苓在新中国成立后被一些人视为“战犯”，南开大学凝结了他毕生心血，他早早请假，去参加校庆时却在南开中学吃了闭门羹，在南开大学被安排在后排一般坐席。中风去世后，无人敢吊唁，直到周恩来以个人身份来祭奠老师，大家才敢稍有悼念。

梅贻琦在天津期间，常常去刘缘子家和他们伉俪喝酒对谈。有一次喝多了，刘缘子送他上楼休息，帮他脱鞋时，他挥手说：“别脱，我袜子上有个洞。”

这些故事有的有趣，有的悲伤，让人时而开怀时而鼻酸。一个个如雷贯耳的名字从历史深处发出些微的余响。金戈铁马或者诗酒风流，在絮絮的低语中变得柔和，也变得模糊。我看着这两位身着红色唐装和黄格西装的老人，从岁月的大风大浪里一路走来，满腹的故事，微笑着看儿孙满堂。

短时间内我大概还做不到不以物喜，不以己悲，也并不想做到；可是我喜欢这些故事，他们让我感到前所未有的平静。

其实你是张无忌

悄悄快乐 2011-11-18　13：15

最开始的时候，你不知道自己是张无忌。

你生活在一个有层次的家庭，你是段誉。你的家在很多方面可以给你很多，可你并不那么想要。你东游游西逛逛，凭着善良的本性和满腹的经纶打抱不平闯荡世界。有时候你会受委屈，有些人比你有本事或者比你凶，你也并不很想在显眼之处战胜他们，因为你内心深处是自信的，很自信，隐隐的不含什么坏意的优越感从来就没离开过你。你是个乐天派，再苦的时候也乐呵呵的。你爱上的姑娘应该是世界上最美貌的，你不肯承认自己只是因为美貌，可是你也承认那美貌是很重要的因素。她爱的不是你，可是你继续爱她；凭着你的热情、你的赖皮还有情敌的出乖露丑，你终于能和她在一起了，江湖险恶，而退一步，是皇位。

你生活在一个一般般的家庭，你是令狐冲。你自由散漫小有才能。家人老师，有的对你严厉，有的很宠你，你过着还不错的日子。你喜欢结交朋友，也善于从他们身上发现长处。你的小聪明和油嘴滑舌常常被师长骂，但是你发现关键时候还就是这些能带给你颇多好处。你内心深处有个最可爱最纯洁的邻家小女孩，她言笑晏晏的样子让你能一路胡思乱想到你们的婚礼上。但是这个原因那个原因，好像都不是什么了不得的原因，最终跟她办婚礼的却是不知什么时候冒出来的一个男人。不可否认让你努力的原因很多，但是“她”是很重要的一个，你说不清证明自己其实是可以给她幸福的有什么用，但是你就是努力了。你成功了，还有更出色的人深深爱上了你，当然没有百分百顺利的感情。你们战胜各种困难终于可以白首偕老，你很爱她，虽然她和那个你曾经深爱的小女孩是完全不同的。

你的出身很糟，你是杨过。你根本不知怎么回事，在你还完全不该为自己的命运负责的年岁，就发现自己已经人人喊打了。其实你努力想做个好孩子，可是你真的受不了一丝一毫鄙视的目光。谁对你好谁对你不好，你心里清楚得很，可是就算那个对你很好的人，你也隐隐觉得他其实并不知道你内心的想法和痛苦。你暗暗下定决心要报答对你好的人，要报复对你坏的人，而你想上进的时候全世界似乎都在跟你作对。你不放弃，所有的苦痛就是你最大的动力。你爱上一个女人，她天真纯洁纤尘不染，但你们不为世俗所容；你不在乎，因为你根本就没被世俗所容过。你只知道你要和她在一起，要在这个世界上出人头地。你知道这两者缺一不可。为了得到这些，你的奋斗艰苦卓绝，你比所有的人都渴望成功，也比所有的人更能对自己狠得下心。后来你成功了，你潇洒，你也落寞，你知道你对某些东西梦寐以求其实就是为了轻飘飘地扔到一边，然后和自己心爱的人飘然而去。

除去他们运气好，除去他们机缘巧合地遇上很多磨难又遇到很多机会，除去他们遇到的绝大部分姑娘都会爱上他们，他们经历、性格各异，不同的人都可以从中找到自己的影子。尤其是年少轻狂之时，你从他们的经历找相似，找相异，找启发，找动力，创造属于自己的命运。

其实命运在笑呢，你迟早发现你是张无忌，不管你是哪一个你，哪一类的你。

你总是想保持好平衡，家人吵架了，不同的朋友相互不满了，家人朋友爱人之间产生矛盾了，弄不清究竟谁是自己心爱的人了。无数的力量牵扯着你也制约着你，有时候你很想问一句自己究竟是不是为自己活着的，而大部分时间你连问这句话的工夫都没有。你被命运的洪流裹挟着，不论你处在无名小卒时期还是重要人物时期。你是个坏人吗？你其实谁也不想伤害。你是好人吗？你其实总是伤害过别人的。你常常觉得这个有理，那个也有理，因为黑白在语义学上是反义词而在现实中只是两种不同的颜色而已啊。你最大的愿望是问心无愧，但问心的时候，心也不一定能给一个确切的答案。不知所措的时候，善良的你似乎只能委屈自己，你心甘情愿地吃亏上当，偶尔醒悟但绝不可能下我负天下人的决心。你的爱情拖泥带水，这影响不了你爱情的深度但就显得不那么伟大了。关于这段爱情，你要考虑的不仅仅是爱情。最后你似乎和你最爱的人顺理成章地走在了一起，真是不错的运气；但其实如果不能实现，你也会忍得了。谁离了谁，谁离了什么，不能活呢？对了，最爱的人，究竟是她吗？

其实你是张无忌。你优柔寡断，与人为善，在梦想与现实之间过着说不清的生活。你或许很了不起，可你知道自己依旧渺小。你过着平凡的日子；或者你得到了不凡的成就，最后发现自己过的还是平凡的日子。

感恩节瞎想之黄小仙儿要不要谢谢陆然（《失恋33天》里的人物）

悄悄快乐 2011－11－24　14：14

黄小仙儿没追上陆然的出租车，固然是因为无处不在无所不能的王小贱跳出来扇了她一大嘴巴，但最根本的原因是，出租车太快了，人一般没车跑得快。

出租车为什么那么快呢？因为陆然一定没有对司机说：等等，慢点开。他没打算让黄小仙儿追上他，他已经不爱这个姑娘了。这个姑娘最初吸引他必然和那一嘴不带脏字儿的刻薄话有着密切的联系甚至直接是因果联系；显然不带脏字儿的刻薄话和智商、观察力密不可分，谁能想到黄小仙儿这么傻啊！色厉内荏地用一贯刻薄的嘴包裹着无法不善良的心，随随便便把一颗宝贵的真心扔给陆然觉着他无论如何都得捧着，最后让这位男朋友悄不声儿地变成了自个儿女朋友的男朋友。之所以随随便便，不是不珍惜自己这颗心，而是根本没想过他会离开。其实呢，人，又不是植物或者植物人，怎么就不可能跑了？黄小仙儿多傻呀，傻得我都想抽她。我想抽她是因为我真挺喜欢她的，就像我经常想抽自己。

陆然跟黄小仙儿慷慨陈词过一段很长的话：

黄小仙儿，真不明白么？我们两个人是一不小心才走到这一步的？你仔细想想，在一起这么多年，每次吵架，都是你把话说绝了，一个脏字都不带，杀伤力却大得让我想去撞墙一了百了，吵完之后，你舒服了，想没想过我的感受？每次都是我自己觍着脸跟狗一样自己找一个台阶下！你永远趾高气昂，站在原地一动不动。这一段楼梯，我已经灰头土脸的走到最下面了，你还站在最高的地方，我站在这下面，仰视你，仰视的我脖子都断了，可是你从来没想过，全天下的人，难道就只有你有自尊心么？我要不然就一辈子仰头看着你，或者干干脆脆的转过身带着我的自尊心接着往前走。你是变不了了，你那个庞大的自尊心，谁都抵抗不了；但我不一样，小仙儿，我得往前走。说这么多，你明白了么？

这话一定说到了很多前男友的心坎里，这话也让无数前女友一惊，突然猛省或者陷入更深刻地自我反省。这些前男友大多对前女友使用过“我像狗一样”的句子，这些前女友大部分是些拥有复杂型人格，心软嘴不饶人的没心没肺型姑娘。

你被使用过这个句子么？

我被使用过这个句子。

我没有黄小仙儿这么刻薄这么贫，可是面对自己不设防的人怒不择言语速惊人是不争的事实，忘了对方最开始也是没有防备的。

自尊心伤人伤己的时候，它就是世界上最肮脏的东西；自尊心用于自我保护甄别感情的时候，它就是离了就不能活的东西。这是一种功利的表述，可是自尊心是人的，它究竟是什么还不是人说了算。人其实是很软弱的。

我坚持认为王小贱只是黄小仙儿的 gay 蜜，gay 蜜比男朋友不离不弃两肋插刀的多了，所以失恋了33天后，黄小仙儿并没有找到更值得的幸福。33天很短的，以后怎样呢，未知。“失恋可能是下一段幸福的开始”？多大可能？天知道。但失恋很可能是让自己变得更好的开始。那些陆然陪在身边时给她的美好和陆然再也不愿陪在身边时给她的警示，足够让这聪明姑娘在哭过伤过茫然无措过之后建立更完善的自我吧。

更好的自己不一定能迎来更大的幸福，但是能提高赢得更大幸福的几率，也能在幸福没有到来之前做个自得其乐的好姑娘。所以，黄小仙儿从这次失恋中吸收了养料，茁壮成长了。

所以，黄小仙该谢谢陆然。

陆然是男朋友的时候是个不错的男朋友，体贴，懂浪漫；但他也是个犯了大错的男朋友：他默默地把不满放在心里，累积起来，把自己不满得出轨了都让女朋友一无所知，且不说他居然和女朋友闺蜜好上，让曾经的爱人赔了老公又折朋。好吧，小仙儿不见棺材不落泪，可是你也不能把棺材搬出来就直接给感情出殡吧。爱情啊，誓言啊，美好的回忆啊，想象的未来啊，全加一块儿，真的就不值得你先亮出棺材来吓吓她吗？

小仙儿说：我毁掉的，是他关于我的这个梦想；而他欠我的，是一个本来承诺好的世界。梦想与世界孰轻孰重？没人能回答。就像失败的感情没有赢家。

我只是非常气不忿，陆然居然把一个喝醉了酒的黄小仙儿丢大街上，自己打出租车先走了。陆然你能不能把出租车先让给小仙儿，哪怕不原谅她？她是你女朋友的时候，你给她暖手暖脚，带她去新天地顶上看喷泉，她是你前女友了，你就把一女孩子三更半夜扔大街上？她毁了你梦想，你不给她世界也就罢了，可是非要把曾经的美好弄得面目全非吗？从这个细节看，陆然很不男人，他的心胸很不怎么样；而小仙儿的失恋，虽不一定是另一段幸福的开始，但大概是一段未来不幸的中断。

所以，对陆然本人，谢什么谢啊?!

33天不够长，等时间长到黄小仙儿对陆然的感觉变成“膈应”以后，她大概就能决定自己要不要谢谢陆然了。是的，是“膈应”，比“讨厌”中性，比“恶心”轻微。

那时黄小仙儿也许幸福了，也许还在幸福的路上。更好的黄小仙儿想想更加美好的未来，应该会对陆然说一声：谢谢。不过不完美的黄小仙儿也许又想起了就是这家伙让自己深信的誓言变成了笑话，就可以再对陆然加一句：谢谢啊！

被老板“包养”的日子——我的职场初体验

悄悄快乐 2011－12－02　00：23

本来剩下的一些东西也都收拾好，今天就可以从老板家里搬出去了。后来上网一查，星期五才是搬家的好日子，于是本着宁可信其有不可信其无的二姐精神，我决定过两天再搬到“自己的”斗室之中去。被老板“包养”的日子，总算告一段落。而屈指算来，走入职场，已经整整三个月了。

我的职场生涯开始于找不到房子。

2011年9月1日是我职业生涯的第一天，而8月31号那天我沮丧地意识到，我的找房子生涯在历经死盯着Craigslist（美国的一个大型免费分类广告网站）和各大论坛一星期，在大太阳下跑来跑去三四天，打电话无数个之后宣告失败。万般无奈之下我唯一的选择就是非常幼稚非常不职业地打电话给老板：我找不到房子。我现在住的地方去公司大概要单程两个半小时，我怎么办呢?

老板说：你住到我家来。

于是8月31日夜里，我住在老板家地下室的沙发上。

我是老板的助理，于是我的上班地点在老板的办公室里；我是老板的助理，因此我的上班时间是早上九点半而老板是下午一点半。虽然头一天晚上把交通状况查了个一清二楚，我还是早在七点钟就起床了。蹑手蹑脚梳洗完毕，我背着毫不职业的双肩包站在老板门前狠狠呼吸了一口新鲜空气。老板家离公司不太远，可是我没有车。因此我计划中的行程是，走半小时路，中间经过一个大学校园，再坐二十分钟公共汽车。

走了十五分钟，来到了大学的校车站。我站在那里犹豫了一会儿，就被刚好经过的校车司机叫上了车，连学生证都没查。公共汽车共有四路，来的第四辆才是我要坐的。即使是这样，到达办公室时，还不到九点。

时间在一堆邮件、电话、材料翻译中刷刷而过，晚上回到老板家却发现闲得不行。因为，没有需要通宵的论文了。

两三天后，老板在路上发现一租房广告，告诉我。噼里啪啦看房，交订金，终于有了个小小小小的小窝了。不过呢，几天后老板就出差去中国了，于是我就继续在其豪宅里住着。因为老板的女儿也出差去了，还算有了个房间住。

上班下班做饭看书上网，也就这么点儿事。虽然豪宅不是我的，住起来也是一样地舒服。但是欢喜的小日子不长，公司进入最忙的季节后，老板也从中国回来了。于是我的日子变成了：六点多起床，七点出门跟着老板东跑西颠处理事情，或者跟着国内官员跑到各大学给他们当传译，五点多或六点回到办公室处理办公室一堆事情。九点多出十点跟着老板吃晚饭，然后回豪宅差不多十一点，洗完澡倒头就睡，因为第二天六点多还得起床。

这样的日子持续了一个半月之久，没空做饭没空搬家没空开电脑。那阵子自个儿遇上了不开心的事，却连伤心的时间都没有。最闲的时候大概就是上厕所的时候了，于是经常可笑地坐在马桶上悲从中来，黯然神伤一番，然后迅速调整好情绪。时间不能长了，老板还在办公室等着我干活儿。

老板是个不错的老板，但是不错的老板也是老板。老板的属性就是用最少的钱雇人干最多的活儿，并且在出现不良后果之后总能找到除自己以外的责任人。那么身为助理的我当然是站着坐着躺着无论怎么着都会中枪。老板经常说：你怎么不爱买衣服呀？你怎么不换个 iPhone 呀？你怎么不买车啊？我心想：这该问你还是问我啊？老板还说：你能不能说话有点气势！这么细声细气的下面的人谁能听你的？我心想：角色转换太快，姐玩不来啊！有一回，老板把钥匙落在家里，却怪我为什么要锁门。我已经深谙不要争辩要解决问题，好员工都是好脾气超人的道理，于是跑到邻居家借了梯子爬到二楼翻窗户进去拿钥匙。邻居美国大婶儿狠狠拥抱我说：You are so brave，my little girl！（编者注：你太勇敢了，我可爱的小姑娘！）那一刻，我真的鼻酸来着。

老板说：怪不得你说你以前喜欢爬山。而我，还是不知道下次该不该锁门。

我的同事中有个很讨厌的男人。我以前并不知道他很讨厌，还以为同事都像同学一样有的是朋友有的可以不打交道。后来发现我错了，他小气而凶，欺软怕硬，但我还必须因为工作，时时跟他说这说那。在他朝我莫名其妙地发了十几通脾气并且数不清多少次把他的活推给我之后，终于被老板发现了。老板问我：他凭什么这么欺负你，难道想追你？我一边拜服于老板的强悍逻辑一边简明扼要地陈述了我对分工的看法。以后的事情，当然就简单了。而我也懂得了：自己解决不了的问题，可以呈现给能解决的人看到。

最忙的日子渐渐过去，我也渐渐熟悉了该做什么。虽然还是经常被痛批不会说话之类，但总体来说不会动辄得咎了。当然了，当老板前脚骂我“你有没有一点独立工作的能力”，后脚再责备我“为什么不问我却自己做主”的时候，还是会有委屈一闪而过。不过，反正我已经学会了工作关系的实质就是不往心里去。

我很感谢我妈阻止了我硕士毕业紧接着读博士的念头。现在才知道为什么步入社会是个坎，才知道以前的委屈有多么不值一提，才知道自由为什么如此珍贵。

老板再去中国出差时，居然提前给我买了一冰箱菜。有一个跟妈似的有口无心的老板还是蛮不错的，但是住在老板的目光中一举一动都得量好分寸的日子，必须早点结束。就要搬家啦，小窝也是窝啊！

我不伦不类地想到“宁到山中变鸟，不在人家做小”这句话，才深深理解古代烈女什么的，古今一理女儿心哪！

有一天跟老板闲聊，说起当初应聘助理的有好几十个。我深深沉浸在自己才干超群的想象中时，老板说：你长得甜，讨喜，我是外貌协会的。我……

你能想象吗？读了二十年书，到头来还是靠脸才吃上饭的。即使应聘的是个女老板的助理。

人生该有几分熟——《那些年，我们一起追的女孩》

悄悄快乐 2011－12－06　13：53

究竟我成熟到几分，会终于拥有一份温和燃烧的爱情，有激情地度过平静人生。

——题记

看电影《那些年，我们一起追的女孩》时，我老是想到《初恋这件小事》。一样记录的是古怪又有劲的青春，是还没有开始的生涩爱恋，不过是用男生和女生的视角来分别呈现。它们的细节不同，柯景腾和他的兄弟们以种种稀奇古怪莫名其妙的方式希望得到女神沈佳仪的垂青，小水在姐妹们的帮助下一步步让自己的人生变得精彩，让阿亮学长不得不为之驻足。一则生机勃勃，一则清清淡淡。就像还没长大的男孩和女孩：他们展览着真心热腾腾地冒着傻气，她们把美好的心事埋在最深的地方等着它在最适合的时候发芽。它们的结局不同：《那些年，我们一起追的女孩》终究成为了别人的新娘，《初恋这件小事》倒是梦想成真了。一则遗憾而深刻，一则美好而飘渺。就像长大后的男人和女人：他们没有忘记最初的心动，可是脚踏实地地履行着一个男人的责任，她们认真守护着最温暖的如今，可是40岁时依然没有丢掉从14岁开始的浪漫幻想。

女孩的成熟，没有一个男孩招架得住；正如，又有哪一个女人，可以理解男人的冷静。

成长节奏不同，才有这么多错过，这么多误会，这么多各自神伤，这么多悲欢离合。究竟什么时候相遇，他和她都能收获一份恰好？

今晚我看了小说《那些年，我们一起追的女孩》。看完后我想，这就对了，不是青春那么简单，不是初恋那么单薄，也不是男孩或者女孩那么容易概括。这个故事不仅和青春爱恋有关，它还是一个还没有丢掉热情与回忆的成年人回首十多年前的青春时对“成熟”的思考。

沈佳仪说：你怎么这么幼稚！反正你就是幼稚！

沈佳仪还说：被你喜欢过，好像就总觉得别人不够喜欢了。

她打心底喜欢他的幼稚真实，又总想把他变得成熟可靠。她为他的热情着迷，又生怕那只是来得快去得快的心血来潮。为什么同样重要的东西，却总是无法共存。

柯景腾在为了能名正言顺地打架而举办幼稚到家的“自由格斗赛”之前两三年，就说过：如果她喜欢的不是真实的我，那喜欢我也没有用啊！这样地成竹在胸，却在好不容易表白后紧接着一句“现在不要告诉我答案，请让我继续喜欢你”。而那个自以为成熟的女孩心想：恋爱最美好的时候，就是暧昧的时候，不如，让他多追我一阵子吧！

于是就是错过，可谁知这错过是不是对的。最终选择了成熟，当然会怀念幼稚；而如果沿着幼稚走下去，会不会为没得到的成熟觉得无奈呢？幼稚和成熟的比例，究竟有谁会调配？

最无奈的是，人生不相信彩排，所以没有重来；最初的爱恋，更没有涂涂改改的机会。所有的故事，都只能讲述一次。于是就相信“平行空间”吧，那个沈佳仪和柯景腾在一起了的平行空间。“真羡慕他们”。他们可以毫无负担地选择幼稚，因为那是不知道存不存在的平行空间，你不去想，后果又哪会存在。

小说里有个李小华，没有出现在电影里削弱女神光环。其实在小说里，柯景腾对沈佳仪有了好感，又喜欢上了李小华；和李小华差点在一起了，还是没有成功；终于还是喜欢沈佳仪；最着迷沈佳仪的时候，回家时又总是习惯于从李小华家门口绕一圈。兄弟问：“你怎么可以同时喜欢两个女孩？”柯景腾说：“为什么不能同时喜欢两个女孩？女生不就可以又喜欢刘德华又喜欢张学友吗？”这样才更真实吧，年少的日子里突然来袭的爱恋，本来就是巧合，脆弱而又莫名其妙。只有不知不觉放进了自己无处安放的青春，才终于变成了一份厚重的羁绊；才会深吸一口气，放纵一次那很有可能在多年后被成熟打败的幼稚，并且永不后悔。

我从来不知道几成熟的牛排最好吃，正如我也不知道几成熟的人生最美好。然而我爱这人生，就像终于得知你的青春和爱恋不是一场独白，你会深深感动；

而哪怕发现青春的爱恋是一场独白，你依然会感动自己。珍视你的青春，保有爱恋的热情，这个世界，终究会因为你的存在有点不一样。

我有一个梦想，豪情不减，嬉笑当年。

一二·九，步行街，以及我们的青春

悄悄快乐 2011－12－10　13：34

陶陶，又是一年“一二·九”了。那天我看着满屏经院人遗憾他们没有一如既往地拿到冠军并表示要来年再战，新闻学院的人感慨着终于拿了第一努力没有白费时，突然我想到：又是一年“一二·九”了！

在中文系里浸润了许多年，学会的就是不用太在乎大家通常在乎的东西。有，当然好；没有，也不至于不快乐。一个不很大的集体，一群名士派的先生，造就了关注内心，不轻易放弃梦想，时而尖酸时而散淡的我们。关于“一二·九”合唱比赛这类复旦传统盛事，我们总是乐呵呵地去打个酱油，不在乎名次，起源是“不能”还是“不为”已经难以考证，但最终的结果总是，在经院、管院、国关学院或者新闻学院之类巨擘夺冠之后，我们说说笑笑地散去。留下的记忆和收获是另一种，却并不逊色。

陶陶，你应该就是“一二·九”留给我的最大收获。那天，“一二·九”歌会上朗诵忘了词儿的我郁闷到随便抓了个同学去步行街上喝点小酒。随便抓的那个人就是你啊，陶陶。从2005年“一二·九”过后的步行街上开始，你成为嵌进我生命的朋友。

陶陶，很抱歉，由于这个开头开成了习惯，我总是在超级郁闷的时候才不停不停地骚扰你，平时虽然惦记却懒得打个电话（你还是要原谅我，国际长途要拨二十几位数字呢~），可是每年的“一二·九”，我都在感激上苍把你送给我。

昨天跟你说，今年的“一二·九”是我们的六周年纪念日。真的，朋友怎么就不能有纪念日？两个不仅本来无甚关联而且性格爱好几乎没有共同点的人，由一个孩子气的开端开始，渐渐分享所有的心情和心事，可贵的是没有任何可能的羁绊，这是多么深重的缘分呢。

陶陶，我总是很怀念我们共同的大二大三时光。步行街上有阿康，阿康的灯光很昏黄。昏黄的灯光下，每周总有那么一两次或两三次，我们大嚼着烤肉“臧否人物”，通俗的说法呢，就是八卦。身边的人，小说里的人，喜欢的人，讨厌的人，国家大事，鸡毛蒜皮，如果不是怕肉麻，我还要加上“诗词歌赋、

人生哲学”，有时我们会说“对的对的，我也这么觉得。”有时又会说“真的？你怎么会这样想？”有异口同声的愉快，也有别有天地的思考。我喜欢说笑话给你听，因为虽然很多朋友都喜欢听我说笑话，但没有一个有你笑得那么厉害。我喜欢故作惊人之语假装自己是张爱玲，听你惊讶而无奈地说那一声“呃……”我还喜欢大肆吹嘘自己的厨艺，然后你就会鄙视地说“有本事下次做给我吃啊，我就不信有我做得好吃。”我一直知道你是个细心的人，但我没有想到你比我以为的还要细心，直到那次你在BBS上写我，说喜欢我的男生一定要知道去阿康吃烧烤要点大量鸡心，要知道给我盛汤会让我觉得特别温暖，还要时刻注意我袖口与油腻的桌边之间的距离以便及时递上餐巾纸，我才知道，为什么每次都吃得那么开心无所顾忌。

后来你去新加坡了。出发的那天我对好了四个闹钟却还是睡过了头没有去机场送你。那半年没有你，说实话，过得也还是挺好的。这或许就是朋友和恋人的区别吧，再密切却很难牵肠挂肚。我没有数着你回来的日期，也没有因为想你而少吃一个鸡心。只是常常会想：哎呀，等陶陶回来，我要把这个讲给他听。

你回来看见我的第一眼，说：你好像，变了。变优雅了。

其实后来你当然发现我并没有变优雅，只是我对所有的陌生人都会很优雅。半年让我们陌生了一点点，好在很快一切又一如往昔，虽然那些想讲给你听的事儿，差不多忘了个干净。

继续偶尔闲逛闲聊吃烧烤什么的。

——×××老师/同学/演员真的好漂亮/可爱/有气质呀～（一副鉴赏家的姿态）

——有我好看吗？有我可爱吗？有我有气质吗？（什么事儿都爱往自己身上扯）

——呃，你知道，我没把你当女的。

——陶陶！你没把我当女的我就不是女的了？我就是女的！正面回答！

——呃，我不是这个意思，我是说，你在我这里很特别，不是什么样的女生可以概括的，也没法描述你，真的。

这样的对话简直像装相的狡猾男和苦情的暗恋女。可是我知道，我们确实是无法彼此描述的。一个喜欢旅行，一个喜欢宅着；一个总是很忙，一个总是悠哉；一个反应超快而老犯错误，一个酷爱发呆而心细如发；我们读一本书，却常常看法不同；我们有时一起逛街，可是对衣服鞋子的品位没有一次一致过。你骂我为什么老是喜欢画一个框把人和事往里装，我说你总是没立场是个绝对的相对主义者。可是偏偏，最想倾诉最茫然无措的时候，我们永远拨通对方的号码。即使那年我突然地跑到了美国来，即使将来我们可能总是相隔万里。

陶陶，有男朋友的时候，我带给你过目；失恋的时候，我通过和你的讨论明白怎样才能成为更好的自己。和恋人一起长大的幻想算是破灭了，幸好有你见证我的青春。其实看到《失恋 33 天》里的王小贱我就毫无新意地想到了你，没想到编剧毫无生活地把王小贱和黄小仙儿给写得这么暧昧。但一想到编剧一定没有像我拥有你一样拥有一个这样的朋友才会犯这种近似乱伦的错误，我就觉得我特别幸运。

步行街要拆了。刚听到的时候我觉得我的大学都要被抽空了，后来跑跑老师一语惊醒梦中人，我才意识到我们进校前一年步行街才建好，也就是说所谓传统，也许并没有那么悠久。所谓记忆，不过是非常短浅和个人化的建构，所以不必那样悲伤，但是一想到下次回去的时候，就再也不能和你去老阿康缅怀过往了，再也不能去庆云淘书了，再也不能买一杯奶茶从街头走到街尾了，就又难过了起来。前不久我才跟你说过，我不要再这样彻底地感性，我要有一些成熟理性的思考，可是，可是，关于“一二·九”，关于步行街，关于你，关于和这些紧密联系起来的我们的青春，这些都是没法理性对待的啊！

陶陶，我们刚刚熟悉起来的时候，我老是觉得自己特别能吃苦，而你喜欢自称孩子。现在，我已经知道当年的“苦”和现在比起来真是像游戏一样，而你开始自称老博士了。可是最高兴的是我从来没有消沉或者绝望，你也在不停地思考和进步。有时我会非常非常迷茫，好在你会牺牲自己当反面教材教我当断就断；而我总是不愿意承认我们的青春只剩下一个尾巴。那些和“一二·九”或者步行街有关的部分，只能永远地镌刻在时光里。可是还有很多的时光，等着我把它们变得流光溢彩，唱不完也拆不掉。

成长的过程就是破茧为蝶，挣扎着蜕掉所有的青涩和丑陋，在阳光下抖动轻盈美丽的翅膀，闪闪地，微微地，幸福地，颤抖。

你在从台湾寄来的没称呼也没落款的明信片上写的这句话，我会一直记得。你的字，还是和以前一样好看。

跌破膝盖

悄悄快乐 2011－12－27　23：32

我把膝盖给跌破了。我怎么又做了一个 5 岁孩子做的事情。

其实那只是表面，我是因为从外面回来没换鞋，直接穿着小靴子跑到厨房煮肉汤的时候滑了一小跤把膝盖给跌破了的。这个完整的过程是不是显得就没这么幼稚了。带上了生活的重量、成长的痛楚和家务的艰辛什么的。

虽然从来不愿意做文艺青年，我还是突然想起了童年的夏天。我有无数件漂亮的小裙子，也总是有冰淇淋和雪糕吃；我和其他幸福的小女孩唯一的区别是，膝盖上几乎总是裹着纱布或者涂着紫药水、红药水或者碘酒（我妈说不能一起涂，不然会被毒死掉）；当那些纱布和药水可以都没有的时候，结着痂的膝盖就露出来。那些痂是放风筝啊，捉蚂蚱啊，走路不看路蹦蹦跳跳啊（我爸妈说的），和同学追逐打闹啊（班主任说的）留给我的。痂也消失的时候，夏天也就过去了。

我是如此习惯于一到夏天就跌破的膝盖，对妈妈所说的“将来你长大就没有漂亮的腿了”置若罔闻。事实也是，长大了就会知道，美腿岂是不跌破膝盖就能保有的。先天运气后天保养，复杂得很呢。

有一个初秋，我突然发现那是一个没有跌破膝盖的夏天。怎能不失落啊。纱布的柔软和药水的味道，还有膝盖快好的时候把痂小心地抠下来，有时还会流血的感觉，就再也没有了么？我还想，下次跌破膝盖时，我会不会就成了个老人家，直接把膝盖给跌碎了？

就这样，不记得哪年的初秋时节，平滑的膝盖宣告了少女时代的到来，以后的日子，就会像流水一般快而清晰。清晰的日子，就很难糊里糊涂地快活。

若干年后，我又不小心把膝盖给跌破了。一切都已不同，然而还是有点莫名的自己也不甚了然的窃喜。也许是为了自己矫健地从地上一跃而起，检视自己破了皮然而毕竟没碎的膝盖吧？

关于最近那些痴情的绝情的故事……

悄悄快乐 2011－12－31　14：36

思考是感情的天敌，这话是我说的，刚刚想到的。以前要有人说过纯属巧合。

可是如今动辄一夜传遍网络的故事也太不让人消停了。前面刚刚有个姑娘在男朋友溺水而死两年多之后，仍然天天去他空间留言，后面就有渣男和小三各种无耻加诬陷逼死老婆。反正年末清闲，不如思考思考。

前面故事里的那个痴情好姑娘后来写过一篇日志，里面有一句话令我特别感动，比她两年多天天留言还让我感动。她说：我不是再也不找男朋友了，而是宁缺毋滥；何况现在也不是缺，只是看不见摸不着了而已。这种深情而又实诚的表述，让她的行为不再是遥远的惊天地泣鬼神，而成为找到一个特别满意的男朋友刚刚交往了4个月，完全沉浸在热恋之中，结果男朋友冷不丁出意外死了的多情姑娘的正常举动。我相信她不会忘了他的，但是她也会幸福的。

比较而言，后面那个故事给我的震撼就太大了。站在道德制高点上肆无忌惮地使用人肉搜索侵犯人的隐私，实在是非常可怕，不过我觉得一些理性的人们（大多是男生）理性地说一句“死不足惜，完全是男权社会的拥趸”，也实在是过于冷酷。刚看到“5月办酒十一就和小三开房，正室被逼自杀”之类的标题的时候，我也觉得这个自杀行为实在是够愚蠢，可是在看了那封遗书后，我不再认为她的行为那么不可理解了。她详细地描述了自己的心态：一个无微不至的男友和老公，从刚恋爱起就给了她无数关怀和宠爱的男人，让她全身心信赖的人，突然被各种实实在在的证据变成了满口谎言两面三刀的混蛋和敢做不敢当的懦夫（懦弱是男人最不能被原谅的弱点，啊！咆哮100次），于是她不仅仅是失去了对一个人的信任，而是遭遇了爱情啊温暖啊希望啊这些精神信仰的崩塌。一直到死前，这个可怜人还不愿意相信，这个寄托了她信仰的男人真的是个彻头彻尾的坏男人。如果她选择努力活下去，她也许可以说服自己；可是她没有坚持到说服自己相信确实有些表面上很好的人其实很糟糕这一事实。看她的描述，这样的坚持和努力确实会是很难很难的。将心比心，一个体贴的、上进的、爱旅行爱拍照的、会说甜言蜜语的男人，实在是很容易让单纯厚道的姑娘昏头啊！让我们假设，如果他在出轨前出意外死了，那是不是又会向着一个感人的爱情故事方向发展。

建构自己容易，看透别人难。其实建构自己也不容易，但最起码是相对可控的。有精神信仰是好的，而且至今我认为保持一定理想主义也是好的，但是千万不能把某个具体的人或者东西作为信仰啊理想啊的化身。人是会离开的，东西是会碎的，站得高点才能活得好点。

“你来我当你不会走，你走我当你没来过”、“你必须找到除了爱情之外，能让自己站立在坚实大地上的东西”。这些话简直矫情爆了，可是矫情的原因是，它们实在太有道理了。

痴情，绝情，都是浮云。爱情这个东西，也许能在艰难困苦中被证明；可是或许只有在轻快的心态下，才能正常生长吧。

也许我又用一篇废话进行了“平平淡淡才是真”的同义反复。

人之老

悄悄快乐 2012－01－07　14：14

我们公司是中国驻美大使馆的下属公司，所以有一项提交签证申请的业务。办签证是挺麻烦的一件事，所以常常有人打电话来确认程序资料之类。这里面有去中国旅游、工作、上学的外国人，但更多的是回国探亲的美籍华人。

有一天我接到一个电话。

“我曾经在你们那里办过签证，现在我老伴儿也想在你们那里办，她要回国探亲。”一个老人的声音。

“好的。您可以先登录我们的网站，下载申请表格填好。”我说。

“是的是的，上次我申请就是下载了表格，打出来填好。”老人说。

“请您注意，大使馆规定表格是不能手填的，请您在电脑里填好再打印。”想到老人可能不太熟悉电脑网络之类，我就提醒了一句。

“可是，我们不会啊。上次我就是手写的。”老人的声音明显带了惊慌。

“哦，可是这是大使馆的新规定，您可以拜托儿女或者邻居帮您填一下吗?”我出主意。

“哦，我儿子在欧洲，我们家很少用电脑，邻居，也不太方便麻烦。”老人慢慢说着，但是语气又是着急的。

我突然非常不忍，虽然这表格填起来很麻烦，虽然我已经足够忙了。可是，我年轻啊，填起来比他们熟悉方便许多。

“那么，我帮你们填吧，您下载了表格，手填了所有信息，寄过来，我帮您打一份。”我说。

“哎呀，太谢谢了，这真是。哎呀，谢谢，谢谢!”数不清他说了多少个谢谢，声音里明显轻松释然。

几天后，申请材料寄来了。照片上看是个很慈祥的奶奶，可是这照片不是标准护照尺寸。看看他们的预计出发日期，还好，四月呢，来得及。我于是打电话给他们。这次是这位奶奶本人接的。

“请问李秀玲女士吗?”

“是啊。”

“哦，我们今天收到了您申请中国签证的材料。”

“是吗? 太好了!”

“是这样的，您的照片尺寸不合格，我们要求标准的护照尺寸，能麻烦您重寄一张来吗?”

“啊？我的照片不行？护照尺寸？那是多少？”

“您不用着急，只要到 CVS（一家连锁超市）超市之类能拍照的地方跟他们说一下 standard passport photo（标准护照照片）就好。大概是，2 寸见方吧。您不用着急，离出发还早呢。”

“好的好的，我就去拍，谢谢，谢谢！”又是数不清的谢谢。

又过了几天，收到了合格的照片，还夹着一张便条。

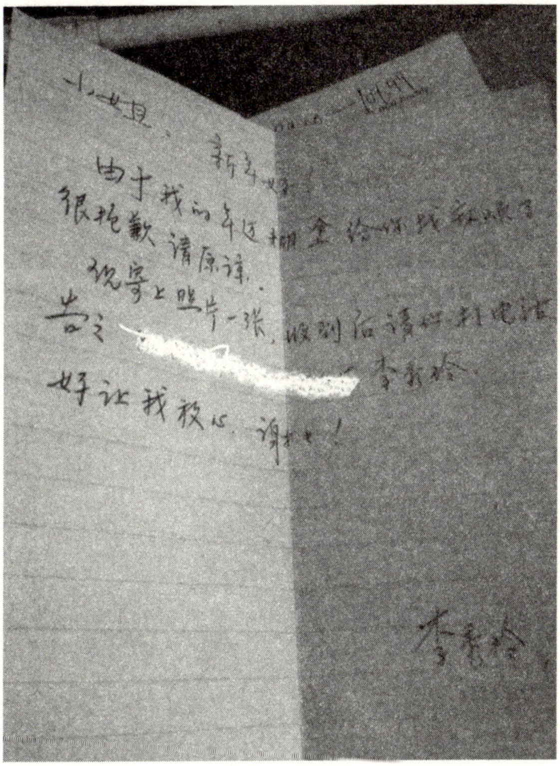

我立刻打电话去告诉他们收到了。

“谢谢你啊孩子，还要帮我们填表，真是太麻烦你了。”老人的语气充满了愧疚。

“您别客气，我很乐意的。”我说。想了想，还是没忍住，加了一句：“我的爸爸妈妈，姥姥爷爷，都在国内。”

挂上电话，心里像打翻了五味瓶，忍不住流下了眼泪。现在总算知道了为什么小时候妈妈带我上街时，看到年纪大的乞丐，不管是真是假，总要给些钱。这个变化太快太多的世界里，年纪大的人，生活真是太不容易了。他们反应没那么快了，学习能力下降了，可是被迫着和年轻人一样使用电脑网络这些完全不符合他们思维习惯的东西。这些东西给我们带来了多大的方便，可是又让他们感到多么无力。

我永远记得在我上大学的时候爸爸妈妈发短信速度暴涨，我出国的时候他们会熟练使用 QQ 了，我经常跟他们说校内网上的笑话，于是他们也会上校内了，我猜他们应该也会开微博了吧。这些于我，是乐趣；于他们，是要努力与我靠近一些，忽略这几万里的距离。

美国这个地方，老人常常是独居的；政府把他们照顾得很好，公共设施也比较为他们考虑。但是每当我看到一个个步履蹒跚的老爷爷老奶奶慢吞吞地走上落了升降板的公交车时，还是会一阵心疼。我越来越心疼老人家了，看他们上车总想扶一把，买东西排他们后面时总愿意帮他们看价钱，遇到他们问路总会送一程指清楚。

我特别希望，在我的姥姥爷爷出门时，公交车也能慢点等等他们，司机不要不耐烦地看他们，不要因为有老年证不用买票就翻个白眼；我特别希望，在我的爸爸妈妈遇到网络上的问题解决不好时，总有他们年轻的同事出来帮助他们。

这么大了，却还没帮他们做什么。我们这些因为追寻梦想和打点基础不得不远离他们的小孩，是多么希望在回到他们身边陪伴他们之前的这些年里，他们总能得到这些属于年轻人的世界的善待。我也会对身边的叔叔阿姨爷爷奶奶好的，他们的儿女大部分也在远方圆梦吧。

这不是交换，是大家的责任。

终于来到这一年

悄悄快乐 2012 - 01 - 27　10 : 32

年三十儿那天，我给姥姥爷爷打电话拜年，他们说："给你的压岁钱已经交给你妈了啊。"我一愣，立刻找到了过年的赶脚[①]："是吗？我一定会找她要的！很好很好，以前你们说我上大学了就不给了，结果还给；后来说我工作了就不给了，原来还给。"姥姥笑得超开心："嗯嗯，当然给，给到你结婚吧！"我立即耍赖："那不行，要给到有小孩。"他们笑得更开心了："好吧好吧。"于是我继续卖萌："嗯，等有小孩了吧，我就可以不要了，但你们就要给小孩了。"他

① 网络语言，即感觉的意思。

们开始哈哈大笑了，一边笑一边说："这个傻丫头哟！"

作为不撒娇会死星人，长时间不回家是很难忍受的一件事情，何况过年都不能回家，何况已经是连着第三次过年不回家了。不过同样，作为一个乐观主义者，我也找了很多开心的理由。比如，我就避开了"亲戚提问流程图"这种事儿，虽然我们家亲戚都是很明智且善解人意的，可是架不住我自个儿心虚啊！再比如，我特别希望早点过去的2011年，总算在空前的"盼望着，盼望着"中，彻彻底底地过去了，虽然没有在家送走它。

2011年刚来的时候，我一个人在欧洲扛着相机掰着指头省着钱暴走，饿着肚子可是眼睛都忙不过来。2011年走前的那两三个月，我蓦然发现在这个孤独寂寞的地方，可以交谈的朋友多起来了，节日的时候会有party（聚会）邀请我去了，我想看的书想做的事，都在一点点地进展着。换句话说，曾经变得狭小气闷的世界，又能让我畅快地呼吸了。更不用说，毕业了，工作了，三岁以后头一次不当学生了，怎么也算人生的里程碑。可是，我就是不大喜欢2011年。或许是因为中间那段当时乐在其中，事后回想既沉闷又无聊还有些不安的日子，也或许是因为2012这个又是偶数又是闰年又是龙年还是传说中世界会毁灭的一年，对好奇心旺盛的我太有吸引力了。

从2005年开始，很详细地总结上一年干了些什么已经成了我个人的传统。这个传统在去年打破了。因为我当时心有旁骛来着，无暇他顾，接着就很自然地本末倒置了，乃至现在追悔莫及却于事无补（记性差啊，2010年发生了什么真是不太记得了）。哎哟，用成语讲故事真是够累的。我只是想说，2011年，让我明白了建立强大的自我的重要性，知道了不追问自己内心的人，迟早要被后悔反噬，懂得了很多时候对这个世界必须以"理"相待，也反省了自己的急性子。（老爸咆哮：丫头，什么2011年让你明白了？明明是老爸我写邮件教育你的结果！）好啦，抖擞抖擞精神，又是阳光上进的好姑娘一枚。我相信2012年会是我生命中空前美好的一年。因为我正在努力和自己做朋友，并让自己变得正确和沉着。

这个春节，我去庙会帮同乡会卖了茶叶蛋，去知青协会的前辈家吃了最美味的红烧肉和无数樱桃，结合着校内直播吃着瓜子儿和鱼片看了中央台的春晚，看了俄罗斯国家芭蕾舞团在肯尼迪中心的高水准演出，在记者席上看了大华府地区春晚的演员们的鞋底儿，还从十二点开始和面洗菜做了六个菜的年夜饭。包了饺子于凌晨三点开吃，又在大年初一在好吃的马来西亚餐馆度过了笑得腮帮了疼的girl's night（编者注：姐妹们的夜晚）。感谢和我共同参与这一切的众位姐姐妹妹！看到网上各种“我们远离祖国孤苦无依”“就着眼泪吃速冻饺子”的留学生自怜文，我就相当哀他们不幸怒他们不争。这么可怜悲苦，给谁看呐？不开心回去好了嘛！想家，谁都想，我这么充实的春节也还是抽空掉了两三滴眼泪来着。可是啊，乐子要自己找，心态要自己调，饺子要自己包，虐心到底有什么好玩儿的？你觉得你在电话那头哽咽家里大人会很放心么？

好啦，2012 年总算是来了。房间还是有点小，买车前还是会出行不便，买菜的时候还是会不小心买多提得手疼，想到未来还是有些不安，时不时还会被老板教育，我也还是家里遍插茱萸少的那个人。可是，莫妮卡怎么说：Welcome to real world，it sucks，but you gonna love it[①]！规律生活，笑迎不爽，比什么都重要。完美的生活，写在小说里都是没人看的。

2011 年过去了，我并不是很怀念它。

怎样的人是错的人（虎头蛇尾文一篇）

悄悄快乐 2012 年 -02 -14　18：00

2012 年，情人节。这几个字读起来颇有几分末日狂欢的味道。但事实是，对我来说，这必然是个平庸的日子。静茹早就唱过“其实爱对了人，情人节每天都过”，可以不严密地推出“如果没爱对人，情人节当天也没得过”。所以，既然有这么多节可以过，比如愚人节啊，光棍节啊，端午中秋大年夜啊，尤其是还有我最喜欢最喜欢的万圣节（不是有很多机会可以体会别的人或者动物或者鬼的生活的），也就对这个暂时和我没什么关系的日子没怎么关注。

今天打开人人网，一屏一屏关于情人节的状态分享中，大部分都是给成双成对之人的讥讽诅咒，让我恍惚间回到了光棍节那天，各种吐槽几乎没什么区别。为什么截然相反的节日却迎来了一样的效果呢？我觉得这既说明了我们广大单身人士不淡定的心态，也说明了他们甜蜜幸福之人满满的日程安排。

早期人人网有一句经典吐槽：天天挂在校内上的，不是单身的，就是异地恋。此言得之。情侣们已经拥有全世界了，话语权还不归光棍们所有吗？

看到十万八千年不写日志的人们都纷纷出手时，我终于也不淡定了。早就说过，感情是我最喜欢谈的话题之一，一个吃货怎可能在小吃夜市之类的地方看着别人大快朵颐？然而毕竟还要赧然地加上感情也是我最不擅长的领域之一。

---

① 欢迎来到现实世界，它很糟，但是你会爱上它！

就像林徽因笔调稚拙纯真却超有手腕地倾倒无数名流，张爱玲文风老辣深刻却悲催地留不住一个矬男。不是自比，仅为举例。

借用一位伟人的话概括我等：理论上的巨人，行动上的矮子。

记得去年情人节前夕，准确地说就是去年的今天，本人热情洋溢地写了一篇《你们不只是为自己谈恋爱》，赞扬了幸运的天作之合们的感情，激励他们再接再厉给广大时不时再也不相信爱情的迷茫群众做个榜样，今日这篇东西还被本人遥远的知己阿蒙同学翻了出来并分享之（话说这也是让我突然手痒的原因之一）。但是这一年来，我越来越觉得“热情洋溢”这个东西实在是不容易。姐虽然坚信自己是个可以自体发光发热的小太阳，但是也难保有时候一堆黑子横亘心中悲哀落寞不知如何是好。怎样解决黑子这个问题呢，太阳想了想，觉得应该是找准黑子出现的规律并想出实际办法来，而不是无限制更努力地发光发热造成很早就变成白矮星的结果。

胡先生说：多研究些问题，少谈些主义。

那么，2012 年的情人节，实际地谈谈感情。虎头到此结束，蛇尾即将奉上。

感情上我当然不是个成功者，要不然上面这堆废话也不用写了，所以，我没法像某些“32 岁已婚女人谈婚姻”啦，或者“我怎样和结婚 10 年的妻子保有初恋般的感情”啦，“认识 27 年，恋爱 11 年，结婚 8 年，我们始终牵手旅行”啦，之类的拿去条分缕析地说经验，我么，只好寒碜地说说教训。也就是说，我没资格也根本不会说，怎样选到对的人；我只能从我简单得可怜的感情经历里分享，怎样的人是错的人。

好了，虎头确实结束了，蛇尾已经出现。

怎样的人是错的人呢？不完全归纳如下：

没共同话题的人。

出于感动在一起的人。

对人生规划截然不同的人。

家庭出身差异很大的人。

心地不阳光默默记仇的人。

消极不快乐的人。

爱好没有一点交集的人。

随随便便答应你每一个要求的人。

你的朋友们见过后都欲言又止地说“那个、那个，你喜欢就好”的人。

你想起他来的时候想“那就凑合一下吧”的人。

你想起他来的时候想“也许他会为我改呢”的人。

固执不愿丝毫改变自己的人。

平时嘘寒问暖关键时刻懦弱无原则的人。

不惮以最坏恶意揣测别人的人。（鲁迅先生泪流满面）

不愿意许以世俗誓约的人。（萨特捂住膝盖）

莫名奇妙追你很久的人。（沈从文躺着也中枪）

还有么？就是，能让你像我这样归纳出一条一条的人。

以上由于立场局限，当然是女生版，但男生版区别也不会很大吧，不过这是我猜的。

蛇尾到这里也基本结束了。

不过欢迎补充。反正你们现在还没出门儿的，应该也是和情人节没啥关系的。要么是等着下班之后去过节的，现在闲着也是闲着。

看起来很好吃——我爱舌尖上的中国

悄悄快乐 2012－05－18 12：49

终于没有抵御住人人网、微博上到处刷屏的诱惑，我打开了《舌尖上的中国》准备看看到底有多好看。

后来我就一口气看完了第 1 集。

然后我又看了第 2 集。

最后我又看了第 3 集。

吃货的理智部分是比较薄弱的，但不代表完全没有。我想我再看下去结局只有两个：馋死或者撑死，哪种结局取决于我到底会不会顺应自己的内心去厨房煮碗面吃……果断，还是把第 4 集留给明天，现在先洗洗睡了。

但是临睡前真的想大吼一声：我爱舌尖上的中国！

是的，我爱《舌尖上的中国》，我更爱舌尖上的中国。每当有美国朋友客气或者真诚地说：中国菜真的很好吃啊。我都会礼貌地笑笑心里嘀咕：你们哪里吃过好吃的中国菜啊？你们以为那个各种酱混在一起做出的一盘酸酸甜甜的鸡肉就是中国菜？你们以为在肉丁中间放上胡萝卜柿子椒西兰花炒一炒就是中国菜？你们以为那些大小如小包子难看的饺子就是中国菜？你们啊，太天真了！

在我们这一代人小时候，“馋嘴”似乎是个很大的缺点，尤其对于女孩子来说，至少在我自由表达“我特想吃……好好吃啊”的时候，爸爸妈妈都会提醒一句“小姑娘不能这么馋”；而近来“吃货”却大热了起来。自称吃货似乎成了一个很大的时髦，人人都在比着万般皆下品唯有饕餮高。这个现象当真挺奇怪的，尤其是当我注意到一些食量比猫大不了多少的姑娘也自称吃货，一些整天只要不自己做吃啥都行的爷们儿也自称吃货，都不免发出九斤老太之叹：一拨不如一拨，你们也算吃货？你们知道什么是味蕾如烟花般绽放吗？你们经历过照猫画虎研制某款美食吗？你们能接受衣带渐窄终不悔吗？吃货本非什么高贵的称谓，所以不存在玷辱，可是，你们何必扭曲它呢……

刚来国外的时候，周围的人，尤其是姑娘们，都很喜欢做饭的样子。刚从那么好吃的中国来到这个麦当劳都比中国难吃的地方，谁都想做出点以前习以为常的味道；加上绝大部分都是初学乍练，新鲜感淬炼出无比的做饭热情。我也是这其中一个。后来，当绝大部分的人，包括姑娘们，都渐渐懒得做饭能凑合就凑合的时候，我依然热情不减。以前读书，厨性大发的时候拿个半天一天做饭以后再挤时间写论文发生了可不止一次；现在工作，没这么灵活的时间了，但是基本还是坚持每天自己做饭。三毛说做饭就像变魔术，此言深得我心：冰凉的蔬菜、腥味的鱼肉、干巴巴的米面、刺鼻的调料，一番热火朝天后居然能化为千般营养万种滋味，实在是太好玩儿的事情。哪怕要用 1 个小时做 10 分钟吃 20 分钟打扫战场，有了如此神奇的过程，足够使我乐此不疲。比较值得一提的尝试有佛跳墙、滑蛋牛肉、拔丝鲜奶、糯米藕，自家腌菜，自个儿做豆沙包汤圆儿，自个儿和面调馅包饺子，自个儿炸油条……做出了以为只有别的大能人儿才能做出的作品甚至分送众邻，那种自豪心情还有什么说的。何况……自豪完了……还能吃！

有首歌叫《我的中国心》，列举的意象是长江长城黄山黄河，当然这些是比较适合写在歌里。但是在人们的心里，大概换成“饺子生煎烤鸭肠粉”更让人思乡。这样说是不是显得有点低级趣味了，不过，胃疼不是叫“烧心”吗，所以“我的中国心”等价换成“我的中国胃”，大约也是没有什么问题的。张翰风雅，莼鲈之思，其实和我辈并无不同：最魂牵梦萦的，总是故乡的好菜和儿时的味道。

故乡以食之名在我不知道的时候就给我刻下了深深的烙印。我的故乡是豆腐的发源地，而我小时候并不爱吃豆腐；我的故乡有越来越知名的牛肉汤，而我根本就没吃过几次。然而，当我来到了这个异邦，却是每每在中国超市寻觅豆腐一买数盒，哪怕那味道和豆腐之乡的豆腐完全不是一个等级；回国的时候总要去吃牛肉汤，哪怕现在已经在大酒店登堂入室的牛肉汤和烧饼，已经不是小巷子的黑漆漆铺面里在巷口就能闻到香味的牛肉汤和烧饼了。小时候最爱吃一种卤鸭，怎么吃都不够。我爸那时常开玩笑说“我哪天非买个十斤八斤让你吃腻了不可”，彼时四五岁的我就当真了，一直默默期盼能吃到十斤八斤卤鸭的日子的到来。我还记得爸爸妈妈从幼儿园接我回家时总会在楼下买一块三角形的小蛋糕，蛋糕上的奶油显然不如现在的鲜奶蛋糕滋味纯正，但我总觉得那样的香甜是不可企及的高度。我妈妈不算是个很会做饭的妈妈（可小时候她做的红烧鸡翅我还是能一顿吃它五六个），但是她会手擀面，还在我中学时每天给我包馄饨！跟人说起这一点，我总是鼻孔都要朝天了。而我妈常常异想天开把某些有营养的东西炒在一起，现在也被我继承了，比如藕和木耳啊什么的。反正万一不好吃，下一顿再想办法……至于姥姥家的韭菜盒子、烙饼、粽子，奶奶家的冬笋土鸡和泡在大缸里的年糕，都是别的地方无论如何也比不了的好滋味。这里当然有感情的因素，但是那好滋味也是千真万确不容怀疑的。

刚出国的那阵子我养成了十点后才吃晚饭的习惯，因为刚刚离家非常寂寞凄凉，睡觉的时候肚子一点点空，都特别难过恨不得立刻买回家的机票。这个原因现在说出来还是觉得有点心酸，不过倒也可以佐证“吃”与“吃货”都不只是关乎简简单单的食物本身。前面已经说过思乡之情与家乡之味间的千丝万缕，而吃遍天下和大开眼界又何尝不是相映成趣。藏族的酥油、东北的酸菜、西北的各种面食、南边的海鲜、西南的各种粉，连起来就是我四处乱逛的青春岁月。在欧洲数着硬币省钱游的时候，香榭丽舍大街上的蜗牛、佛罗伦萨的红酒牛肉、巴塞罗那的海鲜烩饭、慕尼黑的巴伐利亚肘子等等我可都没饶了。采取的是只要安全就住最便宜的，饿几顿没关系但代表性美食必须吃到的原则。当你细细品味当地食物，与之相匹配的氛围气质也会慢慢浸入全身。这可不是夸张。

默默无闻的吃货夥颐，而赫赫有名的吃货太给我们长脸了。最喜欢的文人是李白、苏轼、曹雪芹，诗文先不说，单是想想翰林鸡、东坡肉和那些以茄鲞为代表的数不清的好菜，我简直想和他们隔空击掌！至于“治大国如烹小鲜”之类，有没有比这更有道理和气场的话啊！！！

想一想，真的是啊。对于吃货来说，“吃”几乎可以贯穿一切。所谓亲情，不过是他们总是记得我爱吃什么，我总是想跟他们吃上团圆饭；所谓爱情，不过是想找到一个可以高高兴兴给他做饭，边吃边聊看着他狼吞虎咽或者细细品味的人；所谓友情，不过是一起寻觅或者分享好吃的东西并且多年以后也不会忘记曾经一起吃的烤串儿；所谓理想，不过是走遍天下，让眼睛、胃和心灵三丰收；所谓人生，不过是笑着品尝所有的滋味，虽然有时是真笑有时是强笑。

如果非要加一个关乎人类命运终极价值观的梦想之类，也不过是，让全世界的人都吃饱饭吧……

我爱《舌尖上的中国》，它看起来很好吃。

成长是枚青核桃——写给12岁的自己

悄悄快乐 2012-07-19 09:36

Hi，亲爱的小女孩，

我又开始干荒唐的事情了，我在给你——也就是数年前的我——写信，这实在是非常可笑，因为我就是你，对吧？我承认这不是我的独创，给你写信的念头源于前不久我看了网上流传很远的那个老外把现在自己的视频和二十年前自己的视频剪辑到一起，很有趣。然后我突然想起来，我好像已经忘记你很久了；其实也不是忘记，你一直在我的记忆里好好地待着，只是，我确实很久没有好好想起你了。突然我觉得很对不起你。

我记得你给未来的自己写过一封信，然后偷偷把它夹在爸爸书房某个角落的一本书里了。它一定还在那里，没被人动过，因为我实在想不起来那本书在哪儿，叫什么了。我也不记得那封信里写了什么……你那么信任地把自己的生活和想法仔仔细细地记录下来想给我看，却被我忘到了脑后……我只好再说声对不起了……你会不会有点失望？丢三落四的你本来希望长大后的自己能拥有好点儿的记忆力，却发现……情况更糟了……不过我得告诉你，正因为咱们不怎么样的记忆力，我才还是和你一样整天乐呵呵的，不记仇，烦恼不过夜。还养成了总是写点儿东西记录生活的习惯，也积累了挺多文字了，不是挺好吗，对吧？何况那封信肯定还是在的，某天看到，一定还是惊喜，那就把惊喜继续留给未来吧，好不好？

你现在初一，身高147厘米，体重86斤。别嫌自个儿太胖，因为未来你再也不可能掉到90斤以下了。实话说了吧，100斤以下都不可能了……何况啊，仔细看看镜子里的自己吧，真的一点也不胖啊。当然了，那个隔着一条走廊的女孩儿有着麻秆般的细胳膊细腿，是公认的美人儿，但是等你长大了就知道，这种单一的审美观真的只存在于12岁的群体中。顺便说一句，走路别驼着背，发育这件事情真没什么害羞的，你一年后会被逼着穿上背背佳，然后直到上大学还常常被爸爸妈妈在背后猛拍一巴掌……小姑娘，这就是你乱害羞的结果。我知道你还对脸上的痘痘烦恼着：长了半年了，好像一点消失的意思都没有呢~那个，确实……暂时还不会消失……一两年后还会长得更严重……真的消失恐怕得到17岁了。17岁以后，你将拥有非常光滑的皮肤~

17岁？17岁才没有痘痘？这么老了才能没有痘痘？你肯定是这样反应，对吧？我记得你的想法，16岁是最美好的年龄，17岁嘛……青春的尾巴吧……18岁就老得不得了了……好吧，人都是这么轻狂过来的，我不生你的气，谁叫你才12岁呢~可是我得告诉你啊，其实，从你现在一直到18岁，是非常美好的年纪啦，但是并没有你想得那么鲜花盛开。你不算漂亮，“考一个好大学”总是悬在头上的那把达摩克利斯之剑，对那个学长的暗恋会无疾而终，还会遇到很多打击自信的挫折，还会在高考复习最紧张的时候长一身快把自己疼死的带状疱疹，对，比你7岁那年长水痘要疼一千倍……可怕吗？其实不，你会知道，青春的美好并不等同于光鲜，其实对很多人来说，青春是最灰头土脸的一段时光。要知道，在这段时光里，你做一些莫名其妙的无用功，却从不被挫折吓倒，还一直有爸爸妈妈和狐朋狗友在身边，看着努力一点点开出花来，这才是最美好之处呢。

我知道你现在还有一个苦恼，那就是好像爸爸妈妈没有小时候那么喜欢你了，你渐渐地觉得和他们没什么话说，而且你明明已经长大了，他们有时还会因为你的错误打你一顿。不对！有时你觉得根本不是你的错误。好啦，小姑娘，我得安慰你一下，其实你越大，他们越喜欢你；但是你知道，对于一个小宝宝表达爱意是很容易的事情，对于一个刚刚进入青春期的小女孩来说就没有那么容易了。你确实比小时候犟多了，有时还有点偏执，梗着脖子跟他们大叫大嚷，这种时候想忍住不发火还真是有点困难。现在你的年龄有点尴尬，你好像什么都懂但其实并没有那么准确的判断力还很固执……当然，即便如此，有时确实是他们简单粗暴了点，但是你要知道，他们也不完美啊，他们也是第一次当父母嘛。越长大，你会越庆幸你拥有他们，他们很恩爱，他们很爱你，他们允许你走不那么合乎常规的路，他们给你理智的提醒，也会和你一起呵护你的梦想。

对了，梦想~你现在有许多梦想，虽然我不记得是些什么了。有一个是当一名像居里夫人一样伟大的物理学家……那个，现在不可能了，详情你以后会知道。但是有一个梦想你是一直牢牢记住的，那就是旅行，环游世界。你现在去过北京、四川、山东、上海、江苏、浙江、辽宁……在同龄的孩子中，算多的了。以后你的父母会常常问你：你说说你像谁嘛，这么待不住，喜欢旅行！

那你就反驳：像你们呗，小时候谁带我玩儿了这么多地方的。从大一开始，你会行走很多地方，有时和朋友，有时一个人，你会遇到许多有趣的人奇怪的事儿，看到很美的，你现在很难想象的风景。我就不剧透了……不过为了提前让你高兴一下，我得告诉你，你两年前看到那张美丽的照片，然后就愣住了，下决心一定要去的纳木错湖，后来你可去了不止一次呢！总之，行走的梦想，我在替你坚守，希望以后依然不变。

几年后，你会上大学。你会在大学里遇到特别知心的朋友，很棒的老师们，还有……爱情。你会知道朋友就是自己选择的兄弟姐妹，即使离别了，你也从来不需要刻意想起他们（她们），因为你们从来就不会互相忘记。你会知道好的老师会帮你打开一个个崭新的世界，让你一直保持着旺盛的求知欲，会为一本好书激动得心怦怦跳，也让你用恰好的理性和感性看待人生；你会知道爱情真的不是一件容易的事情，你为它又哭又笑却还是免不了受伤害，可又愿意永远保持对它的信仰。是的，信仰。很久以后你还会保持对知识的渴求，对爱的信仰和对人类苦难的同情，我为我们骄傲。

大学以后嘛……你的想象力是不是都枯竭了？你是不是想不到有一天你会大到连大学都毕业了？哈！可是还真的会呢～大学以后，你走出象牙塔，就会遇到许许多多的迷茫和困难，会让你觉得之前的那些伤心事算什么呀。你是个爱哭的小姑娘，长大了也是……不过哭过了你总会好好解决问题，从来不会一蹶不振。你也是个爱笑的小姑娘，长大了也是，让我们一直乐观下去吧～～～想到小小的你，我还真的有点心疼将来你要面对一个你没有想过的残酷世界……可是不要紧，人都是这样长大的。成长就像一枚青核桃，剥开皮看到果肉的样子不容易，咬在嘴里会很涩很涩，可是细细咀嚼，你会品到清甜的汁水。

亲爱的小女孩，前不久我看了一部叫做 *Ted*（《泰迪熊》）的电影，它也让我想起了你。一个 35 岁的男人依然需要他的毛绒玩具熊，就像我永远需要记得你的纯真和快乐。记得这些，我就永远不会变得太过世故，变得不够善良。透过长长的岁月，让我们隔空击掌吧！我也许没法让你很自豪，但我向你保证不会让你鄙视和失望。

亲爱的小姑娘，我现在把成长这枚青核桃交给你，让你慢慢品尝，其实这枚核桃我也远远没有吃完呢。不过，很涩很涩的时候，我现在不会害怕了，我知道总有一天会有清甜的汁水，让我和我爱的人们以及这世界一同分享。请你也不要怕，好吗？

有师若此——关于梁 Sir 的个人叙述

悄悄快乐 2012－08－17　08：15

今天早上接到老师的邮件。毕业这么久了，收到他的邮件还是我最快乐的事情之一。

我的老师的语录在网络上流传很广，被称为“复旦中文系的智慧”，听上去真带劲儿。

我当面叫他梁老师，背后叫他梁 Sir，心中把他当做精神父亲。（爸爸你看到这里不要吃醋，你已经是我父亲了，也没有必要还要特别当什么“精神父亲”，对吧……）

其实我本来完全不认识他。大三有一门必修课叫做“外国文学”，我性急，大二就选了。后来听说教我们这一届外国文学的是一位超级棒的老师，于是我就去旁听了几节。因为考试已过，上课的时候连笔记本也不带，就悠悠闲闲地听着讲台上的那位老师绘声绘色地讲作家，讲作品。他的语调平平实实，但又带着特有的讲故事的感觉，让人无端地觉得他要讲的内容非常非常有意思、非常非常好听。不仅如此，这中间不时蹦出来的人生道理像几千斤重的一颗橄榄，让人想无穷无尽地回味下去。比如“爱情永远是一种亚主体，绝不是最高的存在”“善与善的冲突往往是最深刻的悲剧”“思想可以复杂，但信念必须单纯”“期待中的人往往非常软弱”“现代人往往因为弱、因为缺失感而去寻求爱情，而不是因为强、因为独立感而表现爱”，等等。初闻呆住，然后手忙脚乱地找纸笔想记下来——往往是随便抓一张面巾纸，然后回去塞到书架的夹缝里去——其实我要能好好记在本子上，不时翻一翻，也许在后来几年会比较少地陷入失望或者茫然的负面情绪。这位老师，当然就是梁 Sir。

后来拼了小命选上了他的“从小说到电影”。周四晚上六点半的课。洗完澡，吃碗绿豆粥加六个锅贴，使劲儿蹬着自行车披头散发往光华楼冲，期待着今晚又能听到令人醍醐灌顶的语句，简直美好得无以复加。

梁 Sir 是我见过的最贴切诠释“笑眯眯”这个表情的人。他总是眯着眼睛笑，而且满脸每一个细胞都是笑意，明显不过地告诉我们谈论那些小说和电影、作者和导演是一件幸福无比的事情。不过他不笑的时候眼睛也有点眯，后来和室友讨论大概是眼睛不够大的缘故。“小眼聚光”很多时候只是调侃，于他倒是绝对的事实：他的眼睛总是黑亮黑亮的，特别有感染力。很偶然地，路过他的办公室，会进去聊聊天儿，其实就是想听他说说话，说说他有个朋友收集古董床挣了大钱啊，说说他有个学生是如何突然地偏离轨道找到真正自我的啊，说说他在云南插队的时候干农活儿时看到的人间仙境啊之类。听他说话，会有一种很强烈的感觉：一切个性都有存在的合理性，一切困难都没有什么大不了，生活真的是太有意思了！他总是穿一件很旧的红格子衬衫，拿出好茶叶泡茶给我们喝。那衬衫看起来特别暖和软，让人很想伸手去摸摸——不过梁 Sir 虽然特别温和平易，毕竟是老师，终究还是从没敢造次。他的办公室里还有很多好玩的东西，很古怪的面具，来自韩国的小鼓之类。我们有时拿在手里玩，他就笑眯眯地看我们玩，还絮絮地继续我们说的话题——真的很像个爸爸。

研究生期间我居然当了他的学生，很是幸运。做他的学生，总能得到最大的自由——当然这也是我校我系老师们的一大特点。每次我想出个什么论文题目，就去找他谈。他总是很认真地想几分钟，然后以“这个题目很有意思啊……”开头，给我列举一些可能的切入点以及可能遇到的困难。我就回去找资料，过几天觉得可能写不出了，就愁眉苦脸地再去找他，他就会说“那么我们可不可以从这个角度想——”或者是我雄心勃勃地画了一个巨大的框架给他看，他就会说“嗯，这是很全面的，但如果从这两三点深入下去——”就这么跌跌撞撞地，写论文。聊论文的时候，也还是会有好茶喝。和上课的时候一样，他特别喜欢使用象声词。“轰隆轰隆”“稀里呼噜”之类，让人感觉那些他所说的作品、人物、故事，生活得都那么痛痛快快风风火火。

我出国交流的时候遇到过许多手续上的问题。这时候不知该找谁——朋友们和我一样都是学生而已，他们跑断了腿也常常是遭遇一些行政部门的白眼，我只好咬着牙给梁 Sir 写邮件或者打电话，心里特别特别不好意思。梁 Sir 总是听我急赤白脸地陈述完毕后，慢悠悠地把我所面临的情况和需要他帮我去办的事儿总结一遍，然后问：是这样吧？或者在邮件底下加一句：别担心，快乐生活！还是笑眯眯的语气或者笔调。然后他就去相关部门帮忙跑腿，任劳任怨地。预答辩的时候，一群老师在 QQ 那边，我在半夜两点的大洋彼岸看着他给我写的论文评语，感动感慨感谢之情如同滔滔江水连绵不绝……

和梁 Sir 熟识起来这些年，我有一半时间在美国，一半时间在中国。而他，一会儿在韩国，一会儿在日本，一会儿在美国。即使在国内，也常常是在某个偏远的地方“采风”。于是电子邮件是联系的主要手段。我在特别迷茫的时候总会写给他三言两语，甚至恋爱了或者和男朋友分手了这种事也会告诉他，当然在诸事顺利的时候也会得意地汇报一番。他常常轻易地就能拯救我于一团乱麻之中，一句“你总是这样生气勃勃的样子，阳光灿烂，心地明亮”的评价或者一句“到社会上经历几年，有助于对五色人群的理解，然后到知识圈里思考”的告诫，就会让我觉得，四周真的“哗”地明亮了起来。开始学拍照的时候，出去玩儿了，也常常把“作品”发给他。他先是说“风格自在很见内心”，又细细地告诉我构图用光方面的问题，然后把他的作品发给我，静谧的京都禅寺，看得人心里很安宁。

梁 Sir 很忙，但往往一周左右也就会回邮件了。我倒是常常拖个一两周，因为那些短短的活泼的句子，常常读了又读，有点舍不得回。有师若此，是我之前从没想过的幸运。

一想到也许几个月或者半年后，就又能到梁 Sir 的办公室里，和穿着红格子旧衬衫的梁 Sir 聊聊小说电影，手里玩弄着小鼓，喝一杯好茶，我就更想回国看看了。

原来我曾是你心爱的姑娘

悄悄快乐 2012-09-07　09：33

多年以后，我还是能记得那些下午，所有的人都已经回家，金色的阳光斜斜地照进教室。我们隔着一张课桌，讨论一道数学选择题或者一道文综大题。十年过去了，洒过水的地面泛起的那一点点湿漉漉的清新的味道，仿佛还在鼻端。

那时，我很喜欢很喜欢你。

年少的感情，无论如何也当不起一个“爱”字。难道上课偷偷下五子棋就是爱？难道在老师提问时互相提醒就是爱？难道觉得和你坐前后座很开心就是爱？难道故意拿本来就会的题目和你讨论就是爱？我们太小了，彼时的十六七岁，爱是一件多么高高在上又难以启齿的事情。

可是，我很喜欢很喜欢你。

那时的喜欢，卑微而又蛮横，羞涩而又饱满。你好看的笑容，把有些沉闷的高二高三点得雪亮。一个个和你谈天说地，听你胡说八道的课间，让繁重的课业和渺茫的未来都变得可爱起来。没有人知道我喜欢你，包括你。我也并不想让你知道。我是个很乖的孩子，从来没想过在中学谈恋爱，完完全全没有想过。

只是，我很喜欢很喜欢你。

你送过我一个玫瑰色的笔筒，半透明的，很简单又很好看。你送我的时候说“马上就要高考了，以后可能见不到了，送给你作纪念吧”。我接过它，连谢谢都没说，就收拾好书包低头冲出教室。你知道那是为什么吗?

你不知道，你一直不知道。你不知道的事情还有很多很多。你不知道我把你上大学后写给我的信读了一遍又一遍，你不知道我新买了手机第一条短信就是发给你，你不知道我为了你的生日礼物想破脑袋，你不知道我多喜欢那条同学聚会后你送我回家的路，你不知道我曾经为了有位学长和你有一模一样的背影一直选高一届的课，你不知道心理测验中我把你给我的感觉形容为“天空”，你不知道我因为你而喜欢黄磊喜欢陈奕迅喜欢张曼玉，你不知道我把你请我喝过的果汁盒子保存了许久许久，你不知道在我的博客里你就是那个身影模糊的男主角，你不知道我曾经把你的短信一条一条抄下来，你不知道当和老同学聊起你时，无论怎样的鸡毛蒜皮都能令我感到快乐……

你不知道，我很喜欢很喜欢你。

后来我告诉你我喜欢你，这是我唯一一次主动对男生说喜欢，直到今天还是。我想以这样对我来说很极端的方式结束自己的纠结，不管是怎样的结果。可是没想到那才是纠结的开始。你一直说“我对你就是朋友的感觉啊”，又一直对我那么好。你总是很忙的样子却又可以在我郁闷的时候陪我 QQ 聊天从来不主动说再见，你给我的博客留言，你和我的朋友做朋友，你还说要来我的城市读研……我从来没抱过希望却又一直希望残存。

你说：我们定个五年之约吧。你说：我现在还没有能力给你幸福。你说：我们其实不太合适吧，如果在一起说不定已经分手了。你说：你看我们走了不一样的生活道路。我真的不知道这些反反复复的话，你是为了说给我听还是为了说服你自己。我没有办法试图反驳你或是说服你，女生再勇敢再伟大，也必须有一个可以依凭的支点。如果那个支点是我要来的，就不能让我信任和安心。

对第一个喜欢的人的那份痴，总是会有长长的时间跨度，然后在某一时刻戛然而止，回首时会发现铭心刻骨与云淡风轻奇妙地融合在一起。又是一次长聊后，我们放开了彼此本来就没有牵过的手。我没有不难过，可是那份由你而来的难过已经有些让我习惯，我似乎一直等待的就是这样一个悲剧的结局。慢慢地，慢慢地，被封存起来的对你的喜欢变得钝感，变得模糊，也变得遥远。

听你的哥们儿，还是不止一个哥们儿，说你喜欢我的时候，我很惊讶。不是惊讶你喜欢我，而是惊讶你居然会向别人倾诉这件事情。后来你终于问我要不要在一起。我的第一反应是关了手机，因为我根本不知道这世界怎么了：你居然会跟我说喜欢我，在我们的生活轨迹已经渐行渐远的时候。等我再打开手机的时候，看到你的短信说：还是不要了，说不定最后朋友都做不成，我们还是做兄妹吧。

我笑了。这样的结果或许才是合理的。我曾经很喜欢很喜欢你，而你也终于喜欢上了我，可我们终究没有在一起，还有比这更经典的结局吗？不无疾而终的初恋，也好意思叫初恋么？

联系渐渐变少，变得没有。在我回国的时候，很偶尔地看电影或者吃饭，我们在一群人中是不时斗斗嘴的两个人。后来，我们许久未见；后来，你注销了人人网；后来，我再也不知道你怎么样了。

然后，昨天，你又出现了。

你说你刻意好久不和我联系，你说你仔仔细细地看了当年我写的每一篇关于你的博客，你说你哭了很久很久，你说那天你的耳机里一直单曲循环着一首歌，叫做《你是我心爱的姑娘》。

很想隔着长长的时空对十六七八九的我说：你看，他其实喜欢你呢。

我问：你是当初很喜欢我而自己一直没意识到，还是觉得这姑娘一直喜欢自己后来也就开始喜欢我了？

你说：前者。我仔细想过，是我对感情太后知后觉了。

足矣，足矣。

我突然看见你发了好多条微博，是《你是我心爱的姑娘》的歌词。你说你好久都不敢听这首歌。

我从不会轻易许下任何诺言
也从不会为一个人如此心碎
而现在我可以敞开我的内心
你是我唯一真心爱过的姑娘
可突然有一天你离开了这里
带走了整个世界没留一片云
从此我就像抽离麦芒的青稞
在那凄风苦雨中晃曳彷徨
但是希望你明白
我就在你身旁
无论你在多远的地方
即使你变了模样
即使你把我遗忘

你永远都是我心爱的姑娘
愿上苍为你指引平坦的道路
愿命运让你遇见善良的人们
愿远方的阳光和璀璨的灯火
为你照亮每一片未来的天空
时光就像一条奔腾的河流
将生命中的一切悄悄带走
而我的心就像那翻涌的浪花
永远陪着你哪怕是海角天涯
从此希望你明白
我就在你身旁
无论你在多远的地方
直到你变了模样
直到你把我遗忘
你依然会是我心爱的姑娘
真的希望你知道
我就在你身旁
无论你在多远的地方
直到我去了天堂
直到你把我遗忘
你依然会是我心爱的姑娘
你依然会是我心爱的姑娘

我一字一句地读着这歌词，又从网上找到这首歌，听了三遍，努力体味着你让它单曲循环的那个晚上的心情。

以前最爱听你唱《十年》，那时《十年》还不算老歌，我总是在一群 K 歌的嘈杂的朋友同学中仔仔细细听你唱的每一个字。十年后，会是朋友？会已牵手？还是早已陌路？如今，从踏进新班级的教室看见你笑笑的眼睛，真的已经有十年了。十年后的今天，我们是许久没有联系却也不陌生的朋友，而你，给了我一份这样丰盛的礼物，让我曾经的青涩爱恋焕发出完全不一样的光彩。

所有的故事，或许都只能讲述一次。不管平行宇宙是否存在，且行且珍惜都比旧梦重温更厚重，更切实。万事皆空太过，让我们都好好生活。十年后才知道，自己被深深喜欢的你，深深喜欢过，这是怎样的惊喜。我很为十六岁的自己高兴，第一次深深喜欢的人，是你。

原来，在为你笑为你哭为你难过为你快乐为你纠结为你感伤的时候，我是你心爱的姑娘。

原来，我曾是你心爱的姑娘。

我的心隐隐作酸却不知如何倾诉——这是一篇由莫言获得诺贝尔奖引发的却远远不止由这件事引发的牢骚

悄悄快乐 2012－10－12　07：59

一觉醒来赶紧去翻手机看看谁得了诺贝尔文学奖，身为中文系毕业生这个心态是不是也很正常。看看微博上人人网上甚至 Facebook 上都是莫言刷屏，喘了口气，洗漱上班去。

然后看到各大网站上持续、莫言刷屏，各种观点各种调侃各种钦佩，等等。莫言要得诺贝尔文学奖的消息，前些天就一直来着，所以今儿的刷屏状态也并不突然。只有一点点小小不同：前些天颇有一部分问“莫言是谁呀，谁能介绍下”的人，现在更多的人在问“哪儿能下到莫言作品呀”之类。我的心开始矫情地隐隐作酸起来。

这是一种有点奇怪的赶脚[①]。说吃醋吧，既不合理也不至于，可是当真是有一点酸呢。莫言是我最喜欢的中国当代作家之一（话说我最讨厌最……之一这个句式，可是这里用着还挺合适……），我接触他的作品的时候，离学中文专业还颇有一些年月。然而，完完全全不从任何“科班”角度看一个作家，“喜欢”的产生是容易得多的事情。最早看的是《透明的红萝卜》，不知到了十岁没有，急着上厕所从爸爸的大书架上随便拽下来的一本什么先锋还是探索小说集里的。虽然知道这篇不长的小说是在以独特的方式写“文革”是很久以后的事，但是那时就模模糊糊地为那些充斥着极致的苦痛却呈现得晶莹剔透的意象而感到震撼。稍微扯远一点儿，也是在那本小说集里我读到了韩少功的《爸爸爸》和王安忆的《小鲍庄》，给我的震撼程度和《透明的红萝卜》不相上下。

后来看过《丰乳肥臀》《红高粱》《食草家族》和《酒国》，都是蛮喜欢的。上大学后还看过《檀香刑》，看完的当晚平生第一次很久才睡着——不是

① 网络用语，即感觉的意思。

为了文学而感动，纯粹是被恶心的。莫言讲的故事很好看，故事中透出的粗野又美丽的生命力相当动人，但可读性不是最最强的。这里的“可读性”不是说真从文学角度给予评价，而是，这么说吧，我会一口气看完一本金庸或者海岩的书，可是看莫言的文字时候，中间要歇会儿。但是要说厚度和重量或者与民族祸福的血肉相连，阎连科啊，韩少功啊，阿城啊，余华啊，甚至稍稍平和一些的王安忆啊，稍稍不一样点的贾平凹啊，都是我喜欢得不相上下的作家们。

然而突然有一天，莫言得诺贝尔文学奖了。

莫言自己说这只是个重要奖项，不是最高奖项；莫言的二哥说山里的孩子不容易；莫言的90岁老父根本不信儿子得了这个奖……真是可爱的一家人。

可是啊，我猜都猜得到，会有一大堆人去找莫言来看了或者根本不怎么看也和人聊聊莫言了，一搜关于莫言的新闻一定全是诺贝尔奖了，一大堆人要采访莫言、莫言的家人、莫言的学生、莫言的老师、莫言的好友，甚或莫言的一面之缘们了。莫言的一面之缘们，要开始写“我与莫言老师的二三事”了。我甚至能猜到，几天后莫言和阿城、王安忆似乎还有阎连科要去复旦开讲座，大部分问题应该都会提给莫言的了……

莫名其妙地，真的有点思念在文坛之外没有很多人谈论莫言的时光。

就像慧眼识英豪觉着某“平庸”的男人不错结果飞黄腾达了，抑或觉得某各方面平平的小孩很有独特的才能结果成材了，有那么些自豪之余不免疑惑：这些乌泱乌泱跑来祝贺或者结交的人，都从哪里跑出来的啊……

以上的例子毕竟是不恰当的，毕竟更多的人来读莫言，从而读小说，从而更看重文学，都是一件很好的事情。可是……我就想漫无目的地发发牢骚不行吗?!

从《哈利波特与魔法石》我就喜欢斯内普，结果第七部他变万人迷了；从《小娇妻》我就特喜欢周迅，结果多年后她成气质女王童颜不老的代表了；初中的时候看《金粉世家》，觉得这多么适合拍电视剧啊，结果后来真拍了，动静还很大，大家全都知道了。

每到这个时候，我真挺失落的。又不好意思说，因为显得奇怪又狭隘。

最爱的姑娘结婚了，伴娘不是我

悄悄快乐 2013-01-02　13：37

这是一篇欠了很久的文。再过20多个小时，楚楚将走上婚姻的红毯。早就被要求写一篇文字贴到他们婚礼的网站上，我却总是迟迟按不动键盘。

亲爱的，你说我写些什么呢。有情人终成了眷属，“首席闺蜜”却居然不是伴娘。遗憾这两个字，放在这里轻飘得可笑。

前几个月，看着你在微博上一字一句地打出“我的婚礼是 1 月 3 号，只要你能来，伴娘当然是你的”。前几天，看着你在微博上直播在从北京回家的卧铺车厢里有些焦躁又自我调整着情绪。这几天在家一定忙乱又疲劳，估计也睡不实在。在这样的时间里，本来应该有我陪着你，陪你抚平紧张，陪你憧憬幸福。而在 20 多个小时后的盛大仪式上，早在好几年前我们都没有男朋友时就说好，该是我穿着小纱裙儿站在你身边的啊。

你说你不知道会不会怪我，我说世界上最不想错过的就是你的婚礼。可我终究还是要错过，而你，希望不会怪我很久。

某些记忆，总在一些重要的时间当口儿纷至沓来。

大二的英语课上那个上台发言短发圆脸的你；某天下课后 2 号楼宿舍前和我莫名其妙聊了好多的你；2006 年的春天一次聚餐上跟我说“考虑好了，暑假我跟你去西藏”的你；纳木错湖边，举着相机给穿着白裙子搔首弄姿的我拍照的你；一天图书馆自习时和我约好 2016 年 8 月 15 日不论如何都要在尼亚加拉大瀑布见面的眼睛亮亮的你；辩论队备战间隙和教练及队友们逃去城隍庙吃南翔小笼包递给我一个包子的你；一群朋友去 K 歌神秘地说要送首歌给我，然后唱出我第一次听到的《一个像夏天一个像秋天》的你；多少次与我一起悲叹情为何物又与我互相勉励我们一定会幸福的你；背着大包和我一起爬山，和我挤在同一顶帐篷里冻得发抖的你；站在楼道拐角处谈论各种茫然各种纠结眼角湿湿的你；我决定出国时，买了好看的户外手套有点不好意思地送给我的你；我出国后在人人网上发状态“我会一直想念你，一凡”，让人都不知道我出了什么事的你；一起去厦门玩时，在山顶望着万家灯火与我一起感慨万千的你；一人一罐啤酒在北区长椅上和我聊到凌晨各自被咬了一身大包的你；和我在食堂里吵架吵到失态，和我相对大吼后来又在寝室里与我抱头痛哭的你；在北京的家里终于说话算话亲手包包子给我吃但是怕麻烦只包糖馅儿的你……

数不清，数不清。还有更多更多的事情，你记得，我记得。即使不那么清晰，也像一串蒙了岁月细尘的项链，默默伏在记忆的一个角落，一拎出来还是光彩夺目，足以慰藉异乡的我一些感到低落的时刻。

有时我会想，我们隔着这么遥远的距离，由于时差、繁忙和惰性，许久许久才联系一次，究竟还算不算最好的朋友。你一定也这样想过，是不是？可是，当我和这里的新朋友说起你，总还是自然而然地说“我最好的闺蜜楚楚”，生活工作中有了什么变化也总是最早写邮件给你。看着你换了新的工作变得越发关注民间疾苦，看着你生活幸福享受着先天茁壮后天精心的爱情，即使不能常常交谈，我也还是觉得和你更近了。“首席闺蜜”，一定是个终身的职位吧？

亲爱的，明天你将成为最美的新娘，我为我的失约与无奈自责，又无法不为你高兴。和青梅竹马而出类拔萃的人走入婚姻，走到白头，正是充满正能量的你该得到的礼物。虽然你早就领证，但是，对你明天婚礼的想象才让我充满了激动、不舍和自豪（我是在嫁女儿吗，这不科学）。你这样幸福地走入婚姻，“我们”的幸福，也就实现一半了。

一年多没有见到你了，特别想你。关于这一年多我们各自的林林总总，经历、成长与感悟，也该是我们要分享的时候了。明天你好好结婚，过一阵子我去看你，我们会有很多东西要聊。

刚才我又看了那张纳木错湖边我们俩骑着马的合影，每次想起你的样子时你还是那个二十岁倔强地扬着头笑得傻傻的姑娘，后来的你再温婉也还是掩盖不了之前的形象，就像你总是叫我“傻丫头”。是不是最爱的人在自己心里总是显得傻傻的？

我已经不知道该写些怎样的祝福，似乎怎样的祝福都不够，给明天要出嫁我却不能当她伴娘的，我最心爱的姑娘。

从异乡到异乡之序篇　卓尔不群的开端

悄悄快乐 2011 -01 -01　07：05

按：照片儿以后再传，文字毕竟省事。

旅行的时候，状况百出是再正常不过的事情。但我还是没想到，我的欧洲穷游一开始的时候就给了我一个令人无语的开端。

离开美国的前一天，东北部的暴风雪席卷新泽西、纽约等数地。我正在一个阿姨（移民美国多年的妈妈曾经的同学兼同事）的家里过圣诞。这位阿姨的手艺惊人的好，其结果就是我们从中午吃到晚上，从大菜吃到点心，中间还和璇璇到地下室打乒乓球促进消化。下午三点的时候天就黑了，向外看去，大风吹皱了雪地，就像冰冷雪白的沙漠。偶尔看见野鹿和浣熊蹒跚地走过，寻找温暖的去处。

我对璇璇说：啊呀呀，明天我走不了了大概。由于吃得太好太饱，这句本来应该充满抱怨、惊悸的话，我也用了懒洋洋的语气。得到的回答也是懒洋洋的，璇璇说：那就不走了呗。

璇璇同学九岁来美国，按理说应该是半个香蕉人①，可是她各种观念都是很中国的，加之她也很享受快节奏的旅行，所以我们一见如故。那天聊到八九点钟，风雪照旧。

上网查，各大机场都已关闭。想想也没什么好辙，我唯一能做的就是给在巴黎接应的徐一凡同学（是的，同名同姓，就是这么巧妙）和即将到巴黎接应的免免同学各留言一条，跟他们说可能航班取消或者推迟，然后就睡了。

说是不紧张，终究有些担心。欧洲游历计划了很久，教中文做助教辛辛苦苦赚的那点小钱也都换成了机票火车票什么的，真的走不成，那就太失望了。于是早上一起来，就到网上查航班的状态。Newark（编者注：纽瓦克）机场还在关闭，预计下午四点开，我的航班是五点半起飞，而状态是“on time”（编者注：准点），真是令人惊喜，于是立即通知巴黎的两位同学我还是可以准时到的。通常情况下，火车到机场大概需要五六十分钟，叔叔阿姨两点钟的时候把我送到了火车站，下一班火车是两点二十。可是昨天的雪实在是太大了，火车的轨道貌似有些问题，于是发车的时候已经晚了二十来分钟，到机场的时候已经快四点了。这也罢了，机场航站楼之间的小火车居然也狂出幺蛾子：一来左等右等急得我快冒烟了才姗姗来迟，二来开得比蜗牛快点有限，三来居然站台的一边被雪埋住作了废，因此小火车两个方向乱开一片混乱。我真的觉得我赶不上了。

姐还是很擅长逢凶化吉的。找到登机口的时候，离起飞还有二十分钟，可是似乎完全没有登机的动静。我兴高采烈地坐下等，心里想毕竟下雪，延误个半小时一小时再正常不过了。没想到，一个小时接着一个小时，五六个小时就这样扔在了水里，响都没听见一声。开始的时候，我很开心地掏出电子书开始看小说，然后我饿了跑去买了个三明治居然不给加热，再然后我烦闷得不行逛来逛去正好看到换外币的就换了点欧元，再再然后我突然想到巴黎的二位等不到我怎么办，而现在欧洲是半夜。想来想去只好打电话给国内拜托我哥回头给法国打电话（真复杂啊真麻烦）。晚上十点半的时候，机场依然没有开放。我已经没脾气了，站在玻璃前看着咫尺天涯的飞机和飞机底下的冰雪大地，傻呆呆地往嘴巴里扔杏仁。

---

① 香蕉人：泛指海外华人移民的第二代、第三代子女。

十一点三刻，登机了。机长很拽地说：“他们都不起飞，就咱起飞，很高兴和大家一起飞行。”我本来挺高兴的，一听这话开始魂不附体。好在困是压倒一切的，飞机还没起飞我就睡着了，醒来的时候离降落在哥本哈根还有半小时。

哥本哈根飞到巴黎的那班飞机自然早半天就跑了，这种事情我还从来没有遇到过，于是抓住一个路人甲咨询该怎么办，该路人说，直接查飞巴黎的航班，去登机口啊，我就驻足看了会儿滚动屏幕，开始寻找登机口。穿过航站楼，上下电梯，隧道暴走。路人乙说，回你下飞机的地方，找 Transfer service（编者注：转机服务）去！我我我！唉！

又走回去。一路上有北欧气氛浓郁的小店和俊朗高大的北欧男女，还有童话味道很浓的绘画装饰，还是很赏心悦目的。Transfer service 效率不错，可惜后来证明把我和另一个中国女孩的名字弄错了。幸好该女生和我是一班飞机，没造成什么实质后果。拿到四十分钟后起飞的机票，发现是法航的，突然想起来，问他们我托运的行李怎么办，回答是，来不及了，去巴黎填表吧！

到巴黎的时候已经是晚上六点多。想方设法借了个手机联系两位同学，结果徐一凡同学被我放了个很惨的鸽子，而免免同学机票也出问题了，刚到巴黎。要不说叫徐一凡的都是好同学呢，这位一凡老弟二话不说第二次来机场接我，然后作为翻译带我从一号航站楼到三号航站楼找行李去。三号航站楼那个壮观！所有因为误点出了问题的行李散落一地，多如潮水。我小转了一圈，想想怎么可能找到，于是打算问工作人员，却在柜台旁边一眼看到了我的大箱子。

在一凡同学寝室上了上网，给爸爸妈妈报了个平安，又找到去青年旅馆的地址，我就又拖着大箱子出发了。下了地铁，我转悠了一会儿发现这地方有点阴森恐怖，看起来不怎么老实的青少年到处都是，脸上还有疤，真要命。好不容易抓住一个又高挑又美丽会说英语的法国美女问路，她就一路送我到了旅馆门口，到了才说：这个区不太安全，你要小心！真是表里如一的美人啊！

进门，找到免免已经入住的五人间，噩梦开始了。一对老夫妻，那个呼噜打得，夜里过警车也没有这么响。害得我和免免半夜爬起来聊天，聊完了分别半年来所有的大致情况。

欧洲游的第一天就这样结束了：误点，啥事儿没做，青年旅馆的房间里臭烘烘的。

待续。

从异乡到异乡之一　巴黎印象

悄悄快乐 2011-01-01　16:54

因为返回美国还要从巴黎走，这一次并没给巴黎留很长时间。可是天公不作美，半年多没丢三落四的我去火车站签青年票的时候活活把 Europass（欧洲通行证）留在了旅馆，我和免免把它取来又去买票的时候，到瑞士伯尔尼的票已经只剩晚上的了。唉！

免免开始带我玩，我们进行了大半天的走马观花游。卢浮宫的广场真大啊！排队进去的队伍绕建筑数圈。香榭丽舍没我想得那么高贵，隔三差五有中国人跑来托我们进店买 LV 包，哼，“驴”！圣诞新年期间，路边搭了帐篷卖各色吃食玩意儿。我知道不管什么样的玩意儿，都来自义乌。免免推荐了一种叫“西西”的东西，大概属于法国油条，很甜很香很好吃。午饭吃了红酒牛肉：到巴黎的第一顿正式的饭。凯旋门和我想得差不多，很高大壮观。天色晚了，巴黎圣母院和先贤祠都没进去。记得当年看林达的《带一本书去巴黎》，印象最深的章节就是这两个地方，希望未来数天有机会进去仔细看。埃菲尔铁塔也是晚上看的：金黄的灯光，璀璨壮观。我对于爬到人工建筑的顶端向来不怎么感兴趣，看看也就好了。

又回到了那个令人郁闷的青年旅馆，好在老夫妇已经搬到别的房间去了，这次的房间也不很臭，要求就是这么低。

早上六点起床，免免要回雷恩，我要去另一个火车站买票存行李然后去卢浮宫。“当我踏上月台，从此一个人走！”免免，西班牙见！歌词接龙轮到我，我已经想好了，希望不会忘。

在火车站，我打听了很久，终于找到存行李的地方，很方便，不过九欧多还是有点贵的。存好箱子，轻松得快要飞起来了，然后去可以买国外票的地方买火车票。这一买，就是一个半小时。卖票的帅哥（真的很帅啊，帅得都能当模特了）被我层出不穷的问题纠缠得无可奈何，不过一直都很温和很耐心。这次欧洲行我留下了一周左右的机动时间，现在怕到时买票贵或者根本买不到，所以就要定下来。我想去的地方太多，可是时间不多钱更少，又面临着青年通票可使用次数和线路都有限的问题，所以线索纷繁复杂，一会儿一个主意。帅哥最后拿出一张欧洲地图帮我把想去的地方圈出来寻找最优路线，最后买票四五张，都很便宜，相当满意，我放弃了法国南部，还是以后找个暮春初夏来看熏衣草吧。

我和免免昨天就讨论了又想趁年轻玩遍大好河山，又希望等来相爱的人一起旅行的纠结心理，得出的结论是，最喜欢的地方是要留一些的，可是多多走多多看也是成长的重要步骤，将这些看作准备和积累以及将来的谈资，比看作遗憾要好得多。

我九点半左右到了卢浮宫，排完队十点半，但是，值得啊！卢浮宫，用“艺术宝库”来形容似乎太庸俗，可是怎么形容呢?！这是多么丰富、美丽、让人流连忘返的地方啊。跟着电子导游，我先是未能免俗“取其要”地看了维纳斯、胜利女神和蒙娜丽莎。我完全不懂艺术，可即便是不懂，也能看出雕塑与画作那令人惊叹的细腻与灵动。蒙娜丽莎真是大众情人，人们排着队等待她的青睐，让她周围的名家如提香的作品都无人问津，而对面著名的《伽那的婚礼》周围居然都显得十分凄清。如果你不是一个传记作家，千万别和万人迷做朋友。

看完这三个“代表作”，我开始随便走。走了很远很远才找到了想看的《汉谟拉比法典》。黝黑而安静，不怒自威，威风的是历史。而在路上，那些诸如《土耳其浴室》《马拉之死》《拿破仑一世加冕大典》《纺织女工》，等等，似乎只适合出现在课本和屏幕上的画作，居然就躲在各个角落，等着你的眼光落上去，再迸出惊喜的光芒。就好像来到了沙滩，发现无数的宝石在脚下闪闪发光，脚很累很累，心却想不停地走。脖子被相机坠得都快得颈椎病了，可是还是会不停地拍啊拍。最后，累得实在不行了，我走到一个展厅就会立刻坐到中间的休息椅上，然后举起相机把雕塑和画作们拉近看，以身体为圆心旋转一周，走人。

从车站到卢浮宫的路上发现了有一站是巴士底狱，本来想顺路看看，可是在卢浮宫里直接转悠到了快上车的时间。

巴黎的第一次旅行结束。虽然第二次就在不远的几天后，我还是想总结一下感想。首先是人。好的很好，比如在机场借我电话的年轻夫妇，在火车站帮我指路的很有气质的老太太，当然还有第一天晚上送我去旅馆的美女和火车站卖票的帅哥，包括第一天买票时遇到的黑人小姑娘。我们的交流都不算通畅，可是能感受到他们发自心底的善意和帮助人的愿望。坏的很坏，比如机场故意不理人的老爷子，比如最后从她那儿买三明治的满脸鄙夷神色的大妈，比如今早在地铁站把我和免免惊出一身冷汗的黑人小流氓……所以总体来说，得到的待遇是超出预期了。而巴黎这座城市，有着不算干净的地面，常阴的天气和复杂到混乱的地铁系统，可是，它的历史感和艺术气质从每一座古老建筑的墙砖里散发出来。巴黎是现代的，可是现代是有历史做根基的；巴黎是古老的，可是古老是有发达作为保护的。巴黎很美，巴黎不简单。就像塞纳河，水不清，可是就是有无法模仿的优雅。

小花絮一个：法国人民很喜欢对着中国人说中文，可是他们绝大部分只会“你好”，个别的还会“谢谢”。我和免免听烦了“你好”，可是又不能怒斥人家的善意，于是再听到“你好”时，我就一长串“吃葡萄不吐葡萄皮不吃葡萄倒吐葡萄皮”地回敬过去，得到一连串呆笑。

下午五点，取行李，随便买了个三明治，等车，上车。

深夜的时候，我将到达瑞士伯尔尼。

从异乡到异乡之二　惊喜伯尔尼　一路狂奔

悄悄快乐 2011－01－02　20：09

到伯尔尼已经快到十一点了。我买了欧洲的 eurail（编者注：欧洲火车通票）的青年票，本来以为可以随便坐，后来才知道并不是每列车都可以坐的。于是乎，只好弄了个这么尴尬的时间。在伯尔尼我也订了青年旅馆，可是接待时间只到晚上十点。我没手机，借了几回电话又打不通，只好拜托免免帮我重订，发我邮箱。可是呢，一直到伯尔尼我都没有找到上网的机会。其实去伯尔尼的火车本身也是一波三折：在一个不知是什么的地方中转，箱子沉得我叫苦不迭；结果到了某个鸟不拉屎的地儿发现所有人都下去了，本想欧洲人少也很正常，结果又过了一会儿冲上来一位大哥说你是去伯尔尼的吗？那么还要转，而且一分钟后开车，而且车在另一个站台上，而且到那个站台需要下地道。我我我……我连抱怨的时间都没有，收拾好东西冲下车拖着箱子狂奔，一奔上车，车就开了，哎哟哟，胳膊痛啊痛死了！

到了伯尔尼，我并不知道该到哪里去，心里充满了流落异乡街头的悲壮。想想新年临近，未来两天的票最好提前点买，就很文盲地围着一个充满德语的售票机打转。这时走来两个美若天仙的姑娘，我就拉住请教怎么买票、哪里找旅馆、这个点儿安不安全之类。姑娘们先是教我买票流程，然后问为什么现在找旅馆、之前订的那个到底什么地址之类，然后皱着眉头帮我想办法。我呢，就在旁边乐呵呵地看她俩，那个两腮粉红眼睛清澈，真是我见犹怜。可是，这时二人突然掏出香烟喷云吐雾，还是很美，可是风格不太搭啊。最后她们建议我还是去车站地下一层的旅客中心问一下，又指给我电梯。我就乐呵呵地走了。

旅客中心关门，我就抓了个风度出众的大妈打听怎么办。大妈看了我的旅馆订单，说你最好还是去找订了的青旅，走路也不太远，试试看吧，这儿很安全。我就拖着箱子出发了。

我一共找了二十来分钟，在这二十来分钟里，我已经喜欢上了这个国家。这儿的人美指路又热心，这儿的商店看上去就很有趣，人们的表情没有警戒，没有急躁，一切都显得非常亲切自然，给人几乎摸得着的强烈的安全感。青旅在一条不宽的街上，街上路面是石头，稚拙可爱。楼下是个酒吧，酒吧门口有人帮我跑到里面把老板叫出来，他立刻帮我提箱子然后登记入住。唉，无家可归真是虚惊。有了巴黎的青旅垫底儿，本来我也没抱很大希望，没想到这里的青旅那么好那么好。很全的旅行指南，迷你的小电梯，方便的条件，干净的床铺和床单，还有很大的能上网、做饭、玩桌上足球的公共区域。太给力了啊！当然没时间做饭，上了会儿网，就和一对父女还有一位意大利老爷爷玩桌上足球。第一次玩儿，居然还进了三球。那对父女很有个性，骑着摩托车环游世界，都是很善良很有趣的人。父亲穿着花里胡哨的衣服，少了一颗门牙不知是不是摩托车不安全摔的。女儿 16 岁，这一学期都在跟着老爸跑欧洲。虽然我觉着这种行为乃至这俩人很不靠谱，但也还是认为这是个壮举。

洗了澡，睡觉。好干净好高级的浴室！

起床已经不早，check out（编者注：退房），存好行李，去火车站买票。终于发现了瑞士的缺点：贵啊！法国已经不便宜，车票比这里还是要便宜一半还多。我龇牙咧嘴地买好票，又没有情调地吃了个汉堡，开始暴走伯尔尼。伯尔尼不大，建筑精美空气洁净。前两天刚刚下过一场雪，这座小城更显得美丽清新。我开始看地图走，后来看不大懂干脆乱走，但是走得真是开心极了。没去著名的 BEAR PARK（编者注：熊公园），因为听说熊都在冬眠。看见了肃穆的教堂，看见了蓝天下的湖光山色，看见了无数闪闪发亮的钟表店，也看见了更多的美丽建筑和俊男美女。边走边拍，被一位老大爷让进他的地毯店里喝咖啡。我们聊了一会儿，他说我是他的第一个中国朋友，还给我吃了一种很好吃的水果。按说我也走南闯北多年，知道轻易喝人咖啡吃人水果是大忌，可是，这是在瑞士啊！安全感强烈得不可思议。老爷爷建议我不要急着去卢塞恩，路上可以去一个叫做 Interlaken（编者注：因特拉肯，瑞士一城市）的地方，很美很近很好玩。又仔细看了一个令人惊讶的手工娃娃店，当我打算走很远的路回青旅拿行李时，突然发现它就在前方 20 米。好吧，伯尔尼果然很小，我果然还是个路痴。

拖着大箱子去火车站，我于是退票，换了能在 Interlaken 逗留一阵子的车票。15 分钟后，我又坐上了火车。一路景色美不胜收，鲜艳的小房子在广阔的雪原上错落有致，远处是气势不凡的雪山。不时还有小森林从窗外掠过。到 Interlaken 时，起雾了。车站很僻静，游轮不开。跑到问询室问了一下，得知湖都很远。额……消遣洒家来着么！工作人员熟练地拿出地图，拿圆珠笔画了个圈，说你坐个公共汽车去那儿吧，那儿有个小湖，不过公共汽车很远，四十分钟一班。我想我来都来了，于是存好行李，去找车站。这个城市更小，不过一眼看上去也是很安全。地面很湿，估计是化雪的缘故。我走啊走啊走啊，居然一不小心就穿过了整个市中心，路上又拍了很多可爱的小店。摄影其实还是能省钱的：买太奢侈了，拍下来看看也挺好。路上继续问路，可是人烟稀少。我又遇到了一个美国老爷爷（我怎么跟老爷爷这么有缘），他见义勇为直接把我送到了车站。事实证明他弄错边儿了。另一边的公车来了，司机老爷爷（why?!）教我买好票，坐了五六站就到了所谓湖边。路上居然经过了我刚才来的火车站，这是怎么回事呢？只好存疑。结果湖边啥也没有，黑得湖水都看不见。我在湖边路灯下的长椅上坐了会儿。眼前有几幢精致的小房子，圣诞的灯饰还没有摘下，在暗夜的雾里显得很温馨。远处有零星的烟花的声音。今天是 2010 年的最后一天了呢。

回火车站的司机就是带我来的那个老爷爷。真好玩。

下一站，卢塞恩。

从异乡到异乡之三　卢塞恩　2010 年和 2011 年之交

悄悄快乐 2011-01-03　04:58

卢塞恩给我的感觉很大，人似乎也奸猾一些，比如青旅的老板，非常难说话，当做 deposit（编者注：押金）的两法郎还想赚去。卢塞恩到日内瓦的火车票之贵又让我龇牙咧嘴了一番。

新年夜了，可是我很饿，上午吃了个汉堡后还没吃什么呢。安顿下来，十点多去买吃的，姑娘们和小伙子们抽着烟喝着酒横冲直撞，这里的姑娘们普遍有双美腿，她们就毫不吝惜地露出它们，在零下的温度里。烟花的声音渐渐连成了片，彩灯倒映在静静的罗伊斯河水里。我吃了个夹着肉和菜的面包，就是新年前夜的晚饭了。新年快乐！

第二天一早起床，洗完澡穿好衣服发现浴室门开不开了。我惊慌万分，试了好久没用，好在想到浴室不是电梯，是有通风口的，至少不会死。不死就好办。我先是斯斯文文地敲门，当然没有用，就大叫“Is anyone there（编者注：有人吗）”，没人理。最后，我开始踹门，用力踹了七八脚，终于引来了一位头发很长，胡子比头发还长的大叔前来救场。

收拾一番，开始暴走卢塞恩。

昨晚买面包的时候我就发现了，卢塞恩的面积也不大，可能比伯尔尼大一点吧，“大城市”的感觉，主要来自于它的现代感。和伯尔尼相比，卢塞恩的建筑、道路比较新，比较鲜艳。但是，同样是精致小巧的典型瑞士建筑。卢塞恩也叫“琉森”，前者有几分大气后者有几分媚气，合在一起，就是这个城市给我的感觉。

早上先去了狮子雕像，从我住的青旅走两分钟就到。这个雕像就是卢塞恩的地标之一，也是马克·吐温说的“世界上最悲壮和最感人的雕像”，狮子是一位19世纪初期的丹麦雕塑家雕刻在天然岩石上的。周围植物掩映（没叶子，有雪），小屋悄然旁立。目测长十来米，高三四米：一头雄狮，肩上插着折断的长矛，痛苦地倒在地上，旁边有一个带有瑞士国徽的盾牌。雕像下方的文字记载了这座雕像的来历（当然我看不懂，请教了旁边的游人）：历史上的瑞士曾经是个贫穷的国家，许多男子为了生存去给别的国家当雇佣兵。1792年8月10日，为保护巴黎杜乐丽宫（编者注：Tuileries）中的路易十六家族的安全，有786名瑞士雇佣兵战死。这座雕像就是为了纪念他们。自此，瑞士开始禁止出口雇佣兵，残忍的雇佣兵制度渐渐消失。

从狮子雕像已经可以眺望到豪夫教堂的尖顶。走过去，一路上经过了看不腻的瑞士风格小屋小巷子，敦厚而精巧。教堂建在高处，尖顶直指苍穹，门前有很多台阶。从台阶顶端眺望，可以看见Credit Suisse（编者注：瑞士瑞信银行）门前巨大的还未拆掉的圣诞树。走进教堂，听了半堂新年弥撒。愿主佑护天下苍生！

从豪夫教堂走出来原本打算问路，可是一眼就看见了罗伊斯河的波光。那么，沿着河走好了，著名的卡贝尔木桥肯定不远。

罗伊斯河的水很清，清到像每三天换水的人工喷泉池的程度。各种海鸟、野鸭、天鹅游来游去。几艘游轮停在岸边，远处是缤纷的房子、城堡，更远处是雪山，静谧得像幅画。一只海鸟停在桅杆顶上，我就举着相机等着拍它展翅欲飞的一刹那，可它极有耐心地一动不动。我立刻强迫症爆发，也一动不动地等在那里。好久好久，最后它赢了，不过我拍到了两只野鸭接吻的温馨画面，还拍到了天鹅把头藏在翅膀下睡觉的娇憨模样，美图以后再上。

一路景色太美，所以不经意间就走到了卡贝尔木桥。这是一座建于 1333 年的木质廊桥，也是欧洲最古老的木质廊桥，桥头还有用于战争的碉堡。廊顶有彩绘，已经不那么显眼了，中世纪的精美风格，记述卢塞恩的历史。

走回青旅，收拾东西。坐车去火车站时发现一个美丽的场景，最俗的说法是“太阳出来了，蔚蓝的天空中飘着朵朵白云”。我看了看身边的行李，又体会了一下自个儿酸痛的肩膀，最后还是没忍住，提前下了车，拍了些晴空下的雪山和建筑。阳光下，河水格外清澈，鸟群更加欢腾，本就色彩动人的房子更是明艳不可描述。2011 年的第一天，我的眼睛很有福气。

进站，上车，下一站是日内瓦。

从异乡到异乡之四　小名城日内瓦　瑞士再见

悄悄快乐 2011－01－05　04：44

卢塞恩到日内瓦的路上美景不断。正是下午两三点钟，虽然有点阴，一路景色依然美不胜收。最远处依然是雪山，残雪斑斑驳驳铺在绿草地上，活生生是乳品广告的场景。树林自然是没有叶子的，可即便是灰黑的枝丫，也作出各种韵味十足的姿态。依然是隔一段路一些小房子，粉红鹅黄淡紫嫩绿，小巧又温馨。走到一半的时候，天突然又晴了。时而是鳞次栉比的房屋，时而是雪山雪原草地森林，还有宁静的湖泊，在淡蓝色的背景下美得我心里直发抖。我陶醉地看着窗外的仙境，心想难怪瑞士的火车票贵啊，还带沿途全景风光片儿呢！

车到洛桑，上来一对母女，女儿大概七八岁。一上车小姑娘就急着跟车窗外来送她们的爸爸打招呼，眼圈都红了。妈妈轻声劝她，她却一个劲地向爸爸飞吻。妈妈劝着劝着自己眼圈也红了，搂着女儿到车门口，一大一小两个女人又分别吻了车下那个一直微笑的男人。再走回座位，母女俩已经哭成了一团，妈妈在忍，女儿在忍，却又是忍不住，两张悲情的面孔看得我鼻酸。开车了，爸爸跟着车小跑了几步，母女俩拼命挥手，飞吻。车开了大概十分钟吧，妈妈已经平静地给孩子讲故事，两人有时还会心一笑。我猜得没错，和平年代，没这么多生离死别的，这一家子只是由于某些原因暂时分开而已，说不定就是个假期。这种平平常常的感情却是最深刻入骨的。亲人的意义啊！

到日内瓦是下午四点多，天又阴了，而且好像快黑的样子。我站在售票机前看了会儿，发现明早（八点的飞机！六点要到机场！惨绝人寰啊！）到机场的票有相差很远的两个价钱。拉住人问，结果这儿的人比法国人还不会说英语！

没办法，只好先到旅馆去。拿着预定记录开始问路，更深刻地体会到了这里的人们真的只会说法语啊。连比划带猜，我终于走到了。不过青旅的条件弥补了一切，发免费交通卡，幸亏我没买去机场的票。又干净又漂亮不用任何押金，浴室超高档，前台还特别温柔俊俏。想到在日内瓦只能待一个晚上，只能在这个旅馆住半夜，不禁悲从中来。

放下行李，拿了地图，拿了相机，想想又拿了三脚架，出门。本想再到麦当劳凑合一下，发现实在顶不住了。吃饭并不是饱了就行的，不时得吃点好吃的，才是人生啊。于是在路边一个看上去不错的小饭馆里吃了昂贵的一餐咖喱鸡腿，又喝了杯昂贵的橙汁以补补维生素。

坐公车去联合国欧洲总部，才发现这里的公车都不要钱。啊，一下车就发现著名的“瘸腿椅子”呈现在眼前。我架上三脚架开始拍，又发现三脚架真是好，因为还可以自拍！试了几个来回，就有了些经验，拍得很痛快。想想幸亏这里是瑞士，不必担心对着相机微笑摆动作的时候发现相机被人扛走了。

接着坐公车去老城。司机老爷爷（又是老爷爷又是老爷爷……）和我聊得可开心了，他有着一双善良的淡蓝色眼睛。到了我该下车的地方，他居然扔下一车乘客专门下车指给我待会儿怎么回旅馆，说了五分钟之久，车上乘客也并不着急催促。临走还把电话号码给我，让我有问题联系他。天哪，原来是君子国。在老城继续用我的三脚架街拍，真好玩啊真好玩！这里的建筑更大气些。然后就走到了日内瓦湖边。那个灯，那个美……光影水波，让穿着高跟靴子的我都感觉不到脚疼了。这个还只是景区，但是街道上的灯也那么别致美丽玲珑剔透，就真的让人从心底舒服了。路上也有任何城市都有的游荡的穿着怪异的青少年，但这里的“小混混”的眼神都是安静和善意的。著名的花钟在一座桥头。不大，但很精致。一看已经快十点，就向回走。随便坐了辆公车，告诉司机地址，让他在最近的地方叫我就好。日内瓦也不大。

今天是在瑞士的最后一晚了。这个因为买青年票时划算而来到的国家给了我太多的惊喜和美好印象。干净，安全，恬静，就好像戒心、浮躁永远不会存在一样。这几天一直在想，是什么使这个国家如此从容淡然。历史吧，主要是历史。几百年的和平和不温不火地发展造就了他们的心境。想到我的祖国，不禁心疼：太多灾多难了啊！什么时候才能有这样的心境？拿“多灾多难”来概括似乎也不完全。唉，看到别的国家越好，心里越是喜欢，转过头来，就越不是滋味。

从异乡到异乡之五　罗马初体验

悄悄快乐 2011-01-05　16:09

从日内瓦去罗马的飞机是早上八点的，为的是 Easyjet（编者注：易捷航空）的便宜票价。虽然我常常睡过头，对这样时间性特别强的事情倒也还好。于是四点三刻，我准时起床了。收拾东西，准备走路去火车站，再坐 5:20 或者 6:07 的火车去机场。这次收拾东西比较复杂，因为从纽约飞巴黎的托运行李限重是 50 磅，而这个公司的限重是 20 千克，多出来的三四千克就成了很大的问题。我的处理方法是，把重的东西转移到背包里。除了那本 Europe travel book（编者注：欧洲旅行册），就数那些润肤露啊，喷雾啊之类的东西重了，可是大罐液体又是不给带上飞机的。因此调整行李费了我很大脑筋，甚至掂量了一下衣服们的重量，穿了最重的一套。唉，还是夏天玩儿好啊！

一路走一路东张西望。就要离开瑞士了，还是有点舍不得的。多么希望能在这里度一个长长的假期，尤其是日内瓦。到达时，已经日暮；离开时，曙光未现。只有聊斋里的妖精鬼狐什么的才这样出没吧。下次来，我要去看红十字会，我要坐船，我要在日内瓦湖畔进行长长的散步，看看能不能像日内瓦人卢梭似的想出什么来。

五点多的火车没赶上，不过六点刚过的那趟也是完全来得及的。可是到了机场，才发现“风景这边独好”，别的航空公司柜台前都是冷冷清清，但 Easyjet 那边几乎称得上人声鼎沸水泄不通。是啊，这个倒霉钟点儿，也只有 Easyjet 的票价有点吸引力。

排了很久很久的队，幸亏来得早，只是肩上沉重的书包实在让我苦不堪言，怎么着也有二十来斤吧。感谢沉重的书包箱子，还要感谢瑞士昂贵的食物，今早穿牛仔裤的时候就发现，我瘦了。

飞机上看了几眼雪山、森林、湖，就睡着了，一路无梦。九点多，到了罗马。

罗马在我的空想里感觉很复杂。一方面，本来所有的印象都来自《罗马假日》：“公主殿下，您最喜欢哪个城市?”“可以说是各有千秋。不过，罗马，当然是罗马。”第一次看这部电影时，我大概还不满十岁吧，可是，依然为公主和记者感到了茫然的心痛。罗马，当然也就镀上了浪漫美好的色彩。而另一方面，决定来欧洲后，听到了太多关于意大利治安的恐怖传说，当然也包括罗马。最荒诞也最吓人的一个是谁说的来着：“有一次，我的同学去罗马，走在路上就昏过去了，醒来发现东西都没了，原来是被人捂晕了。”朗朗乾坤，你们听说过这么恐怖的故事吗？话说那个“防狼喷雾”我就是专门为意大利买的。因此，下飞机时，我深呼吸数次，告诉自己：这里是意大利了，看好你的包！

罗马火车站有着雄伟的外表、混乱的秩序、难闻的气味和英语烂死还满脸傲慢的工作人员。我来回走了不知道多少趟才买好了后天的火车票。然后一路找去车站旁的青旅，一路上全是地摊儿，那个亲切啊，难道我回国了？小贩们叫卖的声音，拖着行李的人们烦闷的神色，还有驶过的公共汽车上拥挤的人群，都让我找回了“祖国”的亲切感，怪不得人家说：遥远的西方有个中国叫做意大利。

青旅有很高的台阶，住宿费只收现金，电梯上贴着“Private”（编者注：私家）的牌子，其实吧，这里条件也还不错了，但是跟瑞士一比就啥也不是了。不过，还是比巴黎的好多了。

存好包，出门。在一家小饭馆里吃了 Pasta（编者注：意大利通心粉），怎么没美国的好吃呢？其实美国的 Pasta 我觉得没有中国意大利餐厅里的好吃，是不是越正宗其实越难吃？一个毛手毛脚的侍者拖椅子时碰掉了我的相机包，我的脆弱的高贵的宝贝啊！立刻把镜头盖陷进去给我看。我哭丧着脸拔了半天才拔出来，UV 镜（编者注：紫外线滤光镜）居然碎了。上帝保佑，幸亏我装了 UV 镜，要不然碎的就是镜头和我的心了。

由于出了这么个小意外，我抓着相机包的手更紧了些，同时，再继续使用时，老是疑神疑鬼地认为出问题了，一会儿觉得聚不上焦，一会儿觉得快门手感不对，害得我直接在路上病急乱投医地抓住背着大单反的人请教到底有没有问题。我容易么我，用一口烂英文向来自法国、德国乃至智利的各国人民描述相机的问题和我的疑惑。事实证明，所有的问题，都只是设置问题或者心理问题，归根到底都是我的问题。还好，还好。

这样一折腾，坐地铁来到梵蒂冈时已经快四点。只一眼，我立刻喜欢上了那些巨大灰白的石柱和浑圆的屋顶。就像在北京走进了紫禁城，看着满眼的历史，满眼的气质，满眼的古之幽情，你还想得起不远处街道上的混乱、窄小或者喧嚣么？圣彼得大教堂门前的广场很大，巨石铺地；喷泉不高，可是底座很有气势。一棵很哥特的大圣诞树披着一色的白色小灯，差点让人认不出那是圣诞树。果然是圣地才有的范儿啊。

排了很长的队，进入教堂。先是随走随拍，惊讶于它的巨大和气势。然后，听了一场弥撒。圣洁的歌，神色平静的修女，庄严的红衣主教，还有教皇，比电视上显得瘦。我真的，很激动！

就这样天黑了。这里是罗马，怎么能在天黑随便走！更是不敢像昨天似的用三脚架自拍了，说不定会微笑着看着相机被人扛走。于是赶紧坐地铁回去，路上买了两块披萨。只是路边的小店，味道的确很好。

明天，我要去更多很美的地方，再赶在天黑以前回旅馆。

从异乡到异乡之六　罗马的一个白天

悄悄快乐 2011－01－06　18：07

前面两天实在太累，所以计划八点钟起床的事儿就成了浮云，真正起床，洗漱，走出门，已经九点多了。罗马好玩的地方很多，我的时间却不多，于是我把最想去的地方留在了明天，这样总不会起不了床吧。

于是，今天先去斗兽场和古城。斗兽场一向是罗马的象征。它曾经的繁华，如今的破落，让人不论想到或者看到哪个都是心中一悸。一走出地铁站，斗兽场就突兀地出现了。和画册上或者电视上一样，雄壮高大又残破不堪。一侧的围墙接近完整，另一侧只剩一半了。从入口进去，发现了一支长长的等待买票的队伍。看着两侧的巨石和柱子，想想这座高龄千年的建筑是怎么看整天在它沉重斑驳的躯体里用各国语言交谈议论、用一定数额的现金或者信用卡获取从内部观察它的机会的小孩子一般的人们呢？

胡思乱想杀时间是十分有效的。很快买到了票，租了电子向导，开始转悠。角斗场的内场是角斗士们决斗或者斗猛兽的地方。国家养角斗士很贵，可是每个角斗士每年平均也就参加两次决斗或者斗兽。这种近乎荒诞的对比由于他们工作性质的残忍而获得平衡。电子向导里说，气势最为宏大的一次，场内有15 000头猛兽和角斗士们生死搏杀，真的不明白这是什么疯狂的兴趣。皇帝，元老，这些非富即贵也就罢了，权力向来会使人变得疯狂古怪，可是那些平民，拿着国家发的免费票，坐在不那么好的座位上，吃着炒豆或者梅子，甚至携妻带子的平民，究竟为什么对看这种把生命不当生命的血腥游戏感兴趣呢？

斗兽场的设施非常完全，从饮水处到厕所乃至元老们刻有名字的专座，事事想得很周到。古代人的生活总是精致的，没有电啊网络啊什么的，他们确实会比我们多出很多时间。

透过一座座高大的拱门，蓝天白云显得格外娇嫩。地中海冬日温暖的阳光无遮无拦地洒在猛兽通道，洒在决斗场地，洒在“死亡之门”。历史的尘埃永远不会散去，却也永远不会再来。

看完斗兽场，我买了个蘑菇披萨坐在台阶上吃。撕一小块喂鸽子，它们抢的不亦乐乎。每天为口吃的忙忙碌碌，它们也充实得很呢。

吃完了。准备接着看古城。

寻找 Palatino（巴拉丁山丘，意大利景点）古城入口的路上看见了一座精致的凯旋门。停下来拜托别人拍照的时候结识了从北京到爱尔兰交换、现在来意大利旅行的小学妹张舒同学。张舒同学很友好又有点酷酷的样子，对拍照精益求精，对欣赏美景很有品位，且有一个我敬佩之极的优点：识路。于是接下来的时间里，我们一直在一起。先是看古城：断壁残垣把精致和粗放、奢侈和破败结合得巧妙而又怪异。接着看了一个博物馆，在 capitol（古罗马朱庇特神殿遗址）旁边的一个。很喜欢古罗马的雕塑和意大利的绘画：专注于细节的线条刻画虽然多是神话或者宗教，却总是透露出人间的美丽和温暖。出来的时候已经四点多，蓝天白云依旧，不过色泽显得更加安静。鸽子飞过天空，再走去古城，夕阳的橘色余晖照着那一片古老的建筑或者废墟，突然觉出自己生命的轻飘。闭上眼睛，真的可以看到那些废墟开始发亮，变完整，直立，而身着盔甲的古罗马勇士们正在操练，肥壮的骏马四处奔腾。千年以前的繁华终究归于萧瑟，而任何国家或者你我，都有这么一天。我会选择好好生活。

太阳落下去了。本来准备去看夜景的我们却被一件美丽的意外阻住了：路上，我一眼看见了某个画廊（天黑，没看见名字）在举行凡·高画展，真迹哦，队伍蜿蜒盘旋着排到了大街上，我们当机立断地站了进去。虽然不准拍照没法记录，但是亲眼看到《自画像》《麦田里的农妇》，还有《橄榄树》等是一件多么惊喜的事情啊！可惜没有《向日葵》，也没有《星空》。前一段时间刚刚看完《三体》，里面说太阳系跌入二维世界的时候，最后的模样就是《星空》的样子。很久以前《星空》就是我最爱的一幅画，因为它能让人的思绪飞得又高又远，回过神来就好像灵魂被洗了一遍。所以，真是可惜啊！

看完画展，坐地铁。这时是七点，我们约了八点半在一家冰激凌店门口见面，想再去看看夜景。看，有个旅伴的意义就显现出来了，不然天黑后的罗马我可不敢出门。可是之后一系列郁闷的事情上演。在罗马过两夜，我订了两家不同的青旅。原因很复杂：当时没时间做很详细的计划，可是法国使馆签证很难说话，所以我就随便订了些旅馆和计划对应着交上去。等到即将出发当然要重新“顺”一下。这时紧密的行程让我犯了些糊涂，造成了 2 号晚上订了两家，3 号却没有订。其结果就是先是跑到一家以为订了的，却被拒了出来，又坐地铁跑到另外一家。大箱子太不方便，就存在了火车站。再次感叹：意大利人英语真是差，还理直气壮得很。后一家的地址我在自己邮箱里匆匆一瞥根本记不住，只好在路上找了家宾馆进去求助。得到正确的指引后，我在路上一边走一边自嘲地想：为什么《罗马假日》里的公主会和帅帅的记者有场艳遇呢？因为她啥也不懂，出来就乱跑，跑到大柱子下直接睡觉，才会被帅哥捡到。像我这样逢山开路遇水搭桥的，真是没希望了。这家青旅所在的路非常搞笑，我知道它在5号，所以在从49号走到55号时都快绝望了，却一眼看见5号正在前方。这是神马路神马路啊，进去一看，脏兮兮的，老板很难闻，算了，我还是回火车站附近吧。这样一折腾，到达冰激凌店我迟到了半小时之久，张舒同学当然早已离去。愧疚啊太愧疚了，希望以后有机会弥补我的过错。此外再感叹一句：以前没有手机的时候，人们是怎么活的啊。

好在昨天住的青旅还有空床。可怜那个很帅的、老喜欢和我逗闷子的前台小哥，两个小时前刚帮我把大箱子提下“三四十级台阶”，现在又得提上去。他气喘吁吁地对我说：You are welcome.（编者注：不用谢。）

吃披萨，睡觉。明天还要起早呢。

从异乡到异乡之七　罗马最后一瞥　气质佛罗伦萨

悄悄快乐 2011－01－11　21：16

很早起床，坐地铁去看许愿池和西班牙台阶。下了地铁，在小巷里左拐右拐，看到了许愿池。一池淡蓝色的清澈的水，还有周围典型的罗马式白色大理石雕塑，一下让我喜欢上了这里。那水的颜色，就是我心目中愿望的颜色，所以，很相信呢。我许了愿，能否实现，拭目以待。我还把手伸进池水，沁心地凉。

又左拐右拐一番，西班牙台阶出现在眼前。《罗马假日》里赫本就是在这儿吃冰激凌，然后又被佯装路过的记者捡到的。直到现在我还记得那个美到极致又可爱娇憨的模样。想效颦地吃个冰激凌，转了一圈没找到卖的。台阶没我想象得高大，我很开心地走上去，又走下来，脑子里一直是电影镜头。那么美好的故事，想得我低头微笑，一抬头，出大事了：邓程子！！！几年没见的新加坡的大学同学，居然在这里碰到。我们激动地抱在一起又叫又跳，声震屋瓦！要不要这么浪漫啊！这果然是个奇迹的台阶啊！

可惜我要赶火车了，不能逗留得太久，于是匆匆别过。

坐地铁回青旅取行李，赶火车去。最大的愿望是吃个冰激凌，可是路上的店上午不卖，火车站有，本想找到自己的火车再回去买，可是，我是个路痴啊。

就再也找不到了。好吧，我去佛罗伦萨吃。

是的，火车行驶在一望无际碧连天的亚平宁平原上，下一站就是佛罗伦萨。

我和佛罗伦萨一见钟情。下火车时三点多一点儿，大约走了十分钟就到了青旅：又便宜又好的青旅。居然有个小院儿，小院儿里有凉篷桌椅也就罢了，居然有十几座白色大理石的雕塑，包括“大卫”的复制品！环境这样有情调，房间也很好，还有免费早餐和免费上网，还很便宜。啊，昨晚的灾难果然让我收之桑榆。

洗了个澡，背着相机出门了。因为电池满格，连备用电池都没背。前两天在罗马，一直感叹伟大的古城和猥琐的现代城市之对比，而佛罗伦萨似乎就没有这个问题。和罗马相比，佛罗伦萨的街道很窄小，汽车摩托车常常呼啸而过吓人一跳。可是总体说来，现代的店铺也有着古朴的外观，并未影响古老的教堂和其他建筑的沧桑感。这里的教堂非常有气势，记录着某些家族的显赫、一座城历史的辉煌和一个时代艺术的鼎盛。比如美第奇家族的礼拜堂圣洛伦佐教堂，红砖圆顶，富贵逼人；比如世界第三的百花圣母大教堂，外观雄伟，内里精致，浮雕和壁画都美得惊人；比如圣托万尼洗礼堂，吉尔贝蒂的传世之作，金色的“天堂之门”就在这里；还有直入云霄的乔托钟楼，还有西尼奥列广场的露天雕塑和雕塑走廊，存有米开朗基罗《胜利者》的韦奇奥宫、横跨阿诺河，活脱脱一个跳蚤市场走廊的“旧桥”，安眠着但丁、米开朗基罗和伽利略的圣三一大教堂。它们就分布在街道之间，甚至突然出现在小巷的尽头，给人震撼也给人享受，让我就恍然行走在历史里，一切欣欣向荣新鲜有趣的文艺复兴初期。路上终于吃到了美味的手工冰激凌，又把电池拍得一干二净。八点多了，奢侈地走进一个饭馆点了著名的佛罗伦萨红酒烤牛肉。外面滋味浓郁里面鲜美多汁，给我这两天的“披萨生活”一个完美的逗号。之所以不是句号，是因为明天可能还得靠披萨过活，比较而言便宜又营养。

真舍不得这里。好好睡一觉，度过我“翡冷翠的一夜”，希望明天能起早再在历史与艺术之间散个步。

从异乡到异乡之八　佛罗伦萨VS威尼斯：两难　别了意大利

悄悄快乐 2011－01－12　04：58

醒来时已经快到七点，窗外却仍然是一片夜色。起床，去吃早餐，路过青旅的小院子时看见各种彩灯打在雕塑上，有着幻觉般的美感。出门的时候快八点了，天色也还是蒙蒙亮而已。脖子上挂着相机，在街巷里穿行。我尽量走直路，在有非常明显的路标出现时才转弯，以防待会儿找不回去。清晨的佛罗伦萨阖门闭户，橱窗里的文艺复兴面具等小玩意儿却是鲜艳又显眼。那些教堂和雕塑依然会突然出现在街头巷尾，在微微发亮的天色中显得更加高大和神圣。鸽子们早已醒了，在屋檐下或者电线上时停时飞，不知怎的透出庄严的气息。真喜欢这个城市啊！喜欢的结果就是意识到得赶紧回去取东西出发时，已经比预计的晚了快半小时。一路小跑着回去，电影快镜头般地收拾好，交还床单和钥匙。前台的小哥很开心地用中文说："谢谢，再见！"可惜我得冲到火车站去了，没工夫赞美他。

佛罗伦萨的火车站结构简单，无需上下楼，这让我节省了很多时间。火车很高级，是常常在快速隧道里行驶的快车，当然由于使用了青年票，价钱非常便宜。间或才能看见窗外的景色，天空云层很厚，只露出隐隐的蓝色，田野里的绿色也是隐隐的。等火车停下来的时候，威尼斯就到了。

睡睡醒醒，两个小时后到了威尼斯。存好行李，又到游客中心要了一份地图。发现想看的名胜都需要坐三四十分钟的水上巴士，于是打算先吃饭。昨天的预言果然正确：午饭又是两块披萨。这里的披萨似乎比罗马的好吃，薄形的，蘑菇的味道很浓郁。一边吃一边研究了一下路线。考虑到时间有限，决定坐一号水上巴士直接去圣马可广场，再看看周围的一些好地方。

一出火车站门，眼前就出现了一带碧水。大小船只来来往往，两岸是五颜六色的房子，有点像瑞士的感觉，不过是罗马的建筑式样：平顶或者圆顶，风格也更大气些。买了十二小时通票，站在浮在河里的站台上等"车"，心里充满了新鲜的愉悦。以前好像听过，周庄被称为东方威尼斯，我没去过周庄，但莫名地就对那里没有好印象，觉得去的人太多，好好一个梦里水乡小家碧玉变成了大众情人，连带着，觉得威尼斯也应该没有什么出奇。可是，我错了。

手边的 Europe Travel Book（编者注：欧洲旅行书）说到威尼斯时，第一句话就是"No matter how many pictures or films you have seen, nothing can prepare you for the real Venice。"① 本以为是溢美之词，却发现真是这样。威尼斯的建筑很美，比罗马精致，比佛罗伦萨大气，两岸常有艺术博物馆或者教堂，雪白的，带着细致的雕塑或者浮雕。水上人家或者教堂中间会有一些小巷子，有的是陆地，有的干脆就是水巷，窄窄地惹人怜爱。不时会出现一座桥，有石桥也有铁

① 无论你看过多少照片或电影，没有什么让你感受到真正的威尼斯。

桥，流线型的模样很有味道。水鸟不时高高低低远远近近地掠过，仿佛给天空都留下了痕迹似的。而联系又承载着这一切的当然是水。并不太清，不是清澈见底的那种，可是比西塘的干净，静静地流着、涌着，色泽和质地像一块翡翠，让人安心的光滑的碧绿色。水上巴士来来去去，甚至还有小船，上面写着“taxi”（编者注：出租船）的字样，真是灵动可爱。船头冷风阵阵，可是这么美的景色，我怎么可能走到船舱里去。

半个来小时水路后，到了圣马可广场。圣玛丽大教堂很有气势，可是并不高，但是占地面积比较大，圆形的顶也显得温柔敦厚，充满女性气质。教堂周围有着很多卖小玩意儿的摊子，各种面具饰品，让教堂显得更让人亲近。教堂对面有个钟楼，旁边就是总督府。总督府也是白色，线条方正雄伟壮观，一看就很威严。仰头看了一会儿建筑，又看了看穹顶墙体上的壁画，开始寻找叹息桥。那座小巧的、有着迷人名字和动人传说的、充满魔力的小桥，是我在威尼斯最想看到的景致。

在满广场的鸽子群里磕磕绊绊地走到一个摊主面前打听叹息桥的位置，他一指，说就在前面。我走到那儿，看到的却是一座挺大的白桥。再站到白桥上，向左手边看，这才看到了叹息桥。小小的一座桥，悬于半空，有点不真实的样子。比我想象得还要小，也比我想象得新。不知在维修还是怎么，后面还有一块大煞风景的天蓝色巨大纸板。我总觉得一座“恋人日落时在此接吻就会地久天长”的桥不应该是如此既平淡又造作的模样，只好叹息一声，离去了。

于是在小巷子里穿来穿去。各种彩色小房子和小石桥会突然出现吓人一跳。而每次出现，就是一幅现成的画。每幅画都有几分相似，细看却又有各自的味道。拍啊拍，真是拍不够，总有一点“余味”在快门响起的刹那倏地跑掉，引人接着追寻。

走了一个来小时，坐上巴士往回走。专门找了个没什么景点的地方下船，在相对原生态的小巷子里穿了一会儿。巷子们都很窄，有的真的只有一人宽。美丽的小桥到处都是，各种颜色各种形状。这儿家家有船，泊在家门口的水道，两头尖尖翘起，非常可爱。

再走到巴士站，就坐回了火车站。窗外还是平原，最远处是一抹火烧云。天渐渐黑了，车窗外就有了灯火闪烁。快七点的时候，路过了米兰。米兰转车只有四十五分钟，所以我连站都没出，准备买点吃的就直接上车。当然，我还是注意到了米兰火车站很有特点的拱形穹顶，显得非常高大。

先是买了一块蛋糕，这几天一直看到意大利的各种蛋糕可是吃饭时老忘，就一直没吃，快离开了，就买一块吧，可是我不知道那些怎么说，只好拿手指指点点。又去买披萨，想到要坐夜火车很无聊就打算买包薯片，而薯片在披萨柜台边上，是代卖的。等我拿好披萨，找到站台，上了车，才发现大事不妙，薯片忘了付钱。想下车吧，还有三分钟开车。就这样，果果同学在意大利米兰顺了一包薯片。

夜火车只有一等座，有青年票的我付了很少的钱坐得还挺舒服。邻座有个小孩挺可爱的，后来证明这是个神奇的孩子，我夜里醒了两三次，都看见她在蹦跳，或者用婴儿语跟妈妈聊天，或者在妈妈怀里看动画片。额，年轻真好。

就要离开意大利了，说说对这个国家的印象。意大利人比较随性，不大讲秩序。比如公共场所站在禁烟标志下旁若无人地喷云吐雾，比如排个队能排成圆形的，比如问路的时候一挥手匆匆走掉的人比法国瑞士比例都要高。还有路牌，比如说，你要找售票处，跟着箭头走啊走，在售票处应该出现的地方，却发现面前明明是一堵墙，你绝望地左顾右盼，就会发现又有一个牌子指了回去。地铁站、厕所，无不如此。总体说来，感觉意大利的城市不知怎么就显得比较混乱和复杂。罗马尤为典型，佛罗伦萨和威尼斯要好一些。传说中著名的意大利帅哥主要是五官好看，意大利男人普遍有刚毅的面部棱角和长睫毛的黑眼睛。其实女人也一样，但就显得不那么温柔清秀。以前和蓉蓉开玩笑，说是一定要在三十岁前来意大利接受男人的赞美以增加信心，因为很多电影里都有类似的情节表现。事实上呢，不会有人追着你弹吉他那么夸张，但是他们确实普遍爱说好话。托意大利男人拍照，交还相机时他们都会说一句：你真漂亮！或者：这是我拍过最好的照片，因为你太好看了。还有人会问：你从哪里来呀？然后接着问：那你们中国的女孩子都像你这么美吗？明明知道在夸张，但这些小小的赞美听得人还是很舒服，《托斯卡尼艳阳下》果然没有撒谎。另外，在数学方面，意大利人在西方人里绝对鹤立鸡群。在美国超市买东西的时候，在法国火车站买票的时候，为了收银员和我本人的方便，我经常给多一些零钱以换回比较整的找头。美国人从来就没有明白过，怎么说他们都只会一脸疑惑地看着你，想不通为什么需要找钱的时候还要再给他钱。法国人好点儿，但也要解释很久。意大利人则不，他们有时甚至会说“你再给我××元，我再找你10元”之类，真是令我惊喜。其实一言以蔽之，就是前人早已说过的“遥远的欧洲有个中国，叫做意大利”。这话是调侃，其实也很值得好好想想。既然有这么个国家和我们很像，避免了我们的灯下黑，自然应当加以利用取其精华。作为国民，应该有这个觉悟。

夜火车开动。吃点东西，洗漱，睡觉，明天上午，西班牙巴塞罗那。

从异乡到异乡之九　相约巴塞罗那，第一日

悄悄快乐 2011－01－13　01：34

早上醒来的时候已经快八点，天也渐渐亮了，朝霞由红变金，后来出了太阳，衬在树林或者田野后方非常美丽。那个精力充沛的小孩子在吃奶。然后，终于睡着了。打开电脑，抄下免免同学订的宾馆的信息，开始等待巴塞罗那的到来，或者说，巴塞罗那很快就会等来我的到来。

到了巴塞罗那，很喜欢这个火车站，比罗马的干净多了，而且非常高大空旷。手持写了免免订的宾馆的纸条四处问路，得到的回答都是含糊不清的“Taxi”，好吧那就只好打车了。好在不算远，车费也就不算贵。宾馆很好，小老板非常善良，不仅善解人意地帮我拎箱子，还主动问我喝不喝咖啡喝不喝茶，发现免免不在房间后，还送我地图告诉我怎么玩儿。又想法子找国内中转站，也就是我哥，给免免留了言，于是我就一头扎进了巴塞罗那的怀抱。第一个感觉就是：这个城市，我喜欢。

宾馆对面就是一座凯旋门。和法国、意大利颜色不同，这里的凯旋门是砖红色的，门的中间、上面都有蝙蝠等浮雕，总体上看来是一派热烈的氛围，和我想的西班牙风情很是合宜。再往前走，是一条宽宽的白色大路，两边是精致的 Y 形路灯和高大错落的棕榈树，好一派地中海景象，很多人在跑步，男男女女都是身材姣好。很多人在带着大狗散步，场面很是温馨，觉得这里帅哥很多，都是高大俊朗类型，再加一只大狗，真是好看又迷人。转了个弯，就走进了一些小巷子里，说是小巷，其实也挺宽。两边有些小店，卖些色彩缤纷的瓷器、弗朗明戈冰箱贴、各种巴萨的纪念品之类。感觉这里的建筑是巴洛克和洛可可风格的结合：比较繁复，装饰很多，而装饰纹路又以抽象的线条为主。

在某个小巷子里，看见了毕加索博物馆。以前在大都会博物馆看到过毕加索画展，所以这里四十几幅由毕加索遗孀捐赠的作品倒并不令我新奇，感到喜爱和新鲜的反倒是带有天井、螺旋楼梯和棕榈树的美丽小院子，还有毕加索早期的一系列表现病人的作品，哀愁悲悯之心充斥画布。

时间差不多了，回宾馆，终于会到了免免，免免同学化身地图姐，对这座城市的各种方位很是熟悉，于是我们出门，走了一段路，去加泰罗尼亚广场看喷泉和喂鸽子。喷泉没什么出奇，是典型的欧洲城市那种优雅型的小喷泉，可

是鸽子，太多了，太有气势了，我们买了一小袋鸽食喂它们，可是奇怪的事情发生了，鸽子都不理我。我的周围居然出现了方圆一米左右的无鸽区。这是为神马呀为神马？难道刚才跟免免说“鸽子和麻雀比还显得挺高洁的，跟鸥鸟一比就很土”被它们听懂了？最后用手里的食物好不容易让它们靠近了一小会儿，不过看着广场上可爱似洋娃娃的小孩子们奔来跑去和鸽子玩耍，配上白云蓝天温暖艳阳，足够觉得生活美好啦。

然后沿着议会大道一路走去。路边很多街头艺术家在表演，化身各种天使神祇或者妖魔鬼怪。还有卖熏香的，卖小玩意儿的，卖花的，卖冰激凌的。常有店主放着音乐自己跳舞。不久看到了前方一根很高的柱子，顶端是身披风衣手指大海的哥伦布。看着那根指向无限远方的手指，我很有跃跃欲试的感觉。接着，面前就是大海了。清洁的白色海岸，浅绿色的海水，还有无数白色游艇泊在海边，桅杆高耸。此时天色将晚，阳光铺在水面上，很温暖和安宁的感觉。

又沿着海边走去。此时天色更晚，天边一片橘色的火烧云，衬着葡萄灰的云层，艳丽非常。街灯也亮起来了，我们就找了有许多“鱼灯”的地方去吃西班牙海鲜烩饭。很好吃，就是太咸了，吃完了，邻桌的老爷爷突然叫住我，让我去和他们一群爷爷奶奶合影。免免你看，我就是和老爷爷们有缘分吧。

撑得要死，散步回宾馆。这一走才知道，巴塞罗那其实也很小。免免同学找路的时候非常可爱：找到亮的地方看地图，一边认真看一边口中念念有词，一边表情困惑一边说：算了，走吧！最后连地图都莫名其妙撕裂成了两半。在方向问题上我向来不敢发表任何意见，于是我们就走，就这么走着，居然也走到了。找小老板要薄荷茶两杯，真解渴呀。

从异乡到异乡之十　巴塞罗那心情好　马德里一开始就不可思议

悄悄快乐 2011－01－15　01：15

和免免住一起当然“近猪者吃”，第二天早上起得很早。由于头一天上午玩的地儿不一样，我和免免决定先交换分头玩儿，再在地铁站见面一起玩。于是我手持免免同学细心写就的地铁换乘路线就出发了。清晨的巴塞罗那阳光很好，很多帅哥带着狗狗跑步，情景十分美好。转了一次线，就到了神圣家族大教堂。我仰头看它，总觉得这座棕色的建筑是从地里长出来的，而不是人工建造的。哥特式的外形，高高伸向天空，外表的各种雕塑浮雕繁复而抽象，看上去给人盘根错节的感觉，像某种植物粗大的根茎。走进去，真是令人大吃一惊：

白色的大柱子伸向顶端，中间还会有分叉，显然是对植物进行了仿生。教堂的彩窗也是细长的，哥特特征明显。教堂前方有巨大的管风琴，有圣坛，也有耶稣的像，和前些天在梵蒂冈圣皮埃尔精致的耶稣像比起来，很是粗糙，但是神圣的感觉却丝毫不减。灯光和阳光在无数柱子间映照反射，让人觉得既敬畏又不真实。去坐电梯，上到教堂的半腰，走过一座高空的小桥，又从楼梯走下来。楼梯旁边时不时会有一扇小窗，能看到巴塞罗那城鳞次栉比的房子。楼梯非常窄，只能容一人走，非常陡地螺旋向下，让人想到水涡或者蜗牛壳什么的，走得人头晕。小窗外还能看到脚手架吊车之类：这座教堂已经建了一百多年，至今尚未完成。下了楼梯，顺便看了教堂底层举行的高迪设计展览：真喜欢这位设计师，他那么崇尚大自然，他和他的设计都是属于自然的，骨子里就很有趣味。

走出教堂，看见入口处排出了见不到尾巴的队伍：哈，起早真好。

又转了一次地铁，去古埃尔公园。巴塞罗那的地铁站应该比较新，很先进也很宽敞，有的换乘之处甚至有那种机场才有的活动通道。墙上的装饰色彩缤纷，常常有各种形式的彩色蜥蜴，也就是神圣家族的族徽。各种办公室的小门常是橘色，明快活泼。

出了地铁站，走了一小段，开始爬坡，因为古埃尔公园在山上。好在最陡的地方是有电梯的：在这种露天的地方站在商场式的自动扶梯上，真好玩呢，一会儿乘自动扶梯，一会儿爬坡，一会儿走楼梯，就到了小山顶。整个巴塞罗那市尽收眼底，笼着一层薄薄的雾。建筑的主色调是砖红色或者橘色，在雾里浮现出来。在山上的椅子上坐了会儿，又转悠了会儿，神清气爽地下山。另一边的半山腰出现了一个小平台，还有一座类似于凉棚的建筑，带有无数根大柱子，阳光照进来，光影斑驳，人们的脸上也是明明暗暗的，有点不可捉摸。很多街头艺人在弹吉他，在唱歌，或者在弹一种类似于锅的非常好听的乐器，这里混响很好，艺人们唱得也很好听，跟小交响乐团似的。“凉棚”的上面还有很多抽象的神圣家族蜥蜴，下面的台阶上有个小喷泉，一头巨大的彩色蜥蜴塑像趴在那里。台阶下面有两座蘑菇一样的漂亮小房子，是公园的办公室纪念品商店什么的。一派色彩缤纷天真可爱，再加上小孩子们的笑闹，不时出现的狗吠，还有蓝天白云，真让人心情好。在凉棚右边一个挺隐蔽的小坡上，还有一个“高迪之家”，展示一些高迪的室内设计。走到那座房子的路上，是一座高迪风格浓郁的走廊：棕色的，像是植物自己长成的。小房子是粉色的，两层，里面的桌椅床柜都让人想到森林小屋，是精致的洗尽铅华。

看完这个公园，就去坐地铁找免免。免免不小心走错了路，在我四处向人借手机打算和她联系时赶到。米拉之家的外形像一块会呼吸的大石头，可惜目前关门保护，于是我们只好去吃饭。著名的"Tapas"，也就是西班牙海鲜拼盘，不贵又好吃，饭后还发现一家叫 Mc Cafe（餐馆名）的地方，有很好吃的乳酪蛋糕和甜甜圈，让我们心情好得都困了。

再坐地铁，坐小火车，去看另一座山。这座山是昨天偶遇的中国女生告诉我们的，说是很好玩，可是它有一个极其复杂的西班牙语名字，我也说不清那是什么。我们坐了索道，四面透明，于是，绿油油的植物，高大的棕榈树，色彩明快的城市，都在我们周围全景播放。当索道走到高处，蓝色的地中海在远处展开了：太美了啊，那种蓝色，让人看一眼都醉了。

下了索道，一座深棕色的古堡出现了，方形的顶，很厚重，很古老，很沉着的样子。古堡周围有平台，平台上还有大炮。站在平台上，远眺，就能看见乱中有序的巴塞罗那，依然是橘色的点点块块。地中海碧蓝碧蓝的，靠近岸的地方有些大小船只，绝大多数是白色，在一片海蓝中显得既纯洁又静谧。天也是碧蓝的，和海已经融为一体；云朵很少，只有一两道悠远的飞机云；十来只鸥鸟飞来飞去，不时在风中停止扇动翅膀，把自己当成风筝随风飘荡，太美了。

又坐索道下山，两个自称胆大的人不时惊呼。然后换小火车，换地铁，回到旅馆，拿起东西到机场。在机场大巴上，两个累惨了的人都睡着了。

航班推迟，至少一个半小时。于是，我们无奈地等待。半夜的时候，总能到马德里了吧。

这一推迟就是一个多小时。10 点半的时候，登机口终于排起了长队。队中几乎人手一个嫩绿嫩绿的纸袋，原来，机场的 ZARA（编者注：某服装品牌）专卖店正在疯狂地打折。我今天才知道 ZARA 原来是个西班牙品牌，那么到了马德里倒可以去看看。

快 12 点的时候到了马德里，狗血的事情又发生了：一直等到行李传送带都停止了转动，我的大箱子还没有出现。我们只好去窗口报失，看着队伍前面神情淡定的丢行李的人们，还有窗口下堆着的一大坨大概是前几天弄错的行李，我们超级无奈。难道西班牙航空丢行李是常态么？结果窗口的大妈说，这架航班有两个传送带，还有一个在很远的另一头。我们走过去，果然大箱子静静地待在那儿。也懒得追究为什么这么奇怪，赶紧拖起走，想打听定好的宾馆怎么去。某柜台看上去就很靠谱的小哥直接告诉我们，定好的旅馆所在的区非常非常不安全，且大概只能打车去。我们舍不得放弃很便宜的四星级酒店，于是小哥就主动借手机给我们打电话确认。居然，那四星级酒店都找不到一个会说英语的人！而且似乎得花40欧元打车才能到。啥也不必说了，我们决定听小哥的话，花两欧元坐机场大巴去市中心，重新找旅馆。

等了快半小时，机场大巴才姗姗来迟。坐上去，倒是不一会儿就到了市中心。下了车，拖着大箱子开始寻找旅馆：多数满了，少数太贵。于是，深夜一点多的马德里街头，俩青年女子无家可归。不过，雨后的马德里倒是很美，即使是夜色也掩盖不了建筑的精致和街道的繁华。更神奇的是，这么晚的时间，透过许多咖啡厅的窗子还能看到高朋满座的景象。而街头散步的一家人，提着购物袋的老人家，更不用说成群结队的年轻人，居然还是来来往往熙熙攘攘。真是不夜城哪！

从异乡到异乡之十一　弗朗明戈，人鱼竖琴，尽在神奇的马德里

悄悄快乐 2011－01－16　00：44

深夜。穿过三四个路口，走了二三十分钟，我们终于找到了一家性价比挺好的 hostel（编者注：旅馆），住下的感觉真爽啊。

自然地，起来的时候就十点多了。收拾一番，去吃午饭。这一吃，我们发现，并不是在巴塞罗那的海鲜饭做咸了，而是这种食物就是很咸很咸，接着，我们步行去“艺术散步”，也就是去逛美术博物馆。去博物馆的路上，美丽的浅色建筑到处都是，并不是景点，就算是一般的建筑都很美丽。这里的风格以巴洛克为主，房顶的雕刻装饰非常别致。色彩更是明快，又比巴塞罗那清淡素雅，使这个城市显得愉快又生机勃勃。

两个美术馆都很大，一个叫普拉多，是西班牙最大的美术馆；另一个名字很复杂，忘了。两个博物馆收集的画作以法国、意大利、西班牙的为主，挺有代表性也比较全。我们从中午开始逛，从第二个出来时已是7点多，中间外面还下起了大雨，也好，心里更安定。每一幅都看了，暴走啊！累得脚都僵了。看到了不少名家作品，高更、莫奈、戈雅等。印象最深的是拉斐尔的一副圣母像和鲁本斯的《优美三女神》。不像话的感想有：还是十七八世纪的写实、古典的画儿好看呐；那些入画的女人们，就是一堆胖子。

回旅馆歇了一小会儿，又出去吃饭逛街。走在马德里的石头路上，经过国王广场，看着美丽的房子、喷泉，真喜欢这个少女一般的城市，到了马幼广场，一块四四方方的空地，雨后的地面很光亮。按照攻略找到好吃的炸鱿鱼圈店，买了一点儿，贼香！又找到一家店吃著名的 JAMBO，其实就是西班牙火腿。初

尝很好吃，可是有点腥，很腻，于是只好打包。点的一块牛肉，由于太生，让他们回炉了两次也还是觉得不够熟。这群茹毛饮血的西方人啊。西班牙的饭馆儿很吵，每个人都在大声聊天，真亲切。

想去逛街，发现大部分商店都已关门，只好看明儿有没有空了。路过麦当劳，进去喝点茶想解油腻，结果聊开心了坐久了又吃了两块蛋糕，话说这里的麦当劳都会卖甜点啥的。多么累和撑的一天啊。

第二天一早出门，发现是个美丽的晴天。马德里的建筑以浅色为主，白的，粉的，淡黄的之类，所以以蓝天为背景越发清纯。云朵很轻盈，被风吹着，飘得特别快。走在地中海暖融融的阳光里，我和免免的心情都很好，聊着天唱着歌儿就坐地铁到了西班牙皇宫。从外表看，这座欧洲第三大建筑雪白、精致，优雅有余而华贵不足；进到里面，才知道皇宫就是皇宫。墙上满是刺绣，暗金色为主，铺天盖地，凸出于墙壁。挂的大部分是戈雅的工笔肖像画，细致到每一层皮肤每一道衣褶。还有一些16世纪以前的宗教画，应该是历史价值大于艺术价值。桌椅都是一位著名的皇家家居设计者设计的，总体来说都是金光闪闪，雕工精致。地毯的花色很繁复，顶上巨大的水晶灯让屋里的光芒色彩又翻了几番。每个房间里都有几面大镜子，镜框都复杂到像我们这样的平民女子在镜子里根本找不到自己，因为镜子本身比镜子里的人显眼多了。我和免免很平民地感叹，这样的屋子看久了都头晕，怎么住啊。怪不得皇室的人都脾气暴躁。走廊倒是很素净，墙壁、地板，甚至窗帘都是雪白的。我暗想大概国王公主啥的在屋里待头晕了就得出来清静会儿。又看了皇室们专门看电影的小房间，还有他们各种餐具的陈列室。那些看起来是瓷器的，都镶了金银丝儿；那些看起来是玻璃的，其实全是水晶。这就是皇室范儿啊。

走出皇宫，神清气爽。去看了一个武器的展览，有一套盔甲和剑，镶了无数的宝石，看介绍，果然是菲利普三世的。这时天有一些阴，皇宫的广场在逐渐聚起来的云层下更显气势恢宏。一列拱门外，能看到满眼翠绿和远远的海洋。

接着我们本来想去一个皇家修道院，结果票已经卖完，于是每人吃了个冰激凌，改去索菲亚皇后美术馆：今天是周日，免费。这么古典的名字，却基本都是看不懂的现代艺术，一块画布上大堆大堆的色彩或孩童式的幼稚笔触。不懂欣赏啊。我总觉得他们在浪费颜料或者画布。去看了这里的镇馆之宝，毕加索的《格尔尼卡》。又跟着人群去寻找达利的几幅作品：看，大家就是大家。虽然意义也是很难懂的，可是那些意象毕竟能给人一些实实在在的感觉。

出来，已经下大雨了。马德里的云飘得很快，天气变得也很突然，加上明快的色彩，总体来说这是个很少女的城市。

我们去丽池公园。下雨，街上行人少了，建筑更是精致得不真实。公园挺漂亮的，可惜匠气重了些。树都被修剪成一个形状，一根多余的枝叶都没有，林间的小河，居然有这砌得整整齐齐的小河岸。公园深处有一座玻璃和钢建起的“水晶宫”，也并不如何惊人。这是一座皇家园林，他们的国王可没咱们的皇帝会享受，有品位。

找到明天搭乘机场大巴的地方后，我们回商业街。快下地铁时，我觉得自己的随身小包在动，不容多想立刻抓下去，结果果然抓住一只手。我紧张到了极点，不顾那只手的挣扎使劲全身力气抓住不放，扫了一眼我的包：拉链已经被完全拉开，但是钱包护照什么的都在，于是我狠狠把那只手甩掉，这一过程大概持续了只有3秒钟。那个小偷——中年大叔胳膊上搭着衣服，就是拿这个作掩护他才拉开了我的包的，他嘀咕了几句西班牙语，也没敢怎么样。我和免免又后怕又兴奋，议论了很久。这么好的一座城市，可惜了。晚饭就是炸鱿鱼圈儿的三明治，还有马德里肉汤：酸酸的牛肉炖豌豆，很好吃；然后我们就逛街，很想在ZARA的原产地大占一番便宜，却发现好看的样式合适的尺码基本都被挑光了。于是回去，睡觉。

西班牙是个美丽的国家。她不是气势恢宏的那一种，可是她色彩轻快、建筑精美，艺术不惊人却也可圈可点。街头艺人很多，乐器也很奇怪，甚至有锅和杯子。满街似乎都是悠扬活泼的音乐声。弗朗明戈的气质无处不在。人们英语不好，可是很愿意帮助别人。男人很帅，女人很俏。有一个挺有趣的现象：巴塞罗那到处都是巴萨的各种纪念品玩具什么的，而马德里到处也都是巴萨的东西。皇马的基本只占一个角落。总之，我爱西班牙。我喜欢这种不造作的轻松气质。西班牙人算术也还成，和意大利人差不多。

我的机票是6：25，结果就是我3点起床，拖着箱子去坐机场大巴。从此，我又是一个人走啦。不过免免和我经过这次旅行发现我们配合默契互相欣赏彼此很不讨厌，按照钱老先生的说法应该是可以结婚了。夜色里，建筑上的各种雕刻就像活了似的，尤其是那些人头。街上也不算冷清，居然还有人游来逛去，又并不是流浪汉醉鬼之类的非正常人群。马德里啊，你从来不睡觉的吗？这就是传说中的马德里，不可思议。

从异乡到异乡之十二　巴黎丢失的一天　五光十色慕尼“黑”

悄悄快乐 2011－01－20　22：05

到机场很早，但是行李托运之类排了很久的队，排得我又累又热。登机口又是排队很久。这廉价航空只能有一件登机行李，我背着绝对有15斤的包，还得把大衣搭在手上遮住相机包。累惨了！

上了飞机，倒头就睡：就两个小时，可得抓紧时间。结果四小时以后我自然醒了，飞机还在飞，原来，巴黎机场大雾，无法降落。这时窗外倒是很美：透过半透明的云层，无数绿色和淡棕的色块组成了美丽的大地，阳光很强烈，城市像一块块不规则的小棋盘。又盘旋了两个多小时，飞机无奈降落在了一个叫“Lille”（里尔）的地方：一定很北吧，超冷。寒风中等了1个小时，终于等来大巴把我们运到巴黎BVA机场，又是4个多小时过去了。路上看到了远处的树近处的草还有奇异的如大理石花纹一般的云，终于还是忍不住拿出相机拍了几张。这机场离巴黎市内也很不近，只好又坐了两个小时大巴。因为我最终还要从巴黎回去，所以很想把大箱子留在巴黎随便哪儿，可是火车站只给存72小时。我幸运地在去机场的大巴上结识了一位在费城念书的小弟弟，灵机一动把箱子存他们青旅了：他离开巴黎的当天晚上我正好回到巴黎，这样的时间差几乎不会让我的行李有什么不安全，真好，这样我在巴黎的最后一天也有的住了。

就这样，原计划早上8点多到巴黎，晚上8点多离开，有足够时间仔细逛逛先贤祠和巴黎圣母院甚至奥塞美术馆（我好想好想好想看《泉》啊），这下，就转了个车。

是的，我现在在火车上，明早起来的时候，就到德国慕尼黑了。

原定到慕尼黑的时间应该是7点多。这儿天亮得晚，我还想了下是不是要在火车站待会儿再出去。结果老天替我考虑到了：火车在法国境内出了点儿问题，于是推迟了快两个小时。恰巧巴黎到慕尼黑的火车上很空，于是我睡了充足的一大觉。从容地洗漱完毕，在上午9点到了德国的第一站。

慕尼黑火车站又大又干净，服务人员英语都很好，给了我极佳的第一印象。在这儿没有订青旅，就到游客中心去打听。按照指点去寻找，路上自然又打听方向。这儿的人太好了，对待问路的别提多负责有多耐心了，如果自己不知道，甚至去拉路人过来帮我问。绕了个小圈儿，找了个很好的青旅。便宜到只有正常价格的一半左右（不是说德国物价高么），工作人员不管男女长得好看极了。暂时还不能入住，得等到下午两点，我就去外面逛了会儿。在德国的街道上走，有这么几个感觉：第一，人好看，非常精致，尤其是青年男子，个个鼻梁挺直眼神如水；第二，建筑敦实大气，也是浅绿鹅黄淡粉的，但是线条简洁风格大方，和意大利西班牙都不同；第三，人少，街道显得空空的，记得初中地理课本举出人口负增长的国家就是以德国为例子的。另外，这儿不知怎么就焕发出淳朴的气息。不知是德国的特点还是因为这里是“百万人村庄”慕尼黑。

下午 1 点多回到青旅，洗了个澡，收拾一番，带着地图出门。慕尼黑跟所有的欧洲城市一样，不大。对着地图（我太自豪了）走了一刻钟，就到了国王广场。一座巨大的带有立柱的门矗立在广场口，灰白色，顶上的雕塑是罗马风格，装饰很少，线条也比较硬朗。说是广场，就是一大片草地，草地两头两个大博物馆遥遥相对，都是坡顶带立柱的建筑。其中一个是很有名的古代雕塑展览馆，可惜没时间进去看了，隔着墙向“美杜莎”致意吧！接着坐地铁转了条线去英伦花园。德国地铁售票机很有趣：屏幕上显示的内容很少，可是按钮很多很多，就是说，买什么票事先就得选好，没有查票的机器。和谐啊。下了地铁，彻底现出路痴本来面目。打听到英伦花园时天已经黑了。其实就是小树林、大草坪、小桥流水曲径通幽神马的。天黑了真没什么可看的。我小转了一圈，又去瞻仰了著名的“Chinese Tower”（中国塔），就出来了。中国塔隐约是个白色的小塔大亭子，有点中国味道。可惜天太黑，试了手动自动夜景，怎么都拍不下来。又边打听边走了一刻钟的样子，就去了慕尼黑艺术区，这儿有特雷吉因路的老绘画陈列馆、新绘画陈列馆、现代艺术陈列馆等。今天是周二，老绘画陈列馆开到晚上 8 点而非 5 点，真的很幸运，现代艺术就算了，我知道那里有毕加索，可是既然刚去了毕加索的祖国么，不看也就罢了。其实呢，我也看不懂现代派。老绘画博物馆非常好，布置简洁明了，又有免费的英语电子导游，两个多小时，收获很大。我看到了从 14 世纪到 18 世纪许多欧洲大师们的作品，提香的、波提切利的、达·芬奇的……太眼花缭乱受宠若惊了啊。还有丢勒二十来岁时的自画像和《四使徒》，拉斐尔的绘画《卡尼吉安圣家族》和《特姆比圣母》，鲁本斯 6 米高的《最后审判》。真喜欢拉斐尔的《圣母与圣子》，妈妈的眼神婴儿的表情，啊呀呀，太温馨太美好了，一眼就能认出来。

一直暴走到闭馆，奇迹般地看了所有展品，听了电子导游的几乎所有介绍。真是心满意足。

稍微打听了一下，就走回青旅，也不过花了 20 分钟。再出门吃饭，按照青旅给的建议到了一家小饭馆，小到只收现金。可是真好啊！美味的炖猪肉配上很 Q[1] 的土豆泥，还有一种紫色的酸酸的菜，好吃到死。想想这是慕尼黑，就点了杯啤酒。于是回去了，路比来时又短了许多。

困啦，睡觉，明天起早，想看的东西太多了。天鹅堡好像就需要整整一天，来不及很可惜啊。不过刚查了下，原来是新建的，于是也就没有那么遗憾了。

从异乡到异乡之十三　慕尼黑事故　柏林故事

悄悄快乐 2011 - 01 - 24　06 : 46

起得很早，为的是多看看。早上我的靴子给了我个下马威。事情要从几天前说起，早在意大利的某一天我突然发现右脚的靴子拉链快坏了。虽然我还带了一双鞋，可还是这双好走路。于是天天求老天可千万别坏了啊！结果没两三天左脚的也不那么好拉了。从此每天早上都是一次历险和战争。第一晚到马德里，在大街上，凌晨一两点，右边靴子拉链直接全岔开，蹲在路边弄了半天，总算修了个差不离。而今天早上，左边靴子的拉链头直接挂在了一边，这怎么办呢？另一双鞋在巴黎的箱子里存着呢。要说我的神经已经被无数意外锻炼得无比坚强，于是锛儿都没打就埋头修，一边悲壮地回忆昨天有没有经过 5 欧一双鞋的廉价商店。发现有的齿歪七扭八，于是就把拉锁头想法用力挂上去，然后反着拉——正着拉——好了！这个故事告诉我们薄弱环节就是要加以利用啊，坏事能变好事。好吧，我连拉链都会修了。

出门。天阴沉沉的，还飘了点小雨，倒很符合我心目中德国的气质。沿着青旅门口的一条路走去，一路上经过了数个广场、商业中心，还有慕尼黑最重要的地标“Church of Our Lady”（编者注：圣母教堂）。教堂附近柱子上的女性雕像是金色的，而不是前些天看惯了的白色。教堂顶上两个绿色的“洋葱头”被裹上了，大概在维修。这里是老城区，很多身躯斑驳的建筑，带着哥特式的尖顶。还有很多小店，挂着一串一串的德国香肠还有大块儿的肉。这里各种肉显然比法国西班牙多很多。问路的时候更是发现这里的老龄化严重，打眼一看一半是老人，回答方向时纷纷掏出老花镜。

寻找啤酒博物馆，走街串巷的发现其实是个小房子，矮矮的木门，很像几百年前的啤酒小店，挺有趣的。可惜下午一点才开门，我的时间很紧，看不成啦。

---

① 俗语，表示有嚼劲。

又返回穿过市政广场，就远远看到了慕尼黑剧院和王宫。剧院是坡顶，白色柱子，很有气势的样子，王宫外面看挺大，可是线条横平竖直的，又是平顶，不大像个王宫的样子。结果相当地不可貌相：这是欧洲最大的室内装饰博物馆。

和平实的外表大相径庭，这里的室内装饰糅合了多种风格而又以洛可可风格占绝对优势。墙上满是金色（说不定也是金子?）的天使、藤蔓、动物图饰，彼此纠结缠绕，从地面直到天花板，又围绕着镜框、柜子等。很多珍贵的油画，天花板多是神话故事，墙上的多是王室成员的画像。床的垫子有一米多厚（怪不得有豌豆公主的故事），还有各种颜色丝绒的床幔。器具的展出更是壮观，虽然花纹和中国古代比起来不算繁复，可所有的餐具用具都是真金白银。王冠嵌满珠宝甚至全用珍珠编成也就罢了，还有无数精巧又别致的多宝盒，装着婴儿的木乃伊和干枯了的手。天下皇帝，一般黑啊。走了 3 个小时，也没能遍览。为什么他们睡觉要用一个屋子，吃饭要用一个屋子，开会要用一个屋子，看书要用一个屋子，打牌要用一个屋子，下棋要用一个屋子，听音乐要用一个屋子，玩乐器要用一个屋子，和孩子玩要用一个屋子，别人等着他们接见还要用几个很大很大的屋子。我要是王室成员，肯定天天迷路。

从王宫走出来，计划就很简单了：整个下午，都安排给了德意志博物馆。这是一个科技博物馆，非常有特色，尤其对于油画雕塑审美疲劳的人来说。从开矿、航海到声光磁电物理学，到宇宙学，到药剂学，到德意志科学奖展示，到新技术展览，到各种机械展示，到玻璃、造纸乃至孩子的益智玩具，整整六层楼啊！德国不愧是科技大国，展示方法也是多样而又新颖。我看不懂那些复杂的机械，但是也玩儿得很开心：有很多片子可以看；有很多钟摆、小球、音叉放在那里让你自己演示物理定理，声在不同介质的传播、光的衍射、伯努利方程甚至各种滑轮组什么的；有很多模型展示太阳系、银河甚至宇宙大爆炸；有很多图片和模型展示细胞的构造；有模拟的纳米实验室和 DNA（脱氧核糖核酸）实验室，深入浅出；还有许多儿童玩具可以开动着玩，太开心了。很多小孩子在妈妈的怀里爸爸的背上看这些玩这些，多好啊！出来的时候，天就黑了。

本想逛会儿街。回到青旅蹭了个澡洗，再去上街逛，谁知没多久八点钟声一打，大家纷纷关门。为毛这么懒啊！真让勤劳勇敢的中国人民看不惯。那么，好吧，收拾东西，去火车站吧。路上还能买点德国香肠吃，确实很香。

早上又晚了点儿，9 点多到了柏林。刷牙的时候不知怎么和一位大妈聊上了，她告诉我柏林有两个火车站，即将到的一个离各种景点比较近，而主站比较偏。我立刻翻出晚上的火车票看，发现晚上的火车是从主站走的。想了一会儿，我觉得还是先下车好，把行李存上就能去玩儿。晚上火车很晚，这样可以在所有景点都关门后再拿好背包啥的去主站等着。于是我以迅雷不及掩耳之势拿好东西，下车了。大妈还送我一份地图。

找 Tourist Information Center（编者注：游客信息中心）可费了老鼻子劲了。这儿人的英语显然不如慕尼黑，听不懂就乱指。加之这里的游客信息中心很奇怪地离火车站挺远，所以我花了半个来小时才找到。打听了一下想去的地方路线怎么顺，又买了一张很便宜的通票（6 欧元，能坐所有公共交通包括观光巴士地铁城市火车等），就出发了。

先坐着观光巴士遍览柏林。这是个风格很杂糅的城市，有摩天大楼区也有朴素建筑区。而老城区的柏林教堂白墙都老成灰的了，但是非常精致漂亮。绿色圆顶，又是个“洋葱头”，风格非常地文艺复兴。最终下车的地方是柏林电视塔，当年东柏林就指着这个自豪呢。很高，目测一百多米吧，中间有个大圆球，就好像与东方明珠有了表亲关系似的。找人照相的时候认识了一个胖胖的印尼男生，他很热情地带我走到据说有很多德国传统食物的地方，路上还带我看了教堂和世界时钟。午饭是在一个很有趣的餐馆吃的，很多娃娃熊在里面。饭端上来，发现又是猪肉土豆加酸白菜，好吧，这大概就是德国风格了。但是这回猪肉是一只小蹄髈！加上几个 QQ 的小土豆，太实在了。撑死我了。当然，真是好吃啊，酥香酥香的。

吃完饭，坐地铁，想先去看看大屠杀纪念地。坐地铁的时候一直在想那段柏林墙很远，待会儿去还很麻烦，结果想太多了，坐错了车。下车研究地铁图，却发现刚好将错就错，向回坐一站就是离柏林墙最近的地铁站了。于是如此这般，在地铁口问路。一般问路我都会找中年人或者女孩儿或者老人，找帅哥有点不好意思（没救了，我）。但是这回地铁口只有两个帅哥。阿弥陀佛这可不怪我啊，结果帅哥一拿着我的地图比比划划地和帅哥二开始讨论，而我，除了注意到这是两个同样朗眉星目如同罗马雕像的帅哥以外，还发现，他们的左手无名指上，戴着一模一样的戒指！哦，这是我见过最夫妻相的 couple。

弄清了方向，开始跋涉。柏林路上不算脏，但是一些积雪乌黑乌黑的，有点滑还有点恶心。跋涉了二十来分钟，路到了尽头，而那面色彩缤纷的涂鸦墙，居然就是柏林墙，是的，这面承载了政治风云的墙，现在全是涂鸦，很多画的主题都是统一和平，但表现形式很可爱，边走边想边拍。而最让我感动的是一首诗中的句子：“lead me on my dreams among different time space/to share hope with nations and believers/ to observe with modesty the pure truth /and to reveal prudently the magic and the mystery."① 走了1公里，墙到了尽头，这是仅剩的残骸了，隔绝的时代也不会再来了，即使还在，也终将结束。我相信，以人性的名义。

又坐地铁，去看大屠杀纪念地。在一片现代高楼旁边，许许多多的灰色方块，不同高度，但排列整齐，象征着被屠杀的犹太人。穿行在比人还高的沉重的方块之间，脚下是积雪，心里沉重得透不过气来。每次一涉及生命的逝去，我就觉得特别茫然。

依然坐地铁回到观光巴士的终点站，坐回去。路上路过布兰登堡门。柏林地铁的玻璃上都印满了布兰登堡的小像。建于1791年的布兰登堡门，是为了纪念腓特烈大帝胜利归来的凯旋门。因为其位于柏林的正中央，所以当权者总喜欢将之视为权力的象征。门顶上有带着翅膀的女性雕像，应该是胜利女神吧？从布兰登堡门往东是著名的菩提树下大道。这条由四排菩提树形成的林荫大道，串起了柏林的灵魂，也是历史上普鲁士及德意志炫耀国威的地方，许多壮丽雄伟的建筑在大道的两侧竞相争艳，其中俄国大使馆气势雄伟，建筑感觉有点像教堂，非常醒目。

再坐下一班观光巴士，去了KaDeWe，据说是世界上最古老的也是仅次于伦敦某家的世界第二大的百货商店。本来准备逛到8点关门，却发现最大最古老也还是个百货商店，没什么出奇的。逛了会儿觉得无聊，就出来在库丹大道上随便走走，和所有的商业街差不多。

下雨了，坐地铁回火车站，取东西，坐火车到主站。柏林之行乃至德国之行结束。这是个古老的国家，但是内在的精神仍在。我喜欢这里，并不仅仅由于人们长得好看，也不是仅仅因为他们对人热心，而是由内而外的井然有序让人不由自主地佩服。总体来说，慕尼黑比柏林淳朴，也更活泼一些，更让我喜欢。

火车是12点多的。我坐在火车站的披萨店里，等着上火车睡觉去。

从异乡到异乡之十四　阿姆斯特丹：没有奇遇，依然神奇～

悄悄快乐 2011-01-25　12:09

火车晚点。大半夜的站台上，一对西班牙的情侣，两个现在在中国交流的

① 梦想指引我于不同时空/分享希望无分信仰宗教/以谦恭观察纯洁之真理/并审慎揭示魔力与神秘。

罗马尼亚女孩，还有我，有一搭没一搭地闲聊，期盼着火车的到来。夜里的柏林还挺冷的。

一上火车当然就睡着了，一醒来当然就快到站了。而在站台上，我发现，我的新的一天又得从靴子开始了。右脚的靴子拉链彻底岔开，在站台上找个椅子坐下来，开始修。闲话少说，反正变换了各种方法，失败多次，遭到围观一次，最后终于修好，历时半小时。果果同学正式学会修拉链了，欢迎惠顾。

之所以很想来，而最后绕路来阿姆斯特丹，不管别人听到这个城市的名字怎样朝我暧昧地笑，其实我来就是因为小时候看过的一个童话故事。在阿姆斯特丹的跳蚤市场上，仙女、巫婆、锡兵们共同演绎的美好故事，我看了一遍就再也忘不了，一直装点着我童年的梦境，让我一念起这个城市的名字就很开心。走出火车站，回头一望，发现这幢18世纪初的古老建筑红色、尖顶，样式和装饰都非同凡响。再往四周一看，三四幢古老又华丽的巴洛克式建筑环绕着，有教堂也有车站。不远处还有河，水自然是没有威尼斯的漂亮，但是加上建筑们的美丽倒影还像油画的样子，白蓝相间的小船静静泊在岸边。

早饭午饭放在一起，吃了荷兰传统的炸肉卷，其实是把肉丁裹在土豆泥里炸，还有蔬菜汤，咸了点儿。

坐着叮叮当当的电车走了一刻钟，在一条长长的巷子里找到了我的青旅。青旅旁边是个公园，很多树，很多小路。非常巧，在同一个房间里发现了那两个昨天夜里在站台上聊天的女生。休息了一会儿出去晃悠，再次确认阿姆斯特丹是个美丽的城市，不愧是我小时候最向往的地方，那些建筑多么美啊，钟楼、圆顶、雕花，一个个都像从童话里跑出来的。没有罗马有气势，没有马德里精巧，也没有慕尼黑大方，整个的感觉就是“神奇”，好像很快就会有个老太太从街角跑过来对我说：孩子，我一直想找个合适的徒弟，你就是当巫婆的好苗子。正在下雨，到处湿漉漉的，有点烦人。可是呢，雨中的建筑颜色更鲜艳，雨中的灯光有点模糊有点跳动，这一切就更像童话了。

天很快就黑了。说来我真的挺幸运的，今天是周五，唯一一天凡·高博物馆开到晚上10点而不是6点的日子。我就一路打听着过去，天已经黑了，看不清博物馆的轮廓，似乎很简单方正。买票的时候那个心痛啊，太贵了！加上电子导览比卢浮宫贵一倍还拐弯。为毛啊为毛？挣点钱容易么，我。

博物馆布置得还行。说来凡·高的画也就两百多幅，可是这里采取了把画作和人生结合起来的方式，让人对画家的生平和画风发展有个比较宏观的把握。还有一些其他画家的画作，目的是展示凡·高的画风来源、继承，还有和其他艺术家的交往。还是没有《星空》，但我终于看到了《向日葵》，看到了生命的力量在金黄的花瓣上流淌。还有一幅凡·高画给刚出生的小侄子的画，湛蓝的天空背景下怒放的雪白杏花，似乎要给他最美好和纯洁的祝福，非常感人。

看完这个展览感想如下：第一，凡·高真的是个很愿意尝试的画家，点彩要试试，印象派要试试，日本浮世绘都要试试。第二，凡·高有着好弟弟和好弟妹，要不他不会成为这么重要的画家。第三，凡·高不是为妓女而是为高更割了耳朵的，如果真是如此，交朋友一定要交温柔点儿的。第四，如果某伟大艺术家的祖国不是那么发达，他或者她的粉丝就倒霉了，因为他或者她的博物馆会很贵，还肯定不给照相。讨厌！

走回去。雨后的阿姆斯特丹街头流光溢彩的，童话房子们的轮廓模模糊糊的。

阴天的阿姆斯特丹很适合睡觉，于是我直接把青旅的早餐都睡过了。存好行李，出门乱走。房子、船、桥都很好看，所以一点也不累。走了一会儿开始研究地图，研究得差不离了就跳上一列电车。中间看到漂亮景色又跳下来拍了一通，再上下一班。快到花市的时候正式下车，路上找了家甜品店吃了些小点心当早饭加午饭。这里的小点心好漂亮，奶味儿特别浓，几乎赶上西藏农家的酥油茶了。奶酥皮上还有糖浆，在灯光的照射下特别晶莹馋人。花市就是一个河边的小巷子，一边是商店咖啡馆之类，另一边是一排浮在水上的尖顶小房子，里面各种花束花种花茎。从色彩到花香，让我在每家店里都徘徊良久。卖郁金香花球茎的很多，也很便宜，6 欧元能买 50 个。我想我买什么颜色的回去种呢。挑了蓝的白的粉的黑的黄的，后来发现必然超重。再想放弃，又哪个都舍不得，干脆，没有买。这里还有马蹄莲、天堂鸟的种子。每看到一个我都觉得很神奇。原来在看到这些之前，我潜意识里一直认为那些美丽的花是直接从天上掉下来的。

从花市出来，觉得小腿冷飕飕，低头：不出所料，靴子拉链又全坏了。找个长凳，坐下来研究，研究完了修，又是半小时。在这个下午之后的时间，这样的事情重复了 3 次之多。最后一次坏得最厉害，我却用 5 分钟就搞定了（没有针线工具，总是不能彻底的，但最起码拉上了可以穿），果果同学的修拉链手艺已经熟能生巧了，再次欢迎亲朋惠顾。走小巷，过小桥，在到大剧院之前，终于看到了梦寐以求的“跳蚤市场”，许多白色的小棚子，蜿蜒一两百米吧，中间还拐个弯儿。左看看右拍拍。下小雨了，雨点簌簌地打在棚顶。其实这就是个小玩意儿加旧货加廉价衣服的集市。没有纸做的巫婆，没有木讷的锡兵，也没有会跳舞的仙女。有一点点失望，因为我本来以为这里会很神奇，可是又还蛮喜欢这里的，那些色彩缤纷的小东西和几欧元一件的晚礼服使这里毕竟有些与众不同。我终于还是在这里买了点东西：一件印有《星空》的吊带。我是不是终于看见《星空》了？

从跳蚤市场出来，雨小了，风却大了，直接吹断了我的伞骨。可怜的小红伞，只好埋骨他乡了。

走不远就到了大坝广场，周围都是教堂皇宫，还是缤纷又精致的房子，不过都高大些罢了。空地上街头艺人特别多，我看见了一个凶悍版邓布利多，还有一大群吸血鬼。嗯，神秘起来了，很像我心目中的阿姆斯特丹，又坐了一节电车，下来走了几步就到了安妮·弗兰克之家。队伍很长，排了挺久。这里就是《安妮日记》的诞生地。8岁那年爸爸把《安妮日记》给我看。那时不懂什么大道理，但小孩子对生命是最敏感的。虽然当时的我基本是个文盲，但是囫囵吞枣，也能体会到小安妮躲在密室里，看得见天空却无法在室外奔跑的胆战心惊和苦闷。这次亲眼见到那些陡峭的楼梯，书架后面的密室，头顶上一小块方形的天空，安妮在墙上贴的电影明星卡片，还有那个不大的红格子日记本，真让人身临其境，不由放轻脚步，不敢说话。安妮房间的墙上还有淡淡的铅笔痕迹，记录着孩子们在这里躲藏时的身高增长。就是这痕迹让我忍不住流了眼泪：再恐怖阴森的地方，他们还在坚持，还在成长；然而，就在黎明之前，他们还是被背叛，被带到集中营，被折磨至死。男主人是唯一的幸存者，他筹钱修缮这座房子，纪念妻子和女儿们，也为了唤醒人们对于和平的渴望。当和平是口号时，没人能否认它的崇高；但当和平是那个女孩纯真的笑脸时，人们才愿意为它献身。

回青旅，拿好东西，去车站。路上又在麦当劳蹭了会儿网。今晚就回到巴黎了。路上会经过鹿特丹，还会从比利时境内走过。可惜没法下车。不过呢，旅行到这儿，本来就有点儿玩不动了。

从异乡到异乡之十五　回巴黎　奢华凡尔赛　回美国——哪是异乡哪是家

悄悄快乐 2011-01-26　07:34

9点半多点儿到了巴黎火车北站。巴黎地铁图依然像个蜘蛛网似的，但在我眼里已经不是完全无序的蜘蛛网了。凭着记忆找到我的大箱子所在的那个青旅的地铁站（有点绕），一共两站，还得换线。好吧，走！

出了地铁口，开始糊涂：向哪边走呢？这一向是我弱项啊啊啊啊啊，后来我终于凭着一家点心店当路标确定了方向（看看我无意识状态下怎么尽关注吃的呢），走了几步就是。而尤其幸运的是，他们今晚还剩一张床。我在行李房里看见我的大箱子，真像看见了亲人啊！扑上去一打开，取鞋子。老天保佑，我终于不用每隔半小时修一次拉链了~

找了前台的姑娘小伙子打听了明天去凡尔赛怎么走，发现虽然很远但不是很难，很满意。洗澡，睡觉。

这家青旅的早餐很好。巴黎的羊角面包就是好吃啊好吃，怎么这么好吃？我吃了俩。回头一看，一筐都没了，好东西大家都爱吃。出门，发现是个大晴天。那个天蓝的，像大海又像宝石，还是一丝杂质都没有的那种。本来听说凡尔赛宫需要玩一天的，可是我发现换线的地方正好是巴黎圣母院。那么当然要下车进去看看，上次来是晚上，只在外围转了一圈。今天是星期天，于是我又赶上了一场弥撒。要说从伯尔尼的小教堂到梵蒂冈的皮埃尔大教堂，这次欧洲游真是参观了很多教堂，也听了很多场弥撒。场面大小各异，也各有特点，但都是一样的圣洁动人。巴黎圣母院的雕像特别生动，线条都比其他教堂的雕像柔和些似的。教堂边上照例是一小间一小间的，用雕像和彩窗记述圣经的故事。不同的是，这里的雕像比较多，还有很多油画，呈现出明显的古典主义色彩。油画雕像旁边有很多架子，点起祈福的小蜡烛。从里面绕着圣母院走了一圈，在中前部看到了著名的玫瑰窗：许多小彩窗组成巨大的有几分像玫瑰的圆形彩窗，今天的阳光又特别好，更是流光溢彩。从圣母院出来，慢慢走慢慢看着蓝天草坪和塞纳河波光粼粼，心想巴黎毕竟是个有情的城市啊，在我即将离开欧洲的时候给我这么好的一个大晴天。

坐上RER（巴黎地区快速铁路网）的火车，睡了一小觉，就到了凡尔赛。凡尔赛宫离火车站有那么一刻钟的步行距离。直走一左拐一直走，不久就看到远方一片金色。而右手边就已经出现了一座底座高高的绿色骑马人像：太阳王路易十四的英姿。凡尔赛宫前的广场很大，方形石块铺的路，很有情趣却走得脚痛。欧洲地方小，稍微空点的地方都叫“广场”，而今天，在凡尔赛宫的门前，我终于看到了蓝色天幕下的巨大“广场”。挂着电子导览器在凡尔赛宫里走了两个多小时，看了开放的全部宫室。不得不承认，法国的皇帝们，尤其是路易十四，还是很有品位的。从家具到浮雕再到壁画，都是既有气势又雅致。路易十四很喜欢用神话故事影射自己的丰功伟绩，真是个可爱的皇帝。凡尔赛宫有很多巨大的厅，顶上都是著名画家的油画，可以升降的水晶灯让人出现幻觉：仿佛感受得到数个世纪之前的衣香鬓影觥筹交错。我觉得最有意思的是寝宫：皇帝的寝宫里有镀金的栏杆，为的是方便每天的起床仪式和就寝仪式时朝臣们的见礼；皇后的寝宫里有个小门，法国大革命时她就是从那里逃走的。这是多么跌宕起伏的人生啊！凡尔赛宫的设计很好，一遍参观完，也就听了一遍从亨利四世到拿破仑的法国历史。宫殿有许多落地窗，高大、弧形的顶，能看见蔚蓝的天空和美丽的皇家花园。出了凡尔赛宫，就到了皇家花园。小小绕了一圈用了一个多小时。白色的阶梯，喷水池，各色雕像，草地，各异的灌木，美丽的水塘。今天的天气实在太好，因此陪着这一切的先是如洗的蓝天和温暖的阳光，接着是一小朵白云似的月亮和金黄的夕照，最后是透明的夜空和天际的粉色火烧云。凡尔赛宫真美，环境更美，美得人身心舒泰。

又坐火车回巴黎，觉得巴黎铁道部真奸猾啊：回城的票价是来时的两倍！可谁能来了不回去呢？上车前买了几块这里很有特色的彩色小点心，味道口感都好，尤其是香草的。法国人太会做甜点了。

火车上研究了一下地图，就换了地铁，在离香榭丽舍大道很近的一站下车，小逛了一下。要说商业街真是没意思，满心希望这个美丽的名字能带来点新鲜感，可是还不是满街的 ZARA①、H&M②，一堆堆乱乱的衣服鞋子纠结着，看起来很廉价的样子，不过这趟玩的，再便宜我都买不起了。

离开巴黎以及欧洲的最后一顿饭，我认真地吃了 12 只蜗牛。好 Q 啊！

我又回青旅拿行李，这时候是十点左右。我的飞机是明早七点（为了便宜就没法挑时候），就是五点要到机场。于是我决定不住青旅直接去机场过夜。话说这样比天不亮就出门安全得多，而且这样我就省了一天住宿和机场大巴的钱，因为这时候还能坐地铁和火车。啦啦啦，我真是勤俭到家了。

挂着小包，背着背包，提着相机，拖着大箱子、骆驼果子向戴高乐机场进发。这一路上状况不断，比如要换两次车，比如第一次坐反了方向，比如最后坐过了一小站（为毛这么多航站楼啊），比如最后到机场电梯坏了，我孤苦伶仃地负重爬了 37 级台阶！不过一路上也好人好事不断：总有人在我面对一堆台阶深呼吸时跑来施以援手。甚至还有一个索马里的大哥拎着我的箱子送我找火车，陪我等火车，然后说代表法国人民欢迎我再来法国。太感银（人）了！

---

① ZARA 是西班牙 inditex 集团旗下的一个子公司，它既是服装品牌，也是专营 ZARA 品牌服装的连锁零售品牌。

② H&M 品牌是由“Hennes”（瑞典语中“她”的意思）女装与“Mauritz”男装品牌合并，各取第一个字母而成“H&M”。

午夜的机场人不多，但是清洁工全面清扫，一些晚走的工作人员在收拾东西，休息椅上有一票和我持相同想法的人们，所以也并不很冷清。我找了个地儿，脱了折磨死人的鞋子，准备开始打盹儿，把脚放在箱子上，还挺舒服的。中间醒了几次，都没到时间。最后一次一看，5：05。7点的飞机，5点check-in（办理乘机手续），可是别人都在工作了，只有我的SAS（斯堪的纳维亚航空）的柜台空无一人，一直到5：20也还是没有动静。沉不住气了，跑到Information（信息中心）一打听，得，罢工了。以前总是讲法国人罢工，遇到了才知道多窝火。等了很久，来了两个女的，说是可以开始托运行李了。然后俩人慢条斯理地整理文件夹，装贴在行李的那个纸条，等等，一边慢慢弄还一边说说笑笑，真让我想打人。本想说几句，又很怕待会儿称箱子的时候给我穿小鞋。回头看我身后的人们，都很淡定地等着。大概他们很习惯罢工，自己也经常罢一罢。给我托运行李的那女的涂着精致的脸，可是表情僵硬英语很差，我又想打人了，想想自己头发长指甲短，实在不适合打人，遂作罢。

终于弄完，安检，发现自己饿了的时候，也已经到了没有任何食物的地方了。到哥本哈根，我要大吃一顿。不求质量，只求数量。

我在哥本哈根买了又好看又难吃的面包和火腿。好思念自己做的饭啊！整个的感觉就是一个：困。我在找登机门的路上随便找张椅子睡了一觉，找到登机门又睡一觉，结果很满足地在哥本哈根飞回纽约的飞机上看了四部电影。太充实了。

纽约刚下过雪，很冷。为了去欧洲准备的种种御寒物，背了一路终于用上了。到纽约并不晚，但转各种车去坐大巴花费了很多时间，终于赶上了末班车。

果子同学，2010年至2011年冬日独自背包欧洲暴走穷游，就此告一段落。

P. S. 我的床，因为离家万里，以前向来觉得是大海中的一叶小舟，能安歇却总在飘摇；而现在，给我的安全感完全赶上了大海中的一个小岛。

从异乡到异乡之完结篇　旅行的意义

悄悄快乐 2011-01-27　12：15

据说，知识分子有两个毛病：容易失眠和喜欢找意义。

那么，我是一半的知识分子。我的睡眠好得像头猪，可是，我真的喜欢找意义。

总得找点意义，来解释我为什么20天内花掉了一学期辛辛苦苦的积蓄还美不滋儿的。

旅行本来可以有很多种意义：增进友谊，考察伴侣，享受奢华，放松身心，结交朋友，等等。

可是，如果是一个人穷游呢？

如果是一个人在大家都很富的地方穷游呢？

如果是一个人在大家都很富的地方状况百出地穷游呢？

如果是一个人在大家都很富的地方状况百出地默不作声地穷游呢？

2010年12月27日到2011年1月17日，这20天对我来说实在是很特殊：我的手机不能用，我基本听不懂人们说话，我把一切正常的生活抛在脑后，就是挂着个大相机一个劲儿地走、一个劲儿地看、一个劲儿地拍。

背着单反在如画的欧洲城市里暴走，在我曾经的想象中倒还蛮小资小清新的，但事实是，单反可真是重啊！脖子整天沉浸在酸痛的感觉中无法自拔。而暴走的时候，你得盘算晚上住哪儿安全又便宜，下一顿饭吃什么好吃又便宜，买点什么东西有趣又便宜，下一站去哪儿好玩又便宜，等等。

我必须承认，一个人去欧洲并不是个超凡脱俗的勇敢决定，而是考虑不周到、过低估计困难、过高估计自个儿胆识的产物。冬天的欧洲交通老受天气影响，一个人出行所有箱子大包都得自个儿扛着，大部分欧洲人的英语很差……这么多容易考虑到的问题，我愣是没想到或者没当回事儿。于是，也就走下来了。恶劣的天气有惊无险基本没有影响我的行程，对杠杆原理的认识与应用都深刻了许多，用手势和人交流的本事噌噌见长。我老爸说了，当一个人全身心地想做一件事情时，全世界都会围着你转。欧洲游，是我的彩排。

有人说，旅行就是从自己住腻的地方到别人住腻的地方去。捧腹！其实也对啊，这山望着那山高本就是人的心性，那么，离开自己住腻的地方，就能想起许多自己住的地方的好；去别人住腻的地方瞧瞧，又能发现很多别人住的地方的好。这就有了多少倍的好，我已经算不清了。

20天，我浮光掠影地走过6个国家，12个城市。一幅幅油画，一幢幢建筑，一幕幕风景，让我越发深爱旅行的感觉。甚至那种身在异乡语言不通的惴惴不安，也让我喜欢。喜欢的不是不安本身，而是对安定的渴望，是想象以后对安定的享受与珍惜。还可以找到被忽略的自己：当你无人可以交谈，必然只好与自己聊天，于是很多怎么与人讨论仍不明白的问题，却在自言自语中解决了。最难认识的人是自己，只是因为很少有时间与自己相处。

这次旅行，我的损失有：茶杯一个，UV镜一个，头花儿一个；我的收获有：3000 张照片儿，满足的眼睛，永不磨灭的记忆。

根据我的财产状况和时间安排，短期内是不可能有长途旅行了。但是总会有的。

在钱少时间紧只有热情的时候，选择远行。我坚信这样的旅行最有意义。

后 记

从小我就被认为很会写作文，而我除了很小的时候写过一年日记，刚到青春期的时候写过几首“诗”，确实没有在作文之外写过一个字。上大学了，没人再布置作文，有一天发现室友在写博客，于是跟风写了，一发而不可收。

写博客的习惯是在二十岁左右时养成的。先是在博客网站写，后来在社交网络写。没有什么特别的目的，就是需要一个无论什么时候都可以去的地方盛放感情、想法和记忆。

我的记性不太好，归根到底是大大咧咧的性格使然：喜欢忙碌，总是用许多的事情填满自己的生活；参与的东西太多，自然就记不太清。因此，现在的我站在“二字头”的尾巴上回望，真是无比庆幸这些有些很幼稚有些还不错的文字近乎完整地记录下了我的青春与成长。

我的成长历程在同龄人中很典型，也很幸运。出生在 20 世纪 80 年代中期的三四线小城市，亲人疼爱而不过于宠溺。从小妈妈主管生活，爸爸主管思想，两人略微古板但总体还算放手。在我成为中文系学生之后，一家三口全是中文系，沟通极为容易。爸爸妈妈引导我养成了爱读书的习惯，家里有一套被我从 8 岁起开始翻阅的《红楼梦》，经过几十遍阅读变得破烂不堪就是证明；这个习惯最让我感激。母校复旦大学的老师、朋友以及整个校园氛围对我的人格塑造至关重要，“自由而无用的灵魂”从此伴我左右，让我懂得追寻，也懂得放弃；懂得执著，也懂得包容。也正是在大学期间，我开始写博客。

这样说起来似乎很“高大上”的样子，其实稀里糊涂地和小伙伴们犯着二唱着歌儿，哭哭笑笑地，就度过了童年、少年和大学时代。“血液里有风”的我，出国了。

来美国对我来说是个至今没有后悔的“拍脑袋”决定。决定出国时，我只是想看看地球另一边是什么样子；出国后，生活呈现出从来没有过的艰辛与孤独，初入社会的困难因为离家万里又被放大了好几倍，但也促使我迅速建设起坚强的内心及相当不错的厨艺，以及最重要的，不管遇到什么事都能使自己快乐起来的能力。人生是需要一场颠沛流离的，对于“痛苦”大部分来自精神而非生活的一代人来说，也算是另一种形式的“见世面”了；从某种意义上找回来的快乐才是真的快乐。这样的生活和思想收获，都记录在了我的博客里。

在这本博客文集里，2006 年的西藏之旅和 2010 年底到 2011 年初的欧洲之旅占了很大的篇幅。我还记得大约 8 年前我在火车上、汽车上、山坡、湖边，一笔一划地写日记，为了记住西藏这个想了十年才终于成行的地方，后来又一字一字地输入电脑；还有三四年前，我一个人背着包拉着箱子，脖子上挂着刚买的二手单反，拿着一张青年火车票，在小酒馆、青年旅社、教堂的台阶上、博物馆的长椅上，用速度奇慢的上网本敲出一行又一行字。现在再拿出这些“旅行日记”，会有很多已经模糊又似曾相识的记忆涌上来，提醒我或者有趣或者惊险的一点一滴。我常常幻想以旅行和写字为生，即使不可以，有些时候有这个错觉也很满足了。

总体说来，我在这 8 年间对生活无意间的记录按时间顺序结成了这本文集，这也是我父母的建议，我非常感谢他们，当然不仅仅因为这本文集；对于我，这本文集是一份极其珍贵的回忆和纪念。文集本来是按照基调、内容分类的，最后按照我的老师——现任复旦大学图书馆馆长的陈思和教授的建议按时间重新排列。准确地说，是回归博客文章本来的特点和面目。感谢陈老师拨冗细读我幼稚的文字，为我作序，又为我提出中肯的建议！我将它们粗略地划分了篇章：“快要长大”是从大二刚开始写博客时到大三上学期左右；“成年焦虑”从猛然发现快要走入社会到毕业前夕；“后青春期”从毕业前夕开始，主要记录了在国内读研的一年；“异国时间”和“时晴时雨”都是出国之后的故事了，没有明显的事件作为“界碑”，不过“时晴时雨”里的观点和想法都更为成熟一些，更接近我现在的想法。

我现在成为了一名记者，这是我从小就想从事的职业，华盛顿这座新闻宝库尤其使我兴奋；我有了一位可称之为灵魂伴侣的恋人，这也是我从小就希望获得的感情，不枉我一直坚持对爱情的信仰。博客很久才写一篇，因为平静而快乐的时候常常没有灵感，也因为每天都要写新闻稿没了以前的精力，还因为不太敢秀出不够深邃的思想怕人说和年龄不符。这是挺可惜的一件事，因为我对文字的兴致并未稍减，而记忆力也并未变好。因此，这本文集的出版也是对我自己的鼓励吧，写完这篇后记之后，我要去好好写一篇今年年初墨西哥之旅的游记了。

徐一凡

2014 年 5 月于美国华盛顿